Perry Rhodan

Das Erbe der Yulocs

Perry Rhodan

Das Erbe der Yulocs

VPM Verlagsunion
Pabel Moewig KG, Rastatt

Redaktion: Horst Hoffmann
Titelillustration: Johnny Bruck
Druck und Bindung: GGP Media GmbH
Printed in Germany 2000
ISBN 3-8118-2095-8

Vorwort

Der abenteuerliche »Gehirnzyklus« geht weiter. Noch immer sucht Perry Rhodans Gehirn nach einer Möglichkeit, in seine Galaxis zurückzukehren und den Kampf gegen den Androiden aufzunehmen, der in seiner Gestalt die Geschichte des Solaren Imperiums bestimmt.
Dies tut er nicht zum besten. Andro-Rhodan plant nämlich nach wie vor, im Auftrag von Anti-ES dem Imperium soviel Schaden wie nur möglich zuzufügen, bis das Ziel erreicht ist: der Untergang der solaren Menschheit.
Perry Rhodan ist verzweifelt. Er geht jeder noch so vagen Spur nach, ohne zunächst zu ahnen, daß sich ein Jäger an seine Fersen gehängt hat: Torytrae, der Letzte der geheimnisvollen Yulocs.
Von der Auseinandersetzung zwischen diesen beiden wird sein Schicksal abhängen. Und bis dahin ist und bleibt Perry Rhodan der vielleicht einsamste Mensch des Universums – auch wenn er überraschenderweise einen Schicksalsgenossen findet.

Die Originalromane des vorliegenden Buches sind: »Der Ceynach-Jäger« (628) von *William Volz,* »Duell mit dem Ceynach« (629) von *H. G. Ewers,* »Das Erbe der Yulocs« (630) von *Clark Darlton,* »Die fliegenden Städte« (631) von *Hans Kneifel,* »Ruf aus der Unendlichkeit« (632) von H. G. Francis und »Die psionische Jagd« (633) von *Kurt Mahr.*

Mir bleibt noch der Dank an alle, die mitgeholfen haben, dieses Buch zu erstellen, insbesondere an Michael Tiesen mit seinem PERRY RHODAN-Zeitraffer.

Horst Hoffmann

Zeittafel

1971/84 Perry Rhodan erreicht mit der STARDUST den Mond und trifft auf die Arkoniden Thora und Crest. Mit Hilfe der arkonidischen Technik gelingen die Einigung der Menschheit und der Aufbruch in die Galaxis.
Das Geistwesen ES gewährt Rhodan und seinen engsten Wegbegleitern die relative Unsterblichkeit. (HC 1–7)

2040 Das Solare Imperium entsteht und stellt einen galaktischen Wirtschafts- und Machtfaktor ersten Ranges dar. In den folgenden Jahrhunderten folgen Bedrohungen durch die Posbi-Roboter sowie galaktische Großmächte wie Akonen und Blues. (HC 7–20)

2400/06 Entdeckung der Transmitterstraße nach Andromeda; Abwehr von Invasionsversuchen von dort und Befreiung der Völker vom Terrorregime der Meister der Insel. (HC 21–32)

2435/37 Der Riesenroboter OLD MAN und die Zweitkonditionierten bedrohen die Galaxis. Nach Rhodans Odyssee durch M 87 gelingt der Sieg über die Erste Schwingungsmacht. (HC 33–44)

2909 Während der Second-Genesis-Krise kommen fast alle Mutanten ums Leben. (HC 45)

3430/38 Das Solare Imperium droht in einem Bruderkrieg vernichtet zu werden. Bei Zeitreisen lernt Perry Rhodan die Cappins kennen. Expedition zur Galaxis Gruelfin, um eine Pedo-Invasion der Milchstraße zu verhindern. (HC 45–54)

3441/43 Die MARCO POLO kehrt in die Milchstraße zurück und findet die Intelligenzen der Galaxis verdummt vor. Der Schwarm dringt in die Galaxis ein. Gleichzeitig wird das heimliche Imperium der Cynos aktiv, die am Ende den Schwarm wieder übernehmen und mit ihm die Milchstraße verlassen. (HC 55–63)

3444 Die bei der Second-Genesis-Krise gestorbenen Mutanten kehren als Bewußtseinsinhalte zurück. Im Planetoiden Wabe 1000 finden sie schließlich ein dauerhaftes Asyl. (HC 64–67)

3456 Perry Rhodan gelangt im Zuge eines gescheiterten Experiments in ein paralleles Universum und muß gegen sein negatives Spiegelbild kämpfen. Nach seiner Rückkehr bricht in der Milchstraße die PAD-Seuche aus. (HC 68–69)

3457 Perry Rhodans Gehirn wird in die Galaxis Naupaum verschlagen. (HC 70)

Prolog

Das Kosmische Schachspiel zwischen ES und Anti-ES geht weiter. Kaum hat die Menschheit die ersten beiden Schläge überstanden – Perry Rhodans Versetzung ins Paralleluniversum und die PAD-Seuche –, da tut Anti-ES seinen nächsten Zug.

Perry Rhodans Gehirn wird in die ferne Galaxis Naupaum verschlagen und landet dort auf dem Markt der Gehirne, wo es von Doynschto dem Sanften gekauft wird. Der Paratransplantator erhofft sich viel von dem Ceynach, wie fremde Gehirne auf dem Planeten Yaanzar genannt werden. Doch Rhodan kann fliehen, nachdem sein Gehirn in einen fremden Körper verpflanzt worden ist. Sein ganzes Streben gilt der Suche nach seiner Heimatgalaxis und einer Möglichkeit zur Rückkehr.

Und die Zeit brennt, denn bei einem Experiment schaffte er es, kurzzeitig Kontakt zu seinem eigenen Körper auf Terra herzustellen. Er mußte feststellen, daß dieser von einem fremden Androidengehirn beherrscht wird, das alles tut, um der Menschheit zu schaden.

In Naupaum gelingt es ihm nach abermaligem Körperwechsel, die Freundschaft des designierten Nachfolgers des Raytschas zu gewinnen, des Herrschers über das größte Sternenreich. Heltamosch ist bereit, ihm zu helfen, ohne zu ahnen, daß er sich damit selbst in große Gefahr begibt. Denn er weiß nichts vom ERBE DER YULOCS …

1.

September 3457
Naupaum

Der Tschatro von Yaanzar trat aus der Antigravröhre und schob den Impulsschlüssel in die Öffnung des Tores, das ihm den Eintritt zu der nach ihm benannten Bank verwehrte. Im Vorraum der Tschatrobank war es ungewöhnlich kühl. Das Regierungsoberhaupt von Yaanzar empfand diese Temperatur als angenehm, denn den ganzen Tag über hatte eine Dunstglocke über Nopaloor gelegen, unter der die Luft sich allmählich erwärmt hatte.

Das Tor schwang lautlos zur Seite. Der Tschatro drehte sich zu seinem Begleiter um.

Der Mann war Eboyschan, einer von den zweihundertneunzehn Transplan-Regulatoren, die die Regierung dieses Planeten bildeten. Der Tschatro konnte jedem Mitglied seiner Regierung die Erlaubnis erteilen, die Tschatrobank zu betreten, aber er bezweifelte, daß einer der Transplan-Regulatoren dies als Vorzug betrachtete.

Niemand kam gern hierher. Der Tschatro hatte dafür Verständnis. In der Tschatrobank befanden sich ausschließlich Ceynach-Gehirne. Es waren jene Gehirne, die das GOK hatte befreien können. Alle diese Gehirne waren in gewisser Weise gefährlich.

Den Tschatro beschlich jedesmal ein eigenartiges Gefühl, wenn er diesen großen Raum betrat. Er glaubte zu spüren, daß ihm von diesen Gehirnen eine Welle abgrundtiefen Hasses entgegenschlug. In seiner Phantasie malte er sich manchmal aus, wie sie einen Weg finden könnten, ihn anzugreifen und zu vernichten. Diese Gedankengänge waren natürlich absurd, aber sie kehrten regelmäßig wieder.

»Ich bin nicht sicher, ob wir Noc oder Torytrae für diese Aufgabe einsetzen«, sagte er zu Eboyschan. »Beide garantieren den Erfolg, aber in der Handhabung ihrer Fähigkeiten unterscheiden sie sich sehr.«

Eboyschan starrte durch die offene Tür in die Tschatrobank. Auf Regalen und Sockeln standen die Behälter mit den Ceynach-Gehirnen.

Der Tschatro machte eine einladende Geste. »Sie sind erst zum zweitenmal hier«, stellte er fest. »Es kostet immer eine gewisse Überwindung, diese Bank zu betreten. Vielleicht wundern Sie sich, daß ich Sie als Begleiter gewählt habe.«

Eboyschan schüttelte den Kopf. Er war ein kleiner Yaanztroner mit einem etwas länglich geformten Schädel. Er machte stets einen angespannten Eindruck.

Eboyschan gehörte zu den jüngeren Regierungsmitgliedern und hatte noch keine Gehirntransplantation hinter sich. Er hatte sich in den letzten Jahren vor allem durch die Bewältigung sozialer Aufgaben hervorgetan. In den vergangenen Monaten jedoch hatte seine geradezu unheimliche Erfolgsserie einen Stillstand erfahren.

Eboyschan beschäftigte sich mit der zunehmenden Kriminalität auf Yaanzar. Er arbeitete an einem Plan, wie man die Tätigkeit der Organdiebe eindämmen konnte, ohne die offiziellen Polizeiorgane häufiger und härter einsetzen zu müssen. Zu diesem Zweck beschäftigte Eboyschan sich in seiner Freizeit mit Massenpsychologie und Gruppenverhalten. Der Transplan-Regulator glaubte, daß zwischen der Bevölkerungsexplosion auf Yaanzar und allen anderen zivilisierten Welten von Naupaum ein unmittelbarer Zusammenhang bestand.

»Sie arbeiten viel«, sagte der Tschatro anerkennend. »Ich habe Sie beobachtet. Sie tun es weder aus Machtbesessenheit noch aus Ehrgeiz. Sie haben wirkliches Interesse an den Problemen, mit denen Sie sich auseinandersetzen.«

»Ich weiß nicht, ob ich dieses Lob verdient habe«, gab Eboyschan bescheiden zurück.

»Ich nehme an, daß Sie sich für jeden Aspekt der Kriminalität interessieren«, fuhr der Regierungschef fort. »Es sieht so aus, als könnten Sie jetzt die Aufklärung eines Ceynach-Verbrechens beobachten.«

Sie standen noch immer im Eingang zur Tschatrobank, beide einig in ihrem Zögern, diesen unheimlichen Raum zu betreten.

Der Tschatro war es schließlich, der diesen Bann brach. »Kommen Sie!« forderte er seinen Begleiter auf. »Wir wollen keine Zeit verlieren.«

Sie bewegten sich zwischen den Regalen und Sockeln bis zum Hintergrund des Raumes, wo sich eine zweite Tür befand.

»Handeln wir nicht nur aufgrund einer Vermutung?« gab Eboyschan zu bedenken. »Ich bin vielleicht zu konservativ, aber ich meine, daß wir den Jäger nur wecken sollten, wenn ein besonderer Anlaß dazu besteht.«

Der Tschatro konnte ein Lächeln kaum unterdrücken. Er hatte *gewußt,* daß dieser Einwand kommen würde. Manchmal langweilten ihn seine Mitarbeiter, auch wenn sie klug und fleißig waren wie Eboyschan, denn sie waren zu leicht zu durchschauen.

»Ich beziehe meine Informationen direkt vom Geheimen Organkommando«, sagte er. »In diesem besonderen Fall sind die Informationen lückenhaft. Das ist es, was mich stört.«

»Warum lassen Sie Doynschto nicht verhaften und verhören, wenn Sie glauben, daß er in die Sache verwickelt ist?«

Die Naivität des Transplan-Regulators überraschte den Tschatro.

»Ein Skandal würde die Glaubwürdigkeit der Regierung erschüttern – und die Verhaftung eines so prominenten Bürgers wäre zweifellos ein Skandal.«

»Aber es steht doch fest, daß Doynschto Verbindungen zu diesem Hactschyten gepflegt hat.«

Der Tschatro nickte nachdenklich. Im Grunde genommen war die Kritik Eboyschans nicht unberechtigt. Das GOK hatte einen Bericht über die Vorfälle in Doynschtos Klinik geliefert. Aus diesem Bericht ging hervor, daß das rätselhafte Ceynach-Gehirn getötet worden war. Das GOK täuschte sich selten, aber in diesem Fall waren die Polizisten offensichtlich überfordert.

Der Tschatro hatte den Bericht auswerten lassen und war dabei zu dem Schluß gekommen, daß es sich um eine Fehlleistung handelte. Der Hang zur positiven Selbstdarstellung beim GOK war im Laufe der Zeit übermäßig groß geworden.

»Wen soll der Jäger verfolgen?« drängte Eboyschan. »Doynschto oder Hactschyten? Oder ein anderes Wesen?«

»Den Ceynach!« stieß der Tschatro impulsiv hervor. Im selben Augenblick ärgerte er sich über seine voreilige Äußerung. Als Regierungschef mußte er seine Worte genau abwägen. Er durfte seine mißtrauischen Gedanken nicht zu offiziellen Parolen machen, denn daraus würde sich in jedem Fall Vertrauensverlust entwickeln.

»Den fremden Ceynach, der sich Danro nannte?« Eboyschan sah seinen Begleiter ungläubig an. »Aber das GOK sagte doch in seinem Bericht aus, daß dieses Gehirn nicht mehr existiert.«

»Ich bin nicht so sicher«, meinte der Tschatro. »Ich will endlich Gewißheit haben. Dieser Fall beschäftigt mich mehr als alles andere. Er ist mir nicht transparent genug. Es gibt zu viele Widersprüche.«

»Das sagt Ihnen Ihr Gefühl!«

»Ja«, gab der Tschatro zu.

Er ärgerte sich, daß er nicht allein hierhergekommen war. Das hätte ihm diese immer peinlicher werdende Unterhaltung erspart. Aber jetzt konnte er Eboyschan nicht einfach zurückschicken, das wäre einer Beleidigung gleichgekommen.

Er konnte sehen, daß Eboyschan mit sich kämpfte. Schließlich siegte der Respekt vor dem Regierungschef. Eboyschan erhob keine weiteren Einwände.

»Ich öffne jetzt das hintere Tor«, sagte der Tschatro, um die beiderseitige Verlegenheit zu überspielen. »Bei Ihrem ersten Besuch haben Sie Noc und Torytrae nicht gesehen?«

»Nein«, sagte Eboyschan.

Der Tschatro öffnete die Tür. Die beiden Männer blickten in einen quadratischen Raum, der von unsichtbaren Leuchtkörpern erhellt wurde. Inmitten des Raumes befand sich ein Metallpodest, auf dem zwei transparente Behälter standen. In jedem dieser Behälter schwamm ein großes hellgraues Gehirn.

»Diese Behälter sind doppelt so groß wie die normalen«, klang Eboyschans Stimme durch die Stille.

Der Tschatro zog die Tür hinter sich zu. »Das sind sie!« sagte er beinahe ehrfürchtig. »Noc und Torytrae.«

»Sie schlafen«, stellte Eboyschan fest. Es war ihm anzumerken, daß er über diese Tatsache erleichtert war. »Wann befand sich einer der beiden zum letztenmal im Einsatz?«

»Vor zweieinhalb Jahren. Damals brauchte Noc genau sieben Tage, um den Spumur-Ceynach zu stellen.«

»Und zu töten!« fügte Eboyschan bedeutungsvoll hinzu.

»Und zu töten!« bestätigte der Tschatro.

»Wie alt sind sie?« fragte Eboyschan unbehaglich.

»Das weiß niemand genau«, gab der Tschatro zurück. »Ihre Gehirne sind die einzigen uns bekannten, die nicht absterben. Ihre Lebenszeit ist offenbar unbegrenzt.«

Er rief sich ins Gedächtnis zurück, was sie überhaupt von Noc und Torytrae wußten. Diese beiden Gehirne waren die letzten Überlebenden des wahrscheinlich ältesten Kulturvolks der Galaxis Naupaum.

Niemand wußte genau, vor wieviel hunderttausend Jahren die Yulocs praktisch ausgestorben waren. Vor langer Zeit hatten die Yulocs die Galaxis Naupaum beherrscht. In zahllosen Kriegen hatten sie alle anderen Völker Naupaums unterworfen. Niemand konnte der überragenden Technik und der Wissenschaft der Yulocs widerstehen.

Der Tschatro nahm an, daß zu irgendeinem Zeitpunkt dann eine Art geistige Überreife eingetreten war. Es gab mehrere Theorien über das Ende der Yulocs, aber die Wahrheit kannte niemand genau. Irgendwann in der Vergangenheit hatten die Yulocs ihr Imperium aufgegeben und sich hochgeistigen Meditationen gewidmet. Sie entwickelten eine eigene Philosophie, die nur von ihnen selbst verstanden werden konnte. In weiteren Eroberungsfeldzügen und in der Ausweitung ihrer Macht sahen sie keinen

Sinn mehr. Nahezu schlagartig gaben sie alles auf, was sie geschaffen hatten. Die Yulocs wurden friedfertig und belästigten niemand mehr. Nach einer weiteren glanzvollen Epoche völliger geistiger Entfaltung begannen die Yulocs auf die Zeugung von Nachwuchs zu verzichten und nahmen auch keine Gehirntransplantationen mehr vor. Sie begannen auszusterben.

Noc und Torytrae waren die beiden letzten Yulocs, fremdartige Fossile, zu denen kein Yaanztroner eine Beziehung fand.

Selbst ich nicht! dachte der Tschatro. Für ihn, der am häufigsten Kontakt zu ihnen hatte, waren sie Fremde geblieben.

»Sie sind sehr nachdenklich!« stellte Eboyschan fest.

»Ich habe an die Vergangenheit der Yulocs gedacht«, stimmte der alte Mann zu. »Manchmal frage ich mich, warum Noc und Torytrae noch am Leben sind. Was unterscheidet sie von den anderen Angehörigen ihres Volkes?«

»Bei allen Arten gibt es Ausnahmen«, meinte Eboyschan.

»Entscheidend ist, daß diese beiden niemals eine Gehirntransplantation verweigert haben«, sagte der Tschatro. »Deshalb leben sie noch.«

Eboyschan trat vor die beiden Behälter. »Das also ist das berühmte Ceynach-Suchkommando!« Er brachte ein Lächeln zustande. »Bevor Sie mich einweihten, habe ich mir etwas anderes darunter vorgestellt.«

Der Tschatro gab das Lächeln zurück. »Die Tschatrobank wurde schon von fast allen Transplan-Regulatoren besucht. Aber das Geheimnis des Ceynach-Suchkommandos kennen außer mir nur sieben Regierungsmitglieder.«

»In Naupaum kursieren die wildesten Gerüchte über dieses Kommando!«

»Das kann ich mir denken. Diese beiden Yuloc-Gehirne haben mit ihren erfolgreichen Einsätzen dafür gesorgt, daß man hinter dem Ceynach-Suchkommando eine galaxisumspannende Geheimorganisation vermutet. Das kann uns nur recht sein, denn es erleichtert die Arbeit der beiden, wenn wir sie einsetzen.«

Eboyschan strich sich über beide Ohren. »Warum haben sie sich uns zur Verfügung gestellt?«

»Ich habe sie nie danach gefragt, und ich werde es auch nicht tun«, antwortete der Ältere. »Solange sie in ihren Behältern liegen, schlafen und meditieren sie. Doch ein bißchen Abwechslung ab und zu scheint ihnen Spaß zu machen. Vielleicht haben sie sich deshalb zur Verfügung gestellt. Es ist möglich, daß die Jagd auf Ceynach-Gehirne ihre letzte Verbindung zur Realität ist.«

»Wen werden Sie wecken?« fragte Eboyschan.

»Torytrae ist an der Reihe, obwohl er auch erst vor drei Jahren aktiv war. Aber ich frage mich, ob ich für diesen Fall nicht noch einmal Noc einsetzen soll.«

»Sind Sie denn in der Lage, diese beiden Yulocs in ihren Gewohnheiten und Fähigkeiten zu unterscheiden?« Eboyschan konnte den spöttischen Unterton nicht völlig aus seiner Stimme verbannen. »Beide müssen doch so fremdartig für Sie sein, daß das völlig unmöglich ist.«

»Es gibt gewisse Unterschiede, die auch ich erkennen kann«, sagte der Tschatro. »Ich glaube, daß Noc der Impulsivere von beiden ist. Torytrae entspricht in seiner Mentalität am ehesten seinen längst ausgestorbenen Artgenossen. Er denkt über jeden seiner Schritte nach. Er ist deshalb nicht weniger erfolgreich als Noc, aber er braucht manchmal ein bißchen länger, um einen Fall zu lösen.«

Eboyschan ging um die beiden Behälter herum. Er war jetzt völlig der Faszination erlegen, die von den beiden Yuloc-Gehirnen ausging.

»Welche Fähigkeiten besitzen sie eigentlich?« fragte er den Regierungschef.

»Ich kenne nicht alle«, gestand der Tschatro. »Die Tuuhrts, wie sie offiziell heißen, sind in erster Linie Abstrakt-Rekonstrukteure, Fremdplanungsdeuter und Hyperlogik-Seher. Im einzelnen bedeutet das, daß sie in der Lage sind, kriminalistische, wirtschaftliche und auch strategisch-militärische Vorgänge exakt zu rekonstruieren. Außerdem können sie aus winzigen Spuren und aus für uns unsichtbaren Hinweisen den Planungsvorgang anderer Wesen vorausberechnen. Damit nicht genug, sind die beiden Jäger in der Lage, die Gedankengänge anderer Wesen logisch zu erfassen.«

Der Tschatro näherte sich dem Behälter mit Torytraes Gehirn. »Torytrae zum Beispiel arbeitet jetzt seit neunhundertsiebenunddreißig Jahren für die Regierung. Er hat in allen Einsätzen bestanden. Das gilt auch für Noc. Bisher haben die beiden Yulocs alle Aufgaben gelöst, die man ihnen gestellt hat.«

»Das hört sich geradezu unheimlich an.«

»Sie haben Furcht?« lächelte der Tschatro.

»Ich vermute, daß wir eines Tages einen hohen Preis dafür bezahlen müssen, daß wir uns die Fähigkeiten dieser Überwesen zunutze gemacht haben.«

Der Tschatro sagte schroff: »Sie täuschen sich.«

Eboyschan erkannte, daß der Ältere die Diskussion als abgeschlossen ansah.

Der Tschatro machte sich an den Kontrollanlagen von Torytraes Behälter zu schaffen.

Schließlich richtete er sich auf. »Er ist jetzt wach. Wir können mit ihm sprechen.«

Der Transplan-Regulator starrte wie gebannt auf den Behälter. Er hatte das unbehagliche Gefühl, daß er diesem Yuloc-Gehirn nichts verheimlichen konnte.

»Tschatro!« sagte die mechanische Stimme, die zu den Anlagen des Behälters gehörte und mit den gebündelten Nervenenden des Gehirns gekoppelt war. »Sie haben schon wieder Arbeit für mich?«

Eboyschan rief sich gewaltsam ins Gedächtnis zurück, daß er eine fein modulierte Robotstimme hörte. Trotzdem konnte er sich nicht des Eindrucks erwehren, daß diese Stimme suggestiv klang.

»Ja, es gibt Arbeit«, sagte der Tschatro gelassen.

»Berichten Sie!« forderte ihn der Yuloc auf.

Die Unkompliziertheit dieses Gesprächs ernüchterte Eboyschan. Er wußte nicht genau, was er erwartet hatte, aber seiner Ansicht nach entbehrte dieser Vorgang jeder Würde. Der Tschatro und der Yuloc wirkten wie zwei Geschäftsleute, die einen Handel abschlossen. Eboyschan war enttäuscht.

Der Tschatro berichtete, was sich in der Klinik Doynschtos zugetragen hatte. Danach teilte er dem Tuuhrt mit, was er über dieses Ceynach-Gehirn wußte.

»Im allgemeinen pflegt das GOK sich nicht zu täuschen«, sagte der Yuloc.

»Trotzdem bin ich mißtrauisch«, meinte der Tschatro. »Dieses fremde Ceynach-Gehirn hat sich bis zu diesem Augenblick so raffiniert verhalten, daß ich nicht an seinen Tod glauben kann.«

»Aber das GOK berichtete von seinem Tod.«

»Finden Sie heraus, ob das GOK sich getäuscht hat!«

»Bisher haben das GOK und das Ceynach-Suchkommando gut zusammengearbeitet«, erinnerte Torytrae. »Wenn ich jetzt einen Fall übernehme, den das GOK für abgeschlossen hält, könnte das Verhältnis zwischen beiden Organisationen belastet werden.«

»Ich werde als Vermittler auftreten«, bot der Tschatro an und fügte dann mit einem Anflug von Verärgerung hinzu: »Außerdem bin noch immer ich der Chef beider Organisationen!«

Torytrae lachte leise.

»Ich kann Sie natürlich nicht zwingen«, sagte der Tschatro.

»Alles, was Sie mir über dieses Ceynach-Gehirn erzählt haben, interessiert mich«, sagte Torytrae. »Ich bedaure fast, daß es bereits getötet wurde. Ich hätte mich gern mit ihm beschäftigt.«

Der Tschatro atmete schwer. »Vielleicht lebt es noch!«

»Ich vertraue dem GOK«, meinte Torytrae. »Aber ich habe jetzt lange Zeit untätig in meinem Behälter gelegen und nachgedacht.«

Der Tschatro atmete unmerklich auf. »Sie können einen Körper wählen!«

Torytrae zögerte keine Sekunde. »Einen yaanztronischen«, sagte er.

Die Verpflanzung wurde in einer Klinik der Regierung vorgenommen.

Die Paratransplantatoren wußten nicht, daß sie ein ungewöhnliches Gehirn verpflanzten, wenn sie sich bestimmt auch ihre Gedanken über die doppelte Größe des Behälters machten. Sie stellten jedoch keine Fragen. Außerdem waren sie an eine Schweigepflicht gebunden, so daß die Gefahr, daß Gerüchte an die Öffentlichkeit dringen konnten, mehr als gering war.

Innerhalb der Tschatrobank lag der konservierte Körper eines tödlich verunglückten Yaanztroners. Sein Name war Vrotesch. Vroteschs Gehirn war entfernt worden, die Schädelhülle des konservierten Körpers war leer. Die Transplantation wurde nach dem System der Pararegulären-Gleichheits-Transplantation durchgeführt.

Wenig später empfing der Tschatro in seinem Regierungsbüro einen gebeugt gehenden älteren Yaanztroner namens Vrotesch.

Die Augen des Regierungschefs verengten sich. »Alles in Ordnung, Torytrae?«

»Vrotesch!« verbesserte der Tuuhrt. »Sie sollten sich daran gewöhnen. Das erspart uns unnötige Komplikationen.«

Der Tschatro deutete auf ein paar Utensilien auf dem Tisch. »Ihre ID-Plakette und alle wichtigen Unterlagen. Vrotesch war ein unbedeutender Organhändler ohne viele Freunde. Es wird Ihnen nicht schwerfallen, diese Rolle zu übernehmen.«

»Hm!« machte der Jäger. »Das ist nicht meine eigentliche Aufgabe.«

Der Tschatro lehnte sich in seinem Sitz zurück. Die Spuren harter Arbeit waren in seinem Gesicht deutlich erkennbar. Als Tschatro von Yaanzar mußte man sich immer wieder neu bewähren.

»Es kann sein, daß mein Mißtrauen unbegründet ist«, gab der Tschatro zu. »Jeder kann sich einmal täuschen. Es liegt dann in Ihrem Ermessen, ob Sie die Sache aufgeben oder das GOK informieren.«

»Ich mache mir über Politik keine Gedanken«, sagte Torytrae. »Politiker interessieren mich nur, wenn sie in einen Fall verwickelt sind, den ich bearbeiten muß. Ich werde Ihnen in absehbarer Zeit mitteilen, ob es eine Spur gibt.«

Der Tschatro nickte.

»Sie kennen Ihre Vollmachten, Vrotesch. Es könnte der Fall eintreten, daß ich sie erweitern muß. Vorläufig jedoch haben Sie nur auf Yaanzar zu tun.«

Mit beiden Händen raffte Torytrae die auf dem Tisch liegenden Dinge zusammen und schob sie in die Taschen seines Umhangs. Nur die ID-Marke befestigte er auf der Brust.

»Ich fange jetzt an«, sagte er gleichmütig.

Damit war die Jagd auf ein Gehirn eröffnet, von dem weder der Tschatro noch der Jäger wußten, ob es überhaupt noch am Leben war: auf das Gehirn Perry Rhodans.

Die Schnelligkeit, mit der sich die Umwelt auf Yaanzar in der relativ kurzen Zeit zwischen jedem Einsatz veränderte, irritierte Torytrae. Sein eigenes Volk hatte in den letzten Jahren seiner Existenz jede Hektik abgelegt und von Veränderungen abgesehen.

Torytrae landete den Gleiter auf dem freien Platz vor dem Markt der Gehirne. An offenen Tagen wie diesem hatten auch kleinere Händler Zutritt. Wollte Torytrae seiner Maske gerecht werden, mußte er seine Suche an einem solchen Tag beginnen.

Der Yuloc überblickte das Gewimmel verschiedenartiger Wesen vor und in den großen Hallen des Marktes. Sogar der Park war überfüllt.

Jedesmal, wenn er auf solche Ansammlungen intelligenter Wesen stieß, empfand der Yuloc seine Einsamkeit als besonders schmerzlich. Er war nie besonders gesellig gewesen, aber er wußte, daß seine Mentalität und sein Intellekt ihn zum Außenseiter stempelten. Darüber konnte auch sein yaanztronischer Körper nicht hinwegtäuschen.

Er dachte an den Tschatro. Wußte der Regierungschef überhaupt, warum Torytrae yaanztronische Körper bei seinen Einsätzen bevorzugte? Es war eine vom Gefühl der Einsamkeit geprägte Entscheidung, ein Selbstbetrug, der der unterschwelligen Hoffnung entsprang, daß man nur Aussehen und Angewohnheiten der Mehrheit anzunehmen brauchte, um von ihr als Mitglied anerkannt zu werden. Torytrae kannte diese und alle anderen seiner kleinen Schwächen.

Langsam überquerte er den freien Platz vor der Halle. Durch die Säulen konnte er die Regalreihen mit den Gehirnbehältern sehen. Dort war das Ceynach-Gehirn angeblich zuerst aufgetaucht.

Der sichtbare Anfang, überlegte Torytrae, war nicht immer der eigentliche Anfang eines Ereignisses. Es war durchaus möglich, daß er die Spur noch weiter zurückverfolgen mußte. Für den Tschatro war der Markt der Gehirne der Beginn dieser Geschichte, für den Tuuhrt war er nur ein Ansatzpunkt.

Ungeduld und Eile waren dem Jäger unbekannt; er plante jeden seiner Schritte sorgfältig und forschte immer erst dann weiter, wenn er sicher sein konnte, daß seine bisherigen Ermittlungen keine Fehler enthielten.

Er befand sich auf der Suche nach einem ungewöhnlichen Gehirn. Der Tschatro hielt es für gefährlich und hatte seine Tötung verlangt – sofern es überhaupt noch am Leben war.

Torytrae kannte keine Skrupel. Er hatte bei den verschiedensten Einsätzen schon viele Ceynach-Gehirne gestellt und getötet.

Torytrae wurde von Passanten angestoßen. Er bemerkte es kaum.

Ein paar Yaanztroner mit Gehirnbehältern kamen vorbei. An offenen Tagen wurden die höchsten Umsätze erzielt. Die großen Händler versuchten über Lautsprecher, das Interesse der Kauflustigen an ihren Angeboten zu wecken.

Torytrae ließ sich von der Menge zwischen zwei Regalreihen schieben. Er nahm die Atmosphäre des Marktes in sich auf, um sich wieder daran zu gewöhnen. Erst wenn er diese Umgebung als normal akzeptierte, konnte er mit der Arbeit beginnen. Bei seinen Ermittlungen durfte er sich durch nichts ablenken lassen.

Torytrae bewegte sich eine Reihe hinauf und auf der anderen Seite wieder zurück; seine Blicke wanderten über Käufer, Händler und Gehirne. Schließlich erreichte er die Stelle, wo nach den Aussagen des Tschatros das Ceynach-Gehirn verkauft worden war.

Irgendwo dort oben auf dem Regal hatte der Behälter gestanden. Es gab keine Lücke in der Behälterreihe, denn für jedes verkaufte Gehirn wurde nach kurzer Zeit ein anderes ausgestellt. Torytrae sah, daß hier fast ausschließlich Bordin-Gehirne angeboten wurden.

Ein yaanztronischer Händler trat auf ihn zu. »Sie haben Interesse an den Bordins?«

»Das kommt darauf an«, wich der Yuloc aus. Er mußte sich jetzt wie ein schäbiger Organhändler verhalten, dessen finanzielle Mittel nicht für den Kauf eines überdurchschnittlichen Gehirns ausreichten. Er lächelte dem Händler vertraulich zu. »Vielleicht haben Sie ein gutes Angebot?«

»Ich habe mehrere preiswerte Gehirne zu verkaufen.« Das Interesse des Händlers ließ merklich nach, er sah sich bereits nach anderen Kunden um, mit denen er bessere Geschäfte machen konnte.

Torytrae ließ sich dadurch nicht beeindrucken. »Vielleicht haben Sie ein Gehirn anzubieten, das sich schlecht verkaufen läßt und deshalb schon lange Zeit in Ihrem Angebot vertreten ist?«

»Würden Sie ein solches Gehirn kaufen?«

»Ja«, sagte Torytrae. »Ich glaube, daß ich auch mit einem solchen Gehirn zufrieden sein könnte.«

»In jedem Fall«, versicherte der Händler überlegen. Er behandelte den Kunden mit einer Mischung aus Mitleid und Verachtung. Er schaltete seinen Antigravprojektor ein und schwebte am Regal hinauf. Wenig später kehrte er mit einem Behälter zurück.

»Ein Bordin-Gehirn«, sagte er. »Es heißt Yelloc. Es ist nicht besonders intelligent.«

Torytrae begann mit dem Händler um den Preis zu feilschen, obwohl ihm völlig gleichgültig war, was dieses Gehirn kostete. Es kam ihm nur darauf an, ein Gehirn zu bekommen, das schon im Markt der Gehirne gestanden hatte, als der Ceynach aufgetaucht war.

Torytrae und der Händler schlossen einen Vertrag ab. Danach konnte der Yuloc das Gehirn mitnehmen.

Auch jetzt, da er sein erstes Ziel erreicht hatte, entwickelte Torytrae keine besondere Eile. Er trug den Behälter zu seinem Fluggleiter. Schon jetzt hätte er mit Yelloc sprechen können, doch damit wollte er warten, bis er seine Unterkunft erreicht hatte. Um seine Rolle möglichst echt zu spielen, hatte Torytrae Vroteschs Haus im Stadtzentrum bezogen. Es handelte sich um ein kleines, uraltes Gebäude, dessen Innenräume vor Schmutz starrten. Torytrae war es gleichgültig.

Er brauchte im Augenblick noch keine Geräte zur Bearbeitung dieses Falles. Die Einrichtung, die Vrotesch zusammengetragen hatte, genügte ihm völlig.

Der Jäger parkte den Gleiter auf einem öffentlichen Platz in der Nähe seines Hauses. Dann trug er den Behälter in die Wohnung und stellte ihn auf einen Tisch.

Er zog einen bequemen Sitz zu sich heran und ließ sich darauf nieder. Einige Zeit beschränkte er sich darauf, das Gehirn im Behälter anzusehen. Er wußte, daß die Sehmechanismen des Behälters dem Gehirn gestatteten, ihn ebenfalls zu sehen.

Wie Torytrae erwartet hatte, wurde das Gehirn nach einiger Zeit unsicher. »Ich bin Yelloc«, sagte es scheu und unterwürfig. »Ich bin Ihnen dankbar, daß Sie mich gekauft haben.«

»Dazu besteht kein Grund«, versetzte der Tuuhrt leidenschaftslos.

»Wollen Sie ... wollen Sie mich in Ihrem Körper aufnehmen?« fragte das Gehirn zögernd.

Torytrae konnte diese Frage verstehen. Dieses Bordin-Gehirn hatte so lange auf dem Regal im Markt der Gehirne gestanden, daß es bereits völlig verzweifelt war. Wahrscheinlich hatte es schon nicht mehr damit gerechnet, eines Tages einen Käufer zu finden.

»Ich will dir ein paar Fragen stellen«, antwortete Torytrae.

»Ich werde Ihnen alles sagen, was Sie von mir wissen möchten.«

»Es geht nicht um dich«, sagte Torytrae. »Ich möchte nur, daß du dich an ein Gehirn erinnerst, das in deiner Nachbarschaft stand. Es nannte sich Danro und kam angeblich aus einer Galaxis, die es Moolk nannte. Ich nehme an, daß es sich um einen Ceynach handelte.«

»Ja«, sagte Yelloc, »daran erinnere ich mich.«

»Gut«, sagte der Jäger. »Ich möchte, daß du mir alles erzählst, was du von diesem Gehirn weißt. Du mußt dich an Gespräche erinnern, die ihr mit diesem Gehirn geführt habt. Das ist wichtig. Auch Dinge, die dir vielleicht unbedeutend sind, können wichtig sein.«

»Ich will es versuchen«, gab Yelloc bereitwillig zurück.

Das Gehirn berichtete. Der Tuuhrt hörte aufmerksam zu. Er unterbrach Yelloc nicht, auch dann nicht, wenn dessen Bericht unlogisch erschien. Torytrae machte sich sein eigenes Bild von den Ereignissen. Die Aussagen genügten.

Während er zuhörte, ging in Torytrae eine Wandlung vor. Wenn Yelloc nicht log, hatte das Ceynach-Gehirn bereits unmittelbar nach seiner Ankunft mit einem raffinierten Spiel begonnen. Es hatte in die Gespräche mit den Bordin-Gehirnen abstrakte Informationen eingestreut, um auf sich aufmerksam zu machen. Das konnte nur bedeuten, daß es sich zum Ziel gesetzt hatte, so schnell wie möglich vom Markt der Gehirne zu verschwinden.

Kein Wunder, daß Doynschto der Sanfte schließlich erschienen war, um dieses ungewöhnliche Gehirn zu erwerben.

Torytrae stand auf. »Das war alles, was ich wissen wollte«, sagte er.

Er trat an den Behälter und brach den gesamten Überlebensmechanismus gewaltsam ab. Das Bordin-Gehirn starb innerhalb weniger Augenblicke.

Der Jäger vergrub den Behälter mit dem Gehirn in den Kellerräumen des Hauses und begab sich dann zu einer öffentlichen Sprechstelle, um Verbindung zu dem Tschatro aufzunehmen. Er berichtete dem Regierungschef, was vorgefallen war.

»Sie brauchen nicht ständig anzurufen«, sagte der Tschatro ärgerlich. »Das kann dazu führen, daß Sie abgehört werden.«

Der falsche Vrotesch lächelte. »Ich bin jetzt sicher, daß es sich bei dem fremden Gehirn um einen Ceynach handelt.«

»So!« sagte der Tschatro. »Das wußte ich bereits.«

»Ich war nicht sicher«, gab Torytrae ohne jede Gefühlsregung zurück. »Es kam für mich darauf an, mich davon zu überzeugen. Jetzt muß ich mich um diesen Doynschto kümmern.«

Der Tschatro hielt einen Augenblick den Atem an. »Doynschto der Sanfte ist eine wichtige Persönlichkeit. Sie dürfen ihn nicht einfach eliminieren wie dieses Bordin-Gehirn, das Sie gekauft haben.«

»Ich kenne meine Grenzen.« Torytrae brach das Gespräch ab, weil es uninteressant für ihn geworden war.

Die geheimen Ängste des Tschatros amüsierten ihn. Sosehr der Regierungschef die beiden Jäger brauchte, so sehr fürchtete er, daß sie eines Tages selbständige Aktionen ohne Rücksicht auf die Regierung durchführen könnten. Der Tschatro schien sich der Widersprüchlichkeit seiner Überlegungen überhaupt nicht bewußt zu sein; auch darin unterschied er sich nicht von anderen intelligenten Wesen der Galaxis Naupaum.

Torytrae dachte an Noc, den einzigen außer ihm noch lebenden Yuloc. Warum gingen sie eigentlich nie gemeinsam auf Jagd? Der Tschatro hätte bestimmt nichts dagegen einzuwenden gehabt. Die beiden Yulocs vermieden den Kontakt untereinander.

Torytrae unterbrach diese Gedanken und konzentrierte seine Aufmerksamkeit wieder auf seine Aufgabe.

Er hatte es mit einem ungewöhnlichen Ceynach-Gehirn zu tun, und er hoffte, daß es noch am Leben war. Je interessanter und widerstandsfähiger ein Gegner war, desto reizvoller war seine Vernichtung. Der Jäger war weder ein besonders bösartiges noch ein unmoralisches Wesen. Er handelte entsprechend seiner Mentalität, die den anderen Intelligenzen dieser Galaxis unverständlich war.

Torytrae begab sich in ein anderes Gebiet der Stadt, wo er eines der großen Dampfbäder aufsuchte. Er kaufte sich eine Karte und betrat das kuppelförmige Bad. Inmitten der großen Kuppel war eine pyramidenförmige Terrasse angelegt worden. Dort strömte der heiße Dampf aus den Öffnungen im Boden. Yaanztroner und andere Wesen wälzten sich am Boden. Der Yuloc wußte, daß mit dieser Prozedur auch eine symbolische Reinigung verbunden war.

Er schlang ein Handtuch um seinen welken Körper und ging zu einer Trinkstelle.

Während er die trübe Flüssigkeit schlürfte, beobachtete er die Umgebung. Schließlich sah er abseits von der Terrasse einen Dampfwächter stehen. Diese Männer paßten auf, daß kein Yaanztroner im Dampfrausch Selbstmord beging.

Torytrae verließ die Trinkstelle und begab sich zu dem Wächter. Er begrüßte ihn unterwürfig. »Ist Spercamon hier?« fragte er.

Der Wächter musterte ihn mißtrauisch und wies schließlich mit einer ausgestreckten Hand in Richtung des Aufenthaltsraums.

Torytrae bedankte sich. Vom Tschatro hatte er eine Liste erhalten, auf der alle wichtigen Mitarbeiter Doynschtos verzeichnet waren. Einer dieser Assistenten erschien dem Jäger besonders interessant. Spercamon war von Doynschto zu einem Strafaufenthalt in die Stadt geschickt worden.

Der Termin des Verbannungsbeginns hing mit dem Zeitpunkt zusammen, zu dem Doynschto mit der Jagd auf den mysteriösen Bordin Tecto begonnen hatte.

Für den Jäger war das ein wertvoller Hinweis. Er glaubte nicht, daß der Zusammenhang zufällig war.

Im Aufenthaltsraum ruhten sich ein paar Dutzend Lebewesen von den Strapazen des Dampfbads aus. Zwei Dampfwächter bewegten sich zwischen den Sitzen. Obwohl Torytrae Spercamon nie gesehen hatte, erkannte er ihn sofort. Der junge Yaanztroner vermittelte ein Bild der Niedergeschlagenheit.

Torytrae ging zu ihm. »Sie sind Spercamon!« sagte er.

Der junge Mann sah ihn erstaunt an. »Wer sind Sie?«

»Vrotesch«, antwortete Torytrae. »Ich bin ein Organhändler und hätte mich gern mit Ihnen unterhalten.«

»Ich arbeite hier als Dampfwächter«, sagte Spercamon abweisend.

»Es geht um ein Gehirn«, sagte Vrotesch leise. »Um ein Ceynach-Gehirn.«

»Woher wissen Sie, daß ...« Spercamon biß sich auf die Unterlippe und unterbrach sich. Dann schaute er sich um, ob jemand zugehört hatte. Als er sah, daß niemand in der Nähe war, deutete er auf den Ausgang. »Warten Sie draußen, bis mein Dienst vorüber ist.«

Torytrae war zufrieden. Er holte seine Kleider und zog sich an. Die ganze Zeit über fragte er sich, warum Spercamon ausgerechnet hier arbeitete. Als Assistent hätte er doch auch an einer Transplantationsklinik angestellt werden können. Vielleicht schämte sich der junge Mann.

Der Jäger mußte fast drei Stunden vor dem Eingang des Dampfbads warten, bis Spercamon endlich erschien.

»Sie sind tatsächlich noch hier!« rief Spercamon erstaunt. »Die Sache muß ja ungeheuer wichtig sein.«

Sie suchten gemeinsam einen Treffpunkt auf. Es gab Hunderttausende davon in Nopaloor. Es handelte sich dabei um kleine Gebäude, in denen sich die Bürger der Stadt zwanglos treffen und unterhalten konnten. In jedem Treffpunkt gab es auch abschließbare Kabinen, wo man ungestört sprechen konnte. Sie wurden in erster Linie von jungen Paaren benutzt.

Torytrae suchte eine leere Kabine und schloß sie von innen ab, als Spercamon und er Platz genommen hatten. Sie saßen sich an einem kleinen Tisch gegenüber. Im trüben Licht sah Torytrae die Spuren von Unzufriedenheit in Spercamons Gesicht. Die Wand hinter Spercamon war hellgelb; sie bildete einen merkwürdigen Kontrast zum Fell des jungen Mannes.

»Ich habe Sie niemals gesehen und noch nie von Ihnen gehört, Vrotesch«, sagte Spercamon ungeduldig.

Torytrae starrte auf seine Hände, die er auf der Tischplatte ausgebreitet hatte.

Häßliche Hände! dachte er. Sein gesamter Körper war häßlich. Aber es gab keine yulocschen Körper mehr!

»Ich gehöre einer Organisation an, die sich mit dem Verkauf und Ankauf besonderer Gehirne beschäftigt«, sagte Torytrae.

Spercamon bewegte die Ohren. »Einer illegalen Organisation?«

»Ja«, sagte Torytrae.

Spercamon stand auf. »Damit will ich nichts zu tun haben.« Er öffnete den Verschluß der Tür und wollte die Kabine wieder verlassen.

»Uns ist ein Ceynach-Gehirn abhanden gekommen, das wir jetzt verzweifelt suchen«, sagte Torytrae sanft. »Doynschto und Sie haben es auf dem Markt der Gehirne erworben.«

Spercamons Bewegungen erstarben. Eine Zeitlang stand er wie erstarrt da, dann drehte er sich langsam um und drückte die Tür wieder zu. Er sank auf seinen Sitz zurück.

Torytrae beobachtete ihn mit einem Anflug von Belustigung. Es war unglaublich, wie leicht die Emotionen und Handlungen dieser Wesen manipuliert werden konnten.

»Was wissen *Sie* davon?« stieß Doynschtos Assistent hervor.

»Nicht viel.« Torytraes Blicke ließen die Augen des jungen Mannes nicht los. »Unserer Organisation liegt viel daran, dieses Gehirn zurückzubekommen. Wir würden jeden Preis dafür zahlen. *Jeden* Preis.«

Spercamon stützte seinen Kopf in beide Hände.

»Das ist unmöglich!«

»Unmöglich? Wieso?«

»Weil es tot ist!« brach es aus Spercamon hervor.

Die Enttäuschung lähmte Torytrae nur sekundenlang, dann besann er sich, daß die Aussage Spercamons genauso subjektiv sein konnte wie die der GOK-Beamten. Schließlich hatte Spercamon sich während der entscheidenden Zwischenfälle nicht mehr in der Transplantationsklinik des Sanften aufgehalten.

»Woher wissen Sie das?«

»Doynschto hat mich davon unterrichtet!«

Merkwürdig! dachte Torytrae. Warum machte der berühmte Wissenschaftler sich die Mühe, einem verbannten Assistenten eine solche Nachricht zu übermitteln? Hatte Doynschto vorausgeahnt, daß irgend jemand

Nachforschungen anstellen würde? Oder hatte es das Ceynach-Gehirn vorausgeahnt?

»Er hat *Sie* unterrichtet? Ist das nicht seltsam? Er schickt Sie in die Verbannung, dann gibt er Ihnen eine solche Nachricht bekannt.«

»Es ist eine Verbannung auf Zeit«, sagte Spercamon. »Ich werde bald in die Klinik zurückkehren. Seit Beginn meiner Strafe spreche ich regelmäßig mit Doynschto. Wir unterhalten uns über alles, was in der Klinik geschieht.«

»Wer hat diese Verbindung zum erstenmal hergestellt?«

»Ich. Ich hatte Doynschto darum gebeten.«

Zum erstenmal hatte Torytrae das Gefühl, ins Leere zu stoßen. Zweifellos sagte Spercamon die Wahrheit, zumindest sagte er aus, was er für die Wahrheit *hielt.*

»Ich muß alles über dieses Ceynach-Gehirn wissen, auch wenn es tot ist«, sagte der falsche Vrotesch.

Spercamon blickte ihn an, als sehe er ihn zum erstenmal. »Ich kann nicht darüber sprechen.«

Torytrae schoß unter dem Tisch eine präparierte Nadel in Spercamons Körper. Der junge Mann empfand es nur wie einen kaum spürbaren Stich. Er bewegte nur die Beine, das war seine einzige Reaktion. Torytrae wartete, bis sich die Augen Spercamons vergrößerten, das sicherste Zeichen, daß die mit der Nadel in Spercamons Körper gelangten Stoffe bereits ihre Wirkung taten.

»Natürlich werden Sie mit mir darüber sprechen«, sagte der Jäger.

»Ja«, sagte Spercamon schläfrig.

»Warum hat Doynschto Sie in die Verbannung geschickt?«

»Ich habe es entkommen lassen«, sagte Spercamon. Auch jetzt noch war diese Tat das beherrschende Ereignis in Zusammenhang mit dem Auftauchen des fremden Gehirns.

Torytrae schwieg. Er erhielt einen umfassenden Bericht von Spercamon. Nach der Flucht Danros war der Assistent offensichtlich nicht mehr über alles informiert worden, denn seine Erzählung wies große Lücken auf. Viel hatte er sich offenbar selbst zusammengereimt.

»Vergessen Sie, daß wir über dieses Thema gesprochen haben«, sagte Torytrae. Er ließ den Yaanztroner sitzen und verließ den Treffpunkt. In ein paar Stunden würde Spercamons Wachbewußtsein wieder funktionieren, aber er würde sich nicht mehr an Einzelheiten dieses Gesprächs erinnern können.

Torytrae blieb mitten auf der Straße stehen und dachte nach. Er wußte noch immer nicht mit Sicherheit, ob das Ceynach-Gehirn tatsächlich tot war.

Das Gespräch mit Spercamon hatte nur seine Vermutung bestätigt, daß es sich bei dem Ceynach um ein ungewöhnlich kluges und entschlußkräftiges Gehirn handelte.

Oder gehandelt hatte! schloß Torytrae die größere Wahrscheinlichkeit in seine Gedanken ein. Wenn er mehr erfahren wollte, mußte er mit Doynschto Kontakt aufnehmen.

2.

Seine eigene Klinik erschien Doynschto dem Sanften von Tag zu Tag mehr wie eine überdimensionale Falle, innerhalb der er sich zwar noch frei bewegen konnte, die aber längst zugeschnappt war. Dieses Gefühl wurde so stark, daß der Wissenschaftler allen Mitarbeitern und Bordindienern voller Mißtrauen begegnete. Seine Laune verschlechterte sich spürbar, was schließlich dazu führte, daß sogar seine Vertrauten sich von ihm zurückzogen.

Doynschto verwünschte den Tag, an dem er das Ceynach-Gehirn auf dem Markt gekauft hatte. Es hatte ihm nur Schwierigkeiten und Ärger eingebracht. Sein größter Fehler jedoch war gewesen, sich mit diesem fremden Gehirn zu verbünden und ihm die Flucht von Yaanzar zu ermöglichen.

Doch es war zu spät für Selbstvorwürfe. Jetzt kam es darauf an, daß er jeden Verdacht von sich fernhielt. Das GOK hatte seine Ermittlungen offenbar abgeschlossen. Es war Doynschto gelungen, diese Organisation zu täuschen. Doch auch der Paratransplantator hatte schon von dem legendären Ceynach-Suchkommando gehört. Er wußte nicht, wer ihm angehörte und wann es eingriff, aber er mußte in jedem Fall mit weiteren Nachforschungen rechnen.

Doynschto wußte, daß seine Popularität ihn weitgehend vor geheimen Aktionen schützte, aber er war nicht so naiv, das GOK oder andere von der Regierung gestützte Organisationen zu unterschätzen.

Er hatte sich dabei ausschließlich von seinen eigenen Moralvorstellungen leiten lassen. Der Fremde hatte ihn überzeugt.

Das Bewußtsein, eventuell einen schweren Fehler begangen zu haben, war schlimmer als alles andere. Die Furcht vor Nachforschungen des GOK und den Verdacht, mit Organräubern gemeinsame Sache zu machen, hätte er noch auf sich genommen.

Hatte er nicht selbst Spercamon gegenüber angedeutet, daß der Ceynach vielleicht ein gefährlicher Invasor sein konnte?

Im Augenblick der Entscheidung hatte er nicht daran gedacht. Der Fremde hatte mit seinem Auftreten alle Bedenken ausgelöscht.

Nun, Doynschto war bereit, alle Verantwortung zu tragen, wenn es zu Zwischenfällen kommen sollte, die diese Welt oder die gesamte Galaxis bedrohen würden.

An diesem Tag hatte Doynschto nur eine Transplantation vorgenommen und alle anderen Arbeiten seinen Assistenten überlassen. Seine Gedanken beschäftigten ihn so, daß er sich nicht zu konzentrieren vermochte.

Auch jetzt, in der Abgeschiedenheit seines Arbeitszimmers, konnte er keine Ruhe finden.

Drüben in den großen Labors wurden gerade die letzten Transplantationen an diesem Tag durchgeführt. In Doynschtos Klinik wurden durchschnittlich zehn Transplantationen am Tag vorgenommen. Doynschto hätte noch weitaus mehr Patienten aufnehmen können, doch er beschäftigte sich auch mit anderen Dingen.

Doynschto wurde in seinen Gedanken unterbrochen, als sein junger Bordindiener Percto hereinkam. »Ein neuer Patient möchte Sie sprechen, Doynschto.«

Der Wissenschaftler sah den Bordin unwillig an. »Ich habe jetzt weder Zeit noch Lust. Er soll sich anmelden, wie es üblich ist.«

»Das habe ich ihm bereits gesagt, doch er besteht darauf, von Ihnen selbst empfangen zu werden. Er sagt, er hätte besondere Wünsche, über die er nur mit Ihnen sprechen könnte.«

Doynschto war unschlüssig. Er kannte diese aufdringlichen reichen Yaanztroner, die offenbar glaubten, er warte nur darauf, ihnen ein besonderes Gehirn einpflanzen zu dürfen.

»Sage ihm, daß ich sein Geld nicht brauche, Percto.«

»Aber er ist kein reicher Mann, Doynschto. Er sieht eher ärmlich aus. Sein Name ist Vrotesch.«

Doynschto hatte diesen Namen noch nie gehört. Arme Patienten kamen selten in die Privatklinik. Doynschto wurde neugierig. Vielleicht war der Besucher nur ein Spinner, den er wieder nach Nopaloor zurückschicken würde. Es konnte sich aber auch um einen interessanten Fall handeln.

»Ein bißchen Abwechslung kann mir nicht schaden«, sagte er zu dem Bordin. »Ich werde ihn empfangen.«

»Noch heute abend?« fragte Percto erstaunt.

»Warum nicht? Führ ihn zu mir!«

Doynschto war froh, daß er sich aufgerafft hatte, irgend etwas zu tun. Ohne den Besucher hätte er den Abend wieder mit Grübeleien beschlossen. Er war gespannt, wer dieser Vrotesch war und was er wollte.

Nach ein paar Minuten kam Percto mit dem Besucher zurück. Doynschto stand einem schäbig gekleideten Yaanztroner gegenüber. Vrotesch war alt und ging gebeugt.

Doynschto war enttäuscht. Wahrscheinlich wollte dieser alte Mann nur eine kostenlose Transplantation erbetteln.

Der Wissenschaftler winkte dem Bordin zu. »Bring ihn wieder hinaus! Ich habe es mir anders überlegt.«

»Kommen Sie!« sagte der Bordin zu Vrotesch. »Doynschto der Sanfte kann jetzt nicht mit Ihnen sprechen.«

Als Vrotesch sich nicht bewegte, wollte Percto ihn am Arm nehmen und zum Ausgang ziehen. Doch der Besucher schien mit den Füßen im Boden verwurzelt zu sein. Er reagierte auch nicht, als Percto seine Anstrengungen verstärkte. Doynschto wußte, daß sein junger Diener kein Schwächling war.

»Ich werde mit Doynschto sprechen«, sagte Vrotesch.

Seine Stimme klang leise, aber bestimmt. Irgend etwas schwang in ihr mit, was Doynschto irritierte. Diese Stimme paßte nicht zu dem äußeren Erscheinungsbild des Yaanztroners. So sprach kein verarmter Bürger von Nopaloor.

»Laß ihn!« befahl Doynschto dem verwirrten Diener. »Ich werde mit ihm reden. Allein.«

»Er ist aufdringlich«, stellte Percto empört fest.

»Das sehe ich!« meinte Doynschto gelassen. »Ich werde mit ihm fertig, du brauchst dir keine Sorgen zu machen.«

Der Diener ging zögernd hinaus.

Als er mit dem Besucher allein war, ließ Doynschto sich in einem Sessel nieder und sah Vrotesch aufmerksam an. »Nun?« fragte er.

»Ihr Diener mag mich nicht!« stellte Vrotesch fest.

Doynschto schüttelte den Kopf und lachte. »Machen Sie sich seinetwegen Sorgen? Es ist doch bedeutungslos, was dieser Bordin von Ihnen hält!«

Wenn dieser Mann ein derart gestörtes Verhältnis zu den Bordins hat, kann man voraussetzen, daß er noch nie einen Vertrag mit einem Bordin geschlossen hat! überlegte Doynschto. Was veranlaßte ihn, mit diesem armen Alten noch länger hier zu sitzen?

»Ich kümmere mich um alles«, erklärte Vrotesch. »Es erleichtert mir den Aufbau eines Gesamtbilds.«

Doynschto starrte die abgerissene Kleidung dieser Gestalt an und fragte sich irritiert, ob dieser Mann früher einmal reich und mächtig gewesen sein mochte. In Nopaloor spielten sich die merkwürdigsten Geschichten ab.

»Sie wollen sagen, daß Sie vom Verhalten meiner Diener auf mich schließen«, sagte Doynschto verblüfft.

»Ja«, bestätigte Vrotesch freundlich. »Vom Verhalten Ihrer Diener, von der Einrichtung dieses Zimmers, von der Art, wie Sie reden und sich bewegen. Ich beziehe alles in meine Betrachtungen ein und bilde mir dann ein Urteil.«

Doynschto war erschüttert. Entweder war dieser Mann ein unverschämter Aufschneider, oder er besaß Qualitäten, die von seiner äußeren Aufmachung verborgen wurden.

»Sind Sie ein Agent des GOK?« entfuhr es Doynschto gegen seinen Willen.

Der Besucher lachte, und Doynschto wurde von diesem Lachen angesteckt.

»Und wie ist Ihr Urteil in meinem Fall ausgefallen?« fragte der Wissenschaftler weiter.

»Es ist noch nicht abgeschlossen«, erwiderte der Besucher.

Doynschto entschied, sich nicht länger vom erstaunlichen Selbstbewußtsein des Fremden beeindrucken zu lassen. Wäre dieser Vrotesch wirklich eine so überragende Persönlichkeit gewesen, wie er sie Doynschto gegenüber herauskehrte, hätte er dem Wissenschaftler bekannt sein müssen. Doch Doynschto hatte den Namen des Besuchers bisher nie gehört.

»Wir wollen zur Sache kommen«, schlug Doynschto mit Nachdruck vor. »Was wollen Sie?«

»Ein Gehirn!« sagte Vrotesch geradeheraus.

Natürlich! dachte Doynschto enttäuscht. Alles Ungewöhnliche und Geheimnisvolle, was er in seiner Phantasie in diesen Besucher gelegt hatte, löste sich auf. Da war ein Patient, der sich einer besonderen Masche bediente, um zu einem Erfolg zu kommen.

»Ein Gehirn«, wiederholte Doynschto, jetzt deutlich gelangweilt. Er blickte zur Tür, ob er Percto nicht sehen konnte.

»Dabei«, sagte Vrotesch, »habe ich nicht an das Gehirn eines Bordins gedacht. Auch nicht an das Gehirn eines Yaanztroners.«

Die alten Augen sahen Doynschto verschlagen an. »Ich möchte etwas Besonderes.«

Doynschto legte beide Hände aneinander und formte eine Schale. Es war das Handzeichensymbol für Geld.

»Ich kann bezahlen«, behauptete der Besucher. »Jeden Preis.«

Doynschto beobachtete ihn mit neuem Interesse. Sollte der Alte tatsächlich viel Geld besitzen? Vielleicht war Vrotesch durch einen Zufall zu einem Vermögen gekommen. Es war nur naheliegend, daß er sich dafür ein besonders wertvolles Gehirn kaufen wollte, nachdem er offensichtlich lange Zeit überhaupt nicht an einen solchen Kauf hatte denken können.

Doynschto schaltete die Sprechanlage vor sich auf dem Tisch ein und sagte mit leiser Stimme: »Versuchen Sie bitte herauszufinden, ob ein Yaanztroner namens Vrotesch einmal ein Gehirn auf dem Markt gekauft hat.«

Alle Gehirnkäufe wurden registriert. Doynschtos Assistent würde schnell herausfinden, ob Vrotesch schon einmal auf dem Markt der Gehirne aktiv geworden war.

Doynschto wandte sich wieder an Vrotesch. »Setzen wir voraus, daß Sie tatsächlich über die entsprechenden Mittel verfügen. Woran haben Sie gedacht?«

»An ein Ceynach-Gehirn.«

Der Schock machte Doynschto mit einem Schlag hellwach. Er richtete sich in seinem Sitz auf und starrte den Besucher an. Doynschto glaubte nicht an solche Zufälle. Vrotesch stand in einem besonderen Zusammenhang zu den Ereignissen der letzten Wochen.

»Wer hat Sie geschickt?« brachte Doynschto schließlich hervor. »Wenn Sie Mitglied des GOK sind, halte ich Ihre Maske für geschmacklos. Ich würde eine offizielle Beschwerde an die Regierung richten.«

»Ich komme allein und ohne Auftrag«, lautete die Antwort. »Ich bin hier, um ein bestimmtes Ceynach-Gehirn zu erwerben. Das Gehirn des Danro aus Moolk.«

Doynschto war so aufgeregt, daß er das Summen des Sprechgeräts zunächst überhörte. Als er es nach einiger Zeit einschaltete, meldete sich sein Assistent, den er mit den Nachforschungen auf dem Markt der Gehirne beauftragt hatte.

»Ein Yaanztroner namens Vrotesch hat gestern ein Bordin-Gehirn namens Yelloc gekauft.«

Doynschto bedankte sich. Er sah den Besucher an. »Was wissen Sie von diesem Danro?«

»Nicht sehr viel«, sagte Vrotesch. »Ich bin gekommen, um mehr von Ihnen zu erfahren. Um die Wahrheit zu sagen: Ich arbeite für eine geheime Organisation.«

»Für eine illegale Organisation?«

»Ja«, sagte der Besucher.

Doynschto drückte auf die Alarmanlage. Wenige Sekunden später drangen einige Männer in den Arbeitsraum ein und richteten ihre Waffen auf Vrotesch.

»Ich lasse Sie verhaften«, verkündete Doynschto triumphierend. »Diese Männer werden Sie dem GOK übergeben.«

Er konnte seinen Entschluß nicht mehr rückgängig machen, obwohl er ihn bereits bereute. Zumindest hätte er versuchen müssen, mehr aus diesem Mann herauszubekommen. Vrotesch wußte etwas von Rhodan. Vielleicht gehörte er der Organisation an, die ihn in den Markt der Gehirne gebracht hatte. Vrotesch ließ sich widerstandslos hinausführen.

»Danke für die Befreiung«, sagte Torytrae ironisch, als die beiden Männer, die ihn in das Zimmer des Regierungschefs gebracht hatten, wieder hinausgegangen waren.

Der Tschatro stand am Fenster und war offensichtlich bei schlechter Laune. »Das war plump! Plump und außerdem verantwortungslos. Ich hätte Sie den Verhören des GOK aussetzen sollen. Vielleicht wäre es sehr interessant gewesen, zu erfahren, was dabei herausgekommen wäre.«

»Ich gebe nur freiwillig Informationen«, versicherte Torytrae. »Außerdem ist Ihr Ärger völlig unberechtigt. Ich habe erreicht, was ich wollte.«

Der Tschatro zügelte seinen Ärger. Er wußte, daß seine Vorwürfe vorschnell waren. Bisher hatte Torytrae jeden Fall gelöst. Er würde es auch diesmal schaffen. Dabei würde er sich vom Tschatro nicht die Methoden vorschreiben lassen, deren er sich bediente.

»Doynschto ist jetzt verunsichert«, stellte Torytrae fest. »Er weiß nicht, wer ich bin und warum ich ihn besucht habe. Wenn er etwas Gesetzwidriges getan hat, wird er jetzt neue Aktivitäten entfalten, um seine Handlungen zu vertuschen. Ich brauche ihn nur zu beobachten.«

Der mächtigste Mann von Yaanzar seufzte. »Was haben Sie über das Ceynach-Gehirn herausgefunden?«

»Es ist oder war sehr fremdartig und im höchsten Maße ungewöhnlich.«

»Sie sind sich also noch nicht darüber im klaren, ob es noch am Leben ist?«

»Nein.«

Der Tschatro verließ seinen Beobachtungsplatz am Fenster und wandte sich dem Tuuhrt zu. »Sie wundern sich wahrscheinlich darüber, daß ich mir wegen dieses Ceynachs solche Sorgen mache?«

»Jetzt nicht mehr. Wenn er noch am Leben ist, bedeutet er eine Gefahr. Er verfolgt ein bestimmtes Ziel und nutzt dabei all seine Fähigkeiten.«

»Wann werden Sie Gewißheit haben?«

»In ein paar Tagen«, sagte Torytrae.

Nur mit einer Betäubungspistole bewaffnet, war Torytrae in die Altstadt von Nopaloor gekommen. Er rechnete nicht mit einem Überfall. Niemand wußte, wer er war. Vor wenigen Stunden war er von den Riesenbergen gekommen. Dort hatte er das Drycnasch besucht, das große Observatorium hoch über dem Land. Noch immer wußte Torytrae nicht, ob das Ceynach-Gehirn tot war. Im Drycnasch hatte er neue interessante Informationen erhalten. Das Ceynach-Gehirn hatte zweifellos im Observatorium gearbeitet.

Die Motivation des Fremden war Torytrae klar. Der Ceynach hatte versucht, in den Besitz bestimmter kosmischer Koordinaten zu gelangen.

Zu welchem Zweck?

Es gab nur zwei Möglichkeiten. Entweder hatte der Fremde ein bestimmtes Ziel, über das er sich orientieren wollte, oder er hatte etwas über seinen Standort herauszufinden versucht.

Aus früheren Äußerungen des Ceynachs, von denen Torytrae erfahren hatte, glaubte der Jäger schließen zu können, daß der Fremde sich in Naupaum völlig verloren gefühlt hatte. Seine Mentalität glich keiner von Angehörigen eines bekannten naupaumschen Volkes.

Der Fremde suchte also den kosmischen Standort seiner Heimat. Er wollte sich orientieren. Vermutlich wollte er sogar zurück.

In Gedanken versunken, bewegte Torytrae sich durch eine schmale Gasse der Altstadt. Er suchte nach einer Unterkunft des Roten Anatomen. Der geheimnisvolle Poynkorer besaß mehrere Häuser in Nopaloor. Alles, was Torytrae von diesem Wesen erfahren hatte, ließ ihn annehmen, daß es zu den raffiniertesten Organdieben von Nopaloor gehörte. Der Rote Anatom war in dieses Ceynach-Verbrechen verwickelt, daran bestand kein Zweifel.

Inzwischen hatte Torytrae drei Behausungen des Poynkorers durchsucht, ohne jedoch eine Spur zu finden. Der Rote Anatom war verschwunden.

Hatte er Ermittlungen gefürchtet, oder war er unterwegs, um wichtige Geschäfte zu erledigen?

Torytrae war fast sicher, daß der Rote Anatom Yaanzar verlassen hatte. Alles deutete darauf hin.

Gehirntransplantationen konnten nur auf Yaanzar ausgeführt werden. Wenn der Rote Anatom diesen Planeten tatsächlich verlassen hatte, mußte es einen besonderen Grund dafür geben. Die Zusammenhänge waren offensichtlich.

Torytrae erreichte das Haus des Roten Anatomen. Es lag unmittelbar neben einem Treffpunkt. Das war bestimmt kein Zufall. Innerhalb des Treffpunkts hatte der Poynkorer seine geschäftlichen Gespräche unauffällig abwickeln können.

So spät am Tag war der Treffpunkt überfüllt. Torytrae trat ein und sah sich um. An den meisten Tischen wurde über allgemeine Probleme diskutiert. Alle Kabinen waren besetzt. In diesem Treffpunkt verkehrten ausschließlich Bewohner der Altstadt. Viele von ihnen trugen Strahlwaffen, obwohl das von der Regierung verboten war. Das bewies dem Jäger, daß die Regierung die Kontrolle über weite Gebiete Nopaloors verloren hatte. Die Altstadt wurde von den Banden und Organisationen kontrolliert, die illegal mit Gehirnen und Organen handelten.

Trotzdem war die Altstadt ein Ghetto. Auf seinem Weg zum Treffpunkt neben dem Haus des Roten Anatomen hatte Torytrae keinen einzigen Beamten gesehen. Die Polizei wagte sich nur noch bei Sondereinsätzen in dieses Gebiet.

»He, Vrotesch!« rief jemand.

Torytrae drehte sich langsam um und sah einen breitschultrigen jungen Yaanztroner auf sich zukommen. Er wußte nicht, wer dieser Mann war, aber das bereitete ihm keine Sorgen.

»Ich habe Sie lange nicht mehr gesehen«, sagte der junge Mann. »Es hieß, Sie hätten einen schweren Unfall erlitten.«

»Ja«, sagte Torytrae.

»Was führt Sie hierher?« Seine Stimme senkte sich zu einem vertraulichen Flüstern. »Brauchen Sie vielleicht etwas Besonderes?«

Jetzt sah Torytrae, daß der Unbekannte ein Giftmesser von Armeslänge im Gürtel stecken hatte. Seine ID-Marke wies ihn als Pac-Tu-1368 aus.

Pac-Tu-1368 bemerkte den Blick des Besuchers. Er lächelte. »Ich muß jetzt nachts oft nach Varctesch«, sagte er. »Da muß ich gut bewaffnet sein.« Er öffnete seinen Umhang, so daß zwei kleine Strahlwaffen sichtbar wurden.

»Sie sollten damit nicht so renommieren!« warnte Torytrae.

Der Yaanztroner lachte nur verächtlich. »Kann ich Ihnen helfen?« fragte er. »Wer die Straße nach Varctesch geht, hat viele Verbindungen.«

Die »Straße nach Varctesch« war die ständig wechselnde Route, auf der die Schmuggler ihre Organe transportierten. Varctesch wurde der jeweilige Umschlagplatz genannt, wo die dunklen Geschäfte stattfanden.

Torytrae hätte den jetzigen Platz leicht herausfinden und der Regierung einen Hinweis geben können, doch das betrachtete er nicht als seine Aufgabe.

»Ich wollte Geschäfte mit dem Roten Anatomen machen«, sagte er zu Pac-Tu-1368. »Doch ich kann ihn nicht finden.«

Das Gesicht des anderen verfinsterte sich. Er warf Torytrae noch einen mißtrauischen Blick zu und zog sich dann zurück. Diese Scheu war leicht zu erklären. Der Rote Anatom war einer der Großen im illegalen Handel mit Gehirnen und Organen. Niemand würde es wagen, sich mit dem Poynkorer anzulegen.

Torytrae verließ den Treffpunkt und ging direkt zum Haus des Roten Anatomen. Im Eingang hockte eine alte Frau auf einem ausgestopften Korybkörper. Sie inhalierte Dampf aus einem kleinen Kocher. Ihr Gesicht war gerötet, aber sie war noch nicht berauscht.

»Ich möchte den Roten Anatomen sprechen!« forderte Torytrae.

Die Alte sah auf. Tropfen liefen über ihr Gesicht.

»Dermutyt führt seine Geschäfte«, sagte sie. »Du triffst ihn im Keller.«

Der Jäger schlug einen Kunststoffvorhang zur Seite und blickte in einen langen Gang. Durch eine Seitentür gelangte er in einen großen Raum, in dem eine Bank zur vorübergehenden Aufbewahrung von Organen stand. Es war bezeichnend, daß der Rote Anatom sie ohne jede Vorsichtsmaßnahme hier aufbewahren konnte.

Torytrae warf einen Blick auf die Transparentwand und sah, daß die Bank leer war. Er durchquerte den Raum und gelangte in eine Art Büro. Zwei junge Yaanztronerinnen arbeiteten dort.

»Wo geht es zum Keller?« erkundigte sich Torytrae.

Eine der Frauen erhob sich und führte ihn zu einer Antigravröhre. Torytrae ließ sich hineingleiten. Am unteren Ende der Röhre erwartete ihn ein Bordin. Torytrae sah, daß der Diener keine ID-Marke trug. Dafür besaß der Bordin einen schweren Strahler, den er jetzt auf den Yuloc richtete.

»Ich will mit Dermutyt sprechen«, verkündete Torytrae unbeeindruckt.

Der Bordin schaltete ein Sprechgerät ein, das er um den Hals hängen hatte, und sprach ein paar Worte hinein. Wenige Augenblicke später kam ein Fulgmyrer aus den hinteren Räumen des Kellers. Fulgmyrer waren Echsenabkömmlinge. Sie gingen aufrecht. Ein sichelförmiger Kamm reichte von ihrem Nacken bis zum Gesäß. Das Gesicht des Fulgmyrers war flach; Augen, Nase und Mund befanden sich in einem hornartigen Vorsprung. Aus dem Halsansatz des häßlichen Wesens ragten mehrere buschige Fühler. Fulgmyrer galten als gefühlsarm und sehr intelligent. Sie hielten sich nur ungern auf Yaanzar auf, denn diese Welt war ihnen zu kalt.

Torytrae sah, daß Dermutyt ein paar Heizschlangen um den Körper gewunden hatte.

»Was wollen Sie?« fragte er unfreundlich.

»Ich komme, um den Roten Anatomen zu sprechen! Es ist wichtig!«

Dermutyt wandte sich um und sprach zu jemand, der noch in der Dunkelheit des hinteren Raumes verborgen stand.

»Ist er das?«

»Ja«, sagte eine dem Jäger inzwischen wohlbekannte Stimme. Dann trat Doynschto der Sanfte aus einer Nische und richtete eine Strahlwaffe auf Torytrae.

Torytrae bewegte sich nicht. Er beobachtete Doynschto, der jetzt langsam auf ihn zukam, und fragte sich, ob der Wissenschaftler ahnte, daß der Yaanztroner, den er jetzt mit der Waffe bedrohte, dieses zweite Zusammentreffen herausgefordert und eingeplant hatte.

»Ich wundere mich, wie schnell das GOK Sie wieder freigelassen hat«, sagte Doynschto ironisch.

Der Fulgmyrer trat hinter Torytrae und tastete ihn ab. Er zog die Betäubungspistole aus Torytraes Umhang und warf sie auf den Boden.

»Das ist alles«, sagte er zu Doynschto. Er warf einen Blick zur Antigravröhre. »Vielleicht ist er nicht allein gekommen.«

»Das werden wir bald wissen«, gab Doynschto zurück.

Torytrae konnte deutlich sehen, welche psychischen und physischen Anstrengungen der alte Wissenschaftler sich auferlegte. Trotzdem war Doynschto kein Gegenspieler, den man ungestraft unterschätzte.

»Setzen Sie sich!« befahl Doynschto.

Der Yuloc zog es vor zu schweigen. Er ließ sich auf den kalten Boden nieder und senkte den Kopf. Schließlich war er dieses Risiko bewußt eingegangen. Doynschto war kein Mann, der einen Mord begehen würde, es sei denn, man würde ihn gnadenlos in die Enge treiben. Soweit war es noch nicht.

»Sie sind Mitglied des GOK und haben den Auftrag, mir nachzuspionieren!« rief Doynschto. »Ich werde ein Geständnis von Ihnen bekommen und mich damit an die Öffentlichkeit wenden. Die Regierung soll wissen, daß sie nicht ungestraft die Gesetze mißachten darf.«

»Ich glaube, daß Sie es sind, der die Gesetze mißachtet«, versetzte Torytrae. »Sie sind in ein Ceynach-Verbrechen verwickelt. Außerdem täuschen Sie sich. Ich bin kein Mitglied des GOK. Bereits bei meinem Besuch in der Klinik habe ich Ihnen versichert, daß ich Mitarbeiter einer illegalen Organisation bin.«

Der Fulgmyrer, der hinter ihm stand, versetzte ihm einen heftigen Schlag in den Nacken. Torytrae spürte, wie der Schmerz durch den yaanztronischen Körper raste, dann ließ er sich zur Seite kippen und lag schwer atmend da.

»Vorsichtig!« rief Doynschto erschrocken. »Sehen Sie nicht, daß er ein alter Mann ist? Wollen Sie ihn umbringen?«

Dermutyt zischte amüsiert. »Er lügt. Wir sollten ihm von Anfang an klarmachen, daß wir uns das nicht bieten lassen.«

»Er ist mein Gefangener!« versetzte Doynschto.

Torytrae richtete sich wieder auf.

»Ich werde Ihr Gehirn lokalisieren«, verkündete Doynschto. »Es interessiert mich, wer Sie in Wirklichkeit sind.«

Der Tuuhrt zweifelte nicht daran, daß der Wissenschaftler diese Drohung wahr machen wollte. Doynschto war verunsichert und ängstlich. In dieser Stimmung war er unberechenbar. Der Transplantator hatte sich in etwas verstrickt, was er nicht mehr überblicken konnte. Daran war zweifellos das Ceynach-Gehirn schuld.

Der Jäger begann zu glauben, daß der Unbekannte noch am Leben war. Wahrscheinlich verbarg er sich in einem unauffälligen Körper. Früher oder später würde er jedoch wieder aktiv werden, um seine Pläne zu verwirklichen, davon war Torytrae überzeugt.

Der Yuloc mußte unter allen Umständen verhindern, daß Doynschto ihn in eine PGT-Anlage brachte und sein Gehirn vom Körper trennte.

»Die Organisation, der ich angehöre, arbeitet nicht auf Yaanzar«, sagte Torytrae. »Wir haben uns auf mehreren Welten in Naupaum niedergelassen, weil wir glauben, daß auch dort Transplantationen durchzuführen sind. Wir wollen endlich das Monopol von Yaanzar brechen.«

Der Fulgmyrer kicherte boshaft.

Torytrae rechnete mit einem neuen Schlag, aber Doynschto besaß offenbar doch genügend Autorität, um ihn vor der Brutalität der Echse zu schützen.

»Es ist längst erwiesen, daß Transplantationen nur auf Yaanzar durchgeführt werden können«, sagte Doynschto.

»Die Wissenschaftler, die unserer Organisation angehören, wollen das Gegenteil beweisen. Sie brauchen dazu ein Ceynach-Gehirn.«

»Die alte Theorie, daß ein Gehirn nur frei von unseren Tabus zu sein braucht, um auch auf einer anderen Welt übertragen zu werden, ist längst widerlegt«, sagte Doynschto der Sanfte.

»Es wurde nie versucht«, sagte Torytrae.

»Ein solches Experiment wäre unsinnig.«

Der Fulgmyrer mischte sich ein. »Sie sprechen mit ihm, als würden Sie ihm glauben.«

»Unsinn!« rief Doynschto. »Ich lasse mich nicht von meinen Absichten abbringen. Wir betäuben ihn und transportieren ihn dann zu meiner Klinik.«

Torytrae rollte sich über den Rücken nach hinten ab. Er traf den Fulgmyrer mit beiden Füßen gegen den breiten Beckenpanzer und hörte das Chitin zerbrechen. Der Fulgmyrer knickte nach vorn ein, so daß Torytrae die buschigen Fühler am Hals zu fassen bekam. Er riß sie aus. Dermutyt schrie gellend und torkelte rückwärts gegen die Antigravröhre. Er hatte seinen Orientierungssinn verloren.

Doynschto zitterte und zielte mit dem Strahler auf Torytrae. »Bleiben Sie stehen!« befahl er.

»Sie werden mich nicht erschießen!« rief der Jäger. »Das können Sie nicht tun.«

Er ging auf Doynschto zu und nahm ihm die Waffe aus der Hand. Der Wissenschaftler wich zurück. Torytrae erschoß den Fulgmyrer und trat dann in die Antigravröhre.

»Oben bleiben!« schrie er die Frauen an, die durch das Geschrei des Fulgmyrers angelockt worden waren.

Torytraes kraftloser alter Körper war so erschöpft, daß er nur vom übermächtigen Willen des yulocschen Gehirns aufrecht gehalten wurde. Trotzdem mußte Torytrae sich jetzt gegen die Antigravröhre lehnen, um nicht zusammenzubrechen.

Er lächelte Doynschto an.

»Wir sind zwei alte Männer, die nicht zum Kämpfen geschaffen sind«, brachte er mühselig hervor. »Deshalb sollten wir miteinander reden. Ich will von Ihnen wissen, wo sich dieses Ceynach-Gehirn befindet, das sich selbst Danro nennt und aus einer unbekannten Galaxis namens Moolk kommen soll.«

»Es ist tot«, sagte Doynschto dumpf.

»Das glaube ich nicht, denn es sprechen zu viele Dinge dagegen.« Torytrae ließ den Wissenschaftler nicht aus den Augen. »Sie hatten Verbindung zum Roten Anatomen. Wo ist er jetzt?«

»Das weiß ich nicht. Ich kam hierher, um mit ihm zu sprechen.«

»Worüber?«

»Über Gehirne!«

»Sie kaufen also illegale Gehirne!«

»Nein!« schrie Doynschto. »Ich habe mich noch nie eines Verbrechens schuldig gemacht, bis auf dieses eine Mal. Aber da konnte ich nicht anders.« Seine Augen bekamen einen starren Ausdruck. »Sie hätten ihn sehen und hören sollen. Sie würden mich bestimmt verstehen.«

»Ja«, sagte Torytrae gespannt. »Sprechen Sie weiter.«

Aus der Antigravröhre drang Lärm. Torytrae blickte hinein und sah zwei bewaffnete Fulgmyrer in die Röhre eindringen. Er wich zurück und schlug den Eingang zu. Mit zwei Schüssen hatte er das Tor verschweißt.

»Fulgmyrer!« rief er Doynschto zu. »Gibt es hier noch einen zweiten Ausgang?«

»Ich weiß nicht«, gab Doynschto zurück. »Aber unter diesen alten Gebäuden liegen oft weitverzweigte Kellersysteme.«

Torytrae deutete mit der Waffe in die Dunkelheit im Hintergrund. »Wir versuchen es.«

»Warum sollte ich Ihnen folgen?« rief Doynschto.

»Weil Sie nicht hierhergehören. Sie sind ein harmloser Wissenschaftler, dem es schwerfallen würde, den Fulgmyrern den Tod eines Artgenossen zu erklären.«

Er blickte zurück und registrierte zufrieden, daß der Transplantator ihm folgte. Dumpfe Schläge an der Röhrentür zeigten ihm an, daß die Fulgmyrer unten im Keller angekommen waren. In wenigen Augenblicken würden sie die Tür zerstrahlen und die Verfolgung aufnehmen.

In diesem Augenblick wünschte der Jäger, daß ihm ein jüngerer Körper zur Verfügung gestanden hätte.

3.

Die Projektionswand zeigte einen Ausschnitt vom Zentrum der Stadt. Das Bild wurde von flugfähigen Kameras übertragen. Um diese Zeit herrschte auf den Straßen und Plätzen Nopaloors dichter Verkehr. In diesem Gedränge war es kaum möglich, einzelne Gestalten zu unterscheiden.

Commissroy Groyck vom GOK schaltete die Wand wieder aus und schüttelte ärgerlich den Kopf.

»Sie sehen, daß es sinnlos ist«, wandte er sich an seinen Besucher. »Es wäre auch ausgesprochener Zufall, wenn Sie jenen Mann entdecken würden, nach dem Sie suchen.«

Transplan-Regulator Eboyschan starrte die dunkle Wand an und nickte bedächtig. »Wahrscheinlich haben Sie recht.«

»Weshalb suchen Sie ihn überhaupt?« wollte Commissroy Groyck wissen.

»Es sind private Gründe«, wich Eboyschan aus.

»Warum geben Sie dem GOK keinen offiziellen Auftrag, dann würden wir diesen Mann für Sie suchen? Zumindest sollten Sie eine Suchmeldung aufgeben.«

»Nein, nein!« wehrte Eboyschan ab. »Dazu ist die Sache nicht wichtig genug. Ich danke Ihnen, daß Sie versucht haben, mir zu helfen.«

Der GOK-Beamte zuckte mit den Achseln.

Als Eboyschan draußen auf dem Gang stand, atmete er unwillkürlich auf.

Wie war er nur auf die absurde Idee gekommen, das GOK um Hilfe zu bitten? Auf diese Weise würde er keine Spur des falschen Vrotesch finden. Hoffentlich unternahm Commissroy Groyck jetzt nichts auf eigene Faust, denn dann bestand die Gefahr, daß der Tschatro von der Sache erfuhr.

Eboyschan fragte sich, warum der Regierungschef so ruhig blieb. Seit mehreren Tagen hatte der Jäger sich nicht mehr gemeldet. Niemand wußte, wo er war und – was noch beunruhigender erschien – was er tat.

Irgendwo dort draußen in Nopaloor hielt sich das unheimliche Yuloc-Gehirn auf. Benutzte es die ihm zur Verfügung stehende Zeit ausschließlich zur Jagd auf den Ceynach, oder verfolgte es auch eigene Pläne?

Der Transplan-Regulator erlebte zum erstenmal mit, auf welche Weise ein Tuuhrt auf einen Fall angesetzt wurde. Die Art, wie das geschah, erschien Eboyschan leichtfertig. Schließlich war es kein gewöhnliches Gehirn, das die Tschatrobank verließ, sondern ein Yuloc-Gehirn. Das Vertrauen, das der Tschatro diesen beiden Wesen entgegenbrachte, war einfach übertrieben.

Als Eboyschan seine privaten Räume erreicht hatte, erhielt er einen Anruf des Tschatros.

»Wie ich hörte, machen Sie sich Sorgen wegen unseres Jägers«, sagte der Tschatro.

Verblüfft und beschämt blickte Eboyschan auf den kleinen Bildschirm vor sich auf dem Tisch. Wie hatte der Regierungschef so schnell davon erfahren können?

»Das Ceynach-Suchkommando darf niemals identifiziert werden«, sagte der Tschatro. Er schien in keiner Weise verärgert zu sein. »Das ist eine psychologische Notwendigkeit, die Sie offenbar nicht erkannt haben. Zum Schutz des Ceynach-Suchkommandos habe ich überall in der Verwaltung Sicherheitsmaßnahmen ergriffen, denn Sie sind nicht der erste Transplan-Regulator, der glaubt, daß er die Tuuhrts bei der Arbeit überprüfen muß.«

»Ich bedaure meine Voreiligkeit«, sagte Eboyschan gepreßt. »Wenn Sie es wünschen, werde ich die Konsequenzen ziehen und zurücktreten.«

»Dazu sind Sie mir zu wertvoll«, gab der Tschatro zurück. »Sie werden sich in meiner Anwesenheit einer kleinen Gedächtniskorrektur unterziehen und alles vergessen, was mit dem Ceynach-Suchkommando zusammenhängt. Das ist alles, was ich von Ihnen verlange.«

»Kann ich damit bis zum Abschluß des Falles warten?«

Der Tschatro lächelte. »Ich warte auf Sie – *jetzt!*«

Eboyschan nickte. »Trotzdem interessiert mich, ob der Tuuhrt schon etwas herausgefunden hat.«

»Ich habe keine neuen Nachrichten erhalten«, erwiderte der Tschatro knapp. Danach unterbrach er die Verbindung.

Eboyschan saß wie erstarrt vor der Sprechanlage. Er hatte einen schweren Fehler begangen, aber er hatte nicht damit gerechnet, daß der Tschatro von seinen Nachforschungen erfahren würde. An eine harte Strafe hatte er überhaupt nicht gedacht.

Nun sollte sein Wissen über die Yulocs aus seinem Gedächtnis gelöscht werden.

Eboyschan wußte, welche Konsequenzen sich daraus für ihn ergaben.

Der Tschatro würde ihn nicht mehr mit in die Tschatrobank nehmen. Das Geheimnis des Ceynach-Suchkommandos würde Eboyschan für alle Zeiten verschlossen bleiben.

Der Transplan-Regulator senkte den Kopf. Er konnte und wollte sich nicht mit der Entscheidung des Regierungschefs abfinden. Er war doch kein Tier, das man nach Belieben manipulieren konnte.

Warum genügte dem Tschatro nicht das Versprechen, daß Eboyschan sich nicht mehr mit dem Jäger befassen würde?

Konnte er ein solches Versprechen überhaupt halten? fragte sich der Transplan-Regulator. Würde er nicht immer wieder zu ergründen versuchen, welche Absichten ein Tuuhrt verfolgte?

Der Entschluß des Tschatros war klug, daran gab es keine Zweifel, trotzdem zögerte Eboyschan. Vielleicht war er der einzige Yaanztroner, der die Chance hatte, das heimliche Treiben der Jäger zu entlarven. Vielleicht trugen die Yulocs die Schuld an vielen unheilvollen Entwicklungen auf Yaanzar und in Naupaum. Theoretisch war es möglich, daß die Jäger sogar die heimlichen Anführer einiger gefährlicher illegaler Organisationen waren.

Eboyschan stand langsam auf. Was, wenn der Tschatro mit den Yulocs zusammenarbeitete? Es war denkbar, daß er von ihnen dazu gezwungen wurde!

Je länger der Yaanztroner darüber nachdachte, desto aufgeregter wurde er. Das Geheimnis der Yulocs mußte endlich geklärt werden.

Zu einem anderen Zeitpunkt wären ihm seine Gedankengänge sicher unlogisch und absurd erschienen, doch jetzt stand er unter einem starken seelischen Druck. Eboyschan war ein freiheitsliebender Mann. Der Gedanke, daß sein Bewußtsein manipuliert werden sollte, war ihm unerträglich.

Er verließ seinen Privatraum, der im Regierungszentrum von Yaanzar lag. Das Yaanzardoscht war ein riesiger, durch Schutzschirme abgegrenzter Bezirk. Als Mitglied der Regierung konnte Eboyschan dieses Gebiet betreten und verlassen, wann immer er wollte. Die Frage war nur, ob der Tschatro nicht in kluger Voraussicht alle Energieschleusen für Eboyschan gesperrt hatte.

Nein! dachte Eboyschan.

Der Tschatro war gewohnt, daß seine Befehle befolgt wurden. Er würde nicht auf den Gedanken kommen, daß sich ein Mitglied der Regierung widersetzen wollte.

Eboyschan wußte jedoch, daß er sich beeilen mußte. Der Tschatro würde schnell mißtrauisch werden, wenn der Transplan-Regulator nicht bei ihm erschien.

Der junge Yaanztroner rannte durch den Gang zur nächsten Antigravröhre. Er ließ sich in die unteren Räume gleiten und verließ das Gebäude durch einen der Haupteingänge. Nichts deutete darauf hin, daß der Tschatro Alarm gegeben hatte.

Eboyschan überquerte den großen Vorhof. Er mußte sich dazu zwingen, ruhig und gelassen zu wirken. Wenn er jetzt gerannt wäre, hätte er nur den Verdacht der Passanten geweckt. Er blickte sich vorsichtig um. Alles sah unverändert aus. Rechts von ihm befanden sich die achtzehn versteinerten Gehirne. Sie hingen an einer freitragenden Gitterkonstruktion aus Metall. Es waren keine yaanztronischen Gehirne. Dazu waren sie zu groß.

Niemand wußte genau, wie alt diese Gehirne waren und wo man sie eigentlich gefunden hatte. Die Legende berichtete, daß diese Gehirne alle dreitausend Jahre aufwachen und zu pulsieren beginnen würden. Es war nicht bekannt, ob dies bereits einmal eingetreten war.

Hinter den Gehirnen ragte die fensterlose graue Wand des Pardoyscht hoch, des Rechenzentrums der Regierung. Auf der anderen Seite wurde der Vorhof von einem flachen Gebäude begrenzt, in dem sich Leihbordins aufhielten. Es waren Diener ohne festen Vertrag, die für einen bestimmten Zeitraum gemietet werden konnten. In der Regel hielten sich dort ein paar hundert Bordins auf.

Eboyschan hatte drei Bordindiener vertraglich verpflichtet. Es war sein besonderer Stolz, daß er die Vertragsbedingungen zwischen Bordins und ihren Herren vor drei Jahren weitgehend liberalisiert hatte.

Eboyschan verließ den Vorhof. In diesem Teil des Yaanzardoscht schloß sich ein kleiner Park an den Vorhof an. Die Grenze des Parks wurde von einem Energieschirm gebildet, der niemals abgeschaltet wurde. Die Schleusen wurden ständig bewacht. Nur Regierungsmitglieder und entsprechend legitimierte Bürger durften das Gebiet des Yaanzardoscht betreten.

Eboyschan ging auf die nächstgelegene Strukturschleuse zu. Das Wach- und Kontrollkommando bestand aus sechs Yaanztronern und der doppelten Anzahl von Kampfrobotern.

Eboyschan hielt unwillkürlich den Atem an, aber der Wachhabende nickte ihm nur freundlich zu. Die Regierungsmitglieder waren den Wachkommandos bekannt und wurden nicht kontrolliert.

Eboyschan trat durch die Schleuse und befand sich Sekunden später auf dem freien Platz vor dem Yaanzardoscht. Jetzt begann er seine Gangart wieder zu beschleunigen. Er überquerte den freien Platz und bog in eine Seitenstraße ein, wo er sich unter die Passanten mischte.

Vorläufig war er in Sicherheit. Er mußte jedoch damit rechnen, daß der Tschatro ihn suchen lassen würde.

Solange er Eboyschan, der Transplan-Regulator, war, konnte er keine Ruhe finden. Wenn er sich vor der Gedächtniskorrektur retten wollte, mußte er einen anderen Körper suchen, in dem er sein Gehirn verbergen konnte.

Eboyschan glaubte zu wissen, wer eine solche Transplantation an einem Regierungsmitglied ausführen würde!

Nachdem zwei Stunden vergangen waren, in denen er mehrmals vergeblich versucht hatte, Eboyschan zu erreichen, begann der Tschatro sich mit dem Gedanken vertraut zu machen, daß der junge Yaanztroner sich der Strafe entziehen wollte. Wahrscheinlich war Eboyschan geflohen.

Für den Tschatro war eine solche Reaktion unverständlich. Ausgerechnet Eboyschan!

In den Augen des Tschatros war Eboyschan das hoffnungsvollste Regierungsmitglied gewesen. Er hatte sogar schon mit dem Gedanken gespielt, Eboyschan einmal zu seinem Nachfolger vorzuschlagen. Daran war jetzt nicht mehr zu denken.

Trotzdem zögerte der Tschatro mit der Veröffentlichung einer Suchmeldung. Er hoffte, daß Eboyschan früher oder später Vernunft annehmen und freiwillig zurückkehren würde. Der Tschatro wollte ihm dazu einen Tag Zeit geben.

Torytrae blieb stehen und blickte sich um. Seine ungewöhnlichen Fähigkeiten ermöglichten ihm, sich innerhalb kürzester Zeit ein Bild von den anderen Räumen zu machen. Die Umgebung, in der Doynschto und er sich jetzt befanden, gab ihm genügend Hinweise auf weiter entfernt liegende Räume. Der Grundriß, der als Bildprojektion in seinem Gehirn entstand, war zwar nicht völlig exakt, aber er genügte dem Jäger zur Orientierung.

»Hier entlang!« rief er dem Wissenschaftler zu und deutete in einen schwach beleuchteten Gang.

»Sie wissen nicht, wohin dieser Gang führt!« warnte Doynschto.

»Kommen Sie, wir haben keine Zeit zu verlieren!«

Torytrae konnte sich vorstellen, wie die Verfolger sich verhielten. Er wußte genügend über die Fulgmyrer, um ihre Verhaltensweise verstehen zu können. Sie würden aus der Liftröhre treten und nebeneinander in den Keller vordringen. Ihrer Mentalität entsprechend, würden sie keine besondere Vorsicht, aber auch keine besondere Eile entwickeln. Die gefährlichste Eigenschaft dieser Wesen war ihre Hartnäckigkeit. Sie würden die Verfolgung nicht so schnell aufgeben.

Der Gang, durch den Torytrae und Doynschto sich bewegten, mündete in einen Lagerraum. Vor den beiden Männern türmten sich Kistenstapel auf.

Doynschto lehnte sich schwer atmend gegen die Wand. »Jetzt sitzen wir in der Falle!« rief er.

»Auf der anderen Seite befindet sich ein Durchgang«, behauptete der Jäger.

Doynschto sah ihn mißtrauisch an. »Woher wissen Sie das? Sie waren doch noch nie hier!«

Darauf bekam er keine Antwort.

Sie bewegten sich an den Kisten vorbei. Plötzlich erlosch das Licht.

»Die Fulgmyrer haben die Energiezufuhr unterbrochen«, erkannte Torytrae. »Sie glauben, daß sie uns auf diese Weise an der Flucht hindern können.«

»Sie haben Fackeln und kommen schneller voran als wir«, befürchtete Doynschto.

Der Tuuhrt streckte einen Arm aus und tastete hin und her, bis er die Hand des Paratransplantators greifen konnte. »Sie dürfen mich jetzt nicht loslassen. Ich führe Sie.«

»Können Sie etwa im Dunkeln sehen?«

Der Yuloc kicherte. »Natürlich nicht, aber ich kann mich trotzdem orientieren.«

Als sie den nächsten Durchgang erreichten, konnten sie wieder die Fulgmyrer hören, die einen Nebenraum durchsuchten. Inzwischen befanden sich die beiden Flüchtlinge längst nicht mehr unter dem Gebäude des Roten Anatomen, sondern im Keller eines Nachbarhauses.

Torytrae sah einen Lichtschimmer. Er ging darauf zu und entdeckte ein Fenster. Es war unverschlossen. Er schob ein paar herumstehende Kisten nebeneinander und forderte Doynschto auf, aus dem Fenster zu klettern. Der Wissenschaftler zögerte.

»Das Fenster führt in den Hof«, drängte der Yuloc. »Sie brauchen nicht zu befürchten, daß draußen die Fulgmyrer warten.«

»Woher wissen Sie das alles?« fragte Doynschto verwirrt. »Wer oder was sind Sie eigentlich, Vrotesch?«

»Darüber unterhalten wir uns später!« Torytrae schob den alten Yaanztroner auf die Kisten und half ihm beim Hinausklettern. Dann folgte er dem Wissenschaftler in den Hof. Zu beiden Seiten ragten Gebäude empor.

Der Boden war mit Steinplatten bedeckt, die zum größten Teil gesprungen waren. Zwischen den Ritzen wucherten anspruchslose Pflanzen.

Torytrae deutete auf einen torbogenähnlichen Durchgang. »Wir begeben uns zu einem Transmitteranschluß!«

»Wohin wollen Sie?« fragte Doynschto.

»In Ihre Klinik«, antwortete der Yuloc. »Ich möchte ein paar Räume sehen und Ihnen außerdem ein paar Fragen stellen. Sie werden mich doch nicht wieder verhaften lassen?«

»Warum sollte ich ein Mitglied des GOK durch die Organisation verhaften lassen, der es angehört?« fragte Doynschto spöttisch. »Aber da ich nichts zu verbergen habe, macht es mir nichts aus, wenn Sie mich begleiten.«

»Wirklich nicht?« Der Jäger sah seinen Begleiter an. »Sie haben eine Menge zu verbergen. Wie anders ist es zu erklären, daß Sie bisher verheimlicht haben, daß das Ceynach-Gehirn noch existiert?«

Doynschto blieb betroffen stehen. Sein Gesicht war verzerrt.

Ich habe ihn überrumpelt! dachte Torytrae.

Doynschtos Reaktion bewies ihm, daß seine Vermutung richtig war. Was ihm jedoch fehlte, war ein klares Bild der Zusammenhänge. Deshalb durfte er Doynschto nicht unter Druck setzen oder in die Enge treiben. Eine Panikreaktion des Wissenschaftlers würde alles verderben.

»Ich vermute«, fuhr er daher fort, »daß der Ceynach sich nicht mehr auf Yaanzar befindet.«

»Können Sie Gedanken lesen?« fragte Doynschto niedergeschlagen.

»Das würde meine Arbeit sehr erleichtern«, meinte der Jäger. »Aber ich bin auf Informationen angewiesen.«

»Wann wird das GOK mich festnehmen?« wollte Doynschto wissen.

»Ich gehöre nicht dem GOK an.«

»Aber Sie arbeiten für die Regierung?«

»Nein!« sagte der Jäger. »Ich gehe dieser Sache nach, weil ich mich dafür interessiere. Dieses Ceynach-Gehirn scheint außerordentlich interessant zu sein. Diese Vermutung können Sie mir sicher bestätigen?«

Doynschto nickte.

Der Tuuhrt blickte auf das offene Kellerfenster. »Man soll sein Glück nicht herausfordern. Verschwinden wir, bevor die Fulgmyrer unsere Spur wieder entdeckt haben.«

Der psychologische Effekt, der Doynschto am meisten beunruhigte, war die Tatsache, daß er sich nach seiner Rückkehr in die eigene Privatklinik in der vertrauten Umgebung wie ein Fremder vorkam. Dieses Gefühl wurde durch die Anwesenheit des geheimnisvollen Yaanztroners ausgelöst, der sich Vrotesch nannte. Vrotesch hatte Doynschto in die Klinik begleitet. Er schien sich keine Sorgen darüber zu machen, daß Doynschto erneut das GOK oder die Polizei benachrichtigen könnte.

Vrotesch handelte vom Standpunkt des Überlegenen aus – und das war die zweite Tatsache, die den Wissenschaftler beunruhigte.

Doynschto war es gewohnt, daß er Befehle gab und Macht ausübte. Nun war ein abgerissen gekleideter alter Mann erschienen und hatte die Stellung des Wissenschaftlers ignoriert. Wer so handelte, mußte ein gerissener Schauspieler oder eine einflußreiche Persönlichkeit sein.

Die Erlebnisse im Haus des Roten Anatomen hielten Doynschto davon ab, in Vrotesch einen unverschämten Bluffer zu sehen.

Auf jeden Fall war Doynschto entschlossen, dem Fremden keine Informationen zu geben. Er würde schweigen.

Vrotesch schien es mit seinen Ermittlungen nicht besonders eilig zu haben. Er ließ sich von dem Paratransplantator durch die Klinik führen, ohne Fragen zustellen. Man hätte meinen können, das Ceynach-Gehirn wäre niemals erwähnt worden. Aber auch das war ein raffinierter psychologischer Schachzug. Indem er schwieg, brachte Vrotesch seinen Gegenspieler in Versuchung, seinerseits Fragen zu stellen. Aus jeder Frage ließen sich Rückschlüsse ziehen.

Doynschto wurde das Gefühl nicht los, daß er von seinem unheimlichen Begleiter scharf beobachtet wurde. Nicht, daß Vrotesch ihn angestarrt hätte. Allein seine Anwesenheit genügte, um Doynschto ein Gefühl der Unfreiheit zu übermitteln.

Der Rundgang durch die Klinik wurde für Doynschto immer mehr zu einer Qual.

»Ich möchte den Raum sehen, wo die Paratransplantationen vorgenommen werden«, sagte Vrotesch schließlich.

Doynschto hätte diese Bitte ablehnen können aber er mußte das Spiel, auf das er sich eingelassen hatte, auch zu Ende bringen.

Er führte Vrotesch in das Hauptlabor. Die Art, wie der ungebetene Gast sich bewegte, erweckte in Doynschto den Eindruck, daß Vrotesch diesen Raum auch ohne Hilfe gefunden hätte.

Im Eingang blieb der alte Yaanztroner an Doynschtos Seite stehen. Seine Blicke wanderten über die verschiedenen Einrichtungsgegenstände.

»Gut«, sagte er nach kurzer Zeit. »Das wäre alles.«

Doynschto war verblüfft, hütete sich aber, eine Bemerkung zu machen. Er war entschlossen, auch weiterhin Widerstand zu leisten. Vrotesch würde seine Gelassenheit nicht brechen.

Sie wanderten eine Zeitlang durch die Korridore der Klinik. Vrotesch bestimmte jetzt die Richtung, die sie einschlugen.

Bisher hatte Doynschto es vermieden, Vrotesch in die Nähe des kleinen Labors zu führen, wo er Rhodans Gehirn in Hactschytens Körper verpflanzt hatte. Obwohl er überzeugt davon war, daß es dort keine Spuren mehr gab, scheute er davor zurück, Vrotesch diesen Raum zu zeigen.

Nun mußte er feststellen, daß Vrotesch zielstrebig in jenen Teil der Klinik vordrang, wo sich dieses Labor befand.

Doynschto redete sich ein, daß dies Zufall war, doch seine Unruhe wuchs, je näher sie dem Raum kamen.

Unmittelbar vor dem Eingang blieb Vrotesch stehen. »Öffnen Sie!« bat er Doynschto. Der Wissenschaftler wollte etwas einwenden, doch seine Lippen bewegten sich nicht. Sein Mund war ausgetrocknet. Der wahnsinnige Plan, den Besucher niederzuschlagen und zu töten, nahm in seinem Gehirn Gestalt an. Er öffnete die Tür und trat zur Seite, um Vrotesch durchzulassen.

»Hier ist es passiert!« sagte der alte Mann bestimmt. »Hier haben Sie das Ceynach-Gehirn in einen anderen Körper verpflanzt.«

Die Worte dröhnten in Doynschtos Ohren. Er verstand sie kaum, aber ihr Sinn war ihm sofort klar. Er war fassungslos und verzweifelt. Dieser Vrotesch wurde ihm immer unheimlicher. Woher wußte Vrotesch, daß die Paratransplantation in diesem Raum vorgenommen worden war?

Die Bildsprechanlage neben dem Eingang rettete Doynschto vor dem völligen seelischen Zusammenbruch. Das Gesicht von Percto wurde auf dem Bildschirm sichtbar. »Doynschto, bitte melden Sie sich! Da ist ein Besucher, der Sie unter allen Umständen sprechen will. Es scheint sehr wichtig zu sein.«

Noch ein wichtiger Besucher! dachte Doynschto.

Seine Blicke kreuzten sich mit denen Vroteschs. Der schäbig gekleidete Yaanztroner lächelte ihm freundlich zu.

»Lassen Sie sich nicht aufhalten«, sagte er. »Ich sehe mich hier inzwischen ein bißchen um.«

»Sie werden nichts finden!« versicherte Doynschto.

»Ich weiß fast alles«, behauptete Vrotesch. »Es interessiert mich nur noch, in welchen Körper Sie das Ceynach-Gehirn verpflanzt haben.«

Doynschto der Sanfte wandte sich ab und stürmte durch den Korridor davon. Der Wissenschaftler hätte es keinen Augenblick länger an Vroteschs Seite ausgehalten.

Als Doynschto sich seinen Arbeitsräumen näherte, kam ihm Percto entgegen. Der junge Bordin sah sofort, daß sein Vertragsgeber in schlechter Verfassung war.

»Haben Sie Schwierigkeiten, Doynschto?« fragte er respektvoll.

Der Wissenschaftler sah den Bordin an, und für wenige Augenblicke wurden seine Ängste von einem tiefen Gefühl der Zuneigung ausgelöscht. Percto war der zuverlässigste aller Bordins, die je für ihn gearbeitet hatten.

»Es ist nichts«, antwortete er. »Lediglich ein kleines Unwohlsein, das schnell vorübergehen wird.«

Percto war feinfühlig genug, nicht zu widersprechen.

»Wo hält sich der Besucher auf?«

»Ich habe ihn in Ihr Arbeitszimmer geführt.«

Doynschto entließ den Bordin mit einem Kopfnicken. Er trat in einen Funkraum und schaltete die Monitoren ein. Auf einem der Bildschirme wurde sein Arbeitszimmer sichtbar.

Doynschto erschrak, als er den Besucher erkannte, der dort auf ihn wartete. Der Mann war ein Mitglied der Regierung. Es war Eboyschan, einer der Transplan-Regulatoren.

Die Gedanken des Wissenschaftlers wirbelten durcheinander. Er war in den vergangenen Stunden mit immer neuen Ereignissen konfrontiert worden und entsprechend angespannt. Zweifellos gab es zwischen dem Auftauchen des geheimnisvollen Vrotesch und dem Besuch des Transplan-Regulators einen Zusammenhang.

Anders war das Zusammentreffen solcher Ereignisse nicht zu erklären.

Doynschto starrte auf den Bildschirm und versuchte zu begreifen, in welche Geschehnisse er gegen seinen Willen immer tiefer verstrickt wurde.

Das Verhängnis hatte mit dem Kauf des Ceynach-Gehirns begonnen. Danach waren die Ereignisse immer mehr seiner Kontrolle entglitten. Mächte, die er weder kannte noch beeinflussen konnte, beschäftigten sich mit diesem Fall. Wahrscheinlich war er, Doynschto, nur eine Randfigur.

Der Paratransplantator gab sich einen Ruck. Er durfte sich nicht immer weiter verunsichern lassen.

Weder der Geheimnisvolle, der sich jetzt im Labor aufhielt, noch dieses Regierungsmitglied würden ihn zur Preisgabe seines Wissens veranlassen können.

Doynschto schaltete die Monitoren wieder aus und begab sich in seinen Arbeitsraum.

Eboyschan sprang sofort auf, als er den Wissenschaftler sah. Etwas, das auf dem Bildschirm verborgen geblieben war, zeigte sich jetzt überdeutlich: Der Transplan-Regulator war aufgeregt und ängstlich. Es fiel dem Paratransplantator auf, daß Eboyschan immer wieder zur Tür blickte.

»Ihr Besuch bedeutet eine große Ehre für mich«, sagte Doynschto höflich. Er gab sich keine Mühe, seine eigene Unruhe zu verbergen, denn der Besucher war offensichtlich so sehr mit eigenen Problemen beschäftigt, daß er nicht bemerkte, in welcher Verfassung sich Doynschto der Sanfte befand.

»Ich hoffe, daß ich Ihre Wünsche erfüllen kann«, fuhr Doynschto fort.

»Ich komme nicht als Regierungsmitglied zu Ihnen«, sagte Eboyschan. »Es handelt sich um ... eine private Angelegenheit.«

»Ja?« Doynschto verhielt sich zurückhaltend, denn er fühlte, daß er jetzt keinen Fehler begehen durfte. Eboyschan schien sich nicht sicher zu fühlen. Wen brauchte ein Mitglied der Regierung zu fürchten? War Eboyschans Auftritt vielleicht nur Teil eines abgekarteten Spiels, an dem auch Vrotesch teilnahm?

»Sie sind irritiert!« stellte der Transplan-Regulator fest.

»Ja«, sagte Doynschto.

»Ich will Ihnen sagen, was ich brauche. Ich brauche einen anderen Körper. Sie müssen mein Gehirn in einen anderen Körper verpflanzen.«

Die Augen des Wissenschaftlers weiteten sich. »Sie sind ein junger Mann! Sind Sie krank?«

»Nein«, sagte Eboyschan. »Ich brauche trotzdem einen anderen Körper. Aber niemand, nicht einmal der Tschatro, darf je davon erfahren, daß Sie mein Gehirn verpflanzt haben.«

Das war ungeheuerlich! Ein Mitglied der Regierung bat ihn um eine Verpflanzung. Dieser Vorgang sollte den anderen Transplan-Regulatoren und dem Tschatro verheimlicht werden. Das bedeutete nicht mehr und nicht weniger, als daß Eboyschan auf diese seltsame Weise aus der Regierung auszuscheiden versuchte.

Das Motiv war offensichtlich: Angst! Die Frage war nur, woraus diese Angst resultierte.

Eboyschan hatte Angst vor der Regierung. Das konnte wiederum nur bedeuten, daß er sich gegen die Regierung gestellt hatte, der er bisher angehört hatte.

Wie aber kam Eboyschan auf den Gedanken, daß er ausgerechnet in Doynschto einen Helfer finden würde?

Der Paratransplantator kam sich hilflos vor. Er war im Begriff, seine bisherige gesellschaftliche Stellung zu verlieren. Dies war nicht von ihm selbst, sondern durch äußere Einflüsse eingeleitet worden. Bis zu einem gewissen Punkt konnte man seine Entwicklung selbst bestimmen, aber es gab Augenblicke, in denen man in die Maschinerie übergeordneter Ereignisse geriet und zur Marionette wurde.

»Sie werden mir doch helfen?« Eboyschan schrie diese Worte fast heraus.

»Ich bin ein angesehener Wissenschaftler«, sagte Doynschto langsam. »Sie verlangen von mir, daß ich alles aufs Spiel setze, was ich bisher erreicht habe. Das kann doch nicht Ihr Ernst sein. Glauben Sie wirklich, daß ich Ihretwegen eine illegale Paratransplantation vornehmen werde?«

Eboyschans Lippen zitterten. »Ich hatte gehofft, daß Sie mir helfen würden. Sie sind genauso in diesen Fall verwickelt wie ich. Deshalb bin ich zu Ihnen gekommen.«

Da war der Zusammenhang! »Was wissen Sie über diese ganze Sache?« fragte Doynschto. »Sagen Sie mir die Wahrheit, dann werde ich Ihnen vielleicht helfen.«

Eboyschan schüttelte den Kopf. »Ich kann Ihnen nicht sagen, was ich weiß.«

»Es geht um das Ceynach-Gehirn.«

»Ja.«

»Was wissen Sie darüber?«

»Nichts«, sagte Eboyschan. »Die Regierung weiß nichts über diesen Fremden, aber sie will unter allen Umständen herausfinden, woher er kommt, wer er ist und ob er wirklich in Ihrer Klinik den Tod fand. Der Tschatro bezweifelt das. Deshalb hat er das Ceynach-Suchkommando eingeschaltet.«

Das Ceynach-Suchkommando! Doynschtos Magen krampfte sich zusammen, seine Beine gaben nach. Er machte einen Schritt rückwärts und ließ sich in einen Sessel sinken.

Jetzt endlich wußte er, wer dieser Vrotesch war. Ein Mitglied des Ceynach-Suchkommandos!

Es gab keine andere Möglichkeit. Und das Ceynach-Suchkommando war Doynschto auf der Spur.

»Irgendwann«, fuhr Eboyschan fort, »wird ein Mann namens Vrotesch bei Ihnen auftauchen. Aber Vrotesch ist nicht sein richtiger Name, und er ist auch kein Yaanztroner.«

Sie sahen sich an, und in diesem Augenblick begriffen sie, daß sie sich gegenseitig brauchten. Die stumme Zwiesprache ihrer Augen bedeutete mehr als tausend Worte.

»Er ist schon da«, sagte Doynschto dumpf.

Eboyschan trat unwillkürlich einen Schritt zurück. »Hier?«

»Ja, hier in der Klinik. Er hat sich als Mitglied einer illegalen Organisation ausgegeben. Als er zum erstenmal auftauchte, ließ ich ihn durch das GOK verhaften. Es überraschte mich nicht, daß er wieder freigelassen wurde.«

Eboyschan ließ sich in einen Sessel sinken.

»Sie können sich nicht vorstellen, wer da auf Ihrer Spur ist«, sagte er zu Doynschto. »Sie haben keine Chance, ihm zu entkommen. Er wird die Wahrheit herausfinden, den Ceynach finden und töten. Sie wissen, was das für Sie bedeuten kann. Man wird Sie verurteilen und Ihnen die Lizenz entziehen.«

»Es gibt keinen Ausweg«, sagte Doynschto leise.

Wieder trafen sich ihre Blicke. »Doch«, sagte Eboyschan entschlossen. »Wir müssen ihn töten.«

Zum gleichen Zeitpunkt, als der Mord an ihm geplant wurde, stand der Jäger inmitten des kleinen Labors der Klinik und versuchte sich die Szene vorzustellen, wie sie sich vor einigen Tagen hier abgespielt haben mußte.

Zweifellos hatte sich das Ceynach-Gehirn nicht mehr in Tectos Bordinkörper befunden, als dieser von den Schüssen der Naupaum-Killer getroffen worden war. Doynschto hatte das Gehirn Danros in einen anderen Körper verpflanzt und dafür ein unbekanntes Gehirn im Tecto-Körper untergebracht.

Das Ceynach-Gehirn dagegen war in Sicherheit. Zweifellos befand es sich nicht mehr auf Yaanzar.

Der Jäger wußte, daß er leicht überprüfen konnte, ob jemand vom Personal der Klinik fehlte, aber er würde sich nicht dieser Mühe unterziehen. Als Träger des Ceynach-Gehirns kam nur ein Körper in Frage, der, ohne Verdacht zu erwecken, in ein Raumschiff steigen und Yaanzar verlassen konnte.

Damit wurde der Kreis der Verdächtigen auf zwei Personen eingeengt. Auf den Roten Anatomen und Hactschyten.

Alles sprach dafür, daß Hactschyten jetzt das Ceynach-Gehirn trug. Das konnte nur bedeuten, daß Hactschytens Gehirn weitgehend ausgelöscht war.

Torytrae empfand eine gewisse Zufriedenheit, wenn er sich vorstellte, wie sich alles entwickelt hatte. Das Bild stand klar vor seinem geistigen Auge.

Es war anzunehmen, daß der Fremde sich Doynschto gegenüber offenbart hatte. Nur so war Doynschtos Handlungsweise zu erklären. Der Paratransplantator hatte sich bisher streng an die Gesetze gehalten, ja, er war sogar oft als Vorkämpfer für diese Gesetze aufgetreten und hatte vernichtende Artikel über die illegalen Organhändler verfaßt.

Es mußten also besondere Dinge geschehen sein, wenn Doynschto der Sanfte sich plötzlich an einem Ceynach-Verbrechen beteiligte. Doynschto hatte nicht für eine bestimmte Organisation gehandelt, auch wenn der Rote Anatom und Hactschyten in den Fall verwickelt waren. Der Paratransplantator hatte alles für diesen geheimnisvollen Fremden getan, der angeblich Danro hieß und aus Moolk kam.

Doynschto hatte den Fremden für wert befunden, gerettet zu werden. Das bestärkte Torytrae in seiner Absicht, daß das Ceynach-Gehirn interessant und ungewöhnlich war.

Der Jäger mußte jetzt nur noch herausfinden, welche Schritte Hactschyten nach dem Verlassen der Klinik unternommen hatte. Alle Meldungen aus dem Weltraum und von anderen Planeten mußten ausgewertet werden.

Das konnte auch Torytrae nicht ohne Hilfe eines Rechenzentrums schaffen. Er mußte daher Verbindung mit dem Tschatro aufnehmen und ihn um Unterstützung bitten.

Der Jäger stand noch immer unbeweglich da. Das alte Gesicht des Vroteschkörpers zeigte ein Lächeln.

Ob dieser Danro ahnte, daß sich das Netz bereits enger um ihn zog? Wahrscheinlich wähnte er sich in Sicherheit und begann bereits mit der Verwirklichung seiner Pläne.

Doynschto würde wahrscheinlich schweigen. Er hatte sich so stark engagiert, daß er nicht mehr von seiner Rolle loskam. Das bedeutete, daß Doynschto in seiner jetzigen Gemütsverfassung gefährlich war. Ein unbedachtes Wort könnte den Wissenschaftler zu einer Kurzschlußreaktion veranlassen.

Doynschto war dem Yuloc gleichgültig. Er mußte den Fremden fangen. Mit dem Paratransplantator konnte sich das GOK oder die Regierung auseinandersetzen.

Torytrae verließ das Labor. Er würde sich jetzt in die Arbeitsräume des Wissenschaftlers begeben und von dort aus eine Sprechverbindung zum Yaanzardoscht herstellen.

»Sie müssen wahnsinnig sein!« schrie Doynschto. »Verlassen Sie diese Klinik. Ich will nicht länger mit Ihnen sprechen.«

»Lassen Sie mir Zeit für eine Erklärung!« forderte der Transplan-Regulator. »Das Ceynach-Suchkommando besteht nur aus zwei Mitgliedern. Beide sind Angehörige eines längst ausgestorbenen Volkes. Niemand, nicht einmal der Tschatro, kennt die wahren Absichten dieser beiden Wesen. Beide, Torytrae und Noc, verfügen über unheimliche Fähigkeiten. Sie sind uns in jeder Beziehung überlegen.«

In Doynschto wurde die Erinnerung an das wach, was er zusammen mit Vrotesch in Nopaloor erlebt hatte. Sollte dieser Mann wirklich eine Art Überwesen sein?

»Ich bin sicher, daß sich Torytrae und Noc nicht auf ihre kriminalistische Arbeit beschränken, aber niemand weiß genau, was sie alles tun, wenn sie die Tschatrobank verlassen haben.« Eboyschans Stimme klang krächzend. »Wenn wir Torytrae töten, haben wir es nur noch mit diesem Noc zu tun.«

»Es sind Yulocs, nicht wahr?« fragte Doynschto.

»Ja.«

Als Wissenschaftler hatte Doynschto sich schon oft mit diesem geheimnisvollen Volk beschäftigt. Der Gedanke, daß er einige Zeit mit einem Yuloc zusammengewesen war, ließ ihn erschauern. Etwas Unheimliches griff durch Raum und Zeit nach ihm. Das Gefühl der Hilflosigkeit wurde immer stärker.

»Ihre Gehirne«, sagte Eboyschan in die Stille hinein, »werden in der Tschatrobank aufbewahrt. Wenn es zu unlösbaren Ceynach-Verbrechen kommt, werden sie abwechselnd in einen Körper verpflanzt und als Jäger eingesetzt. Bisher haben sie nie versagt. Sie haben immer gefunden, was sie suchten.«

Die Sicherheit, mit der Vrotesch die Spur verfolgte, war für Doynschto nun kein Rätsel mehr.

»Er weiß bereits alles«, sagte Doynschto bestürzt. »Er weiß, daß der Fremde noch am Leben ist. Ich bin sogar sicher, daß er schon herausgefunden hat, welchen Körper das Ceynach-Gehirn jetzt besitzt.«

Die Augen des Transplan-Regulators verengten sich. »Auch Sie sitzen in der Falle, Doynschto. Wir müssen ihn töten.«

»Unmöglich! Man würde uns schnell als Täter identifizieren.«

»Niemand weiß, daß ich hier bin«, sagte Eboyschan. Er dämpfte unwillkürlich seine Stimme. »Der Jäger arbeitet unabhängig. Er spricht sich nicht mit der Regierung ab. Verstehen Sie? Der Tschatro weiß nicht, wo Torytrae sich im Augenblick befindet.«

Zu seinem Entsetzen registrierte Doynschto, daß er sich bereits mit dem Gedanken an einen Mord abzufinden begann. Er begann zu überlegen, wie Eboyschan und er diesen Yuloc töten konnten, ohne daß man sie später dafür zur Rechenschaft ziehen konnte.

Er verbannte diese Gedanken gewaltsam aus seinem Gehirn. »Es muß auch noch andere Möglichkeiten geben«, sagte er zu Eboyschan.

Der andere sah ihn stumm an. »Vielleicht können wir ihn auf eine falsche Spur locken«, fuhr der Wissenschaftler fort. »Oder Sie als Mitglied der Regierung geben ihm den Befehl, die Suche einzustellen.«

»Beides ist unmöglich«, erwiderte der Transplan-Regulator. »Der Tschatro hat befohlen, daß ich mich zu einer Gedächtniskorrektur bei ihm melden soll. Deshalb bin ich geflohen. Man wollte das Wissen über das Ceynach-Suchkommando aus meinem Gehirn löschen. Den Jäger auf eine falsche Spur zu locken, halte ich zum jetzigen Zeitpunkt für unmöglich. Er hat die Wahrheit wahrscheinlich längst herausgefunden.«

Doynschto wollte antworten, doch in diesem Augenblick trat Percto in den Raum. »Vrotesch kommt zurück«, kündigte der Bordin an.

Doynschto sah sich gehetzt um. »Er darf Sie hier nicht sehen. Verstecken Sie sich dort drüben in der Nische hinter der Säule.«

»Denken Sie an das, was ich gesagt habe!« rief Eboyschan eindringlich. »Wir haben keine andere Wahl, als ihn zu töten.«

Er zog sich hastig in das Versteck zurück, das Doynschto ihm gezeigt hatte. Der Wissenschaftler wandte sich dem Eingang zu. Er hatte das Gefühl, daß seine Gedanken in großen Buchstaben in sein Gesicht eingebrannt waren. Der Yuloc würde ihn sofort durchschauen.

Nein! dachte er entschieden. Dazu war auch ein Jäger nicht in der Lage. Torytrae hatte selbst gesagt, daß er keine Gedanken lesen konnte. Das entsprach der Wahrheit. Der Jäger konnte nicht wissen, daß sich ein eingeweihtes Mitglied der Regierung in der Klinik aufhielt.

Percto öffnete die Tür, und Vrotesch kam herein.

»Haben Sie Ihre Untersuchungen abgeschlossen?« ergriff Doynschto sofort die Initiative.

»Ich kann mir jetzt ein genaues Bild von den Vorgängen in der Klinik machen«, gab der Yaanztroner zurück. Er wartete, bis Percto hinausgegangen war und die Tür wieder geschlossen hatte, dann fügte er in drohendem Unterton hinzu: »Sie sind in ein Ceynach-Verbrechen verwickelt. Sie wissen, welche Folgen das für Sie haben kann.«

Ja, dachte Doynschto wie benommen. *Wir haben keine andere Wahl. Wir müssen ihn töten, bevor er mich verrät und meine Arbeit in der Klinik unmöglich macht.*

Bereits als er eingetreten war, hatte Torytrae die Veränderung gespürt, die im Arbeitsraum des Wissenschaftlers vor sich gegangen war. Etwas Ungreifbares hing wie eine Wolke in diesem Raum. Die Drohung war unverkennbar. Als er den Wissenschaftler sprechen hörte, erkannte der Jäger, daß auch Doynschto von dieser Veränderung ergriffen worden war. Doynschto war nicht mehr der Mann, mit dem er sich in der Altstadt unterhalten hatte.

In Torytraes Bewußtsein wurde ein Alarmsignal ausgelöst.

»Es liegt in meinem Ermessen, ob ich Sie der Regierung melde oder nicht«, sagte Vrotesch. »Ich schlage Ihnen ein Abkommen vor. Sie verraten mir, wo Hactschyten sich jetzt befindet, und ich vergesse, was ich in dieser Klinik herausgefunden habe.«

In den Augen des Paratransplantators zeigten sich Furcht und Haß.

Er weiß, wer ich bin! dachte Torytrae erschrocken. Er fragte sich, wie Doynschto das herausgefunden haben konnte.

»Werden Sie meinen Vorschlag annehmen?« erkundigte er sich.

»Ich weiß nicht«, sagte Doynschto unsicher. »Ich muß darüber nachdenken.«

Jemand hat ihn informiert! dachte Torytrae irritiert. *Aber wer?*

Der Tschatro kam nicht in Frage. Und Eboyschan ebenfalls nicht. Gab es eine Lücke im Geheimhaltungssystem des Yaanzardoscht?

Wenn dieser Verdacht zutraf, war nicht nur das Ceynach-Suchkommando als Institution, sondern auch die Weiterexistenz der beiden Yulocs bedroht.

Torytrae war zu erfahren, um durch solche Erkenntnisse schockiert zu werden. Nach dem Gesetz der Wahrscheinlichkeit würden auch Noc und er eines Tages sterben müssen. Ein Leben ohne Noc konnte Torytrae sich nicht vorstellen – und umgekehrt war es sicher genauso. Auch wenn sie nie zusammen arbeiteten, so lagen sie doch in Ruhezeiten nebeneinander in ihren Behältern und konnten sich, wenn sie den Wunsch dazu verspürten, miteinander unterhalten.

Es war das Bewußtsein, daß es noch einen zweiten Yuloc gab, das Torytrae vor dem Wahnsinn rettete. Nocs Tod hätte sein eigenes Ende bedeutet, und Noc hätte Torytraes Untergang nicht überwunden.

Das erhöhte die Anfälligkeit der beiden letzten Yulocs.

Einer der eingeweihten Paratransplantatoren oder eines der Regierungsmitglieder mußte ein Verräter sein, überlegte Torytrae.

»Wo ist Hactschyten?« wandte er sich erneut an Doynschto.

»Das werde ich Ihnen nicht sagen«, gab Doynschto verbissen zurück. »Sie müssen mich foltern, wenn Sie es erfahren wollen. Doch auch Sie werden nicht wagen, meine Immunität in dieser Beziehung zu verletzen.«

Torytrae wußte, wie sehr die Yaanztroner sich an ihre alten Gesetze klammerten. Es war unmöglich, eines der vielen Tabus, die sich diese Gesellschaft geschaffen hatte, zu durchbrechen.

»Ich werde dafür sorgen, daß man Sie dem Tschatro gegenüberstellt«, drohte der Jäger. »Dann werden Sie nicht den Mut haben, die Wahrheit länger zurückzuhalten.« Ein Geräusch im Hintergrund des Raumes ließ ihn herumfahren. Er sah einen Mann auf sich zukommen. Der Mann hielt eine Metallstange mit beiden Händen umklammert.

»Eboyschan!« stieß Torytrae ungläubig hervor.

Die Absichten des Transplan-Regulators waren nicht zu verkennen.

»Greifen Sie ihn an!« schrie Eboyschan dem Paratransplantator zu. »Jetzt kann er uns nicht entkommen.«

Der Raum schien sich aufzublähen. Torytrae hatte den Eindruck, in einem unermeßlichen Meer zu schwimmen. Er war zu leichtfertig gewesen. Er griff nach seiner Waffe.

Da warf Doynschto sich auf ihn. Eboyschan stürmte mit erhobenen Armen heran, die Metallstange zum tödlichen Schlag erhoben.

Es war für den Jäger unfaßbar, daß er hier sterben würde, unter solchen Umständen und aus einem solchen Anlaß. Er wunderte sich darüber, daß er diese Entwicklung nicht vorhergesehen hatte. Es hatte zuwenig Informationen gegeben.

Der Raum begann zu kreisen. Doynschto und Eboyschan vollführten einen grotesken Tanz. Die Zeit schien schneller zu vergehen. Alles geschah mit unglaublicher Geschwindigkeit.

Es ist seltsam, mit welchem Entsetzen man nach einem so langen Leben dem Tod ins Auge sieht, dachte Torytrae.

Zwischenspiel

Vom Nichts aus betrachtet, sah das normale Raum-Zeit-Kontinuum wie eine gläserne Kugel aus. In der Flüssigkeit, mit der diese Kugel gefüllt war, schwammen die Galaxien mit ihren Sonnen und Planeten. Die beiden übermächtigen Beobachter im Nichts hatten die Möglichkeit, bestimmte Vorgänge auf den verschiedensten Welten zu beeinflussen. Ab und zu machten sie von dieser Möglichkeit auch Gebrauch. Jeder Eingriff in den normalen Ablauf der Ereignisse barg ungeheure Risiken und Gefahren in sich.

Das war den beiden Giganten bewußt.

Für ES bedeutete der letzte Schachzug seines Widersachers eine Überraschung.

ES machte Anti-ES Vorwürfe.

»Du darfst Rhodan nicht töten.«

»Ich töte ihn nicht«, versetzte Anti-ES. »Ich habe lediglich eine Institution eingesetzt, die in solchen Fällen immer auf den Plan tritt. Der Jäger wäre vermutlich sogar ohne mein Eingreifen aktiviert worden.«

»Der Jäger ist dein Werkzeug«, warf ihm ES vor. »Ist es nicht gleichgültig, auf welche Weise Rhodan stirbt? Entscheidend ist die Verantwortlichkeit.«

»Niemand hat dem Jäger befohlen, Rhodan zu töten«, wandte Anti-ES ein.

»Dagegen sehe ich in der Zwangssituation, in die Torytrae nun geraten ist, einen Schachzug von dir, den ich für unberechtigt halte.«

ES und Anti-ES hatten bestimmte Regeln ausgearbeitet, an die sie sich im allgemeinen strikt hielten. Doch wie alle Abmachungen konnten auch diese von beiden Seiten unterschiedlich ausgelegt werden. Vor allem Anti-ES machte immer wieder von dieser Möglichkeit Gebrauch. ES fühlte sich von Anti-ES hintergangen. In letzter Zeit war ES vorsichtiger geworden und hatte sich auf die Manipulationen von Anti-ES eingestellt. Die Maßnahme mit dem Yuloc hatte ES jedoch überrascht. ES hatte Eboyschan manipuliert, um mit seiner Hilfe den Jäger zu stoppen.

Nun war Anti-ES wieder an der Reihe.

Die Einzelaktionen, zu denen die beiden Giganten immer mehr übergingen, ließen den eigentlichen Grund ihrer Handlungen fast in den Hintergrund treten. Die Menschheit sollte geprüft werden. Sie stand vor dem nächsten Stadium ihrer kosmischen Entwicklung. Anti-ES wollte verhindern, daß die Menschheit den nächsten Schritt mit Erfolg tat, während ES die Menschheit bei ihrem Vorwärtsstreben unterstützen wollte.

Die Anstrengungen der beiden Geisteswesen im Nichts konzentrierten sich immer mehr auf Perry Rhodan. Ohne sich völlig darüber im klaren zu sein, war Rhodan zu der Schlüsselfigur in diesem Kosmischen Schachspiel geworden.

ES hatte Rhodan vorläufig in Sicherheit gewähnt, als Anti-ES unerwartet den Jäger zum Einsatz gebracht hatte.

ES wußte, daß Anti-ES kein unmittelbarer Regelverstoß nachzuweisen war. Dazu war Anti-ES viel zu klug. Anti-ES wußte genau, daß ein Regelverstoß sofort entsprechende Gegenmaßnahmen von ES nach sich ziehen würde.

»Der Jäger wird diese Situation überstehen«, drangen die Impulse von Anti-ES in das Bewußtsein von ES. »Er ist zu klug und zu erfahren, um von zwei Yaanztronern überrumpelt zu werden.«

»Aber er wird Perry Rhodan nicht gewachsen sein!«

Das lautlose Gelächter von Anti-ES wirkte für ES beinahe schmerzhaft. »Einem Yuloc ist auch Perry Rhodan nicht gewachsen!«

ES erinnerte sich an den Niedergang der Yulocs, dieses einst mächtigen Volkes. Wenn der Einfluß von Anti-ES zu stark wurde, drohte der Menschheit ein ähnliches Schicksal wie den Yulocs.

Mit jedem Schritt in ihrer Entwicklung wurde die Menschheit von größeren Gefahren bedroht. ES wußte, daß es unzählige Völker gab, die nach dem Sprung in die Unendlichkeit untergegangen waren, weil sie es nicht geschafft hatten, sich den kosmischen Bedingungen anzupassen. Auch die Menschheit befand sich noch auf dem falschen Weg. Eine Weiterentwicklung der jetzigen Supertechnik genügte nicht, wenn die Menschheit ihre Grenzen sprengen wollte. Wer auf kosmischer Basis weiterexistieren wollte, mußte die Beherrschung der Materie erlernen und alle brachliegenden Geisteskräfte aktivieren. Die Herausforderung des Kosmos galt dem Geist, nicht den technischen Möglichkeiten.

ES hoffte, daß die Menschheit dies früh genug erkennen würde.

Einige Philosophen und Wissenschaftler hatten bereits neue Wege aufgezeigt. Auch Männer wie Perry Rhodan, Atlan und die Mutanten schienen fähig zu sein, sich umzustellen.

Wenn Rhodan die Gefahren in Naupaum überleben sollte, was selbst ES nicht vorherzusagen vermochte, würde sein kosmisches Bild erweitert sein.

Auch ES und Anti-ES waren trotz ihrer ungewöhnlichen Möglichkeiten nur vorübergehende Erscheinungen im kosmischen Geschehen. Gemessen an menschlichen Vorstellungen existierten sie unendlich lang, aber im Nichts waren selbst Ewigkeiten bedeutungslos.

Beide, ES und Anti-ES, verstanden kosmische Zusammenhänge, die ein Mensch niemals begriffen hätte. Aber auch für die beiden Geisteswesen gab es unlösbare Rätsel.

Irgendwo endete auch das Nichts. Allgemein gültig war offenbar nur die Polarität aller Dinge.

Materie und Antimaterie, Gut und Böse, ES und Anti-ES.

Im Bewußtsein von ES ging eine Veränderung vor. ES richtete seine Aufmerksamkeit erneut auf die Welt Yaanzar, wo in diesem Augenblick eine Entscheidung fiel.

4.

Der Tschatro war so lange im Dampfbad geblieben, daß er fast einen Rausch bekommen hatte.

Vloctryn, sein Bordindiener, sah ihn aus den Dampfschwaden heraustaumeln und ging auf ihn zu, um ihn zu stützen.

»Es geht schon«, sagte der Regierungschef von Yaanzar benommen. »Es wird gleich vorüber sein.«

Er ging zu seinem Lager und ließ sich dort niedersinken. Vloctryn deckte ihn zu. Der Tschatro schloß die Augen, aber auch jetzt, nach dem ermüdenden Bad, wollte der Schlaf sich nicht einstellen. Der Tschatro machte sich Sorgen. Seine Gedanken kreisten noch immer um Eboyschan, der bisher noch nicht zurückgekehrt war. Der Tschatro wußte, daß er längst eine Suchmeldung hätte aufgeben müssen. Er war jedoch bisher davor zurückgeschreckt. Eboyschan war immer sein Günstling gewesen, nun wollte er ihn schonen, solange es überhaupt möglich war.

Auch die Tatsache, daß Torytrae sich nicht mehr meldete, beunruhigte den alten Mann. Er fragte sich, ob es einen Zusammenhang zwischen beiden Ereignissen gab.

Nachdem er sich eine Zeitlang ausgeruht hatte, stand der Tschatro auf und ließ sich von Vloctryn seine Kleider bringen. Er zog sich an und begab sich in sein Büro. Von dort aus versuchte er Eboyschan über die Bildsprechanlage zu erreichen, doch der Transplan-Regulator hielt sich weder in seinen Arbeitsräumen noch in seinem Privatgebäude auf.

Der Tschatro befürchtete, daß Eboyschan aus dem Yaanzardoscht geflohen war.

Was würde Eboyschan unternehmen? Die Hoffnung, daß er sich noch besinnen und zurückkehren könnte, wurde immer geringer.

Der Tschatro las alle vorliegenden Meldungen, die aus Nopaloor eingetroffen waren. Nichts wies auf die Tätigkeit des Jägers hin. Damit hatte der Regierungschef auch nicht gerechnet. Er blickte auf seine Uhr.

Um diese Zeit war eine Sitzung mit den Transplan-Regulatoren angesetzt, doch der Tschatro würde ihr fernbleiben, um eventuellen Fragen auszuweichen.

Er verließ sein Arbeitszimmer und begab sich in die Tschatrobank. Im abgeschlossenen Raum der beiden Yulocs fand er Noc wach.

»Ich habe längere Zeit keine Nachricht von Torytrae erhalten«, sagte der Tschatro. »Außerdem ist Eboyschan verschwunden, der Mann, der mit mir hier unten war, als ich Torytrae für den Einsatz gegen das Ceynach-Gehirn auswählte.«

»Was erwarten Sie von mir?« fragte Nocs Gehirn über die Sprechanlage des großen Behälters.

Der Yaanztroner sah das Yuloc-Gehirn an. Er fühlte sich unschlüssig. Nocs abweisende Haltung irritierte ihn.

»Ich kann oben mit niemand über diese Probleme sprechen«, sagte er. »Deshalb bin ich hierhergekommen. Ich kenne die geistige Vollkommenheit der letzten Yulocs. Für einen Rat wäre ich sehr dankbar.«

»Ich kann Ihnen nichts raten«, erwiderte Noc.

Der Tschatro berichtete ihm, daß Eboyschan verschwunden war. Ein sicheres Gefühl sagte dem Regierungschef, daß auch Noc sich Sorgen machte. Im allgemeinen war Noc zugänglicher.

»Ich habe immer geglaubt, daß es eine geheimnisvolle Verbindung zwischen Torytrae und Ihnen gibt«, gestand der Tschatro dem Yuloc. »Ich war der Überzeugung, daß diese Verbindung auch nicht abreißt, wenn man Sie beide räumlich trennt.«

»Sie sind einem Irrtum unterlegen«, meinte Noc.

Jetzt bedauerte der alte Yaanztroner, daß er hierhergekommen war. Er hatte Noc gegenüber eine Schwäche eingestanden. Für einen Regierungschef war es immer ein Zeichen von Unsicherheit, wenn er über seine Probleme mit Außenstehenden sprach. Und Noc war in diesem Fall ein Außenstehender.

»Ich bin offensichtlich einem Irrtum unterlegen«, sagte der Tschatro. »Damit meine ich nicht eventuelle parapsychische Verbindungen zwischen Torytrae und Ihnen. Ich denke an das Verhältnis zwischen Ihnen beiden und mir. Eigentlich hatte ich erwartet, daß sich aus unseren Beziehungen ein freundschaftliches Verhältnis entwickeln könnte.«

Das Gehirn schien stärker zu pulsieren. Es amüsierte sich. »Das ist doch nicht Ihr Ernst?«

»Warum nicht?« fragte der Tschatro. »Bisher hatten wir unsere Interessen immer aufeinander abgestimmt.«

»Sie sind ein Yaanztroner. Torytrae und ich sind Yulocs. Ich glaube, daß ich Ihnen nicht einmal den Unterschied klarmachen könnte. Wir beide lebten bereits, als Sie noch nicht geboren waren. Wir kennen die Philosophie unseres Volkes. Wir sind davon durchdrungen. Sie würden nicht einmal die Grundsätze dieser Philosophie begreifen.«

»Das klingt arrogant!«

»Es ist nur eine Feststellung. Die Kluft zwischen uns ist vor allem auf geistiger Basis so groß, daß ich Ihnen gegenüber keine Arroganz entwickeln könnte. Können Sie sich vorstellen, daß Sie sich gegenüber einem Baum oder einem Stein arrogant verhalten würden?«

Der Tschatro empfand jedes dieser Worte wie einen Schlag ins Gesicht.

»Wir sollten uns darauf beschränken, in der bisherigen Form miteinander zu verkehren«, fuhr Noc fort. »Alles andere würde nur zu Komplikationen führen.«

»Ich bedaure Ihre Haltung«, sagte der Tschatro. »Natürlich werde ich sie zu verstehen versuchen.«

Er ging hinaus. Minutenlang stand er mitten unter den Gehirnen der Tschatrobank. Er hatte das Gefühl, hinausschreien zu müssen, was er empfand, aber er beherrschte sich. Er war der Tschatro, der Mann, der auf Yaanzar herrschte.

Als er die Tschatrobank verließ, hatte er einen Entschluß gefaßt. Er rief das GOK und die Polizei an und gab den Befehl, Transplan-Regulator Eboyschan überall suchen zu lassen.

Seine Anordnung löste überall im Yaanzardoscht Verwirrung aus, doch der Tschatro reagierte auf alle Anfragen mit Schweigen. Er zog sich in seine Privaträume zurück und wartete darauf, daß Torytrae sich melden würde.

Die Tür zum Arbeitszimmer des Paratransplantators öffnete sich, und Percto blickte herein. Er stieß einen Entsetzensschrei aus.

Die Metallstange sauste auf Torytrae herab, aber das Auftauchen des Bordindieners hatte Eboyschan einen Augenblick irritiert, so daß Torytrae dem Schlag ausweichen konnte. Doynschto stand wie erstarrt da, er schien zu keiner Aktion mehr fähig zu sein.

Torytraes überlegener Intellekt ließ ihn die Situation blitzschnell erfassen, und er zog seine Nutzen daraus. »Er greift Doynschto und mich an!«

Eboyschan fuhr herum, ein plötzlicher Schweißausbruch ließ sein verzerrtes Gesicht vor Nässe glänzen. Die Ohren des Transplan-Regulators bewegten sich hin und her, ein Zeichen äußerster Erregung.

Eboyschan führte den nächsten Schlag von der Seite. Diesmal konnte der Jäger nicht ausweichen. Der Körper, in dem sich sein Gehirn befand, war viel zu langsam.

Die Metallstange traf ihn in den Bauch. Er schrie auf und krümmte sich nach vorn. Aus den Augenwinkeln sah er Percto heranstürmen.

Doynschto stand noch immer bewegungslos da, er schien nicht begreifen zu können, was sich um ihn herum abspielte.

»Bleib weg!« schrie Eboyschan dem Bordin zu. Wieder hob er die Stange, um sie dem Yuloc auf den Kopf zu schmettern.

Torytrae wankte seitwärts, aber das hätte ihn nicht gerettet, denn Eboyschan bewegte sich schneller. Bevor der Transplan-Regulator jedoch zum tödlichen Schlag ausholen konnte, war Percto heran und umklammerte ihn von hinten. Eboyschan bewegte hilflos Arme und Beine, dann ließ er die Stange fallen.

Torytrae richtete sich auf. Er mußte schnell handeln. Bevor Doynschto oder der Bordin etwas sagen konnten, ergriff der Tuuhrt die am Boden liegende Stange. Mit zwei Schlägen, in die er alle Kraft seines alten Körpers legte, tötete er Eboyschan. Der Körper des Transplan-Regulators wurde schlaff.

Doynschto wimmerte leise. Der Bordin öffnete die Arme, Eboyschan glitt auf den Boden.

Perctos Augen waren unnatürlich weit geöffnet. Er begriff noch immer nicht, was geschehen war.

»Sie haben seinen Kopf zerschlagen und sein Gehirn getötet«, sagte er langsam. »Er kann nicht mehr gerettet werden.«

»Ja«, sagte der Jäger. Die Schwäche des fremden Körpers übermannte ihn. Die Metallstange klirrte auf den Boden. Torytrae ließ sich in einen Sessel fallen. Sein sonst unfehlbar arbeitendes Gehirn war in diesen Sekunden wie betäubt. Er fühlte sich wie abgeschnitten von seiner Umgebung und von den Dingen, die sich dort ereigneten.

Percto zog die Leiche hoch und legte sie über die Schultern. Dann trug er sie nach draußen.

Doynschto erwachte aus seiner Starre. Er deutete auf den Boden.

»Wir werden saubermachen müssen«, sagte er. Er schien sich an diese Vorstellung zu klammern, denn er umgrenzte die Spuren von Eboyschans Ende mit kreisenden Handbewegungen.

Torytrae erhob sich. Er wußte, daß er in der Klinik nichts mehr erfahren würde. Bei Doynschto genügte ein kleiner Anstoß, um ihn wahnsinnig werden zu lassen. Dieses Risiko wollte der Jäger nicht eingehen, denn der Paratransplantator war eine Schlüsselfigur.

Torytrae kannte jetzt die Spur. Er mußte nur noch herausfinden, wohin Hactschyten sich gewandt hatte.

Percto kam wieder herein. »Was soll ich tun?« fragte er seinen Herrn.

Doynschto deutete auf den Boden. »Das muß alles weg!« befahl er.

Torytrae beachtete die beiden nicht länger. Er wußte, daß Doynschto Tage brauchen würde, um sich von seinem Schock zu erholen. Der Wissenschaftler würde vorläufig nichts gegen den Jäger unternehmen.

»Ich werde die Regierung unterrichten«, sagte Torytrae zu dem Bordin. Er warf Doynschto einen letzten Blick zu. »Du kannst ihm das sagen, wenn er wieder bei Sinnen ist.«

Damit verließ der Jäger den Arbeitsraum. Er wußte, daß ihn niemand am Verlassen der Klinik hindern würde. Er hatte sein inneres Gleichgewicht wiedergefunden. Die Schmerzimpulse, die der Vroteschkörper in sein Gehirn schickte, störten ihn nicht. Sie würden vorübergehen.

Der Körper, den er gewählt hatte, war zwar unauffällig, aber schwach. Torytrae war entschlossen, ihn gegen einen anderen einzutauschen, wenn die Jagd auf das Ceynach-Gehirn sich wider Erwarten ausdehnen sollte.

Es bereitete dem Yuloc eine tiefe Befriedigung, diesen Fall wie ein vollendetes Kunstwerk überblicken zu können. Fast alle Ereignisse waren von diesem seltsamen Ceynach gesteuert oder zumindest heraufbeschworen worden. So unglaublich es erschien, aber dem Fremden war es gelungen, planetenumspannende Geschehnisse in Gang zu bringen. Es war nicht ausgeschlossen, daß er diese Tätigkeit jetzt im Weltraum ausübte.

Torytrae ertappte sich dabei, daß er dem Unbekannten eine gewisse Bewunderung entgegenbrachte. Alles, was der Jäger über den Ceynach erfahren hatte, ließ darauf schließen, daß dieses Wesen sich in einer völlig fremden Umgebung befand. Deshalb hatte es zunächst einmal seinen Standort herauszufinden versucht. Nun war es offenbar dabei, sich eine Position auszubauen, von der aus es bestimmte Vorkehrungen treffen konnte.

Dabei hatten sich sogar Persönlichkeiten wie Doynschto der Sanfte oder Hactschyten als zu schwach erwiesen, um dem Fremden ernsthaften Widerstand leisten zu können. Der genialste Schachzug des Unheimlichen jedoch war die Irreführung des GOK. Sie war zwar mit Hilfe Doynschtos geschehen, aber das minderte nicht den Eindruck, den sie auf den Yuloc machte.

Torytrae begann zu bedauern, daß der Fremde nichts von seiner Existenz wußte. Dem Jäger hätte es großes Vergnügen bereitet, ein Ceynach-Gehirn zu jagen, das von der Existenz eines Verfolgers wußte. Das hätte diesen Fall kompliziert.

Der Ceynach würde jedoch erst unmittelbar vor seinem Ende von der Tätigkeit des Jägers erfahren. Torytrae fand, daß dies seinen bevorstehenden Triumph beeinträchtigen würde.

Er überlegte, ob es nicht angebracht sein würde, dem Gehetzten eine Nachricht zu übermitteln und ihn zu warnen.

Der Gedanke ließ Torytrae lächeln. Das wäre ein Vorgehen so richtig nach seiner Vorstellung gewesen. Er mußte darüber nachdenken, ob sich dieser Plan nicht verwirklichen ließ.

Der Ceynach würde, sobald er von der Existenz des Jägers erfuhr, reagieren. Er würde nicht länger benachteiligt sein. Torytrae war viel zu nüchtern, um nicht klar zu erkennen, daß das alles vorläufig Spiele der Phantasie waren.

Zunächst einmal mußte er feststellen, wohin der Hactschytenkörper mit dem Ceynach-Gehirn geflohen war. Der Organhändler Hactschyten hatte in der Altstadt von Nopaloor gelebt. Dort würde der Jäger am ehesten Informationen bekommen.

Zuerst jedoch mußte er mit dem Tschatro sprechen.

Vor einer öffentlichen Bildsprechanlage in der Nähe von Doynschtos Klinik blieb Torytrae stehen und sah sich um. Er wurde nicht verfolgt. Er hatte auch nicht damit gerechnet, doch er wollte sichergehen.

Nach mehreren Versuchen gelang es ihm, eine Verbindung zum Yaanzardoscht herzustellen. Er drückte die nur wenigen Personen bekannten Impulszeichen des Tschatros und wartete, daß der Bildschirm sich erhellen würde. Seine Geduld wurde auf eine harte Probe gestellt, denn er mußte über eine Stunde warten, bis der Regierungschef sich meldete.

Torytrae spürte sofort, daß mit dem Tschatro eine Veränderung vorgegangen war, denn der alte Yaanztroner begrüßte ihn sehr reserviert.

»Es steht jetzt fest, daß das Ceynach-Gehirn noch am Leben ist«, berichtete der Jäger. »Es befindet sich im Körper des Organhändlers Hactschyten und ist in den Weltraum geflohen.«

»Doynschto hat uns belogen und das GOK hintergangen!« rief der Tschatro wütend. »Ich werde sofort veranlassen, daß man ihn verhaftet.«

»Bitte bleiben Sie ruhig«, sagte Torytrae. »Doynschto ist eine Schlüsselfigur. Es ist besser für uns und für ihn, wenn er in seiner Klinik bleibt. Bei ihm muß lediglich eine Gedächtniskorrektur vorgenommen werden. Er weiß, wer ich bin, und kennt das Geheimnis des Ceynach-Suchkommandos.«

»Was?« brachte der Tschatro hervor. Dann schloß er die Augen und stieß ungläubig hervor: »Eboyschan!«

»Sie haben logisch gedacht!« anerkannte der Yuloc.

»Ich habe bereits eine Suchmeldung aufgegeben«, verkündete der Regierungschef. »Eboyschan wird nicht mehr lange Gelegenheit haben, Geheimnisse der Regierung zu verraten.«

Torytrae lächelte. »Sie können die Suchmeldung zurückziehen!«

»Warum?«

»Ich habe Eboyschans Gehirn getötet!«

Torytrae kannte diesen Mann genau, und er wußte, welchen Schock er bei dem Tschatro mit der Nachricht vom Ende Eboyschans ausgelöst hatte. Er studierte den Gesichtsausdruck des Tschatros und zog seine Rückschlüsse. Als er sicher sein konnte, daß die innere Spannung des alten Mannes bis zur Unerträglichkeit angestiegen war und nach einem Ventil verlangte, gab Torytrae eine Erklärung ab.

»Eboyschan griff mich an und hätte mich fast getötet. Doynschto hat ihn unterstützt. Ich nehme an, daß es eine Kurzschlußhandlung war.«

Der Tschatro stöhnte.

»Wie soll ich das der Regierung klarmachen?«

»Das ist Ihr Problem«, versetzte der Jäger lakonisch. Manchmal empfand er Befriedigung bei dem Gedanken, den Tschatro in seelische Nöte gestürzt zu haben. Nicht, daß er diesen Mann gehaßt hätte, aber er wollte die psychische Überlegenheit eines Yulocs immer wieder unter Beweis stellen.

»Sie hätten das nicht tun dürfen«, sagte der Tschatro. »Es war ein großer Fehler.«

»Ich meine, daß *Sie* einen Fehler begangen haben. Sie hätten einen so labilen Mann wie Eboyschan niemals zu einem Ihrer Vertrauten machen dürfen.«

Während er mit dem Tschatro sprach, überlegte der Jäger, wie lange es wohl noch dauern würde, bis der Tschatro einen jüngeren Körper benötigte. Zwischenfälle wie dieser waren dazu geeignet, den Tschatro noch schneller altern zu lassen.

»Ich weiß nicht, ob ich Sie unter diesen Umständen nicht zurückrufen soll«, bemerkte der Regierungschef.

»Wollen *Sie* den Ceynach fangen?« fragte Torytrae spöttisch.

»Sie haben die Spur gefunden. Ich könnte den Fall dem GOK übergeben.«

»Das GOK ist zweifellos eine gut funktionierende Organisation, die von fähigen Yaanztronern geführt wird. Doch sie würde diesem Gegner auch ein zweites Mal unterliegen.«

»Sie scheinen diesen Fremden hoch einzuschätzen.«

»Er genießt meine Anerkennung.«

Der Tschatro machte eine nervöse Bewegung mit den Händen. »Ich wünschte, ich könnte Sie und Noc besser verstehen. Manchmal sind Sie mir unheimlich.«

»Ja«, sagte der Yuloc trocken. »Das ist verständlich.«

Wäre der Tschatro ein einfacher Yaanztroner gewesen, hätte Torytrae vielleicht Mitleid für ihn empfunden. So sagte sich der Tuuhrt, daß ein Mann, der auf einer Welt wie Yaanzar herrschte, auch in solchen Situationen Überlegenheit beweisen mußte.

»Ich werde jetzt feststellen, wohin Hactschyten geflohen ist«, kündigte der Jäger an. »Dabei benötige ich Ihre Unterstützung. Ich werde mich von nun an täglich mit Ihnen in Verbindung setzen, um zu erfahren, ob Sie Nachrichten erhalten haben, in denen Hactschyten erwähnt wird.«

»Nun gut«, sagte der Tschatro. »Vielleicht ist es wirklich besser, wenn ich Sie weitermachen lasse. Mit der Auffindung dieses mysteriösen Fremden wird sich sicher vieles klären.«

Als Torytrae das Gespräch abbrach, war er überzeugt davon, daß er einen nachdenklichen und niedergeschlagenen Regierungschef verabschiedet hatte. Der Tschatro mußte einige schwierige Probleme lösen. Für Eboyschans Tod mußte eine plausible Erklärung gefunden werden. Wenn der Tschatro klug war, ließ er den Transplan-Regulator für verschollen erklären.

Der Jäger begab sich zur nächsten Transmitterstation. Sein vorläufiges Ziel war die Altstadt von Nopaloor.

Busswellyoh stand am Fenster der Agentur und beobachtete den Alten, der nun zum achtenmal die Straße heraufkam und sich nach allen Richtungen umsah. Ein Agent des GOK hätte sich sicher weniger auffällig verhalten, außerdem bezweifelte Busswellyoh, daß sich Mitglieder des Kommandos noch einzeln in diesen Teil der Stadt wagten. Je länger er den alten Yaanztroner beobachtete, desto überzeugter wurde Busswellyoh, daß dieser Mann mit seinem Verhalten heimliche Beobachter herausfordern wollte.

Er hatte diesen Mann noch nie in der Altstadt gesehen.

Er öffnete das Fenster und beugte sich hinaus. Es war später Nachmittag. Der für diesen Stadtteil charakteristische Geruch nach Kochwürze lag in der Luft. Von der Straße klang Lärm herauf. Busswellyoh fragte sich, wie viele Männer und Frauen, die dort unten vorbeigingen, für seine Organisation arbeiteten, ohne daß er es wußte.

Manchmal hatte er das Gefühl, die Kontrolle über die Organisation zu verlieren. Sie war über ganz Yaanzar verzweigt und besaß Händler auf vielen Planeten Naupaums. Was die Maßnahmen der Regierung und des GOK anging, war der illegale Handel mit Gehirnen längst nicht mehr so riskant wie in früheren Zeiten, aber dafür machten Konkurrenzunternehmen Busswellyoh das Leben schwer. Busswellyoh schätzte, daß er täglich zwei Dutzend Mitglieder verlor. Sie wurden ermordet, verschleppt oder abgeworben. Der Verlust wurde durch neu hinzukommende Mitglieder ausgeglichen, aber Busswellyoh war sicher, daß sich in seiner Organisation mindestens zweihundert Spione anderer Gruppen eingeschlichen hatten. Andererseits hatte Busswellyoh seine Spione bei den Konkurrenten.

Manchmal erschien Busswellyoh seine Tätigkeit absurd. Er konnte nur noch in der Altstadt leben; sobald er sie verließ, würde man ihn verhaften.

Er fragte sich, warum er unter all diesen Umständen dem seltsamen Alten dort unten auf der Straße soviel Aufmerksamkeit zuteil werden ließ.

Busswellyohs Organisation schmuggelte monatlich etwa zwölfhundert Gehirne; die Zahl der von ihr gestohlenen, gekauften und verkauften Organe ließ sich nur schätzen.

Busswellyoh wandte sich zu Argmyra um, die sich auf den Decken im Hintergrund räkelte. Sie war Busswellyohs teuerste Freundin. Ihretwegen hatte er vor einem halben Jahr sein Gehirn in einen jungen, starken Körper verpflanzen lassen, obwohl ihm diese Aktion wie Selbstbetrug vorgekommen war.

»Komm her!« sagte er.

»Ich habe keine Lust, auf die schmutzige Straße zu blicken«, sagte sie.

Er ging zu ihr und zog sie an den Ohren hoch. »Ich will dir etwas zeigen.«

Sie versetzte ihm einen Tritt, folgte ihm aber zum Fenster. Sie blickten gemeinsam hinaus.

»Der alte Mann in den abgerissenen Kleidern auf der anderen Straßenseite. Er geht sehr langsam und kommt jetzt zum achtenmal vorbei.«

Sie warf den Kopf zurück. »Wie interessant!«

»Sieh ihn genau an. Was fällt dir an ihm auf?«

»Er ist alt, häßlich und schmutzig.« Sie beugte sich etwas vor, und ihre Augen verengten sich. Eine Zeitlang blickte sie schweigend hinab, dann sah sie Busswellyoh beunruhigt an. »Er hat etwas Unheimliches an sich«, sagte sie zögernd.

»Ja«, bestätigte Busswellyoh »Wer ist er?«

»Das weiß ich nicht. Ich habe ihn noch nie gesehen. Ich werde Argonvay auf ihn ansetzen.«

Er ging in die Zimmermitte zurück und schaltete die Sprechanlage ein. Dann gab er einem seiner Mitarbeiter ein paar Befehle. Als er zum Fenster zurückkam, war Argonvay bereits auf der Straße. In diesem Bordinkörper war ein percyllisches Gehirn verborgen. Offiziell durften Percylls Yaanzar nicht betreten, denn sie galten als Träger fremdartiger Viren. Busswellyoh schätzte, daß illegal ein paar hundert Percylls auf Yaanzar lebten, natürlich alle in nichtpercyllischen Körpern.

Die Angst, von einem Percyll infiziert zu werden, hatte Busswellyoh längst abgelegt; er war sogar der Ansicht, daß die Percylls unter einem unsinnigen Vorurteil zu leiden hatten. Busswellyoh schätzte die Ehrlichkeit und den Mut der Percylls.

»Er spricht mit ihm«, bemerkte Argmyra.

Busswellyoh sah, daß der fremde alte Mann und Argonvay sich unterhielten. Einige Zeit später überquerten sie gemeinsam die Straße.

Busswellyoh runzelte die Stirn. »Er bringt ihn offenbar hierher!«

»Er wird einen Grund dafür haben.«

Busswellyoh maß seine Freundin mit einem bedeutsamen Blick. »Zieh dir etwas über; ich werde den Alten hier oben empfangen.«

Er schaltete die Sprechanlage ein und befahl seinen Mitarbeitern, die unten im Büro saßen, Argonvay und den alten Mann heraufzuschicken. Argmyra verkroch sich unter den Decken ihres Lagers, so daß nur noch ihr Gesicht herausschaute.

Wenige Augenblicke später kamen Argonvay und der Yaanztroner herein.

»Er sucht nach Hactschyten«, verkündete Argonvay.

Busswellyoh sah den alten Mann an. Durch seinen Umgang mit den verschiedensten Wesen aus der Galaxis Naupaum hatte Busswellyoh große Erfahrung im Einschätzen von Persönlichkeiten. Er ließ sich deshalb auch vom armseligen Äußeren des Besuchers nicht täuschen.

»Was wissen Sie von Hactschyten?« wandte sich Busswellyoh an den Mann.

»Ich hatte einmal geschäftlich mit ihm zu tun.«

»Ich verstehe!« Busswellyoh spürte, daß der alte Mann viel Selbstbewußtsein besaß. »Wie heißen Sie?«

»Vrotesch!« sagte der Alte.

Busswellyoh sagte: »Sie arbeiten nicht in diesem Gebiet!«

»Nein.«

»Sind Sie ein Einzelgänger, oder vertreten Sie eine Organisation?«

»Das kommt darauf an«, antwortete Vrotesch.

»Hactschyten weilt nicht mehr auf Yaanzar. Er befindet sich im Weltraum.«

»Wo?« wollte Vrotesch wissen.

»Warum sollte ich Ihnen das sagen?« Busswellyoh lächelte. »Aber ich kann Ihnen sowieso nicht helfen, weil ich Hactschytens Ziele nicht kenne. Hactschyten wickelt seine Geschäfte immer heimlich ab. Niemand weiß genau, was er tut und wo er sich befindet.«

»Sie können ihn nicht ausstehen«, stellte Vrotesch fest.

»Richtig«, gab Busswellyoh verblüfft zu. »Er ist unehrlich. Man kann sich nicht auf ihn verlassen. Seine Erfolge sind mir unerklärlich. Kein Yaanztroner will mit Hactschytens Leuten zusammenarbeiten, das sagt Ihnen jeder hier in der Altstadt.« Er fragte sich, warum er dem Alten solche Erklärungen gab.

»Wie kann ich erfahren, wo Hactschyten sich befindet?«

»Vielleicht weiß der Rote Anatom etwas darüber«, sagte Busswellyoh zögernd.

»Der Rote Anatom hat Yaanzar ebenfalls verlassen.«

Busswellyoh wurde nachdenklich. Er glaubte nicht, daß der Alte einer Polizeiorganisation angehörte, aber es war möglich, daß er für ein Konkurrenzunternehmen spionierte. Ob es einen Sinn hatte, wenn er den Alten festhielt und verhörte? Ohne Folterungen würde dieser Mann bestimmt keine Informationen preisgeben. Busswellyoh schreckte unbewußt davor zurück, Vrotesch gewaltsam zum Sprechen zu bringen.

»Warum können wir beide nicht ins Geschäft kommen?« fragte Busswellyoh. »Alles, was Sie von Hactschyten erwarten, können Sie auch von mir bekommen. Umgekehrt bin ich natürlich bereit, Gehirne und Organe anzukaufen, wenn es sich um gutes Material handelt.«

Vrotesch lächelte. »Ich bin nur wegen Hactschyten hier«, erklärte er verbindlich. Er sah sich um, dann nickte er Busswellyoh zu. »Es ist schade, daß Sie mir nicht helfen konnten.«

Er ließ Busswellyoh stehen, als wäre dies die selbstverständlichste Sache von Yaanzar. Busswellyoh, der gewohnt war, daß er die Besucher entließ, bevor sie ihm den Rücken zuwandten, sah den Alten aus dem Zimmer gehen.

Argmyra kicherte. Das Gespräch schien sie amüsiert zu haben. »Er war frech«, sagte sie. »Du hattest ihm nichts entgegenzusetzen.«

Eine Welle des Zorns veränderte Busswellyohs Gesichtsausdruck. Fast hätte er den Befehl gegeben, Vrotesch aufzuhalten und zurückbringen zu lassen, doch er besann sich anders.

»Argonvay soll ihn verfolgen und beobachten!« sagte er in das Sprechgerät. »Ich will wissen, was er jetzt unternimmt.«

Er ging zum Lager und ließ sich neben Argmyra nieder.

»Bestimmt war sein alter Körper nur Täuschung. Ich frage mich, welches Gehirn sich in diesem Kopf verbirgt.«

Sie rollte sich über ihn und strich ihm über den Kopf. »Nachdenkliche Männer sind schlechte Liebhaber.«

Busswellyoh konnte den alten Yaanztroner jedoch nicht vergessen. Er war sicher, daß er irgend etwas versäumt hatte.

»Argonvay wird mehr über ihn herausfinden«, sagte er mehr zu sich selbst.

»Diesmal wird dir auch der Percyll nicht helfen«, prophezeite das Mädchen. »Ich bin sicher, daß der Alte mit ihm fertig wird.«

Busswellyoh richtete sich auf. »Es würde dir offenbar Spaß machen.«

Sie lächelte unergründlich.

Noch bevor Torytrae die Agentur verlassen hatte, wußte er, daß man ihn verfolgen würde. Es war die logische Folge des Gesprächs, das er mit Busswellyoh geführt hatte. Der Verfolger würde sicherlich der junge Mann sein, der ihn auf der Straße in ein Gespräch verwickelt und dann in dieses Haus geführt hatte.

Zweifellos hatte Busswellyoh die Wahrheit gesagt. Niemand in der Altstadt schien genau zu wissen, wohin Hactschyten geflogen war. Der Jäger machte sich keine Sorgen. Er wußte, daß er früher oder später alles herausfinden würde. Es gab immer Spuren, die sich nicht verwischen ließen.

Torytrae überlegte, wie lange das Ceynach-Gehirn sich als Hactschyten ausgeben konnte. Früher oder später mußte jemand erkennen, daß sich in Hactschytens Körper ein fremdes Gehirn verbarg.

Es war aber auch möglich, daß der Unbekannte durch geschickte Verhandlungen bereits einflußreiche Verbündete gewonnen hatte, die ihn beschützten.

Der Yuloc überquerte die Straße. Er wußte den Verfolger etwa achtzig Schritte hinter sich. Es wäre ihm leichtgefallen, Busswellyohs Mitarbeiter abzuschütteln, doch darauf legte er keinen Wert. Busswellyoh konnte alles erfahren, was er in der Altstadt unternahm.

Eine Gruppe halbwüchsiger Mädchen kam auf ihn zu und bot ihm Keroykugeln an, die sich in Dampf auflösten. Jedermann auf Yaanzar war bekannt, daß durch das Einatmen von Keroydämpfen Verbrennungen im Lungengewebe entstehen konnten, trotzdem wurde mit diesen Kugeln ein schwunghafter illegaler Handel betrieben.

Während die Stadt in ihren Randgebieten immer schneller wuchs und bald den gesamten Kontinent bedecken würde, vergrößerte sich auch die Altstadt. Manche Yaanztroner nannten die Altstadt das faule Herz von Nopaloor. Der Yuloc, der nicht die Mentalität eines Yaanztroners besaß, fühlte sich hier wohl. Das Leben in diesem Teil der Stadt bot ihm oft Gelegenheit, seine Fähigkeiten einzusetzen. In den überfüllten Straßen und Treffpunkten geschah ständig etwas. Manchmal hatte Torytrae den Eindruck, daß das Leben in der Altstadt reizvoller war als in den anderen Bezirken. Die Bewohner der Altstadt beklagten sich alle, aber keiner von ihnen kam auf den Gedanken, große Anstrengungen zu machen, um von hier wegzuziehen.

Torytrae betrat einen völlig überfüllten Treffpunkt. Er wußte, daß sich an diesen Plätzen die Organhändler trafen. Es war ziemlich unwahrscheinlich, daß er zufällig etwas über Hactschytens Ziel erfahren würde, aber er hoffte, jemand kennenzulernen, der ihm weiterhelfen konnte.

Der Jäger drehte sich plötzlich um und sah den jungen Mann im Eingang, der ihn bisher verfolgt hatte.

Er lachte Argonvay zu. Der Verfolger schüttelte den Kopf und kam auf ihn zu.

»Kompliment«, sagte er zu Torytrae. »Sie müssen Augen im Hinterkopf haben.«

»Bleiben Sie doch in meiner unmittelbaren Nähe«, schlug Torytrae vor. »Dann können Sie Busswellyoh über alles genau informieren, was ich getan habe.«

Argonvay machte ihn auf eine goldhaarige Pertkayterin auf der anderen Seite des Raumes aufmerksam. Die Frau wurde von zwei finster blickenden Männern begleitet.

»Certamay und ihre Leibwache«, erklärte Argonvay. »Angeblich arbeiten zweihundert Naupaum-Killer für diese Frau. Es gibt ein Gerücht, daß sich in ihrem Körper ein männliches Gehirn verbergen soll.«

»Glauben Sie, daß Certamay etwas über Hactschyten weiß?«

»Sie hat ihn gekannt, aber ich würde Ihnen nicht empfehlen, ihr Fragen zu stellen. Sie gilt als unduldsam und nervös. Vierzehn in der Öffentlichkeit begangene Morde sprechen eine deutliche Sprache.«

Torytrae hatte sich bereits in Bewegung gesetzt. Er mißachtete die Warnung des jungen Mannes.

Certamay verhandelte mit einem berauschten Yaanztroner. Auf dem Tisch vor den beiden standen zwei Organkanister.

»Hactschyten würde sicher mehr bezahlen als dieser Mann«, mischte Torytrae sich ein.

Die farblosen Augen der Frau blickten in seine Richtung. Certamay wirkte völlig leidenschaftslos, aber Torytrae ließ sich dadurch nicht täuschen. Er spürte förmlich, was im Innern der Pertkayterin vorging.

»Ruhig!« sagte sie nur. »Wenn ich einen geschäftlichen Rat brauche, werde ich danach fragen.«

Zur Unterstreichung ihrer Worte winkte einer ihrer Leibwächter mit dem Lauf eines Strahlers.

Torytrae schätzte seine Chancen ab. Der Raum war überfüllt. Wenn der Leibwächter hier einen Schuß abgab, konnte eine Panik ausbrechen, die auch Certamay gefährden würde. Trotzdem mußte Torytrae einen Unsicherheitsfaktor einkalkulieren.

»Es ist schade«, sagte der Yuloc, »daß wir uns nicht vernünftig unterhalten können.«

Sie hob die Augenbrauen. Ihre Ungeduld war unverkennbar. Sie empfand die Störung als lästig und zeigte das auch.

»Eine Frau mit Einfluß und Geld sollte alle Möglichkeiten ausschöpfen«, fuhr Torytrae unbeeindruckt fort.

»Sie sind dreist«, antwortete sie. »Ich habe Männer schon aus nichtigeren Gründen umbringen lassen.«

»Wenn Sie mich umbringen, nehme ich mein Geheimnis mit in den Tod!«

Sie blickte sich um. »Dort drüben ist eine Kabine frei«, sagte sie zu Torytraes Überraschung. »Ich hoffe nur, daß Sie mir wirklich etwas Wichtiges zu sagen haben, sonst kommen Sie hier nicht mehr heraus.«

Torytrae lächelte sie an und merkte, daß er sie mit seiner Kaltblütigkeit irritierte. Er sah, daß Argonvay ihnen folgen wollte. Er gab dem jungen Mann ein Zeichen. Argonvay blieb zurück.

Zusammen mit der Frau betrat er die Kabine. Sie hockte sich auf den Tischrand; in ihrer Hand lag plötzlich eine Nadlerpistole, deren Lauf auf Torytraes Kopf gerichtet war. Aber damit hatte der Jäger gerechnet. Er konnte solche Situationen vorhersehen, deshalb wurde er davon nicht überrascht.

»Los!« befahl sie. »Sprechen Sie!«

»Ich bin Mitglied des Ceynach-Suchkommandos«, sagte er.

Das wirkte. Certamay ließ die Waffe sinken und starrte ihn an wie eine Erscheinung.

»Unmöglich!« brachte sie schließlich hervor. »Kein Agent der Regierung würde sich hierherwagen.«

»Ich suche nach Hactschyten«, fuhr Torytrae fort. »Es geht um ein

Ceynach-Verbrechen. Der Markt der Gehirne und damit ganz Yaanzar sind in Gefahr. Es ist nicht so, daß es sich um ein alltägliches Verbrechen handeln würde. Ich bin fast sicher, daß kosmische Interessengruppen am Werk sind. Vielleicht will man die Monopolstellung Yaanzars brechen. Das wäre auch das Ende Ihrer Organisation.«

»Woher soll ich wissen, daß ich die Wahrheit höre?«

»Sie spüren es!« sagte Torytrae gelassen.

»Ja«, sagte sie verblüfft. »Sie können jemand überzeugen, obwohl ich noch immer nicht glaube, daß Sie zum Ceynach-Suchkommando gehören. Niemand hat je einen Agenten dieser Organisation gesehen.«

»Vielleicht doch«, widersprach Torytrae. »Nur wird niemand über ein solches Zusammentreffen sprechen – Sie auch nicht.«

»Ich weiß nur, daß Hactschyten sich zur Zeit nicht auf Yaanzar befindet. Vielleicht ist er nach Purgmur geflogen. Dort hat eine von ihm unterstützte Organisation große Lager.«

Purgmur! wiederholte Torytrae in Gedanken. Bestimmt würde das Ceynach-Gehirn in Hactschytens Körper nicht so dumm sein und einen solchen Planeten anfliegen. Die Frage war jetzt, wieviel Rücksicht der Ceynach noch auf seine Umgebung nehmen mußte. Wenn er der Besatzung seines Raumschiffs eine glaubwürdige Rolle vorspielen wollte, durfte er nicht wesentlich von den Plänen des echten Hactschyten abgehen.

Torytrae glaubte jedoch, daß der Ceynach seine Begleiter längst überrumpelt hatte.

»Warum gibt die Regierung keine offizielle Verlautbarung heraus?« erkundigte sich Certamay. »Wenn Hactschyten in diesem Fall so dringend gesucht wird, genügt ein offenes Wort des Tschatros. Auch die illegalen Organisationen würden die Regierung unterstützen, wenn sie wissen, daß ihre Interessen ebenfalls in Gefahr sind.«

»Der Regierung fehlen Beweise«, sagte Torytrae. »Sie stützt sich bisher nur auf Vermutungen des Ceynach-Suchkommandos.«

Die Mündung der Waffe wurde jetzt wieder auf ihn gerichtet. »Das alles hört sich ziemlich mysteriös an.«

Torytrae sah sie nur an. Er konnte mit dieser Frau nicht um sein Leben feilschen, das wußte er genau. Certamay war konsequent. Wenn sie zu der Entscheidung kommen sollte, daß er ein Lügner war, würde sie auch abdrücken.

»Warum fragen Sie ausgerechnet bei mir nach Hactschyten? Er hat bessere Freunde als mich.«

»Der Rote Anatom ist ebenfalls verschwunden«, gab er zur Antwort. »Busswellyoh weiß nicht viel, und überall dort, wo ich noch aufgetaucht bin, hatte ich es mit Fulgmyrern zu tun.«

»Wer ist der junge Mann, der Sie begleitet?«

»Ein Spitzel Busswellyohs«, antwortete Torytrae wahrheitsgemäß.

»Ich kenne ihn. Er heißt Argonvay. Sie können froh sein, daß Sie eben die Wahrheit gesagt haben.«

Torytrae stand auf und lächelte. »Ich habe noch viel zu tun. Gelegentlich werde ich wieder einmal hier vorbeikommen und Sie fragen, ob Sie Neuigkeiten für mich haben.«

Sie antwortete nicht, aber sie ließ es zu, daß er vor ihr die Kabine verließ. Innerhalb des Treffpunkts war es noch voller geworden. Sechs Yaanztroner warteten bereits vor der Kabine, um sie benutzen zu können. Ohne sich um Argonvay zu kümmern, verließ Torytrae den Treffpunkt. Auf der Straße hatte der Verkehr noch zugenommen. Torytrae schüttelte Busswellyohs Mitarbeiter ab, denn er wollte ein ungestörtes Gespräch mit dem Tschatro führen.

Die Hinweise, die er über Hactschyten erhalten hatte, waren so dürftig, daß sich daraus noch keine Schlüsse ziehen ließen. Der Jäger wußte, daß er auf der Stelle trat.

Die Nachforschungen in der Altstadt waren auch für ihn nicht ungefährlich. Wenn er sich weiterhin so verdächtig verhielt, würden sich außer Argonvay noch andere Männer auf seine Spur zu setzen versuchen. Sogar die Gefahr eines Mordanschlags bestand.

In der Altstadt gab es nur wenig Bildsprechsäulen. Die meisten waren veraltet oder außer Funktion.

Der Jäger hatte keine Lust, stundenlang auf eine Gelegenheit zum Sprechen zu warten, deshalb begab er sich über einen Transmitteranschluß in ein anderes Gebiet der Stadt. Er befand sich jetzt ganz in der Nähe des Yaanzardoscht. Hier fand er sofort eine freie und betriebsbereite Anlage.

Er benutzte die Geheimnummer des Tschatros. Diesmal hatte er Glück, denn der Regierungschef hielt sich allein in seinen Arbeitsräumen auf und meldete sich sofort.

»Ich habe schon auf Ihren Anruf gewartet«, teilte er Torytrae mit. Im Gegensatz zu ihrem letzten Gespräch wirkte der Tschatro befreit. Vielleicht hatte er sich entschlossen, sein Verhältnis zu dem Tuuhrt wieder zu verbessern.

»Ich habe ein paar wichtige Nachrichten erhalten. Sie stammen vom Geheimdienst der Regierung und entsprechen mit großer Sicherheit der Wahrheit. Hactschyten ist angeblich auf der Insektenwelt Yrvytom aufgetaucht. Dort hat er dem Mato Pravt das Leben gerettet. Durch diese Aktion gewann er offenbar Heltamoschs Freundschaft, denn der zukünftige Herrscher nahm Hactschyten mit nach Rayt. Auf Rayt ist es wegen

Hactschyten schon zu Spannungen zwischen den drei führenden Parteien gekommen.«

»Das sind in der Tat wichtige Neuigkeiten«, sagte Torytrae beeindruckt. »Es erspart mir weitere Ausflüge in die Altstadt.«

»Sie hatten recht«, stellte der Tschatro fest. »Dieser Ceynach lebt noch. Was aber noch schlimmer ist: Er hat Kontakt mit den wichtigsten Persönlichkeiten von Naupaum.«

»Damit hatte ich eigentlich gerechnet«, verkündete der Jäger. »Daß es jedoch so schnell gehen würde, hatte ich nicht geglaubt. Der Fremde überrascht mich. Wahrscheinlich hat ihm der Zufall ein bißchen geholfen. Trotzdem bewundere ich ihn. Ich nehme an, daß er Heltamosch über seine wahre Identität aufgeklärt hat. Anders ist die Haltung des Mato Pravt nicht zu erklären.«

»Rayt«, sagte der Tschatro versonnen. »Das klingt nicht gerade verlockend. Was werden Sie jetzt tun?«

»Informationen sammeln und nachdenken«, antwortete der Jäger. »Ich muß die Nachrichten, die Sie mir übermittelt haben, zunächst einmal in mein Gesamtbild einfügen. Dann sehen wir weiter. Jetzt, da wir wissen, wo Hactschyten sich aufhält, ist alles andere nur eine Frage der richtigen Konsequenzen.«

»Ich bin ungeduldig«, gab der Tschatro zu. »Eigentlich hatte ich erwartet, daß Sie jetzt sofort handeln würden. Ich möchte endlich wissen, wer dieser unheimliche Ceynach ist und woher er kommt.«

»Ich werde neue Aktivitäten vorbereiten«, sagte der Jäger.

Als er diese Worte sprach, begann sich in seinem Bewußtsein bereits ein Plan zu bilden. Er sah plötzlich die gesamte Weiterentwicklung deutlich vor sich.

5.

Zwei Tage hatte Doynschto der Sanfte in der Abgeschlossenheit seiner Privaträume zugebracht und darauf gewartet, daß man ihn verhaften würde. Der Schock der schrecklichen Ereignisse belastete ihn noch immer sehr, aber er war im Begriff, sein seelisches Gleichgewicht zurückzugewinnen. Seine Erleichterung wuchs, als er in einer offiziellen Verlautbarung der Regierung las, daß Transplan-Regulator Eboyschan für verschollen erklärt worden war. Der Tschatro würde dieser Sache also nicht weiter nachgehen.

Doynschto nahm an, daß die Stellung, die er in der yaanztronischen Gesellschaft innehatte, ihn rettete. Die Regierung scheute offenbar vor einem Skandal zurück.

Die Frage war jetzt, wie das Mitglied des Ceynach-Suchkommandos sich verhalten würde. Warum hatte der falsche Vrotesch ihn bisher geschont?

Doynschto wußte, daß er nicht genügend Informationen besaß, um die Hintergründe dieses Falles zu erkennen. Es sah jedoch so aus, als wären neben wichtigen Mitgliedern illegaler Organisationen auch höchste Regierungsmitglieder in dieses ungewöhnliche Ceynach-Verbrechen verwickelt.

Dann war da dieses Ceynach-Suchkommando. Was Doynschto über die Yulocs erfahren hatte, war alarmierend. Es sah so aus, als würden zwei Fossile Einfluß auf die Entscheidungen des Tschatros nehmen. Wie konnte das geändert werden?

Im Augenblick war Doynschtos Position so schwach, daß er keine Aktivitäten riskieren konnte. Trotzdem dachte er über verschiedene Möglichkeiten nach. Sicher wäre es völlig falsch gewesen, wenn er sich an die Öffentlichkeit gewandt hätte. Die Regierung hätte sofort eine Gegenerklärung bringen und Doynschto zu einem schrulligen Wissenschaftler abstempeln lassen.

Doynschto spielte mit dem Gedanken, sich einen jüngeren Körper zu beschaffen und auf einen anderen Planeten auszuwandern. Doch er hatte noch nie in seinem Leben aufgegeben und wollte auch einen Ceynach-Fall wie diesen durchstehen. Außerdem war es fraglich, ob er trotz seines Reichtums auf einer anderen Welt ideale Lebensbedingungen vorfinden würde. Die meisten Planeten, die für eine Auswanderung in Frage kämen, waren bereits überbevölkert.

Doynschto schob die Entscheidung auf. Sobald dieser Ceynach-Fall geklärt war, würde er sein Leben ändern.

Doynschto stand auf und ging zum Tisch. Percto hatte Saft und Früchte für ihn bereitgestellt.

Der Wissenschaftler aß und trank, dann kleidete er sich an. Er wollte seinen üblichen Rundgang durch die Klinik unternehmen.

Er rief Percto herein und unterrichtete ihn von seinen Absichten. Der Bordindiener senkte den Kopf und schwieg.

»Ist irgend etwas nicht in Ordnung?« fragte Doynschto.

»Draußen stehen Beamte des GOK«, erwiderte Percto niedergeschlagen. »Sie sind bereits seit gestern da, aber ich konnte sie zurückhalten, indem ich ihnen sagte, daß Sie schwer krank sind.«

Doynschto starrte auf die polierte Tischplatte, in der er sein Gesicht spiegeln konnte.

Also doch! dachte er. Man wollte ihn abholen.

»Führe den Offizier der Gruppe herein!« befahl er Percto.

Wenige Augenblicke später kamen der Bordin und ein untersetzter Yaanztroner in den Privatraum. Doynschto fiel auf, daß der GOK-Beamte keine Waffe trug. Das war Höflichkeit, die nicht unbedingt ein gutes Zeichen bedeutete. Der Offizier wußte seine Beamten draußen auf dem Korridor. Er konnte ein Risiko eingehen.

»Mein Name ist Kerdoysch«, stellte sich der Offizier vor. »Wir möchten Ihnen nicht viel Schwierigkeiten machen, aber wir müssen Sie für ein paar Stunden ins Yaanzardoscht bringen.«

»Wozu?« erkundigte sich der Wissenschaftler.

Kerdoysch zögerte. »Das weiß ich auch nicht genau«, versetzte er. »Der Tschatro sprach von einer notwendig gewordenen Gedächtniskorrektur. Sie soll allerdings unbedeutend sein.«

»Sie sollten sich widersetzen!« brach es aus Percto hervor. »Sie brauchen nicht mitzugehen. Sagen Sie mir, was ich tun soll.«

»Danke, Percto!« rief Doynschto »Aber Widerstand hätte keinen Sinn. Er würde nur härteres Vorgehen der Regierung herausfordern.«

»Wollen Sie mitgehen?«

»Ja«, sagte Doynschto. Er ahnte, daß es um sein Wissen über den Yuloc ging. Der Jäger hatte den Tschatro also unterrichtet. Doynschto glaubte dem GOK-Beamten, daß er nicht mehr über die Sache wußte.

Kerdoysch schien erleichtert zu sein, daß der prominente Verhaftete keine Schwierigkeiten machte.

»Sie brauchen keine persönlichen Eigentümer mitzunehmen«, sagte er. »Der Tschatro sichert Ihnen zu, daß Sie in ein paar Stunden zurück sein werden. Er empfahl mir, Sie in Gegenwart eines Zeugen zu verhaften, damit Sie eine Sicherheit haben.«

»Percto genügt mir als Zeuge«, erwiderte Doynschto. Er verschloß seinen Umhang. »Ich werde Sie durch meinen Privatausgang führen, denn ich bin ebenfalls daran interessiert, kein Aufsehen zu erregen. Es würde nur dem guten Ruf meiner Klinik schaden.«

Er hatte sich diesen Seitenhieb gegen das GOK nicht verkneifen können, obwohl Männer wie Kerdoysch bestimmt nicht an der mangelnden Popularität des GOK schuldig waren.

Wenige Minuten später bestieg Doynschto einen Gleiter des GOK. Nur Kerdoysch und ein Pilot folgten ihm an Bord. Die anderen GOK-Beamten, die sich in der Klinik aufgehalten hatten, benutzten einen zweiten Gleiter.

Doynschto beobachtete den Offizier. Was hinderte ihn daran, Kerdoysch von den beiden Jägern zu erzählen?

Der Wissenschaftler zuckte unwillkürlich mit den Achseln, denn er ahnte, daß ihm ein solches Vorgehen wenig genutzt hätte. Der Tschatro hatte für diese Aktion nur zuverlässige Beamte ausgewählt. Wenn sie ein Geheimnis erfuhren, würden sie sich freiwillig einer Gedächtniskorrektur unterziehen.

Doynschto bedauerte, daß er sein Wissen über das Ceynach-Suchkommando wieder verlieren würde, aber er sah ein, daß sich das nicht verhindern ließ. Er hatte mit weitaus strengeren Maßnahmen der Regierung gerechnet.

Der Gleiter kreiste jetzt über dem Gebiet des Yaanzardoscht. Doynschto blickte aus dem Seitenfenster und sah den mächtigen Komplex unter sich liegen. Welche Geheimnisse bargen diese stählernen Mauern? Was wurde in den Tiefen dieses festungsähnlichen Gebäudes alles aufbewahrt? Das Yaanzardoscht war eng mit der Geschichte der yaanztronischen Zivilisation verbunden. Doynschto bedauerte, daß er seine Forschungen nicht auch auf dieses Gebäude konzentriert hatte. Bestimmt gab es noch alte Unterlagen, denen man wichtige Informationen entnehmen konnte.

»Wir landen jetzt«, drang Kerdoyschs Stimme in seine Gedanken.

Die unverbindliche Liebenswürdigkeit des Offiziers begann, Doynschto auf die Nerven zu gehen. Seine anfängliche Sympathie für diesen Mann schmolz dahin.

»Sie werden mit dem Tschatro zusammentreffen«, verkündete Kerdoysch.

Doynschto nickte teilnahmslos. Mehr als ein paar höfliche Floskeln würde er vom Regierungschef doch nicht zu hören bekommen.

Die Maschine setzte in einem Hof des Yaanzardoscht auf. Offenbar war dieser Teil des Gebäudes vorher geräumt worden, denn Doynschto konnte niemand sehen. Der Tschatro wollte zu keinen Gerüchten Anlaß geben.

Doynschto kletterte ins Freie. Er konnte das schwache Flimmern der Energieglocke über dem Yaanzardoscht sehen. Die Strukturschleuse, durch die der Gleiter eingedrungen war, hatte sich längst wieder geschlossen.

»Bitte folgen Sie mir!« forderte Kerdoysch den Paratransplantator auf. Er deutete auf ein rechteckiges Tor im Hintergrund. Ein Gefühl der Beklemmung machte sich in Doynschto breit. Er fürchtete, bewußt in eine Falle gegangen zu sein, deren Ausmaße er erst allmählich erkannte.

Die anderen GOK-Beamten blieben zurück. Am Tor wartete ein Mann. Es war Transplan-Regulator Serveyn. Doynschto kannte ihn von Gesprächen, die er mit Regierungsmitgliedern bei früheren Gelegenheiten geführt hatte. Serveyn war der wissenschaftliche Berater der Regierung. Ob er wußte, worum es ging?

Serveyn streckte herzlich beide Hände aus, um den Ankömmling kurz zu umarmen. »Sie sehen prächtig aus«, sagte er.

Doynschto lächelte verzerrt. »Ersparen Sie sich solche Komplimente. Ich weiß genau, wie ich im Augenblick aussehe. Ich habe ein paar schlimme Tage hinter mir.«

Serveyn legte einen Arm um Doynschtos Schultern und zog ihn mit ins Innere des Gebäudes.

»Sie sind eingeweiht!« erriet der Paratransplantator.

»Ich gehöre zu den sieben Transplan-Regulatoren, die das Geheimnis des Ceynach-Suchkommandos kennen«, gab Serveyn zu.

Doynschto blieb stehen. »Und Sie lassen es zu, daß zwei fremde Wesen soviel Einfluß bekommen?«

»Bisher haben Sie sich nur um die Ceynach-Gehirne gekümmert, die wir von ihnen jagen ließen!«

»Woher wissen Sie das? Sind Sie immer dabei, wenn die beiden Yulocs auf Jagd gehen?«

Serveyn blickte auf den Boden. »Sie sind zu mißtrauisch. Wir brauchen Torytrae und Noc. Sie haben bisher jedes Ceynach-Verbrechen aufgeklärt. Ich bin der Ansicht, daß die Ceynach-Gehirne viel gefährlicher sind als die Yulocs. Die Regierung muß das Ceynach-Suchkommando akzeptieren.«

»Es gibt andere Möglichkeiten, Ceynach-Verbrechen aufzuklären.«

Es war offensichtlich, daß Serveyn über diese Wendung des Gesprächs nicht besonders glücklich war.

»Ich glaube, daß keiner der eingeweihten Transplan-Regulatoren ein besonderer Freund der beiden Yulocs ist«, drängte Doynschto. Er sah plötzlich eine Chance, einen Fürsprecher zu gewinnen. Vielleicht ließ sich eine Gedächtniskorrektur noch aufschieben oder sogar verhindern. Doch die nächsten Worte des Regierungsmitglieds machten all seine Illusionen zunichte.

»Bisher haben die Yulocs immer gute Arbeit geleistet. Die Befehle des Tschatros wurden befolgt. Gewiß, Noc und Torytrae sind fremdartig; wir verstehen sie nicht immer. Aber an ihrer Loyalität ist nicht zu zweifeln. Vergessen Sie nicht, daß die beiden letzten Endes von uns abhängig sind.«

Serveyn gab deutlich zu erkennen, daß das Gespräch damit für ihn abgeschlossen war.

Sie gingen weiter. Am Ende des Korridors stand ein kugelförmiges Fahrzeug, das auf einer Seite offen war. Die beiden Männer stiegen ein. Der Wagen besaß einen Antigravantrieb. Serveyn steuerte ihn in eine Museumshalle. Zum erstenmal seit seiner Ankunft sah Doynschto andere Yaanztroner.

Durch mehrere Hallen und Gänge gelangten die beiden Männer schließlich zur wissenschaftlichen Abteilung.

Vor einer kleinen Tür hielt Serveyn den Wagen an. »Ich warte hier«, sagte er. »Der Tschatro wird mit Ihnen sprechen.«

Doynschto hatte das Gefühl, in eine unbarmherzige Maschinerie geraten zu sein, die sich nicht mehr aufhalten ließ. Er öffnete die Tür und blickte in einen beleuchteten Raum, der geschmackvoll eingerichtet war.

Der Tschatro stand vor einer breiten Liege und sah Doynschto an. »Schließen Sie bitte die Tür«, sagte er. »Ich möchte mit Ihnen sprechen, ohne daß jemand zuhört.«

Neue Hoffnung keimte in Doynschto auf. War vielleicht der Tschatro selbst zu einer Aktion gegen das Ceynach-Suchkommando bereit? Der Paratransplantator schloß die Tür und ließ sich nach einer einladenden Handbewegung des Regierungschefs auf der Liege nieder.

»Ich wünschte, wir wären unter anderen Umständen zusammengetroffen«, sagte der Tschatro »Ich habe Verständnis für Ihre Handlungsweise, aber Sie hätten diese Prozedur bestimmt vermeiden können, wenn Sie sich vertrauensvoll an die Regierung gewandt hätten.«

»Ich habe so gehandelt, wie ich es den Umständen entsprechend für richtig fand«, gab Doynschto zurück.

»Das Wissen um die wahre Identität des Ceynach-Suchkommandos muß auf einen möglichst kleinen Personenkreis beschränkt werden. Sehen Sie das ein?«

»Wenn man Ihre Grundhaltung gegenüber dem Kommando voraussetzt, muß man zu einer solchen Folgerung kommen«, sagte Doynschto verbissen. Es war ihm gleichgültig, daß er mit einer solchen Sprechweise den Tschatro vielleicht reizte; er war entschlossen, das Äußerste zu riskieren.

Der Tschatro sah ihn interessiert an. »Sie halten meine Haltung gegenüber den Yulocs also für falsch?«

»Ja«, bestätigte Doynschto. »Die Kontrolle über die Jäger müßte erweitert werden. Solange sie die Möglichkeit haben, eigene Pläne zu verwirklichen, ist ihr Einsatz riskant.«

»Bisher«, beharrte der Regierungschef, »haben die Yulocs ihre Vollmachten nie überschritten. Sie tun nur das, was man ihnen befiehlt – das aber mit großem Erfolg.«

Doynschto hatte den Eindruck, daß die Worte des Tschatros wie einstudiert wirkten. Mit solchen Worten hätte der Regierungschef das Suchkommando bei einer Kommission verteidigen können. Warum spielte er in diesem Augenblick nicht mit offenen Karten?

»Wir alle unterliegen einmal dem Fehler, daß wir die Yulocs falsch einschätzen«, sagte der Tschatro beinahe traurig. »Diese beiden Wesen sind fremdartig und uns in vielen Belangen überlegen, so daß sie uns unheimlich erscheinen. Wir verstehen sie nicht, deshalb sind wir allzu schnell bereit, ihnen mangelnde Loyalität vorzuwerfen. Uns quält der Gedanke, daß sie etwas gegen unsere Zivilisation tun könnten, weil sie dazu tatsächlich in der Lage wären. Aber sie unternehmen nichts gegen uns.«

»Wie können Sie so sicher sein?«

»Ich wurde kürzlich von Zweifeln geplagt. Deshalb sprach ich zweimal mit Noc. Das ist der Tuuhrt, der zur Zeit nicht im Einsatz ist. Es war nicht einfach, sich mit ihm zu verständigen.«

»Sie glauben, daß es Ihnen trotzdem gelungen ist?«

»Ich bin überzeugt davon!« Der Tschatro erhob sich und ging zu einer Bildsprechanlage.

»Ich erwarte einen Anruf von Torytrae, dem im Einsatz befindlichen Jäger«, verkündete er. »Er hat die Spur des Ceynach-Gehirns aufgenommen und wird mir mitteilen, was er zu tun gedenkt. Sie werden Gelegenheit haben, dieses Gespräch mit anzuhören, bevor ich bei Ihnen eine Gedächtniskorrektur vornehmen lasse. Diese Korrektur wird nur ihr Wissen um die Identität des Ceynach-Suchkommandos betreffen.«

Ihre Blicke kreuzten sich. »Mehr kann ich nicht für Sie tun, Doynschto. Sie sollten sich beruhigt der Korrektur unterziehen.«

Doynschto schluckte. »Wird der Jäger das Ceynach-Gehirn töten?«

»Sobald es gefangen ist.«

»Aber das darf nicht geschehen!« rief der Paratransplantator verzweifelt aus. »Das Ceynach-Gehirn darf nicht getötet werden.«

»Es ist eine Gefahr für unsere Zivilisation. Der Jäger hat seine Befehle.« Der Tschatro wirkte jetzt abweisend. »Ich werde meine Anordnungen nicht widerrufen.«

Doynschto erkannte, daß alle seine Anstrengungen umsonst gewesen waren. Er hatte dem Fremden nur zu einer Gnadenfrist verhelfen können. Unerbittlich war der Jäger der Spur gefolgt. Er kannte jetzt den Aufenthaltsort des falschen Hactschyten und würde entsprechend handeln.

»Ich habe kein Interesse mehr, Ihr Gespräch mit Torytrae mit anzuhören«, sagte der Wissenschaftler. »Sie können die Korrektur sofort vornehmen lassen und mich dann in die Klinik zurückschicken. Ich bin sehr müde.«

Der Tschatro zögerte.

»Wie Sie wünschen«, sagte er schließlich. Er wollte Serveyn hereinrufen, doch in diesem Augenblick sprach das Gerät auf dem Schreibtisch an. Der Bildschirm wurde hell.

»Torytrae!« rief der Tschatro. »Jetzt können Sie zuhören.«

Er nahm vor dem Tisch Platz. Doynschto konnte den alten Vrotesch sehen, der das Gehirn des Yulocs trug.

Wenn Torytrae die Augen schloß und sich konzentrierte, konnte er sich den Ablauf des Ceynach-Verbrechens bis ins Detail vorstellen. Die Vollkommenheit dieses Bildes befriedigte ihn. Nur Noc und er waren fähig, solche Rekonstruktionen durchzuführen. Daß er jetzt genau wußte, wo der Ceynach sich aufhielt, war nur Nebensache.

Als der Tschatro sich meldete, sah Torytrae, daß Doynschto der Sanfte sich bei dem Regierungschef aufhielt. Er kannte den Grund, deshalb stellte er keine Fragen. Diesmal rief Torytrae von einer Bildsprechsäule am Rand der Stadt aus an.

»Ich rechnete mit Ihrem Anruf«, sagte der Tschatro. »Deshalb habe ich Doynschto vor der Gedächtniskorrektur zu mir gebeten. Ich hoffe, daß ihm unser Gespräch helfen wird.«

Die Beziehungen der Yaanztroner untereinander erschienen dem Yuloc oft übermäßig kompliziert. So war es auch diesmal. Er kommentierte den Vorgang jedoch nicht, weil ihm umgekehrt eine Einmischung in seine privaten Dinge merkwürdig erschienen wäre.

»Wann werden Sie nach Rayt starten?« fragte der Tschatro.

Mit dieser Frage hatte der Jäger gerechnet. Er mußte seine Antwort, die zweifellos ein Schock für den Tschatro bedeuten würde, vorsichtig geben.

»Darüber habe ich noch nicht nachgedacht!«

»Was?« entfuhr es dem Regierungschef. »Endlich wissen wir, wo der Ceynach zu finden ist. Nun zögern Sie mit dem Aufbruch. Wollen Sie den Fall nicht endlich abschließen?«

»Doch!« versicherte der Jäger. »Aber ich werde es auf meine Art tun.«

Der Tschatro sah ihn abwartend an. Vielleicht hatte er in Doynschtos Gegenwart Hemmungen, bestimmte Fragen zu stellen.

»Ich fliege nicht nach Rayt«, sagte der Jäger.

»Sie weigern sich?«

»Nein!« Torytrae mußte lachen »Ich werde meinen Auftrag ausführen. Aber es ist unnötig, daß ich nach Rayt fliege.«

»Das verstehe ich nicht!«

»Der Ceynach wird nach Yaanzar zurückkommen!« prophezeite der Yuloc.

Wie er vorhergesehen hatte, löste diese Ankündigung einen Schock bei dem Regierungschef aus.

»Das halte ich für unmöglich!« brach es aus dem Tschatro hervor. »Der Ceynach hat alle Anstrengungen unternommen, um von hier zu entkommen. Warum sollte er freiwillig hierher zurückkehren?«

»Es ist eine logische Folge all seiner bisherigen Handlungen. Er kann nicht im Körper des Hactschyten bleiben, weil er erkennen wird, daß das zu gefährlich ist. Er braucht einen anderen, unverdächtigen Körper. Es gibt nur eine Welt in Naupaum, wo PGT-Transplantationen möglich sind.«

»Yaanzar!« stieß der Tschatro hervor.

»Yaanzar!« wiederholte Torytrae. Während sie sich ansahen, stieg in Torytrae der Verdacht auf, daß der Tschatro ihn fürchtete. Er mußte früher oder später darangehen, sein Verhältnis zum Herrscher von Yaanzar zu verbessern, denn einen Tschatro zum Gegner zu haben, konnten sich Noc und Torytrae nicht leisten.

»Ich brauche nur auf ihn zu warten«, sagte der Yuloc. »Er wird in den nächsten Tagen nach Yaanzar kommen. Ich werde dasein und ihn empfangen.« Er sah den Tschatro erschauern.

»Ich bin froh, daß Sie *mich* nicht zu jagen brauchen.«

Der Jäger lächelte. »Das glaube ich.«

»Dann gibt es nichts mehr zu sagen«, meinte der Tschatro.

Der Jäger merkte, daß der andere das Gespräch abbrechen wollte. »Ich werde Sie informieren, wenn der Fremde eintrifft«, sagte er und schaltete das Gerät ab.

Er dachte an den einsamen Ceynach, der ihm in den nächsten Tagen in die Falle gehen würde. Dann dachte er an Noc. Er war der Jäger, den alle Eingeweihten fürchteten. Auch Noc wurde gefürchtet.

Ob sich die Eingeweihten im Yaanzardoscht vorstellen konnten, daß Noc und er sie um ihr einfaches Leben beneideten?

6.

Perry Rhodan stand auf einem Turmbau des Raytscha-Palastes. Die Kuppel, die sich über ihm wölbte, war durchsichtig.

Maczadosch, die Hauptstadt des Naupaumschen Raytschats, des größten und mächtigsten Sternenreichs der Galaxis Naupaum, war ein Alptraum aus ineinander verschachtelten Gebäudekomplexen, die sich bis zu tausend Meter in den Himmel reckten und unter der Oberfläche in Tiefen bis zu viertausend Metern reichten.

In diesem Konglomerat herrschte ein Gewimmel wie in einem Termitenbau, nur daß hier die Bewohner keine Termiten waren, sondern Menschen. Allerdings keine Menschen der Erde.

Die Bewohner von Maczadosch wußten weder etwas von der Erde noch vom Solaren Imperium. Sie wußten nicht einmal, wo die Milchstraße lag, aus der Perry Rhodan auf ihm unbegreifliche Weise in eine völlig unbekannte Galaxis verschleppt worden war.

Rhodan gab es einen schmerzhaften Stich, als ihm wieder einmal mit brutaler Deutlichkeit bewußt wurde, daß er ja nicht als Ganzheit verschleppt worden war. Nur sein Gehirn befand sich in der Galaxis Naupaum; der Körper hielt sich weiterhin in der heimatlichen Milchstraße auf, beherrscht von einem Androidengehirn, das nach den Weisungen von Anti-ES handelte, jenem rein geistigen Kollektivwesen, das sich im Unterschied zu ES die negative Beeinflussung der Menschheit zum Ziel gesetzt hatte.

Die erste, allerdings nur kurze geistige Rückkopplung, die Perry Rhodan mit Hilfe eines naupaumschen Wissenschaftlers mit dem Androidengehirn in seinem Körper gelungen war, hatte bewiesen, daß dieses biosynthetische Gebilde bereits dabei war, negativ in die Entwicklung des Solaren Imperiums einzugreifen. Es ging dabei allerdings mit so winzigen Schritten und so geschickt vor, daß es von Rhodans Vertrauten nicht entlarvt werden konnte – bisher jedenfalls noch nicht.

Leider durfte der Rückkopplungskontakt nur in großen zeitlichen Abständen erfolgen, teils wegen der strengen Kontingentierung solcher aufwendigen Experimente, teils wegen der starken Belastung, der die dabei beteiligten Gehirne ausgesetzt wurden.

Rhodan mußte sich also in Geduld üben, obwohl er darauf brannte, über Zeit und Raum hinweg das Androidengehirn in seinem Körper in seinem Sinne zu beeinflussen. Dennoch hatte er keineswegs vor, untätig zu bleiben.

Unbeirrt verfolgte er das Ziel, die Position der Milchstraße relativ zur Galaxis Naupaum zu ermitteln. Bisher war ihm das nicht gelungen, obwohl er Gelegenheit gehabt hatte, die umfangreichen Unterlagen eines Observatoriums auf Yaanzar einzusehen. Die ausgezeichneten Abbildungen und sonstigen Angaben über die Nachbargalaxien von Naupaum hatten nur bewiesen, daß die Milchstraße wahrscheinlich nicht der lokalen Gruppe angehörte, zu der die Galaxis Naupaum zählte.

Aber Perry Rhodan gab die Hoffnung nicht auf. Allerdings mußte er, bevor er seine Ziele weiterverfolgte, zuerst etwas anderes erledigen. Er mußte – wieder einmal – seinen Körper wechseln.

Der Körper des Yaanztroners Hactschyten, in dem sich sein Gehirn zur Zeit befand, war der Körper eines berüchtigten Gesetzesbrechers. In ihm konnte er sich nirgends sehen lassen, ohne sogleich die Aktivitäten von allen möglichen legalen und illegalen Organisationen auf sich zu ziehen, was einerseits seine Bewegungsfreiheit stark einengte und andererseits Verfolgungen und Attentate auslösen würde.

Sogar auf dem Planeten Rayt, dessen Herrscher ihm wohlgesinnt war, durfte er sich nicht frei bewegen. Er war Gast und Gefangener zugleich im Palast des Raytschas.

Folglich war es unerläßlich, daß er nach Yaanzar zurückkehrte, denn in der gesamten Galaxis Naupaum war Yaanzar der einzige Planet, auf dem Gehirntransplantationen durchgeführt werden konnten.

Er musterte unauffällig den Offizier der Leibwache des Raytschas, der sich stets diskret in seiner Nähe hielt. Der Mann diente weniger Rhodans Bewachung als vielmehr seinem Schutz. Unter anderem hatte er dafür zu sorgen, daß kein Unbefugter sich an Rhodan heranmachte, denn im Palast gab es vermutlich Spione der auf Rayt miteinander konkurrierenden Parteien.

So wie dieser Offizier sah Perry Rhodan zur Zeit selbst aus. Die Körperform war dabei durchaus humanoid. Die dominierenden Intelligenzen in der Galaxis Naupaum führten ihre Abstammung auf ein einziges Urvolk zurück, über das es allerdings keine Informationen mehr gab. Dementsprechend glichen sie sich, von sekundären Abweichungen abgesehen, weitgehend.

Sie hatten zwei Arme und zwei Beine, gingen aufrecht und wurden zwischen 1,65 bis 1,80 Meter groß. Ihre Körper wurden, mit Ausnahme des Gesichts, von dichtem, kurzem Fell bedeckt, dessen Färbung allerdings je nach Alter und Geburtswelt variierte.

Ihre langen, enganliegenden Ohren mit den Haarbüscheln an den Spitzen glichen denen terranischer Fledermäuse. Die Münder waren breit, die Lippen voll, die Augen groß und von rötlicher bis goldener Färbung. Die Nasen waren sehr breit; Hände und Füße waren sechsfingrig beziehungsweise sechszehig, wobei die zweiten Daumen und zweiten großen Zehen verkümmerte Rudimente waren.

Ein schwaches Summen ertönte. Der Offizier hantierte an seinem rechten Handgelenk und winkelte anschließend den Arm an, um die Bildfläche seines Armband-Bildsprechgeräts besser sehen zu können.

Er meldete sich seinem Gesprächspartner gegenüber, den Rhodan von seinem Platz aus nicht sehen konnte, mit Dienstgrad und Namen. Der Vorgang wäre auf Terra nicht anders abgelaufen.

Perry versuchte zu hören, was der Gesprächspartner des Offiziers sagte, aber er war zu weit entfernt, und er wollte sich seine Neugier nicht anmerken lassen. Folglich verschränkte er die Arme vor der Brust und schaute auf das Panorama der Riesenstadt Maczadosch, in der sich 480 Millionen Einwohner drängten.

Der Offizier beendete sein Gespräch und kam zu Rhodan herüber. Er sagte auf nauparo, der am weitesten verbreiteten Sprache der Galaxis Naupaum: »Der Raytscha wünscht Sie zu sehen, Herr.«

Perry Rhodan verstand und sprach das Nauparo ausgezeichnet. Er hatte sein Wissen aus den Gehirnfragmenten entnommen, die bei jeder Transplantation von den Gehirnen der Transplantationskörper in der Schädelkapsel zurückgeblieben waren.

»Führen Sie mich zu ihm!« bat er.

Der Offizier wandte sich um und ging Rhodan voraus. Durch Antigravschächte und Korridore mit summenden Transportbändern gelangten sie in eine kleine, in rosafarbenes Licht getauchte Kuppelhalle, in der der regierende Raytscha bereits wartete.

Nachdem der Offizier dem Herrscher Meldung erstattet hatte, verließ er die Kuppelhalle wieder.

Perry Rhodan näherte sich dem wuchtigen Sitzmöbel, in dem der Raytscha saß, bis auf wenige Meter, dann verneigte er sich leicht.

»Sie haben mich rufen lassen, Mato Raytscha«, sagte er. »Ich stehe zu Ihrer Verfügung.«

Der hochgewachsene, breitschultrige Mann, der neben dem Sessel des Herrschers stand, lächelte mit seinen goldfarbenen Augen. Sein Pelz war von rostbrauner Färbung. Er stammte von Duynt, dem vierten Planeten der Sonne Eveltaat, war ein Admiral der Raytschat-Flotte, Regierungschef des Eveltaat-Systems und der testamentarisch bestimmte Nachfolger des derzeitigen Herrschers. Sein Titel für die letztere Funktion lautete »Mato Pravt«.

Außerdem war er Rhodans Freund, was nicht nur darauf zurückzuführen war, daß Rhodan ihm auf dem Planeten Yrvytom das Leben gerettet hatte. Die Freundschaft zwischen beiden Männern entsprang in erster Linie gegenseitiger Sympathie.

Rhodan erwiderte das Lächeln, dann konzentrierte er seine Aufmerksamkeit auf den Raytscha.

Der Herrscher über das Naupaumsche Raytschat war alt, selbst für naupaumsche Begriffe. In Erdenjahre umgerechnet, betrug sein Alter 1482 Jahre. Rhodan fragte sich, wie oft in seinem Leben der Herrscher neue Gehirne erhalten hatte, um sein Leben zu verlängern. Bei einer regulären Gehirntransplantation büßte der Empfänger keineswegs seine Identität ein. Vielmehr prägten die zurückbleibenden dominierenden Teile seines Gehirns oft das Spendergehirn, und das Spendergehirn sog die Identität des Empfängers begierig auf.

Bei den Transplantationen von Rhodans Gehirn war das aus verschiedenen Gründen anders gewesen. Dabei hatte Rhodans Identität sich behauptet. Er hatte auch nicht vor, sich diesbezüglich den in Naupaum geltenden Spielregeln zu unterwerfen wie etwa die zahlreichen freiwilligen Gehirnspender, denn sonst wäre seine Identität erloschen.

Langsam bewegte der uralte Herrscher die Lippen. »Ich grüße Sie, Großadministrator«, sagte er. Da er wußte, daß Perry Rhodan in einer anderen Galaxis ein Sternenreich ähnlich dem Naupaumschen Raytschat regierte, betrachtete er ihn als ebenbürtigen Mann, was sich auch in der Anrede äußerte.

Des Raytschas müde Augen lächelten sanft. Nur in ihrem Hintergrund glitzerte ein Fünkchen jener kompromißlosen Härte, die ihn seine Herrscherzeit hatte überdauern lassen.

»Der Mato Pravt und ich wollen mit Ihnen über Ihre Zukunft sprechen«, fuhr der Raytscha fort. »Wir wissen, daß es Ihr vordringliches Ziel ist, Ihre Heimatgalaxis zu entdecken und festzustellen, wo sie sich – relativ zu Naupaum betrachtet – in der Weite des Kosmos befindet. Sie können diesem Ziel jedoch nicht näher kommen, wenn Sie weiterhin wie ein Gefangener unter unserer Obhut bleiben.«

»Das ist richtig, Mato Raytscha«, bestätigte Rhodan. »Ich kann allerdings nicht in die Öffentlichkeit, solange ich im Körper des Yaanztroners Hactschyten lebe.«

»Die yaanztronische Organpolizei, das GOK, würde Sie verfolgen und verhaften, denn Hactschyten hat sich schwerer Verbrechen schuldig gemacht«, meinte der Herrscher.

»Das wäre nicht das Schlimmste«, warf Heltamosch, der Mato Pravt, ein. »Es gibt auf Yaanzar neben dem GOK eine Spezialorganisation, die man das ›Ceynach-Suchkommando‹ nennt. Die Aufgabe des Ceynach-Suchkommandos ist es, Gehirne aufzuspüren, die auf illegale Art einen anderen Körper erhielten. Von allen gefürchtet werden die Tuuhrts, die Jäger des Suchkommandos. Sie gehen mit einer eiskalten Präzision und Beharrlichkeit vor, die bisher immer zum Aufspüren ihrer Opfer führte.«

Perry Rhodan konnte gerade noch ein Schaudern unterdrücken. Er erkannte, daß er durch die Ereignisse in eine Lage geschoben worden war, die der des Königs auf dem Schachbrett glich und mit »Schach« bezeichnet wurde.

Ganz sicher hatte hierbei Anti-ES seine Hände im Spiel. Rhodan war sich zwar immer dessen bewußt gewesen, daß Anti-ES ihn nicht einfach in eine ferne Galaxis abgeschoben und danach vergessen hatte. Aber die gegenwärtige Lage bewies ihm, daß dieses Negativ-Wesen sich nicht damit begnügte, ihn ständig zu beobachten, sondern aus dem Hintergrund heraus die Kulissen so geschoben hatte, daß er in die Zwangslage geriet, den Körper Hactschytens loszuwerden und dabei in die Fänge des Ceynach-Suchkommandos zu geraten.

»Was wissen Sie noch über die Tuuhrts, Mato Pravt?« erkundigte er sich.

Heltamosch und der Raytscha sahen einander an, dann nickte der Herrscher kaum merklich.

»Es ist ein streng gehütetes Geheimnis«, sagte Heltamosch mit gedämpfter Stimme. »Außer dem Raytscha und mir kennen es nur zwei hohe Offiziere der VASGA, unseres Geheimdienstes. Danach soll zumindest ein Tuuhrt über außergewöhnliche Fähigkeiten verfügen, und zwar über die der Abstrakt-Rekonstruktion, der Fremdplanungsdeutung und des Hyperlogik-Sehens. Aus den Beobachtungen der Methoden, mit denen jener Jäger arbeitet, haben wir geschlossen, daß er mit Hilfe der Abstrakt-Rekonstruktion aus den kleinsten Fragmenten von Fakten auf Vorgänge zu schließen vermag, die seiner unmittelbaren Beobachtung entzogen sind. Mit Hilfe der Fremdplanungsdeutung kann er aus scheinbar unwesentlichen Ereignissen, aus unbedeutend erscheinenden Spuren und Hinweisen selbst extrem sorgfältig verschleierte Planungen anderer Personen ausdeuten. Als Hyperlogik-Seher ist er in der Lage, aus zahllosen verwirrenden Täuschungsmanövern auf die wirklichen Absichten fremder Personen zu schließen und die Zusammenhänge zu erkennen.«

Er schwieg. Mehr brauchte er auch gar nicht zu sagen.

Perry Rhodan wurde endgültig klar, daß die neuesten Schachzüge von Anti-ES darauf abgezielt hatten, ihn in die Fänge des gefürchteten Tuuhrt zu treiben.

Mit dieser Gewißheit aber gewann er seine alte Sicherheit zurück. So, wie es nur einem ausgeprägten Sofortumschalter möglich war, stellte er sich auf die bevorstehende Aktion und die damit verbundenen Schwierigkeiten und Gefahren um. Er vergaß, daß er nur ein Gehirn in einem fremden Körper war, unvorstellbar weit von seiner eigenen Galaxis entfernt und ohne die Machtmittel, über die er sonst verfügte.

Plötzlich lächelte er kalt. »Ich denke, es wird Zeit, daß jemand einmal dem Tuuhrt beweist, daß auch er nicht unfehlbar ist«, sagte er.

Der Raytscha lachte leise. »Ich glaube, wenn jemand in der Lage ist, den gefürchteten Tuuhrt zu überlisten, dann sind Sie das, Großadministrator. Aber die Aufgabe wird auch nach Heltamoschs Geschmack sein. Heltamosch, nehmen Sie sich des Großadministrators an und sprechen Sie alles mit ihm durch. Ich werde die Vorgänge beobachten, aber ich bin zu alt und zu müde, um mich auf die Details der Vorbereitungen zu konzentrieren. Lassen Sie mich allein.«

Heltamosch verneigte sich in Richtung des Herrschers, dann trat er vor und berührte Rhodans Schulter. »Bitte, folgen Sie mir, Großadministrator.«

Perry Rhodan folgte dem Duynter. Sie verließen die Halle. Draußen schlossen sich ihnen zwei Offiziere an. Sie folgten ihnen in diskretem Abstand, beobachteten aber wachsam die Umgebung.

Heltamosch führte Rhodan in die Klinik des Herrscherpalastes, wo ein Mediziner die beiden Männer empfing und in einen Beobachtungsraum führte. Auf einem Bildschirm war ein breites Pneumobett zu sehen. In dem Bett lag ein Mann. Seine Augen waren geschlossen, und es war nicht zu erkennen, ob er atmete. Aber die zahlreichen an ihn angeschlossenen Geräte ließen den Schluß zu, daß er noch lebte.

Perry blickte Heltamosch an, aber der Mato Pravt sagte nichts. Er blickte mit seltsam starrem Gesicht auf den Mann im Bett. Seine Augen hatten sich verdunkelt. Rhodan begriff, daß Heltamosch traurig war.

Er sah noch einmal zu dem offensichtlich Schwerkranken. Diesmal erkannte er an dem rostbraunen Pelz, daß der Mann vom Planeten Duynt stammte wie Heltamosch auch.

»Ein Freund von Ihnen, Mato Pravt?« fragte er leise.

»Es ist Toraschtyn, mein Freund und Vertrauter«, antwortete Heltamosch tonlos. »Er diente auf meinem Flaggschiff als Kommandooffizier und wurde bei den Kampfhandlungen auf Yrvytom schwer verletzt. Toraschtyn befand sich an Bord des Beiboots, mit dem ich auf dem Höllenplaneten landete.«

Perry Rhodan schluckte. Er sah das Bild vor sich, als wäre es erst heute gewesen. Heltamosch war nach der Landung von Naupaum-Killern, gnadenlosen Insektenwesen, angegriffen worden. Heltamoschs Leute hatten sich erbittert gewehrt, wären aber nach kurzer Zeit unterlegen gewesen, wenn Perry Rhodan nicht persönlich eingegriffen hätte.

Heltamosch sagte: »Toraschtyn ist klinisch tot. Sein Gehirn ist so schwer geschädigt, daß es die Lebensvorgänge des Körpers nicht mehr steuern kann. Diese Aufgabe wird zur Zeit von Maschinen besorgt – aber das ist keine Lösung für immer.«

Er stellte eine Bildsprechverbindung mit dem Arzt her, der vor dem Beobachtungsraum wartete.

»Besteht die Möglichkeit, daß das Gehirn des Patienten so wiederhergestellt wird, daß es die Steuerung der Körperfunktionen übernehmen kann?« fragte Heltamosch.

Der Mediziner zögerte, dann gab er sich einen innerlichen Ruck.

»Nein, Mato Pravt. Das Gehirn ist irreparabel geschädigt. Allerdings ist es noch nicht völlig inaktiv. Die Schichtmessungen ergaben, daß beispielsweise das Persönlichkeitszentrum und das Erinnerungszentrum nur unerheblich geschädigt sind. Der Energiefluß in ihnen ist jedoch so schwach, daß sie nicht von sich aus den Patienten ins Bewußtsein zurückholen können.«

»Es besteht also keine Möglichkeit, Kontakt mit dem Patienten aufzunehmen?« erkundigte sich Heltamosch.

»Nein, Mato Pravt«, antwortete der Mediziner. »Aller Voraussicht nach wird der Patient sein Bewußtsein nie wiedererlangen, sondern trotz der Geräteunterstützung bald ganz absterben – es sei denn, Sie befehlen, daß der Körper rein vegetativ weiterleben soll, Mato Pravt.«

»Ich werde Ihnen meine Entscheidung bald mitteilen«, sagte Heltamosch. »Auf jeden Fall muß der Patient am Leben erhalten werden – und zwar nicht nur sein Körper, sondern auch das, was von seinem Gehirn nicht zerstört ist.«

Der Mediziner verneigte sich. »Es wird geschehen, wie Sie befohlen haben, Mato Pravt.«

Heltamosch unterbrach die Bildsprechverbindung und wandte sich wieder an den Terraner. Seine Stirn hatte sich mit Schweiß bedeckt. Er wirkte schmerzlich erregt. »Sie haben es gehört, Großadministrator. Wir können Toraschtyn nicht fragen, ob er damit einverstanden wäre, sein Ego indirekt über seinen Tod hinweg zu erhalten, indem ein anderes Gehirn in seinen Schädel eingepflanzt wird.« Er hob etwas die Stimme. »Aber ich bin überzeugt davon, daß er es als eine große Ehre ansehen würde, wenn Ihr gesundes Gehirn die Stelle seines größtenteils zerstörten Gehirns einnehmèn würde. Er hat einen jungen, kräftigen Körper. Immerhin ist er erst hundertneunundzwanzig Jahre Ihrer Zeitrechnung alt.«

Perry überlegte. Prinzipiell hatte er nichts dagegen einzuwenden, daß er – genauer sein Gehirn – in die Schädelkapsel Toraschtyns überpflanzt wurde. Er wußte außerdem inzwischen, daß diese Art der indirekten Lebenserhaltung in der Galaxis Naupaum so selbstverständlich war wie in seiner eigenen Galaxis eine Blutübertragung.

Was die Angelegenheit für ihn komplizierte, war der Wunsch Heltamoschs, Toraschtyns Ego zu erhalten. Erklärte er, Rhodan, sich mit der Gehirntransplantation einverstanden, mußte er in Kauf nehmen, künftig ein zweites Ego neben dem seinen zu besitzen. Er wäre nie mehr ganz allein, und vielleicht könnte er vor Toraschtyns Ego nicht einmal seine intimsten Gedanken geheimhalten.

Andererseits stellte die Erhaltung von Toraschtyns Ego mitsamt den Erinnerungen des Duynters wahrscheinlich einen Gewinn dar. Rhodan verkannte auch nicht die Tatsache, daß Toraschtyn dem Mato Pravt persönlich sehr nahestand. Rettete er sein Ego, durfte er Heltamoschs Dankbarkeit sicher sein, lehnte er ab, würden ihre Beziehungen sicher schwer belastet. Vielleicht schuf er sich dann sogar einen mächtigen und einflußreichen Feind.

»Ich bin bereit, Mato Pravt!« erklärte er mit fester Stimme.

Heltamoschs goldfarbene Augen strahlten vor Freude. »Ich wußte, daß Sie mir meine Bitte nicht abschlagen würden, noch dazu, wo Sie dringend einen anderen Körper brauchen. So kann zwei Personen geholfen werden, Ihnen und meinem Freund Toraschtyn.«

Perry Rhodan nickte. »Darf ich ebenfalls eine Bitte äußern, Mato Pravt?« fragte er.

Heltamosch breitete impulsiv die Arme aus und rief: »Sie ist schon so gut wie erfüllt! Was brauchen Sie: ein Raumschiff, eine Sternenprovinz oder eine schöne Frau?«

Perry Rhodan lachte leise. Die Zusammenstellung Raumschiff, Sternenprovinz und schöne Frau amüsierte ihn.

»Nein, nichts dergleichen«, antwortete er. »Ich brauche nur Ihr Gehör, denn ich denke, daß ich einen brauchbaren Plan habe, wie wir das Ceynach-Suchkommando und den gefürchteten Tuuhrt überlisten können.«

»Lassen Sie hören, Großadministrator«, bat Heltamosch.

Maplasch und Toschtlyn waren Kommandooffiziere der VASGA. Außerdem war Yaanzar ihr Geburtsplanet. Deshalb hatten sie nach ihrer langjährigen Ausbildung und einer Reihe erfolgreicher Geheimeinsätze ihr Tätigkeitsfeld nach Yaanzar verlegt.

Seit fünf Jahren lebten die beiden Männer in der größten Stadt auf Yaanzar, Nopaloor. Alle anderen Gebiete des Planeten wurden außer für Wohnzwecke hauptsächlich für riesige Forschungsstationen, Ausbildungszentren, Transplantationskliniken und ähnliche Zwecke gebraucht.

Maplasch und Toschtlyn gingen einem Gewerbe nach, das es offiziell gar nicht gab, das aber halboffiziell geduldet wurde. Sie kauften in der Altstadt von Nopaloor geraubte Gehirne auf, versuchten, ihre Identität zu ermitteln, und verdienten sich ihren Lebensunterhalt damit, daß sie den reichen Familien auf Yaanzar und anderen Planeten des Naupaumschen Raytschats die Gehirne totgeglaubter Verwandter gegen hohe Prämien zurückgaben.

Diese Tätigkeit brachte sie mit vielen hochgestellten und einflußreichen Persönlichkeiten zusammen. Sie kannten sämtliche bedeutenden Yaanztroner, also jene Lebewesen, die als einzige in der Galaxis Naupaum Gehirntransplantationen nach dem PGT-Verfahren durchführen konnten.

Außerdem aber kannten sie sich hervorragend in der Altstadt von Nopaloor aus. Dort gab es zahllose Schlupfwinkel von Organräubern, unlizensierten Experimentatoren, Schmugglern und Ausgestoßenen. Nicht einmal das Ceynach-Suchkommando kannte alle diese Schlupfwinkel. Malpasch und Toschtlyn kannten sie fast alle. Sie hatten ständig mit Hehlern zu tun, die ihnen geraubte Gehirne anboten, und da sie ihrem Gewerbe immer diskret nachgegangen waren, hatten sich ihnen viele Geheimnisse eröffnet.

So unterhielten sie beispielsweise ihren Geheimstützpunkt dort, gegenüber der Unterwelt von Nopaloor als Versteck für besonders »heiße Ware« getarnt. Da man dort gegenüber der Polizei und dem Ceynach-Suchkommando wie Pech und Schwefel zusammenhielt, war nicht einmal das Ceynach-Suchkommando dahintergekommen, daß Malpasch und Toschtlyn überhaupt einen geheimen Schlupfwinkel besaßen.

Malpasch befand sich gerade dort, um den technisch hochwertigen Hyperfunkempfänger daraufhin zu überprüfen, ob eine Nachricht eingegangen war, als die Kontrollampe des Geräts aufleuchtete und ein kurzes Zirpen ertönte.

Gleich darauf spie der Kodeschreiber eine dünne, mit Symbolen bedruckte Folie aus. Es war der verschlüsselte Text der Nachricht, die, auf die Zeitdauer eines Sekundenbruchteils gerafft, im Empfänger angekommen und sofort entzerrt worden war.

Ein weiterer Routineauftrag! dachte Malpasch, während er die Symbolfolie durch seine Finger gleiten ließ.

Er machte sich daran, die Dekodiermaschine zu programmieren. Ohne Eingabe des geheimen Programms konnte sie keinen kodierten Text entschlüsseln. Die VASGA wußte ihre Geheimnisse wirksam vor Unbefugten zu schützen.

Nachdem die Dekodiermaschine programmiert war, ließ Malpasch die Symbolfolie in den Schlitz des Eingabesektors einlaufen. Auf der anderen Seite der Maschine fiel kurz darauf die Klartextfolie in den Auffangkorb.

Maplasch nahm sie in die Hand und las. Er hatte erst wenige Worte der Nachricht gelesen, als ihm klar wurde, daß es sich diesmal um alles andere als einen Routineauftrag handelte. Ganz im Gegenteil. Es handelte sich um eine heiße Angelegenheit, an der er und Toschtlyn sich die Finger verbrennen würden, wenn sie nicht höllisch aufpaßten. Malpasch setzte sich auf einen kunststoffbezogenen Hocker und las mit gerunzelter Stirn weiter. Die Nachricht stammte wie gewöhnlich aus dem Hauptquartier der VASGA, war aber im Unterschied zu sonst nicht vom Amtschef unterzeichnet, sondern vom Oberbefehlshaber Heltamosch persönlich.

Schon diese Tatsache war außergewöhnlich. Der Inhalt der Nachricht war noch außergewöhnlicher.

Malpasch und Toschtlyn erhielten den Auftrag, eine geheime Gehirntransplantation so vorzubereiten, daß das Ceynach-Suchkommando zwar Wind davon bekam, aber der Meinung sein mußte, die Aktion sollte absolut geheimgehalten werden. Zu diesem Zweck sollten insgesamt zwei falsche Spuren gelegt werden: die erste etwas offensichtlicher, damit man sie für eine falsche Spur hielt, die zweite sehr viel diskreter, damit man glaubte, sie wäre die echte Spur. Die tatsächliche Gehirntransplantation dagegen sollte so vorbereitet werden, daß nicht einmal ein Tuuhrt etwas davon bemerkte.

Malpasch prägte sich alles sehr genau ein, dann legte er die Klartextfolie in eine Hartplastikschale. Er wartete noch, bis die Folie sich selbsttätig aufgelöst hatte, dann schüttete er den weißflockigen Rest in den Abfallvernichter, um alle Spuren zu beseitigen.

Anschließend setzte er eine geraffte und kodierte Bestätigung der Nachricht ab, aktivierte die Sicherheitssysteme des Schlupfwinkels und ging zum Außenbeobachtungssystem.

Der Schlupfwinkel befand sich zweieinhalb Kilometer tief unter der Oberfläche von Yaanzar in einem Bunker, der vor vielen tausend Jahren während eines Atomkriegs den Führern einer Widerstandsgruppe als Zufluchtsort gedient hatte.

Die Außenwand war als halbverfallenes Gemäuer gestaltet, das in früheren Zeiten zu einer Fluchtsiedlung gehört hatte. Davor lag das Gewirr einer uralten Wasseraufbereitungsanlage, und davor wiederum erstreckte sich über viele Kilometer Länge ein ehemaliger Atomschutzbunker.

Malpasch runzelte ärgerlich die Stirn, als er in dem Gewirr der zerstörten Wasseraufbereitungsanlage einen Mann herumklettern sah, der ihm seit geraumer Zeit auf die Nerven fiel.

Es handelte sich um Blastaiskip den Blauen, einen Mörder und Gehirnräuber, der Malpasch und Toschtlyn seit längerem nachspionierte, um herauszubekommen, wo sich ihr geheimer Schlupfwinkel befand. Ein Mörder aber wäre das letzte gewesen, mit dem die beiden Agenten sich abgegeben hätten, so notwendig ihre Kontakte mit der Unterwelt von Nopaloor auch für die Erfüllung ihrer Aufträge waren.

Fand Blastaiskip der Blaue aber ihren Schlupfwinkel, dann konnte er sie erpressen, um eine Zusammenarbeit zu erzwingen. Wenn er sich dadurch absicherte, daß er die betreffenden Informationen bei Vertrauensleuten hinterlegte, würden die VASGA-Agenten entweder mit ihm zusammenarbeiten oder sich einen neuen Schlupfwinkel suchen müssen.

Malpasch war weder zu dem einen noch zu dem anderen bereit. Außerdem erlaubte der neue Auftrag keine Verzögerung, wie mit der Verlegung des Schlupfwinkels verbunden gewesen wäre.

Zögernd ging Malpasch in eine Ecke des Bunkers und entfernte die Tarnung von einem Käfig, in dem drei graugrüne Tiere hockten. Die Tiere glichen terranischen Chamäleons, und sie konnten ihre Färbung auch der Umgebung anpassen. Nur waren sie erheblich flinker, und sie verfügten über Giftdrüsen, deren Inhalt sie auf ihre Beute zu spucken pflegten. Das Gift wirkte ungefähr wie ein Halluzinogen, nur erheblich stärker.

Malpasch verspürte ein unangenehmes Kribbeln im Rückenmark, als er den Käfig öffnete. Die Tiere waren zwar so dressiert, daß sie ihn als ihren Herrn anerkannten, aber es war schon vorgekommen, daß ein Taiginsch seinem Herrn eine volle Ladung ins Gesicht gespien hatte.

Vorsichtig streckte er eine Hand aus und griff sich eines der nur handgroßen Tiere heraus. Es blickte ihn aus großen irisierenden Nachtseheraugen an, stellte jedoch den Schädelkamm nicht auf.

Während er leise auf den Taiginsch einredete, trug Malpasch ihn zur Klappe eines nach außen führenden, etwa zehn Zentimeter durchmessenden Stollens, dessen andere Öffnung sich unter dem Gewirr der alten Wasseraufbereitungsanlage befand.

Malpasch öffnete die Klappe, setzte das Tier davor ab und schnalzte mit der Zunge. Der Taiginsch huschte wie der Blitz in den Stollen hinein. Malpasch kehrte an die Monitoren des Außenbeobachtungssystems zurück.

Blastaiskip der Blaue stand auf zwei verbogenen Metallplastikträgern und hielt einen Hohlraumresonator in den Händen. Langsam drehte er sich, während er die Anzeigetafel des Hohlraumresonators beobachtete.

Der Verbrecher war nahe daran, den geheimen Schlupfwinkel der beiden VASGA-Agenten zu entdecken. Im Gürtelhalfter trug er einen Giftnadler, um sich gegen Überfälle anderer Verbrecher zu schützen. Zweifellos würde er auch von dieser Waffe Gebrauch machen, wenn er zufällig einem Ordnungshüter begegnete.

Als Blastaiskip der Blaue den Detektor auf die Mauerfront richtete, hinter der der VASGA-Schlupfwinkel lag, preßte Malpasch die Lippen zusammen. Aber dann sah er den Taiginsch.

Für normale Augen wäre das Tier infolge seiner Farbanpassung und seiner Ausnutzung jeder Deckung unsichtbar gewesen. Für die hochempfindlichen Infrarotkameras des Beobachtungssystems war es jedoch so klar zu sehen wie am hellichten Tag.

Malpasch sah, wie der Taiginsch sich langsamer bewegte, als er in die Nähe des Verbrechers geriet. Blastaiskip der Blaue bemerkte ihn nicht. Plötzlich zuckte der Verbrecher zusammen.

Malpasch wußte, warum, denn die Akustik-Sensoren seiner Beobachtungsanlage hatten den feinen Ton, der durch das Schaben einer Kralle auf glattem Metallplastik verursacht worden war, in den Schlupfwinkel übermittelt.

Doch bevor Blastaiskip erkennen konnte, wodurch das Geräusch verursacht worden war, hatte der Taiginsch seine Angriffsposition erreicht.

Der Verbrecher riß die Hände hoch, als ihn das Drüsengift des Tieres mitten ins Gesicht traf. Aber seine Reaktion kam zu spät. Zwar versuchte er noch, das Gift aus dem Gesicht zu wischen, aber Sekunden später setzte die Wirkung mit voller Intensität ein.

Blastaiskip ließ den Hohlraumresonator fallen, kicherte blöde und hockte sich auf das Gewirr aus verbogenen Metallplastikträgern, durchlöcherten Abdeckplatten und versinterten Siebgeräten. Kurz darauf stimmte er einen seltsamen Singsang an.

Malpasch wartete, bis der Taiginsch zurückgekehrt war. Er gab dem Tier eine Belohnung in Form einer synthetisch erzeugten Gallerte, danach steckte er ihn wieder zu seinen Artgenossen in den Käfig und verließ den Schlupfwinkel.

Als er draußen ankam, wiegte sich der Verbrecher rhythmisch hin und her. Malpasch aktivierte den Kodeimpulsgeber, der die Innentür des Schlupfwinkels schloß und die Mauerfront wieder davorgleiten ließ.

Blastaiskip der Blaue leistete keinen Widerstand, als er ihn aus dem Trümmergewirr führte. Den Hohlraumresonator nahm er ebenfalls mit.

Malpasch beabsichtigte, den Verbrecher auf die andere Seite des alten Atombunkers zu führen und ihm dort eine Injektion zu geben, die das Gedächtnis an alle Ereignisse der letzten zweiunddreißig Stunden löschen würde. Blastaiskip der Blaue würde nicht mehr wissen, daß er nach dem Schlupfwinkel der beiden Gehirnaufkäufer gesucht hatte, noch weniger, daß er bei der zerstörten Wasseraufbereitungsanlage gewesen war.

Aber unterwegs riß der Verbrecher sich los. Mit ausgebreiteten Armen rannte er durch die Haupthalle des Atombunkers.

Eine Verwünschung ausstoßend, eilte Malpasch ihm nach. Unterwegs zog er seinen als Lichtschreiber getarnten Lähmstrahler. Der Blaue durfte nicht entkommen, bevor er seine Injektion erhalten hatte.

Doch ehe der Agent eingreifen konnte, erreichte der Verbrecher die obere Öffnung eines Schachtes, durch den man in früheren Zeiten Versorgungsgüter aus einem tiefer gelegenen Magazin in den Bunker transportiert hatte. Abdeckung und Liftkabine waren längst demontiert worden.

Blastaiskip rannte genau auf die runde, sechs Meter durchmessende Öffnung zu, wobei er mit den ausgebreiteten Armen schlug, als wären es Flügel. Sein Schwung trug ihn etwa vier Meter weit – und für einen Augenblick sah es so aus, als könnte er den gegenüberliegenden Rand erreichen. Doch dann war die Kraft des Schwunges aufgezehrt, und er fiel wie ein Stein in die Tiefe.

Malpasch wartete, bis er einige Sekunden später das Geräusch des Aufschlags hörte, dann wandte er sich erschaudernd ab. Bevor er ging, warf er noch den Hohlraumresonator hinterher. Er hatte keine Verwendung für das Gerät.

Eine Stunde später erreichte Malpasch die Grenze zwischen der Altstadt und der hochmodernen Stadt Nopaloor. Mit einem Tunnelexpreß fuhr er in jenen Stadtbezirk, in dem Toschtlyn und er in einem geräumigen Haus wohnten und arbeiteten, denn das Haus enthielt auch ein gut ausgestattetes Laboratorium.

»Sie waren lange weg, Malpasch«, sagte Toschtlyn, als sein Gefährte das Labor betrat, in dem Toschtlyn gerade die Schichtuntersuchung eines frisch angekauften Gehirns durchführte.

Malpasch setzte sich. Seine Knie waren weich, und er merkte, daß sie zitterten.

»Ich habe ein unangenehmes Erlebnis hinter mir«, sagte er. »Aber gegen das, was noch vor uns liegt, dürfte es völlig unerheblich sein.«

Er berichtete seinem Mitarbeiter von dem neuen Auftrag und erwähnte auch, wie Blastaiskip der Blaue umgekommen war.

Toschtlyn wurde blaß. »Wir werden es also vielleicht mit einem Tuuhrt zu tun bekommen«, meinte er. »Beim Hacheron, das sind keine guten Aussichten!«

Malpasch erhob sich. »Aber uns bleibt gar nichts anderes übrig, als unseren Auftrag gewissenhaft durchzuführen. Außerdem erscheint mir der Plan so gut, daß es uns vielleicht doch gelingen könnte, einen Tuuhrt zu überlisten. Lassen Sie uns also überlegen, wie wir detailliert vorgehen müssen.«

7.

»Die Bestätigung von Yaanzar ist eingetroffen, Großadministrator«, sagte Heltamosch. »Von nun an arbeiten die beiden besten VASGA-Agenten auf Yaanzar für die Vorbereitung der Aktion.«

Perry Rhodan nickte. »Ich habe alles noch einmal gründlich durchdacht, Mato Pravt. Wenn Ihre Männer sich genau nach dem Plan richten und keine Unvorsichtigkeit begehen, dürfte auch ein Tuuhrt ihn nicht durchschauen.«

Heltamosch blickte Rhodan nachdenklich an. »Das denke ich auch. Ehrlich gesagt, auf einen so raffiniert ausgeklügelten Plan wäre ich nicht gekommen. Natürlich habe ich auch schon Täuschungsmanöver zur Vertuschung einer Aktion durchführen lassen, aber ein Täuschungsmanöver zur scheinbaren Vertuschung eines Täuschungsmanövers, das ist auch für mich neu. Sie müssen in Ihrer Galaxis mit vielen gut organisierten Gegenspielern zu tun gehabt haben, Großadministrator.«

Rhodan lächelte. »Mein Reich entwickelte sich zuerst aus einer winzigen Enklave auf einem Planeten, zu einer Zeit, als es bereits sehr große und mächtige andere Sternenreiche gab. Die Übermacht war erdrückend, deshalb entwickelten wir Terraner eine ganz spezifische Art und Weise, uns durchzusetzen.« Er runzelte die Stirn. »Aber unsere Vorbereitungen sind noch nicht abgeschlossen. Wir dürfen Hactschyten nicht einfach spurlos verschwinden lassen. Zu viele Organisationen sind an seiner Person interessiert und würden nur unbequeme Nachforschungen anstellen.«

»Ich habe bereits darüber nachgedacht«, sagte Heltamosch. »Die beste Methode dürfte sein, daß Hactschyten aus dem Palast flieht und in Maczadosch untertaucht. Selbstverständlich können der Raytscha und ich nicht dulden, daß Hactschyten, also Sie, von den Konservativen oder den Extremisten eingefangen und gegen die Interessen des Raytschas oder meiner Reformpartei verwendet wird. Folglich müssen wir eine Großfahndung auslösen, in deren Verlauf der Entflohene im Beisein möglichst vieler Zeugen getötet wird.«

Perry dachte nach. Er hielt diesen Teilplan für gut, denn ähnliche Irreführungsaktionen hatte er selbst mehrfach durchführen lassen. Selbstverständlich wurden als Opfer stets Robotduplikate verwendet, und hier mußte es ebenso gehandhabt werden. Schließlich konnte er sich nicht töten lassen und anschließend den Körper wechseln.

Natürlich würden sich das Ceynach-Suchkommando und die Gehirnjäger dadurch nicht täuschen lassen. Dazu war ein solches Manöver viel zu durchsichtig für Lebewesen, die auf die Jagd nach Gehirnen und

Organverbrechern spezialisiert waren. Wichtig war einzig und allein, daß die Person Hactschytens für die Öffentlichkeit glaubhaft von der Bildfläche verschwand und die mit der Regierung konkurrierenden Parteien nicht auf den Gedanken kamen, das Gehirn in Hactschytens Körper könnte einen neuen Körper erhalten haben.

»Ich vermag keine schwache Stelle zu entdecken«, meinte er. »Haben Sie schon einen Robotkörper herrichten lassen, der mir, also Hactschytens Körper, äußerlich gleicht?«

Die goldfarbenen Augen Heltamoschs blickten Perry Rhodan verwundert an. »Einen Robotkörper ...?« fragte er gedehnt.

Rhodan nickte. »Natürlich einen, der mit Bioplasma so hergerichtet wurde, daß er äußerlich Hactschyten gleicht.«

Heltamosch streckte abwehrend die Hände aus. »Daran ist überhaupt nicht zu denken. Wir können für das Schauspiel keinen Roboter gebrauchen, sondern nur eine biologisch lebende Person, die emotionell absolut glaubhaft auf die ausweglose Situation reagiert, in die wir sie bringen. Da Hactschyten ein Yaanztroner war, würde sich am besten ein anderer Yaanztroner als Doppelgänger eignen. Die Maskentechniker der VASGA können ihn so herrichten, daß er dem echten Hactschyten gleicht.«

Perry schluckte vernehmbar. Wieder einmal wurde ihm klar, daß die Mentalität der Intelligenzwesen in der Galaxis Naupaum sich in einigen Dingen von der terranischen Mentalität des fünfunddreißigsten Jahrhunderts unterschied.

Nicht, daß Menschen der Erde oder anderer Planeten des Solaren Imperiums grundsätzlich besser oder schlechter gewesen wären als die Intelligenzen Naupaums, aber Heltamosch schien die Opferung eines Unschuldigen als völlig selbstverständlich anzusehen.

»Das wäre mit meinen ethischen Prinzipien nicht vereinbar, Mato Pravt«, sagte der Terraner fest. »Ich erkenne die Mentalität der naupaumschen Intelligenzen zwar als eine Realität des Lebens in dieser Galaxis an; das bedeutet aber nicht, daß ich etwas, das bei meinem Volk nach Recht und Gesetz als Mord gilt, befürworten werde. Ich halte nach wie vor die Verwendung eines Robotkörpers für die beste Lösung.«

»Sie irren sich, Großadministrator«, widersprach Heltamosch. »So stark, wie Sie denken, unterscheidet sich unsere Mentalität nicht von der Ihren. Nicht ein Unschuldiger soll geopfert, sondern ein Ceynach-Verbrecher soll hingerichtet werden.

Im Palast-Gefängnis befinden sich zur Zeit insgesamt siebzehn solcher Verbrecher, die bereits durch das Gericht des Raytschas zum Tod verurteilt wurden. Einer von ihnen hat eine gewisse Ähnlichkeit mit Hactschyten. Er kann von den Maskentechnikern sehr schnell vorbereitet werden.«

»Eine Hinrichtung ist etwas anderes als eine stundenlange Hetzjagd, an deren Ende der sichere Tod steht«, widersprach Rhodan. »Obwohl ich ein Gegner der Todesstrafe bin. Aber ich möchte nicht schuld daran sein, daß ein intelligentes Lebewesen vorsätzlich zu Tode gehetzt wird. Lieber gehe ich das Risiko ein, die Oppositionsparteien vermuten zu lassen, daß Hactschyten nicht tot ist, sondern daß sein Gehirn nur in einen anderen Körper verpflanzt wurde.«

»Dieses Risiko würden nicht Sie eingehen, sondern wir«, entgegnete Heltamosch in kühl abweisendem Ton. »Für den Raytscha und mich, als seinen Nachfolger, würden sich sehr unangenehme politische Verwicklungen ergeben. Es tut mir leid, ich kann und darf Ihnen bei diesem Teil des Gesamtplans kein Mitentscheidungsrecht zubilligen. Ich hoffe, Sie verstehen das, Großadministrator.«

Perry verstand. Er war sich auch bewußt, daß Hactschyten offiziell sterben mußte, wenn er – in einem anderen Körper – seine Bewegungsfreiheit wiedererlangen wollte.

Dennoch versuchte er noch einmal, Heltamosch von seinem Vorhaben abzubringen, das gegen seine ethischen Prinzipien verstieß.

»Es muß einen anderen Weg geben, Mato Pravt«, wandte er ein – und erkannte gleichzeitig, daß hinter seinem Einwand keine Überzeugungskraft steckte, weil ihm bereits klar war, daß der Duynter sich nicht mehr umstimmen lassen würde.

»Es gibt keinen anderen Weg«, sagte Heltamosch.

Er trat zum nächsten Bildsprechgerät und erteilte den Befehl, den Häftling Kanykosch in seinen Kommandoraum zu bringen. Danach wandte er sich wieder dem Terraner zu.

Versöhnlich sagte er: »Ich möchte, daß wir Freunde bleiben, Großadministrator. Deshalb werde ich alles tun, um Ihnen zu beweisen, daß ich kein bedauernswertes Opfer gegen seinen Willen zum Objekt einer gnadenlosen Hetzjagd mache. Der Häftling Kanykosch ist ein Yaanztroner, dem die Entführung von einundachtzig Gehirnen intelligenter Lebewesen und deren mißbräuchliche Verwendung nachgewiesen werden konnten. Er hat damit nach unseren Gesetzen den einundachtzigfachen Tod verdient.«

Rhodan vermochte darauf nichts zu erwidern. In ihm kämpften widersprüchliche Gefühle miteinander. Er wußte aus eigener bitterer Erfahrung, welch abscheuliches Verbrechen der Diebstahl eines lebenden, bewußt denkenden Gehirns war. Den oder die Schuldigen an der Entführung seines eigenen Gehirns würde er kompromißlos bekämpfen. Aber die Hetzjagd auf einen Wehrlosen war für ihn eine ganz andere Sache.

Beide Männer schwiegen, bis zwei Schwerbewaffnete einen Gefangenen in Heltamoschs Kommandoraum führten. Der Gefangene war ein hochgewachsener Yaanztroner. Sein Körperbau glich weitgehend dem von Hactschyten, nur die Gesichtszüge waren anders. Aber solche kleinen Unterschiede stellten für erfahrene Maskentechniker keine Schwierigkeit dar.

»Halt!« befahl Heltamosch, als der Gefangene bis auf vier Meter an ihn herangekommen war.

Die Wachen hielten den Gefangenen fest.

»Wie heißt du?« fragte Heltamosch.

»Kanykosch«, antwortete der Gefangene. »Mato Pravt, ich bin völlig unschuldig. Verleumder haben mich in diese Situation gebracht. Ich bitte um Wiederaufnahme meines Prozesses.«

»Schweig!« fuhr Heltamosch ihn an. »Ich habe die Unterlagen persönlich geprüft. Du hast mindestens einundachtzig intelligente Gehirne entführt, wahrscheinlich noch erheblich mehr. Das Todesurteil besteht zu Recht. Aber vielleicht kannst du dich doch noch retten ...«

Die Augen des Verbrechers leuchteten in jäher Hoffnung auf. »Gewähren Sie mir Gnade, erleuchteter und gütiger Mato Pravt, und ich will alles tun, was Sie verlangen!« rief er.

Heltamosch winkte ab. »Deine Verbrechen sind so abscheulich, daß ich dich niemals begnadigen werde, Kanykosch. Aber du sollst eine letzte Chance bekommen, eine sehr winzige, zugegebenermaßen. Voraussetzung wäre, daß du dich einverstanden erklärst, vorübergehend eine andere Identität anzunehmen und zu fliehen. Du wirst gejagt werden. Aber wenn es dir gelingt, den Verfolgern für zwei Tage und zwei Nächte zu entkommen, kannst du dein Leben behalten.«

Der Yaanztroner starrte Heltamosch lange schweigend an, dann flüsterte er tonlos: »Ich bin damit einverstanden, Mato Pravt. Besser eine winzige Chance als überhaupt keine.«

Heltamosch streckte die Hand aus und befahl den Wachen: »Bringen Sie ihn zu Whortreen und sagen Sie ihm, er möchte schon anfangen!«

Als die Wachen den Gefangenen hinausgebracht hatten, wandte sich Heltamosch an den Terraner und meinte: »Sie dürfen sich selbstverständlich nicht mehr sehen lassen. Ich werde dafür sorgen, daß Sie ebenfalls eine Biosynthmaske erhalten. Danach müssen Sie sich bis zu unserem Aufbruch nach Yaanzar in einem streng isolierten Raum verborgen halten.«

Der Yaanztroner Kanykosch ließ sich von seinen Bewachern widerstandslos zum Ersten Maskentechniker der VASGA bringen. In ihm kämpften Furcht und neuerwachte Hoffnung miteinander.

Er fürchtete sich so vor dem gewaltsamen Tod, wie er es vor seiner Verurteilung durch das Gericht des Raytschas nie für möglich gehalten hätte. Tage um Tage, Wochen um Wochen hatte er nach der Urteilsverkündung in seiner Zelle zugebracht.

Nicht, daß er grausam behandelt worden wäre. Die Wärter beachteten ihn kaum und sorgten nur dafür, daß seine körperlichen Bedürfnisse erfüllt wurden. Die Zelle war geräumig, sauber, gut klimatisiert und ausreichend möbliert, regelmäßig fanden ärztliche Untersuchungen statt, aber die Aussicht, daß jeder neue Tag die Vollstreckung des Todesurteils bringen konnte, hatte Kanykosch zermürbt.

Deshalb war er auf Heltamoschs Vorschlag eingegangen. Er hatte nichts mehr zu verlieren, sondern konnte nur noch etwas gewinnen, nämlich sein Leben. Aber selbst dann, wenn die Verfolger ihn töteten, war das immer noch besser, als passiv in seiner Zelle auf den ungewissen Zeitpunkt der Hinrichtung zu warten.

Dennoch erschauderte er, als er in den Arbeitsraum des Maskentechnikers geführt wurde. Die zahllosen blitzenden Geräte und Instrumente wollten Panik in ihm aufsteigen lassen.

Doch der Erste Maskentechniker beruhigte ihn. Er sprach ihn sogar mit »Sie« an, obwohl er durch sein Todesurteil die Bürgerrechte verloren hatte.

»Nichts, was wir hier mit Ihnen tun, wird Ihnen Schmerzen bereiten, Kanykosch«, erläuterte er. »Die Geräte in diesem Raum dienen nur dazu, Ihre Maße mit denen des Vorbilds zu vergleichen und eine elektronische Abtastschablone anzufertigen. Das Implantieren der biosynthetischen Substanz geht ebenfalls völlig schmerzlos vor sich.«

Er bat Kanykosch, sich auf ein Gestell aus schimmerndem Metallplastik zu legen. Der Verurteilte gehorchte.

Kaum hatte er sich ausgestreckt, spürte er, wie das Gestell sich seinen Körperformen anglich. Gleichzeitig ertönte ein schwaches Summen. Das Kontrollgerät des Maskentechnikers schwenkte herum. Zahllose bunte Kontrollampen blitzten auf; ihr Leuchten wurde an der Decke des Raumes in Form verwaschener Lichtreflexe zurückgeworfen.

Dann senkte sich eine schalenförmige Metallplatte auf Kanykoschs Kopf, bedeckte sein Gesicht und streckte winzige warme Plastikfühler aus, die auch seinen Hinterkopf betasteten.

»Keine erheblichen Abweichungen vom Modell«, murmelte der Maskentechniker. »Wir werden mit einfachen Implantationen und Verspannungssenkungen hinkommen.«

Das Summen und die Lichtreflexe erloschen; die Metallplatte hob sich von Kanykoschs Kopf.

»Sie können wieder aufstehen«, sagte der Techniker.

Gehorsam erhob sich der Verurteilte. Der Maskentechniker musterte ihn nachdenklich.

»Sie haben noch etwas Zeit, bis ich alle Vorbereitungen getroffen habe«, erklärte er. »Ich würde Ihnen empfehlen, eine gute Mahlzeit zu sich zu nehmen. Nach der Behandlung steht Ihnen zwar noch eine Mahlzeit zu, aber vorher ist der Appetit erfahrungsgemäß größer – und Sie werden Kraftreserven brauchen.«

Kanykosch nickte, sagte aber nichts.

Die Augen des Maskentechnikers blickten ihn gütig an. »Sie sind aufgeregt; das ist nur natürlich. Nennen Sie mir Ihr Lieblingsgericht. Wenn es vor Ihnen steht, wird der Appetit sich schon einstellen.«

Der Verurteilte sagte, welches Gericht er am liebsten aß – oder zumindest gegessen hatte, als er noch kein Gefangener gewesen war. Zu seinem Erstaunen lehnte der Techniker die Erfüllung seines Wunsches nicht ab, obwohl es sich um ein exklusives Menü handelte.

Kanykosch wurde in einen Aufenthaltsraum geführt. Seine Bewacher stellten sich neben der Tür auf. Eine halbe Stunde später trat ein Diener ein und ging zu dem Versorgungsautomaten, der die eine Wand des Aufenthaltsraums einnahm. Er entnahm dem Automaten eine Plastikmatte und legte sie über den Tisch, dann trug er in den richtigen Abständen die einzelnen Gänge des Menüs auf.

Kanykosch erkannte, daß der Maskentechniker recht gehabt hatte. Der Appetit stellte sich ein, als das Essen vor ihm stand und nicht nur sein Auge ansprach, sondern auch seinen Geruchssinn. Er aß mit Appetit.

Als er satt war und der Diener abgeräumt hatte, stellte sich freilich ein anderes Gefühl ein. Kanykosch wurde sich klar darüber, daß der Erste Maskentechniker ihm den Luxus eines exklusiven Menüs nicht aus persönlicher Zuneigung hatte zukommen lassen, sondern weil er ihm kurz vor dem Tod eine Gnade erweisen wollte.

Mit dieser Erkenntnis kehrte die Furcht zurück. Aber der Maskentechniker ließ ihm keine Zeit, seine Furcht zur Panik zu steigern. Er ließ ihn in den Raum führen, in dem die Behandlung erfolgen sollte.

Abermals sah Kanykosch zahlreiche blitzende Apparaturen. Doch sie erweckten keine Furcht mehr in ihm. Widerstandslos ließ er die Behandlung über sich ergehen. Ihr folgten zwei Stunden Tiefschlaf, von denen er jedoch nichts merkte. Er merkte auch nichts davon, daß er während des Tiefschlafs mechano-hypnotisch konditioniert wurde. Als er erwachte, sah er nicht nur so aus wie der echte Hactschyten, er hielt sich auch für den verbrecherischen Yaanztroner Hactschyten.

Die Erinnerung an seine eigene Persönlichkeit war zwar nicht gelöscht, aber wirksam überlagert worden. Außerdem glaubte er, von sich aus den Plan gefaßt zu haben, bei der ersten sich bietenden Gelegenheit zu fliehen.

Kanykosch erwachte in seiner Zelle. Er blickte auf den Datums- und Zeitschreiber über der Zellentür und wußte plötzlich, daß der Tag angebrochen war, an dem er fliehen wollte. Den Plan dazu hatte er sich seit langem genau zurechtgelegt – so glaubte er jedenfalls.

Der Raytscha und der Mato Pravt hatten ihn getäuscht und betrogen, indem sie ihm vorgaben, sie wollten ihn nur zu seiner eigenen Sicherheit in Schutzhaft nehmen. In Wirklichkeit war ihr Plan, ihn ermorden zu lassen, da sie nicht genügend Beweise gegen ihn besaßen, um ihn von einem ordentlichen Gericht aburteilen zu lassen.

Alle diese verankerten Pseudoerinnerungen dienten dem Zweck, Kanykosch scheinbar aus eigenem Antrieb fliehen zu lassen und, für den Fall, daß Unbefugte ihn in ihre Gewalt brachten, sie glauben zu machen, sie hätten es mit dem echten Hactschyten zu tun.

Als die elektronische Verriegelung der Zellentür sich löste und die Tür in die Wand glitt, erhob sich Kanykosch von dem Pneumobett, auf dem er angekleidet geschlafen hatte.

Draußen warteten zwei Gardesoldaten Heltamoschs wie üblich. Und wie üblich grüßten sie, als er zwischen ihnen hindurchschritt, als wäre er kein Gefangener, sondern ein Ehrengast des Raytschas und seines Nachfolgers.

Einmal pro Dekade wurde Kanykosch ein Spaziergang im Palastgarten erlaubt. Heute war dieser Tag, und bei dieser Gelegenheit wollte er fliehen.

Er hatte beobachtet, daß tagsüber die Ablaufgitter des Kanals angehoben waren. Der Kanal war drei Meter tief, vier Meter breit und führte durch den Palastgarten. Er bekam sein Wasser aus einem großen Trinkwasserreservoir und floß nach Durchquerung des Palastgartens in ein unterirdisches Kanalsystem ab, das zur Wasserversorgung der Fabriken diente.

Kanykosch wußte zwar nicht, in welche Richtung der Abflußkanal zuerst führte, aber es genügte ihm zu wissen, daß er aus dem Palastbezirk hinausführte. Er war entschlossen, sich ihm anzuvertrauen und auf sein Glück zu hoffen.

Als die Gardesoldaten ihn ins Freie führten, spürte er Triumph in sich aufsteigen. Tief atmete er die klare, würzige Luft des Palastgartens ein, der um diese Zeit für alle anderen Bewohner des Palastes und Besucher gesperrt war.

Scheinbar mit sich und der Welt zufrieden, schlenderte er zwei Schritte vor den Gardesoldaten über die Platten aus buntem Kunststein. Zweimal kam er dabei ans Ufer des Kanals, aber der Abfluß war noch zu weit entfernt, und Kanykosch wußte, daß er innerhalb weniger Augenblicke verschwunden sein mußte, sollte ihm die Flucht gelingen.

Er mußte seine Ungeduld unter Aufbietung aller Willenskraft zügeln. Endlich aber erreichte er die geländerlose schmale Brücke, nur fünf Schritte von der breiten Abflußöffnung entfernt.

Er blieb stehen und tat so, als hätte irgend etwas schräg über ihm seine Aufmerksamkeit erregt.

Im nächsten Augenblick stieß er sich kraftvoll mit den Füßen ab, schnellte durch die Luft und tauchte gleich darauf ins kühle Wasser des Kanals. Bevor die Gardesoldaten reagieren konnten, war er durch die Abflußöffnung verschwunden.

Kanykosch tauchte wieder auf, legte sich auf den Rücken und ließ sich treiben. Zuerst war es dunkel, und zweimal stieß er gegen die Wandung des Kanals, doch dann kam er in den Lichtkreis von Leuchtplatten, die an der Decke des Kanals befestigt waren. In ihrem Schein konnte er sich orientieren.

Allerdings gab es anfangs keinen Anhaltspunkt, der eine Orientierung gestattet hätte. Kanykosch sah nur stumpfgraue Wände und eine leicht gewölbte Decke. Doch dann trieb er in ein großes Bassin, von dem mehrere Kanäle abzweigten. Er zog sich erst einmal auf den Bassinrand hinauf und blickte sich um.

Die Flucht aus dem Palast war geglückt. Nun mußte er zusehen, daß er untertauchte, bevor man ihn wieder einfing. Im Ostteil der Stadt wohnte ein »Geschäftsfreund« von ihm. Bei ihm würde er vorübergehend Unterschlupf finden. Aber er konnte nicht die ganze Strecke zu Fuß gehen, schon gar nicht neben den Frischwasserkanälen, wo man ihn zuerst suchen würde.

Er schätzte, daß er sich in einer Tiefe von rund fünfzig Metern befand. Das bedeutete, daß er von den Wohn- und Geschäftsbereichen der Stadt nur durch Wände und Schotte getrennt war. Fand er ein Wartungsschott, konnte er vielleicht die Stadt erreichen und seinen Freund von einer öffentlichen Bildsprechverbindung aus benachrichtigen, damit er ihm ein Fahrzeug schickte.

Kanykosch entdeckte eine grazil wirkende Wendeltreppe aus Metallplastik, die zu einer Galerie rund um das Bassin führte. Er kletterte hastig hinauf und lächelte, als er hinter der Galerie mehrere Schotte entdeckte, die innen mit Handrädern versehen waren, damit niemand versehentlich eingesperrt werden konnte.

Er wählte das nächstliegende Schott. Als er es geöffnet hatte, flutete ihm helles Licht entgegen. Er stand in einer geräumigen Schleusenkammer. Hinter ihm schloß sich das Innenschott, während er bereits das Außenschott aufkurbelte.

Dann stand er in einer vollrobotischen Pumpstation, deren Versorgungsanschlüsse zeigten, daß von hier aus ein Teil der Stadt Maczadosch mit Trinkwasser versorgt wurde. Folglich mußten sich jenseits der nächsten Tür die Subetagen der nächsten Wohnbereiche befinden.

Kanykosch durchquerte die Pumpstation. Auch ihr Zugang ließ sich von innen mit einem Handrad öffnen, während man einen Impulskodeschlüssel brauchte, um von außen hereinzukommen.

Draußen lag das vielfältig verschlungene Gewirr der mechanischen Gehwege, die eine dünne Schicht zwischen den dunklen Wänden der Gebäude bildeten. Unaufhörlich strömten die Menschenmassen auf den Transportbändern von Subhaus zu Subhaus. Es herrschte eine fürchterliche Enge, aber gerade das, so hoffte der Flüchtling, würde sein Untertauchen begünstigen.

Da sich in jedem Gebäude öffentliche Bildsprechanlagen befanden, zwängte sich Kanykosch in die Menge auf dem nächsten Transportband-Gehweg. Als er in der Menge eingekeilt war, fühlte er sich plötzlich wehrlos.

Aber dieses Gefühl verging, kaum daß er das nächste Gebäude erreicht hatte. Auch hier wimmelte es von Menschen, aber die Enge war einigermaßen erträglich.

Er fand eine freie Nische mit einem Bildsprechgerät, tastete den Anschlußkode seines »Geschäftsfreundes« und wartete.

Der Bildschirm leuchtete auf und zeigte das abstrakte Symbol einer Robotvermittlung. Ungeduldig wartete Kanykosch darauf, daß endlich die Verbindung durchgestellt würde. Nach einiger Zeit wurde er mißtrauisch.

Falls der Raytscha eine offizielle Fahndung nach ihm veranlaßt hatte, wurden alle öffentlichen Bildsprechgeräte von den Robotvermittlungen aus scharf überwacht. Die Monitoren dort würden das Abbild jeder Person zeigen, die eine Verbindung getastet hatte. Natürlich konnten nicht alle Monitoren gleichzeitig überwacht werden, dazu war Maczadosch viel zu groß, aber wenn zusätzliche elektronische Abtaster eingeschaltet worden waren ...

Plötzlich hatte Kanykosch das Gefühl, als würde er von unsichtbaren Augen beobachtet. Voller Panik wandte er sich um und eilte dem nächsten Ausgang des Gebäudes zu.

Im nächsten Augenblick erstarrte er, denn zahllose Lautsprecher schickten dröhnend die Warnung heraus: »Achtung, hier spricht die Behörde für öffentliche Sicherheit und Ordnung. Ein gefährlicher Ceynach-

Verbrecher namens Hactschyten ist entflohen. Die Großfahndung nach ihm wurde von unserem Amt eingeleitet. Wir fordern die Bevölkerung auf, umgehend ihre Wohnungen oder Arbeitsstellen aufzusuchen und sich ruhig zu verhalten. Nach Ablauf von zwanzig Minuten ist die Benutzung der Transport-Gehsteige untersagt. Wer Hinweise auf den gegenwärtigen Aufenthaltsort des Entflohenen geben kann, wende sich an unsere nächste Dienststelle. Es folgt die Beschreibung des Verbrechers ...«

Kanykosch bezähmte seinen Drang, loszurennen. Mit gesenktem Kopf, damit niemand sein Gesicht sehen und ihn nach der Beschreibung erkennen konnte, wartete er, bis die Menge sich in Bewegung setzte. Die Menschen redeten laut durcheinander, und jeder wandte sich entweder seiner Wohnung oder seiner Arbeitsstelle zu. Da die Ziele aber in zahllosen verschiedenen Richtungen lagen, gab es ein fürchterliches Gedränge.

Niemand achtete auf Kanykosch, aber er wußte genau, daß sich das sehr bald ändern würde, dann nämlich, wenn die meisten Menschen in Zimmern oder Fabriksälen verschwunden waren und Straßen und Korridore verwaisten.

Er mußte unbedingt vorher einen Unterschlupf finden, andernfalls hatten die Verfolger leichtes Spiel mit ihm.

Durch einen abwärts gepolten Antigravschacht erreichte er eine jener Wohnetagen, in denen die ärmeren Schichten der Bevölkerung hausten. Hier lebten oftmals zehnköpfige Familien in einem Zimmer von fünfzehn Quadratmetern zusammen. Da diese Behausungen mit Mühe und Not Platz für schmale Schlafstätten boten, hatte die Kommunalverwaltung in diesem Sektor Gemeinschaftseinrichtungen wie Speisesäle, Freizeiträume und so weiter eingerichtet. Dort hoffte der Flüchtling unterschlüpfen zu können.

Als er sich in der betreffenden Wohnetage aus dem Antigravschacht schwang, merkte er, daß seine Verfolger in den gleichen Bahnen gedacht hatten wie er.

Zwei Uniformierte entdeckten ihn und fuchtelten mit ihren Strahlwaffen in der Luft herum. Zu Kanykoschs Glück waren zwischen ihm und den Uniformierten noch mindestens dreißig Menschen, deshalb konnten seine Verfolger nicht schießen.

Er wandte sich um und eilte zum nächsten aufwärts gepolten Antigravschacht. Allerdings beabsichtigte er nicht, ihn zu benutzen. Oben warteten sicher schon andere Polizisten. Er eilte an dem Schacht vorbei und stieß die daneben liegende Tür auf.

Jemand packte ihn, zog ihn in ein Zimmer. Ein anderer schloß die Tür und lehnte sich dagegen. Er hielt einen Lähmstrahler auf Kanykosch gerichtet.

»Bleiben Sie ruhig, Hactschyten!« befahl der Mann, der ihn in das Zimmer gezogen hatte. Er trug Zivil wie der andere auch. »Wir sind weder von der Polizei noch von der VASGA. Wenn Sie tun, was wir sagen, haben Sie nichts zu befürchten.«

Kanykosch begriff.

Die beiden Männer gehörten offenbar zur Privatarmee des Chefs einer der beiden Oppositionsparteien.

Er leckte sich über die Oberlippe und forderte: »Bringen Sie mich fort! Draußen sind mindestens zwei Polizisten.«

Die Männer sahen sich bedeutungsvoll an, dann stieß der eine eine Tür auf und bedeutete Kanykosch, ihm zu folgen. Der Flüchtling gehorchte.

Es ging durch einen langen Korridor und dann durch ein Reparaturschott in einen der großen Schächte, in denen erhitzte Luft aus den Klimaanlagen der unteren, heißen Etagen nach oben strömte.

Die beiden Männer schalteten Handlampen an. In ihrem Schein erblickte Kanykosch breite Montagegriffe, die in die Innenwandung eingelassen waren. Er fragte nicht lange, sondern schwang sich auf den nächsten Griff, packte zu und kletterte behende hinauf.

Innerhalb weniger Sekunden war er schweißgebadet. Der Heißluftstrom schoß tosend an ihm vorbei, durchsetzt mit allen möglichen Gerüchen.

Halb wahnsinnig vor Angst, kletterte Kanykosch weiter. Nach einiger Zeit merkte er, daß er entgegen seiner Furcht noch immer atmete. Er faßte neuen Mut und mobilisierte alle seine Kraftreserven.

Plötzlich gellte unter ihm ein Schrei auf. Er klammerte sich fest und versuchte zu sehen, was unter ihm vorging. Für einen Moment nahm er einen Schemen wahr, der durch einen schwachen Lichtkegel rasch nach unten stürzte. Einer der beiden Männer mußte den Halt verloren haben, entweder weil er mit seiner Kraft am Ende gewesen war oder einen Fehlgriff getan hatte.

»Weiter!« befahl der zweite Mann mit heiserer Stimme.

Wieder gehorchte Kanykosch.

Nach einer Zeit, die ihm wie eine halbe Ewigkeit vorkam, sah er einen hellen Fleck über sich. Er verdoppelte seine Anstrengungen, so daß er einen guten Vorsprung hatte, als er die Ausstoßöffnung des Klimaschachts erreichte. Er spähte vorsichtig hinaus.

Die Öffnung befand sich auf dem flachen Dach eines Turmes, an dessen Außenwandung dicht an dicht winzige Apartments klebten. Transparente Antigravschächte führten zwischen jeweils sechs Apartmentreihen rund tausend Meter zur Oberflächensohle der gigantischen Stadt Maczadosch hinab.

Kanykosch konnte nirgends einen Menschen entdecken. Er faßte einen Plan und führte ihn auch sogleich aus. Indem er sich rasch duckte, flüsterte er: »Achtung, ein Polizist! Geben Sie mir Ihren Lähmstrahler!«

Der Mann unter ihm zögerte, dann streckte er ihm die Hand mit dem Lähmstrahler entgegen.

Kanykosch zögerte nicht. Er schoß dem Mann unter sich eine volle Ladung Lähmenergie ins Gesicht.

Der Verbrecher kümmerte sich nicht weiter um ihn, sondern stieg aus dem Schacht.

Im nächsten Augenblick tauchten zwischen den nächsten Apartments mehrere Uniformierte auf. Sie hielten Strahlwaffen in den Händen, und Kanykosch erkannte, daß es sich nicht um Lähmstrahler, sondern um tödlich wirkende Thermostrahler handelte.

Er schrie auf, feuerte blindlings und rannte auf den nächsten Antigravschacht zu.

Als der Hitzestrahl seine Brust traf, explodierte in seinem Gehirn die Erkenntnis, daß er gar nicht Hactschyten war, sondern der zum Tod verurteilte Ceynach-Verbrecher Kanykosch.

Dann umfing ihn die Nacht, aus der es kein Erwachen gab ...

8.

Perry Rhodan hatte den Tod des Ceynach-Verbrechers auf einem Monitor der großen Beobachtungsanlage im Raytscha-Palast mitverfolgt. Bei ihm war nur ein Offizier aus Heltamoschs Leibwache gewesen.

Doch die Sache war noch nicht beendet.

Auf der Monitoranlage erlebte Rhodan mit, wie Kanykoschs Leichnam abtransportiert wurde. Übertragungsgleiter der Televisionssender von Maczadosch begleiteten den offenen Gleiter und übertrugen das Schauspiel, so daß jedermann in der Riesenstadt Zeuge wurde, wie der tote Verbrecher in die sogenannte Schädelhalle gebracht wurde.

Dort hatten sich inzwischen Vertreter verschiedener Ämter sowie der großen Parteien eingefunden. Sie wurden Zeugen, wie unter der Oberaufsicht von Heltamosch die vorgeschriebene Schädelöffnung durchgeführt wurde.

Auf Perrys entsprechende Frage erklärte der Offizier, daß dieser Vorgang durch Gesetz zwingend vorgeschrieben war. In der Galaxis Naupaum, so schloß Perry Rhodan daraus, gab es zwar phantastische Möglichkeiten der extremen Lebensverlängerung durch Transplantation und geistige Übernahme eines Spendergehirns, gleichzeitig aber wurden die Intelligenzen dieser Galaxis ständig von der Angst beherrscht, ihr Gehirn oder das eines lieben Angehörigen könnte durch Verbrecher gestohlen und in einem fremden Schädel durch Manipulationen gegen seinen Willen versklavt werden.

Die Fernsehsender übertrugen auch diese Zeremonie. Ständig kommentierten offizielle Sprecher den Ablauf und die Einzelheiten der Schädelöffnung. Ein neutraler, vereidigter Wissenschaftler bestätigte schließlich nach genauer Prüfung, daß das Gehirn im Schädel von Hactschyten das Gehirn eines Yaanztroners war und nicht das eines Bordins oder einer anderen Fremdintelligenz.

Anschließend wurde »Hactschytens« Gehirn mit einem Desintegrator in molekulare Gaswolken aufgelöst. Eine knappe Stunde später kehrte Heltamosch in den Palast zurück.

»Es ist alles in Ordnung«, teilte er Rhodan mit. »Für die Öffentlichkeit ist der Ceynach-Verbrecher Hactschyten vorhin endgültig gestorben. Damit erlischt auch das Interesse der Oppositionsparteien an seiner Person. Wir können uns ungehindert den weiteren Vorbereitungen der Gehirntransplantation widmen.«

»Meinen Sie nicht, daß der Tuuhrt von Yaanzar aus der Flucht und dem darauffolgenden gewaltsamen Tod Hactschytens schließt, daß die geplante Übertragung meines Gehirns in einen anderen Körper dicht bevorsteht?« fragte Perry.

»Das wird eine seiner Überlegungen sein«, antwortete Heltamosch. »Da er alle logisch erscheinenden Möglichkeiten berücksichtigen muß, kann er Ihren – beziehungsweise Hactschytens – Tod nicht von vornherein als Schwindel abtun. Er muß dieser Möglichkeit zumindest einen geringen Wahrscheinlichkeitsgehalt zuordnen. Das verhindert, daß er sich nur auf eine Möglichkeit konzentriert.«

Er lächelte mit den Augen. »Der Raytscha möchte uns sehen, bevor wir uns nach Yaanzar begeben, Großadministrator. Wenn Sie mich bitte begleiten wollen!«

Diesmal erwartete der Herrscher des Naupaumschen Raytschats seine Besucher wieder in einer anderen Halle. Die Wände schimmerten in düsterem Violett, und vor ihnen standen zahlreiche Statuen aus Holz, Stein, Plastik und Edelmetall. Halb lag, halb saß der Raytscha in einem bequemen Sessel.

Nach der Begrüßung richteten seine Augen sich auf Heltamosch. Er sagte mit seiner leisen, aber dennoch vergleichsweise kräftigen Stimme: »Sie werden bald zu einer gefahrvollen Mission aufbrechen, Heltamosch.

Ich habe Sie testamentarisch zu meinem Nachfolger bestimmt, deshalb möchte ich, daß Sie gesund zurückkehren. Bitte, lassen Sie also größte Vorsicht walten.«

Er wandte sich an Rhodan. »Ich wünsche, daß auch Sie gesund zurückkehren, Großadministrator. Sie kommen von einer fernen Galaxis, von der wir nicht einmal ahnen, wo im unendlichen Universum sie sich befindet, und Sie waren dort der Herrscher über ein großes und mächtiges Sternenreich, ähnlich unserem Naupaumschen Raytschat. Heltamosch und Sie – Sie können sehr viel voneinander lernen. Sollte ich während Ihrer und Heltamoschs Abwesenheit in die Urheimat zurückkehren, würde ich gern mit der Gewißheit sterben, daß Sie meinen Nachfolger unterstützen, falls es notwendig sein sollte.«

Perry neigte leicht den Kopf. »Das verspreche ich Ihnen, Mato Raytscha. Doch ich bin davon überzeugt, daß der Mato Pravt mit allen Schwierigkeiten fertig wird, die sich aus Ihrem eventuellen Ableben ergeben könnten.«

»Das bin ich auch, sonst hätte ich Heltamosch nicht zu meinem Nachfolger bestimmt«, bestätigte der Raytscha. »Aber es könnten sich Entwicklungen herausbilden, an die wir zur Zeit noch gar nicht denken. Unsere Galaxis ist hoffnungslos überfüllt. Dennoch weigern sich die meisten Intelligenzen, außerhalb von Naupaum in den Nachbargalaxien neuen Siedlungsraum zu erschließen.«

Er legte eine Pause ein, offenbar vom langen Sprechen erschöpft. Seine Augen waren matt. Das hohe Alter des Herrschers machte sich bemerkbar.

»Wird diese Abneigung nicht überwunden«, fuhr der Raytscha fort, »kommt es unweigerlich zur großen Katastrophe. Sie, Großadministrator, wissen inzwischen, daß in Naupaum nicht nur die von Natur aus brauchbaren Welten mit Sauerstoffatmosphäre besiedelt sind, sondern ebenso zahllose ursprünglich lebensfeindliche Himmelskörper. Sie wurden durch eine hochentwickelte Planetentechnik unseren Bedürfnissen entsprechend umgestaltet. Doch seit langem gibt es keine Welten mehr, die sich umgestalten ließen. Hier und da wurden riesige Raumstädte gebaut, praktisch Planeten im Kleinformat, die man auf bestimmte günstige Umlaufbahnen in den Weltraum hängte. Da ihre Materie aber erst anderen Himmelskörpern entzogen werden muß, ist das nur eine Scheinlösung.«

Perry Rhodan nickte, als der Raytscha schwieg und ihn mit seinen klugen Augen anblickte.

In diesem Zusammenhang erinnerte er sich wieder an eine der Fragen, die ihn beschäftigten, seit er die Gesellschaftsordnung im Naupaumschen Raytschat besser kennengelernt hatte. Rhodan beschloß, diese Frage zu klären. Der Zeitpunkt erschien ihm günstig.

»Warum«, fragte er eindringlich, »hat die Übervölkerung in Naupaum eigentlich nicht längst zu einer zentral gesteuerten Geburtenkontrolle geführt? Damit ließe sich das Problem doch am ehesten regeln, denn auch die Besiedlung von Nachbargalaxien würde es nicht für alle Zeiten lösen – ganz abgesehen davon, daß es in Ihren Nachbargalaxien bestimmt Sternenreiche gibt, die ihre Territorien verteidigen würden.«

Heltamosch holte tief und hörbar Luft; der alte Herrscher fuhr sichtlich zusammen.

Perry merkte, daß er an einen wunden Punkt gerührt hatte. Es war jedoch zu spät, um seine Frage zurückzunehmen.

»Ich habe eine Frage aufgeworfen, die zu stellen in Naupaum offenbar gegen die guten Sitten verstößt«, sagte er. »Als mein Volk jung war und weitaus weniger reif als heute, wäre eine solche Fragestellung ebenfalls ein Verstoß gegen religiös geprägte Moralbegriffe gewesen. In einer wissenschaftlich orientierten Gesellschaft wie der Ihren dürften solche Tabus jedoch längst überholt sein. Oder irre ich mich?«

»Sie irren sich, Großadministrator«, sagte Heltamosch. »Bisher haben es nur die Konservativen gewagt, diese Frage in die politische Diskussion einzubringen, allerdings in sehr versteckter und vorsichtiger Form, denn überall in Naupaum gilt eine offene Fragestellung dieser Art als schweres Vergehen.«

»Es ist nicht so sehr eine Frage von Religiosität«, warf der Raytscha mit plötzlich zittriger Stimme ein, »als eine Frage unserer Herkunft. Ihnen, Großadministrator, ist sicherlich schon aufgefallen, daß fast alle raumfahrttreibenden Intelligenzen von Naupaum sich weitgehend gleichen. Sie sehen aus wie ich und Heltamosch – und wie Sie zur Zeit. Die äußerlichen und innerlichen Abweichungen sind derartig geringfügig, daß sie sich nur durch eine Abstammung der meisten Völker in Naupaum von einer gemeinsamen Urheimat erklären lassen. Heute weiß allerdings niemand mehr, wo sich diese gemeinsame Urheimat befindet, von der die Expansion schließlich in alle Gebiete von Naupaum ausging. Doch die Tatsache, daß unser relativ gutes Zusammenleben innerhalb einer ganzen Galaxis hauptsächlich der gemeinsamen Abstammung und einer ungehemmten Vermehrung zu verdanken ist, hat zu einer Grundhaltung geführt, die sämtliche Gedanken an eine Geburtenregelung und damit die Abschaffung jenes bedeutsamen Faktors ablehnt.«

Wieder legte er eine Pause ein, die Perry Rhodan Zeit zum Nachdenken gab. Zweifellos war die körperliche, kulturelle und ethische Gleichheit der meisten Völker in Naupaum ein wichtiger Faktor bei der Förderung eines überwiegend friedlichen Zusammenlebens. Aber er erklärte nicht alles.

Der Terraner wußte inzwischen, daß sich die Intelligenzen von Rayt und die mit ihnen verwandten Völker auf die gleiche Art und Weise fortpflanzten wie beispielsweise Terraner. Durch zwei Geschlechter wurde die ständige Durchmischung der Gene und damit eine schnellere Evolution gefördert. Dadurch, daß die Kinder lange Zeit unselbständig im Schutz ihrer Familien lebten, konnten die Gehirne sich differenziert ausbilden, und die Erwachsenen bauten dort auf, wohin ihre Eltern gekommen waren, so daß die Entwicklung in wissenschaftlich-technischer Hinsicht lawinenartig vorangeschritten war.

Im Unterschied zum terranischen Menschen gab es jedoch nur einmal alle sieben Monate eine kurze Paarungszeit, in der der Fortpflanzungstrieb ungeheuer stark war. Da die Tragezeit nur sechs Monate betrug, bedeutete das praktisch, daß jeder geschlechtsreife Naupaumer alle sieben Monate Nachwuchs zeugte – und das bis ins hohe Alter hinein. Meist wurden Zwillinge geboren, aber auch Drillinge und Vierlinge galten nicht als außergewöhnlich.

»Ich glaube, ich habe das Hauptproblem begriffen«, sagte Rhodan. »Es sind in erster Linie starke vererbte Instinkte, die eine Geburtenregelung verhindern. Alle anderen Motivationen erwachsen meiner Meinung nach erst daraus. Ich habe selbstverständlich kein Recht, mich in die Angelegenheiten Ihrer Völker einzumischen. Dennoch bitte ich Sie zu bedenken, daß Sie durch Ihre ungehemmte Vermehrung und die Senkung der Ausfallquote durch die Beseitigung ihrer Ursachen das natürliche Gleichgewicht in der Galaxis Naupaum völlig zerstört haben. Die Folgen kommen jetzt mit erschreckender Konsequenz auf Sie zu. Mehr kann ich dazu nicht sagen, solange Sie nicht von sich aus dieses Thema wieder aufgreifen.«

»Ihre Rede zeugt von großer Weisheit, Großadministrator«, sagte der alte Raytscha. »Ich fürchte, Sie haben mir klargemacht, daß wir uns bislang mit falschen Argumenten vor der Wirklichkeit zu verstecken suchten. Aber ich bringe nicht mehr die Kraft auf, gegen das Überkommene anzugehen. Vielleicht schafft es mein Nachfolger.«

Heltamosch sagte nichts. Auf seinem Gesicht, vor allem aber in den großen ausdrucksvollen Augen, spiegelte sich der innere Kampf wider, den er ausfocht.

»Ich weiß es nicht!« stieß er endlich hervor. »Noch immer glaube ich daran, daß nur eine Ausbreitung über unsere Nachbargalaxien unsere Probleme lösen kann. Aber sollte ich eines Tages nicht mehr daran glauben, werde ich versuchen müssen, den Weg gegen unser Innerstes zu beschreiten.« Er stand auf. »Mato Raytscha, der Großadministrator und ich möchten an Bord des Schiffes gehen, das ich bereitstellen ließ. Bitte, erteilen Sie uns Ihren Segen.«

»Der Urgeist leite eure Schritte«, flüsterte der Herrscher. »Er schwebe schützend über euch und euren Wegen und lasse euch nicht zaudern, wenn eure Ziele Härte gegen eure Widersacher erfordern. Solltet ihr diese Existenz verlieren, so werden sich eure Atome wieder mit den Atomen aller Materie vermischen und verbinden, auf daß ihr einst wiederum sehend werdet.«

Er schloß die Augen, und Perry Rhodan und Heltamosch gingen leise hinaus.

9.

Als Torytrae die Nachricht von Rayt erhielt, daß Hactschyten aus dem Palast des Raytschas entflohen und bei der Verfolgung getötet worden war, wußte er, daß das Spiel begonnen hatte.

Er ließ sich beim Tschatro anmelden und wurde auch sofort vorgelassen. In dem alten, gebeugten Körper des Yaanztroners Vrotesch stand er kurz darauf vor dem Herrscher aller Yaanztroner.

»Ich wußte, daß Sie zu mir kommen würden, als ich die Nachricht von Hactschytens Tod erhielt«, sagte der Tschatro lächelnd. »Was halten Sie davon?«

Torytrae erwiderte das Lächeln. »Hactschyten ist tot, daran besteht kein Zweifel«, antwortete er. »Ich bezweifle jedoch, daß mit Hactschyten Danros Gehirn gestorben ist.«

»Die öffentliche Schädelöffnung scheint aber das Gegenteil zu beweisen, Torytrae«, hielt ihm der Tschatro entgegen.

»Ein gut organisiertes Täuschungsmanöver«, entgegnete der Tuuhrt. »Wir sollen glauben, mit Hactschyten wäre Danros Gehirn gestorben, damit es zur illegalen Transplantation nach Yaanzar gebracht werden kann, während unsere Wachsamkeit eingeschläfert ist.«

»Das klingt logisch. Was werden Sie unternehmen, Torytrae?«

»Die Schlüsselfigur des Geschehens ist Heltamosch, der künftige Raytscha. Danros Gehirn hatte in Hactschytens Körper dem Mato Pravt auf der Insektenwelt Yrvytorn das Leben gerettet. Ich habe Heltamoschs Psychogramm studiert. Dieser Duynter ist ein Mann, der seinen Lebensretter nicht im Stich lassen wird. Dazu kommt, daß auch Heltamosch zweifellos erkannt hat, welches phänomenale Wissen und welche überragenden Fähigkeiten in Danros Gehirn stecken. Er wird also nicht nur aus Dankbarkeit bestrebt sein, diesem Gehirn einen Körper zu geben, in dem es vor Verfolgungen des Ceynach-Suchkommandos vorerst sicher ist.«

Der Tuuhrt schwieg eine Weile, weil ihm ein neuer Gedanke gekommen war. Dann fuhr er fort: »Die Wahrscheinlichkeit, daß Heltamosch Danros Gehirn persönlich nach Yaanzar bringt, um es in einen anderen Körper verpflanzen zu lassen, ist sehr groß. Deshalb habe ich unseren Agentenstab angewiesen, erstens alle Bewegungen des Mato Pravt zu verfolgen und zweitens alle Paratransplantatoren zu überwachen, mit denen Heltamosch irgendwann und irgendwie in Verbindung gestanden hat. Zusätzlich werde ich noch einmal die Halle der Gehirne besuchen, in der Danros Gehirn zum erstenmal aufgetaucht ist. Es beunruhigt mich stark, daß wir bisher nicht ermitteln konnten, wie Danros Gehirn in unsere Galaxis und nach Yaanzar kam. Wenn es mir gelingt, diese Wissenslücke zu schließen, würde das meine Arbeit wahrscheinlich erleichtern.«

»Das denke ich auch«, sagte der Tschatro.

Er öffnete ein Kästchen, nahm eine irisierende Metallplakette heraus und reichte sie dem Tuuhrt. »Nehmen Sie das Yaitosch mit, Torytrae«, sagte er. »Mit seiner Hilfe können Sie die verborgensten Gedanken und das geheimste Wissen der in den Gehirnbänken lagernden Gehirne an die Oberfläche holen. Ich wünsche Ihnen Erfolg bei der Jagd.«

Torytrae nahm die Plakette und verstaute sie in seinem weiten wallenden Gewand. Dann neigte er den Kopf und sagte: »Ich danke Ihnen, Tschatro – und ich werde Sie nicht enttäuschen.« Er wandte sich um und ging hinaus. Da er schon einmal in der Halle gewesen war, in der Danros Gehirn gelegen hatte, bevor es in den Körper eines Bordins verpflanzt worden war, brauchte der Tuuhrt nicht zu suchen. Seine Vollmachten öffneten ihm überdies alle Türen, auch die, die für Yaanztroner gesperrt waren.

Dann stand er in der langgestreckten Halle und musterte die Gehirnbehälter, die auf langen geschmückten Regalen standen und in denen die unterschiedlichsten Gehirne schwammen. Es war hell, denn die eine Seite der Halle war jetzt offen und ließ das Sonnenlicht ungehindert eindringen.

Wie jedesmal, wenn er eine Halle der Gehirne besuchte, war Torytrae fasziniert von dem geheimnisvollen Raunen, das die Kommunikationsgeräte verbreiteten.

Die Gehirne sprachen miteinander, erzählten ihre Erlebnisse und äußerten ihre Hoffnungen, durch Symbokäufe zu einem Yaanzteil oder einem echten Yaanztrin zu werden.

Bei seinem letzten Besuch dieser Halle hatte der Tuuhrt auch kurz mit einem Gehirn gesprochen, dessen Behälter unterhalb von Danros Gehirnbehälter gestanden hatte. In kluger Voraussicht hatte er eine Verkaufssperre über dieses Gehirn verhängt, da er nicht ausschließen wollte, daß er einmal mit ihm sprechen mußte. Nun war es soweit.

Torytrae zog die irisierende Metallplakette hervor und hielt sie so, daß das Gehirn sie mittels der an seinem Behälter angebrachten robotischen Augen sehen konnte. Nach einer Weile bewegte sich das schwimmende Gehirn. Dadurch erhielt es eine gewisse Ähnlichkeit mit einer der gehäuselosen Riesenschnecken von Brodysch.

»Was wollen Sie?« ertönte es aus dem Kommunikationsgerät. »Ich habe Ihnen doch schon alles gesagt, was ich über Danros Gehirn weiß.«

»Ich glaube Ihnen, daß Sie mir alles sagten, was Ihnen noch bewußt war«, versetzte der Tuuhrt. »Aber viele Eindrücke und Wahrnehmungen versickern im Unterbewußtsein, ohne jemals die Schwelle zum Bewußtsein zu überschreiten. Blicken Sie auf das Yaitosch! Es wird Ihr Unterbewußtsein gleich einer Quelle sprudeln lassen.«

Die robotischen Augen richteten sich auf die irisierende Plakette. Wieder bewegte sich das Gehirn in der rötlichen Behälterflüssigkeit, als fühle es sich unbehaglich.

Nach einiger Zeit flüsterte es aus dem Kommunikationsgerät: »Der Behälter von Danros Gehirn – er sah genauso aus wie alle anderen Behälter in dieser Halle, aber nur fast genauso. Erst jetzt wird mir bewußt, daß er manchmal von einem roten Schimmer überzogen wurde, je nachdem, wie das Licht darauf fiel. Könnte es sein, daß er aus einem anderen Material bestand als unsere Behälter?«

Der Tuuhrt spürte, wie das Jagdfieber ihn packte. Wenn Danros Gehirnbehälter tatsächlich aus einem anderen Material bestand als die anderen Behälter, konnte das eventuell ein wichtiger Hinweis auf die Herkunft dieses fremden Gehirns sein.

»Was wollen Sie denn noch wissen?« klagte das Gehirn gequält. »Mir fällt nichts weiter ein.«

»Es ist gut«, sagte Torytrae. »Ich danke Ihnen für Ihre Mitarbeit.«

Er steckte die irisierende Metallplakette weg und wandte sich zum Gehen, während seine Gedanken ihm weit vorauseilten. Er mußte unbedingt Danros Gehirnbehälter finden und das Material analysieren lassen.

Da das Gehirn von dem Paratransplantator Doynschto dem Sanften gekauft worden war, hatte dieser Yaanztroner es in seinem Behälter mitgenommen. Diese Behälter waren komplizierte Apparaturen, deshalb dürfte Doynschto ihn zur weiteren Verwendung aufbewahrt haben.

Draußen stieg Torytrae in den Fluggleiter, in dem er zur Halle der Gehirne gekommen war. Er programmierte den Autopiloten mit einem Kurs, der ihn zur Transplantationsklinik von Doynschto bringen würde.

Nach einem Flug über die Stadt Nopaloor landete der Gleiter neben dem großen Gebäudekomplex von Doynschtos Klinik am anderen Ende der Stadt. Die Gebäude lagen inmitten eines großzügig gestalteten Parks. Zahlreiche Patienten gingen entweder aus eigener Kraft spazieren oder wurden von Bordins, die als Diener und Krankenpfleger fungierten, auf Antigravliegen gefahren.

Ein Yaanztroner näherte sich Torytraes Fluggleiter mit allen Anzeichen von Empörung. Er wedelte mit den Armen und schrie: »Wie können Sie es wagen, mitten im Klinikgelände mit einem Fluggleiter zu landen? Ich verlange, daß Sie sich identifizieren, damit ich mich über Sie beschweren kann.«

Torytrae stieg aus und hielt dem Yaanztroner seinen Spezialausweis entgegen. Der Yaanztroner erstarrte, während sein Gesicht sich grünlich färbte.

»Bringen Sie mich zu Doynschto!« befahl der Tuuhrt.

»Ja, Herr«, flüsterte der Yaanztroner bebend. »Bitte, folgen Sie mir, Herr.«

Er führte den Tuuhrt in den Vorraum eines Operationssaals und bat ihn zu warten. Doynschto führte gerade eine Gehirntransplantation durch.

Torytrae wartete geduldig. Anderthalb Stunden später betrat Doynschto den Vorraum. Er mußte inzwischen erfahren haben, wer ihn erwartete, denn er wirkte hochgradig nervös.

»Ich habe keine Ahnung, was Sie von mir wollen«, sagte er hastig. »Ich weiß nichts, was ich Ihnen nicht längst gesagt hätte.«

Torytrae blickte den Mann finster an, um ihn noch stärker zu verunsichern.

»Doch, Sie wissen mehr, als Sie mir vor Ihrer Gehirnkorrektur verrieten, Doynschto. Sie haben mir beispielsweise nicht gesagt, daß Danros Gehirnbehälter sich von den normalen Behältern unterschied.«

Doynschto starrte seinen Besucher verständnislos und zugleich erleichtert an.

»Danros Gehirnbehälter funktionierte genauso einwandfrei wie alle unsere Gehirnbehälter«, behauptete er. »Ich habe keinen Unterschied feststellen können.«

Torytrae glaubte dem Paratransplantator – jedenfalls in dieser Hinsicht. Offenbar hatte Doynschto alles, was nicht mit der Funktionsfähigkeit des Gehirnbehälters unmittelbar zusammenhing, nicht beachtet. Das war erklärlich, denn es betraf seine Arbeit in keiner Weise.

»Ich will den Behälter sehen!« befahl Torytrae.

Wortlos drehte Doynschto der Sanfte sich um. Er führte seinen Besucher in ein hochmodern eingerichtetes Kellergewölbe, in dem auf Regalen aus Edelmetall elf glockenförmige Gehirnbehälter standen.

Doynschto musterte die Klebefolien, mit denen jeder Behälter versehen war. Sie wiesen aus, welche Gehirne schon in ihnen gelebt hatten und wann die letzte technische Überprüfung stattgefunden hatte.

Schließlich deutete der Paratransplantator auf einen der halbkugeligen Behälter. »Das ist er. Aber er ist besetzt.«

Der Tuuhrt musterte das weißlichgraue Gehirn, das in der rötlichen Flüssigkeit des Behälters schwamm.

»Versetzen Sie es in einen anderen Behälter, Doynschto!« ordnete er an. »Ich brauche diesen hier.«

Es dauerte nicht lange, dann hielt Torytrae den leeren Behälter in seinen Händen. Nur die rötliche Flüssigkeit befand sich noch darin. Prüfend musterte er den Behälter. Er hielt ihn so, daß das Licht mit unterschiedlichen Einfallswinkeln seine transparente Oberfläche traf.

Und tatsächlich bemerkte er mehrmals einen flüchtigen roten Schimmer.

»Darf ich wissen, wonach Sie suchen?« erkundigte sich Doynschto.

Der Tuuhrt lächelte kalt. »Stellen Sie keine neugierigen Fragen, wenn Sie ein freier Mann bleiben wollen. Ich werde den Behälter mitnehmen.«

»Bekomme ich ihn zurück?« fragte Doynschto.

»Nein!« antwortete Torytrae schroff und verließ die Klinik. Er stieg wieder in seinen Gleiter und flog mit hoher Geschwindigkeit zur Forschungsstation des Ceynach-Suchkommandos.

Dort meldete er sich beim Chef der Laboratorien und wies ihn an, das Material des Gehirnbehälters zu analysieren.

Der Laborchef versicherte ihm, die Kleinigkeit werde umgehend erledigt werden. Schließlich seien seine Laboratorien auf Analysen spezialisiert. Torytrae lächelte nur dünn, erwiderte aber nichts darauf. Als der Laborchef ihm eine halbe Stunde später mitteilte, die Analyse werde wegen unvorhergesehener Schwierigkeiten länger dauern als erwartet, erklärte er, damit habe er gerechnet.

Er mußte noch über drei Stunden warten, bis ihm der Laborchef endlich mitteilte, die Analyse des Materials sei vorläufig abgeschlossen.

»Zu welchem Ergebnis sind Sie gekommen?« fragte Torytrae gespannt.

»Zu einem Ergebnis, das ich für unmöglich hielte, wenn ich die Analyse nicht persönlich überprüft hätte«, antwortete der Laborchef etwas ratlos. »Der Gehirnbehälter, den Sie mir gaben, besteht durch und durch aus einem Element, das es überhaupt nicht gibt.«

»Dieser Schluß dürfte etwas voreilig sein«, widersprach der Tuuhrt.

»Wenn es es dieses ›unmögliche‹ Element nicht gäbe, hätten Sie es nicht gefunden.«

»Ich wollte damit auch nur sagen, daß es sich nicht in unser System der Elemente einordnen läßt«, argumentierte der Laborchef. »Wir haben es bisher weder natürlich vorkommend gefunden, noch wurde es irgendwann künstlich erzeugt. Seine Härte und Temperaturbeständigkeit ist unwahrscheinlich. Es würde nicht einmal im Kernpunkt einer Fusionsexplosion schmelzen.«

Torytrae lächelte. »Ich danke Ihnen. Sie haben mir sehr geholfen.«

Er wandte sich zum Gehen. Obwohl er spürte, daß der Laborchef ihm mit brennenden Augen nachstarrte, gab er ihm keine Erklärung.

Innerlich aber triumphierte er. Die Laboruntersuchung hatte ihm endlich den lange gesuchten Hinweis gegeben. Danros Gehirn stammte aus einer unendlich fernen Galaxis, vielleicht sogar aus einem anderen Universum.

Torytrae wußte, daß es äußerst unwahrscheinlich war, daß in den Galaxien eines Universums ein Element auftrat, das sich nicht ins System der Elemente einordnen ließ. Wenn es dennoch geschah, mußte dieses Element entweder künstlich hergestellt worden sein oder aus einem anderen Universum stammen.

Die Aspekte, die sich daraus für die Jagd nach Danros Gehirn eröffneten, erschienen sogar dem Gehirn des Yulocs so ungeheuerlich, daß er es nicht wagte, jemanden über die Schlüsse, die er zog, zu informieren …

Perry Rhodan, der sich noch immer im Körper Hactschytens befand, mußte sich einer maskentechnischen Behandlung unterziehen, bevor er den Raytscha-Palast verließ.

Als die Behandlung abgeschlossen war, hatte sein Haarpelz nicht mehr die typische Färbung eines Yaanztroners, sondern glich dem eines gebürtigen Duynters, wie Heltamosch einer war. Zusätzlich waren die Gesichtszüge Hactschytens verändert worden, so daß Rhodan sicher sein konnte, eventuellen Spionen des Ceynach-Suchkommandos nicht aufzufallen.

Einmal an Bord, war er vor solchen Spionen ohnehin sicher, denn der Mato Pravt hatte sich die Besatzung seines Flaggschiffes sorgfältig aus den tüchtigsten Raumfahrern seiner eigenen Heimatwelt ausgesucht. Diese Männer waren absolut zuverlässig und treu. Sie wären für Heltamosch durchs Feuer gegangen.

Das Flaggschiff Heltamoschs trug den Namen PRYHNT und war ein eiförmiges Großkampfschiff mit einer Länge von elfhundert Metern. Es durchmaß am Heck neunhundert, am Bug vierhundert Meter und stand auf vier gigantischen Stabilisierungsflossen, deren untere Enden als Landestützen ausgebildet waren.

Perry Rhodan wunderte sich zum wiederholten Mal darüber, daß die Raumfahrttechnik in Naupaum trotz des viele tausend Jahre währenden Zusammenspiels der Völker gleicher Abstammung nicht bedeutend weiterentwickelt war als die der Milchstraße. Was er bisher gesehen hatte, lag sogar weitgehend unter dem Standard der Solaren Flotte.

Aber der Start erfolgte ebenso wie daheim mit Hilfe energetischer Startgerüste, so daß die Planetenatmosphäre nicht durch Hitze und sekundäre Strahlungen belastet wurde.

Mit dem abgerundeten Bug voran wurde die PRYHNT aus der Atmosphäre gehoben, dann setzten ihre Impulstriebwerke ein und beschleunigten sie bis dicht an die Lichtgeschwindigkeit.

Als sie zum Überlichtflug ansetzte, dachte Perry daran, daß er bisher keine Zeit gefunden hatte, die Wirkungsweise der naupaumschen Überlichttriebwerke zu ergründen. Auch diesmal kam er nicht dazu. Er hatte nicht einmal Zeit, Heltamosch danach zu fragen, da noch eine Unmenge von Details zu besprechen waren, die geklärt werden mußten, bevor sie den Planeten Yaanzar erreichten.

Die Entfernung zwischen Rayt und Yaanzar betrug 18.736 Lichtjahre. Die PRYHNT fiel allerdings schon nach einer Strecke von 13.736 Lichtjahren in den Normalraum zurück.

Für kurze Zeit begaben sich Heltamosch und Rhodan in die Kommandozentrale. Der Mato Pravt begrüßte über Hyperfunk die Kommandanten der vier Schweren Schlachtkreuzer der duyntischen Raumflotte, die ihn bei dieser Position erwartet hatten. Die Duynter erwiesen ihm grenzenlosen Respekt, denn für sie war er nicht in erster Linie »Kronprinz« und Anwärter auf das Amt des Raytschas, sondern Regierungsoberhaupt ihres gemeinsamen Heimatsystems, des Systems Eveltaat.

Heltamosch wies sie an, die Autopiloten ihrer Schiffe simultan mit dem Autopiloten der PRYHNT zu schalten, damit der Verband während des Überlichtflugs und auch während der Ankunft vor Yaanzar eng zusammenblieb.

Nachdem die beiden Männer wieder in Heltamoschs Kabine zurückgekehrt waren, erklärte der Mato Pravt seinem Gast den Grund dieser Maßnahme.

»Es ist nicht so, daß wir von der Raumabwehr von Yaanzar etwas zu fürchten hätten«, sagte er. »Da Yaanzar zum Naupaumschen Raytschat gehört und ich Oberbefehlshaber der Raytschat-Flotte bin, unterstehen mir sowohl alle auf Yaanzar stationierten Kampfschiffe als auch die planetengebundene Raumabwehr dieses Planeten. Man würde niemals wagen, etwas gegen mich zu unternehmen.« Er lächelte. »Da ein Raytscha oder ein zukünftiger Raytscha jedoch niemals in ihrer offiziellen Eigenschaft kommen, wenn sie keine politischen Verhandlungen zu führen gedenken, wird die Bedeutung eines inoffiziellen Besuchs stets durch den engen Formationsflug mehrerer Großkampfschiffe angedeutet.«

Perry Rhodan runzelte die Stirn. »Dadurch weiß man aber auf Yaanzar, mit wem man es zu tun hat und daß es sich um eine Privatangelegenheit handelt, Mato Pravt«, wandte er ein. »Es dürfte dem Tuuhrt nicht schwerfallen, daraus seine Schlüsse zu ziehen.«

»Gewiß«, sagte Heltamosch. »Er wird allerdings erwartet haben, daß wir heimlich auf Yaanzar zu landen versuchen. Deshalb wird ihn die Ankunft von fünf Großkampfschiffen verwirren. Möglicherweise schließt er daraus, daß Sie, also Hactschyten, erst später nachkommen. Das würde uns einen Zeitgewinn einbringen.«

Rhodan blieb skeptisch. Möglicherweise hätte er sich von Heltamoschs Argumenten beschwichtigen lassen, wenn er nicht im Zusammenhang mit dem Tuuhrt an Anti-ES gedacht hätte. Die Gedanken an jenes Geisteswesen, das die Entführung seines Gehirns in eine unendlich ferne Galaxis bewerkstelligt hatte, veranlaßten ihn, das Schlimmste anzunehmen.

»Ich schlage vor, wir gehen davon aus, daß der Tuuhrt die richtigen Schlüsse zieht«, sagte er. »Wenn wir uns darauf einstellen, werden wir den Gehirnjäger überlisten.«

»Wir können nur hoffen, daß unsere List gut genug ist, um einen Tuuhrt zu täuschen«, entgegnete Heltamosch ernst. »Ob wir ihn tatsächlich auch im Endeffekt überlisten, ist eine ganz andere Sache.«

Rhodan blickte den Duynter verwundert an. »Ich verstehe Ihre Zweifel nicht, Mato Pravt«, sagte er. »Bei meinem Volk gibt es ein Sprichwort; es heißt: ›Wer wagt, gewinnt.‹ Und ich bin willens, alles zu wagen, um nicht in die Gewalt des Tuuhrt und damit des Ceynach-Suchkommandos zu geraten.« Ein Gedanke kam ihm, und er sprach ihn sofort aus. »Warum setzen Sie in Ihrer Eigenschaft als künftiger Raytscha und damit quasi Stellvertreter des amtierenden Herrschers eigentlich nicht durch, daß meine Gehirntransplantation durchgeführt wird, ohne daß das Ceynach-Suchkommando und der Tuuhrt es verhindern dürfen?«

»So einfach ist das nicht«, sagte Heltamosch. »Die Funktion Yaanzars als Markt der Gehirne kann nur dann reibungslos zum Wohl aller Intelligenzen von Naupaum gewährleistet werden, wenn das Geheime Organ-Kommando und das Ceynach-Suchkommando beim Kampf gegen verbrecherische Gehirnmanipulationen die volle Unterstützung des Raytschas finden. Zwar wendet die Regierung von Yaanzar grundsätzlich beide

Augen und Ohren ab, wenn es sich bei heimlichen Transplantationen um innenpolitische Vorgänge höchsten Ranges handelt, und theoretisch könnte ich natürlich Ihre ungestörte Gehirntransplantation erzwingen. Aber da Sie zu keiner Herrscherfamilie gehören, würde ich durch eine solche Aktion die Autorität der Regierung von Yaanzar zerstören und das Funktionieren des gesamten Systems in Frage stellen.«

»Ich verstehe«, sagte Rhodan. »Es war nur ein Gedanke von mir. Ich brauche wohl noch einige Zeit, um mich mit allen Gegebenheiten in Naupaum vertraut zu machen.«

Heltamosch lächelte. »Ich wollte, ich könnte einmal Ihre Heimatgalaxis besuchen. Es muß sehr interessant sein, die Mentalität fremder Völker und ihre Gebräuche kennenzulernen.«

»Ich für meinen Teil würde liebend gern darauf verzichten, wenn ich nur in meinen Körper zurückkehren und in meiner Heimatgalaxis die Pläne meiner Feinde bekämpfen könnte«, sagte Perry grimmig. »Unter anderen Umständen würde ich dann gern nach Naupaum zurückkehren, um die Kontakte zwischen unseren Völkern zu erweitern.«

Wenn ich nur wüßte, wo – von Naupaum aus betrachtet – die Milchstraße liegt! dachte er verzweifelt. *Ich würde schon einen Weg zurück finden. Wenn ich dem Androidengehirn in meinem eigenen Körper gegenübertreten könnte, wäre schon sehr viel gewonnen.*

Heltamosch und er widmeten sich erneut der Ausarbeitung der Details ihres Planes, wobei besonders der sagenhafte Tuuhrt das Objekt ihres Interesses darstellte. Mit Hilfe der Daten, die über den Gehirnjäger bekannt waren, erarbeitete der Bordrechner ein Psychogramm dieses Lebewesens – und mit Hilfe dieses Psychogramms wiederum war es Rhodan und Heltamosch möglich, zahlreiche Variationen von Aktion und Reaktion durchzuspielen.

Dabei vergingen annähernd zwei Tage, in denen die beiden Männer kaum aßen und nur wenige Stunden schliefen.

Als die fünf Großkampfschiffe vom Überlichtflug zum Normalflug übergingen, schwamm der Planet Yaanzar wenige Lichtstunden voraus im Weltraum. Die PRYHNT wurde von der Raumüberwachung des Systems angerufen und identifizierte sich. Allerdings verriet ihr Kommandant nicht, daß sich der Mato Pravt an Bord befand. Er teilte nur mit, daß er mit seinem Verband in eine Kreisbahn um Yaanzar gehen würde, und gab der Raumüberwachung die Daten des Orbits bekannt, damit die Behörde dafür sorgen konnte, daß sich kein anderes Raumschiff versehentlich auf Kollisionskurs begab.

Zur gleichen Zeit hatten Rhodan und Heltamosch ihre Planung endgültig abgeschlossen. Sie begaben sich ins Bordhospital, um nach dem Duynter zu sehen, dessen Körper Rhodans Gehirn aufnehmen sollte.

Toraschtyn war noch immer bewußtlos. Er wurde von Heltamoschs Leibarzt betreut, der zum absoluten Stillschweigen verpflichtet war. Der Arzt teilte den Besuchern mit, daß Toraschtyns Zustand sich trotz aller medizinisch-biologischen Anstrengungen weiter verschlechtert hatte.

»Ich kann nur noch sehr schwache Gehirnimpulse anmessen«, beklagte er. »Es wird höchste Zeit für eine Transplantation.«

Besorgt musterte Perry Rhodan die Anzeigen der Meßinstrumente. Er legte großen Wert darauf, aktivierungsfähige Teile von Toraschtyns Gehirn zu übernehmen, einerseits deshalb, weil er sich dem Duynter gegenüber, der unfähig war, seine Zustimmung zu erteilen, moralisch verpflichtet fühlte, andererseits aber auch aus rein pragmatischen Erwägungen heraus. Er benötigte Toraschtyns Kenntnisse, seine Erfahrungen und Erinnerungen, denn schließlich wollte er nach der Gehirnübertragung als duyntischer Kommandooffizier auftreten.

»Wieviel Zeit verbleibt maximal?« erkundigte er sich.

Der Arzt zögerte.

»Sagen Sie es schon«, befahl Heltamosch.

»Ich kann nur für etwa zehn Stunden garantieren, Mato Pravt«, antwortete der Mediziner. »Danach ist der Ausgang ungewiß, jedenfalls, was die Erhaltung der gewünschten Gehirnfragmente Toraschtyns betrifft.«

Rhodan und Heltamosch sahen sich an. Beide Männer wußten, daß die Transplantation nicht in zehn Stunden zu schaffen war. Sie konnten ja nicht offen mit Toraschtyn und Rhodan landen, sondern mußten zuerst dafür sorgen, daß der Tuuhrt den Köder annahm, den die VASGA-Agenten auf Yaanzar im komplizierten Spiel ausgelegt hatten. Außerdem mußte Heltamosch selbst eine Spur legen, um den Gehirnjäger zusätzlich zu verwirren.

»Vielleicht sollten wir unseren Plan raffen«, meinte Heltamosch grübelnd. »Das Ceynach-Suchkommando könnten wir mit konventionellen Mitteln in die Irre führen.«

Perry schüttelte den Kopf. »Nein, Mato Pravt. Ich bin absolut sicher, daß wir von einem der sagenhaften Tuuhrts persönlich auf Yaanzar erwartet werden.«

Er dachte dabei wieder an Anti-ES. Seiner Meinung nach wäre es unlogisch und inkonsequent von diesem negativ veranlagten Geisteswesen gewesen, sein Gehirn in eine Situation zu stellen, in der nur mittelmäßige Gefahren lauerten. Anti-ES mußte versuchen, ihn endgültig ausschalten zu lassen, andernfalls konnte es niemals sicher sein, daß er, Rhodan, nicht doch seine Pläne durchkreuzte.

»Dann riskieren wir, daß Toraschtyn endgültig stirbt, bevor die Transplantation stattfinden kann«, wandte Heltamosch ein. »Wollen Sie dafür die Verantwortung übernehmen, Großadministrator?«

Perry Rhodan nickte entschlossen. »Ich übernehme sie, Mato Pravt«, sagte er. »Wenn unser Plan fehlschlägt, weil wir überstürzt gehandelt haben, sind sowohl Toraschtyn als auch ich verloren.«

Er wandte sich an den Arzt, blickte ihn prüfend an und sagte: »Ich bin natürlich ein blutiger Laie, was die Parareguläre Gleichheits-Transplantation betrifft, aber ich weiß, daß die beiden auszutauschenden Gehirne vorher biologisch und schwingungsenergetisch aufeinander abgestimmt werden müssen, bevor die eigentliche Transplantation beginnt.« Er holte tief Luft. »Zwei Fragen dazu! Bewirkt eine solche Abstimmung nicht auch, daß das gesunde Gehirn etwas von seiner Vitalität auf ein schwerkrankes Austauschgehirn überträgt? Und ist eine solche Abstimmung mit den Mitteln dieser Bordklinik möglich – und sei es nur provisorisch?«

Der Arzt wurde blaß. Hilfesuchend blickte er zu Heltamosch, doch dann strafften sich seine Schultern, und er antwortete: »Ich könnte eine entsprechende Vorrichtung aufbauen und die Angleichung versuchen, Großadministrator. Aber erstens ist eine solche Maßnahme nur den Paratransplantatoren auf Yaanzar erlaubt – und zweitens könnte es geschehen, daß Ihr Gehirn infolge meiner unzureichenden Mittel geschädigt wird.«

»Das erste Argument lasse ich nicht gelten«, warf Heltamosch ein. »Ich garantiere Ihnen, daß niemand außer uns dreien davon erfahren wird, daß Sie eine Maßnahme durchführten, die dem Gesetz nach nur einem Paratransplantator zusteht.« Er blickte Perry Rhodan an. »Was das zweite Argument betrifft, so müssen Sie entscheiden, Großadministrator.«

Perry hatte sich bereits entschieden. »Ich nehme das Risiko auf mich«, sagte er. »Was bleibt uns weiter übrig? Außerdem habe ich volles Vertrauen zu Ihrem Leibarzt und ein recht strapazierfähiges Gehirn.«

Die goldfarbenen Augen des Arztes leuchteten bei dem Kompliment auf. »Ich will alles tun, um Ihr Vertrauen nicht zu enttäuschen, Großadministrator!« versicherte er.

»Ich bewundere Sie!« sagte Heltamosch zu Rhodan, »Die meisten Männer wären in Ihrer Lage verzweifelt und hätten allen Mut verloren.«

»Warum sollte ich mutlos werden?« antwortete Perry mit beinahe feierlichem Ernst. »Ich habe Freunde, denen ich vertrauen kann, und das ist mehr, als die meisten Menschen von sich sagen können.«

In Heltamoschs Gesicht zuckte es. Zögernd streckte er die Hand aus. »Sie haben mir einmal gesagt, daß sich in Ihrer Galaxis, die Sie Milchstraße nennen, Freunde voneinander verabschieden, indem sie ihre Hände ineinanderlegen und zusammendrücken«, sagte er. »Darf ich mich auf diese Weise von Ihnen verabschieden – Rhodan?«

Perry ergriff die Hand des Mato Pravt und schüttelte sie. »Auf Wiedersehen, Heltamosch«, sagte er.

Dann wandte er sich um und folgte dem Arzt, um sein Gehirn mit dem Toraschtyns abstimmen zu lassen. Er blickte sich nicht noch einmal um, obwohl er nicht wußte, ob er, wenn überhaupt, wieder normal würde denken können oder ob er für den Rest seines Lebens als lallender Idiot dahinvegetieren würde.

10.

Heltamosch schloß den kugelförmigen Druckhelm seines Kampfanzugs und schaltete das Helmfunkgerät ein. »Wie ist die Verständigung, Antrosch?« fragte er.

Das Gesicht des untersetzten Duynters hinter der Helmscheibe eines gleichwertigen Kampfanzuges lächelte. »Ausgezeichnet, Mato Pravt.«

Heltamosch wandte sich an den Piloten des Beiboots, das abschußbereit in seinem Schleusenhangar an Bord der PRYHNT lag. Er bedeutete ihm durch eine Handbewegung, daß er und Antrosch fertig waren.

Der Pilot antwortete durch eine bestätigende Handbewegung. Er und die übrigen fünf Besatzungsmitglieder schnallten sich an. Heltamosch und Antrosch dagegen blieben stehen und hielten sich nur an den Haltegriffen der Wandung fest.

Kurz darauf glitten die Schotthälften des Schleusenhangars zur Seite. Das kleine Beiboot setzte sich auf Magnetschienen in Bewegung, bekam einen energetischen Abstoßimpuls und schoß in den Weltraum hinaus. Ein hartes Rütteln durchlief es, als die Bugtriebwerke feuerten und die Kreisbahngeschwindigkeit, die das Boot von seinem Mutterschiff mitbekommen hatte, stark reduzierten.

Auf den Bildschirmen der Subbeobachtung sah Heltamosch die beleuchtete Seite des Planeten Yaanzar rasch unter dem Beiboot dahingleiten. Vor dem Boot tauchte die Nachtseite auf.

Dennoch war es dort nicht völlig dunkel. Gleich einem riesigen angestrahlten Diamanten hob sich die Großstadt Nopaloor mit ihrem Lichtermeer aus der samtenen Schwärze der Nacht heraus. Kleinere Lichtflecken in der näheren Umgebung zeigten die Positionen der Raumhäfen an, die zum Stadtbereich gehörten.

Heltamoschs Gedanken eilten ihm selbst voraus. Dort unten lag der Markt der Gehirne, jene phantastische Welt, deren volle Bedeutung er erst erkannt hatte, als der Fremde aus einer fernen Galaxis aufgetaucht war, der Fremde, der inzwischen ein Freund geworden war.

In der Milchstraße, aus der Perry Rhodan – oder sein Gehirn – stammte, gab es keinen Markt, wo sich Intelligenzwesen, wenn ihre eigenen Gehirne den kritischen Punkt des Zellabbaus erreicht hatten, ein anderes Gehirn kaufen und übertragen lassen konnten. Wahrscheinlich fehlte dort auch die wichtigste Voraussetzung dafür, nämlich die Bereitschaft intelligenter oder halbintelligenter Lebewesen, ihr Gehirn freiwillig in die Schädelkapsel einer anderen Intelligenz einpflanzen und von seinen Restfragmenten integrieren zu lassen.

Eine solche Lebensverlängerung durch Gehirntransplantation, so hatte Heltamosch ebenfalls erst in den Gesprächen mit Perry Rhodan erkannt, hatte aber nicht nur Vorteile, sondern auch Nachteile. Während die Vorteile fast ausschließlich dem Individuum zugute kamen, mußte die Gesellschaft die Nachteile tragen, nämlich noch stärkere Übervölkerung einer bis zum Bersten bevölkerten Galaxis.

Seine Gedanken kehrten in die unmittelbare Gegenwart zurück, als Antrosch über Helmfunk fragte: »Sind Sie sicher, Mato Pravt, daß ein Tuuhrt aus den verschiedenen Aktionen dieses Tages genau die Schlüsse zieht, die er in unserem Interesse ziehen soll?«

»Ich bin sicher«, antwortete Heltamosch, und er dachte daran, daß die wichtigsten Details des Planes von Perry Rhodan stammten. Der Terraner verfügte über unwahrscheinliche Erfahrungen mit doppelbödigen Täuschungsmanövern.

»Es kommt nur darauf an«, fuhr er fort, »daß er das Täuschungsmanöver der Hauptgruppe als solches erkennt und zu dem Schluß kommt, es würde zur Ablenkung von der wirklichen Aktion durchgeführt. Aus diesem Grund werden wir so ›leichtfertig‹ sein und dicht über dem Boden unsere Pulsationstriebwerke für kurze Zeit einschalten. Einem Tuuhrt muß es verständlich erscheinen, daß eine so hochgestellte Persönlichkeit wie ein Mato Pravt es für unter seiner Würde hält, lange Fußmärsche durchzuführen.«

Antrosch lachte leise. Er war einer der fähigsten und erfahrensten Kommandooffiziere aus Heltamoschs Elitetruppe, die sich ausschließlich aus Duyntern zusammensetzte. Furcht kannte er nicht; dafür kalkulierte er jedes Risiko genauestens ein und wog seine Vorteile gegen seine Nachteile ab. Wenn Heltamosch es befahl, würde er sogar seinen eigenen Tod einkalkulieren. Doch dafür bestand bei dieser Phase der Plandurchführung keine Notwendigkeit.

Als die Bremstriebwerke des Beibootes verstummten, nickten Heltamosch und Antrosch sich zu, dann stiegen sie in den Bombenschacht. Über ihnen schloß sich die Klappe, die die einzige Verbindung mit der Beibootsbesatzung darstellte.

Nach wenigen Augenblicken öffnete sich die Bodenklappe des Bombenschachts. Heltamosch und Antrosch stießen sich ab und schossen in die Nacht hinaus. Ihr Sturz wurde von der Atmosphäre abgebremst – und bald darauf auch von den Antigravprojektoren ihrer Kampfanzüge. Ein hochwertiges Anti-Ortungsfeld hüllte die beiden Duynter ein und schützte sie vor jeglicher Ortung.

Langsam sanken sie auf das Lichtermeer von Nopaloor zu, während das Beiboot über ihnen als vage erkennbarer Schemen davonhuschte. Es hatte sich ebenfalls in ein Anti-Ortungsfeld gehüllt, was aber nicht vor einer rein optischen Erfassung schützte. Heltamosch und Antrosch dagegen durften ziemlich sicher sein, daß sie wegen ihrer relativen Winzigkeit von keinem Auge auf der Oberfläche des Planeten entdeckt wurden.

Auf diese Weise würden die Agenten des Ceynach-Suchkommandos und des GOK, die zweifellos in allen Ortungsstationen von Yaanzar wachten, zuerst das Beiboot entdecken und die Aufmerksamkeit des Tuuhrt darauf lenken.

Ein Tuuhrt aber war mit Sicherheit viel zu erfahren, als daß er das Auftauchen eines Beibootes nicht sofort als Täuschungsmanöver durchschaut hätte. Er würde seinen Mitarbeitern befehlen, auf Hinweise zu achten, die auf die heimliche Landung weniger Personen schließen ließen.

Sobald Heltamosch und Antrosch dicht über dem Boden ihre Pulsationstriebwerke aktivierten, würden die charakteristischen Emissionen dieser Triebwerksart infolge der erhöhten und gezielten Wachsamkeit angemessen werden. Jedes logisch denkende Lebewesen mußte daraus schließen, daß die Manöver des Beiboots zur Ablenkung von der Landung zweier Personen dienten.

Anschließend aber sollte das Beiboot landen. So hatte es der Terraner Rhodan vorgeschlagen. Die Besatzung des Bootes sollte nach seinem Willen tatsächlich einen Paratransplantator aufsuchen, der für das Geheime Organ-Kommando kein unbeschriebenes Blatt mehr war. Dadurch würde der Tuuhrt nicht mehr sicher sein können, welche Aktion echt und welche nur vorgetäuscht war.

Das würde ihn derart beschäftigen, daß gute Aussichten bestanden, die dritte und tatsächlich echte Aktion völlig unbemerkt anlaufen zu lassen. Sie mußte allerdings abgeschlossen sein, bevor der Tuuhrt dahinterkam, daß er nur genarrt worden war.

Je tiefer Heltamosch und Antrosch kamen, desto gigantischer erschien ihnen das Lichtermeer der Stadt Nopaloor. Sie sanken allerdings nicht direkt auf sie hinab, sondern trieben seitlich an ihr vorbei.

Heltamosch lächelte, als er in der Ferne das hellerleuchtete Areal eines Raumhafens sah. Normalerweise starteten und landeten hier Raumschiffe in kurzen Abständen. In dieser Nacht jedoch erhob sich kein Schiff von seinem Startplatz, und kein Raumfahrzeug senkte sich aus der Dunkelheit herab.

Offensichtlich war für ganz Yaanzar ein Start- und Landeverbot verhängt worden, damit die vielfältigen Energie-Emissionen, die beim Start und bei der Landung zahlloser Raumschiffe auftraten, nicht die Emissionen heimlich landender Kleinraumschiffe überlagerten.

Als die beiden Männer zwischen dem Raumhafen und ihrem Ziel waren und sich unter ihnen nur ein düsterer Waldstreifen erstreckte, hob Heltamosch die Hand.

Sie schalteten ihre Pulsationstriebwerke ein und flogen in geringer Höhe auf ihr Ziel zu. Bald kam der in einem großzügig angelegten Park stehende Gebäudekomplex der Transplantationsklinik von Doynschto dem Sanften in Sicht.

Dicht neben dem Hauptgebäude landeten die beiden Männer auf einer von Sträuchern und Bäumen umgebenen Rasenfläche. Eine Weile standen sie da und lauschten. Aber die Außenmikrophone ihrer Kampfanzüge vermittelten ihnen nur die normalen Geräusche der Nacht.

Sie klappten ihre Druckhelme zurück, atmeten erleichtert die kühle und saubere Nachtluft ein und gingen dann nebeneinander auf das einstöckige Wohnhaus zu, in dem Doynschto der Sanfte wohnte.

Heltamosch drückte auf den Türmelder, während Antrosch seinen Lähmstrahler zog und aufmerksam die Umgebung beobachtete. Nach einiger Zeit flutete helles Licht aus einem Leuchtkörper über der Tür.

Es knackte schwach, dann fragte eine verschlafene Stimme: »Wer ist da – mitten in der Nacht?«

»Ein Freund«, sagte Heltamosch in Richtung des Mikrophongitters. »Öffnen Sie, Doynschto!«

Ein tiefer Atemzug kam aus dem Lautsprechergitter der Tür. Offenbar hatte Doynschto vermittels Teleaugen erkannt, daß der Mato Pravt des Naupaumschen Raytschats vor seiner Tür stand. Im gleichen Augenblick schwang der Türflügel zurück.

Heltamosch und Antrosch betraten den erleuchteten Flur und gingen bis in eine kleine Halle, in der kostbare Möbel standen.

Kurz darauf betrat Doynschto der Sanfte die Halle. Der Paratransplantator wirkte trotz seiner achthundertzweiunddreißig Jahre – terranischer

Standardzeit – noch jugendlich straff und vital. Nur sein hier und da goldgrün verfärbtes Haarkleid ließ Schlüsse auf sein wahres Alter zu.

Doynschto wirkte verwirrt. »Es ist mir eine große Ehre, Sie, Mato Pravt, in meinem Haus begrüßen zu dürfen«, sagte er. »Aber warum kommen Sie mitten in der Nacht?«

»Ich muß mit Ihnen reden«, sagte Heltamosch. »Sind wir hier ungestört?«

Doynschto begriff sofort, was Heltamosch meinte. »Ja, sicher, aber bitte, folgen Sie mir doch in meinen Wohnraum. Dort ist es gemütlicher. Darf ich Ihnen etwas anbieten?«

Heltamosch lehnte dankend ab. Doynschto der Sanfte führte seine Besucher in ein luxuriös ausgestattetes Wohnzimmer, bat sie, Platz zu nehmen, und setzte sich ihnen gegenüber in einen Sessel. Unruhig blickte er von Heltamosch zu Antrosch und wieder zurück. Das harte, narbenbedeckte Gesicht Antroschs konnte den Kämpfer nicht verleugnen.

Heltamosch lächelte beruhigend. »Sie haben von mir nichts zu befürchten, Doynschto«, sagte er. »Ich möchte mit Ihnen nur über die Möglichkeit sprechen, bei einem Freund eine diskrete Gehirntransplantation durchzuführen. Es handelt sich um nichts Ungesetzliches. Dennoch muß die Angelegenheit streng vertraulich behandelt werden.«

»Aber ...!« begann Doynschto.

»Keine Aufregung!« mahnte Antrosch. »Sie wissen, daß die Regierung von Yaanzar Augen und Ohren abwendet, wenn es sich bei heimlichen Transplantationen um die Interessen von hochgestellten Herrschern handelt. Das ist hier der Fall.«

Doynschto rutschte unruhig auf seinem Sessel hin und her. Seine Augen wichen dem Blick Heltamoschs aus.

»Ich fürchte, Sie sind nicht über alles informiert, was in der letzten Zeit auf Yaanzar vor sich geht, Mato Pravt«, erwiderte er. »Ich hatte Besuch von einem Mann, der einen Spezialausweis des Ceynach-Suchkommandos vorwies.«

»Das ist interessant«, sagte Heltamosch. »Was wollte der Mann von Ihnen?«

»Er ließ sich den Behälter aushändigen, in dem sich das Gehirn einer Fremdintelligenz namens Danro befunden hatte«, antwortete Doynschto der Sanfte.

Heltamosch lächelte kühl.

»Handelte es sich dabei vielleicht um den Behälter jenes Gehirns, das Sie später in den Schädel Hactschytens verpflanzten?« fragte er sanft.

Doynschto fuhr schreckensbleich hoch. Seine Lippen zitterten.

Antrosch beugte sich vor, streckte eine Hand aus und drückte den Paratransplantator in seinen Sessel zurück.

»Ich sagte bereits, Sie haben von mir nichts zu befürchten«, versicherte Heltamosch. »Ich weiß, daß Sie Danros Gehirn in Hactschytens Körper verpflanzten, aber von mir wird weder das GOK noch das Ceynach-Suchkommando etwas erfahren.«

Er hob seine Stimme. »Aus welchem Grund verlangte der Mann den Gehirnbehälter Danros?«

»Ich habe keine Ahnung«, antwortete Doynschto matt. »Er sah ihn sich genau an, aber dieser Behälter unterschied sich prinzipiell nicht von allen übrigen Gehirnbehältern, die ich gesehen habe.«

Heltamosch horchte auf. »Prinzipiell unterschied er sich also nicht von anderen Behältern. Bedeutet das, daß es Abweichungen sekundärer Art gab, die Sie als nebensächlich einstuften, Doynschto?«

»So ist es«, sagte Doynschto. »Wenn das Licht in einem bestimmten Winkel auf die transparente Oberfläche fiel, schimmerte sie stellenweise blutrot. Aber ich denke noch immer, daß dem keine Bedeutung beizumessen ist.«

»Vielleicht«, meinte Heltamosch. »Hat der Fremde sonst noch etwas von Ihnen gewollt?«

»Nein«, antwortete Doynschto. »Sobald er den Gehirnbehälter hatte, ging er wieder.«

Heltamosch tat, als atmete er auf. »Dann sehe ich keinen Grund, warum ich nicht Ihnen das Gehirn meines Freundes zur Transplantation in einen anderen Körper anvertrauen sollte. Allerdings eilt die Angelegenheit. Sie müßten die Überpflanzung schon in der kommenden Nacht durchführen.«

»Ausgeschlossen!« protestierte der Transplantator. »Ich muß sowohl das Gehirn Ihres Freundes als auch den Aufnahmekörper einige Tage auf die Transplantation vorbereiten. Sie wissen doch sicher, daß bei einem Gehirntausch beide Organe vorher biologisch und schwingungsenergetisch aufeinander abgestimmt werden müssen, damit die Simultan-Transmission nicht fehlschlägt.«

»Ich weiß«, sagte Heltamosch. »Deshalb habe ich die Abstimmung bereits einleiten lassen. Sie brauchten nur noch eine kurze Feinabstimmung vorzunehmen und könnten dann sofort mit der Transplantation anfangen.«

»Wer führt die Abstimmung durch?« fragte Doynschto mit allen Anzeichen echter Empörung. »Doch nicht etwa ein Laie? Das wäre ein Verstoß gegen die Gesetze von Yaanzar.«

Heltamosch lächelte ironisch. »Als was würden Sie dann die illegale

Überpflanzung von Danros Gehirn in Hactschytens Schädel und die Zerstörung von Hactschytens Gehirn bezeichnen ...?«

Doynschto zitterte am ganzen Körper. Auf seiner Stirn stand kalter Schweiß.

»Nun?« fragte Heltamosch.

»Ich werde alles tun, was Sie befehlen, Mato Pravt«, sagte Doynschto tonlos.

Heltamosch gab Antrosch einen unauffälligen Wink.

»Ich bin Ihnen zu großem Dank verpflichtet, Doynschto«, sagte der Nachfolger des Raytschas. »Allerdings muß ich sichergehen, daß Sie unser Geheimnis niemandem verraten, auch nicht einem Mitglied des Ceynach-Suchkommandos.«

Doynschto zuckte heftig zusammen, als Antrosch ihm eine Injektionspistole an den Hals setzte und abdrückte. Es zischte, als die Droge durch die Haut in Doynschtos Blutbahn gepreßt wurde.

»Die Injektion bewirkt eine partielle Amnesie«, erklärte Heltamosch. »Sie werden sich zweiunddreißig Stunden lang weder an meinen Besuch bei Ihnen noch an das erinnern, was wir besprochen haben. Alles ist in Ordnung!«

Doynschto war in seinem Sessel zusammengesunken, als die beiden Duynter das Haus verließen. Draußen schalteten sie wieder ihre Pulsationstriebwerke ein und flogen davon.

Kaum waren sie im Nachthimmel verschwunden, da schob sich ein elliptischer Gleiter aus einer Strauchgruppe des Parks und schwebte langsam auf Doynschtos Haus zu ...

Die Stadt Nopaloor und die Altstadt waren weit entfernt. Malpasch und Toschtlyn hatten sich in der Unterwelt bis zu den Außenbezirken der Vorstadt Cenra durchgeschlagen, die im Südosten von Nopaloor lag. In unmittelbarer Nähe ihres »Auftauchpunkts« lag die Transplantationsklinik des berühmten Yaanztroners Payschtor. Das war das letzte Ziel der beiden VASGA-Agenten.

Noch war es Nacht, aber im Osten dämmerte bereits der neue Tag herauf, als Malpasch und Toschtlyn sich unter Überbrückung der Alarmanlage in Payschtors Bungalow schlichen.

Sie kannten den Bauplan auswendig und fanden deshalb auf Anhieb das Zimmer, in dem der Paratransplantator schlief. Als sie die Beleuchtung einschalteten, schreckte Payschtor hoch. Benommen starrte er seine ungebetenen Besucher an.

Malpasch lächelte höflich und sagte: »Ich bitte um Entschuldigung, daß wir heimlich in Ihr Haus eingedrungen sind, Payschtor. Unsere Namen tun nichts zur Sache. Wir kommen im Auftrag des Mato Pravt, der Ihnen durch uns seine Grüße übermitteln läßt.«

Der Wissenschaftler hatte sich wieder gefaßt. »Sind Sie deshalb in mein Haus eingebrochen, um mir das zu sagen?« fragte er ironisch.

»Natürlich nicht«, erwiderte Malpasch. »Der Mato Pravt benötigt Ihre Hilfe. Er muß eine Gehirntransplantation an einem Freund durchführen lassen, von der die Behörden nichts erfahren dürfen.«

»Eine illegale Transplantation?« fragte Payschtor entrüstet. »Da mache ich nicht mit.«

»Sie ist nicht illegal, obwohl es bei oberflächlicher Betrachtung so erscheinen muß«, widersprach Malpasch. Er zog einen Ausweis hervor und legte ihn auf Payschtors Bett.

»VASGA?« fragte der Wissenschaftler. »Dann kommen Sie mit Billigung des Raytschas?«

»So ist es«, warf Toschtlyn ein. »Der Herrscher des Naupaumschen Raytschats persönlich hat die Transplantation genehmigt. Da er über der Regierung von Yaanzar steht, handelt es sich also nicht um eine illegale Verpflanzung.«

»Aber auch der Raytscha braucht die offizielle Billigung der Transplan-Regulatoren von Yaanzar, um eine Gehirntransplantation vornehmen zu lassen«, entgegnete Payschtor.

»Normalerweise ja«, gab Malpasch zu. »Aber die Situation ist etwas kompliziert geworden und wird von verschiedenen Behörden falsch eingeschätzt. Später kann die Angelegenheit zur Zufriedenheit aller Beteiligten geklärt werden, aber zuvor ist es erforderlich, die Transplantation unter absoluter Geheimhaltung durchzuführen. Deshalb können die Transplan-Regulatoren nicht informiert werden.«

»Ich verstehe«, sagte Payschtor. »Gut, niemand soll von mir behaupten können, ich hätte den Raytscha und den Mato Pravt im Stich gelassen, als sie meine Hilfe brauchten. Verlassen Sie dieses Zimmer und warten Sie draußen. Ich werde mich ankleiden, dann können wir die Sache durchsprechen.«

Malpasch neigte den Kopf.

»Danke, Payschtor.«

Perry Rhodan lag mit dem Kopf unter einer durchsichtigen Haube, von der zahlreiche Kabel zu einer anderen Haube führten, die sich über dem Kopf des Duynters Toraschtyn befand.

Vor wenigen Minuten hatte der Leibarzt Heltamoschs die komplizierte

Apparatur eingeschaltet. Von einem provisorischen Steuergerät aus überwachte er die biologische und schwingungsenergetische Abstimmung der beiden Gehirne, das des Terraners und das des Duynters, der klinisch seit langem tot war.

Perry war durch die Haube völlig von der Umwelt abgeschnitten, denn das Material war von innen undurchsichtig und es ließ keinerlei Geräusche durch.

Lange Zeit lag er still und reglos da und versuchte zu ergründen, was außerhalb vorging.

Plötzlich spürte er den Anflug eines fremden Gedankens. Nein, keines Gedankens, sondern eines unterbewußten Tastens.

Perry Rhodan ahnte, daß die in beiden Richtungen fließenden bioelektrischen Ströme das Gehirn Toraschtyns so weit stimuliert hatten, daß das Unterbewußtsein blind umhertastete, um sich an der Quelle des belebenden Stromes festzusaugen.

Er konnte weder etwas dafür noch etwas dagegen tun. Vielleicht stellte sein Unterbewußtsein bereits einen Kontakt mit dem Unterbewußtsein Toraschtyns her, aber das blieb unterhalb der Bewußtseinsschwelle.

Unmerklich glitt er in eine Art Wachtraum hinüber. Rhodan erlebte in fragmentarischen Szenen die Kindheit eines fremdartigen Lebewesens auf einem fremdartigen Planeten. Zugleich aber erschien ihm alles so vertraut, als hätte er nie etwas anderes gekannt.

Gesichter tauchten auf und verschwanden wieder. Das Gefühl der ersten Liebe durchpulste Rhodan mit unbekannter Stärke. Ein Hauch von Sehnsucht blieb zurück, als die Szene wechselte und Perry sich an Bord eines fremdartigen Raumschiffes sah, das sich dem Rand einer fremden Galaxis näherte.

Perry Rhodan wußte, daß dieser Flug ein verbotener Erkundungsflug war, der im Beisein Heltamoschs erfolgte. Allerdings war Heltamosch zu dieser Zeit noch nicht testamentarisch vom Raytscha zu seinem Nachfolger bestimmt worden. Rhodan erlebte in verschwommenen Eindrücken den Kontakt mit den Angehörigen eines fremden Volkes mit, das in Energiesphären durch Raum und Zeit reiste.

Eine Zeitlang herrschte Chaos. Dann blendete eine neue Szene auf. Rhodan sah sich im Innern einer Raumschiffszentrale. Auf dem Frontschirm stand eine kleine rote Sonne. Plötzlich leuchtete der Bildschirm eines Hyperfunkgeräts auf, und Perry Rhodan sah sich selbst ins Gesicht und hörte seine an Heltamosch gerichtete Warnung. Er hörte nicht mehr, was Heltamosch darauf antwortete.

Plötzlich befand er sich an Bord eines Beiboots, das die Höllenwelt Yrvytom, den zweiten Planeten der kleinen roten Sonne Yrvyt, anflog.

Danach kam die Landung – und dann erfolgte der Überfall jener Riesen-insekten, die man Naupaum-Killer nannte.

Energieschüsse zuckten herüber und hinüber. Perry merkte noch, daß es so heiß wurde, als wäre er in eine Sonne gestürzt, dann wurde es schlagartig dunkel.

Als er aus seinem Wachtraum zu sich kam, fühlte er den Schweiß übers Gesicht rinnen. In seinem Gehirn war ein schwaches, unendlich fernes und dennoch seltsam vertrautes Wispern.

Die Haube hob sich. Rhodan erblickte über sich das Gesicht von Heltamoschs Leibarzt. Er kannte inzwischen die naupaumsche Mimik gut genug, um zu sehen, daß der Mediziner sehr besorgt war.

»Wie fühlen Sie sich?« fragte der Arzt.

»Gut«, antwortete Perry Rhodan. »Ich hatte einen seltsamen Traum, aber das waren wohl Erinnerungsfetzen Toraschtyns, die von seinem auf mein Unterbewußtsein überspielt wurden.«

Der Mediziner atmete hörbar auf. »Sie haben es also unbeschadet überstanden, Großadministrator. Ich fürchtete bereits, Ihr Gehirn könnte Schaden erlitten haben, weil Sie nicht aus Ihrem Dämmerzustand erwachen wollten.«

Rhodan richtete sich auf. »Ich habe doch höchstens eine halbe Stunde geträumt«, meinte er.

»Das täuscht«, erwiderte der Arzt. »Dieser Zustand hielt eine halbe Nacht und fast den ganzen Tag an. Es wird Zeit, daß Sie sich auf die Landung auf Yaanzar vorbereiten.«

»Wie geht es Toraschtyn?« fragte Rhodan.

Die Augen des Arztes leuchteten. »Viel besser als vorher«, antwortete er. »Der Kontakt mit Ihrem Gehirn hat die unverletzten Zellen seines Gehirns offenbar aufgeladen. Ich kann erheblich stärkere Impulse als vor der Verbindung anmessen.«

Diesmal atmete Perry Rhodan erleichtert auf. »Endlich wieder eine gute Nachricht«, sagte er. »Wo ist der Mato Pravt?«

»Hier bin ich!« rief eine bekannte Stimme von der Tür her. Heltamosch eilte auf Rhodan zu und half ihm von seinem Lager. »Ich freue mich«, versicherte er strahlend. »Ich freue mich sehr, Sie gesund wiederzusehen. Und Toraschtyn geht es auch viel besser.«

Perry runzelte die Stirn. »Wenn es ihm sehr viel bessergeht, erholt er sich vielleicht wieder«, meinte er. »Dann wäre es unzulässig, mein Gehirn als dominierendes Organ in seinen Körper zu verpflanzen.«

»Die Erholung ist nur partiell und von kurzer Dauer«, erklärte Heltamoschs Leibarzt. »Sie müssen sich beeilen, bevor die Hirnzellenaufladung nachläßt, sonst wird der Zustand Toraschtyns abermals kritisch.«

»Beeilen wir uns, Rhodan!« drängte Heltamosch. Er wandte sich an den Mediziner. »Sie sorgen dafür, daß Toraschtyn in unser Beiboot gebracht wird!«

»Ich komme persönlich mit«, sagte der Arzt. »Sonst kann ich für nichts garantieren.«

»Einverstanden«, antwortete der Mato Pravt.

Perry Rhodan, noch immer in der Bioplastmaske eines Duynters, eilte hinter Heltamosch her zum Schleusenhangar eines kleinen Beiboots, in dem sich zehn schwerbewaffnete Raumsoldaten drängten. Kurz darauf hoben zwei andere Raumsoldaten das Lebenserhaltungsgerät hinein, in dem sich Toraschtyn befand. Der Leibarzt Heltamoschs kam zum Schluß an Bord.

»Start!« befahl der Mato Pravt dem Piloten des Beiboots.

Perry spürte nur einen leichten Ruck, als das Boot aus dem Schleusenhangar geschossen wurde. Auf den Bildschirmen war die Tagseite des Planeten Yaanzar zu sehen. Weiter vorn schob sich ein dunkler Streifen heran: die wandernde Dunkelheit.

»Wir werden im Schutz eines neuartigen Anti-Ortungsschirms landen«, erklärte Heltamosch dem Terraner. »Das Gerät ist vorläufig nur in diesem Boot eingebaut. Außerdem schützt uns ein Deflektorschirm gegen normaloptische Entdeckung.«

Rhodan nickte. »Sind die Täuschungsmanöver planmäßig durchgeführt worden?« erkundigte er sich.

»Ganz genau nach Plan«, versicherte Heltamosch. »Ich bin überzeugt, nicht einmal ein Tuuhrt vermag dieses komplizierte Spiel von falschen und echten Täuschungsmanövern zu durchschauen.«

»Wir wollen es hoffen«, meinte Rhodan ernst.

Wieder mußte er an Anti-ES denken. Das Spiel, das dieses übermächtige Geisteswesen mit ihm und der Menschheit trieb, war abscheulich und verletzte die Menschenwürde in grausamer Weise. Es maßte sich Befugnisse an, die niemandem im Universum zustanden.

Warum verhinderte ES nicht dieses abscheuliche Spiel?

Perry Rhodan kam zu dem Schluß, daß ES das Spiel an sich wahrscheinlich nicht verhindern konnte. Es mußte gewisse Regeln geben, die sowohl von ES als auch von Anti-ES eingehalten werden mußten, weil einer so mächtig war wie der andere. Diese prinzipiell gegengepolten Geisteswesen bekämpften sich, indem sie andere Wesen wie Schachfiguren hin und her schoben.

Nur mit dem Unterschied, daß er, Perry Rhodan, nicht gewillt war, sich als Schachfigur mißbrauchen zu lassen.

Unwillkürlich strafften sich seine Schultern.

Ich muß durchhalten! nahm er sich vor. *Ich muß durchhalten, bis die Serie der grausamen Spiele vorbei und endgültig im Sinne der Menschheit entschieden ist. Meine Gedanken können weder von ES noch von Anti-ES hin und her geschoben werden.*

»Woran denken Sie?« fragte Heltamosch flüsternd. »Ihr Gesichtsausdruck erschreckt mich, Rhodan.«

Perry seufzte. »Ich dachte an ein Wesen, das uns alle zu kontrollieren versucht.«

»Aber es gibt ein Wesen, das alles bestimmt und alles kontrolliert«, sagte Heltamosch erstaunt.

»Nein!« sagte Rhodan hart. »Ein solches Wesen gibt es nicht. Nur Gott allein ist allmächtig. In unserem Universum gibt es nur Wesen, die sich anmaßen, so zu sein, weil sie uns in der Evolution weit voraus sind. Allerdings bezweifle ich, daß eine Evolution in dieser Richtung erstrebenswert ist. Vielleicht sind diese Überwesen unendlich einsam in ihrer immateriellen Schattenexistenz.«

»Wir tauchen in die Atmosphäre ein, Mato Pravt«, meldete der Pilot des Beiboots.

Perrys Gedanken kehrten in die unmittelbare Gegenwart zurück. Er schob die Bitterkeit beiseite und konzentrierte sich ganz auf die bevorstehende Aufgabe, bei der er zu seinem Bedauern zum größten Teil nur eine passive Rolle spielen konnte.

Auf den Bildschirmen sah er das Lichtermeer der Großstadt Nopaloor, daneben einen kleineren Lichtfleck.

Indem Heltamosch auf den kleineren Lichtfleck deutete, sagte er: »Das ist Cenra, wo die Klinik des Paratransplantators Payschtor liegt. Wir haben auf der PRYHNT das Kodesignal empfangen, das bedeutet, daß Payschtor bereit ist, die Transplantation durchzuführen. Meine beiden besten Agenten auf Yaanzar erwarten uns dort. Sie sorgen außerdem dafür, daß die Transplantation in aller Heimlichkeit vorbereitet wird und daß niemand etwas verraten kann.«

»Payschtor ist einer der besten Paratransplantatoren«, warf der Leibarzt Heltamoschs ein. »Ihm ist noch keine Transplantation mißglückt. Sie können sich ihm unbesorgt anvertrauen, Großadministrator.«

»In dieser Hinsicht hege ich keinerlei Befürchtungen«, erwiderte Perry Rhodan.

Aber der Tuuhrt hat auch noch nie versagt, dachte er insgeheim ...

11.

Torytrae beobachtete, wie die Bordins seinen Frachtgleiter entluden. Die schwarzbehaarten Lebewesen mit den kugelförmigen Köpfen und den muskulösen Körpern behandelten die Packungen mit kybernetischen Bauteilen, chirurgischen Instrumenten und präorganischen Ersatzteilen geschickt und sorgfältig.

An den Seitenwänden des Frachtgleiters standen der Name Vrotesch sowie die Symbole, die den Besitzer als Organhändler und Lieferanten von industriellen Zubehörteilen für die yaanztronische Biologie, Biochemie und Chirurgie auswiesen.

Die eigentliche Aufmerksamkeit Torytraes galt jedoch der Umgebung von Doynschtos Transplantationsklinik, vor der sein Gleiter stand.

Nachdem der Tuuhrt festgestellt hatte, daß Doynschto nachts heimliche Besucher gehabt hatte, war er in die Klinik eingedrungen. Er stellte fest, daß der Paratransplantator sich nicht an seine Besucher und den Grund ihres Besuchs erinnerte.

Der Jäger hatte die Ausrüstung der Klinik benutzt, um die partielle Amnesie, in die Doynschto der Sanfte versetzt worden war, aufzuheben. Danach war es einfach gewesen, den Namen des einen Besuchers und den Grund seines Besuchs zu erfahren. Doynschto hatte solche Angst gehabt, daß die Informationen nur so über seine Lippen gesprudelt waren.

Torytrae hatte seitdem gewußt, wie Heltamosch vorzugehen beabsichtigte. Der Mato Pravt war klug genug gewesen, sein Ziel nicht offen anzusteuern, sondern sich unter dem Schutz eines Ablenkungsmanövers anzuschleichen.

Dabei war das Ablenkungsmanöver so geschickt angelegt gewesen, daß der Tuuhrt sicher war, ein weniger befähigter Jäger als er hätte es durchaus für die echte Aktion halten können.

Torytrae lächelte innerlich, als er daran dachte, daß Heltamosch sich nur deshalb verraten hatte, weil er es als Herrscher über das Eveltaat-System und als zukünftiger Raytscha des Naupaumschen Raytschats für unter seiner Würde hielt, größere Strecken zu Fuß zu gehen. Er und sein Begleiter hatten dicht über der Oberfläche Yaanzars ihre Pulsationstriebwerke benutzt, in der irrigen Annahme, die energetischen Emissionen der kleinen Geräte würden in den zahllosen Emissionen der nahen Stadt Nopaloor untergehen.

Doch der Tuuhrt war wachsam gewesen und hatte die Impulse exakt angemessen. Der Tuuhrt war demzufolge bereits in der Nähe der Klinik gewesen, bevor die heimlichen Besucher Doynschto verließen.

Nun galt es nur noch, die Ankunft der Männer abzuwarten, die Danros Gehirn in Doynschtos Klinik brachten, um es in einen anderen Körper verpflanzen zu lassen.

Torytrae blickte zum Nachthimmel empor und suchte zwischen den Sternen nach einem Zeichen, das das ankommende Raumfahrzeug verriet. Es mußte bald kommen, denn eine Paratransplantation benötigte Zeit. Auch wenn die eigentliche Verpflanzung mittels eines Spezialtransmitters praktisch ohne Zeitverlust erfolgte, so bedurfte sie doch umfassender fachmännischer Vorbereitung, wenn es nicht zu einer verhängnisvollen Panne kommen sollte.

Zu seiner Verwunderung bemerkte der Tuuhrt, daß er aufgeregt war. Aktionen dieser Art ließen ihn normalerweise kalt, doch diesmal war es anders.

Er fieberte dem Augenblick entgegen, in dem er mit dem fremden Gehirn in Kontakt treten konnte. Es war nicht das normale Jagdfieber, das ihn bei der Jagd nach einem Gehirn jedesmal ergriff, sondern etwas, das er nicht recht zu definieren vermochte.

Danros Gehirn stellte einen Ausnahmefall dar, und fast war Torytrae darüber enttäuscht, daß es ihm so leicht fallen sollte, seiner habhaft zu werden. Insgeheim hatte er erwartet, in Danro einen ebenbürtigen Gegenspieler zu finden und ihn erst nach einem unerhört komplizierten geistigen Kampf zu fassen.

Der Grund dafür, daß diese Jagd nicht viel schwieriger verlief als die meisten bisherigen Jagden, lag wohl darin, daß Danros Gehirn sich nach den Weisungen Heltamoschs richten mußte.

Der Tuuhrt spielte insgeheim mit dem Gedanken, Danros Gehirn in seinem neuen Körper vorerst entkommen zu lassen und sich dadurch den Genuß einer langwierigen und komplizierten Jagd zu verschaffen. Doch das war leider unmöglich. Er hatte sich gegenüber dem Tschatro verpflichtet, und ein Yuloc pflegte freiwillig eingegangene Verpflichtungen stets gewissenhaft zu erfüllen.

Das Zirpen seines Mikrofunkgeräts, das in einen der unteren Schneidezähne eingearbeitet war, riß Torytrae aus seinen Überlegungen.

»Lashtorian!« meldete er sich mit seiner für diesen Einsatz gültigen Kodebezeichnung, ohne den Mund zu öffnen.

»Gupakosch!« wisperte es in seinem Schädel. Die Schallwellen wurden durch die Knochen übertragen. »Doynschto hat alles vorbereitet. Nur der Patient fehlt noch.«

»Danke«, antwortete Torytrae. »Er muß bald kommen. Bleibt wachsam!«

Er wußte, daß er sich auf die von ihm selbst ausgewählten Helfer des

Ceynach-Suchkommandos verlassen konnte, die – teils als Patienten, teils als Operationsgehilfen – überall in der Klinik postiert waren. Es gab keine Lücken in diesem Netz, das sich schließen würde, sobald sich Danros Gehirn in der Klinik befand.

Der Tuuhrt hoffte, daß Heltamosch diesmal nicht persönlich auftreten würde. Der Mato Pravt hätte Komplikationen bedeutet. Denn selbstverständlich durfte der künftige Raytscha nicht verletzt werden, wenn es zum Kampf kommen sollte. Schon gar nicht durfte er getötet werden. Man konnte ihn lediglich überwältigen und hinterher »verblüfft« feststellen, wen man vor sich hatte, und sich entschuldigen.

Als die erste Hälfte der Nacht verstrichen war, wurde Torytrae unruhig. Er riskierte es, in die Steuerkanzel seines Frachtgleiters zu gehen und über Funk bei der Zentralen Raumüberwachung anzufragen, ob dort Meldungen über ein Objekt eingegangen seien, das den Verband der Yaanzar umkreisenden Raumschiffe verlassen hatte.

Die Antwort war nicht dazu angetan, ihn zu beruhigen. Zwar hatten die auf den Verband gerichteten Multitaster kein Objekt geortet, das sich von dort aus entfernt hatte, aber vor einiger Zeit war eine kurzzeitige schwache Emission angemessen worden, deren Rechnerauswertung ergab, daß es sich dabei um das Öffnen und Schließen eines Hangarschotts gehandelt haben könnte.

Möglicherweise befand sich also Danros Gehirn schon auf dem Weg nach Yaanzar. Da das entsprechende Fahrzeug bislang nicht geortet worden war, mußte es sich in einen äußerst hochwertigen Anti-Ortungsschirm gehüllt haben und außerdem ohne Benutzung der Impulstriebwerke verzögern.

Torytrae stellte eine überschlägige Berechnung an und kam zu dem Schluß, daß sich dadurch die verzögerte Ankunft erklären ließ. Wenn ein Beiboot seine orbitale Geschwindigkeit ausschließlich durch die Reibung innerhalb der Lufthülle aufzehren ließ, mußte es den Planeten vor der Landung mehrmals umkreisen.

Das erschien alles sehr plausibel. Aber ihm kam es vor, als wäre es zu plausibel. Sein großer Erfahrungsschatz sagte ihm, daß etwas nicht stimmen konnte, wenn sich alle Fakten allzu gut ineinanderfügten.

Der Tuuhrt rekonstruierte nochmals alle Vorgänge, die sich im Zusammenhang mit Danros Gehirn ereignet hatten. Das Ergebnis glich den Ergebnissen früherer Rekonstruktionen. Auch die Fremdplanungsdeutung erlaubte keinen anderen Schluß als den, zu dem Torytrae bisher gekommen war. Und doch stellte sich Nervosität ein. Torytrae überlegte, ob diese Nervosität nicht nur das Ergebnis der langen Wartezeit war. Die Bordins hatten die Entladung seines Frachtgleiters inzwischen beendet.

Objektiv bestand für »Vrotesch« kein Grund mehr, länger vor der Transplantationsklinik Doynschtos zu warten. Aber er durfte nicht gehen. Er blickte auf seinen Chronographen und wurde nur noch nervöser. Das Beiboot mit Danros Gehirn hätte inzwischen eintreffen müssen, auch wenn es zur Aufhebung seiner ursprünglichen Geschwindigkeit mehrmals den Planeten innerhalb der Lufthülle umkreist hatte. Außerdem war die erste Hälfte der Nacht längst verstrichen. Es verblieb nicht mehr viel Zeit, wenn die Transplantation vor Anbruch des neuen Tages abgeschlossen werden sollte.

Torytrae dachte an Malpasch und Toschtlyn, die beiden VASGA-Agenten, denen er im Verlauf der letzten zweiunddreißig Stunden auf die Spur gekommen war. Eine der Spuren endete in Doynschtos Klinik, die andere in der Klinik, die als Ziel des Täuschungsmanövers erkannt worden war.

Aber dann brach die Spur die beiden VASGA-Agenten ab.

Die Erkenntnis der wahren Zusammenhänge traf den Tuuhrt wie ein körperlicher Schlag. Plötzlich lag die Auflösung des Rätsels offen vor seinem geschulten Geist.

Mit seiner Fähigkeit des Hyperlogik-Sehens erkannte Torytrae, daß seine Annahme, die Gesamtplanung ginge von Heltamosch aus, völlig falsch gewesen war.

Es mußte Danros Gehirn gewesen sein, das die Aktion in allen Details geplant hatte. Dieses Gehirn aus einer fernen Galaxis oder einem anderen Universum mußte geschafft haben, was Torytrae als unmöglich vorausgesetzt hatte, nämlich den mächtigen Mato Pravt zu bewegen, seine eigenen Vorstellungen denen von Danros Gehirn unterzuordnen.

Von dieser Warte betrachtet, ergab sich ein gänzlich anderes Bild. Danros Gehirn hatte zwei Paare von Täuschungsmanövern durchführen lassen, von denen ein Paar als Täuschungsmanöver durchschaut werden konnte, so daß es logisch erschien, daß das andere Paar der Vorbereitung der echten Aktion gedient hatte. In Wirklichkeit mußte die echte Aktion an ganz anderer Stelle vorbereitet worden sein – und zwar so, daß weder das Geheime Organ-Kommando noch das Ceynach-Suchkommando etwas davon bemerkt hatten. Die Tatsache, daß die Spur von Malpasch und Toschtlyn im unterirdischen Gewirr der Altstadt von Nopaloor verlorengegangen war, war der letzte Beweis. Mit fliegenden Fingern tastete Torytrae an seinem Funkgerät den Kode des Yaanzardoscht, der Residenz des Tschatros. Er ließ sich mit dem Koordinator verbinden, der die Oberkommandos des GOK und des Ceynach-Suchkommandos für die Dauer dieser Aktion leitete.

»Großalarm!« befahl der Tuuhrt. »Es ist sehr wahrscheinlich, daß die Aktion an keiner der bekannten Stellen stattfinden wird, sondern an einem Ort, der uns bisher verborgen blieb. Sämtliche Kommandos des GOK fahren aus und führen systematisch Razzien in allen Transplantationskliniken des Planeten durch. Die Großrechner im Yaanzardoscht werden ab sofort ausschließlich mit der Klärung der Frage beschäftigt, welche Kliniken mit dem Grad der höchsten Wahrscheinlichkeit für eine geheime Gehirntransplantation in Frage kommen.«

Der Koordinator fragte nicht viel. Er kannte die Vollmachten des Tuuhrt. »Ich werde alles veranlassen«, versicherte er.

»Das hoffe ich«, sagte Torytrae. »Ich komme zum Yaanzardoscht und will Ergebnisse sehen, wenn ich eintreffe. Ende.«

Er schaltete das Funkgerät aus und startete den Frachtgleiter. Während das Fahrzeug abhob, dachte Torytrae voller Bewunderung an das Gehirn, dem es gelungen war, ihn vorübergehend zu überlisten.

»Aber für immer entkommst du mir nicht!« flüsterte er.

Perry Rhodan und der Duynter Toraschtyn lagen nebeneinander auf einer großen, silbrig schimmernden Platte, deren Oberfläche abwechselnd hell und dunkel wurde. Über den Schädeln der beiden Körper hingen Kugelgebilde, die in tiefrotem Licht erglühten.

Heltamosch beobachtete jede Schaltung des Paratransplantators Payschtor. Vor kurzem noch hatte Payschtor aufgeregt und nervös gewirkt, jetzt war er die Ruhe selbst.

Der Mato Pravt wußte, daß die Gleichstimmung der beiden Gehirne trotz der Vorbereitungen an Bord seines Flaggschiffs einige Zeit dauern würde. Er hoffte nur, daß der Tuuhrt ihnen nicht vorzeitig auf die Spur kam.

Als Payschtor eine neue Schaltung vornahm, liefen zwei Aggregate mit tiefem Brummen aus.

Ärgerlich wandte der Paratransplantator sich zu Heltamosch um und erklärte: »Die Vorabstimmung an Bord Ihres Schiffes mag die unverletzten Gehirnfragmente Toraschtyns vor dem endgültigen Absterben gerettet haben, Mato Pravt, sie hat aber durch die Verwendung unzureichender Mittel die Feinabstimmung erheblich erschwert. Ich werde ungefähr das Dreifache der normalen Vorbereitungszeit benötigen.«

Heltamosch erschrak. »Soviel Zeit haben wir nicht, Payschtor«, versetzte er. »Sie müssen versuchen, den Vorgang abzukürzen, sonst haben Sie ein Kommando des GOK in Ihrer Klinik, bevor die Transplantation abgeschlossen und ihre Spur beseitigt ist.«

Der Wissenschaftler wurde bleich. »Das haben mir Ihre Leute nicht gesagt, Mato Pravt. Ich nahm an, das GOK könnte uns nicht auf die Spur kommen, sonst hätte ich mich niemals bereit erklärt, eine geheime Transplantation durchzuführen. Wenn es ginge, würde ich sie jetzt noch abbrechen.«

»Und warum geht es nicht?« fragte Heltamosch, der seinen Schrecken überwunden hatte.

»Das Gehirn im Körper Hactschytens würde irreparable Schäden erleiden«, antwortete Payschtor. »Das kann ich nicht mit meinem Berufsethos verantworten. Ich bin also gezwungen, durchzuhalten, was immer auch die Folgen für mich sein mögen.« Seine Augen flackerten. »Aber Ihre Männer sind bewaffnet. Befehlen Sie ihnen, sie sollen das GOK notfalls mit Gewalt fernhalten. Die Transplantation darf nicht gestört werden – und ich will nicht als Ceynach-Verbrecher abgeurteilt und hingerichtet werden.«

Heltamosch lächelte. »Ich habe bereits entsprechende Befehle erteilt. Sie brauchen sich nur um die Transplantation zu kümmern, um weiter nichts. Selbstverständlich nehmen wir Sie mit, falls die Einsatzgruppen des GOK hier auftauchen sollten, bevor die Beweise für die heimliche Transplantation beseitigt sind. Ich werde dafür sorgen, daß Sie auf einem anderen Planeten sorglos leben können.«

Payschtor winkte ab. »Selbstverständlich würde ich annehmen, Mato Pravt. Aber nirgends als auf Yaanzar könnte ich als Paratransplantator arbeiten, und diese Arbeit ist mein Lebensinhalt. Verstehen Sie das?«

Heltamosch wandte sich schweigend ab. Er verstand Payschtor nur zu gut. Um so höher schätzte er die Tatsache ein, daß der Paratransplantator bereit war, notfalls seinen Beruf zu opfern, damit er nicht zum Verräter an seinem Berufsethos wurde.

Nach einem Blick auf die Körper seiner beiden Freunde verließ er den Transplantationsraum und begab sich zum Hauptportal der Klinik, an dem zwei seiner Raumsoldaten Wache hielten.

»Haben Sie etwas Verdächtiges bemerkt?« fragte er.

»Nichts, Mato Pravt«, antwortete der Ranghöchste. »Die Landung unseres Beibootes ist offenbar nicht bemerkt worden.«

»Passen Sie dennoch weiter gut auf!« befahl Heltamosch.

Er ging in den Park, der auch Payschtors Klinik umgab, und setzte sich auf eine Bank. Nachdenklich betrachtete er die zahllosen Sterne, die am wolkenlosen Nachthimmel flimmerten.

Viele von ihnen hatte er bereits aus der Nähe gesehen, und um viele von ihnen kreisten Planeten, die von intelligenten Lebewesen bevölkert waren.

Er hatte sogar schon Planeten einer Nachbargalaxis besucht – allerdings heimlich, denn das immer noch geltende Verbot einer Ausbreitung über fremde Galaxien schloß auch das Verbot einer Erforschung dieser Sterneninseln ein.

Die Kontakte, die er mit den Intelligenzen jener Nachbargalaxis gehabt hatte, waren nur oberflächlicher Natur gewesen, da er sich nicht hatte lange aufhalten können. Immerhin war er zu der Auffassung gelangt, daß es in jener Galaxis noch zahllose unbewohnte Planeten gab, auf denen sich Auswanderer von Naupaum ansiedeln konnten.

Die Gespräche mit Perry Rhodan hatten allerdings die Erkenntnis in ihm reifen lassen, daß eine Besiedlung von Planeten fremder Galaxien durchaus nicht unproblematisch sein würde. Die dortigen Intelligenzen mußten eine Ansiedlung von Lebewesen mit ungehemmter Vermehrung als Bedrohung ihres eigenen Lebensraums ansehen. Die unabwendbare Folge wären Kriege gewesen.

Die Eroberung einer fremden Galaxis aber war praktisch unmöglich, wenn ihre intelligenten Bewohner über gleichwertige Waffen und eine gleichwertige Produktionstechnik verfügten. Der Eroberer war durch seine langen Nachschubwege stets im Nachteil.

Nein, die Besiedlung einer fremden Galaxis war unter den gegenwärtigen Verhältnissen unmöglich. Zuerst mußte Ordnung im eigenen Haus geschaffen werden.

Heltamosch schrak aus seinen Grübeleien auf, als sich das Schott des zwischen Bäumen notdürftig verborgenen Beiboots öffnete und ein Lichtkegel auf den Rasen fiel. Eine Gestalt erschien für kurze Zeit in der hellen Öffnung, dann sprang sie auf den Boden, und das Schott schloß sich wieder.

Heltamosch erhob sich, als er sah, daß der Mann in seine Richtung eilte. Es war Malpasch, wie er kurz darauf erkannte. Der VASGA-Agent wirkte gelassen; nur seine Augen funkelten.

»Es tut sich etwas, Mato Pravt«, meldete er. »Unsere Spezialortungsgeräte registrieren ungewöhnlich starke energetische Aktivität in der Nähe aller uns bekannten GOK-Basen. Das ist typisch für einen Großalarm des gesamten Geheimen Organ-Kommandos.«

»Der Tuuhrt hat also gemerkt, daß wir ihn irregeführt haben«, meinte Heltamosch. »Folglich wird er befohlen haben, in allen Transplantationskliniken Razzien durchzuführen, da er nicht weiß, wo sich das gesuchte Gehirn befindet. Wieviel Mann kann das GOK bei einem Großalarm aufbieten?«

»Mindestens fünf Millionen Mann, Mato Pravt«, antwortete Malpasch. »Das Oberkommando des GOK arbeitet mit Superlativen. Wenn wir großes Glück haben, dauert es eine Stunde, bis diese Klinik von einem Suchkommando umstellt wird.«

Heltamosch überlegte, dann sagte er: »Organisieren Sie die Verteidigung, Malpasch. Das Suchkommando muß unbedingt von der Klinik ferngehalten werden, bis die Transplantation beendet ist und wir starten können.«

»Ja, Mato Pravt!«

Heltamosch sah dem Mann nach, wie er zum nächsten Posten ging. Malpasch war einer der besten Kommandooffiziere der VASGA. Vor allem aber kannte er sich von allen Anwesenden am besten auf Yaanzar aus. Er vermochte die Schritte des GOK und des Ceynach-Suchkommandos vorauszusehen. Ob er auch die Schritte eines Tuuhrt voraussehen konnte, blieb abzuwarten.

Der Mato Pravt kehrte in die Klinik zurück. Als er den Transplantationsraum betrat, beugte sieh Payschtor gerade wieder über sein Schaltpult. Das Flackern der schimmernden Platte, auf der Toraschtyns und Hactschytens Körper lagen, war erloschen. Dafür huschten ununterbrochen grünliche Lichtstreifen über die beiden tiefrot glühenden Kugeln, die über den Schädeln der Patienten hingen.

Heltamosch verzichtete darauf, den Paratransplantator zu drängen. Er wußte, daß Payschtor von sich aus so schnell wie möglich arbeiten würde.

Perry Rhodan war bei Bewußtsein. Er nickte dem Duynter zu. Heltamosch lächelte – zuversichtlich, wie er hoffte.

Im nächsten Augenblick mußte er erkennen, daß er seine Gefühle vor dem Gehirn aus einer fernen Galaxis nicht verbergen konnte.

Rhodan öffnete den Mund und sagte: »Der Jäger hat gemerkt, daß er genarrt wurde, nicht wahr?«

»Schweigen Sie!« brauste Payschtor auf. »Sie verfälschen durch Ihre Aktivität die Programmsteuerung der Simultan-Transmitter. Wir schaffen es ohnehin nicht mehr.«

»Sie müssen eben auf die Anti-Schmerzabstimmung verzichten«, sagte Rhodan. »Ich bin keiner Ihrer sonstigen Patienten, der größten Wert auf eine absolut schmerzfreie Transplantation legt. Befürchten Sie also in dieser Beziehung keine Reklamationen und fangen Sie endlich an!«

»Es ist unmöglich!« wandte sich der Transplantator an Heltamosch. »Wie kann er von mir verlangen, ich soll auf die Anti-Schmerzabstimmung verzichten?«

»Er kann!« entschied Heltamosch. »Wenn Sie außer Ihrer Lizenz nicht auch noch Ihr Leben verlieren wollen, richten Sie sich nach den Anweisungen des Patienten!«

»Ich soll mich nach den Anweisungen eines Patienten richten?« empörte sich Payschtor. »Das ist unerhört! Das hat es auf Yaanzar noch nie gegeben!«

»Ihr Patient ist ein Mann, der in seiner Galaxis über ein Sternenreich gleich dem Naupaumschen Raytschat gebietet«, entgegnete der Mato Pravt ernst. »Sie können deshalb davon ausgehen, daß er genau weiß, was er will, und daß er alle Risiken sorgfältig gegeneinander abgewogen hat. Ich bestehe darauf, daß Sie ihm gehorchen, Payschtor!«

Der Paratransplantator blickte fassungslos von Heltamosch zu Rhodan und wieder zurück. Für ihn schien eine ganze Welt zusammenzustürzen.

Einer der Raumsoldaten blickte in den Transplantationsraum und sagte mit gedämpfter Stimme: »Mato Pravt, die Klinik wird systematisch umzingelt. Es sind mindestens hundert schwere Gleiter, die das Gelände in großer Entfernung abriegeln.«

Das gab für Payschtor den Ausschlag. Er holte tief Luft, dann verkündete er: »Ich werde anfangen. Aber ich lehne jede Verantwortung für die Schmerzen ab, die der Patient nach der Überpflanzung mit Sicherheit ertragen muß.«

Abermals beugte er sich über sein Schaltpult. Die beiden Kugeln über den Köpfen von Rhodan und Toraschtyn leuchteten nicht mehr tiefrot, sondern strahlten in gelbem Licht. Ein tiefes Summen ertönte, das sich bald darauf in ein helles Singen verwandelte. Aus Toraschtyns Mund drang ein röchelnder Laut.

Im nächsten Augenblick geschahen zwei Dinge gleichzeitig. Draußen krachte der Donner einer Energieentladung – und im Transplantationsraum drückte Payschtor eine gelbe Schaltplatte nieder.

Die beiden Kugeln flackerten und wurden schwarz. Durch Hactschytens Körper lief ein konvulsivisches Zittern, dann streckten sich die Glieder und erschlafften.

Draußen erfolgten weitere Energieentladungen. Das Gefecht zwischen Heltamoschs Raumsoldaten und dem Einsatzkommando des GOK war entbrannt.

Toraschtyn öffnete die Augen und starrte sekundenlang unbeweglich gegen die Zimmerdecke, während die Lippen leicht zitterten.

Payschtor las die Kontrollen seines Schalttisches ab. »Die Übertragung ist gelungen.« flüsterte er. »Rhodans Gehirn befindet sich in Toraschtyns Körper.«

»Was ist mit Hactschyten?« erkundigte sich Heltamosch.

»Seine Lebensfunktionen erloschen in dem Moment, in dem Rhodans Gehirn ihn verließ. Zwar materialisierte der größte Teil von Toraschtyns Gehirn in seiner Schädelkapsel, aber dabei handelte es sich um totes Gewebe.«

Draußen krachten die Energieentladungen bedenklich nahe.

»Wo ist der Abfallvernichter?« fragte Heltamosch.

Payschtor deutete stumm auf etwas, das einem Pult mit abgeschrägter Oberfläche ähnelte. Heltamosch hob Hactschytens Körper auf, trug ihn zum Abfallvernichter und ließ ihn durch die bewegliche Klappe fallen. Eine Kontrollscheibe zeigte an, daß der Körper innerhalb weniger Sekunden vollständig zerstrahlt wurde.

Als der Mato Pravt sich wieder dem Übertragungstisch zuwandte, hatte Perry Rhodan sich aufgesetzt.

»Seien Sie vorsichtig!« warnte Payschtor. »Wie fühlen Sie sich?«

Rhodan lächelte mit Toraschtyns Gesicht. »Wie ein Krebs, den man in siedendes Wasser geworfen hat. Aber der größte Teil des Schmerzes läßt sich ignorieren.« Er blickte Heltamosch an. »Die lebenden Gehirnfragmente Toraschtyns konnten von meinem Gehirn eingebettet und aktiviert werden. Die Persönlichkeit blieb in geschwächter Form erhalten. Toraschtyn begreift, was geschehen ist. Er ist glücklich darüber, nicht völlig gestorben zu sein.«

Heltamosch strahlte. »Dann ist alles gut, Rhodan.«

»Fast alles«, versetzte Perry. »Wir müssen nur noch verschwinden, bevor der Jäger persönlich auf der Bildfläche erscheint. Sind Sie sich darüber im klaren, Heltamosch, daß man unser Beiboot wahrscheinlich abschießen wird, Anti-Ortungsschirm oder nicht?«

»Das würde nicht einmal der Jäger wagen«, sagte Heltamosch. »Was glauben Sie, warum die Einsatzkommandos des GOK die schwache Verteidigung der Klinik nicht längst überrannt haben?«

»Weil der Jäger Sie hier vermutet?« fragte Rhodan.

»Richtig«, antwortete Heltamosch. »Man setzt das Leben des künftigen Herrschers nicht aufs Spiel. Wenn ich auf Yaanzar getötet werde, schießen meine in der Kreisbahn befindlichen Schiffe den ganzen Planeten zusammen. Das weiß man, deshalb riskiert man nicht zuviel.«

»Wie beruhigend, das zu wissen«, seufzte Perry Rhodan und schwang sich vorsichtig von der Transplantationsplatte.

Er kniff die Augen zu und schüttelte den Kopf, um die Gleichgewichtsstörung zu überwinden, die nach der Übernahme eines anderen Körpers aufzutreten pflegte.

»Wenn ich der Jäger wäre, würden wir dennoch nicht entkommen«, meinte er.

Er richtete sich endgültig auf. Da eine Gehirntransplantation nach dem PGT-Verfahren keine Entkleidung des Patienten erforderte, trug er noch immer den Kampfanzug, in dem Toraschtyn nach Yaanzar gebracht worden war.

»Ich gehe ein bißchen an die frische Luft«, verkündete er. »Wer kommt mit?«

Payschtor riß die Augen weit auf. Hilflos starrte er auf Heltamosch und stammelte: »Was ist das für ein Wesen, Mato Pravt?«

Heltamosch war Rhodan bis zur Tür gefolgt. Dort drehte er sich noch einmal um und antwortete: »Ein Wesen, das ich lieber zum Freund als zum Feind habe.«

Perry Rhodan fühlte sich nicht halb so unternehmungslustig, wie er sich gab. In ihm wühlten grauenvolle Schmerzen, und er benötigte sein spezielles Geistestraining, um sie größtenteils ignorieren zu können.

Als er das Hauptportal erreichte, wurde ihm schwarz vor Augen. Er lehnte sich gegen die Wand und wartete, bis er wieder klar sehen konnte. Inzwischen hatte Heltamosch ihn eingeholt.

In der Dunkelheit, die das Gelände der Transplantationsklinik einhüllte, blitzten immer wieder Strahlschüsse auf. Die Entladungen näherten sich zwar nur langsam, aber stetig dem Gebäudekomplex.

»Es wird Zeit, daß wir starten«, sagte Heltamosch.

»Das weiß der Tuuhrt auch«, erwiderte Perry. Er zog den Impulsstrahler aus Toraschtyns Gürtelhalfter, richtete die Abstrahlmündung der Waffe senkrecht nach oben und drückte auf den Auslöser.

Da er sofort wieder losließ, war der lichtschnelle Energiestrahl auch für die Augen naupaumscher Intelligenzen nicht erfaßbar. Wohl aber sahen sie deutlich, daß in etwa fünfhundert Metern Höhe eine Entladung erfolgte. Für den Bruchteil einer Sekunde wurden rötliche fadenförmige Strukturen sichtbar, eine Art kuppelförmiges Gitterwerk, das die Klinik und den Park überspannte.

»Ein Energieschirm«, stellte Rhodan trocken fest. »Es hätte mich auch gewundert, wenn der Tuuhrt nicht auf diesen Gedanken gekommen wäre.«

»Dann können wir nicht fort«, meinte Heltamosch tonlos. »Aber ich lasse nicht zu, daß man Ihr Gehirn mitnimmt und in einen Behälter der Tschatrobank sperrt. Eher rufe ich meine Kampfschiffe zu Hilfe.«

Perry lächelte. »Warum Gewalt anwenden, wenn es auch ohne Gewalt geht«, sagte er leise. »An Bord Ihres Flaggschiffes befindet sich sicherlich ein Transmitter.«

»Selbstverständlich«, antwortete der Mato Pravt. »Aber ich weiß nicht, was das ...«

»Und in der Klinik auch«, unterbrach Rhodan ihn. »Ich hatte während meines ersten Aufenthalts auf Yaanzar Zeit, mir die Transplantationstransmitter genau anzusehen. Zwei von ihnen lassen sich so zusammenschalten, daß sie ein normales Transmissionsfeld erzeugen. Man braucht nur die richtigen Tasten zu drücken, mehr nicht.«

»Allmählich werden Sie mir unheimlich, Rhodan«, sagte Heltamosch.

»Auf einen solchen Gedanken ist in Naupaum noch niemand gekommen.«

Perry Rhodan zuckte die Schultern. »Irgendwann kommt irgendwer immer auf eine neue Idee, Heltamosch. Bitte, rufen Sie Ihre Männer zusammen. Ich werde mich inzwischen mit den Transplantationstransmittern Payschtors befassen.«

Er drehte sich um und kehrte in den Transplantationsraum zurück. Das heißt, er wollte es tun, aber als er den Fuß über die Schwelle setzte, erblickte er den Körper Payschtors, der halbverbrannt auf dem Boden lag.

Im nächsten Augenblick schnellte sich Rhodan mit einem gewaltigen Satz mitten in den Raum hinein. Er prallte auf die Transplantationsplatte, rollte sich herunter und schoß auf die beiden Männer in den Kampfanzügen des Geheimen Organ-Kommandos, die in der Nähe von Payschtors Leichnam standen.

Die beiden Männer waren über das Ungestüm von Rhodans Angriff so verwirrt, daß sie nicht schnell genug reagierten. Sie brachen lautlos zusammen.

Perry sprang auf. Er fühlte sich leicht berauscht. Es war das Gefühl der Freude darüber, daß der neue Körper so vollkommen seinem Willen gehorchte und daß es ein starker Körper mit blitzartig wirkenden Reflexen war.

Dennoch vermochte er klar genug zu denken, um in aller Eile die beiden Transplantationstransmitter zusammenzuschalten. Er war gerade fertig damit, als Heltamosch mit seinen Leuten in den Raum stürmte.

Er gab Rhodan die Justierungsdaten an, auf die der Empfänger an Bord seines Flaggschiffes automatisch ansprechen würde.

Sekunden später baute sich das Transmittertor auf. Es stand zwischen und unter den beiden Kugeln, und seine Ränder flackerten leicht. Nacheinander gingen die Raumsoldaten hindurch.

Perry Rhodan nahm eine von den Mikrobomben, die Heltamosch bei sich trug, und stellte den Zeitzünder auf zehn Sekunden ein. Als der Mato Pravt durch den Transmitter gegangen war, drückte Rhodan den Zündknopf nieder und ließ die Mikrobombe fallen.

Dann ging er ebenfalls durch den Transmitter.

Ohne Zwischenfall materialisierte er an Bord der PRYHNT. Zusammen mit Heltamosch eilte er in die Kommandozentrale des Schiffes, das kurz darauf Fahrt aufnahm und die Kreisbahn um Yaanzar verließ. Die anderen vier Großkampfschiffe folgten ihm in einiger Entfernung, um seinen Rückzug zu decken. Doch niemand verfolgte sie.

Perry Rhodan saß neben Heltamosch vor der Bildschirmgalerie der

Kommandozentrale und blickte auf das Gewimmel der Sterne von Naupaum. Es unterschied sich äußerlich nicht vom Sternengewimmel der Milchstraße – und doch konnte Rhodan sich hier nicht heimisch fühlen.

Torytrae, der Jäger, blickte zum Himmel, dessen Sterne allmählich verblaßten.

Irgendwo dort oben flog Danros Gehirn in einem neuen Körper davon. Das Gehirn eines unendlich fremdartigen und gleichzeitig wieder geistesverwandten Lebewesens, das es fertiggebracht hatte, einen Tuuhrt und ein Millionenaufgebot von Kämpfern des GOK zu überlisten.

Über das Gesicht des Tuuhrt glitt ein seltsames Lächeln, dann betrat er den Palast des Tschatros. Wenig später stand er dem Herrscher der Welt der Gehirne gegenüber.

»Danros Gehirn ist entkommen«, stellte der Tschatro fest. Es war keine Frage, denn der Herrscher von Yaanzar hatte eine entsprechende Funkmeldung von Torytrae erhalten.

»Es war ein Gegner, wie ich ihn noch nie zuvor kennengelernt habe, Tschatro«, sagte der Tuuhrt. »Er ist nicht nur hoch intelligent, sondern verfügt auch über Erfahrungen, die ein Sterblicher eigentlich gar nicht sammeln könnte.«

»Das klingt, als ob Sie ihn bewunderten?« fragte der Tschatro.

»So ist es«, gab Torytrae zu, »Ich bewundere ihn, aber das heißt nicht, daß ich nicht alles daransetzen würde, ihn doch zur Strecke zu bringen. Eine faszinierendere Jagd könnte ich mir gar nicht vorstellen.«

»Die Jagd ist nicht nur faszinierend, sondern auch unbedingt erforderlich«, sagte der Tschatro ernst. »Danros Gehirn ist ein gefährlicher Fremdkörper im zivilisatorischen Gefüge von Naupaum. Es muß auf alle Fälle und um jeden Preis unschädlich gemacht werden. Sie erhalten deshalb ab sofort so außerordentliche Vollmachten, wie sie bisher nur siebenmal einem Tuuhrt übertragen wurden. Damit werden Sie praktisch jeglicher Verantwortung gegenüber Gesetz und Recht enthoben. Sie dürfen vorgehen, wie Sie es für zweckmäßig halten.«

»Ich danke Ihnen, Tschatro.«

»Was werden Sie als nächstes unternehmen?« erkundigte sich der Tschatro.

Der Tuuhrt lächelte. »Ich werde warten. Die höchste Tugend des Jägers ist die Geduld. Ich habe die Spur Danros verloren, aber ich bin sicher, daß ich sie bald wiederfinden werde.«

»Ich wünsche Ihnen Erfolg«, sagte der Tschatro.

Lange nachdem Torytrae den Tschatro verlassen hatte, stand er auf dem Flachdach des Palastes und blickte in den Himmel. Dort irgendwo befand sich Danros Gehirn.

Zu seiner Verwunderung empfand Torytrae keinen Haß auf das Wesen, das ihn überlistet hatte. Im Gegenteil, er verspürte eine bislang unbekannte Sehnsucht, mit seinem Opfer zu sprechen, zu erfahren, wer dieses Gehirn wirklich war, woher es kam und welche Absichten es verfolgte.

»Ich muß es wissen!« flüsterte der Jäger.

12.

Der Planet Yaanzar und seine Sonne waren längst in der Unendlichkeit des Alls versunken, Lichtjahre hinter dem Schiff und zwei Tage nach der geglückten Flucht. Es war Perry Rhodan klar, daß er damit zwar einen gewissen Vorsprung errungen hatte, sich aber noch längst nicht in absoluter Sicherheit befand.

Immerhin besaßen sein Gehirn und sein Bewußtsein nun einen neuen Körper. Dank der Transplantation auf Yaanzar war er zu Toraschtyn geworden, und der Jäger Torytrae würde ihn vergeblich suchen. Aber Torytrae war Rhodans geringste Sorge. Er wollte wissen, wo er war.

Heltamosch wartete in seiner Kabine auf das Erscheinen Rhodans, den er zu einer Besprechung unter vier Augen gebeten hatte.

Als Rhodan eintrat, erhob er sich.

»Setzen Sie sich, mein Freund. Ich wollte mit Ihnen reden.«

Rhodan nahm Platz. Mit Heltamosch verband ihn nicht nur eine Freundschaft, sondern auch das gemeinsame Schicksal, ein Sternenreich zu führen. Beide Männer begegneten einander mit großem Respekt.

»Auch ich wollte mit Ihnen reden. Es gibt viele Fragen zu stellen und zu beantworten. Darf ich fragen, welche Pläne Sie jetzt haben und was geschehen soll?«

Heltamosch sah Rhodan aufmerksam an, dann sagte er: »Toraschtyn war einer der besten und treuesten Kommandanten, ehe er sterben mußte. Ich bin froh, daß gerade Sie seinen Körper übernommen haben. Auf der anderen Seite haben die Verfolger Ihre Spur verloren. Sie sind in Sicherheit. Aber wir müssen noch darüber sprechen, was nun geschehen soll. Sie könnten natürlich auf meinem Schiff bleiben, als mein Freund und Verbündeter ... Sie schütteln den Kopf?«

»Ich danke Ihnen für das Angebot, Heltamosch, und ich bitte Sie, es mir nicht übelzunehmen, wenn ich andere Pläne habe. Ich muß meine

Heimat wiederfinden, dort warten noch viele Aufgaben auf mich. Sie werden das gut verstehen, glaube ich.«

»Gäbe es wenigstens Hinweise, in welcher Richtung wir suchen müßten, wäre das Problem schnell gelöst. Sie waren selbst im größten Observatorium Yaanzars und haben die galaktische Kartei gesehen. Ihre Milchstraße war nicht dabei. Wo also sollen wir noch suchen?«

»Toraschtyns Restbewußtsein, mit dem ich manchmal in Verbindung stehe, hat mir viele interessante Dinge verraten. Ich kenne nun sein ganzes Leben, seine Arbeit, seine Ansichten, Absichten und seine Geheimnisse.«

»Was haben Sie erfahren?«

»Wenn überhaupt jemals ein Volk gewußt hat, welche der vielen Millionen Galaxien, die man von hier aus am nächtlichen Himmel oder vom Weltraum aus sehen kann, die meine ist, dann das ausgestorbene Volk der Yulocs. Bringen Sie mich zu einem ihrer Planeten.«

Heltamosch betrachtete ihn aufmerksam. »Es gab drei Hauptwelten, auf denen die Yulocs einst lebten, aber ihre Positionen sind streng geheim. Sie sind nicht einmal den Kommandanten unserer Schiffe bekannt und in keiner Speicherpositronik zu finden. Warum das so ist, weiß auch ich nicht, aber natürlich kenne ich als Mato Pravt diese Positionen.«

»Ich bin sicher, auf diesen Planeten den gesuchten Hinweis zu finden. Wäre es ein Verstoß gegen Ihre Gesetze, wenn Sie mich hinbrächten?«

Heltamosch zögerte. »Es liegt in meinem Ermessen, Ihnen gegenüber das Geheimnis der Yulocplaneten preiszugeben oder nicht. Wenn Sie überzeugt sind, daß es Ihnen weiterhilft, fliegen wir hin, aber ich werde keine Zeit haben, mich lange aufzuhalten. Dringende Staatsgeschäfte erfordern meine Anwesenheit auf anderen Welten. Ich werde Sie später wieder abholen lassen. Was halten Sie von meinem Vorschlag?«

»Ich bin Ihnen sehr dankbar, Heltamosch, und natürlich auch einverstanden. Wichtig ist, daß ich Ihnen keine Schwierigkeiten bereite, wenn ich Sie um Unterstützung bitte. Werden wir lange unterwegs sein?«

»Etwas mehr als tausend Lichtjahre, nehme ich an. Wir werden noch heute die Speicherpositronik befragen. Niemand außer uns beiden darf dabei anwesend sein – o doch, höchstens noch Gayt-Coor.«

»Wer ist das?«

»Gayt-Coor ist ein Lebewesen vom Planeten Petracz im System Sheylm, ein Echsenabkömmling. Er gilt als einer der besten Verbindungsoffiziere zwischen unterschiedlichen Völkern. Und er ist Galaktologe. Ja, es wird Zeit, daß Sie ihn kennenlernen. Sie werden sich gut verstehen, glaube ich, und er wird Sie auf den Planeten der Yulocs begleiten.«

»Wann treffe ich ihn?«

Heltamosch schaltete den Interkom ein und gab einige Anweisungen durch. Dann erst antwortete er: »In der Speicherzentrale und Auswertung, in zehn Minuten. Ich habe soeben angeordnet, daß beide Anlagen geräumt werden. Gayt-Coor wird sich einfinden.«

Heltamosch und Rhodan warteten die angesetzte Frist ab, dann ließen sie sich vom Antigravlift in das oberste Deck bringen, wo die Kommandozentrale und die Rechenzentren untergebracht waren. Gayt-Coor erwartete sie bereits.

Es war für Rhodan kein besonderes Ereignis, einem intelligenten nichtmenschlichen Wesen gegenüberzutreten. Das Universum war voller Vielfalt an Geschöpfen, deren Entwicklung andere Wege gegangen war. Immerhin mußte der Petraczer Rhodan nicht gerade ungewöhnlich erscheinen, denn Echsenarten gab es in der heimatlichen Milchstraße genug.

Gayt-Coor wirkte ungemein kräftig und sah aus wie ein irdischer Saurier mit langen Laufbeinen. Der geschuppte Schwanz allerdings war stark verkümmert und diente kaum noch als Stütze. Gayt-Coor mochte aufgerichtet vielleicht 1,70 Meter groß sein, und er stand so sicher auf den Laufbeinen, daß Rhodan sofort klar wurde, daß er es mit einem Zweibeiner zu tun hatte.

Die Gliederschuppen schimmerten türkisfarben und erinnerten an ein Kettenhemd. Im Gegensatz zu terranischen Echsen war der Kopf nicht langgestreckt, etwa wie bei einem Krokodil, sondern eher rund und flachgedrückt. Rechts und links saßen im Kopf, etwa in Höhe der Schläfe, je zwei mit Facetten ausgestattete Augen, die einen großen Blickwinkel ermöglichten. In dem rachenähnlichen Mund bemerkte Rhodan verkümmerte Zähne, die nicht gerade sehr gefährlich wirkten.

»Gayt-Coor, das ist Rhodan im Körper des auch Ihnen bekannten Toraschtyn. Ich möchte, daß Sie Freunde werden.«

Es war gar nicht so einfach, ihm die Hand zu geben, stellte Rhodan fest und gab den kräftigen Druck zurück. In den sonst so kalten Echsenaugen schimmerte es neugierig und freundlich zugleich.

»Ich freue mich, Toraschtyn«, sagte Gayt-Coor klar verständlich. Er sprach das Nauparo, die galaktische Umgangssprache, allem Anschein nach perfekt und ohne fremden Akzent. »Oder ist Ihnen Ihr richtiger Name lieber?«

»Wenn wir unter uns sind – gern.«

Heltamosch klärte Gayt-Coor über den Zweck ihres Besuches in der Positronik auf und schloß: »Es ist für Rhodan ungemein wichtig, jeden nur denkbaren Hinweis auf seine Heimatgalaxis zu erhalten. Er hält es nicht für ausgeschlossen, daß ein solcher Hinweis auf den drei Yulocplaneten zu finden ist. Können Sie ihm dabei helfen?«

»Der nächste Planet der Yulocs dürfte in diesem Fall Traecther sein, die anderen beiden sind sehr weit entfernt, auf der anderen Seite von Naupaum. Befragen wir die Positronik.«

»Traecther?« wunderte sich Heltamosch über die Kenntnisse des Galaktologen. »Ich wußte nicht, daß Sie so gut informiert sind.«

Sie programmierten die Anlage und warteten auf das Ergebnis.

Rhodan fragte Heltamosch: »Sie haben mir zwar versichert, daß ich Ihnen mit meiner Bitte keine Unannehmlichkeiten verursache, aber Ihr Gesicht läßt mich an Ihrer Versicherung zweifeln. Gibt es wirklich nichts, was Sie bereuen müßten, wenn Sie mich einweihen?«

»Oh, das ist es nicht, was mir Sorgen bereitet, Rhodan. Es ist vielmehr die Tatsache, daß diese drei Planeten – nun, sagen wir, verboten sind, auch für mich. Eine Landung der PRYHNT wäre absolut ausgeschlossen. Wir dürfen nicht einmal in eine Kreisbahn gehen. Die Oberfläche ist tabu für mich und erst recht für meine Besatzung. Wie ich sehe, hat Gayt-Coor in dieser Hinsicht weniger Bedenken.«

»Überhaupt keine!« eröffnete ihm der Petraczer freimütig. »Es war schon immer mein Wunsch, Traecther kennenzulernen, und ich betrachte das jetzt als eine günstige Gelegenheit, mir diesen Wunsch zu erfüllen, und dazu noch mit höchster Genehmigung.« Er sah Rhodan an. »Und Sie? Woher sollten Sie Bedenken haben?«

»Ich habe auch keine«, gab Rhodan zurück. »Die Frage ist nur, wie gelangen wir auf die Oberfläche, wenn die PRYHNT nicht landen darf?«

»Das ist nun wirklich kein Problem«, antwortete Heltamosch. »Sie bekommen ein Beiboot von mir. Sobald ich Gelegenheit dazu erhalte, werde ich Sie beide dann wieder abholen. Wir vereinbaren ein Signal, das ist alles. In der Zwischenzeit haben Sie Gelegenheit, sich eingehend umzusehen. Ich hoffe, Rhodan hat Glück.«

Ein Lichtzeichen kündigte die Beendigung der Berechnungen an. Heltamosch überließ es Gayt-Coor, die Ergebnisse vorzulesen.

»Wie ich schon sagte: Traecther, Entfernung 1811 Lichtjahre, System Tarct, acht Planeten. Der dritte ist es.« Er sah von der Positronikfolie auf. »Die weiteren Daten erfahren wir an Ort und Stelle: planetarische Bedingungen und so fort. Die beiden anderen Planeten sind mehr als dreißigtausend Lichtjahre entfernt. Beschäftigen wir uns also ausschließlich mit Traecther.«

Heltamosch löschte den Vorgang der Positronik sorgfältig.

»Ich werde den Kurs persönlich und ohne Navigationspersonal programmieren. So wird niemand erfahren, wo wir uns befinden, selbst wenn jeder das System mit eigenen Augen zu sehen bekommt. Gayt-Coor, Sie kümmern sich um das Beiboot. Versorgen Sie es mit Proviant und Waffen.

Die Rechenanlage an Bord ist modern und leistungsfähig. Sie werden sie vielleicht brauchen. Ansonsten muß ich Sie allein Ihrem Schicksal überlassen, warte aber das Landesignal ab, ehe ich den Flug fortsetze.«

»Ich betrachte die Angelegenheit als eine Art Urlaub«, sagte Gayt-Coor zuversichtlich. »Und außerdem bin ich wirklich froh, daß Rhodan so aussieht wie Toraschtyn.« Er zwinkerte Rhodan mit seinen vier Augen fast vertraulich zu. »Sie müssen mir gelegentlich anhand einer Zeichnung veranschaulichen, wie Sie *wirklich* aussehen, Rhodan. Ich hoffe, Sie sind so hübsch wie ich.«

»Nicht ganz so hübsch, fürchte ich.« Rhodan lächelte zurück. »Aber auch das ist nur relativ und eine Sache des Geschmacks, ganz abgesehen davon, daß das Aussehen unwichtig ist.«

Sie verließen die Kommandozentrale, als eben die Offiziere zurückkamen und wieder ihre Posten einnahmen. Heltamosch hatte den Kurs in der Zwischenzeit programmiert und den Weiterflug eingeleitet. Er blieb in der Zentrale.

»Kommen Sie mit in meine Kabine, Gayt-Coor?« fragte Rhodan. »Ich habe viele Fragen an Sie, besonders die Yulocs betreffend. Was wissen Sie von ihnen?«

Behende ging der Petraczer voran. Rhodan wunderte sich über die fast graziösen Bewegungen der Echse und mußte zugeben, daß sie wirklich schön war. Gayt-Coor wurde ihm von Minute zu Minute sympathischer.

»Gedulden Sie sich noch ein wenig, Rhodan. Wo ist Ihre Kabine?«

»Wir sind gleich da.«

Als sich die Tür hinter ihnen geschlossen hatte und sie Platz nahmen, wiederholte Rhodan seine Frage. Gayt-Coor hatte es sichtlich schwer, in dem Sessel bequem zu sitzen, aber nach einigen Versuchen gelang es ihm, die richtige Stellung zu finden.

Dann erst sagte er: »Es dürfte Ihnen bekannt sein, daß die Yulocs einst diese Galaxis beherrschten. Dann aber, vielleicht vor hunderttausend Jahren, wurden sie plötzlich ihrer geistigen und militärischen Macht überdrüssig, zogen sich auf ihre drei Planeten zurück und überließen die anderen Völker sich selbst. Auch das ist bekannt. Was nun folgt, ist mehr eine Vermutung. Meiner Ansicht nach gingen die Yulocs an ihrer eigenen geistigen Überreife zugrunde. Sie zogen sich in ihre eigene Traumwelt zurück, wurden zu Philosophen und vergaßen dabei die Realität. Es ist anzunehmen, daß sie auch besonders gute Astronomen waren, denn nichts regt mehr zum Denken an als der Anblick ferner Sterne und Galaxien, wenn man die Unendlichkeit des Universums zu erkennen beginnt und die eigene Winzigkeit begreift. Es ist also damit zu rechnen, daß wir auf Traecther entsprechende Hinweise finden. Leben allerdings wird dort niemand mehr.«

»Das ist alles, was Sie wissen?«

»So ziemlich alles. Ich glaube, sie starben deshalb aus, weil sie sich einfach nicht mehr fortpflanzten. Sie verzichteten auf den Nachwuchs – oder vielleicht war es ihnen auch nicht mehr möglich, welchen zu zeugen. Sie lebten nur noch für ihr wirklichkeitsfremdes Denken, und damit besiegelten sie ihren eigenen Untergang.«

»Und niemand konnte das verhindern?«

»Warum sollte das jemand tun? Schließlich fürchtete man sie, denn sie hatten eine ganze Galaxis erobert und schienen keine Grenzen ihres Expansionsdrangs zu kennen. Als sie sich zurückzogen, plötzlich und scheinbar ohne jeden Grund, haben die Völker Naupaums wahrscheinlich befreit aufgeatmet – man weiß es nicht. Jedenfalls wurden schon damals die drei Planeten tabu, und niemand betrat sie mehr. Schließlich gerieten sie sogar in Vergessenheit, und ihre Koordinaten waren in kaum einem Positronenspeicher zu finden. Verstehen Sie jetzt, was es für Heltamosch bedeutet, uns nach Traecther zu bringen? Er handelt damit bewußt gegen seine Ethik und Auffassung, aber er will Ihnen helfen und weiß, daß es keinen anderen Weg gibt.«

Rhodan nickte. »Ich weiß sein Opfer sehr wohl zu schätzen, Gayt-Coor ...«

Der Petraczer unterbrach: »Wenn wir es einmal sehr eilig haben sollten, genügt es vollauf, wenn sie nur Gayt zu mir sagen. Oder auch nur Coor, das ist egal.«

»Fein«, sagte Rhodan und unterdrückte ein Grinsen. »Ich werde es mir merken. Ich bin Heltamosch sehr dankbar und weiß auch nicht, wie ich ihm diese Dankbarkeit jemals beweisen soll.«

»Für einen wahren Freund, Rhodan, kann man niemals zuviel tun.« Gayt-Coor beugte sich vor und sah sein Gegenüber an. »Außerdem haben Sie, wenn ich mich nicht irre, auch sehr viel für Heltamosch getan. Sie haben ihm das Leben und damit seinen Thron gerettet. Ist es da nicht mehr als gerecht, wenn er nun auch für Sie ein Opfer bringt?«

»Es ist ein Opfer gegen seine Überzeugung, das ist hart.«

»Trotzdem, Rhodan! Sie dürfen sich keine Gewissensbisse machen. Ich kenne Heltamosch besser und länger als Sie. Er wird es überwinden. Außerdem bin ich überzeugt, daß er innerlich froh ist, Ihnen helfen zu können. Es ist immer gut, eine alte Schuld abtragen zu können, und genau das tut er ja jetzt.«

Rhodan versuchte, auf das ursprüngliche Thema zurückzukommen, aber Gayt-Coor ging nicht mehr darauf ein.

Er sagte nur noch: »Natürlich sind mir noch weitere Dinge bekannt, aber ich möchte erst dann darüber sprechen, wenn wir am Ziel sind. Was nun in Wirklichkeit mit Traecther geschehen ist und wie es dort aussieht, das weiß ich auch nicht. Es kann sehr gut sein, daß uns einige Überraschungen bevorstehen. Ich glaube nämlich nicht daran, daß die Position über hunderttausend Jahre hinweg so geheim blieb, wie Heltamosch zu glauben scheint. Doch lassen wir uns überraschen.«

Sie näherten sich ihrem Ziel. Die PRYHNT flog nun mit knapper Lichtgeschwindigkeit auf den kleinen roten Stern zu, der den Bildschirm beherrschte. Die Orter zeigten acht Planeten an. Ansonsten handelte es sich um eine sternenarme Randzone der Galaxis Naupaum, relativ verlassen und leer.

Rhodan war in der Kommandozentrale. Er saß in einem Sessel neben Heltamosch und beobachtete die Annäherung an das geheime System. In den vergangenen Tagen war er fast ständig mit Gayt-Coor zusammengewesen, der ihm eine Menge über die Geschichte der Galaxis Naupaum und das Leben der verschiedenen Völker berichtet hatte. Rhodan hatte das untrügliche Gefühl, einen echten Freund gewonnen zu haben.

»Geschwindigkeit herabsetzen, bis Null gehen!« ordnete Heltamosch an.

Auf dem Bildschirm sah Rhodan, daß sie noch mehrere Lichtstunden von Tarct entfernt waren und auch die Bahn des äußersten Planeten noch nicht erreicht hatten. Ein wenig verwundert fragte er: »Wir sind noch nicht am Ziel, mein Freund. Warum lassen Sie den Antrieb bereits stoppen?«

Heltamosch beugte sich zu ihm. »Ich darf auf keinen Fall in das verbotene System eindringen, Rhodan. Die Bahn des achten Planeten ist die Grenze. Von dort an müssen Gayt-Coor und Sie Ihren Weg allein gehen. Sie sind auf sich selbst angewiesen und können weder von mir noch von jemand anderem Hilfe und Unterstützung erwarten. Ich kann nur hoffen, daß Sie noch leben, wenn ich nach zwei oder drei Wochen zurückkehre.«

Das klang wenig ermutigend, aber Rhodan wußte, daß er auf keinen Fall noch mehr von dem Mato Pravt verlangen konnte. Er sagte: »Traecther ist ein toter Planet, also trägt er auch kein feindlich eingestelltes Leben. Ich glaube nicht, daß uns dort Gefahr droht. Gayt-Coor glaubt es auch nicht.«

»Glauben und Wissen sind zwei verschiedene Dinge«, entgegnete Heltamosch nüchtern. »In zwei Stunden etwa haben wir das Ende unserer Reise erreicht. Hat sich Gayt-Coor um das Beiboot gekümmert?«

»Es wird gerade überprüft.«

Eine Weile blieb Rhodan noch in der Kommandozentrale, dann entschuldigte er sich bei Heltamosch. Er wollte noch einmal in seine Kabine, um sein Gepäck zu holen. Heltamosch versprach, in den Hangar zu kommen, wenn es soweit sei.

Rhodan ging durch den langen Korridor, und er dachte darüber nach, wie es wohl sein würde, wenn er zum letztenmal durch diesen Korridor kam. Vielleicht sah er Heltamosch und die PRYHNT niemals mehr wieder.

Im Hangar überwachte Gayt-Coor die letzten Vorbereitungen. Das Beiboot, fünfundzwanzig Meter lang und in der äußeren Form ähnlich wie die PRYHNT gebaut, lag auf den Laufschienen. Der stumpf abgerundete Bug zeigte auf die noch geschlossene Ausflugsluke.

»Wir sind bald da«, sagte Rhodan und warf das Bündel mit seinen persönlichen Dingen in die offene Luke des Bootes. »Alles in Ordnung, Gayt?«

»Alles in Ordnung. Die Waffen sind funktionsklar, wenn ich auch nicht damit rechne, daß wir sie benötigen. Lebensmittel sind für Monate vorhanden. Die positronische Rechenanlage und die Orter arbeiten einwandfrei. Wir sind startklar.«

»Heltamosch weigert sich, weiter als bis zur Bahn des achten Planeten zu fliegen. Wir werden also den Rest des Fluges allein fortsetzen müssen. Bedenken?«

»Natürlich nicht, ich habe damit gerechnet. Dies ist ein gutes Schiff, und es wird uns sicher ans Ziel bringen. Ich muß ehrlich gestehen, daß ich genauso gespannt darauf bin wie Sie. Endlich eine Gelegenheit, etwas Verbotenes ganz legal durchzuführen.«

»Ihre Kenntnisse über Traecther, die Sie mir leider noch nicht enthüllt haben, werden Ihnen bei dem Unternehmen von großem Nutzen sein«, sagte Rhodan anzüglich, aber Gayt reagierte nicht darauf.

»Ich hoffe es.«

Der Bildschirm im Hangar bot ihnen Gelegenheit, die Endphase des Fluges zu beobachten. Die Sonne stand auf der großen Mattscheibe, und im Bild waren vier Planeten zu erkennen. Selbst Gayt-Coor vermochte nicht zu sagen, ob einer von ihnen Traecther war oder nicht.

Heltamosch erschien im Hangar.

»Keinen Meter weiter!« sagte er zu Rhodan, ohne unfreundlich zu wirken. »Es ist seit undenkbarer Zeit verbotenes Gebiet, und gerade ich als der künftige Herrscher darf dieses Verbot nicht verletzen. Glauben Sie mir, Rhodan, manchmal meine ich, meine Neugier sei stärker als das

Verbot, aber ich darf dem Verlangen nicht nachgeben. Es genügt, wenn Sie mir später berichten – es steht in keinem Gesetz, daß es verboten ist, Erzählungen zu lauschen. Wir haben die Bahn des achten Planeten erreicht, Gayt-Coor. Ist alles vorbereitet?«

»Wir warten nur noch auf Ihre Genehmigung, Heltamosch.«

»Sie ist hiermit erteilt«, sagte Heltamosch offiziell. Dann streckte er zuerst dem Petraczer und dann Rhodan beide Hände entgegen, um Abschied zu nehmen. »Meine Wünsche begleiten Sie. Sie werden eine Welt betreten, die seit unzähligen Jahren niemand mehr gesehen hat, wenigstens nicht offiziell. Es gibt keine Kontrollen in dieser Hinsicht, aber jeder respektiert das Gesetz.«

»Hoffentlich«, knurrte Gayt-Coor mit seiner tiefen Stimme, und es klang sehr skeptisch. »Sonst erleben wir eine Überraschung.«

Sie wechselten noch einige Worte, dann kletterte Gayt-Coor behende durch die Luke in das Innere des Beibootes der PRYHNT, drehte sich um und winkte Rhodan zu.

»Nun, was ist? Wir haben nun genug geredet – außerdem plagt mich die Neugier. Kommen Sie?«

Er sprach Rhodan aus dem Herzen, wenn er es auch nicht offen zugeben wollte. Bisher hatte er seine Ungeduld zügeln können, aber nun, so kurz vor dem Ziel, folgte er dem Ruf des Petraczers, ohne zu zögern. Er winkte Heltamosch noch einmal hastig zu, dann schloß sich die Luke des Beibootes hinter ihm.

Gayt-Coor erwartete ihn in der kleinen Kommandozentrale, die zwei Personen gut Platz bot. Das Schiff konnte von einem Mann allein bedient und kontrolliert werden. Fast alles war automatisch eingerichtet. Das Boot war im Grunde ein einziger komplizierter Roboter, der vorprogrammiert, aber auch manuell gesteuert werden konnte.

»Start erfolgt in fünf Minuten!« Gayt-Coor aktivierte die Systeme. »Die Vorrichtung schleudert uns aus der PRYHNT, und dann sind wir allein und auf uns angewiesen. Ich nehme an, daß Heltamosch unverzüglich Fahrt aufnehmen und von hier verschwinden wird. Er hat eine heilige Furcht vor dem Planeten der Yulocs. Ich nicht.«

»Wie kommt das?« fragte Rhodan. »Ich meine, Sie unterstehen den Gesetzen genauso wie Heltamosch und alle anderen Angehörigen der verschiedenen Völker.«

Gayt-Coor machte eine unbestimmte Geste. »Nein, ich habe mich niemals diesen Gesetzen unterworfen, und Heltamosch weiß das auch. Aber er weiß auch, daß ich das niemals zu seinen Ungunsten ausnutzen würde. Ganz im Gegenteil! Ich habe ihm oft helfen können, weil ich eben diesen Gesetzen nicht zu gehorchen brauche. Er als künftiger

Herrscher muß es tun und ist dadurch gebunden. Ich aber bin frei, Rhodan.«

»Vielleicht ist das auch mein Glück.«

Sie warteten. Ein Signal warnte sie. Die Antigravfelder waren automatisch eingeschaltet worden, und so verspürten weder Gayt-Coor noch Rhodan etwas von dem plötzlichen Andruck, der sie unter normalen Umständen tief in die Polster gepreßt hätte. Sie konnten auf den vorhandenen Bildschirm verzichten, denn ein Teil der Bugkanzel war durchsichtig.

Wie ein Geschoß rasten sie aus der Hangarluke hinaus in den Weltraum. Hinter ihnen schrumpfte die PRYHNT schnell zu einem winzigen Punkt zusammen, der in der Unendlichkeit verschwand.

Gayt-Coor erwies sich als ausgezeichneter Raumpilot und Navigator. Er deutete auf Kontrollen, die vor Rhodan angebracht waren.

»Können Sie die Orter übernehmen? Wir benötigen die genauen Daten von Traecther, sobald wir ihn auf dem Schirm haben.«

Die kleinen Orterschirme leuchteten auf, aber noch erschienen auf ihnen weder Bilder noch Daten. Traecther war zu weit entfernt und noch nicht zu sehen. Er stand jetzt hinter seiner Sonne Tarct.

Rhodan flog nicht zum erstenmal in ein unbekanntes Sonnensystem. Die Kommandanten seiner terranischen Explorerflotte wurden fast täglich mit einer solchen Aufgabe betraut. Und doch war es diesmal etwas ganz anderes. Nicht nur, daß er sich in einer fremden Galaxis aufhielt, machte den Unterschied aus. Selbst in dieser fremden Galaxis galt das System als verboten, als heilig und tabu. Es war die Welt der längst verschollenen und ausgestorbenen Herrscher. Die Welt der Philosophen und Wissenschaftler.

»Rechts von der Sonnenscheibe«, sagte Gayt-Coor in die entstandene Stille hinein. »Traecther!«

Rhodan benötigte einige Sekunden, ehe er den schwachen Lichtfleck neben dem roten Rand entdeckte. Er richtete die Orterinstrumente darauf und leitete den Suchvorgang ein. Dann lehnte er sich zurück und wartete auf die automatisch eintreffenden Ergebnisse.

Inzwischen hatte Gayt-Coor den Autopiloten eingeschaltet. Das Schiff nahm Kurs auf Traecther und beschrieb bei seinem Flug einen Bogen, der die gefährliche Nähe der Sonne vermied.

Die ersten Daten kamen herein. Rhodan las sie ab, obwohl sie gleichzeitig automatisch gespeichert wurden: »Gravitation 1,07 Gravos. Rotation 29,7 Stunden. Mittlere Temperaturen mit 15,3 Grad sehr niedrig. Wasser vorhanden, stark vereiste Polkappen. Durchmesser 13.029 Kilometer.«

»So genau wollte ich es eigentlich gar nicht wissen«, murmelte Gayt-Coor und versuchte, das Bild auf den Orterschirmen zu vergrößern. Sehr deutlich wurde es nicht. »Eine Menge Wolken, würde ich sagen. Der ganze Planet ist von einer Wolkenschicht umgeben, man kann die Oberfläche nicht sehen.«

»Das gehört sich so für einen geheimnisvollen und verbotenen Planeten wie Traecther«, meinte Rhodan mit einem Anflug von Galgenhumor. »Wir werden also bis zum Augenblick der Landung nicht wissen, was wir dort vorfinden.«

»Außer den Dingen, die uns die Orter verraten.«

»Wird nicht allzuviel sein.«

Das Beiboot flog mit halber Lichtgeschwindigkeit. Da genügend Zeit vorhanden war, machte Rhodan eine Inspektionsrunde und überzeugte sich davon, daß alles vorhanden war, was sie auf einem unbewohnten und vielleicht unfruchtbaren Planeten zum Überleben benötigten. Waffen lagerten in ausreichender Menge in einem kleinen Arsenal.

Besonders interessierte Rhodan die Schwebeplattform, die nach dem Antigravprinzip funktionierte. Sie eignete sich nur für den Flug innerhalb einer Atmosphäre, wirkte aber bequem und zuverlässig. Toraschtyns Restbewußtsein erklärte ihm die Kontrollen.

Als er nach einer halben Stunde wieder in die kleine Kommandozentrale zurückkehrte, war Traecther sichtlich größer geworden. Die Albedo war dank der Wolkenschicht ungemein hoch, aber Rhodan wußte aus Erfahrung, daß solche Welten auf der Oberfläche dunkel waren. Die Wolken absorbierten einen großen Teil des Sonnenlichts.

»Noch dreißig Minuten, Abbremsung auf Landegeschwindigkeit eingeschlossen, bis wir die obersten Schichten der Atmosphäre erreichen«, empfing ihn Gayt-Coor. »Aber wir werden nicht sofort landen. Ich möchte mir erst alles in Ruhe ansehen.«

»Wenn die Yulocs Observatorien hatten, so müssen sie in den Bergen gelegen haben. Dort sollten wir zuerst nachsehen. Auf der anderen Seite stört mich die geschlossene Wolkendecke. Wie können sie unter derartigen Voraussetzungen Beobachtungen durchgeführt haben?«

Gayt-Coor lächelte überlegen.

»Sie vergessen, mein Freund, daß inzwischen vielleicht hunderttausend Jahre vergingen. Das Klima kann sich geändert haben. Früher gab es auf Traecther unter Umständen nur den klaren, wolkenlosen Himmel, den nur die Wetterkontrolle nach Bedarf mit Wolken überzog. Damals herrschten vielleicht die besten Vorbedingungen für astronomische Forschungen, ganz davon abgesehen, daß die Yulocs die Raumfahrt kannten und Observatorien wahrscheinlich in den Weltraum verlegten, wo die

Bedingungen am besten sind. Aber dann befanden sich zumindest die Auswertungszentren und die Speicheranlagen auf Traecther. Und sie sind es, die wir finden müssen.«

Die Überlegungen des Petraczers waren logisch, aber sie änderten nichts an den Schwierigkeiten, die vor Rhodan lagen. Eine ganze Welt würde er absuchen müssen, und niemand konnte ihm dabei helfen. Gayt-Coor wahrscheinlich auch nicht.

»Auf der anderen Seite«, fuhr dieser nach einer Pause fort, »haben die Yulocs, als sie den Höhepunkt ihrer Entwicklung überschritten hatten, das Sonnenlicht gescheut, und das im wahrsten Sinne des Wortes. Was damals wirklich auf Traecther geschah, konnte ich nicht in Erfahrung bringen, nur soviel: Um meditieren und philosophieren zu können, benötigten sie das Dämmerlicht. Ich vermute, sie haben ihre automatische Wetterkontrolle mißbraucht, und weiter nehme ich an, daß die Wolkendecke dort vor uns eine Folge dieses Mißbrauchs sein könnte. Das wiederum bedeutet, daß die automatisch gesteuerte Anlage noch heute funktioniert, es sei denn, das Klima änderte sich allmählich auf natürliche Art und Weise.«

»Sie wissen sehr viel über Traecther«, sagte Rhodan nachdenklich. »Können Sie mir noch mehr verraten?«

»Immer der Reihe nach und wenn sich die Gelegenheit bietet, mein Freund. Sie werden alles erfahren, was ich weiß. Es sind nur Bruchstücke, die ich hier und dort während meiner Tätigkeit als Verbindungsoffizier aufschnappte. Alle Völker haben ihre Sagen über die Yulocs, und es gehört eine gute Kombinationsgabe dazu, sie richtig zu interpretieren.«

Rhodan schwieg und blickte wieder auf den Bildschirm. Die schimmernde Kugel war nur noch Lichtminuten entfernt. Mit bloßem Auge durch die Sichtluke gesehen, wurde sie zu einem grell leuchtenden Stern.

Das kleine Schiff bremste weiter ab und näherte sich der eigentlichen Atmosphäre, in der noch keine Wolken vorhanden waren. Die lagen einige hundert Kilometer tiefer und erinnerten an eine endlose Wasserfläche, die den ganzen Planeten bedeckte.

Gayt-Coor steuerte das Schiff manuell. Die Automatik hatte er abgeschaltet. Die Geschwindigkeit lag bei zehn Kilometern pro Sekunde.

Immer mehr näherten sie sich der Wolkenschicht, in der es keine Lücken gab. Niemals gestattete sie einen Blick auf die eigentliche Oberfläche des Planeten, die wohl auch niemals einen Sonnenstrahl empfing. Es mußte eine Welt sein, deren Tag in stete Dämmerung getaucht und deren Nächte eine undurchdringliche Finsternis waren.

»Der Dunkelschirm«, murmelte Gayt-Coor vor sich hin und korrigierte abermals den Kurs.

»Dunkelschirm?«

Die Echse nickte. »Eine der vielen Sagen, die ich hörte. Eine sprach von einem Dunkelschirm, der über Traecther liegen soll. Bitte, da haben wir ihn.« Er deutete auf die Wolkendecke, die nur noch wenige Kilometer unter dem Schiff lag. »So stimmt es also doch, was ich vermutete. Die Wetterkontrolle ist noch immer wirksam.«

Rhodan begriff nicht, wie ein intelligentes Volk mit derartigen Hilfsmitteln eine vielleicht schöne und sonnige Welt so mißhandeln konnte. Wo immer es Wetterkontrollen gab, so wurde mit ihnen versucht, einen Planeten anziehender und das Leben auf ihm angenehmer zu gestalten. Hier war es genau umgekehrt – wenn Gayt-Coors Vermutung stimmte.

Sie tauchten ein. Es war, als versänken sie im Meer. Die Sicht betrug kaum drei Meter, und Gayt-Coor drosselte die Geschwindigkeit noch mehr, um nicht gegen ein unvermutetes Hindernis zu stoßen. Die Höhe über der unsichtbaren Oberfläche betrug noch zwanzig Kilometer.

»Wie dick ist die Wolkenschicht?« fragte Rhodan.

»Fünfzehn Kilometer«, antwortete Gayt-Coor nach einem Blick auf die Orterschirme. »Ich würde mich wundern, wenn sie überhaupt noch Licht durchläßt. Aber die Messungen bestätigen, daß sie nicht überall gleich dick ist. An manchen Stellen habe ich nur fünf Kilometer gemessen.«

»Wie kommt das?«

»Keine Erklärung, Rhodan. Vielleicht ein Fehler in der Wetterkontrolle, vielleicht Absicht. Vielleicht finden wir die Antwort, wenn wir unten sind.«

Immer tiefer sanken sie, und wenn die Instrumente nicht logen, müßten sie an dieser Stelle nach weiteren fünf Kilometern die Wolkenschicht durchstoßen haben.

Einmal war es Rhodan, als würde es genau unter ihnen plötzlich dunkler. Wie ein Schatten zog etwas unter ihnen her. So als sei es eine Gewitterwolke, die sich in diese Höhen verirrt hatte.

Die Instrumente zeigten eine feste Masse an. »Das habe ich schon mehrmals beobachtet«, sagte Gayt-Coor, als Rhodan eine entsprechende Vermutung äußerte. »Nur konnte man es dieses Mal auch optisch wahrnehmen. Für ein Schiff ist die Masse zu groß. Außerdem ist keine willkürlich herbeigeführte Bewegung zu registrieren. Vielmehr habe ich den Eindruck, die Masse treibt mit dem Wind durch die Wolkenschicht. Es kann sich allerdings auch um kristallisierte Schichten handeln, die bei den Messungen wie Materie wirken. Wir werden uns bei Gelegenheit darum kümmern.«

Rhodan fand die Erklärung seines Freundes nicht gerade sehr plausibel, aber im Augenblick gab es keine bessere. Ununterbrochen starrte er durch die Sichtluke nach draußen, hinein in das Brodeln der Wolkenmassen, in denen seltsamerweise kaum Feuchtigkeit nachgewiesen werden konnte. Es waren fast trockene Wolken.

Endlich waren sie hindurch. So dunkel, wie sie erwartet hatten, war es nicht.

Die Landschaft war deutlich zu erkennen, wenn auch in einem unheimlich anmutenden Zwielicht, das kaum Schatten warf. Die Wolken mußten ziemlich lichtdurchlässig sein, was in diesem Fall nur relativ bewertet werden konnte, denn schließlich waren sie zehn bis fünfzehn Kilometer dick.

Rhodan nahm wieder den vergrößernden Bildschirm zu Hilfe, um Einzelheiten der Oberfläche erkennen zu können. Er sah sofort, daß Vegetation vorhanden war, wenn auch nur spärlich in Form von niedrigen Krüppelbäumen, Büschen und Flechtenmoos. Vereinzelte Seen schimmerten durch die Dämmerung, manche auffällig rechteckig oder gar rund, so als hätte man sie einst ausgestochen.

Sie überquerten die Tundralandschaft in geringer Höhe, bis sie das Meer erreichten. Gayt-Coor hielt sein Versprechen: Er setzte noch nicht zur Landung an, sondern flog weiter. Bereits nach einer Viertelstunde überholten sie die unsichtbare Sonne und drangen in die absolute Lichtlosigkeit der Nacht ein. Der Bugscheinwerfer wurde eingeschaltet. Da sie dicht über der Wasseroberfläche dahinglitten, blieb eine optische Orientierung möglich. Sie hielten sich genau nach Westen.

Dann flogen sie wieder über Festland, nachdem sie einige kahle Inseln überquert hatten. Das Bild änderte sich nicht – Tundragebiet, die vielen Seen, einige Gebirge und vereinzelte Flüsse. An manchen Stellen sichteten sie Ruinen, die in merkwürdiger Art, fast so, als habe man sie mutwillig mit ungeheurer Kraft zusammengeschoben und dann zertrümmert, an Berghängen oder in der Ebene lagen.

»Das sehen wir uns bei Tageslicht an«, sagte Gayt-Coor. »Immer noch heller als unser Scheinwerfer. Man könnte fast meinen«, fügte er dann zögernd hinzu, »die Sage von den fliegenden Städten bewahrheitet sich hier.«

»Was soll das heißen?«

»Sehen die Ruinen nicht so aus, als seien sie aus großer Höhe auf die Oberfläche herabgestürzt? Kein Stein blieb auf dem anderen, aber es sind weder Brand- noch Schmelzspuren zu sehen, soweit ich das beurteilen kann. Mit dem Hämmerchen kann man sie auch nicht auseinandergeklopft haben.«

Er entsann sich für einen Augenblick der dunklen Massen innerhalb der Wolkenschicht, schob die Vision aber sofort wieder beiseite.

Vor ihnen begann erneut die Dämmerung, und dann flogen sie durch den Zwielichttag von Traecther. Weder die Sonne noch ein Stern waren zu sehen. Es herrschte eine ewige Weltuntergangsstimmung. Und so fühlte sich Rhodan auch.

Er kontrollierte die atmosphärischen Bedingungen, als Gayt-Coor ihn darum bat. »Atembare Sauerstoffmischung, sehr kühl. Wir benötigen keine Schutzvorrichtungen.«

»Da hat sich also nichts geändert. Die Yulocs waren ebenfalls Sauerstoffatmer. Wir können landen und das Schiff verlassen.«

»Und wo landen wir?«

»In der Nähe der Dunkelzone. Dämmerig ist es überall, die Rotation ändert nur wenig daran. Sie verursacht nur den Unterschied zwischen Dämmerung und absoluter Dunkelheit.«

Rhodan überließ sich wieder seinen eigenen Gedanken und versuchte, erneut Kontakt mit Toraschtyns Restbewußtsein aufzunehmen, um weitere Informationen zu erhalten. Er erhielt bald den Eindruck, daß Gayt-Coor mehr wußte als Toraschtyn, der durch sein Amt als Kommandant der Flotte ebenfalls an die Gesetze gebunden war. Aber immerhin schien er sich umgehört zu haben, denn auch er erwähnte die »fliegenden Städte und Häuser«, von denen auch Gayt-Coor gesprochen hatte.

Durch die Sichtluke sah Rhodan ein relativ niedriges Gebirge auftauchen, das wie eine langgestreckte Welle in der ebenen Tundra wirkte. Das Schiff verringerte die Geschwindigkeit, bis es fast bewegungslos über der trostlosen Landschaft schwebte. Gayt-Coor suchte einen geeigneten Landeplatz.

»Wir müssen das Schiff tarnen, Rhodan.«

»Warum? Wer sollte es hier finden, wo es niemand mehr gibt?«

»Das wissen wir nicht. Jedenfalls fühle ich mich wohler, wenn es getarnt ist und wir mit der Plattform weiterfliegen, um die gesamte Oberfläche zu erforschen. Wir müssen Nuprel finden.«

»Nuprel? Was ist das?«

»Der Sage nach die ehemalige Hauptstadt von Traecther. Sie muß noch existieren, denn wer sollte sie zerstört haben?«

Rhodan dachte an die merkwürdig verformten Ruinen.

»Jene, die auch die kleineren Ansiedlungen zerstörten, nehme ich an.«

»Vielleicht. Aber Nuprel ist zu groß gewesen, als daß es auf *diese* Art hätte zerstört werden können. Nuprel kann keine fliegende Stadt gewesen sein!«

»Was soll diese Sage von den fliegenden Städten? Auch Toraschtyn berichtete mir davon.«

»Ich werde Ihnen alles erzählen, was ich darüber weiß, sobald wir gelandet sind. Helfen Sie mir jetzt lieber!«

Rhodan schwieg, um Gayt-Coor nicht zu verstimmen. Das flache Gebirge bestand aus weiten Hochflächen und Senken, deren Feuchtigkeit einen Waldwuchs erlaubte. Sie boten Schutz gegen Sicht von oben und sahen im Vergleich zu der übrigen Landschaft direkt einladend aus.

Rhodan deutete nach vorn. »Des Tal dort! Wie wäre es damit?«

Gayt-Coor versuchte zu nicken. »Einverstanden, ein guter Platz. Wir landen neben dem See, der ein exaktes Quadrat bildet. Sehen Sie die Bäume? Wenn es uns gelingt, das Schiff darunter zu legen, brauchen wir uns um eine Tarnung nicht mehr zu kümmern.«

Rhodan wiederholte: »Sie tun in der Tat so, als wäre diese Welt bewohnt. Ich habe dafür noch keinen einzigen Beweis entdeckt, keinen einzigen Hinweis. Ich habe selten eine unbewohnter wirkende Welt gesehen.«

Das Schiff landete sicher auf seinen Antigravfeldern, unweit vom Seeufer unter den kärglichen Bäumen. Als der Antrieb endgültig verstummte, konnten sie durch die Frischentlüftung das Rauschen der Blätter hören. Es gab Wind da draußen und damit auch eine gewisse Form des Lebens. Wind bedeutete Bewegung, Beförderung pflanzlichen Samens.

Sie atmeten die Luft des fremden, geheimnisvollen Planeten und fanden sie gut. Trotzdem entschlossen sie sich, vor Verlassen des Schiffes die Schutzanzüge anzulegen und Waffen mitzunehmen. Auch dachten sie an Lebensmittel, die sie in den Stauräumen der Flugplattform unterbrachten.

Schwerelos verließ die Plattform den Hangar. Sie war etwa 2,80 Meter lang und 1,80 Meter breit. Eine transparente Schutzhaube, in der Art einer gebogenen Windschutzscheibe, reichte fast bis zur Hälfte der Plattform. Darin waren auch die Kontrollen untergebracht.

»Ziemlich luftige Angelegenheit«, bemerkte Rhodan.

»Wir haben ja die Schutzanzüge«, gab Gayt-Coor zurück.

»Muß man auf dem Ding liegen? Sonst fällt man ja herunter.«

»Liegen ist eine bequeme Aufenthaltsart, Rhodan. Außerdem haben wir einen ausgezeichneten Blick nach vorn und nach unten, viel besser als aus dem Schiff. Wir werden mehr sehen.«

»Und wir suchen Nuprel, die ehemalige Hauptstadt?«

Gayt-Coor verließ die Plattform, nachdem er sie sicher gelandet hatte.

»Wir suchen Nuprel«, bestätigte er. »Die Stadt war das Wissenszentrum der hier lebenden Yulocs. Wenn es überhaupt Unterlagen über Ihre Galaxis gibt, dann nur in Nuprel!«

»Also dann, auf nach Nuprel!« meinte Rhodan und half Gayt-Coor, das

Beiboot zu sichern. Die Luke wurde verschlossen und positronisch gesichert. »Ich hoffe nur, wir finden es.«

»Es sind an die fünfhundertdreißig Millionen Quadratkilometer, mein Freund. Vielleicht benötigen wir Wochen, um Nuprel zu finden.«

»Zeit haben wir ja. Heltamosch kommt erst in zwei oder drei Wochen, vielleicht erst in vier. Bis dahin gehört Traecther uns allein.«

»Hoffentlich«, erwiderte Gayt-Coor voller Zweifel. »Wollen wir den ersten Erkundungsflug nicht gleich unternehmen? Ich möchte wissen, ob die Sage von den fliegenden Städten stimmt.«

»Ich habe noch keine gesehen«, machte ihn Rhodan aufmerksam. »Es sei denn, die Dunkelmassen in der Wolkenschicht hängen damit zusammen.«

»Das werden wir hoffentlich bald wissen. Steigen Sie ein!«

Sie lagen auf dem Bauch, die Schutzhelme geöffnet. Die Kontrollen bestanden in erster Linie aus einem Hebel, der fast alle notwendigen Steuerfunktionen erfüllte. Die Plattform war kinderleicht zu bedienen.

Lautlos erhob sie sich. Rhodan überzeugte sich davon, daß ihr Beiboot kaum zu sichten war, wenn man nicht gerade Ortungsgeräte einsetzte. Es lag gut unter den Bäumen versteckt.

Es war ein eigenartiges Gefühl, auf einer einfachen Metallplatte zu liegen und über die Landschaft dahinzugleiten. Rhodan hielt sich unwillkürlich fest, wenn Gayt-Coor in eine Kurve ging und das ganze Ding sich schräg legte. Immerhin gab es noch so etwas wie einen Luftwiderstand. Aber dann gewöhnte er sich daran und fühlte sich so sicher wie in einem geschlossenen Gleiter.

Sie flogen nach Nordosten. Das Gelände wurde wieder flacher. Die niedrigen Bäume verschwanden und machten Gestrüpp Platz. Rhodan stieß Gayt-Coor plötzlich an.

»Da vorn! Sind das nicht Ruinen? Allerdings recht gut erhalten, finde ich ...«

Gayt-Coor reagierte sofort. Die Plattform sank tiefer und näherte sich der von Rhodan bezeichneten Stelle. Das ehemalige Haus oder was immer es auch gewesen sein mochte, lag zertrümmert auf einer schrägen Wiesenfläche, die auf der einen Seite in den dämmerigen Himmel ragte.

Gayt-Coor landete. Unmittelbar neben der Landestelle begann die Schrägfläche, in deren Mitte die Trümmer des zerstörten Gebäudes lagen. Rhodan bemerkte, daß Gayt-Coor ein wenig zurücktrat, um die Ruine und die Umgebung mit einem Blick erfassen zu können. Als er zu ihm zurückkehrte, war sein Gesicht sehr nachdenklich.

»Sie glauben wirklich, daß es geflogen ist? Haus, Grundstück, alles?«

»Ja. Es deckt sich mit den Informationen, die ich erhielt. Bisher wollte ich nicht an Sagen glauben, aber nun muß ich es. Alles deutet darauf hin, daß die Überlieferung stimmt. Die Yulocs wollten möglichst allein sein, wenn sie meditierten. Selbst Nachbarn störten sie dabei, und so konstruierten sie ihre fliegenden Häuser.«

»Warum nahmen sie nicht gleich ihre Raumschiffe, das hätte den gleichen Effekt gehabt!«

»Sie wollten beides: für sich allein sein, aber auch nicht ihr Paradies verlieren. So nahmen sie ein Stück davon einfach mit. Ich bin überzeugt, wir werden noch intakte Fluginseln finden, die wir dann untersuchen können. Dann erhalten wir Antwort auf unsere Fragen.«

»Erzählen Sie mir bitte alles, was Sie darüber wissen, Gayt.«

Der Petraczer deutete auf das schrägliegende Wiesenstück.

»Die Aufschlagstelle beweist, daß es erst vor kurzer Zeit abstürzte, zehn oder zwanzig Jahre vielleicht. Wir haben schon ältere gesehen, und wir werden auch welche finden, die noch um Traecther kreisen. Ich kann nur einzelne Sagen zusammenfassen, die ich hörte. Wie ich schon sagte, die Yulocs wollten allein sein. Sie nahmen ihre gigantische Technik, die ihnen schon den Dunkelschirm verschafft hatte, konstruierten gewaltige Antigravanlagen und bauten sie in vorher präparierte Grundstücke ein, auf denen ihre Häuser standen. Das alles zusammen wurde schwerelos und schwebte in die Luft hinauf. Ich nehme an, für jede dieser Fluginseln war eine bestimmte Höhe vorgeschrieben, um Zusammenstöße möglichst zu vermeiden.«

»Phantastisch!« entfuhr es Rhodan.

»Ja, es ist in der Tat phantastisch, darum hatte ich den Sagen bisher auch keinen rechten Glauben geschenkt. Aber dort liegt der Beweis, direkt vor unserer Nase! Die Yulocs wurden Wanderer, ziellose Wanderer im Dämmerlicht, das nur von der Nacht unterbrochen wurde. Hin und wieder, wenn sie ein freies Stück in der Einsamkeit entdeckten, sind sie vielleicht auch mit ihrer Fluginsel gelandet und blieben Tage oder Wochen. Dann, wenn sie es leid waren, flogen sie weiter. Das geschah, bis sie starben, einsam und ohne Nachkommen. Die fliegenden Inseln aber umkreisten auch weiterhin den Planeten.«

»Bis sie abstürzten«, warf Rhodan ein.

Gayt-Coor bejahte mit einer Geste. »Ja, bis einige von ihnen abstürzten, weil ein Fehler in der Antigravanlage auftrat. Dies hier ist eine solche abgestürzte Anlage. Sie gibt nichts mehr her, denn sie ist zerstört. Aber wenn wir Glück haben und eine noch intakte Anlage finden ...«

»In den Wolken vielleicht ...«

»Oder darunter. Wir haben noch nicht intensiv genug nach ihnen gesucht. Kommen Sie, Rhodan, wir wollen keine Zeit verlieren.«

Sie bestiegen ihre Plattform, die sich Sekunden später mit ihnen erhob.

Nach einer Stunde deutete Gayt-Coor plötzlich nach vorn. »Sehen Sie es? Ein wenig höher als wir.«

Rhodan erkannte es. Es hatte wie eine dunkle, langgestreckte Wolkenbank ausgesehen, darum hatte er auch nicht so sehr darauf geachtet. Jetzt aber, als Gayt-Coor ihn darauf aufmerksam gemacht hatte, wußte er, daß sie eine der fliegenden Inseln vor sich hatten.

Sie sahen sie von der Seite her, darum wirkte sie so schmal und lang. Die unbekannten Maschinen mußten damals ein Grundstück von einem knappen Quadratkilometer Fläche und einer Stärke von fünfzig Metern aus der Oberflächenkruste Traecthers regelrecht herausgestochen und an der unteren Fläche präpariert haben. Gleichzeitig wurden auch von dort aus die Antigravgeneratoren eingebaut.

Vorher aber hatten sich die Yulocs auf dem Grundstück ihre Häuser errichtet, Gebäude unterschiedlicher Konstruktionen mit individuellem Baustil. Selbst die angelegten Gärten waren in ihren ehemaligen Umrissen noch zu erkennen. Die Plattform näherte sich der fliegenden Insel von oben.

»Sie treibt mit dem Wind«, vermutete Gayt-Coor, als sie über die verwilderte Landschaft dahinglitten. »Die Vegetation hat sich an die hier vorhandene Kälte und die dünne Luft gewöhnt. Regen wird es kaum geben, ich nehme aber an, daß die Insel gelegentlich Wolkenfelder durchzieht und so genügend Feuchtigkeit für ihre Vegetation erhält. Nur so konnte diese überleben. Aber ich kann mir nicht vorstellen, daß die Insel schon hunderttausend Jahre alt sein soll.«

»Ich halte hunderttausend Jahre ebenfalls für übertrieben, Gayt. Zehntausend sind mehr als genug. Und selbst dafür ist alles noch zu gut erhalten.«

»Harte Witterungseinflüsse fehlen, vergessen Sie das nicht. Ich meine, die großen Differenzen sind nicht vorhanden: kein Frost und danach Tauwetter, kein Regen, keine übermäßigen Stürme.«

Rhodan sah hinab zu den vier Häusern.

»Könnten wir auf der Insel landen?« fragte er.

Gayt-Coor bewegte den Fahrthebel.

»Das war ohnehin meine Absicht«, bekannte er und visierte den Landeplatz an. »Wir nehmen die freie Fläche zwischen den beiden großen Gebäuden. Sie scheinen zur Aufnahme ganzer Familien gedacht zu sein. Die beiden kleinen sind mehr Einfamilienhäuser.«

Sanft setzte der Plattform-Gleiter auf. Er wurde magnetisch verankert, damit er nicht verlorengehen konnte. Die beiden Männer stiegen aus. Sie hatten die Helme nicht geschlossen, denn die Luft war zwar dünn, aber gut atembar und wunderbar frisch.

Vorsichtig tat Rhodan die ersten Schritte und stellte fest, daß der grasige Boden unter seinen Füßen gut und fest war. Seine heimliche Befürchtung, er könne unter seinem Gewicht zu schwanken beginnen, erfüllte sich nicht.

»Irgendwo muß ja die Flugkontrollstation sein«, sagte Gayt-Coor und ging auf das nächste der beiden großen Gebäude zu. »Wir wollen sie suchen. Sie können sich inzwischen die kleinen Häuser ansehen.«

»Gut, aber wir bleiben in Sichtweite.«

Gayt-Coor grinste. »Immer noch Angst, es könnte jemand kommen? Keine Sorge, es gibt schon lange keine Yulocs mehr.«

»Dann eben andere«, meinte Rhodan und setzte sich in Bewegung.

Er passierte das zweite Großgebäude in einiger Entfernung und näherte sich dem Einzelhaus, das von einem verwilderten »Garten« umgeben war. Hier wuchs so ziemlich alles, was auch unten auf der Oberfläche von Traecther vegetierte.

Die Haustür war nicht mehr vorhanden. Entweder war sie schon damals entfernt worden, oder sie hatte aus einem wenig widerstandsfähigen Material bestanden.

Durch die Fenster kam nur wenig Licht. Rhodan betrat das erste Zimmer und blieb in der Mitte stehen, aber viel war von dem, was einst hier gewesen sein mochte, nicht mehr vorhanden. Ein Tisch aus Plastikstoff, zwei Sessel und eine Art Schrank.

In den anderen Räumen sah es ähnlich aus. Im Keller entdeckte Rhodan so etwas wie eine kleine Kontrollanlage. Wahrscheinlich diente sie der Heizregulierung und anderen automatischen Einrichtungen, die er noch nicht gefunden hatte.

Er stieg bis hinauf unter das Dach, wo sich die ehemaligen Schlafräume befanden. Alles deutete darauf hin, daß hier mindestens zwei Personen gewohnt hatten, vielleicht ein Ehepaar. Von ihnen war nichts mehr übriggeblieben, nicht einmal Kleiderreste oder Knochen.

Rhodan atmete auf, als er wieder im Garten stand. Das Dämmerlicht unter der Wolkendecke erschien ihm fast grell, so groß war der Unterschied.

Gayt-Coor war nicht zu sehen. Wahrscheinlich durchstöberte er noch das Gebäude, in dem es mindestens dreißig Räume geben mußte.

Um die Zeit nicht unnütz verstreichen zu lassen, suchte Rhodan auch noch das zweite der kleinen Häuser auf. Es unterschied sich in seinem Innern kaum von dem ersten, wenn Rhodan diesmal auch noch einige funktionierende Leuchtkörper entdeckte. Sie bestanden aus mattschimmernden Flächen in der Decke und in den Wänden, die auf Körperwärme reagierten und aufleuchteten, wenn er sich ihnen näherte.

Die Energieversorgung der Insel arbeitete also noch. Das mußte sie auch, sonst wäre sie abgestürzt wie die anderen Inseln, die zertrümmert auf der Oberfläche von Traecther lagen.

Als Rhodan ins Freie trat, sah er Gayt-Coor aus dem Gebäude kommen und ihm zuwinken. Er ging zu ihm.

»Eine Kontrollstation im Keller, wie erwartet. Und was haben Sie gefunden?«

»Eigentlich nichts«, antwortete Rhodan bedauernd. »Glauben Sie, es handelt sich um die Kontrollen für den Flug der Insel?«

»Auch das. Ansonsten Heizungsanlage, Wasserversorgung, Licht und was es sonst noch so gibt. Unter anderem auch ein Energiezaun rund um die Insel. Ich habe ihn eingeschaltet, war ganz einfach. Die Bedienungsanleitung bestand aus einer Zeichnung.«

»Ein Zaun? Hatten sie Angst, herunterzufallen?«

»Vielleicht gab es doch Kinder?« vermutete Gayt-Coor. »Wenigstens am Anfang noch. Für ein paar meditierende Einsiedler wäre ein solcher Zaun wohl kaum notwendig gewesen.«

Sie unternahmen einen Spaziergang quer durch das Gelände, bis sie den Rand der Insel erreichten. Der Energiezaun war nur einen Meter hoch und flimmerte leicht. Rhodan nahm einen Stein auf und warf ihn mitten in die kaum sichtbare Wand hinein. Er prallte ab, wie erwartet, und fiel zu Boden.

»Da kann selbst ein Schlafwandler nicht aus Versehen hinabstürzen und sich das Genick brechen«, meinte Gayt-Coor. »Der Rand ist wie abgeschnitten und kaum verwittert. Ich nehme an, er wurde wie die Unterfläche der Insel gegen Zerfall präpariert. Außerdem wird es ein Wasserreservoir im Innern der Insel geben.«

Rhodan begann zu ahnen, daß es hier noch viel mehr gab, von dem sie keine Ahnung hatten. Aber ob er jemals auf Traecther das finden würde, was er eigentlich suchte, war eine andere Frage.

Sie kehrten zum Gleiter zurück und verzichteten auf die Untersuchung des zweiten Großgebäudes. Müde und ein wenig enttäuscht stiegen sie auf ihre Plattform und starteten.

Die Insel blieb zurück, und bereits wenig später entdeckten sie die nächste. Sie war wesentlich kleiner, aber die Parklandschaft um das einzige kleine Haus wirkte fast gepflegt, wenn man ihr auch ansah, daß hier alles wachsen durfte, was einmal Wurzeln gefaßt hatte.

»Landen wir?« fragte Rhodan.

»Wenn Sie meinen. Vielleicht tut uns eine Ruhepause ganz gut, wenn ich mich auch im Beiboot sicherer fühlen würde.«

»Was soll hier schon geschehen, Gayt? Die Insel kreist nun schon so lange um den Planeten, daß es ein unglaublicher Zufall wäre, wenn die Aggregate ausgerechnet jetzt ausfielen. Im Gegensatz zu Ihnen fühle ich mich hier sicherer als im Beiboot.«

»Wie Sie meinen«, gab Gayt-Coor nach und setzte zur Landung an.

13.

Das Innere des kleinen Hauses war freundlicher als erwartet. Automatisch flammte die Beleuchtung auf, und selbst in der fast neu wirkenden Küche schien alles seit Jahrtausenden unverändert zu sein. Das Material mußte so gut wie unzerstörbar sein.

Gayt-Coor erwies sich als praktisch denkendes Lebewesen. Er holte einige Vorräte aus dem Lagerraum der Flugplattform und legte sie auf den Tisch. Dann deutete er zur Küche.

»Wie wäre es mit einer kräftigen Mahlzeit?« schlug er vor. »Wenn wir schon mal hier sind ...«

»Einverstanden, außerdem wird es bald dunkel. Die Insel nähert sich der Dunkelzone und der Nacht. Ich glaube schon, daß wir ein paar Stunden schlafen sollten.«

»Und essen!« erinnerte ihn Gayt-Coor.

Rhodan nahm die Vorräte und verschwand damit in der Küche. Er fand schnell heraus, wie die einzelnen Zubereitungsanlagen eingeschaltet und bedient wurden. Er fand sogar wie neu blitzende Töpfe und Teller und nutzte die Gelegenheit, aus den Konzentratpäckchen eine richtige Mahlzeit zu zaubern.

Gayt-Coor hielt mit seinem Lob nicht zurück und betonte, den Entschluß, die Nacht hier zu verbringen, nicht bereut zu haben.

Später durchsuchten sie noch einmal gründlich das ganze Haus, entdeckten aber nichts, was irgendwie auf den ehemaligen Bewohner hingewiesen hätte. Vielleicht war er ein Sonderling gewesen, der ganz allein für sich auf seiner fliegenden Insel gelebt und über den Sinn des Daseins nachgedacht hatte.

»Wir müssen unbedingt Nuprel finden«, betonte Gayt-Coor, bevor sie einschliefen.

Als sie erfrischt aus einem tiefen Schlummer erwachten, war es draußen noch dunkel. Sie frühstückten, erledigten noch einige andere Dinge und füllten ihren Wasservorrat auf. Dann starteten sie, um die Dunkelzone möglichst schnell zu verlassen. Sie wollten die Gelegenheit nutzen, die andere Seite des Planeten im Tageslicht zu erforschen. Sie unterschied sich kaum von jener, die sie bereits kannten.

Es gab Tundren, Wälder, Seen und flache Gebirge. Dazwischen zogen sich die silbernen Bänder einiger Flüsse dahin, die in einem Meer endeten.

Auch einige Inseln sahen sie wieder, verzichteten aber auf eine nochmalige Landung. Was sie suchten, war eine Stadt auf der Oberfläche, denn selbst Gayt-Coor konnte sich nicht vorstellen, daß eine Hauptstadt wie Nuprel auf einer fliegenden Insel gelegen hatte.

Es mochte gegen Mittag Ortszeit sein, als Rhodan plötzlich verblüfft die Augen aufriß und nach vorn in Flugrichtung deutete. »Dort, Gayt! Sehen Sie?«

Gayt-Coor hatte die Ansiedlung bereits entdeckt und steuerte darauf zu. Sie bedeckte eine ziemlich große Fläche, war mit regelmäßigen Straßenzügen durchfurcht und machte einen relativ gut erhaltenen Eindruck.

»Mindestens hunderttausend Einwohner lebten hier«, schätzte Rhodan, »Kann das Nuprel gewesen sein?«

»Ich bin nicht sicher. Den Berichten nach zu urteilen, muß Nuprel wesentlich größer gewesen sein. Aber wir werden sie uns trotzdem ansehen. Schaden kann es nicht.«

Sie überquerten die Stadt mehrere Male, bis sie einen zentral gelegenen Landeplatz gefunden hatten. Es gab keine Spur von Leben, aber das hatten sie auch nicht erwartet. Traecther war ein toter Planet, ein Denkmal vergangener Kulturen und Zivilisationen. Ein heiliger und verbotener Planet, den niemand mehr kannte.

Die Plattform landete auf einem quadratischen Metallwürfel, der sich mitten auf einem Platz wie ein Podest erhob. An einer Seite führten Stufen hinab. Sie endeten am Fuß des Würfels.

»Immer noch mißtrauisch?« fragte Rhodan lächelnd. »Hier ist niemand, der den Gleiter stiehlt.«

»Wissen Sie das so genau?« erkundigte sich Gayt-Coor und blieb ernst. »Wissen Sie es wirklich?«

Rhodan gab keine Antwort. Er untersuchte das glatte, fugenlose Metall des Würfels, dessen Kantenlänge fast zehn Meter betrug. Er lag scheinbar ohne jede Bedeutung mitten auf dem Platz, oder hatte er einst Zwecken gedient, die nicht mehr zu eruieren waren?

Wie auch immer, in einem hatte Gayt-Coor recht: Der Platz war im Notfall gut zu verteidigen.

Der Petraczer sicherte die Plattform durch das positronische Schloß, nachdem sie sich vorsichtshalber erneut bewaffnet hatten. Auf die Mitnahme von Lebensmitteln verzichteten sie, denn sie wollten nur einen kurzen Rundgang unternehmen, um dann die Nacht, falls die Zeit nicht ausreichte, auf dem Würfel zu verbringen. Die Schutzanzüge blieben zurück.

Rhodan ging voran und wartete, bis Gayt-Coor ihm gefolgt war.

»Nehmen wir die Hauptstraße, Rhodan. Von oben her bemerkte ich dort einige langgestreckte Gebäude, bei denen es sich sehr gut um öffentliche Bauwerke gehandelt haben könnte. Vielleicht finden wir ein wissenschaftliches Institut oder gar eine zentrale Schaltanlage.«

»Eine Speicherpositronik mit astronomischen Daten wäre mir lieber«, erwiderte Rhodan. »Ein Observatorium haben wir bisher auch noch nicht gesehen.«

»Sie sind zu ungeduldig, finde ich.«

Sie schritten quer über den Platz, der so sauber war, daß Rhodan sich unwillkürlich nach immer noch funktionierenden Wartungsrobotern umsah. Aber er erblickte keinen. Immerhin wurde er das unheimliche Gefühl nicht los, ständig von unsichtbaren Augen beobachtet zu werden. Doch selbst der stets skeptische Gayt-Coor schüttelte unwillig sein Echsenhaupt, als er eine entsprechende Bemerkung machte.

»Unsinn, es gibt keine Gespenster! Ich weiß selbst nicht, warum ich so vorsichtig und mißtrauisch bin, aber schließlich genügt es, wenn nur einer von uns an Geister glaubt.«

Die Fassaden der großen Gebäude waren einfach und schmucklos aus einem unbekannten Material gearbeitet, das keine Spuren von Verwitterung zeigte. Die sie umgebenden Parks waren verwildert, aber die Pflanzen hatten auf der Straße oder den Gehsteigen keinen Platz für ihre suchenden Wurzeln gefunden. Weder auf ihnen noch in den Hauswänden gab es nur die kleinste Verwitterungsspalte.

Gayt-Coor zögerte nicht, das erste Gebäude zu betreten. Die große Empfangshalle war mindestens zwanzig Meter hoch, und in Abständen von fünf Metern liefen ringsum durch Geländer abgetrennte Galerien. Offene Türen luden zu einer weiteren Besichtigung ein.

Sie fanden Säle mit relativ gut erhaltenen Sitzgelegenheiten, wahrscheinlich eine weniger widerstandsfähige Kunststoffart. An den Wänden waren zersprungene Bildschirme und Leuchtflächen, die allerdings nicht funktionierten.

»Eine Lehranstalt, nehme ich an«, murmelte Gayt-Coor.

Im Keller gab es ein Laboratorium, das zu ihrem Erstaunen einen mutwillig zerstörten Eindruck machte. Hier mußte jemand die gesamte

Einrichtung in blinder Wut zerschlagen haben, aber es gab keinen Hinweis, wann das geschehen sein mochte. Vor tausend Jahren, vor hundert Jahren? Oder erst gestern?

Diesmal war es Gayt-Coor, der unwillkürlich seine Rechte auf den Griff des Strahlers legte. Als er Rhodans Blick begegnete, sagte er: »Es wird bald völlig dunkel werden. Es ist besser, wenn wir morgen weitersuchen.«

Auf dem Rückweg fanden sie ein völlig ausgeplündertes Warenhaus, nur die leeren und teilweise umgestürzten Regale verrieten noch den früheren Zweck. Auch diesmal gab es wieder keine Hinweise auf den Zeitraum, der inzwischen vergangen sein mochte. Wahrscheinlich hatte es sich um Lebensmittel gehandelt, die sich die Letzten eines aussterbenden Volkes hier geholt hatten.

Warum aber dann die sinnlose Zerstörungswut?

Unangefochten erreichten sie den Metallblock, stiegen hinauf und entsicherten die positronische Schutzanlage. Rhodan zog es vor, auf dem nackten Boden des Würfels zu schlafen, obwohl es relativ kühl geworden war. Er schaltete die Heizung des Schutzanzugs an und streckte sich aus, während Gayt-Coor auf die Flugplattform kroch und zu allem Überfluß noch einen Energieschirm vor die Stufen legte.

Der dritte Tag auf Traecther brachte eine erste Entscheidung, wenn sie auch anders ausfiel, als Rhodan gehofft hatte.

Sie hatten den abgesicherten Gleiter auf dem Würfel zurückgelassen und drei weitere Gebäude durchsucht, ohne auf Dinge zu stoßen, die ihnen Hinweise geliefert hätten. Das vierte Gebäude lag inmitten eines wildwuchernden Parks. Es wirkte schon durch seine Form auffällig. Es war rund, und das Kuppeldach, an die fünfzig Meter hoch am Scheitelpunkt, erinnerte Rhodan sofort an ein Observatorium.

Es war nicht leicht, einen Pfad durch das Gestrüpp zu bahnen, aber sowohl Gayt-Coor wie auch Rhodan blieben plötzlich wie angewurzelt stehen, als sie die Fußspuren sahen.

An dieser Stelle hatte sich eine Lichtung gebildet. Der Boden war feucht und weich. Und die Fußspuren waren frisch, erst Stunden alt.

»Verdammt, ich habe es geahnt!« flüsterte Gayt-Coor heiser.

Rhodan zog seinen Strahler und entsicherte ihn. Mit einem freundlichen Empfang war kaum zu rechnen, wenn man die Verwüstungen berücksichtigte, die von den Unbekannten angerichtet worden waren. Vielleicht handelte es sich um Schiffbrüchige, die, für immer auf diese unbewohnte Welt verbannt, verwildert waren.

Sie bückten sich, um die Spur näher zu untersuchen. Sie stammte zweifellos von einem aufrechtgehenden Lebewesen, war aber ungewöhnlich groß und unförmig. Der linke Fuß war kleiner. Beide Füße waren nackt und besaßen je sechs Glieder.

Gayt-Coor richtete sich langsam wieder auf. »Damit ist wohl einwandfrei erwiesen, daß wir nicht allein sind. Wir werden in Zukunft vorsichtiger sein müssen, denn ich habe keine Lust, von Kannibalen getötet und verspeist zu werden.«

»So schlimm muß es auch nicht sein«, wollte Rhodan ihn beruhigen, aber der Petraczer schüttelte energisch den Kopf.

»Sie müssen verwildert und vielleicht sogar Kannibalen sein, denn die vorhandenen Lebensmittelvorräte der Yulocs sind längst verbraucht. Spuren von Ackerbau habe ich auch nicht bemerkt. Wovon also leben sie? Mag ja sein, daß es noch Vorräte gibt, die sie hin und wieder finden und plündern. Aber die sinnlosen Zerstörungen in den Laboratoriumsanlagen lassen darauf schließen, daß sie nicht beabsichtigen, eine neue Zivilisation aufzubauen, oder ernsthaft den Versuch unternehmen, diesen Planeten zu verlassen. Außerdem lassen sie vermuten, daß sie alles tödlich hassen, was mit Wissenschaft zu tun hat.«

»Daran dachte ich auch schon«, gab Rhodan zu. »Wir werden versuchen müssen, Kontakt mit ihnen aufzunehmen.«

»Natürlich, aber nur unter größten Sicherheitsmaßnahmen. Wenn sie bewaffnet sind, wird das schwierig, denn sie sind sicherlich in der Überzahl. Aber gehen wir erst einmal weiter. Dieser Park eignet sich denkbar schlecht für eine Verhandlung.«

Sie hatten keine Spuren mehr entdecken können und fanden den Eingang der Kuppel geöffnet und unbeschädigt. Als sie eintraten, umfing sie ein bläuliches Dämmerlicht, das aus der nach oben gewölbten Decke auf sie niederströmte. Ringförmig angeordnet waren Sitzreihen mit breiten, bequemen Sesseln.

Rhodan stutzte, dann sah er wieder nach oben zur Kuppel.

Sie erinnerte ihn an einen nächtlichen Sternenhimmel – nur fehlten die Sterne. Vielleicht sah aber auf Traecther der Nachthimmel wirklich so aus, denn Tarct stand in einer sternenarmen Zone der Galaxis Naupaum.

Ein Planetarium? Aber welchen Sinn hätte ein Planetarium, wenn man auch am klaren Nachthimmel keine oder nur wenig Sterne sah?

Vielleicht konnte man etwas anderes sehen? Galaxien zu Beispiel!

Rhodan ergriff den Arm des Petraczers. »Ob wir die Anlage in Betrieb setzen können? Es muß eine Art indirektes Observatorium sein, vielleicht mit Fernsehstationen im All gekoppelt. Ich erinnere mich an die riesige Antenne auf dem Nachbargebäude – vielleicht die Empfangsstation.«

»So unglaublich ist der Gedanke nicht«, gab Gayt-Coor widerwillig zu. »Wir werden die Kontrollanlage suchen. Sie muß unterirdisch sein.«

Während sie weitergingen, mußte Rhodan immer wieder zu dem blauen Dämmerhimmel emporsehen, an dem die Sterne fehlten. Hatten sich die Yulocs hierher zurückgezogen, wenn sie des ewigen Wolkenhimmels überdrüssig geworden waren? Suchten sie hier in einer Illusion Trost für das Verlorene?

Gayt-Coor fand den Abstieg unter die Kuppelhalle. Sie schienen über ihre Entdeckung beide die Fußspuren im Park vergessen zu haben. Forschungseifer hatte sie ergriffen, und jeder von ihnen wollte wissen, was die künstliche Himmelskuppel zu bedeuten hatte.

Es gab keinen Lift, sondern nur breit angelegte Stufen, die in der Art einer Wendeltreppe in die Tiefe führten. Sie endeten genau unter dem Mittelpunkt der Kuppel in einem größeren Raum, der ebenfalls rund war. Die Wände waren mit bunten Karten bedeckt – mit Sternkarten.

Selbst für Rhodan, der den Anblick unbekannter und fremder Konstellationen gewohnt war, konnte es nicht leicht sein, sich auch nur annähernd zurechtzufinden. Sogar in der eigenen Milchstraße veränderte sich das Bild bekannter Konstellationen von System zu System, aber es blieb immer noch möglich, diesen oder jenen besonders auffälligen Stern auch unter neuen Bedingungen wiederzuerkennen.

Doch das alles war im Augenblick nicht so wichtig. Wichtig war nur, daß die Yulocs überhaupt Sternkarten besessen hatten.

Gayt-Coor interessierte sich mehr für die technische Anlage, die in der Mitte des Raumes stand. Sie war auf der einen Schrägseite mit zahlreichen Kontrollen bedeckt. Genau im Zentrum der Schalttafel ruhte ein rechteckiger Bildschirm, matt glänzend und staubig.

Rhodan schreckte aus seinen Gedanken hoch, als Gayt-Coor sagte: »Es ist einfach, die Anlage in Betrieb zu nehmen. Ich kenne ähnliche Schaltsysteme. Wahrscheinlich wurde sie einst von den Yulocs übernommen, das System jedenfalls hat sich nicht geändert.«

»Und was ist es?«

»Sie werden es gleich sehen.« Er ließ seine Finger behende über die Kontrollen gleiten und berührte mehrere Leuchtfelder. Dann warf er einen Blick auf die Karten an der runden Wand und deutete auf eine.

»Wir nehmen die dort, Rhodan. Sie können vergleichen ...«

Sekunden später flammte der staubige Bildschirm auf, wurde tiefschwarz. Dann, urplötzlich und ohne Übergang, erschienen auf ihm die Sterne. Man konnte deutlich erkennen, daß es sich um die gleichen Konstellationen wie auf der Wandkarte handelte.

Der Bildschirm stellte eine Verkleinerung der oben gelegenen Kuppel dar.

Rhodan begriff. »An der künstlichen Himmelskuppel ist jetzt dieser Ausschnitt von Naupaum zu sehen ...?«

»Richtig. Gehen wir hinauf und sehen es uns an.«

Rhodan eilte voraus und betrat den Saal. Im ersten Augenblick glaubte er, sich verirrt zu haben und auf einem anderen Planeten zu sein. Er stand unter einem klaren und mit Tausenden von Sternen übersäten Nachthimmel. Die einzelnen Bilder, wenn man die zusammenhanglosen Konstellationen so bezeichnen wollte, waren fremd. Erst intelligente Lebewesen machten in Mythen und Sagen scheinbar sinnvolle Anordnungen daraus.

Dämmerlicht drang aus der Ringwand des Saales und ließ die Schatten und Silhouetten üppigen Pflanzenwuchses erkennen. Am endlosen Horizont verschmolz die reglose Oberfläche eines Ozeans mit dem Nachthimmel. Eine unwahrscheinliche Illusion! Rhodan sank in den nächsten Sessel und legte den Kopf in den Nacken. In seine Nase drang der Geruch von Salzwasser. Es war kühl geworden.

Gayt-Coor nahm neben ihm Platz. Mit seiner tiefen Stimme erklärte er monoton: »Wieder hat sich eine der zahllosen Geschichten bewahrheitet, denen ich keinen Glauben schenken wollte. Ich will sie erzählen, damit Sie den Sinn dieses Planetariums begreifen.«

»Sind die Sterne nicht echt, die wir sehen?«

»Nein, die einzelnen Karten wurden vor Zehntausenden von Jahren hergestellt, ebenso die positronischen Schablonen, die sie auf die Kuppel projizieren. Die dazugehörigen Planetenlandschaften sind ebenfalls alte Projektionen, ebenso Geruch und Klima. Die Yulocs waren sich später nicht mehr so einig, wie sie es zu Anfang ihres Rückzugs gewesen waren. Es gab Meinungsverschiedenheiten und schließlich eine geheime, verbotene Sekte, die der ruhmreichen Vergangenheit nachtrauerte. Da sie in der Minderzahl war, wurde sie unterdrückt. Erst später, so wird berichtet, ließ man ihr mehr Freiheit. Das hing schon damit zusammen, daß man immer mehr die Kontrolle über jene Yulocs verlor, die auf der Oberfläche zurückblieben und auf fliegende Inseln verzichteten.«

»Warum gab es keinen Aufstand?«

»Ich weiß es nicht. Jedenfalls konstruierte sich diese Sekte eine künstliche Vergangenheit. Sie bauten Planetarien wie dieses. In ihnen hielten sie ihre Meditationen ab, indem sie sich einfach in eine Traumwelt versetzten. Hier mögen sie einst gesessen und geträumt haben, während draußen die Wirklichkeit immer mehr verblaßte und endlich den Untergang einer Zivilisation einleitete.«

»Warum haben sie nichts dagegen unternommen, wenn sie schon eine so großartige Technik besaßen?«

»Auch das weiß ich nicht, aber ich kann es mir denken. Trotz ihrer Meinungsverschiedenheiten hielten die Yulocs als Volk zusammen. Jede Abweichung vom Prinzip wäre einem Verrat gleichgekommen, und den wollte niemand. Vielleicht war das auch der Grund dafür, daß man die Sekte duldete. Man wußte, daß sie keinen Schaden anrichtete, und überließ sie sich selbst. Man muß dem Andersdenkenden seine Illusion lassen, dann hat man Ruhe vor ihm und kann sogar unter Umständen, wenn dieser Andersdenkende ebenfalls intelligent ist, eine gewisse Toleranz erwarten. Aber wirklich nur dann, wenn er intelligent ist, und das waren die Anhänger der Sekte sicherlich.«

Rhodan nickte mehrmals vor sich hin und genoß die frische und salzig schmeckende Seeluft.

»Ich kann sie fast verstehen, diese Sekte. Hier versetzten sie sich in ihre Traumwelten, sahen hinauf in den künstlichen Sternenhimmel, den ihre Vorfahren für immer von ihrem Planeten verdammt hatten. Und darüber vergaßen sie die Wirklichkeit.«

Sie saßen noch eine Weile und genossen die Illusion.

»Bleiben Sie sitzen«, sagte Gayt-Coor »Ich komme gleich zurück. Ich werde nur die Anlage ausschalten. Eigentlich erstaunlich, daß sie nicht von jenen zerstört wurde, die auch die Lager plünderten. Aber vielleicht haben sie noch nicht begriffen, was dies hier ist, oder sie haben Angst.«

Er ging und verschwand im Niedergang. Rhodan blieb ruhig sitzen.

Die Projektion war ungemein echt, stellte er fest. Die Größenverhältnisse zu einem wirklichen Nachthimmel ergaben keinen sichtbaren Unterschied. Die Illusion war vollkommen.

Die Realität kehrte erst zurück, als die Sterne verschwanden und der schwarze Himmel wieder mattblau wurde. Langsam nur kehrte das Licht zurück. An der runden Wand verblaßten die Landschaften.

Der Überfall erfolgte, als sie sich dem Platz näherten, auf dem der Metallwürfel stand.

Vorher noch war die Straße leer und ausgestorben gewesen, wie sie es sich nicht mehr anders vorstellen konnten, und plötzlich kamen aus verschiedenen Hauseingängen die Angreifer und stürzten sich auf die Überraschten.

Sie hatten sich ziemlich lange in dem Planetarium aufgehalten, und es war noch dämmeriger geworden. Der Himmel war mit schwarzen Wolken bedeckt, ein ungemein starker Kontrast zu dem, was die Projektionskuppel zuvor geboten hatte.

Das war auch der Grund, warum die Angreifer so monströs und verschwommen aussahen. Aber dann, als sich ihre Augen besser an die schummerige Beleuchtung gewöhnt hatten, mußten Rhodan und Gayt-Coor erkennen, daß sie es wirklich mit Ungeheuern zu tun hatten.

Es blieb ihnen keine Zeit, weitere Spekulationen darüber anzustellen, denn sie befanden sich in akuter Lebensgefahr. Die Fremden griffen mit tödlicher Wut an, aber zum Glück verfügten sie über keine moderne Bewaffnung. Sie schwangen Keulen, Speere und Steine.

»Mit dem Rücken zur Wand!« keuchte Gayt-Coor und richtete seinen Strahler auf die Angreifer. »Wir müssen sie uns vom Leibe halten!«

Mit einem kurzen Druck des Zeigefingers schaltete Rhodan seinen Strahler auf Paralysewirkung. Er wollte die Unbekannten nicht töten. Zuerst mußte man versuchen, sie von ihrem sinnlosen Unterfangen abzubringen, man mußte mit ihnen verhandeln – wenn man das überhaupt konnte.

Die Angreifer rannten genau in die Strahlen hinein und wurden paralysiert. Haltlos sackten sie wie tot zusammen. Der Angriff stockte.

Nun erst sah Rhodan, von wem sie angegriffen wurden. Die Fremden konnten nicht einheitlich einem einzigen Volk angehören, denn fast jeder von ihnen sah anders aus. Sie alle waren Monstren im wahrsten Sinne des Wortes. Da gab es dreibeinige Yaanztroner und solche mit zwei Köpfen oder vier Armen. Bei einem fehlte überhaupt der Rumpf, dafür bewegte er sich auf vier verkrüppelten Beinen und warf mit seinem einzigen Arm, der an der Unterseite des Kopfes hervorkam, einen Stein auf Rhodan, ehe dieser ihn mit dem Paralysestrahler unschädlich machen konnte. Der geworfene Stein verfehlte ihn um wenige Zentimeter.

»Himmel, wer sind die?« stöhnte er entsetzt.

Gayt-Coor schoß weiter und ließ sich nicht ablenken. »Mutanten, Genverformte, Ungeheuer ... was weiß ich? Wir können sie ja fragen – später.«

Der Angriff ließ nach, als mehr als die Hälfte der Monstren unschädlich gemacht worden waren. Der Rest wandte sich jäh zur Flucht.

»Sie bleiben hier!« sagte Gayt-Coor in einem ungewohnten Befehlston zu Rhodan, der unwillkürlich gehorchte und stehenblieb, als der Petraczer sich mit der freien Hand von der Hauswand abstieß und hinter den Flüchtenden herrannte.

Er hatte nun Gelegenheit, die herumliegenden Ungeheuer näher zu betrachten, immer darauf achtend, nicht abermals überrascht zu werden. Sein erster Eindruck bestätigte sich. Alle Opfer waren in gewisser Weise humanoid und damit menschenähnlich. *Ähnlich,* aber auch nicht mehr. Jedes von ihnen war verformt, als habe jemand mit lebendem Plasma

Versuche unternommen. Das Ergebnis war grauenhaft ausgefallen. Die Flugplattform fiel ihm ein. Wenn es diesen Ungeheuern gelungen war, sie zu zerstören – wie auch immer –, hatten sie einen Fußmarsch von mehr als zweitausend Kilometern vor sich, bis sie das Beiboot erreichten. Ohne ausreichende Lebensmittel würden sie ihn niemals überstehen, denn unterwegs würden sie kaum Nahrungsmittel finden.

Wenn wenigstens Gayt-Coor zurückkäme!

Rhodan wartete eine halbe Stunde, dann entschloß er sich, weiterzugehen. Wenn der Petraczer ihn nicht mehr vorfand, würde er automatisch ebenfalls den Würfel aufsuchen.

Jeden Augenblick befürchtete Rhodan einen neuen Angriff. Die Zahl der ungewöhnlichen Lebewesen, die hier ihr Dasein fristeten, war nicht abzusehen. Und sie waren unmißverständlich darauf ausgewesen, ihn und Gayt-Coor ohne Fragen zu töten. Was hatte sie zu dieser unversöhnlichen Einstellung gebracht? War es Furcht, oder war es einfach nur Haß auf alles, was anders aussah als sie? Wie waren sie überhaupt hierhergekommen, auf einen heiligen Planeten, den niemand betreten durfte? Es waren zu viele Fragen, und Rhodan ahnte, daß nicht einmal Gayt-Coor sie beantworten konnte.

Warum war er hinter den Überlebenden hergelaufen? Wollte er vielleicht einen von ihnen gefangennehmen? Wenn ihm das gelang, bestand allerdings die Möglichkeit, wenigstens *ein* Rätsel von Traecther zu lösen.

Rhodan spähte vorsichtig um die letzte Hausecke. Der Platz lag frei und leer vor ihm. Auf dem Würfel stand die Plattform, unbeschädigt und verlassen. Aus der Entfernung sah sie aus wie eine abstrakt geformte Figur auf einem Podest – wie ein technisches Denkmal.

Rhodan wartete noch einige Sekunden und hoffte, Gayt-Coor würde wieder auftauchen, aber als das nicht geschah, verließ er seine sichere Deckung und trat hinaus auf den Platz.

Schnell und mit schußbereitem Strahler rannte er auf den Würfel zu. Niemand behinderte ihn.

Atemlos stieg er die Stufen empor und setzte sich nach Abschaltung der positronischen Sperre auf die Plattform, um sich zu erholen. Von Gayt-Coor war noch immer nichts zu sehen. Er wühlte in den Vorräten des kleinen Lagerraumes und aß. Wasser war noch genügend vorhanden.

Allmählich wurde es immer dunkler. Die Nacht brach an.

Mit einigem Bedauern dachte Rhodan an das Erlebnis in der Kuppel zurück. Fast fiel es ihm leicht, die Gefühle und Motive der Sektierer, wie Gayt-Coor sie bezeichnet hatte, zu begreifen. Freiwillig hatten ihre Artgenossen ihre Welt von allem befreit, was die Natur ihnen gab, von aller Schönheit des Sternenhimmels, der wie nichts anderes das Leben und die

Ewigkeit verkörperte. Sie hatten die Sonne verloren, der sie ihre Existenz zu verdanken hatten. Kein Wunder, wenn sie sich nach dem Verlorenen zurücksehnten und es suchten, wenn auch nur in der perfekten Illusion.

Doch selbst diese Illusion war vielleicht strafbar gewesen.

Drüben an den Häusern bemerkte Rhodan eine Bewegung, und dann erkannte er Gayt-Coor, der mit einer zweiten Gestalt den Platz überquerte. Er schob sie vor sich her und drückte ihr den Lauf seines Strahlers in den Rücken. Alles war nur undeutlich zu sehen, mehr zu erraten. Aber es konnte kein Zweifel daran bestehen, daß der Petraczer einen Gefangenen gemacht hatte.

Das Wesen sah erbärmlich aus. Der Körper selbst war verformt und unnatürlich gewachsen. Der Kopf war der eines Yaanztroners, wenn die Ohren auch rund statt spitz waren. Das machte ihn zu Rhodans Verblüffung fast menschlicher.

»Er hat sich kaum gewehrt«, sagte Gayt-Coor, indem er den Gefangenen zwang, sich auf den Boden des Würfels zu setzen. »Die anderen sind verschwunden, als sei das Böse hinter ihnen her.«

»Vielleicht verkörpern wir für sie das Böse.«

»Vielleicht, aber nicht mit Sicherheit. Wir sind einfach das Unbekannte für sie, und es gibt genügend Lebewesen, für die das Unbekannte einfach auch das Böse ist.«

Rhodan nickte zustimmend und entsann sich der Geschichte der Menschheit, in der gerade dieser Faktor eine entscheidende Rolle gespielt hatte.

»Können wir ihn verstehen, wenn er spricht? Spricht er überhaupt?«

»Nauparo, einwandfrei. Sie können noch nicht lange hier isoliert leben, sonst wäre ein gewisser Dialekt herauszuhören. Ich hatte noch keine Zeit, ihn zu verhören. Ich mußte ihn nur besänftigen und beruhigen, damit er sich nicht wehrte. Und er verstand mich.«

Sie sprachen Nauparo. Wenn Gayt-Coor also recht hatte, mußte der Gefangene sie verstehen. Rhodan fühlte Mitleid mit ihm. Instinktiv ergriff er für ihn Partei.

»Er kann nicht böse sein, vielleicht nur verzweifelt. Wenn wir ihn gut behandeln, erfahren wir manches, was wir wissen wollen.«

»Ich habe nicht die Absicht, ihn zu foltern und dann umzubringen, Rhodan. Aber ich möchte ihm einige Fragen stellen und, wenn es sein muß, die Antworten erzwingen. Von diesen Antworten hängt zuviel ab, übrigens auch für Sie. Vergessen Sie das nicht.«

Rhodan sah ein, daß der Mutant – wenn auch ein Mutant wahrscheinlich ohne geistige und parapsychologische Fähigkeiten – ein Kronzeuge werden konnte. Und nicht nur das. Er konnte einen entscheidenden Hinweis bringen.

Als Gayt-Coor die ersten Fragen stellte, bekam er keine Antwort. Der Gefangene starrte ihn düster an und schwieg. Vielleicht hatte er noch nie in seinem Leben einen Petraczer gesehen, und der Anblick verschlug ihm die Sprache. Aber Gayt-Coor gab nicht auf. Mit möglichst ruhiger Stimme redete er eindringlich auf den Krüppel ein und versuchte ihm klarzumachen, daß man ihm helfen wolle.

Die erste akustische Reaktion war die Gegenfrage: »Wie wollt ihr mir helfen? Mir kann niemand helfen.«

»Dann sag uns, woher du kommst! Bist du hier geboren? Und wann ist das gewesen?«

Der Gefangene dachte angestrengt nach und schien sich dann entschlossen zu haben, den Widerstand aufzugeben. Es war nun fast ganz dunkel geworden, und Rhodan konnte sein Gesicht kaum noch erkennen.

»Ich wurde nicht auf dieser Welt geboren, aber es muß schon lange hersein, daß man uns hierherbrachte, nachdem die Experimente auf Yaanzar mißglückten. Dreihundert Jahre, vielleicht vierhundert.«

»Du kannst dich an Yaanzar erinnern? Auch an die Stadt Nopaloor?«

»Ja, so war ihr Name – ich erinnere mich noch. Dort ist es geschehen.«

»Was ist geschehen?«

Wieder ein Zögern, aber dann erwiderte der Gefangene: »Die Gehirnverpflanzung – sie mißglückte. Auch bei den anderen mißglückte sie, und dann brachten sie uns hierher. Sie hätten uns auch gleich töten können, denn diese Welt ist leer und unbewohnt. Wir fanden jedoch alles, was wir brauchten, in der toten Stadt.«

»Wer war es, der euch hierherbrachte?«

»Niemand weiß es. Ein großes Schiff mit Käfigen, wir wurden wie Tiere behandelt – und vielleicht wurden wir dann auch Tiere. Das Schiff landete, und sie jagten uns hinaus. Es waren schon welche vor uns hier, und später folgten noch andere. Dann aber hörte es auf. Es kam kein Schiff mehr. Wir waren vergessen worden.«

Gayt-Coor nickte mehrmals vor sich hin, dann wandte er sich Rhodan zu: »Ich habe davon gehört, glaubte es aber nicht. Die Technik des PGT-Verfahrens und der Gehirnverpflanzung war damals vor etwa vierhundert Jahren noch nicht ganz ausgereift, immer wieder gab es Pannen. Aber die Wissenschaftler wollten nicht, daß derartige Dinge bekannt wurden, so duldeten sie heimlich das Entstehen einer interstellaren Verbrecherorganisation, die für lohnenden Gewinn die unglücklichen Opfer der mißglückten Experimente wegschaffte. Niemand hat je erfahren, wohin sie die Opfer brachten – bis heute. Natürlich bot sich der geheime Planet Traecther für das verbotene Unternehmen geradezu an. Niemand lebte hier, der Verrat hätte üben können. Niemand würde je hier landen, um das Verbrechen zu entdecken.«

»Und was geschah mit der Organisation?« fragte Rhodan.

»Sie wurde vor knapp dreihundert Jahren entdeckt und zerschlagen, daran beteiligten sich sogar die Wissenschaftler, die sie vorher für ihre Zwecke benutzt hatten. Sie sorgten dafür, daß niemand lebend entkam und aussagen konnte. So blieb eins der größten Verbrechen in der Geschichte Yaanzars unentdeckt. Manche, die damals daran beteiligt sein mochten, leben noch heute. Ich verstehe nur nicht, warum diese bedauernswerten Geschöpfe uns töten wollen. Vielleicht weiß es unser Gefangener.«

Er stellte eine entsprechende Frage. Die Antwort war nicht ganz klar: »Es soll niemand wissen, daß es uns gibt. Welches Leben müßten wir führen, brächte man uns zurück? Wir wären die Abnormen, die Ungeheuer, die Parias. Man würde uns wieder in Käfige stecken oder gleich umbringen. Lieber bleiben wir hier, wo wir alle gleich sind. Noch gibt es genug zu essen für weitere hundert Jahre, und bis dahin leben wir nicht mehr. Wir müssen jeden töten, der fremd ist und anders als wir.«

»Warum *müßt* ihr das? Ich hörte noch keine wirklich logische Begründung dafür.«

»Weil wir eben müssen! Der Befehl dazu ist in uns, er wurde uns gegeben, und wir befolgen ihn. Das ist alles.«

»Ein Befehl? Von wem?«

»Von *ihm.*«

Gayt-Coor schaltete ein Licht der Plattform ein, um das Gesicht des Gefangenen besser beobachten zu können. Es war stumpf und ohne Ausdruck. Rhodan konnte nicht einmal Furcht darin entdecken.

»Ihm? Wer ist das?«

»Niemand weiß es, aber *er* scheint alles zu wissen. *Er* kennt stets unseren Aufenthaltsort und findet uns überall.«

Gayt-Coor sah Rhodan fragend an. »Er scheint so etwas wie ein Gott zu sein, den sie verehren.«

Der Gefangene richtete sich auf. »*Er* ist Gott!«

»Und wie sieht er aus?« fragte Gayt-Coor.

Mit seinen verkümmerten Händen bedeckte der Krüppel sein Gesicht, als sei er zu Tode erschrocken.

»*Er* sieht überhaupt nicht aus.«

Rhodan befürchtete, Gayt-Coor könne nun endgültig die Geduld verlieren und vielleicht unbesonnen handeln, aber der Petraczer konnte sich beherrschen. So rätselhaft die ganze Angelegenheit auch sein mochte, sie mußte einen realen Hintergrund haben. Vielleicht hatte sie nichts mit dem eigentlichen Problem zu tun, das Rhodan am meisten beschäftigte, aber sie konnte genausogut den ersten brauchbaren Hinweis erbringen.

»Wenn man ihn nicht sehen kann, wie kannst du dann wissen, daß es ihn gibt?«

»Ich darf nichts mehr sagen«, wimmerte der Gefangene und sackte in sich zusammen. Mehr war aus ihm nicht herauszubringen.

Gayt-Coor änderte seine Taktik. »Also gut, wenn ihr alle nichts über diesen Geheimnisvollen wißt, so frage ich mich, wie ihr Befehle von ihm entgegennehmen könnt. Sinnlose Befehle, denn wir wollen euch helfen. Niemand will euch von hier wegbringen, auch wir nicht. Also greift uns in Zukunft auch nicht mehr an. Wir bleiben nicht lange auf dieser Welt und werden sie bald wieder verlassen. Niemand muß uns dann begleiten. Aber wir können in der Zwischenzeit versuchen, euch das Leben hier leichter zu machen.«

»Wir müssen euch töten!« lautete die unmißverständliche und doch unbegreifliche Antwort. »Und wir werden euch töten!«

Gayt-Coor schwieg. Er war mit dem Erfolg des Verhörs alles andere als zufrieden. Sicher, er hatte eine Menge erfahren, aber das alles lag weit zurück in der Vergangenheit, und sein Wissen würde heute niemandem mehr etwas nützen. Aber von dem, was heute auf Traecther vor sich ging, wußten weder er noch Rhodan mehr als vorher.

Er deutete in Richtung der Stufen, die hinab zum Platz führten. Dann sagte er zu dem Gefangenen: »Du bist frei und kannst gehen, auch wenn du uns töten wolltest und noch immer töten willst. Erzähle den anderen, daß wir dich freiließen! Vielleicht bringt sie das zur Vernunft.«

Der Gefangene erhob sich zögernd. Er schien gut in der Dunkelheit sehen zu können, denn trotz seiner verkümmerten Glieder bewegte er sich absolut sicher, als er zu den Stufen ging. Dort drehte er sich noch einmal um.

»Ich kann nichts für euch tun, denn *er* ist stärker als wir alle. Wir werden immer wieder versuchen müssen, euch zu töten, denn wir müssen es tun. Nehmt euch in acht ...!«

Damit verschwand er in der Finsternis der Nacht. Sie hörten noch lange seine unregelmäßigen Schritte, bis auch sie in der Dunkelheit verhallten.

Dann war Stille.

Gayt-Coor räusperte sich. »Am liebsten würde ich die Stadt verlassen, aber ich bin sicher, daß sie noch viele Geheimnisse birgt. Wir sichern den Würfel mit einer Energiesperre ab, die wir leicht mit den Generatoren der Plattform erzeugen können. Und nur wenn es relativ hell ist, verlassen wir den Würfel. Wir müssen die Hauptschaltzentrale der Stadt finden.«

»Eine Schaltzentrale?« wunderte sich Rhodan. »Glauben Sie, daß so etwas noch in Betrieb ist?«

»Vielleicht, aber das ist nicht das Wichtigste. Von der Zentrale aus führen gewisse Verbindungsleitungen zu allen Rechenzentren der Stadt, und sicherlich gibt es auch ein astronomisches Rechenzentrum. Natürlich kann ich mich auch irren, und die einzige richtige Spur beginnt in dem verbotenen Planetarium. Das Bild der Sterne, das wir dort sahen, ist echt. Woher jedoch haben die Yulocs diese Kenntnisse, wenn sie vielleicht niemals einen Stern in ihrem Leben gesehen haben? Es muß demnach Aufzeichnungen geben.«

Das klang selbst für Rhodan logisch, obwohl er sonst immer skeptisch und vorsichtig blieb. Warum auch sollten sie hier diese günstige Position aufgeben, nur weil die bedauernswerten Ungeheuer sie töten wollten?

»Es wird eine lange Suche werden, Gayt.«

»Wir haben Zeit, viel Zeit. Und wenn wir Erfolg haben, werden wir es auch nicht bereuen, vielleicht einige der Ungeheuer getötet zu haben, wenn sie uns angreifen sollten.«

»Die Paralysestrahler genügen doch auch«, protestierte Rhodan, dem der Gedanke zuwider war, auf Wehrlose schießen zu müssen. »Sie sind nicht bewaffnet.«

Gayt-Coor schüttelte seinen Echsenkopf, eine Geste, die ihn fast menschlich erscheinen ließ.

»Sie irren, mein Freund. Durch Betäubung schrecken wir sie nicht ab. Und wenn Sie meinen, sie besäßen keine wirksameren Waffen als Keulen und Steine, so irren Sie abermals. Als ich den Gefangenen mit mir nehmen wollte, vor knapp zwei Stunden, wäre ich bald in das Kreuzfeuer zweier Energiewaffen geraten. Sie müssen sie in den Arsenalen gefunden haben. Das nächstemal wird der Überfall anders verlaufen als heute. Wenn wir uns dann nicht mit allen verfügbaren Mitteln wehren, sind wir erledigt.«

»Wir haben nur die Handstrahler.«

»Ja, aber jeder von uns kann damit umgehen.« Er legte Rhodan eine Hand auf den Arm. »Ich verstehe Ihre Bedenken und achte sie auch, aber wir haben keine andere Wahl. Entweder sie oder wir. Das heißt, wenn wir das Ziel erreichen wollen. Natürlich können wir uns auch auf eine der fliegenden Inseln zurückziehen und dort die Rückkehr Heltamoschs abwarten. Es scheint so, daß die Mutanten weder Gleiter noch sonstige Luftfahrzeuge besitzen. Auf der Insel wären wir also sicher, aber wir werden dort auch niemals einen brauchbaren Hinweis auf Ihre Galaxis finden. Ich fürchte, Sie werden sich für meine harte und schonungslose Taktik entscheiden müssen.«

Das allerdings befürchtete Rhodan nun auch. Gegen Gayt-Coors logische Schlußfolgerung gab es kein vernünftiges Argument. In diesem Fall, das sah Rhodan ein, blieb ihnen nichts anderes übrig, als unter allen Umständen zu versuchen, einen astronomischen Datenspeicher zu finden, und wer sie daran hindern wollte, aus welchen Gründen auch immer, der wollte seinen Tod.

»Sie haben recht, Gayt. Natürlich suchen wir weiter und geben nicht auf. Wenigstens nicht so schnell.«

Er war selbst nicht ganz glücklich über seine Entscheidung, aber welche Alternative hätte es sonst für ihn gegeben? Resignieren?

Das war unmöglich, denn Traecther bot die einzige greifbare Chance für ihn, die Position der Milchstraße zu erfahren. Wenn niemand sie kannte, die ausgestorbenen Yulocs mußten sie gekannt haben! Wer ihn daran hindern wollte, in seine Heimat zurückzukehren, war sein Gegner, und wenn dieser Gegner ein tödlicher Widersacher war, aus welchen Gründen auch immer, mußte er einfach schneller sein.

»Diese Nacht können Sie auf der Plattform schlafen, ich werde Wache halten«, sagte Gayt-Coor. »Ich wecke Sie, wenn ich müde werde.«

»Genügt der Energieschirm nicht?«

»Wir können nicht sicher sein. Dieser geheimnisvolle Gott der Krüppel könnte mehr technisches Wissen besitzen, als wir ahnen, und dann würde es ihm vielleicht gelingen, die Sperre so zu beseitigen, daß wir es erst bemerken, wenn es zu spät für uns ist.«

»Sie glauben an diesen großen Unbekannten?«

»Natürlich tue ich das. Jede noch so phantastische Geschichte hat ihren realen Hintergrund, ihre greifbare Ursache. Dieser Unbekannte, der den Monstren Befehle erteilt, existiert. Ich weiß nicht, ob wir ihm jemals begegnen werden, aber ich werde mich durch ihn nicht davon abhalten lassen, weiterzuleben.«

»Und das wiederum ist nur dann möglich, wenn wir uns mit allen uns zur Verfügung stehenden Mitteln wehren«, meinte Rhodan.

»Sehr richtig. So, und nun legen Sie sich schlafen. Vielleicht brauchen wir morgen alle unsere Kräfte, um das zu finden, was wir suchen.«

Rhodan gehorchte und streckte sich auf der Plattform aus. Im Halbschlaf nahm er noch wahr, daß Gayt-Coor den Schutzschirm einschaltete und sich dann am Rand der Treppe niedersetzte.

Dann schlief er endgültig ein.

14.

Als es dämmerte, übernahm Rhodan die letzte Wache und weckte Gayt-Coor wunschgemäß zwei Stunden später. Aus einem schmalen Vorratsfach nahm der Petraczer einige kleine Instrumente, die er in einem Beutel verstaute. Außerdem bewaffnete er sich und Rhodan mit einer zweiten Strahlwaffe und Ersatzmagazinen.

»Das sind Spezialorter«, erläuterte er, während sie frühstückten. »Mit ihnen werden wir feststellen können, ob noch atomar betriebene Maschinen irgendwo laufen. Leider ist ihr Aktionsradius beschränkt, also werden wir von verschiedenen Punkten aus messen. Unsere Waffen werden dafür sorgen, daß man uns nicht daran hindert. Ich bitte Sie noch einmal, alle Rücksichten zu vergessen. Es geht um unser Leben.«

»Schon gut, ich habe es begriffen«, erwiderte Rhodan. »Ich bin kein Selbstmörder.«

»Sobald wir eine positive Messung erhalten, werden wir den entsprechenden Ort aufsuchen. Ich bin sicher, daß wir dann auch den Speicher finden werden, in dem alle verfügbaren Daten aufbewahrt werden. Die Yulocs waren für ihre astronomischen Kenntnisse berühmt.«

»Ein Hoffnungsschimmer mehr«, murmelte Rhodan.

Unten auf dem Platz blickte Rhodan noch einmal zum Würfel hoch. Deutlich sah er die Energieglocke, die über der Flugplattform schimmerte. Die Verfahrenskrüppel, wie Gayt-Coor die unglücklichen Mutanten nannte, würden zwar die Stufen emporsteigen können, kamen aber nicht an den Gleiter heran.

Unangefochten erreichten sie die Hauptstraße und passierten den Park mit dem Observatorium. Immer wieder blieben sie stehen, um erste Messungen vorzunehmen. Keines der Instrumente reagierte so, wie sie es sich erhofft hatten.

»Das hat nichts zu sagen, Rhodan. Ich betonte schon, daß der Aktionsradius klein ist. Es kann aber auch sein, daß die Anlagen tief unter der Oberfläche liegen, dann wird die energetische Überflußstrahlung absorbiert. Wenn das der Fall ist, müssen wir Glück haben und auf einen Zufall vertrauen.«

Sie gingen auf der Mitte der breiten Straße, um nach allen Seiten freie Sicht zu haben und nicht überrascht werden zu können. Sowohl rechts wie links waren nun die schmucklosen und glatten Wände der Häuser, nur von Fenstern und Türen unterbrochen. Hinter den dunklen Eingängen lebten vielleicht die Verkannten und lauerten auf ihre Chance. Wieder hatte Rhodan das Gefühl, ständig beobachtet zu werden.

Als Gayt-Coor erneut seine Instrumente befragte, verriet seine Stimme freudige Erregung.

»Vor uns, in einem Winkel von zwanzig Grad abwärts. Wenn ich die Entfernung berücksichtige, dürften atomar betriebene Anlagen etwa fünfzig Meter unter der Stadt liegen. Nun müssen wir nur noch den Eingang finden.«

»Das dürfte nicht so schwer sein. Ich kann mir kaum vorstellen, daß der Zugang in einem gewöhnlichen Haus zu suchen ist. Wir müssen nach einem Bauwerk suchen, das sich schon äußerlich von den anderen unterscheidet. Außerdem bin ich sicher, daß sich ein Teil der Anlage auf der Oberfläche befindet.«

Gayt-Coor hielt sich nicht mit weiteren Reden auf, sondern ging weiter, immer dem Instrumentenanzeiger nach, der ihm die Richtung angab. Sie mußten theoretisch den Eingang erreicht haben, wenn die Messungen einen fast senkrechten Anzeigewert erhielten.

»Das da vorn könnte es sein«, sagte Gayt-Coor plötzlich, ohne sein Tempo zu vermindern. In der einen Hand hielt er einen Strahler, in der anderen sein Meßgerät. »Auf dem Platz!«

In der Tat bemerkte Rhodan, daß die Häuser vor ihm weiter von der Straße zurückwichen, die dadurch breiter wurde. Genau vor ihm erhob sich ein wuchtiges Rundgebäude, mitten auf dem ebenfalls runden Platz, der von eintönigen Hausfassaden eingerahmt wurde.

Das Gebäude war nicht sehr hoch und wirkte eher wie eine Mauer ohne Fenster. Sein Dach war flach, und in regelmäßigen Abständen erhoben sich kleine, plumpe Türme, die einem unbekannten Zweck gedient haben mochten. Rhodan erinnerten sie an die Zinnen einer Burg.

»Bereits achtzig Grad«, murmelte Gayt-Coor nach einem flüchtigen Blick auf sein Meßgerät. »Es liegt demnach schon unter uns. Der Rundbau ist die Oberflächenzentrale. Hoffentlich gibt es eine Tür.«

Rhodan entsann sich, daß sie diesmal ihre Schutzanzüge trugen, wenn auch ohne den lästigen Druckhelm.

»Dann fliegen wir eben ein Stück«, schlug er vor, »und landen auf dem Dach. Da finden wir bestimmt einen Eingang.«

Sie erreichten den Rand des Platzes und konnten feststellen, daß der Rundbau etwa zwanzig Meter hoch war und von den ihn umgebenden Häusern um ein gutes Stück überragt wurde. Die Mauer war glatt und fugenlos. Vielleicht gab es wirklich keinen normalen Eingang von unten her. Das flache Dach deutete auf einen Landeplatz hin.

Gayt-Coor schob das Meßinstrument in die Tasche, behielt den Strahler jedoch in der Hand, als er das Flugaggregat einschaltete und Rhodan aufforderte, es ebenfalls zu tun.

Dann erhoben sie sich und legten den Rest der Strecke fliegend zurück, wobei Rhodan abermals feststellte, daß die terranischen Kampfanzüge qualitativ besser und sicherer waren. Immerhin erfüllten auch diese ihren Zweck, wenn er auch ein wenig unsanft landete und fast gefallen wäre.

Gayt-Coor stand breitbeinig da und sah sich aufmerksam nach allen Seiten um. Auch Rhodan studierte seine Umgebung.

Das Dach zeigte verwitterte Markierungen, die die Vermutung, es könne sich um den Landeplatz für Luftfahrzeuge handeln, nur bestätigten. Die kleinen Türme ringsum erinnerten nun nicht mehr so sehr an die Zinnen einer Burg, sondern sahen mehr wie Kontrollstellen und überdachte Eingänge aus. Das gesamte Bauwerk war eine uneinnehmbare Festung inmitten der Stadt.

Gayt-Coor nahm sich Zeit, abermals eine Messung vorzunehmen. Die Spitze des Zeigers wies senkrecht nach unten.

»Nehmen wir den nächsten Turm«, schlug Rhodan vor. »Bei einem müssen wir ja anfangen.«

Es gab keine Tür, nur eine freie Öffnung, die in einen kleinen Raum führte, dessen Wände mit Kontrollinstrumenten bedeckt waren. Einige der Signallampen brannten noch. Die Anlage war in Betrieb.

Rhodan fragte sich, ob es den Verfahrensgeschädigten jemals gelungen war, bis hierher zu gelangen. Vielleicht hatten sie es nie versucht, oder ihr geheimnisvoller »Gott« hatte es zu verhindern gewußt.

Aber wenn seine Vermutung stimmte, würde er auch nicht zulassen, daß jetzt sie, die Fremden, eindrangen. Irgendwo würde er auf sie warten.

Im zweiten Turm fanden sie feuerbereite Energiegeschütze, aber die Leitungen der Fernbedienung waren zerschnitten worden. Rhodan untersuchte die Schnittstellen und schätzte, daß sie Dutzende von Jahren alt waren. Sie waren mit Rost überzogen und längst durch Kurzschluß unbrauchbar geworden.

In den anderen Türmen befanden sich ebenfalls Geschütze oder Kontrollstände, aber kein Eingang, der unter die Dachplattform geführt hätte.

Gayt-Coor stand ein wenig ratlos auf der markierten Landefläche und betrachtete nachdenklich die Türme.

»Das gibt es doch gar nicht! Irgendwie *müssen* sie doch in die unterirdischen Anlagen gekommen sein. Sie sind nicht nur zum Spaß hier gelandet. Wo also kann der Eingang sein?«

Rhodan deutete hinab zur Straße, die zurück zum Landeplatz ihrer Plattform führte. »Sie scheinen sich zum Angriff zu sammeln, Gayt. Hinter dem dritten Gebäude links, in der Seitenallee. Sie haben vergessen, daß man sie von hier oben aus sehen kann.«

Etwa fünfzig undeutlich zu erkennende Gestalten hatten sich zusammengerottet, immer darauf bedacht, in Deckung zu bleiben. Aber das Dach des dazwischenliegenden Hauses war niedriger als zwanzig Meter und bot keinen vollkommenen Schutz gegen Sicht von oben.

Man schien sich über das gemeinsame Vorgehen nicht einig zu sein. Mehrmals deuteten verkrüppelte Arme in Richtung des Rundbaus, also wußte man, wo die Gesuchten sich aufhielten. Rhodan und Gayt-Coor hatten sich inzwischen flach hingelegt, so daß sie nicht gesehen werden konnten, obwohl sie selbst jede Bewegung der Angreifer beobachteten.

»Ob sie hierherkommen werden?«

Rhodan zuckte die Achseln und robbte ein kleines Stück vor, um noch besser sehen zu können. Seiner Schätzung nach befand er sich nun genau in der Mitte des Daches. Er beachtete kaum die Kreismarkierung, auf der er nun lag.

»Sicher werden sie versuchen, uns hier festzuhalten. Ich hatte schon die ganze Zeit über das Gefühl, daß wir verfolgt werden. Wahrscheinlich gibt es Parallelstraßen, so daß wir sie nicht sahen. Aber wenn sie keine Fluganzüge haben, sind wir hier oben sicher.«

»Wir müssen den Eingang finden«, murmelte Gayt-Coor, dem das flache Liegen auf dem Bauch sichtlich unangenehm war. »Wenn wir noch mehr Zeit verlieren, schaffen wir es nie. Warten wir nun, oder suchen wir weiter?«

Rhodan drehte sich liegend zu ihm um. Seinen Ellbogen als Stütze benützend, richtete er sich ein wenig auf ...

Unter ihm bewegte sich der kreisförmige Ausschnitt der Markierung, gleichzeitig begann er mit der runden Plattform langsam nach unten zu sinken.

Ehe er auch nur ein Wort sagen konnte, reagierte Gayt-Coor mit einer solchen Geistesgegenwart, daß Rhodan nur verblüfft zusehen konnte, wie der Petraczer mit einem blitzschnellen Satz zu ihm herabsprang und sich neben ihn kauerte. Oben wurde der Rundausschnitt des Himmels kleiner und kleiner.

»Sie müssen einen Kontakt ausgelöst haben, Rhodan. Ein Zufall?«

»Natürlich ein Zufall. Mit dem Ellbogen. Für eine Sekunde trug er mein ganzes Gewicht – das genügte. Also eine manuelle Kontrolle.«

»Jetzt können sich die Verformten die Augen aus dem Kopf suchen, wenn sie wirklich aufs Dach gelangten, allerdings vorausgesetzt, die Plattform steigt wieder nach oben, wenn wir sie verlassen haben.«

Die Wände glitten schnell nach oben, so daß sich das Tempo des Absinkens leicht errechnen ließ. Aber schon spürte Rhodan den leichten Andruck, der die Verlangsamung des Vorgangs ankündigte. Dann hielt die Plattform an.

Sie standen nun praktisch in einer Zelle ohne Dach, wie auf dem Grund eines senkrechten Schachts. Die Wände waren glatt und metallen. Es gab kein künstliches Licht, nur den schwachen Schein des dämmerigen Tages, der aus etwa fünfzig Metern Höhe auf sie herabfiel.

»Noch einen Zufall, bitte!« sagte Gayt-Coor sarkastisch.

Rhodan grinste und begann damit, die glatten Wände zu untersuchen. Aber dann öffnete sich der Schacht, ohne daß sie etwas taten.

Gleichzeitig flammte Licht auf und beleuchtete einen Gang, der schräg abwärts in die Tiefe führte. Als sie den Liftschacht verließen, blieb Gayt-Coor stehen und sah zu, wie sich die Wand wieder schloß. Er deutete auf einen eingelassenen großen Knopf. »Er wird uns helfen, die Anlage wieder zu verlassen.«

Hoffentlich, dachte Rhodan ein wenig zweifelnd, aber dann gewann sein Optimismus wieder die Oberhand. Sie waren eingedrungen, und sie würden auch wieder hinauskommen. Wichtig war nur, daß er einen Hinweis fand, und wenn es auch nur ein ganz winziger Hinweis sein sollte.

Sie gingen fast hundert Meter, ehe die glatten Wände des Korridors zum erstenmal von Eingängen unterbrochen wurden. Sie führten in dahinterliegende Räume, die technische Anlagen beherbergten. Der Zweck blieb vorerst unbekannt, wenn Rhodan, der stehenblieb, auch vermutete, daß es sich um Verteilerkontrollen handelte.

Wahrscheinlich erfolgten hier die automatische Sortierung der erzeugten Energien und ihre Weiterleitung.

Gayt-Coor drängte zur Eile: »Kommen Sie! Es ist unwichtig. Was wir suchen, ist etwas anderes. Die Speicheranlagen mit den Informationsunterlagen sind interessant. Ich habe die technische Geschichte der Yulocs studiert, soweit das überhaupt möglich gewesen ist. Immerhin glaube ich, das System ihrer Energieanlagen so ungefähr zu kennen. Sie, Rhodan, kennen es nicht! Wenn Sie also jemals wieder in Ihre Heimatgalaxis zurückkehren wollen, verschwenden Sie jetzt nicht unsere kostbare Zeit. Draußen auf dem Planeten haben wir sie, aber nicht hier und jetzt.«

Im ersten Augenblick verspürte Rhodan den Wunsch zu protestieren, aber dann besann er sich auf seine Lage. Er hielt sich in einer fremden Galaxis auf und war auf die Hilfe der wenigen Freunde angewiesen, die er bisher gefunden hatte. Gayt-Coor war ein solcher Freund, und als solcher meinte er es gut mit ihm. Hinzu kam, daß der Petraczer sich hier besser auskennen mußte als er. Es wäre also mehr als dumm, würde er nicht auf seinen Rat hören.

»Bin schon unterwegs«, sagte er und folgte dem bereits davoneilenden Gayt-Coor.

Zwanzig Meter tiefer entdeckten sie die eigentlichen Energieanlagen.

Gigantische Reaktoren und Erzeugerblöcke füllten die Säle. Ohne sich um die fremden Besucher zu kümmern, verrichteten noch immer funktionierende Wartungsroboter ihre Aufgaben, lasen die Meßwerte von den Instrumenten ab und hätten Rhodan wahrscheinlich umgerannt, wenn er nicht im letzten Augenblick schnell zur Seite gesprungen wäre.

»Sie sind nur für ihre Arbeit programmiert worden«, sagte Gayt-Coor. »Vor Zehntausenden von Jahren! Es ist unfaßbar, daß eine solche Zivilisation unterging.«

»Solange sie keine Waffen haben, regt es mich nicht auf«, bekannte Rhodan und folgte dem Petraczer, der unbeirrt weiterging, als wisse er ganz genau, wo er das Gesuchte finden würde. »Bauten sie ihre Anlagen immer nach dem gleichen Prinzip?«

»Meistens ja. Ich kann nur hoffen, diese hier bildet keine Ausnahme.«

Das erste Anzeichen, daß sie sich der Speicheranlage näherten, war eine immer noch beleuchtete Situationskarte mit unbekannten Symbolen, die die Wand eines größeren Raumes einnahm. Gayt-Coor stieß einen triumphierenden Ruf aus und begann sofort damit, die Karte eingehend zu untersuchen. Einige Leuchtstellen waren ausgefallen, aber noch immer zu identifizieren. Sogar der genaue Plan der Stadt war vorhanden.

»Können Sie etwas damit anfangen?« fragte Rhodan.

»Nach einer Weile schon, mein Freund. Ich muß mich erst zurechtfinden. Sehen Sie übrigens die eingezeichnete Verbindung zwischen dem Rundbau und der darunter befindlichen Anlage und dem Planetarium, in dem wir waren? Das beweist zwei Dinge: Die Sekte wurde geduldet und lieferte wichtige Informationen. Zweitens gelten – oder galten – diese Informationen als authentisch. Nehmen wir noch eine dritte Tatsache oder meinetwegen auch nur Vermutung hinzu: Alle Daten des Planetariums wurden hier irgendwo gespeichert. Nun müssen wir nur noch herausfinden, wo dieser Speicher zu suchen ist.«

»Die Karte«, erinnerte ihn Rhodan.

»Natürlich, die Karte!« knurrte Gayt-Coor unwillig und widmete sich erneut der Aufgabe, aus der umfangreichen Zeichnung schlau zu werden. »Sie wird uns den Weg zeigen, und ich würde mich nicht sehr wundern, wenn er uns zurück in das Planetarium führte.«

»Dann war alles umsonst?« fragte Rhodan.

»Gewißheit ist niemals umsonst!« wies Gayt-Coor ihn zurecht.

Rhodan zog es vor, nichts darauf zu erwidern. Der Petraczer war sehr selbstbewußt und selbstsicher. Man konnte ihn niemals zu etwas zwingen. Was er tat, das tat er freiwillig. Aber gerade das war eine Garantie dafür, daß man sich auf ihn verlassen konnte. Nur erzwungene Hilfe war eine unsichere Hilfe.

Während Gayt-Coor die Karte studierte, sah Rhodan sich in den Nebenräumen um. Er hatte sich an die unbeteiligt handelnden Roboter gewöhnt, die sich nicht um ihn kümmerten. Er ging ihnen aus dem Weg, und sie beachteten ihn nicht.

Sein technischer Verstand reichte aus, um ihm zu sagen, daß er es mit einer ausgereiften und sehr hochstehenden Zivilisation zu tun hatte. Um so größer wurde das Rätsel um die Yulocs, die eine gigantische und unvorstellbare Entwicklung einfach aufgaben, um sich dem Nichtstun hinzugeben. Einem Nichtstun, das ihren endgültigen Untergang einleitete. Aber war vielleicht nicht gerade ein solcher Untergang ein neuer Beginn? Der Beginn des Unbegreiflichen und real nicht mehr Erfaßbaren?

Rhodan schrak auf, als er Gayt-Coors Stimme vernahm: »Wie ich vermutete – das Planetarium. Wir haben das Speicherzentrum dort übersehen. Muß ein Nebeneingang sein.«

Rhodan eilte zu ihm zurück. »Nebeneingang? Von wo aus?«

»Von der Kontrollanlage aus, unter der Kuppel. Dort müssen alle Informationen liegen, die wir suchen.«

»Na gut, suchen wir eben dort. Die Frage ist nur, wie wir den bevorstehenden Angriff der Mutanten abwehren, die auf uns warten.«

»Wir werden fliegen«, schlug Gayt-Coor vor. »So weit reichen die wenigen Energiewaffen nicht, die sie haben. Und wenn, dann schießen wir eben zurück und zwingen sie, in Deckung zu gehen. Mit denen werden wir schon fertig, aber sie nicht mit uns.« Er sah. Rhodan an. »Ich würde die Verformten an Ihrer Stelle nicht immer als Mutanten bezeichnen. Sie sind keine im üblichen Sinne.«

»Immerhin sind sie Genveränderte, und damit sind sie auch Mutanten, ob sie nun parapsychologische Fähigkeiten besitzen oder nicht. Es tut mir leid, ich muß sie als Mutanten bezeichnen.«

Es war das erstemal, daß Rhodan seinem Freund Gayt-Coor richtig widersprach. Der Anlaß dazu war geringfügig zu nennen, wahrscheinlich war er sogar ohne jede Bedeutung. Der Petraczer schien den wahren Grund zu erraten.

»Gut, dann nennen Sie sie so, wenn Sie meinen. Sollten wir uns deshalb streiten? Wichtig ist nur, daß wir den Speicher finden.«

»Ob es keinen direkten Weg von hier aus gibt? Sie erwähnten doch eine Verbindung zwischen hier und dem Planetarium.«

»Es scheint sich lediglich um eine Nachrichtenverbindung zu handeln. Nein, wir müssen wieder nach oben.«

»Und wenn wir warten, bis es draußen dunkel wird?«

Gayt-Coor überlegte. »Das wäre eine Möglichkeit, wenn wir auch abermals viel Zeit verlieren. Aber es ist sicherer.«

»Gut, dann sehen wir uns noch ein wenig um.«

Der Hauptreaktor ruhte in einem Betonschacht. Die Instrumente zeigten etwa die halbe Leistungskapazität an, das war mehr als genug, eine nahezu ausgestorbene Stadt zu versorgen. Gayt-Coor äußerte die Vermutung, daß einst die gesamte Stadt in der Lage war, sich zu erheben und den Standort zu wechseln. Sie war nur deshalb sanft gelandet und dadurch nicht zerstört worden, weil die für die gewaltigen Antigravfelder benötigten Energien nicht auf einmal ausfielen, sondern nur allmählich geringer wurden.

Rhodan konnte sich das kaum vorstellen. Die Grundfläche der Stadt betrug mehrere Quadratkilometer. Für die tragende Insel mußte eine Dicke von mindestens hundert Metern angenommen werden. Es gab heute keine technischen Mittel, eine solche Masse schwerelos zu machen.

Oder doch? Er mußte an OLD MAN denken, an die schweren Flottentender der Solaren Raumflotte, an die riesigen Kugelraumer ...

Gayt-Coor unterbrach seine Gedanken. »Hier ist etwas Interessantes.«

Im ersten Augenblick fühlte sich Rhodan in die Kuppel des Planetariums zurückversetzt. Die hohe Decke war ebenfalls gewölbt, wenn auch nicht durch unsichtbare Lichtquellen angestrahlt. Aber es gab keine Sitzgelegenheiten, dafür in der Mitte des Saales jedoch eine auf der Schnittfläche liegende Halbkugel. Der Durchmesser betrug ungefähr acht Meter, die Scheitelhöhe vier. Das Ding war glatt, fugenlos – und scheinbar überflüssig.

»Was ist das?« fragte Rhodan erstaunt. Im ersten Moment hatte er an ein positronisches Gehirn gedacht, die Vermutung aber wieder beiseite geschoben. Es fehlten die Kontrollen und alles andere, was ein solches Gehirn auszeichnete. »Kennen Sie so etwas?«

»Nein, ich habe nicht die geringste Vorstellung, was es sein könnte. Wenn es überhaupt irgendeinem Zweck dient, dann müssen Zuleitung und Kontrollen unterirdisch verlegt worden sein. Es scheint auch kein Metall zu sein.«

Er ging näher an die Halbkugel heran und berührte sie vorsichtig mit der ausgestreckten Hand. Als nichts geschah, wurde er mutiger. Rhodan kam ebenfalls näher.

Zwar schimmerte das Material metallisch, aber es war mit Sicherheit keines. Aus der Nähe war die transparente Oberschicht zu erkennen, die das eigentliche Baumaterial der Halbkugel mehrere Millimeter dick bedeckte. Wahrscheinlich eine Isolierung, die es vor jedem Verfall oder sogar auch vor Zerstörung absicherte.

Noch während sie darüber rätselten, welchen Zweck die Halbkugel einst erfüllt hatte, flammte im Scheitelpunkt des Kuppelsaals, genau über der Halbkugel, ein grelles Licht auf. Es war ein scharf gebündelter Scheinwerferstrahl, der das Zentrum der Halbkugel traf und nach allen Seiten gleichmäßig abfloß. Das Material begann hell und dann durchsichtig zu werden.

Rhodan und Gayt-Coor waren unwillkürlich zurückgewichen, denn sie befürchteten, durch das Berühren der unbekannten Maschine einen Mechanismus ausgelöst zu haben, der katastrophale Folgen nach sich ziehen könnte.

Dann aber blieben sie wie erstarrt stehen und sahen zu, wie im Innern der durchsichtig gewordenen Halbkugel eine humanoide Gestalt zu materialisieren begann.

»Eine Projektion«, flüsterte Gayt-Coor, mehr um sich selbst zu beruhigen, als eine Feststellung zu treffen. »Eine ganz normale Projektion ...«

Rhodan war da nicht sicher. Er schwieg und starrte auf das, was sich von seinen Augen abspielte, und ein wenig später hielt er das Geschaute nicht für eine bloße Projektion.

Die Gestalt nahm nur langsam greifbare Formen an, blieb aber immer noch halbtransparent dabei. Sie stand in den Mitte der Halbkugel und schien von innen her zu leuchten. Obwohl sie menschlich wirkte, in fast allen Details, war Rhodan davon überzeugt, keinen Menschen vor sich zu haben.

Neben ihm flüsterte Gayt-Coor gepreßt: »Ein Yuloc – das ist ein Yuloc. Sie können beliebige Körperformen annehmen, dieser wählte Ihre. Aber das ist doch nicht möglich! Es kann keine lebenden Yulocs mehr geben ...!«

Die Halbkugel selbst war nur noch an dem herabfließenden Lichtstrahl zu erkennen, sonst war sie durchsichtig geworden.

Und dann kam die Stimme, laut und deutlich vernehmbar, von der Decke des Kuppelsaals. Sie sprach das übliche Nauparo.

Es war eine unwirkliche, geisterhafte Stimme, wenn auch durchaus verständlich. In ihr schwang etwas mit, das Rhodan einen Schauer über den Rücken jagte. Eine unbegreifliche Eindringlichkeit lag in ihr und eine unwahrscheinliche Überzeugungskraft. Man spürte, daß die Stimme die Wahrheit sagte und daß man ihr vertrauen konnte.

Sie sagte: »Fürchtet euch nicht, Fremde! Und sucht weiter, denn wir haben viel gewußt. Vielleicht haben wir zu viel gewußt.«

Rhodan faßte sich schneller als Gayt-Coor. Vielleicht hatte er begriffen, daß sich ihm eine einmalige Chance bot, sein Problem mit einem Schlag zu lösen. Wenn es überhaupt ein Lebewesen in dieser Galaxis gab, das ihm seine Frage beantworten konnte, dann dieses.

»Ich suche die Koordinaten meiner Heimatgalaxis. Wo kann ich sie finden?«

Aber zu seiner Enttäuschung gab die geisterhafte Erscheinung keine direkte Antwort. Sie sagte lediglich: »Ihr befindet euch auf dem Weg zur Wahrheit – sucht weiter.« Das war alles.

Gleichzeitig erlosch der Lichtstrahl in der Decke, aber die Erscheinung blieb noch einige Sekunden sichtbar, dann begannen ihre Konturen zu zerfließen, während die Hülle der Halbkugel wieder undurchsichtig wurde.

Nach einer Minute war alles wie zuvor.

Gayt-Coor holte tief Luft. »Er hat zu uns gesprochen, er hat wahrhaftig zu uns gesprochen! Ein Yuloc, ein noch lebendiger Yuloc – oder war es nur sein Geist?«

»Eine Projektion – das haben Sie selbst behauptet. Ich glaube aber, daß er lebt. Vielleicht eine lebendige Projektion. Kann sein, daß er irgendwo in den Tiefen der Stadt lebt und sich uns durch eine Projektion zeigte. Dann hätten wir beide recht.«

Sie tasteten die Halbkugel ab, aber nun geschah nichts mehr. Die Hülle blieb undurchsichtig, und niemand hätte zu sagen vermocht, was sich jetzt in ihrem Innern befand.

»Wir sind auf dem Weg zur Wahrheit – das war es doch, was der Yuloc behauptete«, sagte Gayt-Coor. »Das Planetarium birgt demnach die Antwort auf Ihre Frage. Versuchen wir nicht, das Geheimnis zu lüften, sondern nehmen wir den Rat des Geistes an. Ich bin überzeugt, noch immer, daß der Yuloc längst tot ist; und nur scheinbar noch lebt. Es muß sich um ein projiziertes Fiktivbild gehandelt haben, das, von einer Automatik gespeichert, jederzeit auf den halbkugelförmigen Bildschirm geworfen werden kann. Wir haben, ohne es zu wissen, den Kontakt ausgelöst.«

Wie auch immer, sie würden keine Antwort erhalten. Aber man hatte ihnen einen Rat gegeben, und Rhodan war fest entschlossen, ihn zu beherzigen.

Er warf noch einen fast scheuen Blick zurück in den Kuppelsaal, als sie ihn verließen. Draußen im Korridor atmete er auf.

»Wir müssen ja nicht warten, bis es dunkel geworden ist«, sagte er zögernd.

Gayt-Coor lachte etwas gezwungen. »Sie haben Ihre Meinung geändert? Plötzlich so eilig?«

»Wir erhielten einen Hinweis und sollten nicht mehr länger warten.«

»Na schön, versuchen wir es.«

Sie fanden den Rückweg zum Lift ohne besondere Schwierigkeiten. Die Frage war nur, ob sie ihn auch in Gang bringen konnten. Wahrscheinlich funktionierte er automatisch, und es würde genügen, mit Hilfe des Drehknopfs die Plattform nach unten zu holen.

Gayt-Coor zögerte, als sie vor der geschlossenen Tür standen. »Wenn wir Pech haben, sitzen wir in der perfektesten Falle, die es je gab. Ich habe auf der Karte keinen zweiten Ausgang entdecken können.«

»Nun machen Sie schon!« forderte Rhodan ungeduldig. Seine Nerven waren bis zum Zerreißen gespannt.

Gayt-Coor nickte und drehte entschlossen den Knopf.

Die Tür öffnete sich. Drinnen im Schacht war es dunkel, und die Plattform war auch noch nicht da. Sie verschloß den Schacht am oberen Ende. Aber der plötzliche Luftzug verriet, daß sie bereits herabsank.

Sie warteten. Rhodan nutzte die Gelegenheit, noch einen Blick zurückzuwerfen. Er sah einen der Wartungsroboter durch den Korridor gehen und in einem der Nebenräume verschwinden. Es war merkwürdig, aber gerade diese unbeirrbaren Maschinen, die noch nach halben Ewigkeiten ihrer einstigen Programmierung folgten und sich nicht um die Eindringlinge kümmerten, waren ihm unheimlich. Auch vermißte er das Fehlen von Alarmeinrichtungen oder Wachrobotern. Die ausgestorbenen Yulocs mußten einander vollkommen vertraut haben.

Die Platte kam an und landete sanft auf dem Schachtgrund. Jetzt war auch oben eine winzige, runde und dämmerig erleuchtete Scheibe zu sehen – der Tageshimmel von Traecther.

Sie standen zehn Sekunden auf der Platte, ehe sich die Tür wieder schloß.

Dann erst begannen sie, nach oben zu steigen.

Rhodan stellte fest, daß der Vorgang diesmal langsamer erfolgte. Er sah nach oben. Der runde Lichtfleck wurde nur allmählich größer, und manchmal wurde er durch dunkle Flecken verdeckt, was die Intensität des Lichteinfalls noch mehr abschwächte.

Dann erst erkannte er die Bedeutung dessen, was er gesehen hatte.

Er zog und entsicherte eine der Strahlwaffen. »Gayt, sie erwarten uns oben auf dem Dach des Rundbaus. Überzeugen Sie sich selbst.«

Gayt-Coor blickte nun ebenfalls aufmerksamer nach oben. Er gab Rhodan recht: »Ja, es sind die Köpfe der Verformten. Sie müssen auf das Dach gelangt sein und werden sicherlich einen furchtbaren Schrecken bekommen haben, als die runde Plattform sich plötzlich bewegte und nach unten sank. Nun werden sie wissen, wo wir gewesen sind.« Er entsicherte ebenfalls seinen Strahler. »Es wäre mir auch lieber gewesen, wir könnten das vermeiden, was nun folgt. Es war mein Beruf, zwischen den verschiedenen Völkern zu vermitteln. Mein Beruf war immer der Frieden. Aber wenn man nackter Unvernunft und absoluter Kompromißlosigkeit gegenübersteht, versagen alle gutgemeinten Absichten.«

Und sie hatten auch keine andere Wahl, denn weder Gayt-Coor noch

Rhodan wußten, wie der Lift zum Stillstand oder gar zum erneuten Absinken in die unterirdische Anlage gebracht werden konnte. Unaufhaltsam stiegen sie in die Höhe, dem wartenden Gegner entgegen.

Die ersten Energieschüsse blitzten auf, als sie nur noch zehn Meter vom Dach entfernt waren. Es gab keine Deckung für sie, denn wohinter hätten sie sich verbergen sollen? Sie standen schutzlos auf der weitersteigenden Plattform, dem Feuer des Gegners preisgegeben.

»Auf den Rand schießen!« riet Gayt-Coor und eröffnete das Feuer. »Wir müssen sie daran hindern, weiter die Initiative zu behalten. Wenn wir oben sind, wird es ernst. Sie können sich hinter den Türmen verstecken, wir aber sind ohne Deckung.«

Rhodan drückte den Feuerknopf ein und zielte auf den Rand des immer größer werdenden Lichtflecks. Die Hitze wurde unerträglich.

15.

Als die Plattform anhielt, rollten sich Gayt-Coor und Rhodan sofort nach beiden Seiten weg. Die Energiebündel ihrer Strahlwaffen fegten einige der Gegner quer über das Dach, an dessen Rand sie verschwanden. Sie mußten in die Tiefe gestürzt sein.

Rhodan versuchte, einen der Schutz versprechenden Türme zu erreichen, aber er wurde von schlecht gezieltem Energiefeuer empfangen. Die Mutanten schienen keine Erfahrung mit Waffen zu haben, was bei ihrer ganzen Einstellung erstaunlich wirken mußte. Obwohl Rhodan mindestens vier oder fünf Strahler gegen sich hatte, gelang es ihm dank seiner eigenen Treffsicherheit, den Gegner in die Deckung zurückzuzwingen. Um sein Leben zu retten, konnte er nun nicht mehr an Schonung denken.

Aus den Augenwinkeln heraus sah er, daß Gayt-Coor den Nachbarturm für sich haben wollte und pausenlos feuernd auf diesen zukroch. Über das Dach flüchteten einige undeutlich zu erkennende Gestalten zur anderen Seite. Niemand hinderte sie daran. Sie verschwanden hinter dem Rand des Daches. Rhodan vermutete, daß sie dort eine Art Leiter stehen hatten, mit deren Hilfe sie heraufgeklettert waren.

Während er einige Schritte lief, wechselte er das Energiemagazin seiner Waffe. Dann arbeitete er sich von der Seite an den Turm heran.

Gayt-Coor hatte den seinen inzwischen erobert und deckte Rhodan mit gezieltem Feuer auf die restlichen Mutanten, die mit Todesverachtung angriffen. Er ließ nicht einen der Mutanten zu Rhodans Turm entkommen.

»Aufhören!« rief Rhodan ihm zu, als er hinter den letzten flüchtenden Gestalten herschoß. »Die kommen nicht so schnell zurück.«

»Heute nicht, aber morgen«, versetzte Gayt-Coor und legte nicht einmal eine Feuerpause ein. »Wollen Sie Ihre Galaxis finden oder nicht?«

Rhodan gab keine Antwort.

Mindestens zwanzig getötete Mutanten – oder Verfahrenskrüppel – lagen auf dem Dach. Die anderen waren entkommen. Die provisorisch zusammengebastelte Leiter stand am Rand des Daches, sonst war nichts mehr zu sehen. Der Himmel war fast schwarz, und es würde bald dunkel werden.

»Das wird ein gefährlicher Weg zum Planetarium«, befürchtete Rhodan und sah hinab in die toten Straßen. »Sie werden uns auflauern, um ihre Gefährten zu rächen.«

Mit einem gezielten Strahlschuß ließ Gayt-Coor die Leiter in Flammen aufgehen. Sie bestand aus Holz, das es in der Umgebung der Stadt und in den Parks zur Genüge gab. Bevor sie die Flugaggregate einschalteten, versuchten sie, sich zu orientieren.

Es war nicht schwer, die runde Kuppel zwischen den Baumwipfeln des Parks zu finden. Die Frage war nur, ob dort nicht die Mutanten bereits auf sie warteten, denn schließlich konnten sie vermuten, daß die »Fremden« noch einmal dorthin gingen. Es war ein Risiko, das eingegangen werden mußte.

Sie flogen in geringer Höhe mitten über die Hauptstraße. Die Erfahrung hatte sie gelehrt, daß die Angreifer miserable Schützen waren. Sie konnten sich relativ sicher fühlen.

Vereinzelte Energiebündel schossen aus der Dämmerung hervor und verfehlten sie um Hunderte von Metern. Sie verzichteten darauf, das Feuer zu erwidern, um den Gegner nicht noch mehr zu reizen.

Über dem Planetarium – oder dem Tempel – hielten sie an. In hundert Metern Höhe schwebten sie über dem unübersichtlichen Gelände, das den Mutanten genügend Deckung bot.

Rhodan versuchte, seine Ungeduld so weit zurückzudrängen, um Gayt-Coor den Vorschlag machen zu können, erst morgen weiterzusuchen. Aber davon wollte der Petraczer nichts wissen.

»Bei Tage ist es genauso gefährlich, Rhodan. Der Unterschied zwischen Dämmerung und Dunkelheit spielt keine entscheidende Rolle. Im Innern des Planetariums haben wir ohnehin Licht, und wenn sie uns davon abhalten wollen, es zu betreten, werden wir sie eben zurücktreiben. Haben Sie noch immer moralische Bedenken?«

Es klang ein wenig spöttisch, aber Rhodan ging nicht darauf ein. »Ich dachte nur an unsere eigene Sicherheit, Gayt.«

»Na schön, an die denke ich auch.« Er steuerte mit der linken Hand und hielt den Strahler in der rechten. »Wir landen unmittelbar vor dem Eingang, den wir gestern benützten. Dort kennen wir uns aus. Und wenn einer der Verformten auftaucht, zögern Sie nicht zu lange. Es könnte dann zu spät sein.«

Rhodan wußte, daß Gayt-Coor recht hatte, und widersprach nicht mehr. In einem Sicherheitsabstand folgte er ihm und landete dann dicht neben ihm am Rand des Parks. Zwischen und unter den Büschen war es absolut finster. Dort konnten Dutzende der Mutanten auf sie lauern, ohne daß sie bemerkt wurden.

Auch das Innere der Kuppel war leer und so, wie sie sie gestern verlassen hatten.

»Kennen Sie den Weg, Gayt?«

»Nicht genau, aber ich glaube, wir finden ihn unten in der Kontrollanlage. So wenigstens deute ich die Zeichen auf der Karte. Ich nehme auch nicht an, daß uns die Verformten folgen werden. Sie müssen Angst vor dem Planetarium haben, sonst hätten sie es verwüstet wie die anderen wissenschaftlichen Anlagen, an die sie herankommen konnten. Vielleicht halten sie es wirklich für eine religiöse Weihestätte.«

»Sie wird es auch gewesen sein – eine Art Kompromißlösung.«

»Religion und Wissenschaft mußten schon immer Kompromisse finden, um miteinander auskommen zu können. Zwischenlösungen waren schon oft die besten.«

»Oder die einzigen«, stimmte Rhodan ihm zu. Er folgte Gayt-Coor zu den Stufen, die hinabführten. »Der Speicher muß verborgen angelegt worden sein, sonst hätten wir schon gestern den Eingang gefunden.«

»Wir haben ja auch nicht danach gesucht. Heute aber suchen wir.«

In der Kontrollhalle für die Bildprojektion pausierten sie. Die Waffen waren nicht mehr nötig, sie schoben sie in die Halterungen zurück. Gayt-Coor nahm eines seiner Meßinstrumente aus dem Beutel.

»Wenn es einen Speicher gibt, muß er noch in Betrieb sein. Die verlangten Daten können nur auf energetische Art abgefragt werden. Die dazu notwendige Energie kommt von der Hauptanlage, das beweist die Karte. Und die ist ebenfalls noch in Betrieb. Ich habe die Zeichnung nicht mehr so genau im Kopf, aber der Gang dort drüben müßte es sein.«

Rhodan sah in die bezeichnete Richtung. Ein runder Torbogen führte in einen schmalen Korridor, den sie gestern nicht beachtet hatten. Es gab keine Sperre.

Der rechteckige Bildschirm in dem Kontrollpunkt war dunkel. An den Wänden hingen unversehrt die einzelnen Sternkarten, die man in die Kuppel projizieren konnte. Noch einmal nahm sich Rhodan Zeit, sie näher zu betrachten. Die Sterne waren ihm unbekannt, aber an verschiedenen Stellen standen zweifellos verschwommene Gebilde, die nur Milchstraßen darstellen konnten – Milchstraßen wie jene, in der auch die Erde beheimatet war. Welche aber war es?

»Nun kommen Sie schon, oder wollen Sie zurückbleiben?«

Rhodan schrak zusammen und folgte Gayt-Coor, der voranging.

Das Licht in dem Korridor flammte automatisch auf, ein weiteres Zeichen dafür, daß noch genügend Energie vorhanden war. Rechts und links waren geschlossene Türen, aber der Petraczer beachtete sie nicht. Als Rhodan eine entsprechende Frage stellte, meinte er nur, er habe die Karte in der Hauptanlage noch gut genug im Kopf, um zu wissen, daß ihr Ziel am Ende des Korridors liege.

Das Ende des Korridors kam unerwartet. Gayt-Coor starrte gegen eine glatte Wand, dann drehte er sich zu Rhodan um.

»Das ist es! Es geht hier weiter, aber die Erbauer haben die Speicherpositronik gut abgesichert. Sie wollten nicht, daß die Wissenschaftler soviel wußten wie sie. Ich nehme an, es entstand damals eine gewisse Rivalität zwischen den Energetikern und Astronomen, obwohl die einen von den andern abhängig waren. Erstere blieben realistisch und sachbezogen, während die Astronomen allmählich zu religiösen Schwärmern wurden. Trotzdem halfen sich beide Gruppen gegenseitig, und lediglich die restliche Regierung, wenn man es so nennen kann, bekämpfte beide. Sie duldete zwar die Errichtung des Planetariums und unternahm auch nichts gegen die eigentlichen Wissenschaftler, weil ohne sie das Leben auf Traecther unmöglich geworden wäre, aber sie trennte sich von beiden Gruppen. Natürlich erst, als die fliegenden Inseln bereits zur Gewohnheit geworden waren. Dann brauchten sie niemanden mehr, denn philosophieren konnten sie allein; sie, die Regierung, und die anderen Yulocs, die kein anderes Lebensziel mehr kannten, als eben den Sinn des Lebens herauszufinden.«

»Das alles hört sich ziemlich verrückt an, Gayt. Wie kann ein derart zivilisiertes Volk, eine technisch so hochentwickelte Kultur einfach zugrunde gehen? Wie ist das nur möglich?«

»Intoleranz, das falsche Gefühl der eigenen Überlegenheit, Selbstüberschätzung – oder einfach Lebensmüdigkeit, weil alles erreicht worden war, was zu erreichen war. Das Ziel fehlte, der Ansporn zum Weiterentwickeln, es waren keine Fragen mehr da, die beantwortet werden wollten. Die Erklärung ist denkbar einfach.«

Vielleicht hat er recht, dachte Rhodan und beobachtete, wie Gayt-Coor die glatte Wand abtastete. Wenn es einen Öffnungsmechanismus gab, mußte er gut getarnt sein. Die Frage war nur, ob es ihn überhaupt gab.

»Vielleicht Wärmeimpuls«, murmelte der Petraczer unsicher.

»Oder eine optische Sperre«, meinte Rhodan. »Wenn wir nicht das richtige Bild erzeugen, wird sich der Eingang niemals öffnen. Wie sahen die Yulocs aus?«

Er bekam keine Antwort. Sie war überflüssig. Die Yulocs hatten jede beliebige Körperform annehmen können, abgesehen von der Technik der Gehirnverpflanzung in fremde Körper und der Unsterblichkeit des eigenen Gehirns. Wie also sollte eine automatische und optisch ausgerichtete Kontrollanlage feststellen können, ob es sich bei einem Lebewesen um einen Yuloc handelte oder nicht?

Mentale Überwachung?

Gayt-Coor drehte sich um. »Es kann nicht mehr lange dauern. Ich bin sicher, es sind Wärmeimpulse. Ich muß nur die richtige Stelle finden, die natürlich den Wissenden bekannt war.«

Rhodan half ihm, indem er selbst mit der Handfläche über die glatte Wand strich und versuchte, eine winzige Unebenheit zu spüren. Dabei war es durchaus möglich, daß die Yulocs eine ganz andere Technik entwickelt hatten und sie sich umsonst bemühten. Aber wenn es überhaupt einen Eingang gab, dann würden sie ihn auch finden.

Gayt-Coor trat schließlich enttäuscht zurück. »Vergeblich, Rhodan! So schaffen wir es nie. Sie müssen sich etwas anderes ausgedacht haben, nur frage ich mich, warum sie den Speicher so stark absicherten. Haben sie schon damals befürchtet, daß gestohlene Gehirne in ihre Heimat zurückfinden wollten? Konnten sie so weit in die Zukunft sehen? Oder gab es andere Gründe?«

»Sie gingen die gestohlenen Gehirne nichts an, wenn es welche gab. Wir werden also nach einer anderen Motivierung suchen müssen.«

»Optische Kontrolle oder Identitätsnachweis.« Gayt-Coor wirkte ein wenig ratlos. »Jedenfalls werden wir das Ding öffnen, wenn dahinter überhaupt etwas ist. Ich sehe nur eine fugenlose Wand.«

»Wollen Sie aufgeben?« erkundigte sich Rhodan enttäuscht.

»Natürlich nicht – wenigstens nicht so schnell. Ich habe Heltamosch versprochen, Ihnen zu helfen, und ich werde es tun. Aber vielleicht sollten wir nichts überstürzen. Wenn wir bis morgen warten, wird uns sicher die Lösung einfallen.«

»Im Kontrollraum gibt es sicher einen Hinweis«, schlug Rhodan vor, dem die verrinnende Zeit unter den Nägeln brannte. »Sehen wir dort noch einmal nach.«

Damit war Gayt-Coor einverstanden, obwohl sein Gesichtsausdruck nur wenig Hoffnung verriet. Sie kehrten in die Zentrale für die Bildprojektion zurück und begannen, sie systematisch zu durchsuchen.

Ein Energiebündel, das Gayt-Coor fast streifte, unterbrach ihre Arbeit.

Trotz ihrer offensichtlichen Abneigung gegen das Planetarium oder wie immer man es nennen wollte, waren die angriffslustigen Mutanten in das verlassene Heiligtum eingedrungen. Einige von ihnen wagten sich sogar bis zur Kontrollzentrale vor, wo es genügend Verstecke gab. Hier hatten sie Rhodan und Gayt-Coor erwartet.

»Nichts beschädigen!« rief der Petraczer und suchte hinter einem massiven Pult Deckung. »Wir müssen ihnen eine Lektion erteilen, die sie nicht so schnell vergessen.«

Rhodan fürchtete in erster Linie eine Beschädigung der Sternkarten, wenn er auch nichts mit ihnen anfangen konnte. Jede sinnlose Zerstörung war ihm zuwider, besonders dann, wenn es um die Hinterlassenschaft untergegangener Zivilisationen ging.

Die Mutanten schossen ziellos und unkonzentriert. Eine der matten Scheiben, hinter denen die Sternkarten für alle Zeiten konserviert aufbewahrt wurden, zerschmolz und tropfte auf den überhitzten Boden der Zentrale. Die Karte selbst verbrannte.

Erst jetzt begann auch Rhodan, gezielt zu feuern. Hintereinander erwischte er drei der Verformten, die sich zu weit vorgewagt hatten. Dann trat eine Pause ein.

Gayt-Coor rief: »In Deckung bleiben! Es sind noch mindestens vier von ihnen hier unten. Sie werden vorsichtiger. Geben Sie mir Feuerschutz, ich will versuchen, sie aufzustöbern.«

»Warten Sie lieber ab, sie kommen von selbst ...«

Aber der Rat kam zu spät. Gayt-Coor hatte das schützende Kontrollpult bereits verlassen und kroch mit vorgehaltenem Strahler an der Wand entlang. Rhodan richtete sich halb auf und suchte nach einem Ziel. Er sah einen der Angreifer im Gang, durch die Biegung nur zum Bruchteil verdeckt. Gayt-Coor näherte sich ihm ahnungslos.

Rhodan nahm sorgfältig Ziel und tötete den Heckenschützen.

Gleichzeitig sprangen zwei weitere Mutanten auf und liefen Gayt-Coor entgegen, den sie nicht gesehen hatten. Sie liefen in ihren sicheren Tod.

Abermals herrschte absolute Stille in der Zentrale. Gayt-Coor stand langsam auf. »Ich dachte, es wären noch vier gewesen.« Er ging zum Mittelpult und betrachtete kopfschüttelnd die Beschädigungen. »Das wird nun auch nicht mehr funktionieren. Schade.«

Ein Teil der Kontrollinstrumente war verbrannt worden, Kontakte zerschmolzen und blockiert. Sicher hatte es eine Menge Kurzschlüsse gegeben.

Rhodan kam nun endgültig aus seiner Deckung hervor. Namenlose Wut überkam ihn, als er das zerstörte Kontrollpult erblickte. Mit dem Kontrollpult ging gleichzeitig ein Stück Hoffnung verloren, denn es wäre immerhin möglich gewesen, daß der geheime Eingang zur astronomischen Speicheranlage von hier aus geöffnet werden konnte.

»Der letzte muß entkommen sein«, sagte Gayt-Coor. »Er wird den anderen von dem berichten, was hier geschehen ist. So schnell versuchen sie es nicht noch einmal. Im Augenblick sind wir hier unten sicherer als oben. Suchen wir weiter.«

Viele Möglichkeiten, die Suche fortzusetzen, gab es allerdings nicht. Ohne es eigentlich zu wollen, landeten sie wieder vor der glatten Wand, hinter der ihrer Vermutung nach der Speicher verborgen sein mußte.

Aber die Wand war nicht mehr glatt und verschlossen. In ihr klaffte ein zwei Meter hoher und vielleicht fünfzig Zentimeter breiter Spalt. Rhodan setzte sich sofort in Bewegung, auf den Spalt zu, aber Gayt-Coor hielt ihn am Ärmel fest.

»Immer langsam, mein Freund. Wir wollen zuerst feststellen, warum er sich öffnete. Wenn wir dort drinnen stecken und der Spalt schließt sich wieder, kann uns nichts mehr retten.«

»Das Kontrollpult in der Zentrale!« sagte Rhodan. »Der Kontakt muß durch die Zerstörung ausgelöst worden sein. Der Eingang begann sich zu öffnen, und dann hat vielleicht ein zweiter Treffer die Leitung ganz unterbrochen. Das Ding ist nun ohne Energie. Es wird sich weder weiter öffnen noch wieder schließen. Ich glaube, wir können ohne Gefahr eindringen.«

»Hm, so könnte es gewesen sein. Da haben wir ja den Verformten einiges zu verdanken.«

Rhodan ließ sich nicht mehr länger aufhalten. Als erster zwängte er sich durch den Spalt. Er hörte, wie Gayt-Coor ihm folgte.

Sie standen in einer riesigen Halle, deren Wände bis zur Decke mit langen Reihen runder Bilder bedeckt waren. Im ersten Augenblick erinnerten sie Rhodan an Bildschirme, aber dann sah er, daß es sich um ähnliche positronische Schablonen handelte, wie sie in der Zentrale der Bildprojektion hingen. Es mußten Tausende dieser kleinen, runden Bilder sein.

Gayt-Coor war neben ihn getreten. »Sternbilder, in erster Linie Galaxien. Sehen Sie den Knopf unter jedem Bild? Und dann achten Sie auf die Decke des Saals. Nun, wissen Sie Bescheid?«

Die Decke war gewölbt, wie im Planetarium, nur mindestens doppelt so groß. Unter ihr, in der Mitte, stand ein Kontrollpult.

»Ein Planetarium!« stieß Rhodan hervor.

»Ein Galaktarium!« berichtigte Gayt-Coor trocken. »Auf jedem der kleinen Bilder dort ist mindestens eine Milchstraße zu sehen, und wenn man auf den Knopf der gewünschten Abbildung drückt, wird sie zehntausendfach vergrößert auf die Decke projiziert. Nun haben wir das, wonach wir suchten.«

An den Wänden entlang liefen Schienen, die in der Höhe verstellbare Sessel trugen. Auf ihnen konnte man an der ganzen Wand entlangfahren und die Bilder betrachten und aussuchen.

»Eine phantastische Anlage, Gayt-Coor. Mit der notwendigen Geduld und genügend Zeit läßt sich von diesem Raum aus das ganze Universum erforschen. Wie mögen sie nur diese Bildbibliothek hergestellt haben? Es gehören ungeheure technische Mittel dazu und vor allen Dingen ein unvorstellbares astronomisches Wissen.«

»Die Yulocs waren grenzenlos in ihrem Können, und ihre Fähigkeiten übertrafen jede Vorstellung. Es gibt nicht einen Tag in meinem Leben, an dem ich ihren Untergang nicht bedauern würde. Selbst auf den entlegensten Welten trifft man auf ihre Spuren. Überall haben sie sie hinterlassen, selbst auf atmosphärelosen Monden und leblosen Dunkelplaneten. Sie waren einmalig in ihrer Art, und es gibt niemanden, der befähigt sein würde, ihr Erbe anzutreten.«

Das Schaltpult wirkte klein und unscheinbar. Der Hauptteil der Projektionskontrollanlage mußte sich noch tiefer unter der Oberfläche befinden. Rhodan war überzeugt, daß alles automatisch erfolgte, die Knöpfe unter den kleinen Suchbildern bestärkten ihn in seiner Auffassung.

Er kletterte in einen der fahrbaren Sitze und fand bald heraus, wie er zu bewegen war. Eine Sensortaste an der rechten Seite bewirkte das Auf- und Abgleiten. Berührte man sie seitwärts, erfolgte die entsprechende Bewegung entlang den Laufschienen.

Der Durchmesser der Bilder betrug zwanzig Zentimeter. Viel war auf ihnen nicht zu erkennen. Sterne meist, aber auch immer einer der verwaschenen Lichtflecke, die eine Galaxis repräsentierten.

Rhodan stand vor dem gleichen Problem wie damals im Drycnasch, dem größten Observatorium von Yaanzar, als er in die dortige Speicheranlage eingedrungen war und Gelegenheit erhielt, die galaktische Kartei zu durchstöbern. Tausende von Galaxien, stark vergrößert und deutlich zu erkennen, waren auf den Bildschirm geworfen worden, aber er hatte die heimatliche Milchstraße nicht gefunden. Es war durchaus möglich, daß sie in der Kartei vorhanden war, aber ihm war der Winkel unbekannt, aus dem er sie beobachtete, und so kannte er auch die Form nicht, die sie haben würde.

Wahllos drückte er einen Knopf ein. Sofort wurde es dunkel in der Halle, die riesige, gewölbte Decke begann matt zu leuchten, und dann erschienen auf ihr die Sterne – und genau in der Mitte die überaus stark vergrößerte Galaxis, um die es sich bei dieser Projektion handelte.

Die Aufnahme mußte ebenfalls mit einer Kamera gemacht worden sein, die sich außerhalb Naupaums befand. Entweder hatten die Yulocs ferngesteuerte Sonden verwendet oder ständig eine Explorerflotte unterwegs gehabt, die nichts anderes zu tun hatte, als derartige Aufnahmen zu machen.

Die fremde Galaxis hatte nur zwei dicke Spiralarme, sie konnte also nicht die Milchstraße sein. In ihrem Zentrum wurden die einzelnen Sterne nicht mehr erkennbar, sie verschmolzen zu einer weißleuchtenden Kugel hoher Intensität.

Gayt-Coor überließ Rhodan seiner Aufgabe und untersuchte den Saal nach weiteren Ausgängen oder anschließenden Räumen. Er fand lediglich eine Art Metallbibliothek mit Aufzeichnungen und Daten über die fotografierten Galaxien. Natürlich konnte er die Schrift lesen, aber die Angaben würden Rhodan nicht weiterhelfen können. Die Daten der angegebenen Koordinaten mußten für ihn sinnlos bleiben, weil sie auf ihm unbekannten Rechenunterlagen aufgebaut wurden. Es gab keine Relation zu seinen eigenen Meßwerten.

Gayt-Coor wußte, daß sie nur ein unerhörter Zufall weiterbringen würde. Er legte die untersuchte Metallplatte in das Fach zurück.

Es gab noch einen weiteren Raum, der dem Aufenthalt der hier arbeitenden Wissenschaftler diente. Die Liegestätten und anderen Möbelstücke waren noch gut erhalten. Gayt-Coor hätte sich in diesem Augenblick kaum gewundert, wenn ihm ein Yuloc auf die Schulter geklopft und nach dem Zweck seines Besuchs gefragt hätte.

Er kehrte in den Hauptsaal zurück, kletterte in einen fahrbaren Sitz und fuhr zu Rhodan, der gerade die dritte Projektion einschaltete.

»Sie werden Jahre zu tun haben«, sagte er.

Rhodan nickte, ohne mutlos zu wirken. »Das ist mir klar, aber ich muß es versuchen.« Er löschte die Projektion und nahm die nächste. »Das war sie nicht. Bei den meisten sehe ich es auf den ersten Blick, aber bei anderen muß ich länger prüfen. Wenn ich nur den Winkel wüßte! Ich müßte in Erfahrung bringen, aus welcher Richtung man sie aufgenommen hat. Das wäre eine große Hilfe.«

»Gewiß, aber es ist unmöglich. Sie können sie nur optisch finden. Ihre Heimatgalaxis muß ein typisches Merkmal besitzen, vielleicht einen unmittelbar benachbarten Nebel, vielleicht eine besondere Deformierung der Spiralarme, ob vertikal oder waagrecht betrachtet, oder eine abseits stehende Sonne mit auffallenden Kennzeichen.«

»Ich habe meine Galaxis sehr oft aus großer Entfernung gesehen und kenne sie von unterschiedlichen Gesichtswinkeln aus. Wenn ich sie wirklich in dieser Bildkartei finde, erkenne ich sie auch. Aber bis jetzt ist das nicht der Fall.« Er drückte die nächste Projektion, warf nur einen kurzen Blick zur Decke und wählte die nächste. »Es dauert lange, fürchte ich. Wollen Sie nicht inzwischen nach unserer Flugplattform sehen? Die Mutanten könnten auf den Gedanken kommen, sie zu zerstören, und bei gezieltem Punktfeuer bricht der Energieschirm zusammen. Na, zum Glück haben wir unsere Anzüge und können zum Beiboot fliegen.«

»Sie wollen hierbleiben?«

»Die ganze Nacht, bis ich gefunden habe, was ich suche.«

»Eine Nacht wird nicht reichen. Also gut, ich sehe nach dem Gleiter und bringe Lebensmittel mit. Sie werden Hunger bekommen. Und wenn die Verfahrenskrüppel kommen, dann müssen Sie sich wehren, ehe sie auch noch diese Anlage hier zerstören.«

»Ich habe gelernt«, erwiderte Rhodan kurz und drückte auf den nächsten Projektionsknopf.

16.

Zu seiner Überraschung fand Gayt-Coor den Gleiter unversehrt vor. Er bemerkte auch keine Spuren, die darauf hingewiesen hätten, daß inzwischen ein vergeblicher Angriff stattgefunden hatte.

Er schaltete den Schutzschirm aus und entschloß sich zu einer ausgiebigen Mahlzeit. Inzwischen war es völlig dunkel geworden. Der Petraczer konnte die Sekte der Heimwehkranken sehr gut verstehen, die sich einen künstlichen Sternenhimmel schufen und so der verlorenen Vergangenheit nachtrauerten. Als er jetzt zu der schwarzen, lichtlosen Leere emporblickte, an der kein Stern zu sehen war, empfand auch er plötzlich die Sehnsucht nach dem gewohnten Anblick des strahlenden Sternenhimmels. Sie überkam ihn derart, daß er Rhodan zu beneiden begann, der tief unter der Erde zumindest die Illusion eines lichterfüllten Universums genoß, wenn sie auch ganz anderen Zwecken als der unbeschwerten Betrachtung diente.

Bevor er einige Lebensmittel einpackte und sich auf den Weg zurück ins Planetarium machte, schaltete er den nicht besonders leistungsstarken Telekom des Anzuges ein, den sie bisher noch nicht gebraucht hatten. Natürlich konnte er nicht damit rechnen, daß Rhodan gerade jetzt in diesem Augenblick auf den gleichen Gedanken kam und er Verbindung erhielt. Es geschah aus Intuition.

Um so überraschter mußte er sein, plötzlich Rhodans Stimme zu hören.

»Gayt! So schalten Sie das Ding doch endlich ein! Hören Sie mich? Verflucht, warum haben wir nicht daran gedacht, eine Funkverbindung zu verabreden? Gayt! Melden Sie sich!«

Hastig schaltete Gayt-Coor um auf »Senden«.

»Rhodan, hier bin ich! Was ist los?«

Es folgte eine Pause der Überraschung auf Rhodans Seite. Dann kam er wieder: »Na endlich! Überfall! Sie sind in der Überzahl, im unteren Projektionsraum. Sie zerstören sinnlos, und ich kann sie nicht davon abhalten. Himmel, es ist zum Verzweifeln ...«

»Wo stecken Sie?«

»In dem zweiten Raum, hinter der Metallbibliothek, in die sie auch eingedrungen sind. Alle Platten zerschmelzen. Ich kann den Raum halten, denn es führt nur ein kleine Tür herein. Aber ohne die Kühlaggregate des Anzugs wäre ich bereits verschmort. Können Sie etwas tun?«

»Es ist alles zerstört, sagen Sie?«

»Ich nehme es an. Sie feuern pausenlos. Es kann überhaupt nichts mehr heil sein. Mein Gott, und ich war der Lösung bestimmt ganz nahe ...«

»Gut, ich bin in wenigen Minuten dort. Gehen Sie in Deckung! Ich werde ihnen eine kleine Bombe hineinwerfen.«

»Dann bin ich ebenfalls erledigt.«

»Keine Sorge, das Ding ist gut dosiert und richtet nur bei dem Schaden an, der sie explodieren sieht. Ich warne Sie vorher.«

»Ich warte.«

Gayt-Coor ließ das Funkgerät eingeschaltet. Da Rhodan genauso handelte, konnte der Petraczer das Geschehen weiter verfolgen, ohne in seinen Vorbereitungen behindert zu sein. Dem kleinen Arsenal entnahm er zwei eigroße Gegenstände, an denen er eine vorsichtige Einstellung vornahm. Dann schob er sie in die Tasche. Die Lebensmittel nahm er ebenfalls mit.

Sorgfältig überprüfte er den Energieschirm, den er wieder aktiviert hatte. Dann erst verließ er die Plattform und den Würfel, indem er einfach das Flugaggregat benutzte. Obwohl es stockfinster war, fand er den Weg. Die breite Hauptstraße hob sich selbst in der Dunkelheit von den Häuserzeilen ab.

Dann lagen der Park und die Kuppel des Planetariums unter ihm. Langsam sank er tiefer.

Rhodan bemerkte die ersten der Angreifer erst, als es fast zu spät war.

Unbemerkt waren sie in die Zentrale eingedrungen, hatten ihre Toten gefunden und setzten ihren Vormarsch durch den Gang fort. Unweigerlich erreichten sie so den schmalen Eingang am Ende des Korridors und zwängten sich, einer nach dem anderen, durch den Spalt.

Rhodan wurde aus seinen astronomischen Betrachtungen gerissen, als der erste Energiestrahl vier oder fünf Bilder dicht neben ihm vernichtete. Geistesgegenwärtig ließ er sich einfach aus dem Stuhl fallen, landete hart auf dem Fußboden und rannte dann in großen Sätzen in den Nebenraum, in dem die Metallbibliothek untergebracht war.

Jetzt erst zog er seine eigene Waffe und versuchte, den viel zu breiten Eingang zu verteidigen. Die Mutanten schienen keine Angst zu kennen, auch die Furcht vor dem Tod schien ihnen unbekannt zu sein. Wütend und rücksichtslos griffen sie an. Die meisten von ihnen besaßen Strahler, aber es gab auch welche, die primitive Speere schleuderten oder mit Steinen warfen.

Rhodan konnte sehen, daß nur die Hälfte der Angreifer es auf ihn abgesehen hatte. Der Rest beschäftigte sich damit, die gesamte Projektionsanlage gründlich zu zerstören. Bald gab es kein einziges heiles Bild mehr, und danach wurde das Schaltpult zusammengeschmolzen.

Eine verzweifelte Wut ergriff Rhodan, der sich schon vor der Erfüllung seiner Wünsche gesehen hatte. Vielleicht zum erstenmal in seinem Leben erfüllte ihn wirklicher Haß. Er hatte diesen unglücklichen Wesen nicht weh tun wollen. Er hätte ihnen sogar geholfen, wenn das möglich gewesen wäre. Und nun kamen sie, um seine letzte Hoffnung endgültig zu vernichten.

Der Aufenthaltsraum besaß nur eine schmale Tür und mehrere gute Deckungsmöglichkeiten. Mit einem Satz erreichte ihn Rhodan und wählte eine Position, die es ihm ermöglichte, den Eingang ohne eigenes Risiko unter Beschuß halten zu können.

Dann erst kam ihm der Gedanke, den Telekom einzuschalten. Zu seiner unsagbaren Erleichterung meldete sich Gayt-Coor schon nach wenigen Minuten.

Nun fiel es ihm leichter, sich auf die Abwehr der ständig angreifenden Mutanten zu konzentrieren. Die Hilfe war unterwegs, und es konnte nicht mehr lange dauern, bis sie eintraf.

Inzwischen wurde die unersetzliche Anlage zerstört und damit die Hoffnung, die heimatliche Milchstraße wiederzufinden. Es bestand nur noch die vage Möglichkeit, daß in der Hauptstadt Nuprel ein ähnliches Galaktarium eingerichtet war, das die Mutanten noch nicht gefunden hatten.

Rhodan spürte eine neue Hitzewelle in den Raum strömen, als die Metallplatten der nebenan gelegenen Bibliothek schmolzen. Das Zerstörungswerk mußte bald beendet sein. Danach würden die Mutanten unter allen Umständen versuchen, ihn unschädlich zu machen.

Gayt-Coor meldete sich wieder: »Hören Sie, Rhodan?«

»Ja. Wo sind Sie?«

»Ich lande soeben. Das eigentliche Planetarium scheint leer zu sein, dann stecken sie alle unten bei Ihnen. Ich dringe jetzt ein und komme zur Treppe. Auch leer. Im Schaltraum sieht es schrecklich aus. Eine Menge Tote. Ich bin jetzt auf dem Gang und beim Eingang. Mir schlägt eine Hitzewelle entgegen, und ich muß die Kühlung einschalten. Das rate ich Ihnen auch, und zwar auf Höchstleistung. Es wird bald noch wesentlich heißer werden. Haben Sie eine gute Deckung?«

»Im Aufenthaltsraum, hinter den Liegestätten. Nicht sehr wirksam, fürchte ich.«

»Könnte sein, daß sie anfangen zu brennen oder zu schmelzen, aber das ist nicht weiter gefährlich. Die Hauptsache ist, Ihre Kühlung läuft auf Hochtouren. Bringen Sie in erster Linie Ihr Gesicht in Deckung. Sie haben keinen Helm.«

»Was haben Sie vor?«

»Eine Hitzebombe. Ich lasse sie hier im Hauptsaal explodieren. Die Wirkung wird hier vollkommen und in der Bibliothek noch fünfzig Prozent sein. Bei Ihnen sind es höchstens noch zehn. So, nun dringe ich ins Galaktarium ein. Es sind etwa zwanzig der Kerle anwesend, sie bemerken mich noch nicht. Nun ist die Bombe scharf, und ich werfe sie in die Mitte des Saals. Ich renne in den Gang zurück. Sie wird in zehn Sekunden detonieren. Schließen Sie die Augen, Rhodan ...«

Rhodan duckte sich noch tiefer, nachdem er ein letztes Energiebündel in Richtung der Tür geschickt und die Angreifer abermals zurückgescheucht hatte. Dann schloß er die Augen und wartete.

Die Detonation war nahezu lautlos. In dem großen Saal entstand ein greller Lichtblitz, der die überraschten Mutanten sofort blendete. Gleichzeitig erfolgte eine Hitzeentwicklung von mehreren tausend Grad, die alles, was noch nicht zerstört worden war, schmelzen ließ. Von den Mutanten selbst blieb nicht viel übrig.

In der Bibliothek war es nicht ganz so schlimm, aber auch hier gab es keine Überlebenden. Der Rest der Hitzewelle richtete im Aufenthaltsraum kaum noch Schaden an.

Zwar spürte Rhodan die plötzliche Wärme im Gesicht, aber der kühle Luftstrom, der aus dem Halsausschnitt des Anzugs drang, ließ sie erträglich erscheinen. Es dauerte nur wenige Sekunden, dann kam er aus seiner Deckung hervor und versuchte, Gayt-Coor über den Telekom zu erreichen.

Der Petraczer meldete sich sofort. »Nun, hat es gewirkt?«

Rhodan, der in der Bibliothek stand, erwiderte: »Sie können unbesorgt herkommen. Es gibt keinen Gegner mehr.«

Sie trafen sich wenig später im Galaktarium, dessen Wände zum Teil noch glühten und eine infernalische Hitze ausstrahlten. Hier war nichts mehr heil geblieben; selbst die hohe Projektionsdecke hatte sich verfärbt und war unbrauchbar geworden.

»Wieder um eine Hoffnung ärmer«, resignierte Rhodan.

»Aber auch um eine Erfahrung reicher«, versuchte Gayt-Coor ihm klarzumachen. »Wenn wir wirklich noch einmal eine ähnliche Anlage finden sollten, werden wir sie keinen Augenblick unbewacht lassen. Wir werden Energiesperren errichten, durch die niemand an sie herangelangen kann. Und wir werden jeden Angreifer erbarmungslos zurückschlagen. Ich hoffe, Sie sind jetzt ebenfalls meiner Meinung.«

Rhodan nickte. »Was machen wir jetzt? Hier brauchen wir nicht mehr zu bleiben.«

»Zurück zur Plattform, ehe die Verformten auf den Gedanken kommen, sie zu zerstören. Sie haben genügend Energiewaffen, es vielleicht doch noch zu schaffen.«

Ohne erneut angegriffen zu werden, erreichten sie den Park und schalteten ihre Flugaggregate ein. Als sie hundert Meter hoch waren, konnten sie die Lichterscheinung auf dem runden Platz sehen, in dessen Mitte der Würfel stand.

»Sie versuchen es doch tatsächlich!« knurrte Gayt-Coor und erhöhte die Fluggeschwindigkeit. »Wir greifen sie aus der Luft an, das wird seine Wirkung nicht verfehlen. Aber nicht zu tief gehen, sonst treffen sie vielleicht aus Zufall.«

Rhodan folgte ihm in wenigen Metern Abstand. Als sie über dem Platz ankamen, betrug ihre Höhe noch knapp dreißig Meter. Jede Einzelheit war zu erkennen.

Der relativ schwache Energieschirm der Flugplattform absorbierte die Strahlenbündel der Mutanten und leitete sie zum Teil ab. Bei gezieltem Punktfeuer wäre er schnell zusammengebrochen. Ein Teil des Würfels war bereits so in Mitleidenschaft gezogen, daß man ihn kaum noch über die Stufen besteigen konnte. Zwei oder drei Mutanten befanden sich ganz in der Nähe der Plattform oben auf dem Würfel, aber sie kamen dank des Schirms nicht an sie heran.

»Wir greifen abwechselnd an«, sagte Gayt-Coor und ließ sich mit vorgestrecktem Energiestrahler wie eine Bombe in die Tiefe fallen.

In flachem Bogen raste er dann auf den Würfel zu. Als er das Feuer eröffnete, erfolgte keine Gegenwehr. Rhodan sah, daß Gayt-Coor wie ein erprobter Kampfpilot flog und nach einer engen Kurve zurückkam, pausenlos feuernd, und den ersten Strahlschüssen des Gegners geschickt auswich, so als könne er ihre Bahn vorausberechnen.

Als er nach oben zog, griff Rhodan an. Diesmal wurde er konzentrierter unter Beschuß genommen, so daß er den leistungsstarken Schirm des Anzugs einschaltete. Er mußte ihn zwar immer wieder für Sekunden abschalten, um selbst schießen zu können, aber er bot doch einen sicheren Schutz.

Dreimal flog er den Angriff, dann zog er sich auf hundert Meter Höhe zurück, wo Gayt-Coor ihn erwartete.

»Sie werden bald aufgeben, Rhodan. Noch zwei oder drei solche Angriffe, und sie laufen. Oder sie sind tot. Sehen Sie nach unten, sie sind wieder dabei, die Plattform unter Feuer zu nehmen. Ich glaube, ich werde jetzt mal Ernst machen. Eine von diesen Bomben habe ich noch. Sie wirken auch im Freien.«

Ehe Rhodan protestieren konnte, stürzte Gayt-Coor in die Tiefe, nachdem er zuvor in die Tasche gegriffen und die Bombe hervorgeholt und scharf gemacht hatte.

Aus Erfahrung klug geworden, stieg Rhodan schnell höher und schloß die Augen. Der Blitz drang durch seine Lider und färbte die Welt für ihn rot. Dann wurde sie schwarz und lichtlos.

Als er die Augen wieder öffnete, sah er nur ein schwaches Glühen unter sich, das in erster Linie von dem Würfel ausging. Die Oberfläche des Würfels war jedoch unbeschädigt.

Noch während er nach unten sank, erlosch der transparent schimmernde Schutzschirm der Flugplattform, dann leuchtete eine Lampe auf. Er landete unmittelbar neben Gayt-Coor auf der glatten Fläche des Würfels.

»Alles in Ordnung?« fragte er den Petraczer.

»Für uns schon, nicht für die Angreifer. Diese kleinen Hitzebomben haben eine enorme Wirkung.«

Rhodan wunderte sich nicht mehr über die Kälte in der Stimme seines Freundes. Er brauchte nur an das vernichtete Galaktarium zu denken, um ähnlich zu fühlen.

Die Plattform war unbeschädigt, aber sie verschoben den Start noch. Trotz der aufregenden Erlebnisse verspürte Rhodan plötzlich ein Hungergefühl, das er nicht mehr länger unterdrücken konnte. Die Lebensmittel im Beutel von Gayt-Coor waren durch die Hitzeeinwirkung verdorben, aber die Plattform barg noch genug davon.

Es war Mitternacht, als sie starteten und die ungastliche Stadt hinter sich ließen. Sie hatten hier nichts mehr zu suchen und auch nichts mehr zu erhoffen.

»Hoffentlich finden wir das Beiboot wieder«, meinte Rhodan, als es vor ihnen am Horizont ein wenig dämmerte und sie sich der Tageslinie näherten. »Vielleicht hätten wir den Peilsender einschalten sollen.«

»Ich habe mir auffallende Landmarken gemerkt, keine Sorge. Wir brauchen nur den See und das flache Gebirge zu suchen, das wie eine Hochebene aussieht. In seiner größten Mulde liegt unser Schiff.«

Sie begegneten wieder fliegenden Inseln, landeten aber auf keiner von ihnen. Was hätten sie auch auf ihnen finden können? Außer verlassenen Häusern gab es nichts auf ihnen.

Ihr Ziel konnte nur noch Nuprel heißen. Wo aber lag die verschollene Hauptstadt Traecthers?

Vom Raum aus wäre es einfacher gewesen, etwa in hundert Kilometern Höhe. Man hätte den Planeten mehrmals mit dem Beiboot umrundet und eine größere Ansiedlung bereits nach kurzer Zeit entdeckt. Aber auf Traecther konnte dieses Verfahren nicht angewendet werden, weil die dichte Wolkendecke zu niedrig über der Oberfläche hing. Auch mit Massetastern blieb ein schneller Erfolg fraglich, da es überall Erzansammlungen im Urgestein gab, die das Ergebnis verfälschten.

Es blieb also nichts anderes übrig, als in drei oder vier Kilometern Höhe den Planeten immer und immer wieder zu umfliegen und auf den Zufall zu hoffen, der sie auf Nuprel stoßen ließ. Aber das würde mit dem Beiboot bequemer sein.

Sie lagen nebeneinander hinter der gebogenen Windschutzscheibe und betrachteten die unter ihnen hinwegziehende Landschaft. Immer wieder sah Rhodan abgestürzte Wohninseln mit einem oder mehreren Häusern, von denen nur noch die Ruinen übriggeblieben waren. Aber es gab auch sanft gelandete kleinere Ansiedlungen, an denen Rhodan keine größeren Schäden erkennen konnte. Vielleicht hatte bei ihnen allmählich die Energieleistung der Reaktoren nachgelassen, bis die Antigravfelder so schwach wurden, daß sie die entsprechende Insel nicht mehr in der Luft halten konnten.

Das mußte geschehen sein, als es schon längst keine Yulocs mehr gab.

»Haben Sie eine Ahnung, wo wir uns befinden? Kann das Beiboot nicht auf der Nachtseite in der Dunkelzone liegen?«

Gayt-Coor ließ die Plattform etwas absinken. »Ich fürchte, Sie haben recht. Der fünfte Tag für uns ist angebrochen. Das kann Nacht für die Landestelle des Beibootes bedeuten. Wir werden es trotzdem finden.«

Es war hell geworden, soweit es auf Traecther überhaupt hell werden konnte. Rhodans Schätzung nach mußte die unsichtbare Sonne fast senkrecht über ihnen stehen.

In den vergangenen vier Tagen hatten sie viel und doch nichts erreicht, aber sie wußten nun, daß ihre Suche nicht gänzlich vergebens sein würde. Wenn es diese sagenhafte Hauptstadt Nuprel wirklich gab, mußte es auch in ihr ein Galaktarium geben oder doch zumindest eine ähnliche Anlage, in der die astronomischen Daten gespeichert waren.

Es konnte natürlich genausogut sein, daß es auf dem ganzen Planeten nur eine einzige Anlage dieser Art gab, nämlich jene, die nun zerstört worden war. Aber daran wollte Rhodan jetzt nicht denken.

Sie überquerten den Ozean und erreichten die Küste, als es dort gerade dunkelte. Gayt-Coor ging tiefer, um mehr sehen zu können. Rhodan hatte das Gefühl, daß nun auch der Petraczer nicht mehr so genau wußte, wo sie sich befanden.

Unter ihnen lag eine endlose Tundra mit zahlreichen Seen und vereinzelten Baumgruppen. Aber eine Tundra sah aus wie die andere. Von den Landmarken, die Gayt-Coor erwähnt hatte, war nicht viel zu bemerken.

Von dem ewigen angestrengten Hinabstarren begannen Rhodans Augen zu schmerzen. Um sie sich erholen zu lassen, drehte er sich auf den Rücken und sah hinauf in den schwarzen Himmel. Schließen wollte er sie nicht, weil er befürchtete, sonst einzuschlafen. Die Müdigkeit kroch wie Blei durch seine Adern.

Einmal zog eine besonders große und langgestreckte Fluginsel über sie hinweg. Sie hatten sie überholt und waren doppelt so schnell wie sie. Dann verschwamm sie mit den schwarzen und lichtlosen Wolken.

Gayt-Coor sagte: »Ich kann bald nichts mehr sehen und würde vorschlagen, daß wir irgendwo landen und warten, bis es wieder hell wird. Ein paar Stunden Schlaf werden uns guttun.«

»Keine Einwände«, murmelte Rhodan zustimmend. »Mir fallen ohnehin schon die Augen zu. Suchen wir eine Insel?«

»Mal sehen, ob wir eine finden.«

Rhodan wollte ihn gerade darauf aufmerksam machen, daß sie vor zehn Minuten eine passiert hatten, als fast senkrecht über ihm ein Blitz aufzuckte.

Der grelle Strahl fuhr gerade nach unten, streifte fast ihre kleine Flugplattform und endete unten in der Tundra mit einer hellen Lichterscheinung, die einer Explosion glich.

Gayt-Coor überlegte nicht lange. Er schob den Fahrthebel bis zum Anschlag vor und zog eine weite Schleife. Dabei ging er schnell tiefer und suchte einen passenden Landeplatz.

Rhodan lag längst wieder auf dem Bauch und hielt sich trotz der Haltegurte fest, weil er befürchtete, sonst von dem Gleiter zu fallen.

»Was war das?« keuchte er atemlos. »War das ein Blitz?«

»Ich halte es für den Strahl aus einer Energiekanone. Hier ist es zu kalt für Gewitter.«

»Sie glauben, man hat auf uns geschossen? Wer denn? Die Mutanten scheinen keine Luftfahrzeuge zu haben, außerdem frage ich mich, wie sie an Energiegeschütze kommen sollten. Von den Yulocs? Wir wissen, daß sie zum größten Teil zerstört sind und nicht mehr einsatzbereit sein dürften. Und um so ein schweres Ding zu transportieren, müßte man schon ein kleines Raumschiff haben.«

»Oder eine fliegende Stadt.«

Sie rasten nun dicht über der Oberfläche dahin, vielleicht noch hundert Meter hoch. Geschickt wich Gayt-Coor plötzlich auftauchenden Hindernissen aus.

»Eine Insel? Eine noch intakte Insel ...?« Der Gedanke war nicht so absurd, aber ... »Können Sie sich vorstellen, Gayt, daß sie in der Lage wären, ein tatsächlich noch funktionierendes Geschütz zu montieren und dann noch so, daß es senkrecht nach unten schießt? Ich nicht.«

»Ich auch nicht«, gab Gayt-Coor trocken zurück. »Also haben sie ein Flugboot oder etwas Ähnliches.«

Rhodan wollte Gayts Theorie nicht akzeptieren. Aber schon wenige Sekunden später, gerade als sie zur Landung in der Tundra ansetzen wollten, wurde er eines Besseren belehrt.

Diesmal kam der Energiestrahl gradlinig von hinten und löste zweihundert Meter vor ihnen eine grelleuchtende Explosion aus. Gayt-Coor riß die Plattform im letzten Augenblick hoch, und als Rhodan nach unten blickte, sah er den mit Flammen erfüllten Krater.

»Schöner Blitz!« knurrte Gayt-Coor und bog um neunzig Grad nach Süden ab, wobei er gleichzeitig die Geschwindigkeit wieder erhöhte. »Da macht jemand Jagd auf uns.«

Rhodan ließ seine Gewittertheorie endgültig fallen. Das konnte wirklich kein Zufall mehr sein. Aber wer war hinter ihnen her? Er konnte sich nicht vorstellen, daß es einer der Mutanten war, zumindest hatten jene in der Stadt ihm nicht den Eindruck einer besonderen Intelligenz vermittelt.

Oder gab es Ausnahmen?

Als zehn Minuten lang nichts mehr geschah, meinte Gayt-Coor: »Man hat unsere Spur verloren, scheint also keine Orterinstrumente zu haben. Wenigstens ein Trost!«

»Kann es Unterschiede im Intelligenzgrad der Mutanten geben, Gayt?«

»Es wäre möglich. Sie dürfen nicht vergessen, daß die äußere Körperform nichts damit zu tun hat. Niemand kann wissen, welche Gehirne vor Hunderten von Jahren auf Yaanzar verpflanzt wurden. Besonders die

Intelligenten wollten weiterleben, wollten ihr Gehirn in einem neuen, jungen Körper wissen. Als das Experiment mißlang und sie sich als Verbannte hier auf Traecther wiederfanden, wich der Lebenswille einer hoffnungslosen Lethargie und dem unbändigen Haß auf alles, was normal aussieht. Es mag nun sein, daß einige dieser verpflanzten Gehirne ihren eigenen Willen und ihren Lebensmut, gepaart mit Intelligenz, behielten und auf Rettung sannen. Sie fanden genug vom Erbe der Yulocs, um zumindest einige Waffen instand setzen zu können und eine sanft gelandete Insel zum Fliegen zu bringen. So schwangen sie sich zu Herrschern eines ganzen Planeten auf.«

Rhodan erhob keinen Einspruch, als Gayt-Coor endgültig landete. Der Petraczer setzte die Plattform so geschickt unter die spärlichen Wipfel einer Baumgruppe, daß sie einigermaßen gegen Sicht von oben gedeckt war. Dann schnallten sie sich los und vertraten sich die Beine.

Das Gras bildete einen dichten und weichen Teppich. Es war naß und kalt. Abgesehen davon, daß man sie leichter entdeckt hätte, wäre ein Feuer unmöglich gewesen. Sie aßen eine Kleinigkeit, dann kehrte das Gespräch wieder zu den Verfolgern zurück.

»Warum sind wir ihnen erst heute begegnet?« fragte Rhodan.

»Es gibt keine modernen Nachrichtenverbindungen auf dieser Welt, wenigstens habe ich im Empfänger noch keinen Piepser vernommen. Wie also sollten die Unbekannten von unserer Ankunft erfahren haben? Erst durch die Vorfälle in der Stadt machten wir auf uns aufmerksam. Das wäre doch eine Erklärung, nicht wahr?«

»Besser als keine«, gab Rhodan zu und wechselte das Thema: »Haben Sie eine Ahnung, wo wir sind? Noch weit bis zum Beiboot?«

»Ich glaube nicht. Weiter nördlich muß ein See sein, sehr groß und fast rechteckig. Wahrscheinlich wurde dort einst eine Insel aus der Oberfläche geschnitten. Von dort aus müssen wir weiter nach Westen, etwa hundert Kilometer.«

Während sie dann nebeneinander auf der Plattform lagen und zu schlafen versuchten, sah Rhodan wiederholt empor zum Himmel, aus dem Regen fiel, als könne er dort den geheimnisvollen Verfolger entdecken.

Es dämmerte, als die beiden erwachten. Schwere dunkle Wolken zogen in geringer Höhe über sie hinweg nach Osten. Es hatte aufgehört zu regnen, aber es blieb ungemütlich und kalt. Rhodan schaltete die Anzugheizung stärker ein.

»Ich werde froh sein, wenn wir im warmen Beiboot sind«, meinte er, als sie frühstückten. »Auch fühle ich mich da sicherer.«

»Wir sind noch nicht da«, sagte Gayt-Coor voll böser Ahnungen. »Der Verfolger kann wieder auftauchen, und der Gedanke bereitet mir keine Freude.«

»Das Beiboot ist gut bewaffnet«, erinnerte ihn Rhodan.

»Erst müssen wir drin sein«, murrte Gayt-Coor.

Rhodan ging die Schwarzseherei allmählich auf die Nerven. »Starten wir, dann haben wir es bald hinter uns.«

Gayt-Coor flog von Anfang an sehr niedrig, um die Gefahr einer Entdeckung von oben her zu verringern. Er hatte die Richtung nach Norden eingeschlagen und behauptete, der rechteckige See müsse jeden Augenblick vor ihnen auftauchen.

Rhodan war sich dessen nicht ganz sicher. Immer wieder sah er nach oben, ob er einen Verfolger entdecken konnte, aber zu seiner Beruhigung bemerkte er keine entsprechenden Anzeichen. Wenn die Schützen wirklich auf der großen Insel gewesen waren, und die Richtung der beiden Energieschüsse deutete darauf hin, waren sie sicher vor ihnen. Es würde lange dauern, bis sie mit der Geschwindigkeit des Windes den Planeten umrundet hatten und wieder auftauchten. Es sei denn, sie hatten eine Möglichkeit entwickelt, die Insel nach ihrem Willen zu steuern, aber das erschien Rhodan zu unwahrscheinlich.

Gayt-Coor stieß einen triumphierenden Ruf aus, als der See tatsächlich vor ihnen auftauchte. Nun glaubte auch Rhodan sich an ihn zu erinnern. Seine Zuversicht stieg.

»Und jetzt nach Westen, hundert Kilometer«, sagte Gayt-Coor. »In einer halben Stunde haben wir es geschafft.«

Wieder Tundra, Seen und Wälder, einzelne Flüsse und ein Berg. Dann kam das Flachgebirge mit den Muldenseen in Sicht.

»Nun müssen wir nur noch den Landeplatz finden«, meinte Rhodan, »wir haben das Boot gut versteckt.«

»Am Versteck werde ich den Platz erkennen«, gab Gayt-Coor zurück. Er warf Rhodan einen Blick zu. »Sie haben wirklich nichts von einem Verfolger entdecken können? Sie haben doch dauernd zum Himmel hochgesehen.«

»Nicht die kleinste Spur eines Verfolgers, Gayt. Aber schließlich sind die Wolken heute ungewöhnlich niedrig und dicht. Darum hat es wohl auch in der vergangenen Nacht geregnet.«

»Möglich.«

Sie sprachen nun nicht mehr viel. Die Senken glichen einander. Seen gab es auch genug. Ebenfalls kleine Buschwälder.

»Das da vorn, das könnte es sein.« Gayt-Coor ging etwas tiefer. »See und Wald sind vorhanden, und die Mulde gleicht einer Hochebene mit Rand. Nein, ich irre mich bestimmt nicht! Das dort ist der Landeplatz.«

Er flog unbeirrt darauf zu, bis das Wäldchen nur noch etwa fünfhundert Meter vor ihnen lag. In diesem Augenblick meldete sich der geheimnisvolle Verfolger wieder, und diesmal schlug er erbarmungslos zu …

Rhodan hatte für einen Moment den Himmel vergessen und suchte nach dem Beiboot, als er geblendet die Augen schloß. Den Blitzstrahl aus den Wolken hatte er nicht mehr gesehen, wohl aber die grelle Detonation genau an der Stelle, die Gayt-Coor Sekunden vorher noch als den Liegeplatz des Beiboots bezeichnet hatte.

Als er die Augen vorsichtig wieder öffnete, sah er die Trümmer des kleinen Schiffes durch die Luft fliegen und im See und der Tundra aufschlagen. Eine Explosion hatte das Beiboot zerrissen.

Gayt-Coor hatte sofort hochgezogen, um nicht von den Bruchstücken getroffen zu werden. Der glühende Krater blieb schnell zurück, und eine Inspektion der Unglücksstelle war überflüssig geworden. Was von hier oben aus zu sehen war, reichte völlig aus, um Rhodan und Gayt-Coor davon zu überzeugen, daß sie nun ohne Beiboot waren. Ohne Hilfe würden sie den verbotenen Planeten nie mehr verlassen können.

Wenn Heltamosch nicht zurückkehrte, konnten sie hier den Rest ihres Lebens verbringen.

»Verdammt, ich habe es geahnt!« fluchte Gayt-Coor und setzte die Plattform mehrere Kilometer von dem noch glühenden Krater mitten in der Tundra auf. »Dieser Geheimnisvolle hat es nicht auf uns abgesehen, er wollte nur verhindern, daß wir den Planeten wieder verlassen. Warum nur? Durch die zwei Schüsse gestern hat er uns warnen wollen. Wir sollten dem Beiboot fernbleiben. Als wir seine Warnung nicht beachteten, griff er zum letzten Mittel und zerstörte das Beiboot. Wenn ich den zu fassen kriege …!«

»Vielleicht ist es jener, von dem unser Gefangener sprach, Gayt. Ihr sogenannter Gott.«

»Ja, ein Gott, der Blitze schleudern kann!« Gayt begann sich wieder etwas zu beruhigen. »Immerhin scheint er uns nicht direkt nach dem Leben zu trachten. Vielleicht verhandelt er mit uns, und zum Glück kann er ja nicht ahnen, daß die PRYHNT in wenigen Wochen zurückkehrt, um uns abzuholen. Ich hoffe nur, daß Heltamosch diesmal bereit ist, auf Traecther zu landen. Unsere Funkgeräte reichen nicht weit, da die atmosphärischen Bedingungen ungünstig sind.«

»Unser Gegner muß über die modernsten Machtmittel verfügen, nicht nur über einen einfachen Energiestrahler. Er hat das Beiboot genau getroffen. Obwohl er durch die Wolken hindurchzielen mußte. Wenn das so ist, hätte er uns mit der Plattform auch getroffen, wenn er gewollt hätte.

Sie haben also recht. Auf der anderen Seite frage ich mich, warum er keinen Kontakt mit uns sucht. Hat er etwa Angst vor uns?«

»Wer so brutal und ohne Warnung zuschlägt, hat immer Angst.«

Das war nur ein schwacher Trost, denn sie konnten nicht wissen, über welche Waffen der Unbekannte noch verfügte. Sie selbst hatten nur ihre vier Handstrahler, mit denen sich nicht viel anfangen ließ. Aber immerhin waren sie nicht gerade wehrlos.

»Was werden wir tun? Einfach abwarten, bis Heltamosch kommt?« fragte Rhodan.

»Wir werden Nuprel suchen, oder haben Sie es aufgegeben, Ihre Heimatgalaxis finden zu wollen? Dann wäre alles umsonst gewesen.«

»Keine Rede davon, Gayt. Ich überlege nur, mit welcher Methode wir jetzt noch am schnellsten zum Ziel gelangen. Wenn wir uns ruhig verhalten, läßt uns der Unbekannte vielleicht in Frieden. Wenigstens einige Tage sollten wir uns nicht bemerkbar machen.«

Gayt-Coor sagte überzeugt: »Er weiß ohnehin, wo wir sind.«

»Wir sprechen von *einem* Unbekannten, vielleicht sind es aber mehrere. Oder sind Sie wirklich davon überzeugt, daß ein einziger Mutant die ganze Macht über diesen Planeten an sich gerissen hat?«

»Es sieht fast so aus, wenn ich an unseren Gefangenen und seine Aussage denke.« Er deutete hinauf zum Himmel. »Eine fliegende Insel, sehen Sie! Sie ist klein, und sie fliegt ungewöhnlich niedrig. Wollen wir uns dorthin zurückziehen? Wir würden wahrscheinlich unbehelligt bleiben und haben doch zugleich die Möglichkeit, den Planeten zu erforschen, wenn auch nur langsam.«

»Und Sie glauben, niemand würde uns bemerken?«

»Mag sein, daß *er* uns bemerkt, aber wir werden ihm auf der Insel nicht gefährlich. Jedenfalls ist es besser, als hier unten herumzusitzen und keinen Meter von der Stelle zu kommen. Später, wenn alles ruhig bleibt, nehmen wir wieder die Plattform.«

Nun hatte auch Rhodan keine Einwände. Sie starteten und überflogen noch einmal die Stelle, an der ihr Beiboot gestanden hatte. Ein riesiger Krater zeugte von dessen Vernichtung. Die fortgeschleuderten Reste des Schiffes lagen in der ganzen Gegend verstreut. Eine ungeheure Wucht hatte das Metall förmlich zerrissen.

Dann stieg Gayt-Coor steil nach oben und flog der dahinziehenden Insel nach. Als sie näher kamen, schätzte Rhodan ihre Dicke auf etwa vierzig Meter. Sie war ungefähr siebzig Meter lang und knapp fünfzehn breit. Ein einziges Haus stand am Hang eines Hügels, windgeschützt und nicht sehr groß. Es erinnerte Rhodan an einen Bungalow, denn es war sehr flach gebaut.

»Da werden wir es einige Tage gut aushalten«, meinte Gayt-Coor und paßte die Geschwindigkeit der Plattform der Insel an. Langsam näherten sie sich dem Haus am Hügel. »Wir können sogar spazierengehen.«

Als sie aufsetzten, stellte Rhodan zu seiner Freude fest, daß die Plattform in einer richtigen Mulde lag, die nach allen Seiten Schutz bot, außer nach oben. Etwas steif kroch er unter der gebogenen Windschutzscheibe hervor und vertrat sich die Beine, während Gayt-Coor die Plattform vorsichtshalber fest verankerte, damit sie auch kein Sturm fortreißen konnte. Dann packte er einige Lebensmittel zusammen und deutete zu dem Haus.

»Sehen wir uns das künftige Heim an, ob nicht schon jemand darin wohnt.«

Rhodan fand den Scherz ziemlich makaber, aber er folgte dem Petraczer ohne Gegenrede. Der Strahler an seiner Seite gab ihm ein Gefühl der Sicherheit. Außerdem hatte er Hunger, und Insel sowie Haus erweckten ganz den Eindruck, daß er hier seine Mahlzeit in Ruhe einnehmen konnte.

Gras und Moos wuchsen wild durcheinander. Es gab sogar einige Kriechbäume und knorrige Büsche. In einer Mulde hatte sich Wasser angesammelt.

Die Haustür stand offen. Das Material war wieder der unbekannte Kunststoff, der Ewigkeiten zu überdauern schien. Er konnte nur durch große Hitzeeinwirkung zerstört werden, und damit war auf der Insel kaum zu rechnen – wenigstens nicht unter normalen Umständen.

Das Haus hatte vier Räume zu ebener Erde. Eine Treppe führte in den Keller, in dem sich auch die Kontrollanlage für die Antigraveinrichtung befand. Die Instrumente waren so übersichtlich, daß Rhodan bereits nach zehn Minuten Studium die Insel an jeder beliebigen Stelle der unter ihnen dahinziehenden Planetenoberfläche hätte landen können.

Von oben her hörte er Gayt-Coors Stimme. Sie klang ungeduldig. »Kommen Sie nun zum Essen oder nicht? Wir haben sogar einen Tisch!«

In dem Haus funktionierte alles reibungslos, sogar das Licht brannte. Nur der in der Wand installierte Bildschirm blieb dunkel, auch als Rhodan versuchte, ihn einzuschalten.

Später, als sie gegessen hatten, unternahmen sie einen Rundgang. Sie wagten sich bis zum Rand der Insel vor, an der allerdings kein schützender Energiezaun schimmerte. Gayt-Coor kehrte ins Haus zurück, während Rhodan noch im Freien blieb.

Er kletterte auf den kleinen Hügel, in dessen Schatten das Haus stand. Der Boden war einigermaßen trocken, also setzte er sich auf den flachen Gipfel und sah sich um.

Das Gelände fiel steil ab und endete im Nichts. Er konnte gut die langsam wandernde Oberfläche von Traecther sehen, etwa drei Kilometer unter ihm. Im Osten wurde es noch dunkler, als es ohnehin schon war. Die Insel schwebte der Nacht entgegen.

Er sah hinauf in den finsteren Himmel. Abermals vermißte er die gewohnten Sterne, und immer weniger konnte er die alten Yulocs begreifen, die auf das alles freiwillig verzichtet hatten. War ein solches Verhalten wirklich entscheidend für absolute Meditation? Kamen Inspirationen und Erkenntnisse nicht dann viel leichter, wenn man mitten in der Natur lebte? Und gehörten die Sterne vielleicht nicht zur Natur?

Sie *waren* die Natur, dachte Rhodan, als er sich fröstelnd erhob. Er trug den Schutzanzug nicht, sondern nur die leichte Bordkombination, die nicht so isolierend wirkte. Dort oben, hinter den undurchdringlichen Wolken, stand vielleicht ein verwaschener Lichtfleck, Millionen oder Milliarden Lichtjahre entfernt, in dem die Erde beheimatet war; und die Sonne, deren Licht zu jener Zeit, da es von ihr ausgeschickt wurde und das er jetzt ohne die Wolkendecke vielleicht hätte wahrnehmen können, eine unbewohnte und wüste Planetenlandschaft beschienen und das erste Leben gerade erst gezeugt hatte.

Gayt-Coor kam ihm entgegen. »Es sieht so aus, als habe unser Unbekannter nichts gegen unseren Aufenthalt hier. Nachdem er unser Boot vernichtete, bin ich davon überzeugt, daß er uns auch hier auf der Insel vernichten könnte, wenn er das wollte.«

Rhodan folgte dem Petraczer ins Haus. Es gab sogar einen Baderaum mit fließendem Wasser, das sich im Inselreservoir durch die vorhandene Luftfeuchtigkeit und dank des gelegentlichen Regens ständig wieder erneuerte. Der Kreislauf der Natur wurde auf der Insel nicht unterbrochen, so klein sie auch war.

Sie sprachen auch nicht mehr viel, denn alle Spekulationen waren sinnlos geworden. Ihr Beiboot war vernichtet, und sie saßen auf Traecther fest. Ihnen blieb nur noch das Warten. Und eigentlich wußten sie beide nicht so recht, worauf sie warten sollten.

Rhodan zog sich bald in sein Zimmer zurück und atmete auf, als er im Bett lag. Es war nur noch das kahle Gestell, mehr nicht, aber er hatte schon seit vielen Tagen nicht mehr so komfortabel geschlafen.

17.

In dem dünnen Nebel der Dunkelzone verglühten die letzten Spuren einer atomaren Explosion. Eines der fliegenden Bauwerke trudelte durch die Dämmerung und verschwand am Rand der ebenen Fläche. Die Flugplattform flog schnell, aber nicht mit der vollen Leistung der Aggregate vom Ort der Explosion fort.

»Es scheint, als ob die Suche nach der Stadt Nuprel nicht ganz so einfach sei!« knurrte Gayt-Coor.

»Ich habe mir keinerlei Illusionen gemacht – seit Tagen nicht!« gab Rhodan zurück.

»Ich hatte seit der Vernichtung unseres Beiboots auch keine Illusionen! Unser unheimlicher, unsichtbarer Gegner scheint hervorragende Möglichkeiten zu besitzen!« antwortete der Petraczer knapp.

Hinter ihnen verging der Glutschleier, der einmal ein fliegendes Haus gewesen war, in dem sie Unterschlupf gesucht hatten. Im Augenblick fühlten sie sich ausgesetzt und abgeschnitten, aber es bestand wohl keine akute Gefahr. Trotzdem hatte ihre Spannung keine Sekunde lang nachgelassen. Rhodan alias Toraschtyn sah sich vorsichtig um. Eine trostlose Landschaft!

Und ebenso trostlos ist, daß sich meine Lage nicht im geringsten gebessert hat. Noch ist keine Lösung in erreichbarer Nähe. Und die größten Sorgen bereitet mir jeder Gedanke an die Erde, an die Verhältnisse auf Terra.

Gayt-Coor zog die Plattform etwas höher und wandte sich halb zu Rhodan herum. »Was tun wir?«

»Was schlagen Sie vor?« fragte Rhodan zurück.

»Eine kurze Denkpause. Außerdem bin ich hungrig und durstig.«

Rhodan musterte das vor ihnen liegende Gelände und nickte dann. »Einverstanden, Gayt-Coor!«

Die Plattform raste durch ein eng eingeschnittenes Tal mit dürren, verfilzten Gräsern an den Rändern. Weit voraus, sich undeutlich gegen den fahlen Himmel abzeichnend, fegte mit torkelnden Bewegungen ein fliegendes Haus oder eine ähnliche Anlage von links nach rechts und verschwand wieder in dem Dunst, aus dem sie gekommen war.

»Sehen Sie eine geeignete Stelle?« Rhodan deutete hinter dem Windschutzfenster aus Energie nach rechts vorn.

»Vielleicht dort, auf dem Felsenabsatz«, sagte er laut, um das Geräusch des schneidenden Fahrtwinds zu übertönen. »Dort ist auch Wasser!«

»Richtig!« bestätigte Gayt-Coor.

»Ich rechne mit, weiteren Angriffen unseres unsichtbaren Gegners«, sagte Rhodan und steuerte die Plattform lautlos zwischen Felsen, dornigem Gestrüpp und einer Gruppe halbhoher Bäume auf den gekennzeichneten Landepunkt zu. Sie wurde langsamer.

Der Wind, der sie umwehte und kleine Wirbel hinter der gekrümmten Scheibe verursachte, war kühl und roch merkwürdig: nach Rauch, nach Staub und nach feuchter Erde, die niemals helles Sonnenlicht gesehen hatte. Als sie, noch mehrere Meter über dem Boden, auf den Felsen zusteuerten, wand sich ein weißhäutiges Ding, das wie eine Kreuzung zwischen Schlange und Krokodil aussah, davon und verschwand im Unterholz, zwischen hochliegenden, hornigen Wurzeln von schwefelgelber Farbe.

Rhodan spähte nach allen Seiten. Er fühlte sich im Kampfanzug nicht besonders wohl. Der Schutz reichte nicht aus, wenn der Gegner mit atomaren Waffen dieser Größenordnung arbeitete.

»Jedenfalls ist er keiner der Verfahrenskrüppel«, meinte der Petraczer. Er setzte das Fluggerät zwischen einigen Felsentrümmern am Rand eines kleinen Plateaus ab. Die Plattform war von drei Seiten gut geschützt. Sie befand sich mit ihrer oberen Kante nur wenige Handbreit über dem Spiegel eines kleinen Tümpels.

»Lassen Sie die Plattform flugfertig eingeschaltet!« warnte Rhodan. Er wußte inzwischen, daß der Unbekannte sich nicht mit der Zerstörung des Beiboots zufriedengab. Wieder bemächtigte sich die Nervosität des Gejagten des Gehirns in dem so absolut fremden Körper.

»Selbstverständlich!«

Die Männer standen auf und gingen langsam auf das Wasser zu. Plötzlich fühlte auch Rhodan Hunger und Durst.

»Im Gegensatz zu den anderen, die ihre ursprüngliche Intelligenz zum Teil durch einen PGT-Unfall verloren haben, muß unser geheimnisvoller Freund durchaus in der Lage sein, sich der Einrichtungen des Planeten Traecther zu bedienen!«

Ein Gesicht, bedeckt mit türkisfarbenen Gliederschuppen, grinste ihn an. Es war ein kaltes, humorloses Grinsen, das die heraufziehende Gefahr ahnen ließ.

»Und zwar ausschließlich der Waffen und anderen gefährlichen Gerätschaften, die uns umbringen können«, sagte Gayt-Coor leise. »Sie sind hoch entwickelt, diese Waffen. Mein Freund, ich fürchte ...«

Rhodan beendete den angefangenen Satz: »... ich fürchte auch, daß wir auf der Suche nach der geheimnisumwitterten Stadt Nuprel nicht die Suchenden, sondern die Verfolgten sind.«

»Das eröffnet einige Erkenntnisse und einige Reihen von Überlegungen!« gestand der Galaktologe ein.

Rhodan nickte und sagte: »Vermutlich versteht oder verstand es der

Unbekannte, eine bestimmte Menge der Geschädigten für seine Zwecke einzusetzen. Sonst wären wir nicht so schnell gefunden und angegriffen worden.«

Eine Vision begann langsam Gestalt anzunehmen. Bilder tauchten in Rhodans Überlegungen auf. Er kannte diese Bilder und die Schemata, die dahinter lagen. Es war immer dieselbe Technik von Versprechung, Verführung und demonstrierter Macht – man mußte nur die Individuen oder ihr Aussehen austauschen. Hier und auf anderen Planeten. Ein durchaus menschlicher Aspekt.

Als hätte Gayt-Coor Rhodans Gedanken erahnt, flüsterte er: »Der Fremde verhält sich geschickt. Sehr geschickt. Er muß um sich eine Armee von Schwachsinnigen gruppiert haben.«

Sie sahen sich an und wußten im gleichen Moment, daß sie beide dieselben Bilder sahen.

Die Verfahrenskrüppel waren trotz ihrer Behinderung sehr darum bemüht, das Leben, das sie in der Galaxis Naupaum geführt hatten, zu erhalten. Es waren sehr langlebige Wesen, die nichts anderes mehr kannten als ein einziges Ziel: Sie wollten weiterleben. So lange, wie es nur irgend möglich war.

»Die psychologische Auswertung der Ereignisse und Überlegungen wird immer interessanter!« knurrte Gayt-Coor, während seine sechsfingrigen Hände die Rationen aus den Hüllen zogen. Langsam begannen die beiden ungleichen Männer zu essen, während sie sich unablässig umsahen und versuchten, einem weiteren Angriff des Unbekannten zuvorzukommen oder auszuweichen.

»Warum wurden wir angegriffen?«

Mit großer Sicherheit – dafür sprach auch der eben erfolgte Angriff – gab es auf der öden und einsamen Oberfläche des Planeten die ruinenhaften Reste von Stützpunkten oder Niederlassungen der seinerzeit existierenden Ceynach-Verbrecherorganisation. Und nicht nur Ruinen, sondern in vielen Fällen auch relativ gut erhaltene Versorgungslager dieser Organisation. Zweifellos machte sich der angreifende Unbekannte diesen Umstand zunutze. Er bestach oder zwang die Unglücklichen, ausgestattet mit den Machtmitteln dieser Stationen, und versammelte sie als Helfer um sich.

»Vermutlich deswegen, weil unsere Anwesenheit jemanden stört oder bedroht«, entgegnete Rhodan undeutlich.

Rund um diese kleinen Zellen des Lebens versammelten sich also die PGT-Geschädigten, die unter der Leitung einer Gruppe oder eines einzelnen Unbekannten standen. Hier dürfte es trotz der seit Jahrhunderten immer wieder erfolgten Plünderungen noch genügend Materialien geben.

»Es genügt, wenn es einem einzigen Geschädigten gelungen ist, intelligent zu bleiben und sinnvoll zu handeln. Er kann sich unbemerkt zum Herrscher dieses Planeten aufschwingen. Unter den Tauben ist der Schwerhörige König.«

»Das bringt uns vermutlich noch ein paarmal in ernsthafte Schwierigkeiten«, bestätigte Gayt-Coor.

»Sie untertreiben!« stellte Rhodan fest.

Sicher waren viele der Lager und Stützpunkte, der offenen oder verborgenen Anlagen verfallen und leer. Ebenso sicher schien es ihnen beiden, daß es noch mehr als genügend Anlagen gab, die so gut wie vollständig funktionierten. Es gab vermutlich Nahrungsmittel und alle nur denkbaren Ausrüstungsgegenstände, natürlich Ortungsgeräte und Waffen und Beförderungsmittel. Die schweigende Armee der geisterhaften Geschädigten, graue Wesen auf einem Planeten der ewigen Dämmerung, scharte sich in diesen Stützpunkten zusammen, bediente die Geräte und gehorchte dem Unsichtbaren. Er war es, der sie alle, Geräte wie Wesen, für seine Zwecke ausnutzte.

»Naturgemäß unterwerfen sich solche Kreaturen gern und willig dem einzigen Wesen, das sie als Anführer anerkennen«, sagte Rhodan.

»Sie erhoffen und erwarten alles von ihm«, bestätigte der Petraczer.

Was konnte er ihnen versprechen? Rhodan stand auf und lehnte sich gegen die Felswand. Die Gedanken kamen jetzt mit bestürzender Klarheit.

»Vermutlich besteht ..., nein, mit Sicherheit besteht die einzige Hilfe des Herrschenden darin, daß er seinen Untertanen eine Garantie geben kann. Das ist ein altes, immer unverändert geltendes Gesetz. Er garantiert ihnen, daß sie weiterleben dürfen und können. Ein armseliges Leben, aber gerade in solchen Fällen klammert sich jeder daran. Und er verspricht es ihnen nicht nur, sondern er schützt sie tatsächlich auch vor Entdeckung und Ausrottung. Das ist zum erstenmal durch die Vernichtung unseres Raumboots geschehen.«

»Sie haben recht!« Gayt-Coor setzte einen langen Fluch hinzu.

Die Verdammten dieses Planeten hatten also von jemandem die Garantie, daß sie ihr armseliges Leben in der Dämmerung und der bestürzenden Öde des Planeten weiterführen konnten. Dafür waren sie zu jedem Opfer bereit.

Gayt-Coor verstaute die Reste der Rationen in einer Packung und blieb zwischen Rhodan und der Plattform stehen. »Also ist niemand auf Traecther im geringsten daran interessiert, daß zwei unbekannte Ankömmlinge mit möglicherweise gefährlicher Mission die geringste Chance erhalten, Leben auf dieser Welt zu entdecken und sein Vorhandensein auszuplaudern.«

Rhodan nickte. »Er muß uns also töten, um Verrat auszuschließen. Ihre Meinung, Gayt-Coor?«

Der Petraczer trat an die Plattform heran. »Genau meine Meinung, Rhodan. Aber ebenso wie der Unbekannte und seine gespenstische Armee haben wir auch keine andere Wahl. Wir müssen Nuprel finden.«

»Los! Suchen wir weiter!« sagte Rhodan.

Die Plattform stieg langsam aus der Deckung heraus und drehte sich um etwa dreißig Grad. Als sie langsam über den dunklen, vom Wind gekräuselten Spiegel des runden Tümpels glitt, dachte Rhodan kurz: *Warum eigentlich hatte dieser intelligente Herrscher über die Verfahrenskrüppel nicht versucht, das Raumschiff in seinen Besitz zu bringen? Er hätte mit der Hilfe dieses Schiffes spielend leicht den trostlosen Planeten verlassen können.*

Dann, übergangslos, stieg neben der Plattform eine riesige Fontäne in die Luft. Der Druck wirbelte sie zur Seite, dann ertönte in den Ohren der Männer das Krachen der Detonation.

»Er greift wieder an!« rief Gayt-Coor.

Er steuerte die taumelnde und schaukelnde Konstruktion aus, erhöhte die Geschwindigkeit und raste davon. Im Zickzack schoß die Plattform über das Wasser, raste durch den Sprühregen der zurückfallenden Tropfen und wurde abermals schneller. Ein zweiter Schuß donnerte irgendwo auf und zerfetzte einige Felsen über ihnen.

»Schneller!«

Rhodan klammerte sich fest und drehte sich halb auf den Rücken. Er sah nach hinten, aber er konnte den unsichtbaren Schützen nicht ausmachen. Die Plattform flog eine enge Kurve und schwebte auf das freie Land hinaus.

»Diesmal hat er es auf uns abgesehen!« schrie der Petraczer.

Der Fahrtwind heulte um den durchsichtigen Schutz der Plattform. Zwei oder drei schwebende Gebäude kreuzten über den Himmel, der in einem Gemisch fahler Farben glänzte. Der nächste Schuß fauchte schräg über die dahinrasende Plattform hinweg. Dann waren sie hinter dem Schutz einer Bodenwelle verschwunden und schwebten mit höchster Geschwindigkeit über ein Stück Ebene, die mit feinem Staub oder Sand bedeckt war.

»Wir sind noch lange nicht in Sicherheit!«

»Nein – auf keinen Fall!«

Einige Minuten lang rasten sie geradeaus. Sie flohen, das war klar. Sie versuchten, aus dem Bereich der Gefahr herauszukommen, aber als sich Rhodan wieder umdrehte, hatte er einen flüchtigen Eindruck.

Er glaubte über der Bodenwelle einen Mann zu sehen, der wie sie beide in einen hochwertigen Kampfanzug gekleidet war. Aber Rhodan war nicht sicher; der Staubschleier verdunkelte das Blickfeld.

Gayt-Coor brauchte nur einen Bruchteil seiner schnellen Reaktionen und seiner unglaublichen körperlichen Stärke aufzuwenden, um die dahinrasende Plattform zu steuern. Die Maschine ging etwas höher.

»Was haben Sie vor?« brüllte Rhodan, als die Plattform in einen Zickzackflug überging und auf eine Kette aus Hügeln und kahlen Felsen zustrebte.

»Wir kontern den Angriff. Können Sie das Ding steuern?« schrie der Echsenabkömmling zurück. Seine Doppelaugen an den Schläfen richteten sich auf Rhodan.

»Ja, natürlich. Eine Falle?«

»Dort vorn. Ich glaube, wir können Glück haben!«

»Einverstanden.«

Wieder schaute sich Rhodan um. Täuschte er sich, oder schwebte tatsächlich weit hinter ihnen der Angreifer in seinem Schutzanzug? Schräg abwärts führte nun der Flug der Plattform. Felsen tauchten auf, andere Steinformationen verschoben sich unaufhörlich, als würden Kulissen bewegt. Mit einem gewaltigen Satz schwirrte die Plattform mitten in die Anhäufung von Verstecken und Hohlräumen hinein. Zweige und Äste schrammten über die Schutzhaube und entlang den Seitenflächen.

»Sie fliegen weiter. Kreise und Schleifen. Ich versuche, ihn vom Boden aus zu erwischen!« schrie der Petraczer und bremste die Maschine jäh ab. Er nickte Rhodan zu und glitt, noch während des Fluges, von der Plattform.

Rhodan rutschte hinüber und griff in die Steuerung. Er sah der rennenden, gedrungenen Gestalt noch einen Sekundenbruchteil lang nach und merkte sich die Stelle, an der Gayt-Coor abgesprungen war. Wieder beschleunigte die Plattform und schoß schräg nach oben.

»Ich fliege ihm entgegen«, sagte Rhodan.

Es stimmte also! Auch der Petraczer hatte gesehen, daß ein einzelner sie verfolgte.

Rhodan steuerte die Plattform in eine enge Kurve und ging höher. Mit einer Hand umklammerte er die Steuerhebel, mit der anderen zerrte er die Waffe aus den Halterungen und versuchte zu zielen. Er sah kurz unter sich, keine fünfzig Meter, die breitschultrige Gestalt zwischen Pflanzen und übermannshohen Felsen entlanghasten und eine gute Deckungsmöglichkeit suchen. Der riesige Schädel mit den doppelten Facettenaugen leuchtete kurz auf, dann verschwand Gayt-Coor. Rhodan wußte, daß der Echsenhäutige ein harter und gnadenloser Kämpfer war. Er hob den Kopf und starrte durch das optisch vergrößernde Fenster nach vorn.

»Tatsächlich! Ich sehe ihn!« sagte er.

In einigen Kilometern Entfernung sah er einen länglichen Punkt, der sich in bezug auf die Plattform auf Kollisionskurs bewegte. Rhodan entsicherte die Waffe und spähte nach vorn. Das Ziel wurde deutlicher. Die Plattform wurde schneller und raste dem Ziel entgegen.

Nur wenige Sekunden später wußte Rhodan, daß es keinen Kompromiß mehr gab. Ihr Gegner wollte sie töten. Nur die höhere Geschwindigkeit und die größere Manövrierfähigkeit der Plattform retteten Rhodan.

Übergangslos, schon in mehr als zwei Kilometern Entfernung, eröffnete der andere das Feuer. Er schien waagerecht in der Luft zu schweben, und aus seiner Waffe schlugen der Plattform lange Feuerstrahlen entgegen. Rhodan ließ die Maschine absacken; torkelnd raste die Plattform dem Boden entgegen. Rhodan sah seine Chance, zielte und feuerte lange Stöße aus seiner Handwaffe ab. Zwischen den Feuerstrahlen erschienen kleine, stechende Kugeln vor der dunklen Dämmerung des Himmels. Auch der Mann im Fluganzug wich aus.

Rhodan erinnerte sich, daß er nicht allein war. Er änderte abermals die Richtung der Plattform und vollendete die Kurve. Dann ging er tiefer. Auch die Anzüge, die er und der Petraczer trugen, waren ja flugfähig.

Die Plattform schwebte zurück und näherte sich dicht über den Spitzen der Bäume und den Oberflächen der Felsen dem Versteck des Echsenabkömmlings.

»Hoffentlich funktioniert unser Plan«, murmelte Rhodan und wurde langsamer. Jetzt bot er ein besseres Ziel. Er blieb hinter einer Felswand in Deckung, sprang von der Plattform und rannte entgegengesetzt zu der Richtung davon, in die der Petraczer gelaufen war.

»Vielleicht gelingt es«, flüsterte er und spähte nach oben. Von seinem Standort aus konnte er den Fremden nicht mehr sehen. Er spannte die Muskeln und zwinkerte. Offensichtlich hatte er als Rhodan andere Augen – oder sein neuer Körper reagierte anders. Irgendwie besaß er eine solche Erinnerung. Dann wechselte er seinen Standort und sah zwischen zwei Felsen, wie der Verfolger in etwa vierhundert Metern Entfernung einen Felsen anflog und dort landete. Rhodan hob die Waffe, zielte genau und feuerte.

Im selben Augenblick schoß auch Gayt-Coor, mehrere hundert Meter von ihm entfernt, von der linken Seite. Der Felsen schien dunkel aufzuglühen, und rund um den Standort des Fremden detonierten runde Feuerkugeln. Im nächsten Sekundenbruchteil war der Angreifer verschwunden.

Rhodan schaltete das Flugaggregat ein und schwang sich in einem Bogen auf den nächsten Felsen hinauf.

Plötzlich hörte er dicht neben seinem Ohr Gayt-Coors Stimme. »Bleiben Sie etwa dort, wo Sie sind. Ich umgehe ihn von meiner Position aus!«

»In Ordnung!« sagte Rhodan in das fast unsichtbare Mikrofon im Rand des Halsteils.

Er bewegte den Schalter und wich nach links aus. Langsam schob er sich aus einer Felsspalte hervor, die Waffe im Anschlag. Bisher hatte er ihren Verfolger nur flüchtig sehen können.

Weder er noch der Petraczer hatten ihn erkannt. Er war offensichtlich hervorragend bewaffnet, mit hochenergetischen Waffen. Jetzt kam er wieder zum Vorschein und schwebte in einer Serie kleiner Rucke quer über den schmalen Ausschnitt des Horizonts zwischen den Felsen und Bäumen. Wieder zielte und feuerte Rhodan.

Der erste Schuß ging vorbei. Der zweite Treffer prallte auf einen kleinen, unsichtbaren Schutzschirm, der um das rechte Beinteil des Schutzanzuges aufgebaut war. Der Schirm flammte lodernd auf. Der Fremde wurde in der Luft halb herumgewirbelt, aber er fing sich blitzschnell ab und verschwand, von einem krachenden und blitzenden Gewitter aus Rhodans Waffe verfolgt, zwischen den Felsen.

Der Schutzanzug war hochwertig, stellte Rhodan fest. Besser als die Modelle, die sie selbst trugen?

»Ich habe ihn im Visier«, murmelte Gayt-Coor.

Rhodan schwebte langsam und sehr vorsichtig nach vorn. Nachdem der Hall der Schüsse verklungen war, herrschte wieder eine beängstigende Ruhe.

Dann kam in schneller Folge eine Reihe von Detonationen. Sie zeigten akustisch den Punkt an, von dem aus der Petraczer feuerte. Der Fremde hatte etwa die gleiche Größe wie Rhodan, also schien die Vermutung richtig, daß es sich um einen Angehörigen des yaanztronischen Volkes handelte.

»Weiter!« sagte sich Rhodan und schlug einen kleinen Bogen. Er schwebte zwischen den kahlen Felsen vorwärts. Wieder war der Fremde aus seinem Schußfeld verschwunden.

Schließlich klammerte sich Rhodan auf der Spitze des höchsten Felsens fest und blickte auf das erstaunliche Panorama hinunter. Es gab keine Schatten, aber die einzelnen Vertiefungen lagen in einer versteckenden Dunkelheit. Jetzt konnte er – allerdings undeutlich und in der Folge der Bewegungen stark verwischt – sowohl den Fremden als auch Gayt-Coor sehen.

Die Einschüsse rund um die beiden Standorte bewiesen die Wut und den Eifer der beiden Gegner. Rhodan stützte Kolben und Lauf der schweren Waffe auf den feuchten Stein und zielte. Mit der anderen Hand schaltete er den Abwehrschirm seines eigenen Fluganzugs an.

Ausdauer und körperliche Kraft des Echsenabkömmlings waren erstaunlich. Fast nach jedem Schuß wechselte Gayt-Coor seinen Standort und hetzte in einer Kette langer Sprünge von Deckung zu Deckung.

Lange, leuchtende Strahlen aus der Waffe des Verfolgers brachten hinter und vor ihm den Stein zum Kochen und lösten das Gesträuch auf. Eine Bahn aus Flammen und Rauch kennzeichnete den Weg des Petraczers. Aus Rhodans Waffe löste sich der erste Schuß und verwandelte den Schutzschirm des Fremden in eine aufglühende, lodernde Kugel.

»Ausgezeichnet!« schrie Gayt-Coors Stimme aus dem Lautsprecher.

»Ich habe ihn fast von hinten!« rief Rhodan leise und sah, wie der andere taumelnd vom Felsen rutschte und in eine Spalte absackte.

Dann schoß der langgestreckte Körper des Verfolgers aus der Spalte hervor und schräg in den Himmel. Wieder feuerten Rhodan und Gayt-Coor, aber die Entfernung vergrößerte sich derart schnell, daß die meisten Schüsse nicht trafen.

Einige Sekunden vergingen. Und dann verwandelte sich das Felsenlabyrinth in eine Hölle aus Explosionen und neu entstehenden Kratern.

Niemand hatte die Projektile gesehen oder gehört. Während sie ihre Weitschüsse dem Flüchtenden nachschickten, hatten seine unsichtbaren Verbündeten auf seinen Befehl hin reagiert. Der Boden begann zu beben. Überall entstanden kleine Krater, von denen gesprengtes Gestein und lange, fladenförmige Tropfen geschmolzenen Gesteins nach allen Seiten geschleudert wurden. Ein gewaltiger Hagel aus Einschlägen ging über das Gebiet nieder. Die Zone, innerhalb der die Fernprojektile explodierten, war annähernd rund. Innerhalb von einigen Sekunden krachten mindestens hundert Einschläge rundherum.

Zwischen dem Krachen, dem Bersten der Felsen und dem Knistern des auseinanderbrechenden Gesteins hörte Rhodan die aufgeregte Stimme seines Partners. »Zurück zur Plattform!«

»Verstanden!« schrie er. »Sie auch! Treffen wir uns an der alten Stelle. Klar?«

Rhodan erkannte, als er sich vom Felsen abschwang und schräg nach unten zu fliegen begann, die Landschaft nicht wieder. Überall loderten Feuer, stiegen Rauchsäulen in die Luft, schmolzen die Felsen. Lava rann in schmalen Bächen über die Flanken. In geringer Höhe raste ein oval geformtes Haus mitten durch die Rauchschwaden und schwirrte lautlos davon, eine röhrenförmige Schneise in den Rauch ziehend und einen dünnen Rauchfaden hinter sich herschleppend.

Er orientierte sich und flog im Zickzack zurück. Gegen seinen Schirm prallten unaufhörlich die hochgeschleuderten Steinbrocken und verwandelten ihn in eine Kugel, in deren Wand es unaufhörlich zuckte und blitzte.

Der Fremde will uns töten! Ohne Zweifel! dachte Rhodan und sah vor sich die Plattform.

Sie war aus dem Versteck geschleudert worden und lag schräg auf einer

Fläche von dünn bewachsenem Geröll. Er steuerte darauf zu und landete dicht daneben. Auf den beiden dünnen Liegen breitete sich eine Schicht aus Staub und kleinen Steinbrocken aus. An zwei Stellen hatten glühende Tropfen große Brandflecke in den Belag hineingeschmolzen.

Rhodan wischte, nachdem er seinen Schutzschirm abgeschaltet hatte, den Belag von den Liegen, schaltete mehrmals und sah mit unendlicher Erleichterung, daß die kleinen Kontrollfelder aufleuchteten. Er warf sich hinter die Steuerung, blickte in den dunklen Himmel über sich und startete. Vorsichtig ließ er die Flugplattform durch den Rauch treiben und flog in einer großen Kurve in die Richtung, in der er Gayt-Coor vermutete.

Sie trafen außerhalb des Zentrums zusammen. Der Petraczer hetzte in gewaltigen Sätzen der niedrig fliegenden Plattform entgegen und sprang auf sie, als Rhodan abgebremst hatte.

»Im Augenblick scheint unser Gegner geflohen zu sein«, bemerkte er. »Taktischer Rückzug.«

»Er wird mit Verstärkung zurückkommen!«

Rhodan steuerte den Flugapparat höher und hielt in rund zwei Kilometern Bodenabstand an. Langsam bewegte sich das Gerät nach Osten.

»Oder er wird uns eine Reihe Fallen stellen!« schloß er.

»Das ist eine andere Möglichkeit.«

Tief unter sich sahen sie das Land. Die Ebene war nur ein Teil der Landschaft unter dem lichtabsorbierenden Schirm in der Atmosphäre. Uralte Maschinen und noch immer funktionierende Projektoren versorgten diese gigantische Anlage mit Energie.

»Suchen wir weiter?« fragte Rhodan und wurde wieder schneller. Er setzte die Flughöhe um weitere eintausend Einheiten hinauf.

»Zu nichts anderem sind wir hier«, kommentierte Gayt-Coor düster.

»Also haben wir zwei Ziele!« sagte Rhodan knapp.

Verständnislos blinzelte ihn der Echsenabkömmling an und kontrollierte dabei mit schnellen, sicheren Bewegungen die Versorgungseinrichtungen seines Fluganzugs und die Ladung der Waffe.

»Zwei?«

Rhodan nickte mehrmals und konzentrierte sich auf die Anzeigen und die unter ihnen vorbeigleitende Landschaft. Er sah nichts, was einer genauen Nachprüfung bedurft hätte. Auch die Energieechos, die jetzt aus einem weitaus größeren Gebiet stammten, sagten nicht viel aus. Nur zerstörte, verwitterte Häuser der ehemaligen Bewohner, die mit ihnen abgestürzt sein mochten.

»Das erste Ziel – das wichtigste Ziel – ist, die Stadt zu finden. Und das möglichst bald«, meinte Rhodan und lächelte Gayt-Coor kurz zu.

»Richtig. Und das andere?«

»Das andere ist mein persönliches Vorhaben. Ich muß wissen, mit welchem Gegner wir es zu tun haben.«

»Riskant, aber verständlich!« war der Kommentar.

»Ich denke dabei, daß es auch in Ihrem Sinn sein muß, unseren lebensgefährlich zuschlagenden Verfolger genauer kennenzulernen.«

»Sie haben recht. In gewisser Weise muß ich Sie bewundern. Sie sind ein großer Kämpfer mit vielen guten Überlegungen.«

»Danke bestens!« sagte Rhodan und erinnerte sich einige Sekunden lang an die vielen Kämpfe, die sein Ich, jetzt in diesem dritten Körper, schon bestanden hatte.

»In dieser Richtung suchen wir?« fragte Gayt-Coor nach einer Weile.

»Diese Richtung ist so gut wie jede andere«, gab Rhodan trocken zurück. »Ob wir etwas finden, hängt in so großem Maß vom Zufall ab, daß wir jede Richtung einschlagen können.«

Also flogen sie in mehr als dreitausend Metern Höhe weiter nach Osten. Die Geschwindigkeit steigerte sich nur langsam. Es schien, als hätten sie für einige Minuten oder sogar längere Zeit Ruhe. Aber jederzeit konnte diese Ruhe unterbrochen werden. In Wirklichkeit warteten sie beide auf den nächsten Angriff des gefährlichen Unbekannten und seiner Geisterarmee.

Welches tödliche Spiel spielte der Unbekannte?

18.

»Ich bin überzeugt, daß wir verfolgt werden«, sagte Rhodan nach einer Weile und betrachtete den kleinen Schirm, auf dem sich nicht nur die Energieechos der abgestürzten, sondern auch diejenigen der noch flugfähigen Häuser abzeichneten. Die fliegenden ehemaligen Wohnstätten waren weitaus seltener.

»Vom Boden aus, mit Geräten? Das müssen wir wohl oder übel in Kauf nehmen. Dagegen können wir uns nicht wehren!«

»Das auch. Aber mir ist, als ob ich hinter und unter uns, auf unserem Kurs, ein sehr schwaches Echo habe, dessen Position sich nicht verändert!«

Gayt-Coor beugte sich hinüber und betrachtete den Schirm. »Lassen Sie sehen.«

Rhodans Finger deuteten auf den unteren Rand. »Hier. Ich meine diesen Punkt.«

Nach einer Weile antwortete Gayt-Coor: »Sie haben wieder einmal recht. Das muß unser Verfolger sein. Kann es zutreffen, daß auch er wie wir die Stadt Nuprel sucht?«

Rhodan gab zurück: »Kaum möglich.«

»Warum nicht?«

Hier oben war der Wind, der unten stoßweise wehte, warm und feucht war und nach Moder und geheimnisvollen Ausdünstungen der Erde roch, kalt und weniger von unangenehmen Gerüchen erfüllt. Rhodan schaltete die Heizung des Anzugs ein, aber er schloß seinen Heim noch nicht.

»Weil«, erklärte er, »das bedeuten würde, daß er erst kurze Zeit auf dem Planeten ist. Innerhalb kurzer Zeit aber kann er nicht sein schweigendes Heer geschaffen beziehungsweise sich das unbedingte Vertrauen der Verfahrenskrüppel gesichert haben. Eines schließt das andere aus. Trotzdem kann etwas an dieser Überlegung sein.«

»Früher oder später werden wir es merken«, stellte Gayt-Coor fest.

Sie flogen geradeaus, nunmehr im sicheren Bewußtsein, daß sie verfolgt wurden. Der Fluganzug des Verfolgers war bei weitem nicht so leistungsfähig wie die Maschinen der Plattform, also machte Rhodan sein Vorhaben wahr und zog, indem er die Triebwerke auf halbe Kraft laufen ließ, den Verfolger hinter sich her. Er wollte keineswegs getötet werden, aber er würde versuchen, sich Gewißheit über die Natur des Fremden zu verschaffen.

»Vermutlich wird sich dieses Spiel mit psychologischer Bedeutung die nächsten Stunden und Tage hinziehen. Dabei sind wir im Vorteil, denn wir können abwechselnd ruhen und kämpfen«, meinte Gayt-Coor.

»Ein deutlicher Vorteil.«

Sie flogen vor der Schwärze der Nacht davon. In der nächsten Stunde änderte sich nichts. Einmal, es war viel später, begann sich direkt vor ihnen ein riesiges Echo abzuzeichnen.

»Was ist das?« fragte Rhodan laut.

»Eine kleinere fliegende Stadt«, erwiderte Gayt-Coor. Langsam spürten sie beide eine bleierne Müdigkeit.

Rhodan hielt die Plattform auf Kurs und sah bald, daß sich auch die Geschwindigkeit ihres Verfolger-Echos verringert hatte. Jetzt holte er wieder auf. Hatte auch der Verfolger in seinem Schutzanzug Geräte, die ihm ihren Standort zeigten? Anders war es kaum denkbar, denn eine rein optische Beobachtung schien jenseits der sinnvollen Verfolgung zu liegen. Auf diese Weise hätte er sie schnell aus den Augen verloren.

»Halt!«

Rhodans Stimme war hell und schneidend geworden. Gayt-Coor, der mit einem Anfall von Müdigkeit gekämpft hatte, war plötzlich hellwach.

Er spürte das Vibrieren der Maschinen, als Rhodan die Plattform beschleunigte.

»Was gibt ...?«

Rhodan sagte gepreßt: »Wir werden wieder vom Boden aus angegriffen. Und zwar von mindestens dreißig kleinen, schnellen Projektilen.«

»Ich habe etwas in dieser Art erwartet! Was können wir tun?«

Auf dem Bildschirm zeichnete sich ein annähernd runder Schwarm von Echos ab, die von Sekunde zu Sekunde größer und deutlicher wurden. Rhodan kippte die Plattform und leitete einen rasenden Sturzflug ein. Dann fiel ihm die fliegende Stadt wieder ein, und er steuerte um.

»Wir können versuchen zu fliehen!« schrie er wütend.

Der Schwarm vollführte eine exakte Wendung, als die Plattform aus der Ziellinie wanderte. Rhodan riß beide Hebel nach hinten und trieb die Leistung des Antriebs weit in die gefährlichen roten Bereiche hinein. Weit vor sich sah er jetzt die fliegende Stadt.

»Erreichen wir sie noch?«

Drei Kilometer Bodenabstand waren ein gefährlicher Wert. Die Projektile, deren Antrieb unsichtbar war, brauchten für diese Entfernung nur kurze Zeit. Die Plattform war mit Sicherheit langsamer als die Sprengkörper. Es waren keine Raketen; unsichtbar und lautlos kamen sie näher und näher. Die Plattform raste waagrecht durch die Luft. Heulend zerrte die Luft an den Körpern der Gefährten.

»Ich weiß es nicht. Sie können versuchen, die Projektile abzuschießen«, sagte Rhodan. Auch sein neuer Körper reagierte auf die Gefahr nicht anders als sein menschlicher Körper. Er verkrampfte sich. Rhodan fühlte Schweiß durch den feinen Haarpelz sickern.

»Ich dachte schon daran.«

Ebenso, wie sich die Distanz zwischen den angreifenden Flugbomben oder Robotern und der Plattform verringerte, schrumpfte der Abstand zwischen der Stadt und der Plattform. Dunkel und drohend tauchte der Koloß, auf einem annähernd linsenförmigen, kaum bearbeiteten Stück Fels errichtet, aus der Dämmerung auf. Unverändert hatte er seinen Kurs beibehalten. Neben Rhodan richtete sich Gayt-Coor auf und hob seine Waffe.

Rhodan versuchte, den Kurs einigermaßen stabil und die Maschine ruhig zu halten. Die Waffe zuckte in der breiten Hand des Reptilarms. Der Donner der Abschüsse wurde vom Fahrtwind verschluckt.

Rhodan sah nicht, ob Gayt-Coor traf oder vorbeischoß, aber er sah, wie die ersten Gebäude der Stadt deutlicher wurden und näher kamen. Er konnte die Geschwindigkeit der Plattform nicht mehr steigern. Der Koloß der Stadt füllte den gesamten Luftraum vor ihnen aus. Dann erfolgten einige Druckwellen, die die Plattform gefährlich hin und her warfen.

»Getroffen!« brüllte der Petraczer.

Die Plattform befand sich jetzt am Rand der ausgestorbenen Siedlung. Rhodan fing die schaukelnden Bewegungen wieder auf und steuerte in eine Schlucht hinein, in eine ehemalige Straße. Rechts und links standen zerfallene Gebäude. Hinter ihm schlug die erste Detonation riesige Löcher in eine Mauer und überschüttete die Straße mit einem Hagel von Brocken. Einige Projektile detonierten mitten in dieser riesigen Wolke und zerfetzten die Materie ein zweites Mal. Hinter der flüchtenden Plattform loderte ein gewaltiges Feuer auf.

Wieder änderte Rhodan die Richtung. Er tauchte unter Brücken durch, wurde langsamer und flog wedelnd zwischen Häusern, Baumresten und Felsstücken hindurch. Einmal, als er nur wenige Handbreit über dem Geröll, das sich auf einer breiten Straße angesammelt hatte, dahinraste, gelangen Gayt-Coor zwei weitere Abschüsse. Wieder schleuderte die Plattform in einer verwegenen Hundertachtzig-Grad-Kurve herum, verschwand zwischen Häusern, flog in einen Saal hinein, von dem nur noch zwei Mauern und ein großes Stück des Daches vorhanden waren. Weitere Sprengköpfe explodierten. Das Dach neigte sich, barst in einem System langer Sprünge und fiel donnernd, knirschend und krachend herunter.

»Sie scheinen das einmal gelernt zu haben!« rief Gayt-Coor anerkennend.

»Flüchtig!« gab Rhodan zu und mußte innerlich grinsen.

Rund um sie herum schlug der Rest des Projektilschwarms ein. Grelle Blitze und krachende Explosionen zerfetzten die jahrhundertelange Stille der Stadt. Der Felsen bebte und schüttelte sich. Überall sanken kleinere und größere Gebäude um und erfüllten die Luft mit Rauch und Staub.

Langsam richtete sich Gayt-Coor auf und spähte angestrengt nach hinten, während die Plattform ziemlich schnell eine gekrümmte Straße entlangschwebte.

»Nichts mehr zu sehen?« fragte Rhodan hoffnungsvoll.

»Nein«, erwiderte Gayt-Coor nach kurzem Zögern. »Ich kann nichts mehr erkennen und spüren. Die Gefahr scheint vorbei zu sein.«

»Ich bin nicht sicher«, sagte Rhodan und ließ die Plattform in einen steilen Steigflug übergehen.

»Ich auch nicht«, gab der Petraczer zu.

Aber mit jeder verstreichenden Minute wurde die Gefahr, daß sie noch von einem der letzten Projektile verfolgt wurden, geringer. Die Maschinen waren auf schnelle Verfolgung eingestellt, nicht auf langsames Nachschleichen. Das hofften Rhodan und der Petraczer.

»Wenn der Unbekannte die Zerstörungen hier sieht, wird er denken, wir wären umgekommen«, begann Gayt-Coor einen Gedanken.

»Vorausgesetzt, wir schalten fast alle Maschinen ab und verbergen uns.«

Gayt-Coor warf das leere Magazin seiner Waffe weg. »Es wird uns nicht schwerfallen, denn wir sind todmüde. Wollen wir nicht hier etwas ausruhen?«

Rhodan senkte die Nase der Plattform wieder und umkreiste vorsichtig ein höheres Gebäude. Er suchte einen Eingang und fand eine leergefegte Terrasse vor einigen Türen und Fenstern.

»Hier ist sicher der beste Platz dafür«, sagte er. »Unter den eben geschilderten Umständen wird uns der Fremde nicht mehr oder nur mit halbem Herzen suchen. Außerdem können wir abwechselnd wachen und schlafen.«

Gayt-Coor nickte. »Wenn er ein Lebewesen ist, das aus dieser Galaxis stammt, geht es ihm nicht anders. Auch er wird starke Müdigkeit spüren.«

»Einverstanden!« erwiderte Rhodan.

Noch während die letzten Wolken nach den Explosionen und den Zerstörungen an ihnen vorbeizogen, landete Rhodan auf der Terrasse und steuerte die Plattform durch eine weit offene Tür ins Innere des Gebäudes hinein. Er drehte das Fluggerät herum, so daß sie schnell wieder starten und das Gebäude verlassen konnten.

Dann schaltete er sämtliche Maschinen ab und öffnete den Helm seines Schutzanzugs.

»Auch schon gemütlichere Umgebungen gesehen«, stellte er trocken fest.

Sie reduzierten auch die Tätigkeit der Versorgungsaggregate der Anzüge auf ein Minimum und suchten sich dann einen Winkel, in dem sie einigermaßen ruhig schlafen würden.

»Tatsächlich! Die Projcktile sind alle detoniert«, meinte Gayt-Coor und packte die Rationen aus.

»Hoffentlich schläft unser Verfolger nicht gerade im Nebenraum«, argwöhnte Rhodan.

»Haben Sie eine Ortung versucht?«

»Natürlich. Aber ich konnte ihn nirgends entdecken.«

Sie aßen und tranken, dann warfen sie sich auf einen Haufen Geröll und moderndes Holz und schliefen ein. Rhodan erwachte häufig und machte jedesmal, müde und mit schmerzenden Gliedern, einen Kontrollgang. Aber es schien alles friedlich zu sein.

Ein trügerischer Friede – denn die fliegende Stadt entfernte sich mit jeder Minute mehr und mehr von dem Punkt der Landschaft Traecthers, über dem sie vor einer Stunde mit Rhodan und Gayt-Coor zusammengetroffen war. Niemand wußte, wohin der Weg führte.

Gayt-Coor, dessen Fachgebiet sich mit den Möglichkeiten kosmischer Verständigung beschäftigte, öffnete und schloß mehrmals die dünnen, fast unsichtbaren Nickhäute über seinen Doppel-Facettenaugen. Das Bild, das er unter sich – allerdings nur undeutlich – erkannte, war erstaunlich. Aber Gayt-Coor schwieg und wartete auf die Reaktion seines Partners.

Der Petraczer blickte durch das Glas des geschlossenen Helmes. Sie befanden sich in einer Flughöhe von mehr als achttausend Metern. Unter ihnen lag nun, nachdem sie vor sechs Stunden die leere fliegende Stadt verlassen hatten, ein riesiger Ausschnitt der Planetenoberfläche.

»Ich glaube, dort unten befindet sich eine höchst interessante Sache«, meinte Rhodan plötzlich. Er sprach leise und konzentriert. Seine Stimme kam aus den kleinen Lautsprechern nahe den Saurierohren des Petraczers.

»Ich erkenne von hier aus nur eine Wasserfläche«, stimmte Gayt-Coor zu.

»Sonst nichts?«

Auf einem anderen Bildschirm kondensierten sich langsam verschwommene Massen kleiner Punkte. Es waren die Ausstrahlungen von Verfahrenskrüppeln. Gayt-Coor hatte nichts anderes erwartet.

»Doch. Eine gewaltige Menge Bevölkerung. Sie scheinen dort in dem riesigen Klumpen zu wohnen.«

Rhodan lachte leise und, wie es schien, etwas triumphierend. »Das scheint Nuprel zu sein. Oder zumindest eine ähnlich große Stadt. Was sagen Ihre Informationen, Partner?«

»Wir müssen näher heran. Er ist noch immer hinter uns?«

»Ja.«

Sie schwiegen wieder. Es war fast bewiesen, daß auch der Unbekannte längere Zeit in der verwüsteten fliegenden Stadt zugebracht hatte. Als sie sich wieder in der Luft befanden – diesmal in weitaus größerer Höhe und mit voll eingeschalteten Versorgungsanlagen der geschlossenen Fluganzüge –, bemerkten sie sein Echo. Er *war* langsamer als sie, und er schien im Augenblick nicht vorzuhaben, die beiden Männer anzugreifen.

»Nuprel ist nach meinen Informationen«, begann Gayt-Coor und verglich seine Ausführungen mit dem Bild, das unter ihnen lag und sich immer erstaunlicher gestaltete, »eine annähernd kreisrunde Stadt mit einer Ausdehnung, die auffallend groß ist. Rund fünfzehn Kilometer Durchmesser. Sie sieht aus, als ob sie mit einer Säge aus der Planetenkruste herausgeschnitten worden wäre. Es könnte sich hier um Nuprel handeln. Tatsächlich!«

Die Stadt mußte erst vor kurzer Zeit abgestürzt oder gelandet sein. Sie war im Norden von einer gewaltigen Wasserfläche umschlossen, die gierig zwei Arme nach Osten und Westen ausstreckte und immer mehr vorzurücken schien. Dann sahen sie es deutlicher: Die Stadt war in das Bett eines alte Flusses gestürzt. Das Wasser wurde aufgestaut, brandete gegen die Felsen und die Gesteinsschichten und stieg immer höher.

»Ein erstaunliches Bild«, meinte Rhodan.

Er sah es jetzt ziemlich genau. Aus der obersten Kruste des Planeten war eine gigantische, annähernd kreisförmige Fläche herausgesägt worden. Es sah aus, als habe man mit einer Stichsäge die Felsen bearbeitet.

Diese Basisschicht war einige Kilometer dick, darauf erhob sich die Stadt mit ihren Wohntürmen, mit kleinen und großen Gebäuden, mit Straßen, Brücken und kleinen Hügeln. Blind starrten die Fensterhöhlen, und viele Gebäude waren eingestürzt. Nichts wuchs auf den Trümmern.

»Vermutlich ist es doch Nuprel!« stimmte Gayt-Coor zu. »Es deckt sich mit meinen Kenntnissen: Die Stadt ist zum Teil von PGT-Geschädigten bewohnt.«

Sie schlugen, ungeachtet ihres hartnäckigen Verfolgers, einen Kreis ein und gingen tiefer.

»Der Verfolger ... vielleicht suchte er auch nur die Stadt«, sagte Gayt-Coor plötzlich.

»Mag sein«, gab Rhodan einsilbig zurück.

Noch während sie angestrengt nach unten blickten und versuchten, interessante und aufschlußreiche Einzelheiten auszumachen, lief ein Beben, eine langweilige Erschütterung, durch die Stadt. Wieder stürzten Gebäude ein, wieder erhoben sich Wolken aus Schutt und Staub in die Luft. Dann hob sich ein Teil der Stadt um einige zehn Meter. Eine Ecke der riesigen, unförmigen Scheibe blieb auf dem Boden, der andere Teil wurde hochgestemmt. Einige Sekunden lang machten unbekannte Maschinen den Versuch, die Stadt aus dem Wasser zu heben. Dann fiel der Koloß wieder hinein. Eine gewaltige Flutwelle breitete sich nach drei Seiten aus.

»Starke Energieortung!« rief Rhodan. »Offensichtlich schwere Maschinen und Anlagen.«

Die Zeichen auf dem Schirm waren ungleichmäßig und zeigten starke Maxima und ebenso tiefe Minima.

»Die Stadt Nuprel ist abgestürzt. Und sie versucht, wieder aufzusteigen«, sagte Rhodan unruhig. »Das wird unseren Versuch nicht leichter machen können.«

Trotz des Halbdunkels der immerwährenden Dämmerung waren die Ereignisse faszinierend. Sie spielten sich in einem Maßstab ab, der die Vorstellungskraft mehr als gewohnt strapazierte.

»Das Echo des Verfolgers?« erkundigte sich Gayt-Coor, der seinen Blick ebenfalls nicht von dem gewaltigen Schauspiel losreißen konnte.

Rhodan befragte seine winzigen Ortungsgeräte und sagte: »Ja. In sicherem Abstand. Er betrachtet offensichtlich auch den Koloß dort unten.«

»Durchaus verständlich, würde ich sagen. Uns geht es nicht anders.«

Jetzt schwebten sie direkt über dem Zentrum der zerfallenen Riesenstadt. Sie waren sicher, die sagenhafte Stadt Nuprel gefunden zu haben. Die riesige Anlage kämpfte mit allen Mitteln, wieder vom Boden loszukommen.

Wieder hob sich die Stadt langsam hoch, diesmal an der entgegengesetzten Seite. Das Wasser flutete weiter und ergoß sich schäumend und mit einem lauten Zischen, das sogar in dieser Höhe von den Außenmikrophonen aufgefangen wurde, in die gewaltige Vertiefung.

Langsam hob sich auch das andere Ende der Felsenplatte. Wieder wankten einige Gebäude, und andere stürzten in einem Hagel von riesigen Mauerbrocken und Platten in sich zusammen. Gebannt beobachteten die beiden Partner das Geschehen. Die Stadt Nuprel starb langsam – und sie wehrte sich mit allem, was sie besaß, gegen den Tod, der nur noch eine Frage der Zeit war.

»Und dort unten müssen wir suchen!« brummte Gayt-Coor. Die Vorstellung schien ihm keinerlei Vergnügen zu bereiten. Noch immer schwebte der Verfolger weit hinter ihnen und rührte sich nicht.

»Es bleibt nichts anderes übrig.«

Langsam und zögernd wuchtete sich die Stadt höher und höher. Es sah aus, als würde sie sich nur um Millimeter aus der Vertiefung heben, die sie mit ihrem ungeheuren Gewicht in das Flußbett gegraben hatte. Das Wasser flutete von drei Seiten in die Vertiefung; binnen kurzer Zeit füllte sich das leere Flußbett wieder. Das monströse Stück Erde mit der riesigen Stadt darauf schwebte langsam und nahezu senkrecht aufwärts. Dann, nach einer qualvoll langen Weile, begann sie sich nach Süden zu bewegen.

»Wenn jetzt die Maschinen wieder versagen ... oder die Steuerungen«, murmelte der Petraczer leise. »Nicht auszudenken.«

Rhodans Arm deutete nach Norden. Dort sahen sie einige Krater, die sich in einer wild geschwungenen Reihe bis an den verschwimmenden Horizont erstreckten. Waren dies die Spuren der Stadt? Atemlos sahen sie weiter zu, wie die Stadt langsam nach Süden abdriftete. Die Geschwindigkeit war nicht größer als die eines schnell gehenden Fußgängers und aus dieser Höhe nur daran zu erkennen, daß sich bestimmte Punkte der Bauwerke gegenüber den Linien des verwüsteten Landes langsam verschoben.

Die Stadt schwebte weiter und entfernte sich sehr langsam von der unruhigen Wasserfläche. Jetzt konnten sie erkennen, daß ein riesiger Wald tief in den Boden gepreßt worden war, an beiden Ufern des ehemaligen Flusses. Die Gewächse waren wie ein altes Mosaik zu einer festen Masse geworden; nur einzelne Umrisse waren noch zu erkennen. Brandend schlug das Wasser an die Ufer und bildete strudelnd einen riesigen Kessel, ehe es sich mit gierigen Zungen in das alte Flußbett stürzte. Ein riesiges Gebiet war überflutet worden.

»Wir müssen in die Stadt hinein«, sagte Gayt-Coor schaudernd. »Und sie kann jeden Augenblick wieder abstürzen. Das ist noch lebensgefährlicher als die Auseinandersetzung mit unserem zurückhaltenden Freund dort!«

Er deutete mit dem Finger auf den Verfolger, der als winziger Punkt unter ihnen schwebte und ebenfalls zusah, wie die Stadt schneller wurde und den Ort hinter sich ließ, an dem sie abgestürzt war.

»Vielleicht stürzt sie in den nächsten Stunden endgültig ab«, beschwor ihn Rhodan.

»Das wäre eine Lösung unserer Probleme«, stimmte Gayt-Coor zu.

Die Eindrücke in der Planetenoberfläche beweisen, daß sich Nuprel schon seit einiger Zeit auf diese Weise fortbewegt, dachte Rhodan.

Trotzdem standen die meisten Bauwerke der Stadt noch, anscheinend unversehrt oder nur ein wenig zerstört. Die vielen Energieechos bewiesen, daß sehr viele und energiestarke Maschinen liefen – diese schwerfällige Ruine war einmal die größte Stadt und die bestausgerüstete Schaltstation des Planeten der Yulocs gewesen.

Die anderen Ortungsgeräte zeigten mit unfehlbarer Deutlichkeit an, daß es dort unten noch Leben gab, ziemlich viel Leben sogar: die Geschädigten, die Verfahrenskrüppel. Wenn sie bisher diesen wahnsinnigen Weg der Stadt durch die Luft und über Land überstanden hatten, dann waren auch die Gefahren, in die sich Gayt-Coor und er stürzen mußten, nicht in dieser Form lebensgefährlich.

»Steuern wir hinunter?« schlug Rhodan vor.

Sie hatten die Wahl, die Stadt in der ewigen Dämmerung zu besuchen oder in der vollkommenen Dunkelheit der Nacht.

»Ich schlage vor, wir warten noch etwas«, gab der Petraczer zurück. Er wollte abwarten, ob nicht sein Partner – dem er deswegen keinesfalls mißtraute! – etwas von seinen verborgenen Plänen aufdeckte.

»Einverstanden.«

Die Plattform änderte abermals ihren Kurs und zog jetzt, in noch geringerem Bodenabstand, ihre weiten Kreise über der Stadt. Gleichzeitig driftete sie mit der gleichen Geschwindigkeit nach Süden wie Nuprel.

Etwa eine halbe Stunde verging.

»Der Unbekannte dort wird uns folgen!« sagte Rhodan. »Sollten wir nicht versuchen, ihm zuvorzukommen? Vielleicht gelingt es uns, ihn flugunfähig zu schießen und aufzufangen?«

Energisch schüttelte der Petraczer den runden Kopf. »Nein!« sagte er nachdrücklich.

»Warum nicht?«

»In den Ruinen und unten in der Stadt gibt es mehr Gelegenheiten dafür. Es ist immerhin auch möglich, daß er seine Absicht, uns zu töten, eventuell aufgegeben hat.«

Zu seinem Erstaunen entgegnete Rhodan: »Genau das wollte ich auch vorschlagen. Ich bin interessiert daran, ihn lebend zu schnappen. In einem Luftgefecht würden wir ihn vermutlich töten.«

»Das ist auch meine Meinung.«

Merkwürdig, überlegte Gayt-Coor. *Ich hätte gewettet, daß mein Partner eine ganz andere Meinung haben würde. Aber er scheint wirklich diesen Fremden als Gefangenen haben zu wollen.*

Dann sahen sie, wie abermals ein Schütteln durch die Stadt lief. Sie glaubten, die Arbeitsgeräusche der Antriebs- und Antigravmaschinen bis hierher zu hören. Wieder wehrte sich der technische Organismus von Nuprel, aus der Luft fallen zu müssen. Dann aber verwandelte sich der langsame Flug der Stadt in eine sanfte Abwärtskurve. Höchstens einhundert Meter hoch war die Stadt über dem Planetenboden geschwebt, jetzt senkte sie sich wieder. Unter ihr waren ein schmales Tal voller Gewächse und einige kleine, runde Hügel.

»Eine interessante Art, sich fortzubewegen«, stellte Rhodan fest. »Es wird sich so schnell nichts ändern. Verankern wir unsere Plattform irgendwo – dann gehen wir auf die Suche!«

»Einverstanden.«

Die Stadt fiel. Sie setzte zuerst mit dem »Heck« auf und planierte einen Hügel, der an der Basis einen Durchmesser von mehr als drei Kilometern hatte. Das offene Erdreich, das mitsamt sämtlichen Pflanzen und einer Schicht Lehm und Felsen weggeschabt wurde, bildete eine helle Wunde in der dunklen Umgebung. Jetzt hörten sie ein mißtönendes Geräusch, eine Mischung zwischen Donnern, Explodieren und kreischenden Schreien. Auch das Vorderteil der Stadt senkte sich wieder und lag auf einem anderen Hügel auf.

Wieder wurde Wasser gestaut, diesmal das eines kleinen Baches, der sich zwergenhaft gegen die Stadt ausnahm und irgendwo im Erdreich versickerte, ohne einen See zu bilden.

»Wie viele Stunden haben wir noch diese seltsame Dämmerung?« erkundigte sich Rhodan.

Er steuerte den Gleiter auf einen größeren, rechteckigen Platz nahe dem absoluten Zentrum der Stadt zu.

»Bis zum Einbruch der Dunkelheit sind es noch sieben Stunden«, war die Antwort.

»Vielleicht finden wir bis dahin etwas von dem, was wir suchen!« sagte

Rhodan und sah sich konzentriert nach einem Landeplatz um, der einigermaßen geschützt war.

»Was meinen Sie zu der Terrasse dort?« Rhodan deutete auf einen weiten Vorsprung, der bereits vom Geröll eines zusammengebrochenen Gebäudes bedeckt war. Keine größere Mauer, keine Treppe oder Rampe war in unmittelbarer Nähe.

»Einverstanden. Was, meinen Sie, wird unser Freund tun?«

Rhodan antwortete: »Er wird die seltsame Bevölkerung Nuprels zu aktivem Widerstand gegen zwei Eindringlinge aufrufen.«

»Das eröffnet schöne Perspektiven, Partner«, schloß der Petraczer grimmig!

Die Plattform senkte sich in einer eleganten Kurve, flog eine Runde um den Platz und landete dann auf dem Geröll. Perry Rhodan steuerte sie zwischen einige größere Brocken aus Füllstoff, Trägerwerk und Winkelelementen, so daß die Tarnung einigermaßen gut war. Als sie die Geräte abgeschaltet hatten und aufstanden, die schußbereiten Waffen in den Händen, hatten sie das deutliche Gefühl, beobachtet zu werden.

Tausende Augen schienen sie aus allen Hausruinen, aus jedem Loch und jedem Winkel anzustarren, schienen jede Bewegung zu registrieren und weiterzugeben. Und aus der Luft näherte sich der Unbekannte, der die Absicht hatte, sie ohne Warnung zu töten. Aber auch sie beide waren erfahrene Jäger.

19.

»Es wird immer gespenstischer!« sagte Gayt-Coor leise.

Er lehnte sich dicht neben Rhodan an eine Mauer und betrachtete lauernd und mit glitzernden Augen die Straße, die sich nach beiden Seiten erstreckte. Sie waren bisher noch nicht angegriffen worden, obwohl sie insgesamt fünf Gebäude untersucht hatten.

»Manchmal freut man sich über jede Minute, die man geschenkt bekommt. Das Leben ist kostbar, Freund«, antwortete Rhodan und dachte an seinen Zellaktivator ... irgendwo auf Terra.

»Sie lauern hier! Das spüre ich direkt körperlich«, murmelte der Petraczer und sah sich abermals um. Die Waffe in seiner Hand war bereit, tödliche Blitze zu verschießen.

»Ich auch!«

Sie beide waren einigermaßen ausgeruht, aber ihre Nerven schienen zu vibrieren. Ein Wirrwarr unbekannter, teilweise zerstörter, zum anderen Teil erhaltener Gebäude verschiedenen Aussehens, unterschiedlicher Größe und in allen Stadien des Zerfalls erstreckte sich rund um sie. Ununterbrochen durchliefen schwere Erschütterungen die Kruste, auf der die Stadt stand. Oder vielmehr wankte. Sie hatten Schatten gesehen und Bewegungen, aber nicht ein einziges Mal waren sie gezwungen gewesen, sich zu wehren. Und gegen herunterfallende Dachteile gab es ohnehin keinen Schutz außer dem einzigen, den sie besaßen: die eingeschalteten starken Schutzschirme ihrer Anzüge.

»Weiter!« sagte Rhodan. »Dieser Turm sieht so aus, als wäre er ein technisches Bauwerk, Er unterscheidet sich von den anderen Wohnbauten.«

»Mit Vergnügen!« sagte Gayt-Coor lakonisch.

Sie stießen sich von der Mauer ab und gingen auf das turmartige Bauwerk zu, das sich schräg gegenüber befand, etwa dreihundert Doppelschritte entfernt. Verschüttete Rampen führten zu einem großen Eingang hinauf.

»Wir sollten unsere Kräfte schonen. Fliegen wir!«

»In Ordnung!«

Sie schalteten die Aggregate ein und schwangen sich in die kühle Luft der Zone dicht über dem Boden. Für einige Sekunden schien es Rhodan, als sei er in einen bestimmten Luftzug geraten, der seine Sinne umnebelte. Oder war es ein unhörbarer Ruf eines längst ausgestorbenen Wesens? Er fühlte einen leichten Schwindel, als sei er durch einen Transmitter gegangen. Aber dieses Gefühl verschwand ebenso schnell, wie es aufgetaucht war.

Sie landeten vor dem Eingang und drehten sich um. Unter ihnen waren Bewegungen. Kleine, kaum sichtbare Gestalten huschten zwischen den Trümmern herum. Sie sahen aus wie Rhodans Körper, aber irgendwie schien von ihnen ein bizarrer Ausdruck auszugehen. Sie waren kaum zu erkennen und verschwanden, wenn sie den Blick der Männer auf sich spürten. Aber diese Bewegungen waren jetzt überall. Sie bildeten förmlich einen Halbkreis, in dessen Zentrum sich der Turm befand.

»Wir werden umzingelt«, stellte Rhodan sachlich fest. Vermutlich besaßen die Angehörigen der Geisterarmee keine Waffen, denn sonst hätten sie den Befehlen ihres Herrschers gehorcht und angegriffen. Oder wollte der Fremde das gleiche wie Rhodan?

Gayt-Coor knurrte bissig: »Wahrscheinlich sollen wir nicht mehr getötet, sondern nur festgenommen werden. Was halten Sie davon?«

»Nichts«, sagte Rhodan hart. »Es würde unsere Bewegungsfreiheit erheblich einschränken.«

Der Petraczer lachte leise. »So ist es. Aber ob wir hier Unterlagen finden, die Sie suchen – das ist mehr als zweifelhaft.«

»Ich weiß darüber weniger als Sie. Denkbar wäre es – und wünschenswert ist es auch. Los!«

Sie gingen durch den Eingang und schalteten, zum erstenmal seit Tagen, ihre starken Scheinwerfer ein. Sie sahen, was sie zu sehen erwartet hatten: die Spuren von Jahrhunderten, in denen nichts anderes geschehen war als der fortlaufende Verfall der Stadt. Langsam und mit unendlicher Vorsicht schwebten sie über die dicke Schicht aus Moder, Trümmern und abgelagertem Schmutz. Hier lebte nichts und niemand mehr.

»Ziemlich hoffnungslos!«

»Allerdings. Aber es gibt auch hier geschlossene Türen und Portale, die seit Jahrhunderten nicht mehr geöffnet worden sind!«

Sie befanden sich in einem kleinen Saal. Er war, abgesehen vom Geröll, vollkommen leer. Zwei Rampen führten nach oben. Dort lief eine breite Galerie rund um den Raum. An den Wänden waren noch schwache Spuren von Dekorationen und Malereien zu erkennen. Einzelne Steine blinkten im Scheinwerferlicht auf, als bestünden sie aus Edelmetall.

Geradeaus befand sich eine breite Tür, die seltsam geformt war und einen dünnen Spalt weit offenstand. Als Gayt-Coor und Rhodan näher kamen und die Lampen drauf richteten, sahen sie, daß vor dem Spalt ein keilförmiges Stück des Bodens fast staubfrei war.

»Luftzug. Er wehte ständig hier herauf!«

»So ist es!« sagte Rhodan. »Ein vorläufiges Ziel. Vielleicht finden wir dort einen Stadtplan.«

Gayt-Coor stieß ein hohles Kichern aus und schüttelte den Kopf. Dann war er an dem niedrigen, breiten Portal und spannte seine Muskeln. Er riß und zerrte an der linken Hälfte der Tür, während Rhodan sich umdrehte, die Lampe ausschaltete und dann, als er Bewegungen zu sehen glaubte, den vollen Lichtschein gegen die Außentür richtete.

»Verdammt!« knurrte er.

Hinter der Barriere aus Trümmern war ein Wesen aufgetaucht, das nur noch wenig Ähnlichkeit mit einem Yaanztroner hatte. Der Pelz war dort, wo er durch die nachlässige, fast zerlumpte Kleidung schien, bleich und fast leuchtend. Das Wesen war schmächtig und ausgemergelt und sah krank aus. Es starrte mit riesengroßen Augen ins Licht, dann machte es einen erstaunlich schnellen und weiten Satz und verschwand wieder im Dunkeln. Nur ein paar rollende Steinbrocken zeigten Rhodan, daß er keiner Sinnestäuschung unterlegen war.

Im gleichen Moment hörte er hinter sich ein Keuchen, dann ein reißendes, schleifendes Geräusch. Die Tür bewegte sich in ihren Schienen oder

Vertiefungen, glitt voll zurück und schlug mit einem donnernden Krachen gegen die Wand.

Gayt-Coor atmete schwer aus. Auf seiner Stirn standen leuchtende Tropfen.

Rhodan senkte die Lampe. »Sie beobachten uns!« sagte er.

»Es wird erst gefährlich, wenn sie angreifen«, korrigierte der Petraczer. »Kommen Sie. Ich habe wenig Lust, hier die nächsten Jahre zu verbringen.«

Rhodan lächelte und antwortete halblaut: »Wenn ich es mir recht überlege – ich eigentlich auch nicht.«

Vor ihnen lag ein Korridor, der gerade nach unten führte, mit einem Gefälle von weniger als dreißig Grad. Langsam schwebten sie nach unten. Einmal sah Rhodan etwas, das wie ein Schalter wirkte, aber nur aus einer Vertiefung in der Wand bestand. Er legte seinen Finger in das Loch und erlebte staunend mit, daß sich mit knackenden Geräuschen ein Teil der Decke erhellte – ein Wunder, daß die Beleuchtung noch funktionierte.

»Das läßt mich hoffen!« sagte Gayt-Coor und schwebte weiter abwärts. Sie wurden schneller, kamen an das Ende des Korridors und wichen nach links aus. Dort entdeckten sie weit voraus, in einem Stollen, ein anderes Licht. Sie wußten beide, daß ein Großteil der technischen Versorgung Nuprels noch voll arbeitete, sonst hätte sich die Stadt keinen Millimeter heben oder gar weiterschweben können.

»Riskieren wir es, Gayt?« fragte Rhodan. »Vielleicht läßt sich aus dem Verlauf von Leitungen oder Schaltungen die Verteilung innerhalb der Stadt erkennen? Schließlich suchen wir die Hauptspeicher oder einen Fleck, an dem sich das astronomische Wissen der Yulocs befindet.«

Gayt-Coor schwieg.

Rhodan drehte sich im Flug um, aber niemand folgte ihnen. »Gayt-Coor!« sagte er laut.

»Ja?« Der Petraczer setzte die Geschwindigkeit weiter herauf.

»Sie haben eben so reagiert, als würden Sie mir Absichten unterstellen, die ich nicht habe. Wir haben vor diesem Unternehmen versprochen, ehrlich und fair zusammenzuarbeiten. Was bedrückt Sie?«

Etwas mürrisch sagte Gayt-Coor: »Ich glaube Ihnen, daß Sie nichts anderes suchen als wichtige Daten, um Ihre Heimat wieder erreichen zu können. Daran besteht für mich kein Zweifel. Ich glaube Ihnen auch, daß die Gefangennahme dieses Verfolgers und seine Befragung uns einen Vorteil bringen würden. Aber, verdammt, warum haben Sie nicht nach dem Verfahrenskrüppel geschossen? Es wäre für die anderen eine Warnung gewesen.«

Seit der Diskussion – oder besser dem Versuch einer Unterhaltung über ein mehr als heikles und delikates Thema – über die Geburtenmenge und die Möglichkeit, Geburtenkontrolle zu betreiben, wußte Rhodan, daß es starre und stark wirksame Tabus innerhalb der Galaxis Naupaum gab. Daß dieser kluge und harte Mann vor ihm ebensolche Tabus beherzigen mußte, war klar.

Aber diese Fragestellung überraschte Rhodan. Er fing sich blitzschnell und fragte zurück: »Warum hätte ich diesen Bedauernswerten erschießen sollen?«

»Denken Sie an den Schwarm der Geschosse und an unser vernichtetes Raumboot.«

Rhodan sah, daß sie sich einer gläsernen oder jedenfalls durchsichtigen Wand näherten, die scheinbar lückenlos den Stollen gegen die Lichtquelle hin abschloß. Sie hatten unter der Stadtoberfläche mindestens einen Kilometer zurückgelegt.

Etwas spöttisch meinte Rhodan: »Glauben Sie, genau dieser Geschädigte hat den berühmten Schalter gedrückt?«

»Nein. Aber je weniger dieser unsichtbaren Heere es gibt, desto sicherer kommen wir wieder aus der Stadt heraus. Inzwischen hat der Unsichtbare unsere Spur aufgenommen.«

»Dort, woher ich komme, tötet man nicht grundlos. Im Kampf und aus Selbstverteidigung – ja. Aber nicht grundlos. Und ich hätte diesen Krüppel grundlos erschossen. Schließen wir einen anderen Pakt, ja? Ich rühre nicht an Ihre Tabus, und Sie lassen mir meine Tabus, auch wenn sie nach Ihrer Meinung sinnlos sind. Einverstanden?«

Der andere nickte.

Sie landeten dicht vor der riesigen durchsichtigen Wand. Dahinter herrschte jene Art von Halbdunkel, die für Schaltanlagen und Maschinensäle charakteristisch war: Schwärze, die von einzelnen Lichtinseln unterbrochen wurde. Die Lichter flackerten alle, auch die Reste der Beleuchtung in dem Korridor. Vor ihnen befand sich eine Schottanlage aus demselben durchsichtigen Material, deren Scheiben halb zerbrochen waren. Es schienen Verkantungen der Rahmen aufgetreten zu sein, die das Material halb zerstört hatten. Aus diesen Spalten kam heiße Luft und strich an den Männern vorbei.

»Hinein?« fragte Gayt-Coor.

»Selbstverständlich.«

Einige Fußtritte und ein wütender Anprall des Petraczers bahnten ihnen eine Gasse. Sie stolperten in den Saal hinein. Lampen flammten auf. Sie erkannten, daß sie sich bereits im gewachsenen stabilen Fels des Untergrundes befanden. Hier waren sie in einer Pumpenstation gelandet. Nur war nicht klar, was die riesigen Pumpen durch die Rohre mit dem verhältnismäßig gigantischen Durchmesser preßten. Rhodan schwebte langsam zwischen den querliegenden Säulen umher und richtete seinen Scheinwerfer in alle Richtungen.

»Hier ist ein anderer Ausgang!« rief er. Seine Stimme hallte laut und hohl von den bearbeiteten Felswänden zurück. *Ein eigentümliches Volk, diese Yulocs, die zur Meditation und zum »betrachtenden Leben« solche Vorkehrungen hatten treffen müssen. Mobiles Wohnen mit ungeheurem technischen Aufwand,* durchfuhr es Rhodan. Er mußte grinsen und sah zu, wie Gayt-Coor startete und zu ihm heraufflog.

»Das wird meine Freunde stören!« versprach die Echse. »Versuchen wir diesen Ausgang. Diesmal hatten wir kein Glück. Aber es gibt keine charakteristische Form für ein Gebäude, das eine astronomische Bibliothek enthält. Glauben Sie es mir!«

Rhodan schlug ihm hart auf die Schulter. »Ich brauche Ihnen nicht zu glauben. Ich weiß, daß Sie hundertprozentig recht haben. Die Suche wird schwierig werden.«

Sie landeten auf einer Galerie, öffneten, teilweise durch Energieschüsse, ein halbes Dutzend Türen und befanden sich schließlich in einem dunklen Schacht, der steil nach oben führte. Bisher hatten sie noch keine einzige Treppenstufe erblickt.

Unruhig sagte der Galaktologe: »Ich spüre es! Wenn wir oben auftauchen, werden wir angegriffen.«

Eine Entscheidung bahnte sich an, das spürten sie beide in unausweichlicher Gewißheit. Sie hatten sich direkt in den Machtbereich des Verfolgers begeben; wer immer es war, er würde versuchen, sie hier zu stellen. Mehreren Angriffen hatten sie in einer Mischung aus List, Glück und Taktik entkommen können – hier würde die Entscheidung fallen. Rhodan hatte den Fremden in eine Position locken wollen, in der es ihm nicht schwerfallen würde, ihn gefangenzunehmen. Der Unbekannte würde seinerseits dasselbe versuchen, unterstützt von seinen lichtscheuen Heeren aus der Stadt Nuprel.

»Gayt«, begann Rhodan, als sie weit voraus das Ende der unterirdischen Verbindung erkannten. »Wir erreichen in wenigen Augenblicken die Oberfläche. Dort werden wir erwartet. Sie werden angreifen. Haben Sie einen bestimmten Plan? Ich habe keinen.«

Nach einigen Sekunden Zögern sagte der Petraczer: »Ich sah während des Anflugs ein rundes Gebäudes. Es trug unverkennbar den Charakter eines wichtigen Bauwerks, das übergeordneten Aufgaben gewidmet ist. Ziehen wir uns dorthin zurück. Die Verfahrenskrüppel und erst recht unser Freund werden wissen, daß ein Angriff auf dieses Gebäude die Funktionen der Stadt restlos zerstören kann. Das ist der Punkt größter Sicherheit, den ich augenblicklich kenne. Begriffen, mein Freund?«

»Ich habe begriffen. Zeigen Sie mir das Gebäude, wenn noch Zeit dazu ist!«

Der Stollen endete hier. Sie öffneten eine kleine Pforte neben der von Geröll verklemmten großen Schottür und waren wieder im Freien, unter dem merkwürdigen Himmel, der aussah, als wolle jeden Augenblick ein fürchterliches Gewitter losbrechen. Und als sie das Gebäude durch die geborstenen Fenster eines hoch oben liegenden Raumes fliegend verließen, sahen sie, daß sie umstellt waren. Sie befanden sich im Zentrum einer ungewöhnlichen Arena.

»Es wird ernst!« sagte Rhodan. Seine Muskeln spannten sich; er war bereit, sich gegen die Übermacht zu wehren.

Der erste Schuß wurde aus der Hausfront gegenüber abgegeben und riß mehrere Quadratmeter der Verkleidung von der Mauer über ihnen. Sie stiegen durch den Schleier aus Staub und prasselnden Mauerbrocken und versuchten, aus der Falle zu entkommen.

»Höher hinauf!« brüllte Gayt-Coor über Funk. Auf den Schutzschirmen zeichneten sich blendende Lichterscheinungen ab.

Ihre Flugaggregate arbeiteten mit voller Kraft. Aber sie befanden sich am Boden der Stadt, und das kleine Gebäude war von mindestens einem Dutzend riesiger hoher Häuser umgeben. In jeder Fensterhöhle schien einer der Verfahrenskrüppel zu sitzen. Sämtliche Arten von Geschossen flogen auf sie zu. Am drohendsten jedoch wirkte der Verfolger, der hundert Meter über ihnen schwebte und eine überschwere Zweihandwaffe auf sie richtete.

Dann feuerte er.

Die erste Welle des Bombardements verebbte langsam. Das kleinere Gebäude, das sie eben verlassen hatten, brannte an allen Ecken und stürzte langsam, in einer Serie kleinerer Zusammenbrüche, in sich ein. Eine pilzförmige Wolke erhob sich vom Grund des zylinderförmigen Platzes und verdunkelte den Raum zwischen den mehr als zehn Hochhäusern. Durch diese Wolke schwebten Gayt-Coor und Rhodan schnell aufwärts und feuerten ununterbrochen nach allen Seiten.

Während sie zu fliehen versuchten, merkten sie, daß die Stadt abermals darum kämpfte, vom Boden loszukommen. Sie schien ihre technischen Muskeln zu spannen wie ein gigantischer Organismus. Einige Gebäude wurden erschüttert, und zwischen den Schüssen, den Detonationen und den Geräuschen, mit denen Gebäudeteile zusammenbrachen, hörten Rhodan und Gayt-Coor die Entsetzensschreie der Geschädigten. Die beiden Schutzschirme verloren kurzzeitig wieder ihr Glühen, dann verließen die Gefährten die schwarze Wolke und waren in der freien Luft.

Zwei Feuerstrahlen aus der Waffe des Unbekannten trafen auf die Schirme und warfen Rhodan und Gayt-Coor durch die Luft. Die Aggregate heulten auf, aber sie überschlugen sich und torkelten davon, krampfhaft bemüht, die Kontrolle wiederzuerlangen.

»Greifen Sie den Fremden an!« rief Rhodan.

Gayt-Coor schickte dem Verfolger eine Kette von Blitzen entgegen, die ihn blendeten und ebenfalls zurückschleuderten. Von unten feuerten die Geschädigten. Die Luft rund um den Platz begann zu kochen. Tausende kleiner Detonationen waren sichtbar und warfen flackerndes, grelles Licht nach allen Seiten. Ein Gewitter tobte, vom Donner der Abschüsse untermalt.

Sie stiegen immer höher und wandten sich in die Richtung des runden Gebäudes, das ein schwach leuchtendes Metall- oder Kunststoffdach hatte. Es war ein guter Orientierungspunkt.

»Gut so!«

Die meisten Schüsse verfehlten ihr Ziel. Aber ununterbrochen wurden die Schirme erschüttert. Energie, die abgeleitet werden konnte, ließ breite Feuerbahnen entlang den Kugeln entstehen.

Jetzt hatte auch Rhodan seine Fluglage stabilisiert. Er richtete die Waffe auf den hilflos schwebenden Verfolger und feuerte langsam und gezielt. Jetzt rettete der Schirm des Verfolgers sein Leben – ein Kampf, der noch immer völlig unentschieden war. Aber es lag nicht in der Absicht Rhodans, seinen Gegner zu töten. Er wollte ihn lebend. Jedenfalls war dessen Waffe schwerer und stärker.

Sie schwebten jetzt auf das ferne Gebäude zu.

»Niedriger! Ich habe geschützähnliche Waffen gesehen!« keuchte Rhodan und regulierte das Flugsystem neu.

»Ich auch! Hier entlang!«

Sie rasten im Bogen aus der Luft hinunter, schwebten haarscharf an einem flachen Dach entlang und gingen tiefer. In der Deckung einer Reihe zerfallener Mauern flogen sie nach Osten. Dort glänzte schwach das runde Dach neben den drei auffallenden Türmen, die wie schlanke Pylonen aussahen. Schweigend legten sie, verfolgt von mächtigen Strahlen aus den Geschützen, eine längere Strecke zurück. Als sie sich umdrehten, sahen sie, daß der Verfolger sich wieder gefangen hatte und sie mit äußerster Geschwindigkeit verfolgte.

»Achtung, über uns!« rief Gayt-Coor plötzlich.

Eine Formation fliegender Häuser flog langsam hinter ihnen her. Drei Inseln, winzige Einheiten auf kleinen, ellipsenförmigen Bodenplatten, bildeten ein Dreieck und schwebten hundert Meter über den höchsten Gebäuden dahin, genau nach Osten. Sie verdunkelten einen Augenblick lang den Gewitterhimmel und flogen weiter, schneller als die drei Kämpfenden. Das Halbdunkel verschluckte sie, als sie den Rand Nuprels erreicht hatten.

Eine Minute später veränderte sich der Horizont. Wieder wuchtete sich die sterbende Stadt hoch. Dieses Mal schafften es die Maschinen, sie ohne wesentliche Erschütterungen gleichmäßig hochzuheben. Man sah nur wenige Gebäude wanken und noch weniger Ruinen einstürzen. Nur einige Fassadenplatten wölbten sich nach außen und segelten, sich mehrmals überschlagend, von den Spitzen höherer Gebäude nach unten und zerschellten auf dem Grund der Straßen und Plätze. Wind kam auf.

Die Stadt wurde schneller. Schneller als bisher, glaubten Rhodan und Gayt-Coor. Sie sahen dicht vor sich das riesige Gebäude und gingen abermals tiefer. Das Geschütz hatte es aufgegeben, sie treffen zu wollen; die Mannschaft, die es bediente, sah ein, daß der Schußwinkel den Versuch sinnlos machte.

Der Wind wurde stärker. Ein anderer, neuer Fehler in den Steuerungsanlagen beschleunigte die Stadt. Wie lange würden die Maschinen dieses Tempo aushalten? Rhodan und Gayt-Coor hielten sich jetzt im Schatten von Gebäuden und kamen in kleine Wirbel und harte Luftstöße, die ihre Geschwindigkeit verlangsamten. Hin und wieder zuckte ein Schuß des Verfolgers auf – aber auch er schien nicht mehr um jeden Preis daran interessiert, sie töten zu wollen.

Gayt-Coor ächzte: »Er will uns lebend, und wir wollen ihn nicht töten. Das Spiel wird immer interessanter.«

»Sie sagen, was ich denke.«

Die Stadt flog jetzt etwa zweihundert Meter über dem Boden dahin. Rhodan konnte sich die Verwüstungen vorstellen, die diese sterbende Siedlung auf dem Planeten hinterlassen hatte. Der Dunkelschirm verhinderte ein natürliches Wachstum aller Pflanzen, weil sie das Sonnenlicht brauchten und seit Jahrhunderten mehr und mehr ausstarben oder verkümmerten. Eines Tages würden jedoch die Projektoren des Dunkelschirms ausfallen, und dann würde der sich schlagartig ausbreitende Dschungel die Reste der Yuloc-Kultur überwuchern.

Sie ließen sich fallen und fingen sich wieder einige Meter über dem Bodenniveau ab. Ein schneller Rundblick und das Ausbleiben eines jeden Angriffs zeigten ihnen, daß die Bewohner dieser Stadt noch nicht bis hierher vorgedrungen waren und sie erwarteten.

»Ich kenne die Bedeutung dieses Zeichens!« rief Gayt-Coor plötzlich. Sein Arm deutete auf ein verblichenes, halbzerstörtes Mosaik über dem runden Eingang in dem Riesengebäude.

»Was bedeutet es?«

Sie schwebten dicht auf dem Boden über das Geröll und das helle Moos, das hier überall wucherte. Fetzen von schwarzen Flechten hingen von den Stümpfen ausgedorrter und modernder Bäume. Der Fahrtwind heulte durch eine enge Straße und trieb Staubschleier mit sich.

»Energie! Vielleicht ist dies hier eine Schaltstation oder etwas Ähnliches!«

»Vielleicht.«

Das Tor, eine mächtige Anlage aus einzelnen metallenen Platten mit einer feinen Gravur, war verschlossen. Auch als der Echsenabkömmling versuchte, seine erstaunlichen Körperkräfte einzusetzen, bewegten sich die Platten um keinen Millimeter.

»Wir müssen sie aufschießen.«

Gayt-Coor widersprach mürrisch: »Das wird unzweifelhaft unseren Verfolger hierherlocken.«

Rhodan grinste kalt und entgegnete leise: »Das ist es, was ich will. Wenn es wirklich eine Kraftstation ist... Aber warten Sie ab! Ich verfolge eine bestimmte Idee.«

Die Entladungen der Waffen rissen in die Metallflächen ein riesiges Loch, das groß genug war, um einen Gleiter hindurchzulassen. Vorsichtig schwebten sie hindurch, und nur ihre Schutzschirme berührten die ausgezackten Ränder des weißglühenden Metalls. Sie kamen durch einige verwaiste Gänge und kleinere Säle, die in einer geradezu überraschend guten Verfassung waren. Schaltelemente, Diagramme und Verteiler, kleine, kastenförmige Elemente, in denen eine Unmasse Kabel verschwanden, Uhren und Skalen vor leeren Sitzen ... also doch *Energie.*

Leicht gereizt, unruhig durch den ungewissen Ausgang dieses Experiments, erkundigte sich der Petraczer: »Wollen Sie die Stadt beleuchten oder abstürzen lassen? Oder noch schneller machen?«

Rhodan lachte laut. Alle Gefahren schienen vergessen. »Keineswegs. Ich möchte nur unseren geheimnisvollen Freund in eine Lage bringen, in der er sozusagen nackt vor der Wahrheit steht. Kommen Sie – wir müssen nach den energieerzeugenden Maschinen suchen.«

»Ich verstehe nichts.«

»Ich erkläre es Ihnen, während wir suchen. Vermutlich befinden sich die Energieerzeuger tief unten in der Felsplattform, auf der die Stadt erbaut wurde.«

»Meinetwegen.«

Eine gewisse Gesetzmäßigkeit herrschte überall. Das wußte Rhodan; auch in der Galaxis Naupaum unterwarfen sich Anlagen wie diese einem Schema, das wohl für jede Technik eines jeden raumfahrenden Volkes galt. Die Anlagen hätten auch auf Terra stehen können oder auf anderen Planeten des Imperiums. Nur die Bedeutung von Farben und Schaltelementen war anders, und viele der Anordnungen der Geräte verwirrten ihn. Aber je weiter sie vordrangen, desto mehr nahm die Zahl der Schaltelemente ab. Die Luft wurde wärmer, und das Brummen noch unsichtbarer Maschinen verstärkte sich. Rhodan erklärte seinem Partner, was er beabsichtigte. Schließlich, als er seinen Plan entwickelt hatte, befanden sie sich in einer riesigen Höhle. Sie war annähernd halbkugelförmig aus dem Felsen geschnitten und zweifellos das Zentrum der Energieerzeugung.

»Beeindruckend«, kommentierte Gayt-Coor. »Warten wir ab, ob Sie mit Ihrem reichlich kühnen Plan Erfolg haben!«

»Ich bin überzeugt davon!«

Sie hatten ihre Anzüge geöffnet und die Flugaggregate abgeschaltet. Im Rücken den offenen Eingang in diese Halle, gingen sie langsam auf das Kontrollpult im Zentrum vielfarbiger, summender Blöcke zu. Das Pult war beleuchtet – vermutlich arbeiteten die Lampen seit Jahrhunderten, ohne daß sie einmal ausgeschaltet worden waren. Einige Minuten vergingen; der Durchmesser der Halle, die ohne jeden Pfeiler und Stützelemente war, betrug rund eineinhalb Kilometer.

»Bedenken Sie, daß auch wir in einer Falle sitzen?« erkundigte sich der Petraczer, als sie sich schwer gegen die zahlreichen Schaltelemente lehnten. Er erkannte, daß ein einziger Hochenergieschuß hier das Inferno entfachen würde.

»Ja. Jeder, der sich hier befindet, sitzt gewissermaßen in der Falle. Nur ein Wesen, dessen Verstand besser ist als der von uns beiden, würde uns hierher *nicht* folgen.«

»Sie haben recht. So ist es.«

Sie warteten. In diesen Minuten dachten sie beide über die Stadt nach, über die Bilder und Ereignisse der letzten Stunden und Tage. Sie waren die einzig wirklich lebenden Wesen in einer sterbenden Welt.

Die fliegenden Inseln würden abstürzen wie viele Konstruktionen, die vor ihnen den gewitterdunklen Himmel über Traecther bevölkert hatten. Auch die fliegenden Städte mit all dem Wissen ihrer ausgestorbenen Bewohner würden sich in den Boden des Planeten bohren. Die Zeit war unbarmherzig: Sie würde jedes Zeugnis dieses rätselhaften Volkes auslöschen, eines Tages würden auch die Verfahrenskrüppel verschwunden sein.

Und das gespeicherte Wissen, die Frucht unzähliger Jahre und die mühsam gewonnenen Erkenntnisse aller nur denkbaren Geisteswissenschaften und naturwissenschaftlichen Disziplinen – auch sie würden vergessen werden. Der Dschungel oder ein Beben, ein ausbrechender Vulkan oder andere geologische Veränderungen würden sie für immer zerstören. Und damit auch die letzte Spur dieses Volkes auslöschen.

Das Murmeln des Petraczers schreckte Rhodan aus seinen Überlegungen. »Bleiben Sie hier stehen, Ich werde Sie decken. Sie bilden den Köder.«

»Ausgezeichnet!« dankte Rhodan.

Der Felsensaal lag in einem diffusen Zwielicht. Riesige Energieleiter verschwanden in isolierten Schächten und breiteten sich strahlenförmig durch die gesamte Stadt aus. Sie versorgten zweifellos auch die Maschinen, von denen Nuprel jetzt mit beachtlicher Geschwindigkeit durch die Luft getragen und geschoben wurde. Das Summen klang vertrauenerweckend, aber die Krater in der Planetenoberfläche bewiesen, daß dies eine Täuschung war. Knackend und tickend arbeiteten die Schaltelemente, die sinnlose Energieströme leiteten. Vollautomatische Einheiten nahmen die Schaltungen vor. Auf den Sitzen und den Armaturen lag eine dünne Schicht feinen Staubes.

Gayt-Coor zischte aus dem Halbdunkel: »Er kommt!«

Rhodan nickte und hob die Waffe. Er blieb hinter einem Sessel stehen und blickte in die Richtung des Eingangs. Dort tauchte zuerst der Helm des Fluganzugs auf, dahinter undeutlich die Gesichtszüge eines Yaanztroners.

Dann richtete sich die Mündung der schweren Waffe auf Rhodan. Perrys neuer Körper holte tief Luft, dann rief er laut: »Schießen Sie nicht! Warten Sie!«

Als erstes Zeichen senkte er den Lauf der Waffe, ließ aber seinen Energieschirm eingeschaltet. Er hatte in fehlerlosem Nauparo gesprochen.

»Warum sollte ich warten?«

Der Oberkörper wurde sichtbar, dann schwebte der Verfolger langsam in den Raum herein. Rhodan hatte diese Situation provoziert, aber er wurde sekundenlang unsicher. Die Stimme, die aus den Außenlautsprechern des Anzugs gedröhnt hatte, klang energisch und ähnlich erbarmungslos wie die Gayt-Coors.

»Weil ein einziger Hochenergieschuß in diesem Raum ein Chaos anrichten kann. Er würde die Stadt zerstören und Ihre Untergebenen töten. Denken Sie daran. Ich will verhandeln.«

Der Verfolger kam näher. Er schwebte auf den Boden zu und blieb etwa hundert Meter vor Rhodan stehen. Ein Schuß, von ihm abgefeuert, würde von Rhodans Schirm abgelenkt werden und in die Schaltelemente fahren. Ein Schuß Rhodans hingegen konnte den Energieerzeuger treffen, der das Innere der Stadt in eine glutflüssige Hölle verwandeln könnte.

»Verhandeln?« kam die dunkle, scharfe Stimme des anderen Mannes. Er kam mit vorsichtigen Schritten näher und blickte nach rechts und links.

»Richtig. Was mir nicht schwerfallen sollte«, erwiderte Rhodan hart.

Er ging ein mehr als gewagtes psychologisches Spiel ein. Er wußte es, und er hatte es so geplant. Aber er war weit davon entfernt, es gewonnen zu haben. Rhodan blickte dem Verfolger entgegen. Jetzt hatte er ihn und Gayt-Coor eingeholt.

»Worüber verhandeln?«

»Notfalls über mein Leben!« sagte Rhodan. »Legen Sie die Waffe weg. Sie ist hier sinnlos geworden.«

Er selbst senkte den Lauf des eigenen Strahlers weiter, bis er neben seinen Füßen zum Boden deutete.

»Es scheint, daß Sie recht haben, Fremder!« Der Verfolger lehnte die schwere Waffe gegen den Maschinenblock. Rhodan schaltete seinen Schutzschirm aus und steckte seinen Strahler in die Gürteltasche.

»Ich komme Ihnen entgegen!« rief er leise.

Der andere deutete in die Richtung, in der sich Gayt-Coor aufhielt. »Um so leichter, als Ihr Partner dort drüben lauert. Also gut – ich werde verhandeln. Wer sind Sie?«

Er schaltete ebenfalls seinen Schutzschirm aus. Der stämmige Petraczer kam aus dem Hintergrund. Er war und blieb mißtrauisch; er hatte seinen Abwehrschirm nicht desaktiviert und richtete die Waffe auf den Fremden.

»Was Sie über Energieschüsse gesagt haben, gilt auch für Ihren Freund«, sagte der Unbekannte.

»So ist es!«

Rhodan hob die Hand und bat dann Gayt-Coor, die Waffe wegzustecken. Sie standen sich gegenüber und schwiegen. Schließlich klappte auch der Fremde seinen Helm zurück und schaltete die Leistung seiner Anzugsversorgung kleiner.

»Wer sind Sie?« fragte er abermals.

»Das ist eine lange Geschichte. Ich bin ein Heimatloser, der nicht nur nach seiner Heimat sucht, sondern nicht einmal weiß, wo sie ist.«

»Das kann ich nicht ganz verstehen.«

Rhodan musterte den Fremden, der jetzt keine zehn Meter vor ihm stand, aus zusammengekniffenen Augenlidern. Er begann zu ahnen, daß auch dies kein echter Yaanztroner war. Irgendwie wirkte er entschlossener und härter. Und Rhodan ahnte ebenfalls, daß auch dieser Mann nach etwas suchte.

»Ich habe diese Verständigung erzwungen«, begann er etwas leiser und entspannte sich geringfügig. »Also ist es natürlich, wenn ich Ihnen sage, was wir hier suchen.«

Der andere kam näher und lehnte sich wie Rhodan gegen eines der Steuerpulte. »Ich höre aufmerksam zu, obwohl Sie beide offensichtlich meine Gegner sind.«

»Das kann sich ändern«, knurrte Gayt-Coor. Rhodan warf ihm einen Blick zu, der seine Überraschung ausdrückte.

»So ist es. Wir sind auf Traecther gelandet, um die Stadt Nuprel zu suchen.«

Der Fremde nickte mehrmals. »Ich auch!«

Gayt-Coor zuckte zusammen. Er starrte in die riesigen Augen des anderen und erkannte, daß er die Wahrheit sagte.

»Das paßt alles nicht zusammen!« sagte er erbittert, »Lügen Sie nicht. Die Sache ist zu ernst.«

Der Mann neben ihm drehte den Kopf langsam zu Gayt-Coor herum und warf ihm einen langen Blick zu. Der Petraczer schwieg verwirrt.

Der andere Yaanztroner sagte: »Ich bin nicht das, was ich zu sein scheine. Ich bin ein fremdes Gehirn, ein anderes Ego in dem Körper eines Yaanztroners.«

Rhodan zuckte zusammen, starrte den Unbekannten an und kam dann näher. »Das ist nicht möglich!« flüsterte er.

Niemand konnte glauben, was hier eben gesagt worden war. Die drei Männer schwiegen und starrten einander voller Unglauben an. Gayt-Coor wurde unruhig und kam näher heran, stellte sich neben Rhodan, als erwarte er von ihm Hilfe und Aufklärung.

»Das bedeutet ...«, fing Rhodan zögernd an.

»Ja. Das bedeutet, daß mein Gehirn in einen fremden Körper verpflanzt wurde.«

Gayt-Coor warf diesmal Rhodan einen nachdenklichen Blick zu, schwieg aber.

»Meines auch«, sagte Rhodan langsam. »Ich bin demnach hier ebenso fremd wie Sie. Obwohl es den Anschein hat, daß wir Ihnen den Weg nach Nuprel gezeigt haben. Ist es so?«

»Sie haben recht. Ich glaube, ich muß folgendes erklären: Ich bin schon seit einiger Zeit auf dem Planeten. Ich suche nach bestimmten kosmischen Daten.«

Gayt-Coor grinste breit. »Wir auch. Und deswegen haben Sie unser Raumboot vernichtet? Mit einem einzigen gezielten Schuß!«

Der Fremde schüttelte bedauernd den Kopf. »Ich wollte es nicht. Ich wollte fliehen. Und bei dem Versuch, das Schiff zu entern, habe ich es zerstört. Ich überschätzte die Wirksamkeit des Schutzschirms. Habe ich Ihnen ernsthafte Schwierigkeiten bereitet?«

Rhodan nickte. »Die Untertreibung der Galaxis. Sie haben nichts anderes getan als unseren Start verhindert. Mehr nicht. Berichten Sie uns, weswegen Sie sich zum Herrscher über die Verfahrenskrüppel gemacht haben?«

»Warum nicht? Ich hatte genügend Zeit, es zu tun. Mehrere Gründe. Zunächst eine Form von Mitleid. Ich und sie ... wir stecken in derselben Lage. Sie brauchten meine Hilfe. Ich gab ihnen eine Reihe von Tips, Hinweisen und Gedanken – vielleicht werden sie hier in den Ruinen sogar überleben können. Tut mir leid, daß ich Ihnen die Rückzugsmöglichkeit genommen habe. Sind wir jetzt drei Gefangene dieses verrottenden Planeten?«

»Nicht unbedingt«, sagte Gayt-Coor. »Aber wir werden uns auf einige Tage Wartezeit gefaßt machen müssen. Ich entnehme Ihrer Schilderung, daß auch Sie nicht wissen, wo Ihre Heimat zu finden ist. Vielleicht kenne ich den Namen dieses Planeten oder des Systems. Ich bin Verbindungsoffizier für fremde Völker.«

Der Fremde sah Gayt-Coor an und schüttelte dann niedergeschlagen den Kopf. »Ich fürchte, das können Sie nicht. Mein Gehirn stammt aus einer anderen Galaxis.«

Rhodan hob die Hand und unterbrach, obwohl er noch damit beschäftigt war, diese Erklärung zu verarbeiten.

»Ich werde Ihnen jetzt berichten, wer ich bin und woher ich komme. Und was wir hier suchen. Bei unserem Freund Gayt-Coor liegt alles viel einfacher – er ist hier zu Hause. In dieser Galaxis ...«

»... die den Namen Naupaum hat. Ich bitte um Ihre Erzählung. Das ist wohl sinnvoller.«

20.

Es war ein Schock.

Zwei Wesen mit fast identischen Schicksalen trafen sich ausgerechnet in dieser uralten Energiezentrale, nachdem sie sich gegenseitig fast umgebracht hatten. Eine Ironie dessen, was Schicksal genannt wurde und in diesem Fall wohl von dem kosmischen Schachspiel zwischen ES und Anti-ES stammte.

Der Fremde namens Rhodan war dem ehemaligen Verfolger völlig unbekannt. Er hatte nicht einmal seinen Namen gehört. Das traf auch auf den Begriff Terra zu, ebenso auf die vielen Welten des Imperiums.

Jetzt verständigten sie sich. Rhodan war zum erstenmal seit der Entführung seines hirngebundenen Ichs auf ein Intelligenzwesen gestoßen, das wie auch er aus einer ganz anderen Galaxis stammte. Rhodans kurzer Lebenslauf in den beiden Yaanzar-Körpern verblüffte den Fremden.

Als Rhodan seinen Bericht beendet hatte, schwiegen die drei Männer wieder und überdachten einen Augenblick lang die Situation, in der sie sich befanden.

Dann sagte der Fremde: »Ich kenne nun Ihre Namen. Ich schlage vor, Sie nennen mich Zeno, denn mein wirklicher Name ist ...«, und hier folgte eine unaussprechliche Verbindung von Silben und Konsonanten. Er lächelte entschuldigend, seine Fledermausohren zuckten, und dann sagte er: »Wir alle aus dem Volk der Accalauries haben solche ...«

Rhodan fuhr auf. »Was sagten Sie eben?« schrie er.

Der andere erschrak und wiederholte: »Wir alle aus dem großen Volk der Accalauries haben solche unaussprechlichen Namen. Oder fast alle.«

Rhodan setzte sich langsam wieder und bedeckte sein Gesicht mit den Händen. Er stöhnte dumpf auf. Dann senkte er den Kopf, atmete tief ein und aus und erwiderte dumpf: »Das ist der härteste Schlag, den Sie mir versetzt haben, Zeno!«

Der falsche Yaanztroner stotterte verblüfft: »Warum? Ich habe es nicht beabsichtigt! Glauben Sie mir!«

Rhodan murmelte abwesend: »Ich weiß, daß die Accalauries aus Antimaterie bestehen. Wenn Ihr Hirn und Ihr Ego in einen Yaanzar-Körper versetzt werden können, so ist dies der Beweis, daß auch die Galaxis Naupaum aus Antimaterie besteht.«

Er richtete sich auf und deutete auf Zeno. »Ich weiß aber, daß ich nicht aus Antimaterie bestehe. Unser gesamtes Bezugssystem besteht aus regulärer Materie, die sich also antagonistisch zur Antimaterie verhält! Ich kenne die Accalauries. Ich bin mehrmals mit ihnen zusammengetroffen. Wir haben komplizierte Schutzeinrichtungen herstellen müssen, um uns nicht gegenseitig zu vernichten. Ich beginne zu ahnen, daß ich für den Rest meines Lebens aus meiner Milchstraße verbannt bin und auch bleiben werde.«

Seine Gedanken überschlugen sich, führten einen wilden Reigen auf.

Anti-ES!

Das Spiel, in dessen Verlauf er nur eine winzige und unwichtige Figur darstellte, hatte zu seinen Ungunsten entschieden. Ebenso, wie Kol Mimo nur ein Werkzeug übergeordneter Mächte gewesen war, galt auch für

Rhodan ein Gesetz, das er nicht brechen konnte: Anti-ES hatte ihn nicht nur an einen Ort geschickt, von dem es anscheinend kein Entkommen gab, weil hier niemand wußte, wo die heimatliche Galaxis der Terraner lag.

Und weil zweitens diese Galaxis, in der er gefangen war, aus Antimaterie bestand. Der rätselhafte Transmitter im Eis des Südpols mußte auch die physikalischen Schranken überwunden und Rhodans Gehirn in ein solches aus Antimaterie verwandelt haben. Auf den technischen Wegen, von denen er, Perry Rhodan, gewisse Ahnungen hatte, war die Rückverwandlung nicht möglich.

Er mußte also auf ein Wunder warten!

Er hob den Kopf und bat leise: »Erzählen Sie uns Ihren Irrweg bis hierher. Sie kennen jetzt mein Schicksal. Sie wissen, daß ich hier nach Unterlagen suche, die mir die Rückkehr ermöglichen sollen.«

Mitfühlend und leise sagte Zeno: »Wie ich auch. Hören Sie gut zu. Vergessen Sie die Körperform unseres Volkes. Ich besitze sie nicht mehr, weil mein Ego in diesem Körper ist. Mein Verstand, der sicher nicht der schlechteste ist, hat mich davor bewahrt, wahnsinnig zu werden. Natürlich weiß ich, was unter den Begriffen ›Galaxis‹ oder ›Milchstraße‹ zu verstehen ist.

Ich kann mich auch an Erkundungsflüge erinnern, die vor mehr als zwei Jahrzehnten in der Galaxis stattgefunden haben, aus der Sie, Rhodan, stammen. Ich verstehe jetzt, warum Sie meine Anwesenheit hier so erschreckt hat – ich kenne schließlich meine eigenen Gefühle.

Ich begreife auch die Kluft, die uns voneinander trennt – in unserem Normalleben, in unseren gewohnten Bezugsräumen. Jetzt ist diese Kluft für Sie überbrückt worden. Zu Ihrem Nachteil offensichtlich.

Ihre Theorie stimmt, denn sonst wäre ich bei meiner Ankunft hier explodiert und hätte als Grabmal einen tiefen Krater oder einen zerstörten Planeten hinterlassen.

Nun zu mir. Ich bin seit ungefähr zwei Jahren hier, also seit rund achthundert Tagen nach dem Maß dieses Planeten. Hier, das bedeutet die Galaxis Naupaum. Nicht diesen Planeten Traecther.

Wir Accalauries starteten ein Hyperexperiment, das ich steuerte. Dieses Experiment schlug fehl. Ich wurde, vermutlich deswegen, weil auch Naupaum aus Antimaterie besteht, hierhergeschleudert. Ich war ohne Mittel, ohne Wissen und ohne viele Chancen. Auf der Welt, auf der ich mich wiederfand, existierte eine Gruppe von Organhändlern ...«

Gayt-Coor schlug Rhodan aufmunternd auf die Schulter und knurrte: »Diese Verbrecher sind uns allen ein Begriff.«

»Ich verstehe. Es waren yaanztronische Händler. Ich konnte mit ihnen einen Vertrag abschließen. Ich konnte ihnen eine Menge technischer und wissenschaftlicher Erkenntnisse bieten, die für sie so wertvoll wie bares

Zahlungsmittel waren. Ich wurde also nach Yaanzar gebracht und dort auf eine gefährliche und verbotene Art in den Körper eines eben verunglückten Yaanztroners verpflanzt.«

»Auch das ist uns bekannt. Das Verfahren, nicht die Tatsache, daß es auf Sie angewendet wurde!« fuhr Rhodan bitter fort und erinnerte sich nicht ohne Schaudern an seine eigenen Erlebnisse und daran, daß noch immer Erinnerungen und lebende Zeilen eines fremden Gehirns, eines anderen Verstandes zu ihm gehörten, zu seinem neuen Körper.

Der Accalaurie erzählte weiter: »Und dann passierte, was ich insgeheim befürchtet hatte: Die Verbrecher betrogen mich. Nachdem ich all mein technisches Wissen übergeben hatte, wurde ich betäubt und hierhergebracht. Ich bin seit etwa eineinhalb Jahren hier. Ich bin gewissermaßen das jüngste Mitglied der vielen Lebewesen, die hier dahinvegetieren und die Opfer mißlungener PGT-Verfahren sind. Und ich schaffte es ziemlich leicht, diesen Unglücklichen das Leben zu erleichtern. Nur die Anlage, die den Dunkelschirm projiziert, fand ich nicht. Ich suchte wie Sie auch die legendäre Stadt Nuprel. Dank Ihrer Hilfe habe ich sie gefunden.«

Gayt-Coor sagte scharf: »Vor einigen Jahren soll diese Ceynach-Gangsterorganisation restlos ausgehoben worden sein. Ich höre voller Erstaunen, daß sie noch heute existiert.«

Zeno grinste bitter und ohne jeden Humor. »Ich bin der lebende Beweis dafür, daß sie noch existiert«, sagte er. »Und was ich erlebt habe ... Sie ist nicht gerade klein und zurückgezogen.«

»Ich sehe!«

»In meinem Fall schien es sich um eine Splittergruppe gehandelt zu haben. Sie sind aber auf diesem Planeten niemals wieder erschienen. Ihr Schiff war das erste seit meiner Ankunft vor eineinhalb Jahren. Ich muß daher annehmen, daß auch diese Gruppe – wie Sie sagten – zwischenzeitlich gefaßt worden ist. Hoffentlich.«

»Das also ist Ihr Schicksal«, sagte Rhodan niedergeschlagen. Wenn dieser Mann eineinhalb Jahre lang nach einer Möglichkeit gesucht hatte, von diesem Planeten zu entkommen, fielen die Chancen dafür, daß es ihm binnen kurzer Zeit, gelang, weitaus schwerwiegendere Unterlagen zu finden, ins Bodenlose.

»Ich bin noch nicht fertig, Freunde! Ich habe natürlich auf jede nur denkbare Weise versucht, etwas zu finden, was mir jede Art von größerer Klarheit bringen konnte. Ich plünderte sozusagen die erreichbaren Archive der vergessenen Wesen hier, der Yulocs. Ich hatte von den Organverbrechern eine Menge technischer Hilfsmittel gefordert, die mich in die Lage versetzen sollten, wieder in meine Galaxis zurückzukehren. Für diesen Versuch ist kein Preis zu hoch.«

Rhodan seufzte tief. »Wie wahr!«

»Aber ich habe diese Geräte niemals erhalten. Als ich hier zu mir kam, war ich allein und ohne jedes Hilfsmittel wie zuvor. Ich besaß nur einen Körper, der nicht der meine war.«

»Immerhin«, schaltete sich der Petraczer ein, »sind Sie nicht von einem Jäger der Yaanztroner gefaßt worden. Sie sind hier in Sicherheit. Perry sieht sich demselben Problem gegenüber.«

Zeno nickte verstehend und deutete über die Schulter.

»Und als Sie beide mit dem kleinen Raumboot kamen, handelte ich. Ich sah Sie nicht mehr aussteigen, sonst hätte ich Sie angesprochen. Also mußte ich versuchen, ins Schiff hineinzukommen. Ich sah, daß der Schirm zu stark für meine kleinen Waffen war. Also holte ich aus dem kleinen Lager der Organhändler, in dessen Nähe ich aufwachte, eine hochenergetische Waffe. In den eineinhalb Jahren habe ich einige der Depots entdeckt. Ich scheine die Waffe jedoch falsch angewendet zu haben. Der negative Erfolg war deutlich.«

Rhodan glaubte ihm, aber es gab noch offene Probleme. »Und warum haben Sie, als Sie uns entdeckten, gleich geschossen?«

Der Accalaurie breitete die Arme aus und sagte entschuldigend: »Weil ich Sie für Organgangster hielt, für Angehörige der Gruppe, die mich hier ausgesetzt hatte. Ich sah ein, daß das Schiff verloren war, also hatte ich nichts mehr zu verlieren. Ich wollte mich rächen.«

Das war verständlich.

»Ich nahm bis zum Anfang unserer Unterhaltung an, Sie wären Ceynach-Organverbrecher. Das ist nun geklärt. Ich bin mit meinem Fluganzug, ebenfalls aus einem der Depots der Gangster, Ihnen gefolgt. Allerdings ist Ihre Plattform wesentlich schneller ... Sie werden es gemerkt haben. Ich ahnte, daß Sie vielleicht Nuprel suchen. Ihre Chancen waren größer, weil ich keinerlei Ortungsgeräte hatte. Auch die Geschädigten wußten nichts von dieser Stadt. Allerdings scheinen sie Möglichkeiten zu haben, miteinander zu verkehren. Ich fand hier, als ich ankam, eine bereitstehende kleine Truppe. Sie war verständigt und kannte meinen Namen beziehungsweise meine Funktion. Deswegen hatte ich so schnell gewisse Kampftruppen zusammengestellt. Ich werde sie übrigens zurückrufen müssen.«

»Das würde uns nicht ärgern. Es wäre nicht besonders gut, wenn einer von uns aus Versehen erschossen würde«, meinte Gayt-Coor mit Nachdruck.

Zeno nahm ein Funkgerät aus der Tasche und sprach hinein. Er führte eine kurze Unterhaltung, schaltete dann das Gerät aus und lächelte Gayt-Coor und Rhodan kurz an.

»In Ordnung. Wie ich annehme, haben wir dasselbe Ziel.«

»So ist es.«

»Die Unterlagen in dieser ehemaligen planetaren Zentrale zu finden, die uns einen Weg in unsere Heimatgalaxis ermöglichen?«

»Richtig!« erwiderte Rhodan. »Die Chancen sind drastisch gestiegen. Finden wir Ihre heimatliche Milchstraße, Zeno, dann kenne ich auch den Weg in meine Galaxis. Und der Weg von meiner heimatlichen Milchstraße zu Ihren Planeten ist dann auch ein winziges Problem.«

Gayt-Coor schlug vor: »Dann handeln wir also gemeinsam, nicht wahr?«

»Ja. Und nicht mehr unter Lebensgefahr. Das wird das Verfahren wesentlich beschleunigen. Können Sie, Zeno, Ihre Freunde hier fragen, wo sich das astronomische Museum, die größte Datenbank oder eine ähnliche Institution befindet?«

»Ich kann. Und ich werde. Aber ich bezweifle, ob sie es wissen. Ich versuche es sofort.«

Rhodan war erleichtert, aber jetzt, da die Lebensgefahr für sie nicht mehr bestand, kamen die alten Probleme wieder. Sie waren durch ein neues Problem bereichert worden. Es war das schwerstwiegende: Rhodans Gehirn und Körper bestanden also aus Antimaterie.

»Ich werde also tatsächlich darauf warten müssen, daß sich ein Wunder ereignet!« murmelte er.

Und er dachte verzweifelt, aber nicht ohne alle Hoffnungen: *Ich bin aus tausend Abenteuern entkommen, die alle einen Menschen umbringen konnten. Vielleicht ist auch hier das Gesetz der Serie auf meiner Seite.*

Er wandte sich an seine Begleiter und fragte laut: »Worauf warten wir?«

Als sie endlich in der Nähe des Berges angekommen waren, spürte Rhodan wieder jene Welle von Einsamkeit und geistiger Ausweglosigkeit, die ihn schon einmal erfaßt hatte. Er riß Zeno am Arm zurück und flüsterte: »Haben Sie es auch gemerkt? Wie ein Ruf! Wie eine Einladung, ins Nirwana zu versinken!«

Zeno schüttelte verständnislos den Kopf. »Nein. Ich merke nur, daß die Stadt in einem rasenden Tempo fliegt und daß es inzwischen Nacht geworden ist. Wir sollten rasten, essen und schlafen. Niemand wird uns gefährlich werden. Im Gegenteil: Die Geschädigten bewachen unseren Schlaf. Ich habe ihnen gesagt, wer ich bin.«

»Aber sie haben nicht gewußt, wo wir die Daten finden können!« rief der Petraczer.

»Warum sollten die Krüppel das wissen? Ihr Interesse richtet sich aufs Überleben, nicht darauf, fremde Galaxien zu entdecken. Unter einem Himmel, an dem man nicht einmal die Sonne, geschweige denn einen Stern sieht, ist dies eine unrealistische Forderung.«

»Schon gut!« brummte der Galaktologe. »Ich bin mitunter etwas impulsiv.«

Sie waren durch die Stadt zu der Flugplattform zurückgeflogen. Dort hatten sie die Vorräte ausgepackt und gegessen. In einigen Teilen belebte sich die Stadt Nuprel, aber es war noch immer ein verstecktes, angsterfülltes Leben ohne Sonne und ohne Farben. Nur selten sahen sie einen Verfahrenskrüppel.

»Wie lange haben Sie Zeit?« fragte Zeno übergangslos. Auch er hatte seine Vorräte ausgebreitet und saß am Rand der Flugplattform.

»Viele Tage. Wir warten auf ein Schiff, das uns abholen will. Wir werden es von hier aus anfunken müssen.«

»Ich verstehe. Besteht die Chance, daß Sie mich mitnehmen?«

Rhodan nickte eifrig. »Selbstverständlich. Das ist sicher kein Problem.«

Sie hatten dasselbe Ziel. Sie mußten eine Zentrale finden, in der wertvolle und wichtige astronomische Unterlagen zu finden waren. Auf diesem Weg wollten sie zunächst einmal feststellen, wo ihre heimatlichen Milchstraßen lagen. Sie hatten vor, in den nächsten Stunden und Tagen die Stadt planmäßig zu durchstreifen, wobei sich Zeno der geringen Kenntnisse der PGT-Verfahrensgeschädigten bedienen würde. Als sie fertig waren, meinte Gayt-Coor: »Wir könnten die Plattform benutzen. Sie trägt mühelos drei von unserem Gewicht, meinen Sie nicht auch, Rhodan?«

»Natürlich. Wir haben viel Zeit, aber keine Zeit zu verschenken.«

So waren sie aufgebrochen. Hin und wieder hielten sie an, und Zeno befragte einen der Geschädigten. Aber wie zu erwarten, waren die Auskünfte dürftig und brachten nicht viel ein. Sie konnten nur einige Gebäude, die man vielleicht als Museen oder Zentralen definierte, ausscheiden – es handelte sich um Bauwerke mit anderen Bedeutungen.

Jetzt, nach einigen Stunden und mindestens einem Dutzend ergebnisloser Versuche, schwebten sie langsam auf den einzigen Berg dieser Stadt zu. Noch immer bewegte sich Nuprel durch die Luft, aber die Erschütterungen deuteten darauf hin, daß die Maschinen wieder aussetzen würden. Dieses Mal aber waren Geschwindigkeit und Flughöhe beträchtlich – es würde ein Inferno geben, wenn die Stadt abstürzte, ohne zu bremsen.

»Dieser Berg würde vor Zeiten den Platz für ein Observatorium abgegeben haben«, sagte Rhodan nachdenklich. Er kauerte neben Gayt-Coor, der vor der Steuerung der Plattform lag.

»Vielleicht haben wir hier Glück!« pflichtete Zeno bei.

Die Stimmung unter diesem Himmel drückte auf die Gemüter der drei Männer. Gayt-Coor hatte nicht einen Bruchteil der Probleme Rhodans und Zenos, aber auch er spürte diese geistige Düsternis. Vor ihnen ragte der Berg auf wie eine geballte Hand mit sieben Fingern. Ein Kreis gut erhaltener Bauwerke umgab ihn, und die Reste eines uralten Waldes waren zu erkennen. Die einst hohen und mächtigen Bäume waren abgestorben und hatten Blätter und Äste verloren. Der Wind, den die Stadt selbst durch ihren Flug hervorrief, heulte und pfiff durch die Palisaden.

Treppen, Rampen und Wege führten auf den Berg hinauf. Sie waren erstaunlich leer von Geröll und Abfällen. Der Wind hatte sie leer gefegt, und die vielen Erschütterungen hatten Felsbrocken und Mauerreste weggerüttelt. Auf dem Berg, an der höchsten Stelle, befand sich ein Bauwerk, das wie ein halbiertes Ei aussah; aus hellem Stein gemauert, der ebenfalls von der Zeit geschwärzt und von Moosen und Flechten bewachsen war.

»Warum haben Sie eigentlich trotz eineinhalbjähriger Suche die Stadt Nuprel nicht finden können, Zeno?« erkundigte sich Gayt-Coor.

»Aus mehreren Gründen, denen ich jetzt noch einen hinzufügen muß. Wie schon erwähnt, besaß ich weder die guten Ortungsgeräte, die Sie haben«, er deutete auf den Satz von Instrumenten rund um die Steuerung der Plattform, »noch hatte ich eine Ahnung, an welcher Stelle des Planeten ich sie zu suchen hatte; schließlich ist mein Fluganzug kein Raumschiff oder Luftgleiter. Weiterhin wußten die Geschädigten, mit denen ich lange sprach, den Kurs der Stadt nicht. Sie kannten nur eine Menge von Legenden und Märchen. Und endlich habe ich nicht gewußt, daß sich die Stadt im Sprungverfahren fortbewegt.«

Hinter ihnen ließen die Erschütterungen einige Mauern einbrechen. Ein Rätsel war, warum die Felsenplatte, auf der Nuprel ruhte, noch nicht auseinandergebrochen war.

»Das ist einleuchtend«, kommentierte Rhodan.

Sie flogen langsam weiter. Ihr Kurs beschrieb einen Kreis um den Fuß des Berges, der die Stadt um weniger als zweihundert Meter überragte. Jedes einzelne Gebäude untersuchten sie, mehr oder weniger flüchtig, auf seinen ehemaligen Verwendungszweck.

Nach einigen Stunden, nachdem ihre Augen von dem grellen Licht der Scheinwerfer zu schmerzen begannen, faßte Zeno die Feststellungen in einer resignierten Bemerkung zusammen: »Diese Gebäude waren zweifellos Wohnungen. Aber ich muß gestehen, daß ich die Philosophie der ausgestorbenen Yulocs nicht begreife. Falls man ihr Verhalten tatsächlich als Philosophie bezeichnen kann. Ein Dunkelschirm, der das Denken und Meditieren fördert, aber den Planeten veröden und verelenden läßt, ist kein Wunderwerk, das auf besonders gute Ergebnisse der Philosophie schließen läßt.«

»Ich würde es nicht ganz so hart ausdrücken«, sagte Rhodan, »aber grundsätzlich haben Sie recht.«

Gedankengänge, die wenigstens Rhodan nahezu unverständlich waren, hatten diese Räume entstehen lassen. Eine gewisse Ähnlichkeit mit buddhistischen Meditationszentren war ferner zu erkennen – mit viel Phantasie.

»Was jetzt? Hinauf?« fragte Gayt-Coor.

»Es bleibt nichts anderes übrig. Auf alle Fälle ist dies, schon aus Größe und Lage zu erkennen, ein sehr wichtiges Gebäude. Außerdem gibt es sicher Stollen und unterirdische Säle.«

»Das ist zu erwarten.«

Wieder wuchs die Spannung. Zeno und Rhodan hatten alles zu gewinnen und kaum etwas zu verlieren. Die Plattform glitt in der nächtlichen Dunkelheit den Hang hinauf, schwebte über den Wipfeln der kahlen Bäume aufwärts. Die sechs Scheinwerfer der Plattform waren in verschiedene Richtungen eingestellt, und die Handscheinwerfer Zenos und Rhodans drehten sich, warfen ihre Strahlen auf Gebäudeteile, Wege und Rampen, auf seltsame Öffnungen im Fels und auf die gespenstische Umgebung des gestorbenen Waldes.

»Ich sage euch, wir finden hier etwas. Mein Instinkt als Jäger sagt es mir«, rief der Petraczer leise.

»Etwas finden wir. Aber was wird es sein?« murmelte Zeno. Rhodan schwieg; er hatte nur wenig Hoffnungen.

Schließlich, nach einigen weiteren Stunden der ergebnislosen Suche, fanden sie einen Eingang. Er lag am Ende einer langen Rampe, in die zahlreiche Brücken und Treppen und Straßen mündeten. Die Rampe führte kühn geschwungen nach oben und endete auf einem runden Platz. Die Plattform landete in der Mitte des Platzes, zwischen Felstrümmern und langen, bartförmigen Flechten, die im Wind flatterten.

»Wenn die Stadt plötzlich landet, dann kommt vermutlich ein ziemlicher Hagel herunter.«

»Dort hinüber!« Rhodan leuchtete eine Stelle aus, die frei von Geröll und Felstrümmern war. »Dort werden wir die Plattform abstellen. Es ist kaum zu befürchten, daß sie uns gestohlen wird.«

Sie sahen die Waffen nach, schalteten die Scheinwerfer der Plattform aus und gingen hinter den Lichtkreisen ihrer Scheinwerfer her. Einige halbzerstörte Säulen blieben hinter ihnen zurück. Die flachen Spuren waren voll Sand und Steinen, und vor ihnen war jetzt das Portal.

Rhodan leuchtete die Platten aus und wandte sich an Gayt-Coor: »Die Symbole, die Anordnung der Aufschrift ... was sagen Sie dazu? Welche Informationen haben Sie darüber?«

Auch Gayt-Coor strahlte die Türen an und konzentrierte sich auf das, was er gerade noch erkennen konnte. Schließlich sagte er mit einem deutlichen Aufatmen: »Ich glaube, wir sind richtig. Es ist offensichtlich die Hauptsteuerzentrale dieser hüpfenden Stadt.«

»Das ist erst der Eingang. Wir müssen uns auf eine lange Suche gefaßt machen.«

Rhodan lachte kurz auf und fühlte den eiskalten Wind im Gesicht. »Die Schwierigkeiten der Suche passen zu der Schwere der gemeinsamen Probleme!«

Während der nächsten Schritte spürten sie, wie die Stadt abermals erschüttert wurde und zu beben begann.

»Hinein! Die Stadt stürzt wieder ab!« schrie Zeno.

Gayt-Coor und Zeno feuerten auf die schweren Riegel, die offensichtlich in traditioneller Anordnung angebracht waren; Relikte einer fernen Vergangenheit der Yulocs. Wieder lief ein langwelliger Stoß durch die Stadt. Die Männer schwankten und hielten sich aneinander fest.

»Verdammt! Diese Riegel sind stabil!«

In den Portalen erschienen hellglühende Flächen, als drei Hochenergiewaffen ihr Ziel erfaßt hatten. Langsam schmolzen die Riegel und Scharniere auf. Von oben kam ein schwerer Hagel aus Steinbrocken und Staub. Ein Windstoß kreischte durch die kahlen Baumreste.

Dann, während die Stadt dem Boden entgegenschwebte und überall der Fels zu vibrieren begann, kippte das gesamte Tor langsam nach außen. In einigen weiten Sätzen sprangen Rhodan, Zeno und der Petraczer zurück. Mit einem donnernden Geräusch fiel die doppelte Metallplatte zu Boden.

»Los, hinein!«

Sie stürmten los. Ihre Lampen waren eingeschaltet und beleuchteten den Weg. Sie rannten über die Torflügel und in den Schutz eines Raumes, der sich weit in alle Richtungen erstreckte. Sie waren in Sicherheit – falls das Gebäude nicht einstürzte.

»Halt! Vielleicht gibt es hier so etwas wie einen Plan!« rief der Petraczer in der Dunkelheit.

Drei Scheinwerfer bewegten sich langsam und versuchten, jeden Winkel der kleinen Halle, jede Wand und jede Einzelheit sichtbar zu machen. Drei Lichtkreise wanderten über die Flächen. Auch in diesem Raum hatten geschlossene Türen den Schmutz abgehalten. Nur eine dünne Schicht weißen Staubes lag über allem und wirbelte bei jedem Schritt auf. Das ganze Gebäude bebte wie im Fieber, als sich die aussetzenden Maschinen der Stadt gegen den Absturz stemmten. Unwillkürlich drängten sich die Suchenden zusammen.

»Vielleicht funktioniert auch hier die Beleuchtung!« rief Perry Rhodan. »Versuchen wir es!«

Sie blieben in der Mitte des Saales stehen und suchten nach Schaltern oder Bauelementen. Nichts war zu sehen. Aber dann vereinigten sich die hellen Kreise und ließen die harten Schatten hervortreten. Vier gleich aussehende Eingänge oder Ausgänge zeichneten sich im Hintergrund der Halle ab.

»Halt, Freunde!« sagte Gayt-Coor scharf, als Rhodan und Zeno auf die rechteckigen Öffnungen zurennen wollten.

»Was gibt es?«

»Wenn die Stadt abstürzt, sind wir hier, in der Nähe des Ausgangs, am sichersten. Warten wir noch etwas.«

Der Accalaurie murmelte: »Guter Vorschlag. Er hat recht, Rhodan.«

Sie blieben stehen und blickten hinaus zum Ausgang. Sie sahen nur einen geringfügigen Unterschied in der Dunkelheit; hier war es noch finsterer, noch trostloser als draußen. Die riesige Felsplatte zitterte noch immer und senkte sich dem Boden entgegen. Bange Sekunden vergingen. Sie wagten nicht, zu sprechen oder laut zu atmen. Ihre Nerven waren zum Zerreißen gespannt. Jeden Augenblick konnte die Stadt einen Berg rammen oder ins Meer fallen.

Plötzlich ging ein harter Stoß durch den Boden. Die Männer wurden von den Füßen gerissen und fielen in den Staub. Unterdrückt fluchte Gayt-Coor. Das alte Gebäude ächzte und stöhnte. Steinbrocken verschoben sich, und ein Regen von Staub und messerscharfen Steinsplittern fiel von der Decke. Hustend und würgend versuchten die Männer, wieder auf die Füße zu kommen. Ein zweiter, weniger harter Schlag schleuderte sie wieder zurück. Durch das offene Portal kamen furchtbare Geräusche herein. Krachend barsten Mauern, brachen Brücken zusammen, stürzten Gebäude ein.

»Hinaus!« schrie Rhodan.

Sie torkelten über den Boden, der plötzlich ein deutliches Eigenleben entwickelt hatte, auf das dunkelgraue Viereck zu. Staub wehte hinter ihnen her und schwebte als Wolke aus dem Gebäude hinaus. Vor ihnen prasselte ein Vorhang aus Steinbrocken auf die Plattform herunter, auf die Terrasse und die Treppen. Sie blieben an der Schnittlinie zwischen innen und außen stehen.

»Das war hart«, sagte Zeno kopfschüttelnd und schaltete seinen Scheinwerfer aus.

»Hoffentlich für uns die letzte Störung dieser Art«, murmelte Rhodan.

Dann hörten sie ein seltsames Geräusch. Es klang, als ob sich die Stadt auf ihr Ende vorbereitete. Die Kakophonie aus sich verbiegenden Stahlelementen, aus knirschenden Mauern und Bauteilen, aus Felsenschichten, die sich aneinander rieben, aus zusammenbrechenden Häusern und den gellenden Schreien von sterbenden oder flüchtenden PGT-Verfahrenskrüppeln bildete einen Ton, der nervenzerfetzend durch den Verstand fuhr. Dann lag die Stadt ruhig da.

Rhodan faßte sich relativ schnell und sagte halblaut: »Niemand kann behaupten, daß uns die Suche einfach gemacht wird. Je länger ich darüber nachdenke, desto deutlicher wird es: Die Suche nach unseren Informationen, Zeno, gestaltet sich zu einem wirren Hindernislauf. Ich kann euch nicht sagen, wie sehr ich mich nach hellem Licht sehne oder nach einem Himmel, an dem ich Sterne oder Wolken sehe!«

»Das gilt auch für mich«, versuchte ihn Gayt-Coor zu trösten. »Aber wir sind vermutlich am Ende des Irrwegs angelangt. Ich bin sicher, daß wir hier finden, was wir gesucht haben. Vielleicht nicht gerade Auskünfte, die Sie direkt in die Heimat zurückführen ...«

»Diese Enttäuschung fürchte ich!« flüsterte Zeno.

»Rechnen Sie auf alle Falle mit einer Enttäuschung. Dann trifft die Wahrheit Sie nicht so hart«, warnte Rhodan.

Sie warteten noch einige Minuten, aber nun lag die Stadt tatsächlich ruhig auf der Oberfläche des Planeten und sank langsam darin ein. Schließlich, als sich die zitternde Masse beruhigt zu haben schien, drangen sie zum zweitenmal in das Gebäude ein und entdeckten, daß die vier Ausgänge in Liftschächte führten. Es schienen kugelförmige Liftkabinen zu sein, wie eine flüchtige Inspektion ergab.

»Hier sind Schalter«, sagte Gayt-Coor und legte seine Finger in die Vertiefungen. Drei Dinge geschahen schnell hintereinander.

Die Halle wurde strahlend hell, aber die Beleuchtung brannte flakkernd und unregelmäßig.

Die vier Kabinen erhellten sich und zeigten ein verblichenes und verrottetes Inneres, das aber formschön und funktionell gestaltet war. Und zur maßlosen Verblüffung der drei Partner erklang Musik. Es war eine ruhige Melodie von großer Eintönigkeit. Sie wirkte einschläfernd. Vermutlich war sie einst Grundlage oder Erleichterung zur Meditation der Yulocs gewesen.

»Abwärts!« sagte Gayt-Coor.

21.

Langsam zwängten sie sich in eine der Kabinen. Sie waren bereit, augenblicklich die Flugaggregate der Anzüge einzuschalten, falls die Kabine mit ihnen abwärts schießen sollte.

Rhodan betrachtete die unregelmäßige, beleuchtete Folge von Ziffern, Wörtern und Symbolen und sagte schließlich: »Nicht abwärts, Gayt-Coor, sondern aufwärts. Dort oben ist auch noch etwas.«

Den Verbindungsoffizier nickte.

Ächzend und ratternd setzte sich die Kugel in Bewegung. Sie lief augenscheinlich nicht in Führungsschienen, aber welcher Mechanismus auch immer sie anhob – er arbeitete so geräuschvoll, daß sie denken mußten, er würde sie keinen Millimeter hochheben können. Aber langsam gewann die Kugel Fahrt und hielt zwanzig Meter weiter oben wieder an. Abermals lag ein dunkler Raum vor ihnen, auf dessen Boden ein rechteckiger Lichtstreifen fiel und sich in der staubigen Finsternis verlor.

Mit deutlichem Sarkasmus erkundigte sich Gayt-Coor: »Wollen Sie hier Fernrohre oder ähnliche Gerätschaften finden, Rhodan?«

Perry antwortete ruhig, aber innerlich gespannt: »Warum nicht? Die Chancen sind überall gleich gut oder gleich schlecht.«

Sie fanden die Schalter, die Beleuchtung schaltete sich ein. Der Raum war rund, annähernd kuppelförmig und völlig leer. In der Decke befand sich eine riesige runde Öffnung, die aussah, als sei sie das Unterteil einer optischen Linse. Kreisförmig, wie in einem Hörsaal, waren Ränge angeordnet. Nicht einmal einzelne Sitze waren zu erkennen.

»Nichts. Also doch abwärts!« meinte Zeno. »Versuchen wir es. Langsam werde ich mutlos.«

Die Kugel ratterte, knarrte und fauchte, aber sie glitt langsam hinunter, an dem erleuchteten Saal vorbei, und hielt mit infernalischen Geräuschen eine Ebene tiefer wieder an.

»Hoffentlich nicht wieder ein solch steriler, verlassener Raum«, sagte Gayt-Coor laut. Auch seine Nerven wurden auf eine harte Probe gestellt. Sie verließen nacheinander den Lift, während das Licht den Raum aus seinem jahrhundertelangen Schlaf riß.

»Nein!« sagte Rhodan verblüfft.

Sie hatten einen wichtigen Raum betreten. Rhodan korrigierte seine Überlegungen: Er *war* einstmals wichtig gewesen. Denn im Zentrum des kleinen Saales, der sich noch innerhalb der Mauern dieses Turmes befinden mußte, schwebte auf durchsichtigen Befestigungsstäben eine erstaunliche Konstruktion.

Offensichtlich versuchte Zeno, seine Verzweiflung mit einer Art Galgenhumor zu bekämpfen, denn er sagte nach einigen Sekunden des Staunens: »Es muß sich um ein Modell der Yuloc-Philosophie handeln, Freunde. Ebenso unerklärlich.«

Sie gingen um die durchsichtigen Platten und Kästen herum, die untereinander durch ein System von schrägen, senkrechten und waagerechten Röhren verbunden waren.

Ein Modell?

Gayt-Coor überlegte eine Weile, dann deutete er auf die vier senkrechten Röhren, die die gesamte Konstruktion durchzogen.

Er sagte: »Es ist ein Modell dieser Schaltstation. Vermutlich einmal für Besucher entwickelt, die sich sonst hier verlaufen hätten. Hier, das sind die Liftschächte. Wir sehen sogar noch die einzelnen Kugeln. Und das hier ist der Raum, in dem wir gerade stehen und dummes Zeug reden.«

Zeno und Rhodan traten näher heran. Es stimmte! Der Raum, der der dritten Ebene des Modells entsprach, enthielt eine winzige Verkleinerung des Modells. Aber die Perspektiven, die dieses Spielzeug eröffnete, waren einigermaßen erschütternd.

Die gesamte Anlage verzweigte sich, je tiefer es hinunterging, in mehrere mächtige Anlagen. Sie alle mußten sich im Fels der Stadt befinden, riesige Höhlen und Gänge, viele kleine Würfel, die Kammern oder Säle versinnbildlichten.

Gayt-Coor rief von der anderen Seite des transparenten Modells herüber: »Wir können uns die Suche erleichtern. Vorausgesetzt, die Anlage funktioniert noch. Hoffentlich verstehe ich genug von der Schrift der Ausgestorbenen!«

»Hoffentlich«, meinte Rhodan und ging um das Modell herum.

Hier waren Kontakte und Beschriftungen untergebracht, mindestens eintausend kleine Symbole. Die Männer sahen sich verblüfft an und grinsten dann.

Rhodan stieß Gayt-Coor an und sagte: »Ihre große Stunde, Partner!«

»Stunden, Rhodan, Stunden!« Er begann zu lesen.

Jedesmal, wenn er einen der Schalter betätigte, verwandelte sich ein Block oder ein Teilbereich der gläsernen Anlage in eine farbige Zone. Diese Färbung hielt einige Minuten an, dann erlosch sie wieder. Es war genügend Zeit, um festzustellen, wo sich der betreffende Abschnitt befand.

»Ich suche weiter!« verkündete der Petraczer.

Rhodan untersuchte das Modell. Es sah besonders im untersten Drittel der Anlagen merkwürdig aus. Zwischen den einzelnen Ebenen erkannte Perry eine schwammartige Substanz, die in Schichten, Scheiben und kleinen Blöcken angeordnet war. Vermutlich symbolisierte sie einzelne besondere Felsschichten. Vielleicht Gestein, das bestimmte Erze oder Elemente trug.

Rhodan richtete sich auf, spähte zwischen den gläsernen Scheiben hindurch und begegnete einem Blick aus den Saurieraugen des Petraczers, den er nur als »außerordentlich skeptisch« einordnen konnte.

»Ja?« fragte er niedergeschlagen.

Gayt-Coor wandte sich an den neben ihm stehenden Zeno und sagte: »Ich bin zu einem Drittel durch. Kein einziger Hinweis auf astronomische und astronautische Unterlagen.«

»Sie suchen weiter?«

»Natürlich. Aber dies ist tatsächlich die zentrale Schaltstation dieser Stadt. Und darüber hinaus taucht der Begriff Traecther so häufig auf, daß wir annehmen können, es ist auch die Hauptzentrale des gesamten Planeten, was viele Dinge angeht.«

»Dann sind wir also wenigstens in dieser Hinsicht sicher«, sagte Rhodan. »Wir werden Tage hier verbringen müssen.«

»Nicht, wenn wir den Bezirk finden, wo die von uns benötigten Daten aufbewahrt sind«, widersprach Zeno.

»Ich sehe, Sie sind ein Optimist«, gab Rhodan zurück.

Wieder einmal, wie schon so häufig in seinem langen Leben, versuchte er, in den Ruinen einer untergegangenen Kultur Daten zu finden, die ihm helfen würden. Bisher war der Erfolg unterschiedlich gewesen, und er hoffte brennend, daß er hier wenigstens einige Bruchstücke finden würde, die ihm den Weg zeigten. Die Sorge um seinen Körper kehrte wieder zurück. Sie war in den letzten Stunden verdrängt worden, aber jetzt quälte ihn der Gedanke. Was geschah inzwischen auf Terra und den Welten des Solsystems und des Imperiums? Was tat der fremde Verstand in seinem eigenen Körper? Vernichtete der Zellaktivator den unheimlichen Androidenverstand? Oder herrschte der Andro-Rhodan so, wie es jener Rhodan aus dem negativen Paralleluniversum getan hatte? Wie ging es den alten und neuen Freunden?

Fragen, nichts als Fragen. Seine Lage war hoffnungslos, und nur der Umstand, daß er noch am Leben war, konnte als positiv bewertet werden. Er versuchte, einen Gedanken zu finden, an den er sich klammern konnte. Vergeblich.

Plötzlich stieß Zeno einen Überraschungslaut aus. Langsam drehte sich Rhodan um und starrte in die aufgerissenen Augen des Accalaurie-Egos in einem Yaanztronerkörper. »Haben Sie etwas gefunden?«

Zeno gestikulierte aufgeregt und winkte dann Rhodan zu sich heran. Er deutete auf drei leuchtende Zeilen, von denen sein Handschuh die feine Staubschicht weggewischt hatte.

»Hier ist es!« flüsterte Zeno erleichtert. »Er hat es gefunden.«

Gayt-Coor nickte und brummte etwas Unverständliches.

»Ausgezeichnet. Was bedeutet es?« Der Petraczer las laut vor und legte seine Finger auf die Kontaktknöpfe. »Astronomie der innergalaktischen Systeme – Astronomie der außergalaktischen Systeme – Theoretische Untersuchungen über ferne Milchstraßen ... das ist alles, was wir hier finden.«

»Die beiden Begriffe! Wo finden wir die Daten?« fragte Rhodan alarmiert.

Nur die außergalaktischen Systeme interessierten ihn und auch die Untersuchungen über ferne Galaxien.

»Hier«, sagte der Petraczer und drückte die Kontakte.

Nahe den Liftschächten, etwa ein Drittel der Distanz zwischen den Schächten und dem äußeren Rand der betreffenden Ebene, leuchteten zwei kugelförmige Bezirke des Modells auf. Sie waren, laut dieser Anordnung, miteinander durch einen breiten Korridor verbunden und zugänglich durch einen langen Querstollen. Dort, ebenfalls von jener merkwürdigen schwammartigen Materie umgeben, lagerten also die Daten, die Zeno und Rhodan suchten.

Rhodan prägte sich den Weg ein. Er zählte insgesamt dreißig Ebenen, die sie im Lift überwinden mußten. Dann befanden sie sich irgendwo im Zentrum der Felsenplatte Nuprels.

Zeno hob beide Arme und studierte seinerseits den Weg, da Gayt-Coor mehrmals die Kontakte betätigte.

»Wir sind hier mehrere hundert Meter über dem Boden. Die Luft ist kalt, dünn und macht schläfrig. Legen wir eine Pause ein, oder suchen wir sofort weiter?«

Rhodan ließ seine Blicke zwischen dem Modell und den beiden Männern hin und her gehen.

»Der Unterschied von Tag und Nacht bedeutet hier nichts. Ich glaube, wir sollten eine kleine Pause einlegen. Was meinen Sie dazu, Gayt-Coor?«

»Einverstanden.«

Jetzt wurden sie etwas ruhiger. Sie hatten wieder Hoffnung. In kurzer Zeit würden sie die Informationen sichten können.

»Bleiben wir hier, schlafen und essen wir ein wenig«, schlug Zeno vor. »Ich fühle mich ziemlich abgespannt.«

Sie hatten Zeit. Es spielte keine Rolle, ob sie einige Stunden früher oder später zu ihrem letzten Versuch aufbrachen. Sie suchten sich eine Ecke des Raumes, die mit einiger Phantasie als gemütlich bezeichnet werden konnte, packten ihre Vorräte aus und legten sich dann hin. Bevor Rhodan einschlief, hatte er eine seltsame Vision. Oder war es wieder dieser unhörbare Ruf aus der Vergangenheit?

Er stürzte, halb im Schlaf und halb wach, in eine gewaltige Dunkelheit, die von den Stimmen längst gestorbener Wesen erfüllt war.

Sie waren auf eine lebensgefährliche Art und Weise mächtig und tödlich. Sie waren nicht nur Stimmen, sondern Individuen, die miteinander sprachen, dialogisierten und diskutierten. Ihre Gedanken waren unvorstellbar fremd und rührten an die Wurzeln des Lebens. Die Ideen, die Rhodan in diesem Traum auffing, waren von kosmischer Gültigkeit.

Wahrheiten, die erschauern ließen. Meditationen, die furchtbar in ihrer Bedeutung waren. Alle Begriffe, die zur düsteren Seite des Lebens gehörten, waren vorhanden und erhielten hier ihre Deutung.

Die Schmerzen ...

Rhodan warf sich unruhig herum und blieb dennoch in diesem Traum gefangen. Er wußte, daß diese Stimmen litten, daß die Träger der Stimmen längst gestorben waren und dennoch lebten.

Die Enttäuschungen ...

Eine seltsame Übereinstimmung erfüllte ihn. Sie redeten, qualvoll langsam und in einer Sprache, die jeder verstand, von den zahllosen, in die Millionen gehenden Enttäuschungen eines jeden denkenden Wesens. Die Flut der Erkenntnisse, die hier hin und her wogten wie die Wellen in der Brandung und ebensoviel – oder -wenig – ausrichteten, waren auch seine, Rhodans, Gedanken.

Der Tod ...

Einerseits endgültig, weil er die Wesen ihrer Hülle beraubte, die zugleich Last und Vergnügen war. Andererseits nur der Schnittpunkt, an dem sich der Geist vom Körper trennte. Diese Geister hier waren konserviert und offensichtlich vorhanden, denn sie duldeten den schweigenden Rhodan unter sich und diskutierten miteinander.

Wie lange schon? Immer wieder über die gleichen Probleme? Mit denselben Worten? Jede Nacht in dieser Stadt? Waren es die schwebenden Gedanken der ausgestorbenen Yulocs?

Nach Stunden wachte Rhodan gefoltert und schweißgebadet auf. Seine beiden Freunde schienen gut und tief geschlafen zu haben. Er nicht. Lange saß er wach da, überlegte und kam nur zu einem einzigen Schluß. Alle Überlegungen mündeten darin, daß sie versuchen sollten, schnell dort hinunterzufahren, die Daten zu sichten und dann diese Stadt zu verlassen. Eine Stadt voller Geister, eine todgeweihte Geisterstadt.

Beim Geräusch der Schritte, mit denen Rhodan auf das Modell zuging, erwachten Zeno und Gayt-Coor.

»Was haben Sie vor, Freund Rhodan?« fragte Zeno.

»Ich starte nach unten. Ich habe mir nur noch einmal die Lage der beiden Räume eingeprägt.«

Mühsam stemmten sich Gayt-Coor und der Accalaurie hoch. Das Schicksal hatte sie auf dramatische Weise zusammengeführt, und jetzt akzeptierten sie diese Konstellation. Alle drei waren klug genug, zu wissen, daß jeder auf die Hilfe des anderen angewiesen war. Sie akzeptierten dies und die zahlreichen anderen Verpflichtungen ohne langes Zögern und hundertprozentig.

»Sie wollen doch nicht ohne uns gehen, Rhodan?« Gayt-Coor stützte sich auf seine Waffe, als er aufstand.

»Nein!« sagte Rhodan und schüttelte den Kopf.

Wie unter dem Ansturm eines eiskalten, rasenden Windes duckten sich die Männer. Sie hörten keinen Laut, aber sie spürten alle drei gleichzeitig und mit gleicher Eindringlichkeit, daß sie jetzt, keine zwanzig Schritte nach Verlassen des Liftes, in eine neue Falle dieser rätselhaften Totenstadt gegangen waren.

Rhodan lehnte sich schwer gegen die Wand. Schweiß brach ihm aus, und seine Kniegelenke zitterten.

»Es war also kein Traum!« ächzte er erinnerungsvoll.

Als ob die Wände aus einem mehrdimensionalen Schwamm bestünden, dessen Hohlräume sich jetzt leeren wollten, überfielen Stimmen und Gedanken, Beeinflussungen und gestellte Fragen die drei Männer.

»Was ist das?« keuchte Gayt-Coor, schloß seinen Anzug und schaltete blitzschnell seinen Schutzschirm ein.

»Das ist ... diese energetisch poröse Materie, die wir für erzhaltiges Gestein ... hielten!« stöhnte Rhodan.

Der Accalaurie sagte nichts, aber die Hände, mit denen er seinen Schädel umklammerte, zeigten, daß er ebenfalls unter dem Ansturm der fremden Impulse litt.

Rhodans Gehirn war relativ unempfindlich. In diesem speziellen Fall bedeutete es nur, daß er länger und besser in der Lage war, den Impulsen zu widerstehen. Aber nicht, daß er nicht litt. Es war, als ob eine Unzahl fremder Verstandeseinheiten versuchte, Eingang in sein Ich zu erhalten.

Er holte tief Luft und sagte laut: »Freunde! Hört her!«

Gayt-Coor sah die Sinnlosigkeit seines Abwehrversuchs ein, öffnete den Anzug und schaltete den Schutzschirm wieder aus. Er drehte sich zu Rhodan um und starrte ihn verständnislos an. »Ich höre!« sagte er rauh.

»Wir haben ... oben im Modell diese schwammartige Substanz gesehen ... Ich hatte einen Traum heute, vor Stunden ... Jetzt weiß ich, es war kein Traum!« flüsterte Rhodan und wischte sich den Schweiß von der Stirn.

»Was ist es dann?«

»Die Materie hier ist Fels oder kein Fels, jedenfalls ist sie eine Art Energiezelle ... sie nimmt die Yulocs auf ... das heißt, seit vielen Jahrtausenden konserviert sich hier ein jedes Ego eines Verstorbenen.«

Langsam ging Zeno einige Schritte weiter und taumelte erneut unter dem Ansturm fremder Gedanken. Seine Schritte hallten auf dem stählernen Bodenbelag wie leichte Donnerschläge. Rollend kam das Echo vom anderen Ende des langen Stollens zurück.

»Die mentalen Ausströmungen ... die Wünsche und Gedanken? Das gesamte Ich?« fragte er deutlich.

Auch Rhodan ging weiter und winkte seinem Partner. »Es ist eine Schwammfalle. Wir haben die Ruhe der konservierten Egos gestört. Sie spüren die Nähe fremder Verstandeseinheiten. Vielleicht wehren sie sich. In diesem Fall werden wir schnell fliehen müssen.«

Sie schafften es, dem Ende des Stollens abermals zwanzig Meter näher zu kommen, ehe die nächste Welle auf sie zuströmte wie Gas, das die Sinne verwirrte.

»Wie können wir uns wehren?« schrie Gayt-Coor verzweifelt und begann zu taumeln.

»Wir können zu denken aufhören!« schlug Rhodan lakonisch vor, obwohl ihm nicht nach Ironie zumute war.

Aber er zwang sich, seine Füße zu heben und zu senken und geradeaus auf der spiegelnden Metallfläche auf das andere Ende des Stollens zuzugehen. Dort lagen die Informationen. Dort lag unter Umständen die Rettung für ihn und Zeno.

22.

Wie konnten sie sich wehren? Um sie herum waren sämtliche Wände, Böden und Decken nichts anderes als eine höchstorganisierte Datenbank, die keinerlei mechanische Teile mehr brauchte. Hier hatten unbekannte Organismen in einer noch weniger bekannten Materie, die so fest wie Stahl war und vermutlich auch die Felsenschicht der Stadt stützte, Zuflucht vor dem Tod gesucht.

Ihre Körper waren tot, vermodert und verschwunden. Aber der Geist oder die Seele – über diese Begriffe ließ sich endlos streiten, ohne daß jemals in der Geschichte Einigung erzielt worden wäre – war hier aufbewahrt. Sie besaßen Stimmen, die so durchdringend waren, daß sie sogar einen Verstand erreichten, der aus einer anderen Galaxis kam.

Hier »wohnten« Tausende Yulocs. Sie standen untereinander in direkter Verbindung, die vermutlich sogar weitaus besser war als die Kommunikation von Wesen, die auf ihre Sinne angewiesen waren und nicht telepathisch kommunizierten. Wie weit ihre Ausstrahlungen reichten, war gegenwärtig noch unklar, aber die beiden Male, die Rhodan diesen seltsamen Ruf »oben« in der Stadt gehört hatte, bewiesen: Diese lebenden Toten waren in der Lage, ihren Einflußbereich auszudehnen. Die Wände und der Boden, darüber hinaus auch andere Gegenstände – sie alle besaßen ein Eigenleben.

Sie schienen die Fremden nicht zu mögen. Aus welchen Gründen?

»Rhodan!«

Gayt-Coors Stimme klang verzerrt. Er keuchte unter der Anstrengung, seinen Willen vom Einfluß fremder Störungen freizuhalten, und ging langsam weiter. Seine Schritte waren schleppend, die Sohlen schleiften auf dem Metall. Als die drei Männer weiter vordrangen, verursachten sie einen höllischen Lärm.

»Ja? Was ist los?« rief Rhodan unterdrückt. Er litt ebenfalls unter dem Ansturm fragender und bohrender Gedanken, aber er wurde nicht gezwungen, etwas gegen seinen Willen zu tun. Noch nicht.

»Was wollen sie? Was wollen sie von uns?«

»Vermutlich ihre Ruhe. Wir stören sie!« krächzte Rhodan und schleppte sich weiter. Er drehte sich um und griff nach Zenos Arm, zog ihn mit sich.

»Aber wir wollen nichts von ihnen«, wimmerte Zeno.

Rhodan schaltete bewußt einen Teil seiner Überlegungen und Gedanken aus. Es war der Block, der sich mit ihrer Fortbewegung, dem Ziel und den daran verknüpften Hoffnungen beschäftigte. Dann, als er mit der Sicherheit eines Automaten vorwärts ging, erkannte er, in welcher Gefahr sie wirklich schwebten.

Schmerzen ... Enttäuschungen ... Tod ...

Die Welt, in der diese Egos lebten und unsichtbar handelten, war gefährlich. Es war eine philosophisch-psychologische Falle, die von der schwammähnlichen Materie gebildet wurde. Wenn es den vielen hier existierenden Yulocs gelang, die drei Suchenden in ihre Welt hineinzuziehen, waren sie verloren. Es würde ihren Tod bedeuten, denn sie wurden wahnsinnig.

Was konnte er tun? Wie konnte er sich und den beiden Freunden helfen?

Rhodan überlegte scharf. Fast jedes Problem ließ sich früher oder später durch exakte rationale Analyse lösen. Sie würden zu Gefangenen einer ihnen fremden Philosophie werden. Schon jetzt hatte das Durchqueren dieser Zone mehr den Charakter eines Überfalls von Suggestoren, von solchen Wesen, die mit dem Zustand der Trance operieren konnten. Enttäuschungen, Schmerzen und Tod würden die Folgen sein, wenn sie sich nicht dagegen wehren konnten. Unwillkürlich schritt Rhodan schneller aus, und die anderen folgten ihm.

Die Eindringlinge wurden als Gegner betrachtet, als Störenfriede, als Nichtteilnehmer an der Diskussion über ewige Werte und Gedanken an das Leben jenseits der körperlichen Auflösung. Das war der entscheidende Punkt.

Kurz bevor Rhodan sinnvoll handeln oder besser denken konnte, erfolgte der erste gezielte Angriff der Egos. Sie schlugen hart und mit abstrakter Gnadenlosigkeit zu. Erkenntnisse von grenzenloser Wucht übermannten die drei Männer. Sie sahen sich im strahlenden Licht einer Wahrheit, die von den uralten Yulocs ausgestrahlt wurde.

Sie wußten, daß sie nichts wert waren. Diese Erkenntnis lähmte sie, denn sie hatten über sich ganz andere Vorstellungen.

Sie erkannten, daß ihr Leben an einem dünnen Faden hing, der jede Sekunde reißen konnte und den diese verborgene Macht hier kappen konnte. Sie begannen zu taumeln, als sie sich der absolut fragwürdigen Sicherheit bewußt wurden, in der sie zu leben wagten.

Der Tod wurde ihnen als einzige, willkommene Erlösung dargeboten!

Ihre Gehirne brauchten nur zwei verschiedene Stufen zu beschreiten. Sie mußten sich selbst in einen Zustand versetzen, der es dem Nervensystem, kontrolliert durch die Ausstrahlungen der hier Gespeicherten, ermöglichte, sich abzuschalten. Das war das Ende.

»Nein!« kreischte der Accalaurie.

»Nicht!« wimmerte der Echsenabkömmling.

»Nicht so«, murmelte Rhodan und fühlte, wie ihm der stählerne Boden entgegenkam. Sie stürzten und blieben auf einem wirren Haufen liegen. Rhodan, dessen Gehirn einigermaßen geschützt war, sah die Gefahr auf sie zukommen.

Nur noch wenige Sekunden!

In diesen Sekunden faßte er einen Plan, der aus der Verzweiflung des Augenblicks geboren war. Er dachte zum erstenmal bewußt an die undeutliche Richtung der Masse aus fremden Egos. Er schleuderte ihnen Teile seiner eigenen, praktischen Philosophie entgegen, die eine Ebene höher angesetzt war, nämlich in der Nähe des Versuchs, zwei Egos auszutauschen, die in jeweils unbekannten Galaxien lebten.

Diesen Gedanken und sämtliche damit verbundenen Probleme, Empfindungen und Versuche schilderte er in Gedanken den Unbekannten. Er versuchte, dabei die Gedankengänge zu gehen, die verworrenen Wege nachzuvollziehen, die er mehrmals gespürt hatte. Sein Traum half ihm dabei. Er stellte eine Frage, mit der sich die Gemeinschaft der Schwammfalle noch niemals beschäftigt hatte.

Schweigen. Absolute Lautlosigkeit. Die Wände stellten übergangslos ihr Wispern ein. Sie waren vorläufig gerettet.

Rhodan zog den rechten Fuß und die linke Schulter unter den Körpern und Gliedmaßen der Partner hervor und stand schwerfällig auf. Er fühlte sich, als sei er unter eine Steinlawine geraten und einen steilen Abhang hinuntergerollt.

»He!« schrie er. »Ihr lebt noch! Los, weiter!«

Er half Zeno, auf die Beine zu kommen. Der Accalaurie-Verstand im yaanztronischen Körper hatte noch nicht ganz begriffen, was passiert war.

»Es ist ... vorbei?«

Rhodan deutete auf Gayt-Coor, und zusammen hoben sie ihn hoch und machten sich automatisch wieder auf den Weg in den nächsten kuppelförmigen Bau. Nur noch fünfzig Meter.

»Ich habe mit ihnen gesprochen. Vielmehr gedacht«, erklärte Rhodan, der auf der Zunge einen ekelhaften Geschmack spürte.

»Das gibt es nicht!« beharrte Gayt-Coor. »Diese Gehirne ... sie wollen uns vernichten.«

Rhodan erklärte hart: »Sie haben für einige Momente zumindest mich akzeptiert. Ich stand kurz mit ihnen in Verbindung.«

»Ich werde wahnsinnig. Ich hätte nicht geglaubt, daß Sie das können. Ich war sicher, daß dies das Ende ist.«

Gayt-Coor schüttelte sich wie ein Tier und stürmte weiter. Einige Sekunden später befanden sie sich in einem Kuppelraum, der eindeutig der Wiedergabe von gespeicherten Informationen diente. Alle Bildschirme, Geräte, Arbeitsplätze und Schaltungen waren diesem Zweck untergeordnet.

Rhodan erklärte leise und mit müder Stimme: »Ich habe ihnen unser Problem zu kosten gegeben. Wie bringt man zwei komplette Verstandeswesen von hier in eine Galaxis, die noch unbekannt ist, aus der diese beiden Unglücklichen aber nachweislich kommen? Welche philosophischen Probleme treten dabei auf, und wie lassen sie sich in das philosophische Muster der Yulocs eingliedern? Bei der notwendigen Länge philosophischer Auseinandersetzungen wird es einigermaßen lange dauern, bis die Freunde hier dieses Problem gelöst haben. Ich werde es merken, wenn die lautlose Unruhe wieder zunimmt. Im Augenblick sind wir jedenfalls sicher.«

Gayt-Coor saß bereits vor einem gewaltigen Pult und schaltete wie besessen. Sein vorwiegend praktisch ausgerichteter Verstand arbeitete schnell. Er wußte genau, worauf es ankam. Wenn er es nicht schaffte, dann niemand.

»Kann ich Ihnen helfen, Freund?« fragte Rhodan leise und legte seine Hand auf die gepanzerte Schulter des Petraczers.

»Indem Sie beide schweigen!« sagte Gayt-Coor. »Ich weiß Bescheid. Bleiben Sie hier.«

Rhodan unterhielt sich flüsternd mit Zeno und dankte im stillen, daß Gayt-Coor zu ihm eine derartige Menge Vertrauen hatte. Rhodan hatte erklärt, was geschehen war, und Gayt-Coor akzeptierte die Pause und glaubte fest daran, daß Rhodan auch die nächste Krise besiegen würde. Die nächste Krise, dieser Meinung war auch er, kam bestimmt.

Die Schwierigkeiten für die Yulocs lagen nicht darin, daß sie diese Problematik nicht psychologisch-philosophisch lösen konnten, sondern in der Problemstellung, die ihr bisheriges Weltbild sprengte.

Sie schienen sich tatsächlich in all den Jahrzehntausenden ihrer geistigen Evolution mit einem solchen Problem niemals beschäftigt zu haben. Es war nicht aufgetaucht, hatte sich nicht gestellt. Die Unterhaltung, die Rhodan flüsternd mit Zeno führte, sagte ihm, daß dieser fremde Verstand ebenso schnell begriffen hatte, was soeben vorgefallen war. Während die Speicher befragt wurden, während Rhodan aus dem Augenwinkel feststellen konnte, daß diese Anlagen hier tief unten im lebendigen Fels der Stadt tadellos arbeiteten, flüsterte Zeno: »Die zusammengeschaltete geistige Kraft von so vielen Egos wird es innerhalb kurzer Zeit schaffen, das Problem zu lösen. Uns interessiert die Lösung ja nicht, uns interessiert nur der Weg.«

Rhodan dachte abermals mit quälender Sorge an seinen Antagonisten, der auf Terra die Partei des Anti-ES vertrat. Wieder ein Gedanke!

Rhodan grinste zuversichtlich. Er war von diesem Gedankenblitz ebenso überrascht, wie er die Yulocs zu überraschen gedachte.

»Was dann?« fragte Zeno.

Rhodan antwortete wispernd: »Dann werde ich versuchen, ihnen ein anderes, noch weitaus überraschenderes Problem zu stellen. Diesmal eines, das tatsächlich auf einer philosophischen Waage gewogen werden kann. Ich erkläre Ihnen später, was es mit diesen beiden Begriffen zu tun hat.«

Die Bildschirme belebten sich. Sternenfotos tauchten auf. Summend, knisternd und brummend arbeiteten die Maschinen. Die Geräusche, mit denen die Handschuhe des Petraczers auf den Tasten klapperten, waren wie fallender Hagel.

»Brauchen Sie mich?« fragte Rhodan, diesmal etwas lauter.

»Ja. Sie können sich heraussuchen, was Sie brauchen. Ich habe sämtliche Speicher abgerufen, die Informationen der von Ihnen beiden benötigten Bilderfolgen und Spezifikationen enthalten. Augenblicklich suchen die Maschinen gerade in den Speichern des nächsten Saales.«

Mindestens ein Dutzend Schirme waren in Tätigkeit. Sie zeigten Bilder, deren einzelne Komponenten Rhodan und auch Zeno vertraut waren wie selten etwas. Aber keine der hier gezeigten Galaxien entsprach der gesuchten Wirklichkeit.

»Rhodan ... ich muß Ihnen eine Mitteilung machen, die Sie vermutlich nicht freuen wird«, sagte Gayt-Coor und wandte sich in seinem Sessel halb um.

»Nur zu«, meinte Rhodan und begann zu ahnen, was Gayt-Coor sagen wollte. »Ich bin Kummer gewohnt.«

»Ich habe den Maschinen gesagt, was Sie suchen. Anzahl der Sterne, physikalische Beschaffenheit, Form und Größe, vermutliche Entfernung zu einigen anderen und sichere Entfernungen zu der Masse von Galaxien, die Sie ›Lokale Gruppe‹ genannt haben. Nur vierundzwanzig Archivbilder mit dem ziemlich großen Anhang an Daten sind im gesamten Wissensschatz der Yulocs vorhanden. Ich weiß allerdings nicht, was die andere Abteilung für uns hat.«

Rhodan deutete auf die Schirme. »Also dieses Dutzend und noch ein Satz?«

Er brauchte nicht noch einmal hinzusehen, aber er unterzog die Bilder, die sich langsam drehten, um jede Einzelheit der Galaxis zu zeigen, einer zweiten, noch gründlicheren Prüfung.

»Nichts!« sagte er düster. »Wechsel bitte!«

Gayt-Coor, der die Yuloc-Maschinen mit einer Sicherheit bediente, die auf ein exzellentes geschichtliches Studium hindeutete, nickte und betätigte einen einzigen Schalter.

Die Bilder verschwanden und wurden durch andere ersetzt.

Wiederum eine neue Kollektion von Galaxien. Sie umfaßte, wie auch das vorhergehende Dutzend, nahezu sämtliche Typen, von Balkenspiralen-Galaxien bis zu solchen der verschiedenen stellaren Abstufungen ihrer feuerradähnlichen Arme.

»Und ...?«

Die Antwort kam so, wie die Frage geklungen hatte: enttäuscht, hoffnungslos. »Nichts!«

Noch einmal prüfte Rhodan das zweite Dutzend der Bilder und las vorsichtig, denn er konnte in einer Sprache, die nicht seine war, Fehler machen, die wenigen Texte auf den kleineren Bildschirmen. Aber seine erste Antwort stimmte. In diesem Bezirk der Speicher waren keine Daten über seine heimatliche Galaxis zu finden.

»Nein, nichts!« wiederholte er.

Keine Panik! Noch ist Hoffnung! Nicht viel, aber immerhin. Finde ich die Daten nicht hier, finde ich sie an anderer Stelle. Vielleicht hilft mir das Verfahren, wenn ich mit meinem negativen Stellvertreter auf Terra in Verbindung trete! Er wandte sich ab und murmelte: »Und jetzt die Galaxis unseres Freundes hier. Zeno!«

Gayt-Coor winkte ab. »Dinge, die mir so oft erzählt werden wie die Kenndaten Ihrer beiden Heimat-Milchstraßen, vergesse ich nicht!«

Er wiederholte das gesamte Verfahren unter leicht geänderten Aspekten. Jetzt sagte er den Maschinen, welche Grenzwerte sie anwenden sollten. Wieder summten die Geräte auf und suchten nach Bildern, die denen der Accalaurie-Galaxis entsprachen. Rhodan trat zurück und ging dann langsam auf den Verbindungsstollen zu, schaltete die Beleuchtung ein und wartete, in einen Sessel gekauert, auf das Ergebnis.

Wenn Zeno seine Galaxis fand, war auch sein Rückweg zu mehr als der Hälfte erleichtert.

Wieder griff die Spannung nach Rhodan. Dauernder Streß schien eines der bestechenden Kennzeichen seines Lebens zu sein.

Die Bilder verschwanden, andere Sternkonstellationen erschienen. Und die Unruhe der Stimmen aus der Schwammfalle nahm zu!

Perry Rhodan schloß die Augen und konzentrierte sich. Die mentalen Ausstrahlungen gerieten wieder in Unordnung, lösten sich aus dem gemeinsamen Verband, begannen zu suchen. Unruhe breitete sich aus. Das Problem schien gelöst. Rhodan war daran nicht interessiert, denn die Lösungsmöglichkeiten, die er zur Verfügung hatte, reichten vom Selbstmord bis zur feinsinnigen Resignation nach Art der Stoiker. Keine davon akzeptierte er – er wollte nichts anderes als heim und in seinen gewohnten Körper zurück.

Er verdrängte alles und dachte schweigend, verbissen und angestrengt in die Richtung der fremden Psyche.

Er bemühte sich, die unzähligen Mitglieder als ein einziges »Ding« anzusehen.

Er befand sich, ehe er es richtig erfaßte, selbst innerhalb der Denkweise der Konservierten.

Zunächst breitete er alles, was er über den Begriff »übergeordnetes Wesen« wußte, vor sich aus. Er dachte an die Ordnung der Dinge, an die verschiedenen Schöpfungstheorien, an die Schöpfung selbst. Dann erklärte er den Lauschenden, was er über ES wußte.

Sie nahmen diese Bereicherung ihres geistigen Spielfeldes willig und schweigend auf. Sie schienen deutlich zu merken, daß hier jemand mit ihnen in Verbindung trat, der sie verstand, den sie verstehen konnten. Aber keinerlei persönlicher Kontakt fand statt, so, wie ihn Rhodan von telepathisch begabten Wesen her gewohnt war.

Dann dachte er an Anti-ES. Er schilderte den Kampf der beiden und die Theorien, die darüber entwickelt worden waren.

Schließlich gab er den Yulocs ein Rätsel auf, indem sie ihm erklären sollten – oder auch nur sich selbst, woran er dann teilnehmen wollte –, was dieses Spiel um hohe und höchste Einsätze bedeutete. Sie verstanden und nahmen die Herausforderung an.

Schweigen ...

Rhodan öffnete die Augen. Er fühlte sich abermals ausgelaugt und völlig entkräftet. Er hörte gerade noch, wie Zeno niedergeschlagen sagte: »Nein. Auch nichts.«

Gayt-Coor wechselte mit Rhodan einen langen, schweigenden Blick, dann deutete er auf den erleuchteten Ausgang.

»Der letzte Versuch!« sagte er laut. »Tut mir leid für Sie, Zeno.«

Also auch hier keine Informationen. Rhodan dachte schwindelnd an die ungeheuren Entfernungen, die inzwischen optisch und mit anderen Beobachtungsmethoden überbrückt worden waren. Wo, bei allen Sternen, lag seine Galaxis? Und hier galt auch nicht mehr, was die frühen Astronomen Terras immer wieder geärgert hatte – daß man nämlich nur eine Hemisphäre des umgebenden Kosmos richtig sehen konnte, weil die andere durch die eigene Galaxis verdunkelt wurde.

»Zeno«, sagte er.

Zeno wandte ihm den Kopf zu. Sein Gesicht zeigte trotz der ungewohnten Züge und des Aussehens, an das sich Rhodan selbst bei seinem zweiten Körper noch immer nicht gewöhnt hatte, tiefste Niedergeschlagenheit. Aber auch Zeno folgte Gayt-Coor, der durch den Korridor rannte.

»Ja?«

»Wir wußten, daß die Chancen gering sind. Es gibt noch mehr Möglichkeiten als dieses Archiv. Wir dürfen die Geduld und einen gewissen Rest Hoffnung nicht verlieren!«

»Ich weiß!«

Sie erreichten den anderen Raum. Er war fast ohne jeden Unterschied ebenso eingerichtet wie der, den sie verlassen hatten. Wieder begann Gayt-Coor in rasender Eile damit, die Maschinen zu programmieren. Jetzt würden sie Bilder derjenigen Galaxien sehen, die selbst hier als exotisch eingestuft waren.

Die nächsten sechzig Minuten verliefen teilweise dramatisch. Zunächst erschienen einzelne Milchstraßensysteme auf den Schirmen. Die ersten drei entsprachen augenscheinlich schon auf den ersten Blick weder den Spezifikationen Zenos noch denen, die Rhodan gegeben hatte. Das vierte sah aus wie Terras Milchstraße.

Aber als Rhodan die vielen Kugelsternhaufen sah, als er die Spektralanalysen dieser Begleitsysteme las, winkte er ab. Nummer fünf war nicht interessant, die folgenden ebenfalls nicht, aber schließlich, nach etwa hundert verschiedenen Aufnahmen und Datenfolgen, erschien auf dem Schirm eine gestochen scharfe Aufnahme einer sehr weit entfernten Sternansammlung.

»Die letzte übrigens!« bemerkte Gayt-Coor. Das Schweigen der philosophisch-psychologischen Konservierten schien ihm von Sekunde zu Sekunde unheimlicher. Man sah ihm an, daß er sich hinaussehnte.

»Sie sieht aus wie ...«

Perry Rhodan überdachte, was er von Galaxien wußte, die von der Erde aus oder von Raumschiffsobservatorien aus fotografisch erforscht worden waren. Er schwankte zwischen einigen bekannten Formationen – aber dann schüttelte er den Kopf.

»Aus?«

»Ja. Ergebnis?« fragte Gayt-Coor.

»Negativ für mich«, sagte Rhodan. »Bei dieser letzten Aufnahme dachte ich, ich kenne diese Galaxis. Aber als ich mich an die Daten erinnerte und sie mit den hier angegebenen verglich, sah ich, daß ich unrecht hatte. Leider. Unserem schnellen Abmarsch steht nichts mehr im Weg.«

»Auch ich habe keinen einzigen Hinweis auf eine Möglichkeit der Heimkehr gefunden!« Zeno war niedergeschlagen und zeigte dies auch. »Verlassen wir diese Stollen. Ich möchte nicht noch einmal von der Schwammfalle halb umgebracht werden.«

»Ich auch nicht«, sagte Gayt-Coor mit Nachdruck. »Für die Speicher wird sich kaum jemand interessieren.«

Er schlug mit der flachen Hand auf die Waffe und marschierte auf den Ausgang zu. Rhodan und Zeno folgten ihm. Ziemlich schnell gingen sie mit hallenden und klirrenden Schritten über den Metallboden, durchquerten den anderen Saal und warfen noch einen letzten Blick auf die eingeschalteten Bildschirme. Dann waren sie wieder im Hauptstollen.

Gayt-Coor senkte seine Stimme und fragte vorsichtig: »Und unsere angriffslustigen Freunde? Haben Sie es wieder geschafft, Partner?«

Rhodan holte auf und ging jetzt neben ihm. »Ich glaube, wir haben sie beschäftigt, bis wir diesen Teil der unterirdischen Stadt verlassen haben. Die Wirksamkeit ihrer suggestiven Ausstrahlung läßt mit steigender Entfernung nach.«

Zeno setzte sich an Gayt-Coors andere Seite. »Trotzdem sollten Sie noch ein weiteres philosophisches Problem für sie bereithalten.«

»Ich sinne gerade darüber nach!« sagte Rhodan grimmig.

Sie gingen schnell weiter. Bis jetzt waren sie völlig unbelästigt geblieben, doch sie alle verkrampften sich bei dem Gedanken an einen erneuten Überfall, der jede Sekunde stattfinden konnte. Aber sie erreichten unangefochten die Liftkugel und drängten sich hinein.

»Zum letztenmal, aufwärts!« murmelte der Petraczer und betätigte die Schaltung.

Der Lift setzte sich mit den inzwischen vertrauten Geräuschen in Bewegung. Er schien förmlich dahinzuschleichen wie eine Schnecke. Der Rückzug hatte verzweifelte Ähnlichkeit mit einer Flucht.

Als sie gerade den Raum erreichten, in dem ihr letztes Abenteuer begonnen hatte, fühlte Rhodan wieder eine suchende Ausstrahlung in seinem Verstand. Diesmal wandten sich die Konservierten direkt an ihn.

Er versuchte, seine Verblüffung zu unterdrücken, und schließlich begriff er. »Das ist grotesk!« stöhnte er auf.

»Was ist los? Was haben Sie?« rief Zeno leise. Rhodan winkte ab.

Das war die Lösung ...

Zuerst waren sie Eindringlinge und Störenfriede gewesen. Die psychologisch-philosophische Schwammaterie hatte sie angegriffen und nicht in ihre Überlegungen und Gespräche mit einbezogen. Aber dann hatten die Konservierten zwei Probleme erhalten und hatten sich darauf gestürzt, ohne darüber zu reflektieren, wer ihnen die Fragen gestellt hatte. Verständlich, daß in den zurückliegenden Jahrtausenden der Stoff knapp geworden war; der Stoff, aus dem die Konservierten die Nahrung für ihre Betrachtungen gezogen hatten.

Jetzt suchten sie nach dem Fremdling, der gekommen war, um ihnen neue Nahrung für ihre philosophischen Meditationen zu geben. Sie suchten ihn mit der Hartnäckigkeit von Kindern, die nicht einschlafen wollten, ohne daß man ihnen eine Geschichte erzählte. Sie suchten ihn, Rhodan, um ein weiteres Problem gestellt zu bekommen!

Rhodan lachte kurz. »Sie lassen uns nicht gehen, ohne daß wir ihnen ein Abschiedsgeschenk gemacht haben«, erklärte er.

»Ihre Sache!« rief Gayt-Coor vertrauensvoll. Zeno lächelte aufmunternd. Rhodan schloß die Augen und lehnte sich an die staubige Rückwand der Halle. Er dachte an die Galaxien, die er zuletzt gesehen hatte, und versuchte, ein Problem zu erfinden, das das Kollektiv einige Zeit beschäftigen würde.

Dann dachte er an die Erde. An Terra, an seine Freunde, an seinen »Stellvertreter«.

Er schilderte in Gedanken den Weg seines Gehirns und die Austauschaktion. Und dann stellte er, einsam vor sich hin meditierend, Überlegungen darüber an, wie sich die Aktionen seines Körpers mit einem fremden Verstand philosophisch begründen und betrachten ließen. Desgleichen dachte er an seine eigene Lage und daran, wie sein Hirn von einem Körper in den anderen sprang.

Dann fühlte er wieder, wie der Ruf schwächer und schwächer wurde. Die Konservierten zogen sich zurück.

Schweigen ...

»Wir können gehen«, sagte er mit Nachdruck. »Allerdings sollten wir ziemlich weit gehen.«

»Haben Sie sie beruhigt?«

»Ich habe ihnen mein letztes Problem zur Diskussion gestellt«, versicherte Rhodan grimmig. »Ich beabsichtige aber keineswegs, das Ende der Diskussion abzuwarten. Ich fürchte das Kollektiv, wenn seine Bestandteile wütend werden.«

»Nichts hält uns hier«, kommentierte Gayt-Coor.

Sie verließen schnell den Saal. Inzwischen war die Nacht vergangen, und es herrschte wieder jenes finstere Tagesgrau. Sie richteten mit vereinten Kräften den Fluggleiter auf und entfernten die Schicht aus Schmutz und Geröll, dann legte sich Gayt-Coor hinter die Steuerung und schaltete die Maschinen ein.

»Ich bin Ihr Gast und kann keine Forderungen stellen«, sagte Zeno. »Aber was haben Sie vor? Findet sich in Ihren Plänen für mich eine Möglichkeit, eine Chance?«

»Das ist wohl selbstverständlich!« sagte Gayt-Coor fast vorwurfsvoll und deutete neben sich. »Sie kommen mit.«

»Danke! Und wohin?«

Sie setzten sich rechts und links neben den Petraczer auf die Plattform und hielten sich dann, als die Maschine zu schweben begann und die Terrasse verließ, liegend an den Griffen fest.

»Erst einmal aus der Stadt hinaus!« ordnete Rhodan an.

Die Plattform wurde schneller und stieg schräg in den dunklen Himmel. Unter den drei Männern blieb die sterbende Stadt zurück. Noch immer lag sie auf der Oberfläche des Planeten und rührte sich nicht.

Aber in absehbarer Zeit würde sie wieder hochklettern und weiterfliegen, bis sie eines Tages für immer liegenblieb. Sie überholten ein fliegendes Haus und gingen auf einen neuen Kurs.

»Welches Ziel haben Sie?« fragte Rhodan. Noch bewegten sie sich in einer Zone, in der die Luft zwar kühl, aber atembar war.

»Eigentlich keines. Ich suche mir einen Platz, an dem wir landen können und an dem bestimmte Annehmlichkeiten vorhanden sind.«

»In Ordnung.«

Rhodan erklärte Zeno, daß sie auf die Rückkehr des Schiffes mit Heltamosch warteten. Ob es Tage oder Wochen dauern würde, war unklar, aber sie waren gut ausgerüstet.

Nachdem dies geklärt war, sagte Zeno: »Wenn Sie mehrere Stunden Flug auf sich nehmen wollen, können wir die Bequemlichkeiten eines Organverbrecher-Depots haben. Dort findet sich sogar heißes Wasser.«

Gayt-Coor rief begeistert: »Geben Sie mir sofort die Koordinaten! Genau das, wonach ich mich schon seit Tagen sehne!«

Zunächst waren sie einigermaßen gut gelaunt, weil sie der Gefahr entkommen waren. Die Schwammaterie hatte ihre Kraft verloren. Aber Rhodan wußte, daß die Niedergeschlagenheit sie einholen würde.

Der Gleiter verschwand jenseits des Randes. Die Felsabstürze der Stadt Nuprel lagen hinter ihnen und wurden immer kleiner. Sie flogen nach Süden und in die Richtung, die Zeno angab.

Als sie unter der durchsichtigen Kuppel des eingegrabenen Depots saßen und die Anzüge abgelegt hatten, sagte Zeno nachdenklich: »Es ist merkwürdig. Ich habe in all den eineinhalb Jahren keine Antwort darauf gefunden. In keinem der Depots, die ich fand, war ein raumtüchtiges Fahrzeug. Nicht einmal ein ganz kleines, mit dem man dieser ewigen Düsternis hätte entkommen können.«

Das Essen, das vor ihnen stand, war reichhaltig und stammte zu zwei Dritteln aus den Depot-Vorräten.

»Darauf kann Ihnen niemand Antwort geben«, sagte Rhodan. »Tatsache ist jedoch, daß wir auf Heltamosch warten müssen!«

Sie hatten sich und ihre Kleidung reinigen können, und jetzt fühlten sie sich einigermaßen wohl. Die Beleuchtung und die Wärme unter der Kuppel machten den dunklen Himmel erträglich. Es roch nach erhitzten Rationen und nach Getränken, die Zeno bereitet hatte. Drei sehr verschiedene Lebewesen, die das Schicksal zusammengebracht hatte, warteten.

Rhodan versuchte wieder einmal festzustellen, welches Datum man auf der Erde und im Solaren Imperium schrieb.

Er wußte nicht, wie lange seine zahlreichen Bewußtlosigkeiten oder vielmehr die Pausen zwischen den bewußt erlebten einzelnen Etappen seiner kosmischen Odyssee gedauert hatten. Aber wenn er sein Gedächtnis anstrengte und nachrechnete, so kam er auf einen Tag im ersten Drittel des Oktobers, den zehnten vielleicht oder den elften. Aber ihn begannen jetzt, nach dem Fehlschlag dieser nervenaufreibenden Suche, wieder die Gedanken zu plagen.

Wie kam er zurück nach Terra? Wußten seine Freunde inzwischen, daß ein Androidenhirn in Rhodans Körper regierte? Wann würde dies alles enden? Er wußte es nicht – und war verzweifelt.

23.

Terra

Andro-Rhodan ging zielstrebig auf den Gleiter zu. Er stieg ein und lehnte sich in den Polstern zurück, als der Sicherheitsbeamte am Steuer die Maschine startete. Das Gefühl des Unbehagens wich von ihm.

Er blickte auf den Eingang zu Imperium-Alpha hinab. Dort stand Solarmarschall und Gefühlsmechaniker Galbraith Deighton, einer der zuverlässigsten Männer des Großadministrators.

Andro-Rhodan lächelte unmerklich. Niemand hatte seine wahre Identität enthüllt. Seit Monaten konnte er die Geschicke des Solaren Imperiums bereits lenken und dabei den Weg verfolgen, der ihm angewiesen worden war. Er führte in den Abgrund.

Er fühlte sich frei. Die ständige Konzentration, die ihm abverlangt wurde, erschöpfte ihn nicht.

Die Unsicherheit der Anfangszeit war gewichen. Jetzt saß er fest im Sattel. Unauffällig hatte er seine Schlingen gelegt, so, wie es ihm aufgetragen worden war. Jetzt brauchte er nicht mehr viel Zeit, um den großen Plan wirksam werden zu lassen. Danach würden die Ereignisse wie Zahnräder ineinandergreifen und eine Maschinerie in Gang setzen, die das Werk der Terraner vernichten mußte.

Der Gleiter landete auf dem Dach des Präsidiumsgebäudes. Unter einem schalenförmigen Aufbau kam der Arkonide Atlan hervor. Er ging ihm entgegen und reichte ihm die Hand.

»So früh schon auf, Arkonidenhäuptling?« fragte er und blickte spöttisch auf sein Chronometer. Es zeigte 10.05 Uhr am 18. Oktober 3457 an.

Der Weißhaarige lächelte. »Die Party bei Bully war zwar wieder lang«, entgegnete er, »aber die jungen Leute, zu denen auch ich mich rechne, sind schnell wieder fit. Du aber siehst noch reichlich mitgenommen aus. Solltest du der Großmiramy von Treira zu tief in die Augen gesehen haben?«

Andro-Rhodan wußte, daß er keinen übermüdeten Eindruck machte. Atlan scherzte.

»Als ich die Großoma küssen wollte, bekam sie einen Schluckauf«, erwiderte er todernst. »Und du weißt, daß unter solchen Umständen meine Gefühle vollkommen erlöschen. Oder war dir das neu?«

Atlan lachte. Die beiden Männer glitten im Antigravschacht nach unten. In der Vorhalle zu den Arbeitsräumen des Großadministrators wandte Atlan sich wie selbstverständlich nach rechts, den Konferenzräumen zu.

Rhodan ging zur anderen Seite. Er blieb erst stehen, als Atlan rief: »Du scheinst doch noch nicht voll dazusein, Perry. Die Gäste warten.«

Andro-Rhodan verzog keine Miene. Erneut blickte er auf sein Chronometer. »Sie werden noch etwas warten müssen.«

Der Arkonide krauste die Stirn. Er schritt auf den Großadministrator zu. »Du hast sie ohnehin schon brüskiert«, sagte er nachdrücklich. »Sie hatten einen Termin für zehn Uhr, und du weißt, wie empfindlich gerade Marnier in dieser Hinsicht sind. Sie haben immerhin eine Reise von mehreren tausend Lichtjahren hinter sich. Du aber brauchst nur ein paar Schritte zu gehen, um zu ihnen zu kommen.«

»So ist es«, bestätigte Rhodan herablassend. »Und dennoch werden sie die Güte haben, sich zu gedulden.«

Er drehte sich um und betrat sein Arbeitszimmer. Atlan blickte ihm beunruhigt und ein wenig verärgert nach. Dies war ein Zwischenfall, wie es ihn früher nie gegeben hatte. Wieder einmal fragte er sich, was Rhodan verändert hatte. Irgend etwas war geschehen. Er wußte nur nicht, was. Er hatte noch nicht einmal einen Anhaltspunkt.

Zu Anfang hatte er Rhodan überprüfen lassen und dabei alle Raffinessen moderner Technik genutzt. Was auch immer er getan hatte, er hatte nur die Bestätigung dafür erhalten, daß dieser Mann wirklich Perry Rhodan, der Großadministrator, war.

Die Marnier bildeten ein Problem.

Sie hatten einige wichtige Erfindungen gemacht und waren dadurch zu Zulieferern für die Transmitterindustrie geworden. Ohne sie ging es praktisch nicht mehr. Die Konkurrenz der anderen Welten des Solaren Imperiums konnte die Marnier nicht ersetzen. Es war zu Verstimmungen gekommen, die bei diesem Besuch ausgeräumt werden sollten. Rhodans Verhalten machte die Verhandlungen unnötig schwer.

Er eilte zu der Delegation, um sie zu beruhigen. Die Marnier empfingen ihn kühl und zurückhaltend. Ihre hahnenkammartigen Ohren lagen flach am Kopf. Das war ein deutliches Zeichen ihres Unwillens.

Ein zähflüssiges Gespräch entwickelte sich, das für beide Seiten peinlich war. Der Arkonide verfluchte Rhodan innerlich. Er beschloß, es ihm bei passender Gelegenheit heimzuzahlen.

Eine halbe Stunde verstrich. Dann kam der Großadministrator. Er trug einige Akten unter dem Arm.

»Ich sehe, Sie verhandeln bereits lebhaft«, sagte er, während er zu den Marniern ging und sie mit Handschlag begrüßte. »Das beruhigt mich, denn ich muß Ihnen leider sagen, daß ich keine Zeit für Sie habe. Ich muß sofort zum Mond, wo eine unaufschiebbare Konferenz mit dem Großhirn NATHAN angesetzt worden ist. Bitte, haben Sie Verständnis dafür, daß ich Ihnen keine Einzelheiten mitteilen kann.«

Er sprach diese Worte so gleichgültig und unpersönlich, daß die Marnier augenblicklich begriffen. Frostig blickten sie Rhodan an, aber dieser ließ sich nicht beeindrucken. Selbst als Atlan zu ihm kam und ihm flüsternd erklärte, daß er sich so nicht verabschieden dürfe, gab er nicht nach.

»Es tut mir leid«, sagte er und blätterte in den Akten. Dann verabschiedete er sich mit einer oberflächlichen Geste und verließ den Raum.

»Sie werden nicht von uns erwarten, daß wir unter diesen Umständen noch länger miteinander verhandeln«, sagte der Delegationsführer der Marnier. »Wir danken Ihnen für Ihre Mühe.«

Der Arkonide biß sich auf die Lippen. Was war mit Rhodan los? Er mußte es herausfinden!

Naupaum

Sein Auftrag lautete: Töten! Traecther war sein Ziel. Das wußte er, seitdem das von ihm gejagte Wesen in die philosophisch-psychologische Schwamm-Materie und damit in die seit Jahrtausenden aufgestellte Falle geraten war.

Torytrae lächelte selbstsicher. Er erhob sich von dem Lager, auf dem er geruht hatte, und reckte seinen alten Körper. Es störte ihn nicht, daß er in einer Hülle lebte, die ihre beste Zeit bereits hinter sich hatte. Ein Yuloc verschwendete nur wenig Gedanken an derart überflüssige Dinge.

Der Tuuhrt streifte sich ein dunkelrotes Gewand über und griff nach einem Waffengurt. Er überdachte den Auftrag, den er vom Tschatro erhalten hatte. Noch wußte er nicht, ob er ihn so ausführen würde, wie der Herrscher es wollte. Gewiß, früher oder später würde er töten müssen aber vorher mußte er wissen, was sich hinter dem Ceynach-Verbrechen verbarg, das er aufklären sollte.

Er ließ eine Tür aufgleiten und wechselte in den Nebenraum über. Dort befand sich ein Roboter, der vor einem Energiekäfig wachte.

Torytrae trat dicht an das Verlies heran. Er musterte den Gefangenen mit schmalen, wachen Augen.

»Es ist eine Botschaft für uns gekommen, Krae«, sagte er. »Sie ging von Traecther aus, von dem Planeten meiner Väter. Was sagst du dazu?«

Der Vogel hinter der Energiewand blieb stumm. Er starrte den Tuuhrt nur an. Dabei quollen seine grünen Augen ein wenig aus dem flammend roten Federkleid hervor. Langsam streckte er die Flügel aus. Sie erreichten eine Spannweite von fast drei Metern. Klatschend legte er sie danach wieder an den Körper und schüttelte sich.

»Du bist ungeduldig, Krae«, fuhr Torytrae lächelnd fort.

Der Vogel öffnete seinen gekrümmten Schnabel. Eine grüne, spitze Zunge glitt daraus hervor. Aus ihrer Spitze spritzte eine farblose Flüssigkeit, die zischend im Energiefeld verging. Der Jäger lachte laut auf.

»Zu früh«, rief er. »Damit mußt du warten, bis du dein Opfer vor dir hast. Außerdem solltest du allmählich wissen, daß du Energiefelder nicht durchdringen kannst.«

Er drückte eine Taste an der Wand. Der Käfig öffnete sich. Der Vogel kroch heraus, beugte sich über die ausgestreckte Hand des Tuuhrt und pickte vorsichtig mit dem Schnabel daran. Torytrae nickte zufrieden. Der Fremde auf Traecther würde sich wundern, wenn Krae seine Säure über ihn verschüttete. Der beste Kampfanzug schmolz unter ihrem Einfluß zusammen.

»Unsere Beute hat sich in der PPS-Falle gefangen, ohne zu wissen, daß diese es uns sofort mitteilt, wenn jemand den Weg zu ihr gefunden hat. Das Ceynach-Gehirn ist also in die alte Stadt Nuprel eingedrungen. Kannst du mir sagen, was es dort gewollt hat?«

»Krää«, antwortete der Vogel. Der Tuuhrt lachte lautlos. Er drehte sich um und verließ den Raum. Krae folgte ihm mit kurzen Sprüngen, wobei er immer wieder die Flügel ausbreitete, um das Gleichgewicht zu bewahren. Er erhob sich erst in die Luft, als Torytrae auf eine Plattform hinaustrat, auf der ein Gleiter parkte. Mit mächtigen Schwingenbewegungen kreiste das Tier um die Maschine. Der Tuuhrt ließ es gewähren. Er setzte sich auf den Platz hinter dem Steuerpult und tippte einige Daten ein. Geräuschlos stieg der Schweber auf. Er flog nicht sehr schnell, so daß Krae mühelos folgen konnte.

Am Rande des Raumhafens landete der Jäger. Schon während des Fluges hatte er den Autopiloten seines Raumschiffs mit Hilfe einer Impulskette aktiviert. Als er sich dem Raumer näherte, leuchteten vor dem Pilotensitz längst alle Lampen im Freilicht. Es zeigte an, daß die positronischen Kontrolleinrichtungen keinen Fehler gefunden und den Start freigegeben hatten.

In der Bodenschleuse blieb Torytrae stehen. Er drehte sich um und streckte seinen rechten Arm aus. Hoch über ihm kreiste Krae. Der Jäger wartete geduldig. Langsam glitt der Vogel in die Tiefe, bis er etwa fünf Meter von ihm entfernt bewegungslos in der Luft schwebte. Er ließ sich vom Wind tragen.

»Komm schon!« rief der Tuuhrt. »Wir wollen keine Zeit verschenken.«

Der Jäger pfiff, und Krae gehorchte. Er landete auf seinem Arm und ließ sich ins Schiff tragen.

Drei Minuten später lehnte Torytrae sich in seinem Sessel zurück und schloß die Augen. Seine Gedanken eilten in die Weite der Galaxis hinaus. 1800 Lichtjahre entfernt, am Rande der Galaxis, befand sich das Wild, das er zu erlegen gedachte.

Der Jäger öffnete die Augen und blickte auf die Bildschirme. Yaanzar fiel schnell unter ihm zurück.

Perry Rhodan schwebte in seinem Kampfanzug langsam über ein Wäldchen aus verkümmerten Bäumen hinweg. Er hatte sich von dem Accalaurie Zeno und von Gayt-Coor getrennt. Die beiden Freunde gingen einer Erscheinung nach, die sie vor etwa einer Stunde beschäftigt hatte. Am nachtdunklen Horizont dieser Welt war mehrfach ein Licht aufgeflammt. Es hatte ausgesehen, als sei dort ein Raumschiffstriebwerk angelaufen, jedoch vor dem Abheben des Schiffes wieder ausgeschaltet worden.

Rhodan flog auf einige Lichtpunkte zu, die wie Positionslampen über den Trümmern einer abgestürzten Stadt leuchteten. Er bedauerte es nicht, daß sie sich vorübergehend getrennt hatten. Auf dieser eigenartigen Welt gab es viel zu entdecken. Wahrscheinlich reichte die Zeit gar nicht für eine auch nur oberflächliche Erforschung aus, bis Heltamosch zurückkehrte, um sie wieder abzuholen. Bis dahin mußten sie versuchen, so viele Ansatzpunkte wie möglich zu finden. Vielleicht gelang es doch noch, einen Hinweis auf die Position der heimatlichen Galaxis aufzuspüren.

Rhodan landete auf einem Trümmerberg. Der Terraner verengte die Augen, um besser sehen zu können. Die Lichter waren jetzt deutlicher zu erkennen. Obwohl sie nicht mehr weit von ihm entfernt waren, erschienen sie seltsam verzerrt. Sie glichen Sternen, die man durch die störende Lufthülle eines Planeten betrachtete. Rhodan war beunruhigt. Ein unbestimmbares Gefühl der Gefahr warnte ihn.

Er schaltete sein Fluggerät um, so daß es ihn sanft in die Höhe trug.

Der Terraner drehte sich um sich selbst. Dabei beobachtete er das Land unter sich. Er konnte kein lebendes Wesen sehen. Dennoch blieb der unbehagliche Eindruck, daß er belauert wurde.

Rhodan zog seinen Energiestrahler aus dem Gürtel und ließ sich zu dem Lichterdickicht hinübertreiben. Je näher er kam, desto höher stieg seine Erregung. Immer deutlicher wurde, daß er sich tatsächlich einem galaxisähnlichen Gebilde gegenübersah. In einer weiten Senke schwebte eine Stadt auf einem Sockel von etwa zweihundert Metern Dicke. Darauf erhob sich eine schimmernde Halbkugel, die an ihrer Grundfläche einen Durchmesser von etwa vier Kilometern hatte.

Rhodan flog steil in die Höhe. Er wollte die »Sterne« aus der Höhe sehen, um sich ein besseres Urteil bilden zu können. Schnell wurde die Vermutung zur Gewißheit. Von oben war die Spiralform der Miniaturgalaxis noch viel deutlicher zu erkennen.

»Gayt-Coor, Zeno!« rief er.

Ungeduldig wartete er auf eine Antwort der beiden Freunde, doch in den Helmlautsprechern blieb es still. Er vernahm lediglich einige Störgeräusche. Er wiederholte seinen Ruf, doch weder der Petraczer noch der Accalaurie meldeten sich.

Er überlegte, ob er nach ihnen suchen sollte. Sie mußten einen triftigen Grund haben, wenn sie schwiegen. Vielleicht aber gab es auch energetische Hindernisse, die eine Verständigung unmöglich machten. Rhodan beschloß, zunächst einen Blick zwischen die »Sterne« zu werfen und dann sofort nach den beiden Freunden zu suchen.

Bevor er sich fallen ließ, sah er sich um. Zunächst konnte er überhaupt nichts erkennen. Das Licht von der schwebenden Halbkugel blendete. Der Dunkelschirm, der über dieser Welt lag, dämpfte die Farben und das Licht, so daß alles verschwommen und schwärzlich aussah, was weiter von ihm entfernt war.

Plötzlich flammte am Horizont abermals ein Licht auf, und jetzt konnte Rhodan Gayt-Coor und Zeno sehen. Sie flogen in niedriger Höhe über einen Wald hinweg und strebten auf die geheimnisvolle Erscheinung zu.

»Zeno – Gayt-Coor!« rief er.

»Was schreien Sie denn?« fragte Zeno, den er sofort an seiner Stimme identifizierte. »Stimmt etwas nicht?«

Rhodan atmete auf. »Ich hatte keine Verbindung zu euch.«

»Es scheint Störfelder zu geben«, sagte Gayt-Coor. »Wir melden uns später wieder. Oder gibt es etwas Neues?«

Rhodan schilderte, was er gefunden hatte. »Dies könnte so etwas wie ein astronomisches Zentrum sein. Vielleicht gibt es hier die gesuchten Daten?«

»Wir kommen bald«, entschied Zeno. »Wir haben es nicht mehr weit bis zu dem Licht.«

Er sprach noch weiter, aber seine Stimme wurde immer leiser. Rhodan unterbrach ihn und teilte ihm mit, daß er sich die »Sterne« aus der Nähe ansehen wollte. Dann schaltete er ab. Er war beruhigt.

Langsam näherte er sich der schwebenden Halbkugel. Allmählich konnte er mehr Einzelheiten zwischen den leuchtenden Punkten ausmachen. Auf der Bodenplatte standen einige niedrige Gebäude. Es mußte möglich sein, zu ihnen zu kommen.

Maßlose Erregung erfaßte ihn. Alle Anzeichen deuteten darauf hin, daß er hier mehr Hinweise auf die Terra-Galaxis aufspüren konnte als irgendwo sonst in Naupaum.

Mit ausgestreckten Händen näherte er sich den ersten Lichtpunkten. Er sah, daß sie aus winzigen Kugeln bestanden, die sehr stark strahlten. Die meisten leuchteten in weißem Licht, aber es gab auch grün, rot und gelb schimmernde »Sterne«. Auffallend war, daß keiner von ihnen von »Planeten« umkreist wurde.

Ich warne dich, diese Galaxis zu betreten, wisperte eine Stimme in ihm. Sie traf ihn wie ein Schlag. Er schreckte zurück und blickte sich suchend um. Zwischen den schwärzlich verbrannten Trümmern der abgestürzten Stadt und den spärlich mit Büschen bewachsenen Hängen der Senke war jedoch niemand zu sehen.

»Wer bist du?« fragte Rhodan laut. Niemand antwortete. Er wartete, doch als nahezu zehn Minuten verstrichen waren, näherte er sich wieder den Lichtkugeln.

Ich habe dich gewarnt, klang die lautlose Stimme erneut in ihm auf.

Rhodan warf sich sofort herum und ließ sich von seinem Fluggerät aufwärts tragen. Ein Energiestrahl fauchte an ihm vorbei und blendete ihn. Da er nicht erkannte, woher der Schuß gekommen war, stieg er noch einige Meter höher. Dann versuchte er, sich zu orientieren. Wiederum schien es, als sei er in weitem Umkreis das einzige lebende Wesen.

Langsam ließ er sich wieder absinken. Dabei war er sich dessen bewußt, daß er dem unbekannten Schützen ein ausgezeichnetes Ziel bot. Er war zugleich jedoch auch davon überzeugt, daß der Schutzschirm seines Kampfanzugs ihm ausreichende Sicherheit bot – vorausgesetzt, er erhielt nicht gleich serienweise Volltreffer.

Tatsächlich ließ sich sein Gegner aus der Reserve locken. Er sah ihn schemenhaft hinter einigen schwarzblättrigen Büschen hervorkommen. Die Waffe blitzte auf, und wieder raste ein Energiestrahl dicht an ihm vorbei. Rhodan erwiderte das Feuer sofort. Er beobachtete, daß sein Schuß traf. Der Unbekannte sank in sein Versteck zurück. Sofort flog er darauf zu, ständig darauf gefaßt, erneut beschossen zu werden.

Natürlich war er sich zunächst dessen ganz sicher gewesen, daß er dem Opfer eines Transplantationsfehlers gegenüberstand. Die zielsichere und überlegte Art, in der der Fremde ihn angegriffen hatte, ließ ihn jedoch zweifeln. Dieses Wesen machte einen durchaus vernünftigen und überlegten Eindruck.

Rhodan umkreiste die Büsche, bis er den anderen sehen konnte. Er hatte sich nicht getäuscht. Sein Gegner lebte in dem Körper eines Yaanztroners.

Mit großen, glänzenden Augen starrte der Mann ihn an. Er erhob sich mit zögernden Bewegungen. Dann griff er nach seiner Waffe, richtete sie auf Rhodan und schoß. Wiederum ging der Energiestrahl vorbei. Perry schlug seinen Strahler zwar an, löste ihn jedoch nicht aus.

Er landete auf dem mit weißem Moos bedeckten Grund und ging auf seinen Gegner zu. Dabei wunderte ihn, daß dieser keinerlei Verletzungen zeigte. Er war sicher, daß er ihn getroffen hatte.

»Bleib stehen!« rief der andere. Rhodan ging weiter. Er streckte seine Hand nach dem Energiestrahler aus.

Der Yaanztroner wich zurück, riß die Waffe hoch und schoß. Der Blitz schlug in den Schutzschirm des Kampfanzugs. Die Energie wurde weitgehend absorbiert. Jetzt endlich erwiderte Rhodan das Feuer. Dabei zielte er jedoch – ebenso wie der andere bisher – absichtlich vorbei.

Der Fremde warf sich gedankenschnell in den Energiestrahl hinein und brach zusammen. Rhodan bückte sich und entriß ihm die Waffe. Er hatte gesehen, daß der Yaanztroner am Kopf gestreift worden war. Verwundert betrachtete er ihn, ohne eine Verletzung finden zu können.

»Wollen wir das Spiel nicht endlich beenden?« fragte er.

»Warum tötest du mich nicht?« fragte der Yaanztroner.

Rhodan zielte mit dem Energiestrahler auf die Stirn des Fremden. »Wenn du willst, werde ich es versuchen.«

Der Yaanztroner entblößte seine Zähne. Er sank vor Rhodan auf die Knie und blickte zu ihm auf. »Schieß! Schnell!«

Rhodan steckte die Waffe in den Gürtel. »Was soll der Unsinn?« fragte er. »Steh auf und zeige mir die Stadt der Lichter!«

Der Fremde gehorchte. Er erhob sich. Dabei machte er einen sichtlich enttäuschten Eindruck. Er schien nicht verstehen zu können, daß Rhodan nicht geschossen hatte.

»Was willst du wissen?«

»Wie ist dein Name?«

»Yaamynarasch. Wer mich kannte, rief mich immer nur Yaa. Das genügt.«

»Also gut, Yaa. Erkläre mir die leuchtenden Kugeln.«

Der Yaanztroner machte eine zustimmende Geste und eilte Rhodan voraus. Dieser beobachtete ihn. Jetzt zweifelte er nicht mehr daran, das Opfer einer fehlgesteuerten Transplantation vor sich zu haben. Yaa war ein Krüppel. Irgend etwas stimmte nicht mit seinem Gehirn, denn er lebte offenbar in einem geistigen Zwischenreich. Er sehnte den Tod herbei, ohne sterben zu können. Eigentlich hätte er im Energiefeuer verbrennen müssen. Es schien ihm aber nicht geschadet zu haben.

Über den Hügeln erschienen Gayt-Coor und Zeno.

»Was ist los, Rhodan?« fragte der Accalaurie. »Wir haben Schüsse gesehen.«

»Es ist alles in Ordnung«, antwortete Rhodan. Yaa hatte die beiden noch nicht bemerkt. »Bleibt zunächst, wo ihr seid. Mein neuer Bekannter könnte verrückt spielen, wenn er euch sieht.«

Die beiden Freunde blieben, wo sie waren. Sie beobachteten Rhodan, der zusammen mit Yaa in das Lichtermeer eindrang.

»Weißt du, daß die Sterne leben?« fragte Yaa. Er richtete sich hoch auf, und seine Füße verloren den Kontakt mit dem Boden. Schwerelos schwebte er zwischen den leuchtenden Kugeln, die Rhodan für Sternen-Symbole hielt.

»Natürlich weiß ich es«, entgegnete Rhodan, der ungeduldig vorwärts drängte, weil er möglichst bald zu den Gebäuden im Zentrum kommen wollte. »Das ist doch selbstverständlich.«

Yaa breitete die Arme aus. Ein grüner Ball beleuchtete sein Gesicht. Seine Augen leuchteten begeistert.

»Ja, sie leben. Es könnte auch gar nicht anders sein. Ich höre ihre Stimmen. Sie kommen ständig zu mir. Es ist ein ewiges Flüstern und Wispern zwischen den Sonnen der Galaxis.« Er blickte auf Rhodan hinab, und seine Stirn umwölkte sich. »Kannst du dir vorstellen, Fremder, daß es Sonnen gibt, die nicht von intelligentem Leben erfüllt sind?«

»Eigentlich nicht, Yaa.«

Der Yaanztroner senkte sich zu ihm herab. *Und doch ist es so,* flüsterte es.

»Es gibt Sonnen, die nicht in unserem Sinne leben. Ja, es existieren ganze Galaxien, die tot sind.« Er machte eine hilflose Geste. »Das ist für uns natürlich schwer vorstellbar, aber es ist so.«

»Das Leben unter diesen Sonnen muß unerträglich sein«, sagte Rhodan.

Yaas Augen weiteten sich überrascht. »Du sagst es, Fremder. Wirklich. So ist es. Kein beseeltes Wesen kann unter solchen Sternen existieren und glücklich sein.« Er senkte den Kopf. während sich seine Füße erneut vom Boden lösten.

Rhodan folgte langsam und vorsichtig. Er hütete sich, einen der »Sterne« zu berühren. Die Leuchtkugeln strahlten eine spürbare Hitze aus.

»Eines Tages werden diese Sonnen belebt werden«, fuhr Yaa fort »Aber vorher werden sie ihre körperliche Existenz aufgeben und in die

Form reinen Lebens übergehen müssen. Erst danach werden sie glücklich sein können.«

War das nur das Gestammel eines Irren? Oder verfügte Yaa doch über Informationen, die wichtig waren? Was bedeutete das Gerede von den »lebenden Sonnen«? Rhodan war fasziniert.

»Still!« rief der Yaanztroner. Er hob beide Arme und neigte den Kopf ein wenig zur Seite, als lausche er. »Hörst du, was die Sonnen sagen? Sie behaupten, daß du aus der toten Galaxis kommst. Aber das ist unmöglich, denn von dort kann es keine Lebensbrücke geben. Diese Galaxis besteht aus anderer Materie. Sie ist der unseren energetisch gegengepolt. Verstehst du?«

Rhodan blieb stehen. Ein kalter Schauer rann ihm über den Rücken. Er begriff sehr wohl, was Yaa mit seinen unklaren Formulierungen ausdrücken wollte. Er sprach von Antimaterie. Aus seiner naupaumschen Sicht bestand die Milchstraße aus Antimaterie. Er konnte nicht wissen, woher Rhodan stammte.

Plötzlich bekam sein Gerede ein ganz anderes Gesicht. Der Terraner erkannte schlagartig, daß Yaa zwar das Opfer einer fehlgesteuerten Transplantation war, aber seinen Verstand keineswegs verloren hatte. Die yaanztronischen Chirurgen hatten vielmehr ein völlig neues Geschöpf mit fremdartigen Eigenschaften geschaffen, das mit der ursprünglichen Persönlichkeit keine Ähnlichkeit mehr hatte.

Rhodan zweifelte nicht mehr daran, daß Yaa tatsächlich gewisse Beziehungen zu den Sternen hatte. Plötzlich fügten sich alle Erscheinungen zusammen, die ihm bisher rätselhaft erschienen waren. Yaa hatte den Energiestrahlbeschuß schadlos überstanden, und innerhalb dieser Miniaturgalaxis konnte er sich ohne Hilfsgeräte gravitationsunabhängig machen. Das deutete darauf hin, daß er sich als Teil eines großen Energiegefüges sah.

Rhodan strebte auf eines der Gebäude zu, das jetzt nur noch wenige Meter von ihm entfernt war. Er streckte seine Hand nach einer Tür aus. Sie stieß auf keinerlei Widerstand und glitt durch die Wand hindurch. Beunruhigt drehte er sich um.

Yaa schwebte fünf Meter über ihm und starrte mit glänzenden Augen auf ihn herab. Vor Erregung schien er die Luft anzuhalten. Offensichtlich wartete er auf ein dramatisches Ereignis.

Rhodan zögerte. Hatte er endlich gefunden, wonach er so lange gesucht hatte? Gab es hier klare Hinweise auf die Milchstraße? Oder war er nur in die Falle eines Halbirren gelaufen?

Er drehte sich um, streckte die Hände aus, durchstieß die Scheinwand und ging durch sie hindurch. Dahinter lag ein dämmriger, völlig leerer Raum. Rhodan warf sich sofort zurück. Er flog in hohem Bogen durch die Wand hindurch. Mit geschickten Steuerungsmanövern fing er seinen

Schwung ab und verhinderte so, daß er gegen eine der Miniatursonnen prallte. Das Gebäude löste sich in nichts auf. Ein schwarzes Loch entstand, in dem Sekunden später eine einzelne, kleine Sonne zu leuchten begann. Jetzt fiel es Rhodan wie Schuppen von den Augen.

Er griff nach seinem Energiestrahler und blickte sich suchend um. Yaa war verschwunden.

Dies war keine Miniaturgalaxis, sondern das Werk eines Wesens, das durch eine fehlgesteuerte Transplantation parapsychische Gewalt über Energie gewonnen hatte. Wie ein Schwamm sog Yaa Energie in sich auf, formte sie um und ließ Miniatursonnen entstehen. Rhodan befand sich in einem reinen Phantasiegebilde, das nur zufällig eine Ähnlichkeit mit einer Galaxis hatte.

Mit weiten Sprüngen bewegte er sich zum Außenrand der Scheibe hin. Dabei suchte er ständig nach Yaa, aber er konnte ihn nicht entdecken.

»Und ich erwische dich doch!« brüllte der Yaanztroner hinter ihm.

Er fuhr herum. Wenige Meter über ihm flog Yaa durch das Gewirr der Leuchtbälle. Er drohte zu ihm herunter. Rhodan warf sich zur Seite, als er die Hitze spürte. Abermals gerade noch rechtzeitig, denn der Boden verwandelte sich schlagartig in Glut. Wäre er stehengeblieben, dann wäre er in flüssigem Gestein versunken.

Rhodan feuerte seinen Strahler dreimal kurz nacheinander auf Yaa ab. Er wußte, daß er diesem damit nur noch neue Energie zuführte, aber er hinderte ihn damit auch an weiteren Angriffen.

Gayt-Coor und Zeno erkannten, daß er sich in tödlicher Gefahr befand. Sie schossen von außen auf Yaa, der für Sekunden im Zentrum eines dreistrahligen Kreuzes aus Energiestrahlen schwebte. Sein Körper schien weiß aufzuglühen, doch er verging nicht.

Ich bin dir dankbar dafür, daß du mir endlich Energie schenkst, flüsterten seine Gedanken zu Rhodan. *Ich werde dir jetzt beweisen, daß ich dir auch danken kann. Ich werde dich von deiner materiellen Lebensform befreien und dich in die glückliche Form reiner Energie überführen.*

Rhodan fühlte Panik in sich aufsteigen. Er wußte, daß Yaa auch ihn in einen Feuerball verwandeln konnte, wenn er wollte.

Du wirst einer von den Sternen in meiner Galaxis sein, kündigte Yaa an. *Noch kannst du wählen. Möchtest du eine grüne, eine blaue, eine rote oder eine weiße Sonne werden?*

Mit weiten Sätzen raste der Terraner dem Außenrand der Scheibe zu.

»Haltet ihn mir vom Leib!« rief er den beiden Freunden zu. »Schießt auf ihn!«

»Wir sind schon dabei«, antwortete Zeno. »Der Bursche bekommt allerhand ab.«

Wieder explodierte eine der schwebenden Kugeln vor Rhodan. Dieses Mal fühlte er den Impuls, den Yaa ausstrahlte, und er reagierte prompt darauf. Mit einem mächtigen Sprung schnellte er sich über den Feuerball hinweg.

Entschuldige, mein Freund, wisperte die Stimme Yaas in ihm. *Ich habe dich verfehlt. Jetzt werde ich es erneut versuchen.*

Rhodan fühlte, wie es ihm heiß und kalt über den Rücken lief. Irgend etwas Unbeschreibliches packte ihn. Sein Gesicht begann zu brennen. Plötzlich schien er sich inmitten einer Sonne zu befinden. Seine Umgebung strahlte weißlichrot. Er schrie. Brutal schaltete er den Regler seines Antigravs hoch und stieg steil auf. Er raste hautnah an zwei grünen Sonnen vorbei, geriet dann in einen kühleren Bereich und fing sich ab. Das Grauen packte ihn. Er wußte nicht mehr, wie er Yaa entkommen sollte.

Willkürlich bediente er sein Fluggerät. Es riß ihn abwechselnd nach allen Seiten, mal in die Höhe, mal zur Seite, mal in die Tiefe. Yaa gab ihn jedoch nicht frei. Er ließ immer wieder Feuerbälle in seiner Nähe entstehen. Die energetischen Umwandlungsimpulse kamen immer schneller.

»Hört auf damit, auf ihn zu schießen!« schrie Rhodan. »Versucht, ihn zu paralysieren!«

Er prallte mit den Füßen auf den Boden. Kräftig stieß Rhodan sich ab und flog steil in die Höhe.

Abermals entging er einem Anschlag nur ganz knapp, aber dann erkannte er entsetzt, daß er sich selbst in eine Sackgasse gesteuert hatte. Er war in eine Art Energieblase geraten. Rund um ihn standen die »Sonnen« so dicht, daß er sich kaum umdrehen konnte, ohne eine von ihnen zu berühren. Glühende Hitze ging von ihnen aus.

Jetzt wußte er, was sie waren. Als Opfer einer fehlgesteuerten Transplantation waren sie von dem Planeten Yaanzar hierhergebracht worden. Man hatte sie nicht töten wollen und hatte sie deshalb hier einer fragwürdigen Existenz überlassen. Hier aber waren sie Yaa in die Fänge gelaufen. Er hatte sie »glücklich« machen wollen und sie in Energie verwandelt.

Verzweifelt suchte Rhodan nach einem Ausweg. Es gab keinen.

Vorsichtig ließ er sich absinken. Plötzlich schien die Zeit stillzustehen. Er wußte, daß er ein ausgezeichnetes Ziel für Yaa bot. Wenn dieser zuschlagen wollte, dann hatte er jetzt die beste Gelegenheit dazu.

Rhodan setzte alles auf eine Karte. Es blieb ihm nichts anderes übrig. Er ließ sich fallen. Dabei kam er einigen Sonnen bedrohlich nahe. Ihm schien, als müsse er in ihrem Feuer verbrennen. Warum reagierte Yaa nicht?

»Zeno? Gayt-Coor – was ist los?« fragte er mit keuchender Stimme.

»Wir haben ihn paralysiert«, antwortete Zeno. »Jetzt verhält er sich endlich ruhig. Soll ich ihn töten?«

»Nein«, entschied Rhodan. »Wir verschwinden.«

Aufatmend glitt er ins Freie. Das Sternenmeer blieb hinter ihm zurück. Er drehte sich um. Ihm war kalt. Er fühlte sich leer.

Mehrere Meter über den höchsten Lichtbällen schwebte Yaa mit ausgestreckten Armen und Beinen in der Luft. Sehr langsam, kaum wahrnehmbar, senkte er sich herab. Rhodan wartete, bis er zwischen die Sonnen geriet. In einem nicht erkennbaren Energiefeld endete die Bewegung. Er hing, von unsichtbaren Kräften gefesselt, in der Luft.

»Wir verschwinden«, sagte Rhodan. »Je schneller, desto besser.«

Zeno näherte sich ihm. Er wirkte aufgeregt.

»Wir haben da etwas geortet«, verkündete er. »Vielleicht ist es ein Raumschiff. Wir sind uns noch nicht ganz sicher.«

»Sei still, Krae!« sagte der Jäger.

Er wandte sich von dem großen Bildschirm ab und blickte den Vogel an, der neben ihm in einem leeren Sessel kauerte. Es störte ihn nicht, daß Krae einen Teil der Polsterung mit seiner Säure beschädigt hatte. Er erwähnte es nicht einmal. Er deutete auf den kleinen roten Stern, der auf dem Bildschirm sichtbar war. Das Raumschiff flog direkt darauf zu.

»Das ist Tarct«, erklärte er. »Sie hat acht Planeten. Nummer drei ist der wichtigste. Es ist Traecther – die Welt meiner Väter.«

Der Raubvogel schloß die Augen und legte den Kopf flach auf die Sitzfläche des Sessels, doch Torytrae ließ sich davon nicht beeindrucken.

»Die Welt der Philosophen ist verboten für die anderen Bewohner der Galaxis. Der Mann, den wir verfolgen, hat das Tabu nicht beachtet. Wir werden ihn dafür strafen.«

Der Jäger lehnte sich in seinem Sessel zurück, während das Schiff bereits Kurs auf den dritten Planeten nahm. Er wußte, daß seit einigen Jahrhunderten die PGT-Verfahrenskrüppel dorthin gebracht wurden und ein jämmerliches Leben fristeten.

Die philosophisch-psychologische Schwamm-Materie hatte es ihm längst mitgeteilt. Ihre energetisch übergeordneten Impulse konnte er überall in sich aufnehmen. Die Entfernung spielte dabei keine Rolle.

Die leistungsstarken Ortungsgeräte tasteten die Oberfläche des Planeten ab. Sie registrierten zahlreiche schwebende Städte. Das Lächeln auf dem Gesicht des Jägers vertiefte sich.

Mühelos nahm er Verbindung mit der Schwamm-Materie auf. Die PPS-Falle gab ihm willig die gewünschten Informationen. Die Impulse trafen rasend schnell ein.

»Das Ceynach-Gehirn ist noch dort unten, Krae«, sagte er laut. »Es hat die Stadt Nuprel bereits wieder verlassen.«

Er erhob sich und ging zu einem Automaten hinüber, um aus ihm eine dünne Scheibe würziger Konzentratnahrung und einen Becher Blütentee zu entnehmen. Nachdenklich beobachtete er die dunkle Oberfläche von Traecther, die sich unter dem Raumschiff wegdrehte. Irgendwo dort unten hielt sich das Ceynach-Gehirn auf. Bis jetzt wußte der Tuuhrt noch nicht, was der Gesuchte eigentlich bezweckte. Er hatte den Auftrag, ihn zu töten. Aber er würde niemanden umbringen, ohne nicht vorher das Motiv für sein Vergehen erfahren zu haben. Verfolgte er wirklich politische Ziele, so, wie der Tschatro behauptet hatte?

Nach der dritten Umkreisung des Planeten wußte der Jäger mit absoluter Sicherheit, daß sich kein Raumschiff auf Traecther befand. Das bedeutete, daß man den Unbekannten dort unten abgesetzt hatte.

Er kehrte zu seinem Sessel zurück, setzte sich und gab den Landebefehl. Unmittelbar darauf stürzte das Schiff in die Atmosphäre des Planeten. Es raste durch den Dunkelschirm hindurch und tauchte in eine düstere Welt.

Das gedämpfte Licht erfüllte Torytrae mit Wohlbehagen. Er fühlte sich zu Hause.

Die Stadt Nuprel erschien am Horizont. Der Tuuhrt verzögerte die Fahrt des Raumschiffs noch mehr und näherte sich der Uralt-Stadt bis auf etwa zehn Kilometer. Dann landete er auf der Kuppe eines flachen Hügels, der von weißlichem Moos bewachsen wurde. Das Summen der Maschinen verstummte.

Torytrae streckte seinen Arm aus. Krae erhob sich träge vom Sessel und flatterte zu ihm herüber. Die scharfen Krallen legten sich behutsam um seinen Unterarm, ohne ihn zu verletzen.

Der Jäger verließ das Schiff auf einer Gleitplatte. Mit mäßiger Geschwindigkeit entfernte er sich in Richtung Nuprel. Er blickte sich nicht um, als die Luft hinter ihm zu knistern begann. Ein grünlich schimmernder Energieschirm legte sich um den Raumer und hüllte ihn ein.

24.

»Es ist tatsächlich ein Raumschiff«, berichtete Zeno, als er vor seinem kurzen Erkundungsgang zurückkehrte. Er traf Rhodan und den Petraczer unterhalb einer verwitterten Säule, wo sie gewartet hatten. Gayt-Coor hatte ihn inzwischen darüber informiert, daß die Lichterscheinung harmlosen Ursprungs gewesen war. Sie war durch Insekten hervorgerufen worden.

Zeno deutete auf die Ortungsgeräte der Flugplattform, die in einer Mulde parkte. Rhodan kontrollierte die Anzeigen. Sie waren eindeutig und bestätigten Zenos Beobachtungen.

»Was kann das bedeuten, Rhodan?« fragte der Petraczer. Er strich sich mit der Hand über den Kopf und entfernte einige der abgeschilferten Gliederschuppen. Sie bildeten eine türkisfarbene Staubwolke hinter seinem Schädel.

Rhodan zögerte mit der Antwort. Die Frage war berechtigt. Wenn hier ein Raumschiff auftauchte, war das kein Zufall. Der Raumer des Mato Pravt würde erst in einigen Tagen erscheinen. Heltamosch würde auch sofort Funkaufrufe veranlassen, die ihnen bestätigten, daß ihnen keine Gefahr drohte.

»Wir werden versuchen, in das Schiff einzudringen«, entgegnete Rhodan endlich. »Wir werden es uns ansehen, danach flugunfähig machen und alle wichtigen Kommunikationsgeräte zerstören.«

Gayt-Coor und Zeno machten zustimmende Gesten.

Die drei Männer stiegen auf die Flugplattform. Der echsenähnliche Gayt-Coor lenkte sie. Er steuerte sie niedrig über die Hügel hinweg und bemühte sich, sie ständig in guter Deckung zu halten. Nur etwa eine halbe Stunde verstrich, bis sie das raketenförmige Schiff sehen konnten. Die äußere Form wich recht deutlich von der der meisten in dieser Galaxis gebauten Raumer ab.

Rhodan legte Gayt-Coor die Hand auf die Schulter. Er drückte den Steuerknüppel leicht nach vorn. Die Plattform landete hinter einer Buschgruppe. Bis jetzt waren sie hinter der gebogenen Schutzscheibe relativ geborgen gewesen. Als Rhodan die Maschine jedoch verließ und sich aufrichtete, pfiff ihm ein eisiger Wind ins Gesicht. Er schloß den Helm. Zeno und auch der Petraczer Gayt-Coor machten es ihm nach. Wenig später begann es zu schneien. Die Flocken fielen so dicht, daß das Land innerhalb weniger Minuten mit einer weißen Schicht bedeckt wurde. Rhodan konnte das fremde Raumschiff schon nicht mehr sehen. Zeno schaltete die Heizung der Plattform ein, so daß der Schnee darauf sofort abschmolz. Hätte er diese Vorsichtsmaßnahme nicht ergriffen, wäre ihr letztes Transportmittel unter den Schneemassen verschwunden.

Rhodan stieg mit Hilfe seines Antigravs in die Höhe. Langsam ließ er sich auf das Raumschiff zutreiben. Er war ständig darauf gefaßt, angegriffen zu werden, da er nicht wissen konnte, daß sich niemand mehr im Schiff befand.

Dennoch kam die Attacke völlig überraschend für ihn. Zeno schrie erschreckt auf, als ein mächtiger Vogel aus dem Schneegestöber heraus auf Rhodan herabstürzte.

»Achtung!« brüllte er.

Rhodan reagierte unglaublich schnell. Ohne zu wissen, was geschah. warf er sich mit Unterstützung seines Antigravs aus der Flugbahn. Der flammend rote Raubvogel traf ihn nur noch mit seinen mächtigen Schwingen, konnte ihn aber damit nicht verletzen.

Noch erkannte Rhodan die tatsächliche Gefahr nicht. Er hielt den Angreifer für ein Tier dieser Welt, das sich lediglich Beute suchte. Deshalb griff er nicht zur Waffe. Er glaubte, daß der Räuber sich zurückziehen würde.

Erst als Krae abermals aus den wirbelnden Schneeflocken hervorschoß, begriff Rhodan. Aber da war es schon zu spät. Der Vogel packte ihn mit seinen Klauen an der Schulter. Aus seinem gebogenen Schnabel kam ein Stachel hervor, und die Säure spritzte über den Kampfanzug Rhodans. Dieser erkannte nunmehr, was geschah. Er riß seinen Energiestrahler aus dem Gürtel und schoß auf den Vogel. Vor seinen Augen entstand ein Glutball, in dem Krae verging.

Rhodan schrie gepeinigt auf. Er ließ sich zehn Meter tief bis auf den Boden fallen und riß sich den Kampfanzug vom Leib. Zeno und Gayt-Coor folgten ihm sofort. Entsetzt sahen sie, wie sich das Material des Anzuges, das bisher als praktisch unzerstörbar gegolten hatte, unter seinen Händen auflöste. Sie halfen ihm, sich so schnell wie möglich zu befreien. Sie brauchten nur Sekunden, aber auch das war noch zu lang. Die Kombibluse, die Rhodan getragen hatte, war ebenfalls vernichtet worden. Auf seinem nackten Oberkörper zeigten sich großflächige Brandwunden.

Zeno öffnete seinen Kampfanzug und streifte sich seine Bluse ab. Er reichte sie dem Verletzten. »Ziehen Sie das an, Rhodan!«, sagte er. »Ich kann darauf verzichten.«

Rhodan blickte erschauernd auf die Reste des roten Vogels. Sie wurden von den herabfallenden Schneeflocken verdeckt. Auch sein Kampfanzug verschwand unter dem Schnee.

»Es ist ein wenig wärmer geworden«, sagte er. »Aber es ist immer noch kalt genug.«

»Ich würde Ihnen gern meinen Kampfanzug geben«, sagte Gayt-Coor. Er entblößte seine ebenmäßigen Zähne.

»Das hilft mir nichts, Freund«, antwortete Rhodan. »Ihre Figur ist ein wenig ungewöhnlich. Der Anzug würde mir nicht passen.«

»Sie können meinen haben«, bot sich der Accalaurie an.

Rhodan wehrte ab. »Wir werden das Raumschiff aufbrechen. Vielleicht finden wir drinnen Kleidung für mich.«

Gayt-Coor und Zeno nahmen Rhodan in die Mitte. Sie flogen auf den

Raumer zu. Jetzt schneite es so stark, daß die Sicht nur wenige Meter weit reichte. Vorsichtig tasteten sie sich näher an das Schiff heran.

»Da ist ein Schutzschirm«, sagte Gayt-Coor.

Rhodan bemerkte es zur gleichen Zeit. Ein grünlicher Schimmer umgab das raketenförmige Objekt. An ihm lösten sich die Schneeflocken auf und verdampften.

»Damit haben wir rechnen müssen«, stellte Rhodan gelassen fest. »Wir werden versuchen, den Schirm aufzubrechen. Dazu benötigen wir die Waffen der Plattform.«

Sie landeten. Rhodan fror. Er schlug sich die Arme um den Oberkörper, um sich ein wenig zu erwärmen. Während der Petraczer zurückflog, um die Maschine zu holen, umkreiste Zeno das Raumschiff.

»Ich bin überzeugt davon, daß niemand an Bord ist«, sagte er, als er zurückkehrte. Er blickte Rhodan mitfühlend an. »Ist es sehr kalt, Freund?«

»Im Gegenteil. Es ist recht gemütlich«, antwortete Rhodan. Das feine Fell seines yaanztronischen Körpers sträubte sich, und seine Wangenmuskeln zuckten heftig, so daß seine Zähne klappernd gegeneinanderschlugen.

Zeno lächelte. »Da drinnen ist es schön warm.«

»Hoffentlich«, sagte Rhodan. »Wenn wir Pech haben, gehört das Ding einem Methanatmer.«

Gayt-Coor kam zurück, bevor Zeno etwas antworten konnte. Sofort stiegen die beiden Männer zu ihm auf die Plattform.

»Ich habe schon alles vorbereitet«, berichtete das echsenartige Wesen. Er deutete auf die verschiedenen Instrumente. Sie zeigten die Einsatzbereitschaft für die Bordwaffen an.

Gayt-Coor ließ die Plattform ein wenig weiter zurückgleiten, bis sie den grünen Schimmer des Schutzschirms gerade noch sehen konnten. Dann drückte er die Knöpfe. Aus fünf Abstrahlfeldern zugleich schossen die Energiestrahlen auf das Raumschiff zu. Eine Feuerhölle entstand vor ihnen. Der Schneewirbel löste sich auf. Für einen kurzen Moment herrschte völlig klare Sicht, als die Hitze das Wasser vertrieb. Dann aber hüllte das Schiff sich in eine dichte Dampfwolke, die alles verdeckte. Nur der grüne Schimmer des Schutzschirms war noch zu erkennen.

Zeno fluchte laut und anhaltend, bis Rhodan ihm die Hand auf den Arm legte. »Wir versuchen es noch einmal«, sagte er.

Gayt-Coor löste die Bordwaffen erneut aus. Dabei feuerte er in drei dicht aufeinanderfolgenden Intervallen. Wieder wuchs ein roter Feuerball vor ihnen auf. Grelle Blitze schlugen aus dem Energieschirm, der das Raumschiff umspannte. Rhodan zog seinen Energiestrahler aus dem

Gürtel und unterstützte damit das Feuer der Bordwaffen. Auch Zeno und Gayt-Coor versuchten auf diese Weise, den Energieausstoß so weit zu erhöhen, daß der Schirm überladen wurde. Aber ihre Hoffnung, daß er zusammenbrechen würde, wurde enttäuscht.

Aaaah – das ist das Leben! wisperte es in Rhodan. *Du hast dich anders besonnen, mein Freund. Jetzt rufst du mich. Nun – ich werde kommen und deinen Wunsch erfüllen. Auch du sollst zum wahren Leben werden, wenn du es so sehr wünschst!*

Rhodan richtete sich unwillkürlich auf. Ihm wurde eiskalt, obwohl der heiße Wasserdampf ihn einhüllte.

Yaa näherte sich ihnen, um nachzuholen, was er vorhin nicht hatte ausführen können.

Torytrae, der Jäger, lebte auf. Ihm war, als sei er plötzlich in eine erfrischende und belebende Brise geraten, die sowohl seinen Körper wie auch seinen Geist mit neuer Kraft erfüllte.

Er blieb stehen und blickte sich um. Er befand sich in einem kreisrunden, grünlichen Raum, dessen Wände mit türkisfarbenen Mosaiken bedeckt waren. Noch jetzt leuchteten an den Decken die runden IOT-Wekker, mit denen seine Vorfahren vor Jahrtausenden ihr körperspezifisches Elektrofeld kontrolliert und auch korrigiert hatten, wenn Störungen aufgetreten waren.

Der Tuuhrt widerstand der Versuchung, sich unter ihnen mit neuer Energie aufladen zu lassen. Er eilte weiter durch Gänge und Räume, die er niemals zuvor gesehen hatte und die ihm dennoch so vertraut waren, als hätte er hier schon Hunderte von Jahren gelebt.

Hin und wieder blieb er stehen und sah sich um. Einige Male kniete er nieder und musterte den Boden. Das Lächeln auf seinem Gesicht vertiefte sich. Sein ungewöhnliches Gehirn vermochte die winzigen Spuren zu analysieren und auszuwerten. Er zweifelte nicht mehr daran, daß er dem gesuchten Ceynach-Gehirn dicht auf den Fersen war.

Die PPS-Falle ließ keine emotionelle Erregung erkennen. Sie reagierte auf ihn, als sei sein Erscheinen in der Uralt-Stadt gar nichts Besonderes. Er sah es anders. Immerhin war er einer der beiden Letzten des Yuloc-Volkes. Mühelos begegnete er den Frageimpulsen der Falle.

Für ihn war sie ein vertrauter Partner, mit dem er seit Jahrhunderten korrespondiert hatte. So hielt er sich in der ringförmigen Zone, die das Informationszentrum umspannte, gar nicht lange auf. Ohne sich darauf konzentrieren zu müssen, ging er gedanklich auf die Egos ein, die sich mit der seltsamen Materie im Innern von Nuprel identifizierten. Es machte ihm keine Mühe, von Sekunde zu Sekunde in eine andere Gedankenwelt überzuwechseln und philosophische Fragen zu beantworten, deren Inhalt für die meisten anderen Bewohner der Galaxis Naupaum unbegreiflich gewesen wäre. Die Schwamm-Materie ließ ihn ungehindert passieren.

Torytrae dachte kurz an Krae, den er wegen der PPS-Falle draußen gelassen hatte. Er war davon überzeugt, daß er den Vogel später wieder vorfinden würde.

Eine der Fragen der Egos streifte die PGT-Verfahrenskrüppel. Der Jäger blieb am Eingang des Informationszentrums stehen und drehte sich um. Ein intensives Gefühl des Mitleids ging von ihm aus. Er wußte seit einigen Jahrhunderten, daß diese Geschöpfe hier lebten. Er hatte geschwiegen und niemanden über das Verbrechen informiert. Er wollte, daß diese bedauernswerten Geschöpfe Ruhe hatten.

Der Tuuhrt bekräftigte, daß seine Jagd keinem dieser Krüppel galt. Er öffnete seinen Geist, um die Geisteseinheiten in seiner Umgebung erkennen zu lassen, daß er niemals Geschöpfe dieser Art verfolgen würde.

Er wartete noch einige Sekunden und ging dann weiter, als keine weitere Frage an ihn gestellt wurde. Das Informationszentrum wurde durch gelblich schimmernde Leuchten matt erhellt. Für ihn war es ein angenehmes Licht. Es reichte völlig aus, um Einzelheiten erkennen zu lassen.

Torytrae ging systematisch bei seiner Untersuchung vor. Er arbeitete sich von Abschnitt zu Abschnitt vor und sammelte Spuren wie Mosaiksteinchen.

Schon bald entdeckte er, wo Schaltungen vorgenommen worden waren. Er fand heraus, wo Veränderungen eingetreten und wo Informationen entnommen worden waren. Seinem ungewöhnlichen Gehirn machte es keine Mühe, wichtige von unwichtigen Spuren zu trennen. Ihm wurde sehr bald klar, wo das verfolgte Ceynach-Gehirn einfach nur blind geschaltet und wo es gezielt geforscht hatte.

Das Bild begann sich sehr schnell abzurunden. Torytrae erkannte, daß er umdenken mußte. Bis jetzt war er davon ausgegangen, daß der Gesuchte politische Ziele verfolgte. Jetzt begriff er, daß diese Annahme völlig falsch war.

Der Unbekannte plante keine Verbrechen und keinen Putsch! Er hatte galaktophysikalische und astronomische Daten abgerufen, nach Positionskarten geforscht und vor allem ein ungewöhnliches Interesse für andere Galaxien gezeigt. Darüber hinaus waren immer wieder auch Fragen nach Antimaterie aufgetaucht.

Sie beunruhigten Torytrae am meisten, denn er vermochte trotz seines genialen Geistes und seiner überragenden Fähigkeiten als Abstrakt-Rekonstrukteur und Fremdplanungsdeuter nicht zu enträtseln, welche Vorteile solche Informationen für den Unbekannten haben sollten. Er klammerte sich vor allem an diese Fragen, während er meditierend im Informationszentrum saß und sich bemühte, das Rätsel »Ceynach-Gehirn« zu lösen.

Alle Hinweise deuteten darauf hin, daß der Gesuchte sich verirrt hatte. Je länger der Tuuhrt darüber nachdachte, desto klarer wurde ihm, daß sein Opfer seinen Heimatplaneten oder gar seine Heimatgalaxis wiederfinden wollte.

»Aber das ergibt doch noch keinen Sinn«, murmelte er verwirrt. »Wie verbindet sich das mit den Fragen nach der Antimaterie? Das Gehirn kann nicht aus Antimaterie bestehen, denn sonst könnte es in dieser Galaxis nicht existieren.«

Torytrae gestand sich verblüfft ein, daß er sich in einer Sackgasse befand. Er richtete seine volle Aufmerksamkeit auf die einmal entdeckte Spur und vergaß dabei die Zeit.

»Wir müssen uns in der Gegend verteilen«, sagte Zeno, als Rhodan ihm von Yaa berichtet hatte. Er wartete die Zustimmung der anderen gar nicht erst ab, sondern ließ die Flugplattform zu Boden sinken.

Gayt-Coor sprang sofort in den Schnee. Er lief in Richtung Raumschiff davon, hielt sich jedoch etwas nördlich. Auch Zeno wollte die Maschine verlassen, doch Rhodan hielt seinen Arm fest.

»Nicht doch«, sagte er. »Ich werde aussteigen.«

»Das wäre ein Fehler«, entgegnete der Accalaurie. »Wie wollen Sie dem Kerl entkommen, wenn er Sie angreift? Ohne Kampfanzug sind Sie nicht beweglich genug.«

Rhodan mußte ihm recht geben. Dennoch war er nicht recht zufrieden, als auch Zeno sich von der Plattform entfernte. Mit steifgefrorenen Fingern dirigierte er sie auf das Schiff zu.

Dabei kam ihm ein verwegener Gedanke. Sollte es nicht möglich sein, über Yaa wesentlich mehr Energie in den Schutzschirm zu leiten und ihn auf diese Weise zu überlasten? Vielleicht gab es doch noch eine Chance, in das Schiff zu kommen.

Es schneite nicht mehr. Deutlich konnte er den Verfahrenskrüppel sehen, der in einer Höhe von etwa drei Metern über dem Boden flog. Er hatte sich umgezogen und trug jetzt wallende schwarze Kleider, die ihn viel größer erscheinen ließen, als er tatsächlich war. Wie eine dunkle, drohende Wolke schwebte er heran.

Fieberhaft überlegte Rhodan, wie er ihm begegnen sollte. Er ließ die Plattform immer näher an das Schiff herantreiben, ohne sich bisher darüber schlüssig zu sein, was er tun sollte. Schließlich flog er um den Schutzschirm herum, so daß sich der Raumer zwischen ihm und dem unheimlichen Wesen befand, das so mühelos mit Energie umgehen konnte.

Zeno wartete, bis Yaa sich bis auf zwanzig Meter dem Schutzschirm genähert hatte. Dann griff er an. Seine Attacke kam völlig überraschend für Yaa. Der Accalaurie stieg erst steil auf und ließ sich dann auf ihn herabstürzen. Dabei feuerte er mit seinem Energiestrahler auf ihn. Wiederum erreichte er damit überhaupt nichts.

»Nehmen Sie den Paralysator!« schrie Rhodan ihm zu, als er sah, wie wirkungslos die Energieblitze blieben, die jedes andere Lebewesen getötet hätten.

Yaa drehte sich lachend um sich selbst. Er streckte Zeno die Hände entgegen. Zentimeter vor ihnen verschwand der Energiestrahl im Nichts. Der Accalaurie wich aus und landete zehn Meter neben ihm im Schnee. Abermals richtete er seine Waffe auf ihn, während Gayt-Coor sich ihm von der anderen Seite näherte.

Plötzlich zuckte Zeno zusammen, als habe er ein Stromkabel berührt. Er richtete sich auf. Rhodan sah, daß seine Arme und Beine zitterten. Der Accalaurie drehte sich um sich selbst und brach dann schlagartig zusammen.

Inzwischen hatte sich der Petraczer dem Transplantationskrüppel bis auf drei Meter genähert. Er hob seinen Energiestrahler über den Kopf und setzte zu einem letzten Sprung an. Offensichtlich wollte er Yaa niederschlagen.

Rhodans Hand klammerte sich um den Steuerknüppel der Plattform. Er wollte dem echsenartigen Wesen zu Hilfe kommen.

Yaa fuhr aufschreiend herum. Er wich dem niedersausenden Strahler aus und stieß mit einem Arm nach Gayt-Coor. Dieser richtete sich verkrampft auf. Seine Arme und Beine zuckten wie unter dem Einfluß von elektrischen Schlägen. Dann sackte er in sich zusammen und stürzte in den Schnee.

Rhodan war drauf und dran, die Fassung zu verlieren. Er begriff nicht, weshalb die beiden Freunde einen so schweren Fehler gemacht hatten, die Paralysatoren nicht einzusetzen.

Jetzt versuchte er, die Bordwaffen der Gleitplattform auszurichten. Mit blaugefrorenen Fingern bemühte er sich, Yaa ins Zielkreuz zu bekommen. aber sein Gegner bewegte sich so schnell, daß alle Versuche umsonst blieben. Schnell kam er ihm näher.

Rhodan blieb nur noch eine Möglichkeit. Er riß den Steuerknüppel mit aller Kraft herum und stieß ihn dann nach vorn. Die Plattform kippte vornüber und beschleunigte scharf. Sie richtete sich wieder auf und raste auf eine Hügelkette zu. Yaa dachte jedoch nicht daran, auf sein Opfer zu verzichten. Er entwickelte eine überraschende Geschwindigkeit, als er Rhodan folgte.

Verzweifelt drückte Perry die Finger auf die Knöpfe der Waffen. Sie rührten sich nicht. Dabei fand er nicht heraus, ob sie festgefroren waren oder ob seinen Fingern einfach die Kraft fehlte, sie zu bewegen. Immer wieder blickte er sich um. Sein Verfolger rückte unaufhaltsam näher.

Er zog seinen Energiestrahler aus dem Gürtel. Mit beiden Händen hob er ihn hoch und richtete ihn auf Yaa. Er wußte genau, wie sinnlos es war, auf ihn zu schießen, aber er sah keine andere Möglichkeit, ihn wenigstens für einen kurzen Moment aufzuhalten. Es gelang ihm kaum noch, die Finger zu krümmen. Dann aber blitzte die Waffe in seiner Hand auf. Yaa lachte. Er schien sich in Feuer zu hüllen, aber das täuschte. Rhodan wußte es. Geblendet schloß er die Augen.

Was konnte er noch tun? Er wußte es nicht. Er sah keine Möglichkeit mehr, diesem Gegner zu entkommen.

Der Schuß hatte Yaa ein wenig von ihm abgetrieben. Ohne zu überlegen, riß Rhodan den Steuerknüppel erneut herum. Die Plattform jagte auf das Raumschiff zu. Yaa zögerte. Dadurch gewann Rhodan einen kleinen Vorsprung. Dann aber folgte ihm die schwarze Gestalt wieder.

Ich verstehe nicht, weshalb du dich gegen das Glück wehrst, wisperte es in ihm. *Warum willst du dich nicht umwandeln lassen?*

»Ich will es!« brüllte Rhodan Yaa zu. »Ich will es, verstehst du? Aber ich werde es erst dann zulassen, wenn du dich vorher selbst umgeformt hast. Danach kannst du mich nachziehen.«

Er umkreiste das Raumschiff. Yaa antwortete nicht. Hatte er ihn nicht gehört?

Rhodan schlug beide Fäuste auf die Knöpfe der Bordwaffen. Er feuerte, ohne zu zielen. Vier Blitze brachen aus dem Bug. Sie streiften den grünen Energieschirm und schossen ins Nichts. Sie gingen um mehrere Meter an Yaa vorbei.

Er merkte, daß Yaa irritiert war. Deshalb wiederholte er den Angriff, obwohl er sonst keinen erkennbaren Erfolg zeigte. Die Energieblitze glitten zentimeternah am Energischirm vorbei.

Plötzlich schienen sie sich zu krümmen und auch Yaa zu tangieren. Rhodan verengte die Augen. Ihm wurde warm. Die Hitzeflut ließ die Temperaturen schnell ansteigen. Yaas Konturen verschwammen, und Rhodan fühlte eine Serie von emotionellen Impulsen auf sich eindringen, in denen sich höchstes Glück spiegelte.

Instinktiv riß er die Plattform herum, ließ sie abstürzen, fing sie kurz über dem Boden ab und richtete sie nach Süden. Keinen Moment zu früh.

Als er zurückblickte, sah er, daß sich eine Energiebrücke zwischen dem unbegreiflichen Wesen und dem Schutzschirm bildete. Traecther verlor seinen Dunkelschirm für einige Sekunden. Die Welt leuchtete auf, und Yaa verwandelte sich in einen weißglühenden Ball, aus dem eine Serie von Blitzen in den Schutzschirm schlug.

Rhodan hielt den Atem an. Er bremste die wilde Fahrt ab und drückte die Plattform bis in den Schnee hinab. Brach jetzt der Schutzschirm zusammen?

Für einen kurzen Moment schien es so. Er flackerte und bekam helle Stellen. Dann aber glühte er wieder in stetem Grün. Yaa war verschwunden.

Dort, wo Rhodan die Pseudogalaxis gefunden hatte, entstand ein Feuerball. Ein wahres Feuerwerk von Blitzen schlug in den Himmel hinauf. Die gesamte gespeicherte Energie wurde frei. Yaa nahm seine langjährige Beute mit in den Tod.

Rhodan preßte den Kopf auf die Platte. Er klammerte sich fest, als die Druckwellen kamen. Die Hitzeflut ließ den Schnee schmelzen. Hinter der gebogenen Scheibe fand Rhodan Schutz. Ihm wurde so heiß, daß ihm der Schweiß aus allen Poren brach, aber er erlitt keine Verbrennungen. Überall verdampfte das Wasser, so daß sich die Sicht bis auf wenige Meter verringerte.

Als die Luftmassen sich beruhigten, begann Rhodan sofort mit der Suche nach den Freunden. Zeno fand er sehr schnell. Der Accalaurie in dem Körper eines Yaanztroners richtete sich gerade auf. Verständnislos starrte er Rhodan durch die Sichtscheibe seines Helmes an. Der Terraner zog ihn auf die Plattform und verzichtete vorläufig auf Erklärungen.

»Wie fühlen Sie sich?« fragte er.

»So miserabel wie noch nie in meinem Leben«, entgegnete Zeno mühsam. »Mir tut alles weh. Das Biest hat mir Strom durch den Körper gejagt. Ich kann mich kaum bewegen.«

Es wurde wieder kalt. Im gleichen Maße klärte sich aber auch die Luft. Das verdampfte Wasser gefror und schlug sich nieder. Perry entdeckte den Petraczer in einer Bodenrinne. Schnee und Eis deckten ihn teilweise zu.

»Viel später hätte es nicht werden dürfen«, sagte Zeno. »Dann hätten wir ihn nicht mehr gefunden.«

Zusammen zerrten sie ihn zu sich auf die Maschine. Gayt-Coor war bewußtlos.

»Wir sollten von hier verschwinden!« drängte Zeno. »Die Besatzung des Schiffes wird bald kommen. Wir können uns nicht auf einen Kampf mit ihr einlassen.«

Rhodan nickte zustimmend. Er richtete den Bug der Plattform nach Westen und beschleunigte scharf.

25.

Etwa fünfzig Kilometer von dem Schiff entfernt landeten sie. Rhodan zitterte vor Kälte.

Zeno setzte die Plattform zwischen einigen Bäumen ab. suchte etwas trockenes Holz zusammen und zündete es an. Rhodan kümmerte sich währenddessen um den Petraczer, der allmählich zu sich kam. Das Feuer wärmte ihn. Der Wind hatte gedreht. Er kam jetzt aus dem Norden und brachte noch kältere Luft mit. Die Temperaturen sanken rasch ab. Rhodan kauerte sich hinter die Schutzhaube des Gleiters. So konnte er sich ein wenig besser vor dem Wind schützen.

Plötzlich begann eines der Geräte zu fiepen. Rhodan schaltete es ein. Auf einem Ortungsschirm zeichnete sich ein deutlicher Impuls ab. Sekunden später lief die mit Heltamosch vereinbarte Meldung ein.

»Der Mato Pravt kommt!« rief Rhodan.

Zeno kam zu ihm. Er war überrascht. »Das ist viel zu früh«, sagte er.

Gayt-Coor klappte seinen Helm zurück. Er atmete die klare, kalte Luft ein. Rhodan konnte ihm ansehen, daß er den Schock überwunden hatte.

»Das ist unser Glück. Es wird höchste Zeit, daß wir von hier verschwinden.«

Zeno ermittelte ihre genaue Position mit Hilfe der Bordinstrumente. Rhodan gab sie an das Raumschiff durch, das sich ihnen näherte.

»Bitte, richten Sie sich nur nach dem Peilsignal, das wir Ihnen senden«, sagte Rhodan. »Verzichten Sie auf weitere Mitteilungen. Es ist nicht notwendig, daß wir Aufmerksamkeit erregen.«

Sie blickten in den dunklen Himmel hinauf. Auch in dieser Region war der Dunkelschirm der Yulocs wirksam. Er ließ nur wenig Licht der ohnehin schwachen Sonne durch.

Bis jetzt konnten sie das Beiboot der PRYHNT noch nicht sehen. Atemlos warteten sie, ständig darauf gefaßt, daß die unbekannte Besatzung des raketenförmigen Schiffes auf den Anflug reagierte.

»Dort ist es!« rief der Petraczer und zeigte zum Horizont. Jetzt entdeckten auch Rhodan und Zeno das Beiboot. Es näherte sich sehr schnell.

»Was werden Sie tun, Rhodan?« fragte der Accalaurie.

Rhodan lächelte. Er hielt die Hände über das Feuer.

»Wir werden die Rakete mit den Mitteln des Beiboots vernichten«, antwortete er. Zeno und Gayt-Coor machten zustimmende Gesten.

»Dann sind wir ihn für alle Zeiten los«, sagte Gayt-Coor.

»Wen?« fragte Zeno.

»Den Jäger.«

Die beiden Freunde blickten ihn erregt an. Sie wußten, was der Petraczer mit seinen Worten meinte.

»Sie haben es doch längst gewußt, Rhodan«, sagte das echsenähnliche Wesen. »Diese Welt ist für alle Völker der Galaxis verboten, nur für die Jäger nicht. Wenn einer oder mehrere von ihnen hierhergekommen sind, dann um Sie zu fangen – und vielleicht zu töten. Es bleibt Ihnen nichts anderes übrig, als das Schiff zu zerstören.«

Rhodan antwortete nicht, denn jetzt landete das tropfenförmige Beiboot. Unter seinen flammenden Abstrahldüsen schmolz der Schnee. Die drei Freunde warteten, bis sich die Bodenschleuse öffnete. Dann nahmen Zeno und Gayt-Coor Rhodan in die Mitte und flogen hinüber.

Im Schiff war es angenehm warm. Rhodan atmete auf. Er fühlte sich sehr bald wohler. Während Zeno und der Petraczer ihre Kampfanzüge ablegten, eilte er zur Zentrale. Er wollte keine Zeit verlieren und den Kommandanten möglichst schnell dazu veranlassen, das andere Schiff anzugreifen.

Überrascht blieb er stehen, als er durch das Hauptschott in die Zentrale kam. Sie war leer.

»Was ist los, Rhodan?« fragte Zeno hinter ihm.

Rhodan trat zur Seite, um ihm Platz zu machen. »Ich fürchte, wir sind allein an Bord«, entgegnete er. Langsam ging er zum Hauptleitstand. Das Beiboot startete. Sie konnten es auf den Bildschirmen und auf den Instrumentenanzeigen verfolgen.

Rhodan setzte sich in den Sessel des Piloten. Entschlossen griff er nach dem zentralen Hauptflugschalter. Er versuchte, ihn umzulegen.

»Die Instrumente sind blockiert«, stellte Gayt-Coor nüchtern fest. »Heltamosch ist ein sehr kluger Mann, Rhodan. Er ahnt bereits, was Sie planen. Er hat seine Vorbereitungen getroffen, um Sie daran zu hindern.«

Rhodan erhob sich. »Ich fürchte, Heltamosch hat einen Fehler gemacht«, sagte er.

Die drei Freunde beobachteten, wie das Schiff von der riesigen PRYHNT aus gesteuert wurde. Alle Vorgänge wurden reguliert. Wie von Geisterhand bewegt verschoben sich Hebel, senkten sich Tasten und drehten sich Justierrädchen. Technische Ereignisse dieser Art waren durchaus nicht neu für Rhodan, aber jetzt machten sie ihm besonders deutlich, wie hilflos er war.

Rhodan wandte sich sofort der Hauptleitzentrale zu, als er die PRYHNT betreten hatte. Er verlor keine Sekunde. Zeno und Gayt-Coor hatten Mühe, ihm zu folgen.

Im Hauptliftschacht wurde der Petraczer unruhig. »Wenn mich nicht alles täuscht, Rhodan, dann beschleunigt das Schiff bereits wieder«, sagte er.

Rhodan antwortete nicht. Er versuchte, aus den Geräuschen, die das Schlachtschiff erfüllten, herauszuhören, was geschah. Doch hier war alles ein wenig anders als an Bord terranischer Raumschiffe. Geringfügige technische Abweichungen genügten schon, um eine völlig andere Geräuschkulisse entstehen zu lassen. So wußte Rhodan nicht, ob die PRYHNT sich schon wieder von Traecther entfernte oder nicht, als er seinem Freund Heltamosch gegenübertrat.

Heltamosch kam ihm einige Schritte entgegen. Er blickte ihn forschend an. Seine goldfarbenen, irisierenden Augen waren leicht verengt. Rhodan hatte in den vergangenen Wochen und Monaten gelernt, in dem Gesicht eines Yaanztroners zu lesen. So erkannte er auch jetzt, was hinter der Stirn des Mato Pravt vorging. Der kommende Herrscher des Naupaumschen Raytschats war nicht gewillt, irgendwelche Kompromisse einzugehen.

Rhodans Aufmerksamkeit richtete sich auf die Bildschirme. Noch befand sich das Schlachtschiff in einer Kreisbahn um Traecther.

»Ich danke Ihnen für Ihre Fürsorge«, sagte Rhodan. »Aber wir wären auch allein in der Lage gewesen, das Beiboot richtig zu manövrieren.«

»Es ist die Frage, ob ich mit allen Manövern einverstanden gewesen wäre«, versetzte Heltamosch nicht weniger doppeldeutig. »Mir scheint, wir haben Sie aus einer peinlichen Lage befreit. Viel später hätten wir wohl nicht kommen dürfen?«

Er betrachtete Rhodans zerfetzte und zerfressene Kleidung. »Selbst auf einer absolut friedlichen Welt wird Rhodan in Kämpfe verwickelt.«

»Das liegt vielleicht daran, daß diese Welt gar nicht so friedlich ist, wie Sie glauben, Heltamosch.« Rhodan streifte sich die Jacke Zenos ab. »Da unten steht ein Raumschiff. Mit ihm ist ein Jäger gekommen.«

»Das wird richtig sein«, stimmte der Mato Pravt zu. »Ein anderer wäre kaum auf dieser Welt gelandet.«

»Ich habe vor, den Raumer zu zerstören.«

Ein Schatten fiel über das Gesicht des mächtigen Freundes. Er hob die Hände in einer abwehrenden Geste. Zugleich ließ auch seine Körperhaltung erkennen, daß er nicht mit den Worten Rhodans einverstanden war. Er schob die Schultern ein wenig nach vorn und senkte den Kopf, als müsse er sich zum Kampf stellen.

»Sie wissen, daß ich Ihnen meine Hilfe versagen muß, Rhodan. Niemals und auf gar keinen Fall werde ich die Bordwaffen der PRYHNT einsetzen, um irgend etwas dort unten zu vernichten. Traecther ist eine Welt der Alten. Ich kann nichts für Sie tun, selbst wenn ich wollte.« Diese Worte klangen fast bittend.

»Es wäre ein Fehler, Heltamosch, nichts zu unternehmen.«

»Ich habe mich entschieden«, entgegnete der Mato Pravt schroff. »Finden Sie sich damit ab.«

Er drehte sich um und gab dem Kommandanten den Befehl, das Tarct-System zu verlassen. Rhodan fluchte leise. Heltamosch hörte es. Er kehrte zu ihm zurück.

»Sie sollten ein Bad nehmen und sich neue Kleider geben lassen, Freund. Sie sehen jetzt nicht sehr respektgebietend aus.«

Der Terraner richtete sich auf. Starr blickten die beiden Männer sich an. Heltamosch war jung. Nach Erdzeit gerechnet, war er gerade 140 Jahre alt. Dennoch wußte er genau, was er tat, und er stand zu seinen Entschlüssen. Rhodan sah ihm an, daß er sich jetzt auf gar keinen Fall umstimmen lassen würde.

»Ich zeige Ihnen Ihre Kabine«, sagte Gayt-Coor leise und griff nach Rhodans Arm.

Die PRYHNT beschleunigte.

Zwei Stunden später trafen Rhodan und Heltamosch sich in einer großräumigen Kabine des Mato Pravt zum Essen.

Nachdem sie einige belanglose Worte ausgetauscht hatten, sagte Heltamosch: »Bei einigen Kommandanten ist die Scheu vor den Yuloc-Planeten so tief verwurzelt, daß jeder, der von einer solchen Welt zurückkehrt, sich einer umständlichen und zeitraubenden Läuterungszeremonie unterziehen muß.«

Rhodan nickte. »Ich hab's schon akzeptiert«, erwiderte er.

Heltamosch blickte ihn lächelnd an. »Sie sehen nicht gerade so aus, als wären Sie frei von Sorgen. Im Gegenteil.«

»Das liegt nicht an den Ereignissen von Traecther«, sagte Rhodan.

»Sondern?«

»Ich weiß auf Terra, meiner Heimatwelt, einen Androiden, der in meinem Körper lebt, der meine Rolle als Großadministrator spielt und der den Auftrag hat, das Imperium in den Untergang zu führen.«

Heltamosch senkte den Kopf. Er hatte begriffen. »Sie möchten also noch einmal versuchen, eine parapsychische Verbindung mit diesem Androiden herzustellen?«

»So ist es«, entgegnete Rhodan. Er schob seinen Teller zurück und verzichtete auf gelierte Früchte, die ihm der Servoroboter hingestellt hatte. »Ich weiß, daß der Mato Pravt des Naupaumschen Raytschats mehr zu tun hat, als sich nur um meine Sorgen zu kümmern. Dennoch möchte ich Sie bitten, mit mir nach Yaanzar zu fliegen.«

»Was haben Sie vor?«

Heltamosch schob Rhodan einen Krug mit einer tiefblauen Flüssigkeit hin. Sie bestand aus einer Mischung von verschiedenen Fruchtextrakten und wirkte belebend. Rhodan wartete. bis Heltamosch das Gefäß erhob, und trank dann ebenfalls mit kleinen Schlucken.

»Ich will das Experiment wiederholen«, erklärte er. »Dafür benötige ich Doynschto den Sanften. Nur er beherrscht die Technik.«

»Das hatten Sie mir schon gesagt.«

»Nun, ich bin es leid, auf Yaanzar in ständiger Gefahr zu schweben. Dort hätte ich keine Minute Ruhe. Das Experiment stünde von Anfang an unter schlechten Vorzeichen. Wieder einmal wäre ich allen möglichen Belastungen ausgesetzt. Unter solchen Umständen kann ich aber nicht wirksam genug gegen den Androiden vorgehen. Wenn ich überhaupt etwas auf der Erde erreichen will, dann muß ich Zeit haben. Ich muß mich ausreichend konzentrieren können, und ich muß gut vorbereitet in den Versuch gehen.«

»Auch das ist klar«, antwortete Heltamosch. »Ich verstehe aber immer noch nicht, was Sie damit sagen wollen, Rhodan.«

»Die Konsequenz liegt auf der Hand, Heltamosch. Ich möchte Doynschto entführen, die entsprechenden Maschinen mitnehmen und auf eine Ihrer Welten bringen lassen. Dort könnten wir in aller Ruhe arbeiten, ohne ständig unnötigen Gefahren ausgesetzt zu sein.«

Der mächtige Mann in der Naupaumschen Galaxis schlürfte die blaue Flüssigkeit aus dem Krug. Fragend blickte er Rhodan an.

»Wissen Sie denn nicht, daß diese Experimente, ebenso wie die Gehirntransplantationen nach dem PGT-Verfahren, nur auf Yaanzar stattfinden können?«

Rhodan runzelte die Stirn. »Natürlich bin ich darüber informiert«, entgegnete er zögernd. »Das kann man aber doch relativ leicht ändern, wenn man entschlossen genug vorgeht.«

Heltamosch lächelte. »Ich weiß, Sie sind der Mann, der eine derartige Aktion erfolgreich durchführen könnte – wenn sie Sinn hätte.«

»Was wollen Sie damit sagen?« fragte Rhodan betroffen.

Er ahnte, daß Heltamosch ihm etwas mitzuteilen hatte, was seine gesamten Pläne über den Haufen warf. Er spürte förmlich, daß er sich etwas vorgenommen hatte, was nicht durchführbar war – aber er wollte es noch nicht wahrhaben. Er sträubte sich gegen das endgültige Nein.

»Ist es richtig, daß die Wissenschaftler von Yaanzar über Erkenntnisse und Techniken verfügen, die sie bisher den anderen Völkern dieser Galaxis vorenthalten konnten?«

»Das ist richtig und auch wieder nicht, Rhodan. Glauben Sie wirklich, daß es in unserer Zeit möglich wäre, ein so ungeheuer wichtiges Wissen über Jahrhunderte hinweg vor anderen Völkern geheimzuhalten? Die Gehirntransplantationen sind ein gigantisches Geschäft für die Wissenschaftler von Yaanzar und für viele andere auf diesem Planeten auch. Glauben Sie nicht, daß unendlich viele Völker neiderfüllt nach Yaanzar blicken und sich wünschen, ein solches Geschäft übernehmen zu können?«

»Ich habe damit gerechnet, daß es so ist.«

»Fast jeder einigermaßen bemittelte Staat hat seine Agenten zu diesem Transplantationsplaneten geschickt und sie auf das Geheimnis angesetzt.«

»Und dennoch ist es nicht gelungen. es zu lüften? Das glaube ich nicht.«

Heltamosch lächelte. »Sie haben recht. In der Vergangenheit haben sich viele Politiker und Wissenschaftler von Yaanzar als bestechlich erwiesen. Mein Geheimdienst und mehrere andere auch haben die gesamte Transplantationstechnik und alle damit zusammenhängenden Maschinen erkundet und nachgebaut.« Er machte eine kleine Pause und blickte Rhodan bedeutungsvoll an. »Das wirkliche und entscheidende Geheimnis der Yaanztroner liegt woanders! Es sind nicht ihre Maschinen, und es ist auch nicht das Wissen, das schließlich jede andere Intelligenz früher oder später erlernen könnte.«

»Was ist es dann, Heltamosch? Spannen Sie mich nicht länger auf die Folter!«

»Die gesamte Apparatur funktioniert nur auf Yaanzar. Wirklich. Es geht nur auf diesem Planeten. Verstehen Sie? Es ist noch ein kleiner Trick dabei, und der liegt in der komplizierten, sechsdimensionalen Gravitationskonstante des Planeten begründet. Das ist etwas, das man nirgendwo in der Galaxis und auf keinem Planeten nachahmen kann. Das ist yaanzarspezifisch, wenn ich es einmal so nennen darf.«

Rhodan lehnte sich in seinem Sessel zurück. Für einen kurzen Moment schloß er die Augen. So etwas Ähnliches hatte er befürchtet.

»Die Gravitationskonstante ist ein absolut perfekter Nachahmungsschutz für die Yaanztroner«, sagte Rhodan endlich. »Einen besseren Schutz hätte die Natur ihnen nicht schenken können.«

»Jetzt werden Sie verstehen können, weshalb sie sich so sicher fühlen auf ihrem Planeten. Sie wissen, daß sie ihre Vormachtstellung für alle Zeiten behalten werden – es sei denn, daß sich die Suche nach dem ewigen Leben einmal in der gesamten Galaxis verlieren sollte. Damit ist jedoch nicht zu rechnen.«

»Hat es keine Kriege um diesen Planeten gegeben?«

»Einige unbedeutende Zwischenfälle. Man kann sie nicht Krieg nennen. Die Völker der Galaxis haben sich sofort auf die Seite der Yaanztroner gestellt, wenn es zu Auseinandersetzungen kam, denn alle fürchteten, die Chance auf ein längeres Leben zu verspielen, wenn Yaanzar unterging.«

Wieder trank er ein wenig.

»Die Yaanztroner waren zeitweilig sogar so raffiniert, die Transplantationstechnik zu horrenden Preisen an andere Völker zu verkaufen. Dabei wußten sie ganz genau, daß die Apparatur nicht funktionieren würde.«

»Ich nehme an, sie mußten alles wieder zurücknehmen?«

»In der Tat.«

Heltamosch schwieg. Jetzt musterte Rhodan ihn. Dieser Mann war ein Politiker und militärischer Fachmann von hohem Rang. Ihm war buchstäblich anzusehen, wie es hinter seiner Stirn arbeitete. Rhodan sah in ihm ausschließlich den kommenden Raytscha.

»Man sollte vielleicht etwas anders vorgehen«, sagte er. »Ein Mann wie Doynschto ist natürlich auch für Sie außerordentlich wichtig. Schon jetzt sollten Sie sich Könner an die Seite stellen, die Sie für die Zukunft dringend benötigen.«

Heltamosch entgegnete: »Natürlich, man weiß nie, was geschehen kann.« Er lächelte, und seine Augen blitzten unternehmungslustig auf. »Ich bin im Grunde mit Ihrem Entführungsplan völlig einverstanden. Doynschto muß aber – ob es uns gefällt oder nicht – auf Yaanzar bleiben. Auf einem anderen Planeten würde er uns nur wenig nützen.«

»Ich sehe, daß Sie in den gleichen Bahnen denken wie ich«, sagte Rhodan. »Sie wollen die VASGA wieder ins Spiel bringen.«

»So ist es!«

Rhodan nickte.

»Die VASGA soll entsprechende Vorbereitungen treffen«, beschloß Heltamosch. »Die Umstände sind recht günstig für uns. Der ranghöchste Offizier des geheimen Stützpunkts auf Yaanzar ist ein guter Freund von mir. Ich kann mich blind auf ihn verlassen. Poyferto ist ein genialer Kopf und wahrscheinlich einer der besten VASGA-Agenten, die ich habe.«

Der Mato Pravt erhob sich und ging zu einem niedrigen Schrank, auf dem eine Akte lag. Er nahm sie auf und überflog einige Seiten daraus. Dann lächelte er, legte sie zurück und kam wieder zu Rhodan.

»Poyferto hat einen der für ihn typischen Geniestreiche eingefädelt«, berichtete er. »Er ist dabei, einen yaanztronischen PGT-Wissenschaftler auszuspielen, der jahrelang für das Naupaumsche Raytschat gearbeitet hat. Dieser Transplantationsspezialist war bis jetzt ein zuverlässiger Mann, aber irgend etwas hat ihn veranlaßt, uns untreu zu werden. Tekmahlschee, das ist sein Name, ist in letzter Zeit unzuverlässig geworden. Oder mit anderen Worten: Er hat damit begonnen, gegen uns zu arbeiten.« Heltamosch trank noch einen Schluck. »So, wie ich meinen Freund Poyferto kenne, wird er diesen Fall zu einem Vorteil für uns ummünzen.«

»Es sollte möglich sein, Doynschto den Sanften, mit ins Spiel zu bringen.«

»Genau das ist es, was ich vorhabe!« Er forderte Rhodan mit einer Geste auf, ihn zu begleiten. »Wir werden Poyferto eine entsprechende Nachricht zukommen lassen. Er kann sich inzwischen schon einmal den Kopf darüber zerbrechen, wie er vorzugehen hat.«

Noch nicht einmal zehn Stunden waren vergangen, als Rhodan geweckt wurde. Einer der Ordonnanzoffiziere Heltamoschs teilte ihm mit, daß sie auf ein anderes Raumschiff umsteigen würden.

Rhodan sagte: »Ich komme gleich.« Er erfrischte sich in der Hygienekabine unter der Dusche, kleidete sich an und fuhr zur Hauptleitzentrale hoch. Dort erwartete ihn der kommende Herrscher des Naupaumschen Raytschats.

Heltamosch zeigte auf einen der Bildschirme. »Mit dem alten Kasten werden wir weiterfliegen«, erklärte er. »Das ist ein Frachter. Wenn wir mit ihm nach Yaanzar kommen, fallen wir nicht auf.«

»Wie weit ist es noch bis zu unserem Ziel?«

»Nur etwa hundert Lichtjahre.« Rhodan betrachtete den Raumer, der sie aufnehmen sollte. Er sah nicht sehr vertrauenerweckend aus. Er hatte ebenfalls die für diese Galaxis typische plumpe Eiform. Nach den Kennzeichen und Orientierungsziffern auf dem Bildschirm schätzte Rhodan das Schiff auf etwa dreihundertfünfzig Meter Länge. An der vorderen Rundung durchmaß es annähernd zweihundertfünfzig Meter. In nur noch schwer zu erkennenden Buchstaben stand VALLAD auf der Hülle.

»Poyferto hat weitere Nachrichten durchgegeben«, berichtete der Mato Pravt. »Man scheint auf Yaanzar einigermaßen überrascht zu sein, daß ich dorthin komme. Poyferto hat aber bereits geschaltet. Er ist mitten in den Vorbereitungen. Die Verhaftung von Tekmahlschee hat er noch hinausgezögert.«

»Das ist eine kluge Entscheidung«, stimmte Rhodan zu. »Poyferto sollte erst wissen, was wir planen.«

»Gehen wir.«

Heltamosch führte Rhodan durch das Schiff zu einem Hangar, in dem ein Beiboot auf sie wartete. Mehrere Offiziere betraten es vor ihnen. Heltamosch wollte das Risiko soweit wie möglich herabsetzen. Er folgte Rhodans Plänen, aber nur in der Begleitung einer starken Gruppe von Spezialisten, die für seine Sicherheit sorgten.

Rhodan stellte schon bald fest, daß die wichtigsten Arbeiten abgeschlossen waren. Die Offiziere hatten Heltamosch und ihm alles abgenommen, was sie unnötig belastete, so daß sie sich ausruhen konnten.

Der Kapitän des Handelsraumschiffs begrüßte seine Gäste bei einem Frühstück. Währenddessen beschleunigte die VALLAD und raste auf Yaanzar zu. Sie erreichte den Planeten in vierzehn Stunden Flugzeit.

»Poyferto«, meldete der Offizier.

Rhodan und Heltamosch erhoben sich, als der Chef der VASGA auf Yaanzar eintrat. Der Mato Pravt begrüßte den untersetzten Mann mit einer freundschaftlichen Geste. Rhodan beobachtete den Geheimdienstmann. Er prägte sich jede Bewegung ein und ließ die Worte, die er von sich gab, auf sich wirken. Poyferto war der Mann, der den Ereignissen der nächsten Tage seinen Stempel aufdrücken würde. Auf ihn kam alles an. Er kannte sich auf diesem Planeten besser aus als jeder andere an Bord. Er war mit den Machtverhältnissen so vertraut, daß er sie zu seinem Vorteil nutzen konnte.

Wie Rhodan schon vorher erfahren hatte, war er annähernd dreihundert Jahre alt. Er wirkte überaus kräftig. Seine bullige Gestalt schien die blaugraue Kleidung sprengen zu wollen. Heltamosch sah geradezu zierlich gegen ihn aus, obwohl auch er eine durchtrainierte, athletische Figur hatte. Die spitz emporstehenden Fledermausohren schienen jedes Geräusch zu erfassen und aufzunehmen. Und die großen, goldfarben schimmernden Augen ließen eine überragende Intelligenz und absolute innerliche Ruhe erkennen. Dichter, moosgrüner Flaum bedeckte Kopf und Körper, soweit dies zu sehen war.

Dieser Kriminalist gewann sehr schnell das Vertrauen Rhodans. Der Terraner spürte, daß er sich auf ihn verlassen konnte.

Als Poyferto ihn begrüßte, blickte er ihm in die Augen. Dort flammte ein Licht auf, das ihm verriet, wie sorgfältig der Geheimdienstler über ihn nachgedacht hatte – und zu welcher Meinung er dabei gekommen war.

»Wir haben Sie über unseren Plan informiert«, sagte Heltamosch, nachdem er mit Poyferto einige Nachrichten ausgetauscht hatte, die für Rhodan unwichtig waren. »Es geht also darum, Doynschto. den Sanften, zu entführen. Das ist die erste Stufe. In der zweiten Phase unserer Aktion soll dieser Wissenschaftler ein Experiment mit meinem Freund Rhodan wiederholen, das außerordentlich wichtig für uns ist.«

Poyferto, der sich zu ihnen an einen kleeblattförmigen Tisch gesetzt hatte, senkte den Kopf zustimmend.

»Ich habe bereits recherchiert.« Er blickte Rhodan an. Wieder schimmerte das Licht in seinen Augen, das diesem wie eine Sympathiebotschaft vorkam. »Meine Leute haben erfahren, daß der Tschatro von Yaanzar einen Tuuhrt auf Rhodan angesetzt haben soll. Der Tschatro scheint der Ansicht zu sein, daß er einem Ceynach-Verbrechen auf der Spur ist. Er fürchtet, daß Sie, Rhodan, umstürzlerische Pläne verfolgen.«

Rhodan antwortete nicht. Auch Heltamosch schwieg. Die beiden Männer blickten sich an. Heltamosch lächelte unmerklich. Die Worte Poyfertos waren die Bestätigung dafür, daß Rhodan tatsächlich von einem Jäger verfolgt wurde. Bisher hatten sie das nur vermuten können.

»Ist der Tuuhrt schon zurückgekehrt?« fragte der Mato Pravt.

»Bis jetzt nicht«, antwortete Poyferto. »Er wird uns also nicht stören, wenn wir nicht zu lange warten.«

»Das ist gut.«

»Anders sieht es mit dem GOK aus. Das Geheime Organ-Kommando macht uns in letzter Zeit erhebliche Schwierigkeiten. Ich fürchte, Tekmahlschee hat ihm Informationen über die VASGA zukommen lassen«, berichtete Poyferto. »Auf Grund der Funkbotschaften habe ich Doynschto den Sanften überprüfen lassen. Dabei habe ich festgestellt, daß das GOK ihn ständig überwacht. Er kann keinen einzigen Schritt tun, ohne dabei vom GOK begleitet zu werden. Die Vorfälle in seiner Klinik haben Aufmerksamkeit erregt. Er genießt jetzt nicht mehr das Vertrauen wie vorher.«

Poyferto blickte Rhodan offen an. »Doynschto war in ein Ceynach-Verbrechen verwickelt«, erläuterte er. »In seiner Klinik ist etwas vorgefallen, was bis heute nicht eindeutig geklärt ist.«

Rhodan begriff, daß dieser geniale Mann weitaus mehr wußte, als er zugab. Wahrscheinlich ahnte er zumindest, um welches Ceynach-Gehirn es sich bei den seltsamen Ereignissen in der Transplantationsklinik gehandelt hatte.

»Durch das GOK wird die Situation natürlich erheblich erschwert«, sagte Heltamosch nachdenklich.

»Wenn nicht geradezu unmöglich gemacht.«

»Das sagen *Sie,* Poyferto?« fragte Heltamosch überrascht. Betroffen blickte er den Chef der örtlichen VASGA an. »Das kann nicht Ihr Ernst sein.«

Rhodan beobachtete Poyferto. Er schätzte ihn als einen Mann ein, der keine leichtfertigen Behauptungen aufstellte.

»Es ist meine Pflicht, Sie auf Schwierigkeiten hinzuweisen, die nun einmal bestehen«, sagte Poyferto. »Das Geheime Organ-Kommando scheint darauf zu warten, daß etwas mit Doynschto geschieht. Es scheint zu ahnen, daß er noch nicht aus dem Spiel ist, ohne sich darüber klar zu sein, um welches Spiel es sich hier eigentlich handelt.«

Heltamosch zeigte ein feines Lächeln. »Schwierigkeiten sind dazu da, überwunden zu werden.«

»Warum muß es Doynschto der Sanfte, sein?« fragte der Geheimdienstler. »Es gibt viele Transplantatoren auf Yaanzar. Warum er?«

»Wenn es wirklich so wäre, hätten wir erheblich weniger Probleme«, erwiderte Rhodan.

»Nur Doynschto ist in der Lage, die Experimente durchzuführen, die wir planen«, fügte Heltamosch hinzu.

»Dann bietet sich Tekmahlschee, der Verräter, an«, sagte Poyferto. »Er muß von der Bildfläche verschwinden. Für ihn müssen wir Doynschto einsetzen.«

»Ihm darf nichts passieren«, sagte Rhodan. »Wir müssen ihn verhaften und dann irgendwo gefangenhalten, aber er muß greifbar bleiben.«

Sie glitten in einem Schacht nach oben, nachdem sie mit der planetenumspannenden Rohrbahn bis in die unmittelbare Nachbarschaft der Transplantationsklinik gelangt waren. Poyferto hatte nur einen weiteren VASGA-Mann mitgenommen, Rhodan aber zugleich darüber informiert, daß noch siebenundvierzig weitere Agenten um die Klinik Tekmahlschees zusammengezogen wurden.

In einem ovalen Verteiler kamen sie heraus. Rhodan ließ Alysch, den Begleiter Poyfertos, vorangehen. Über seinen Kopf hinweg beobachtete er das Gewimmel in der Halle. Aus zahlreichen Liftkabinen drängten sich die Yaanztroner heraus, während andere sich ihnen ungeduldig entgegenschoben und sie so behinderten. Dabei nahm kaum jemand Rücksicht auf den anderen. Jeder schien zu fürchten, daß sich die Lifttüren schließen würden, bevor er sie passiert hatte. War es den Fahrgästen dann gelungen, die Trauben vor den Schächten zu durchbrechen, dann rannten sie kreuz und quer durch das Oval zu anderen Kabinen hinüber, mit denen sie weiterfahren wollten.

Poyferto und Alysch stürzten sich mit der gleichen Nervosität in den Trubel. Sie zerrten Rhodan mit sich.

»Sie dürfen sich hier nicht ruhig verhalten«, flüsterte der VASGA-Chef ihm zu. »Wir würden sofort auffallen. Sehen Sie den rot gekleideten Mann mit den Federn auf dem Kopf dort drüben?«

Rhodan nickte. »Was ist mit ihm?« fragte er, während er einen allzu eiligen Fahrgast gegen sich prallen ließ und dann zur Seite wegschob.

»Er gehört zum GOK«, entgegnete Poyferto. Er stieß eine Frau gegen die Wand und ging an ihr vorbei in die Liftkabine. Alysch stellte sich ihr in den Weg und ließ Rhodan vorbei. Erst danach erlaubte er ihr, den Lift ebenfalls zu betreten. Sie fügte sich ohne Protest und schien sich noch nicht einmal über ihn zu ärgern.

Die Türen glitten zu. Der Liftkorb stieg nach oben. Als er hielt und die Türen sich wieder öffneten, kamen sie in eine Halle, die nur noch geringfügig frequentiert wurde.

Auf einer Tafel las Rhodan die Zahl 500. Sie zeigte an, daß sie sich der Planetenoberfläche bereits sehr stark genähert hatten.

Poyferto deutete auf eine elegant gekleidete Frau, die auf einen wartenden Lift zutänzelte. »GOK«, sagte er knapp. »Ich hoffe sehr, daß man nicht auf uns aufmerksam geworden ist.«

Sie bestiegen einen weiteren Lift, der sie bis unter den freien Himmel transportierte. Poyferto wirkte beruhigt, als er nur zwei Yaanztroner am Ausgang dieses Schachtes bemerkte. Er winkte Rhodan zu.

»Alles in Ordnung«, sagte er.

Sie traten durch eine Energieschleuse. Rhodan blickte sich um. In der Dunkelheit konnte er nicht sehr viel erkennen, zumal hoch aufragende Häuser ihm die Sicht versperrten.

»Wir sind jetzt in der Zone der Privilegierten«, sagte Poyferto. »Sie dürfen unter dem natürlichen Himmel leben und eine Luft atmen, die nicht von chemischen und pharmakologischen Substanzen durchtränkt ist.«

Sie eilten einen betonierten Weg entlang und erreichten die Ecke eines Hochhauses. Allmählich gewöhnten sich Rhodans Augen an das schwache Licht, und er konnte mehr Einzelheiten unterscheiden. Überall tauchten stille Gestalten auf; sie eilten an ihnen vorüber und verschwanden wieder zwischen den Gebäuden. Hoch über ihnen brannten Lichter hinter den Fensterscheiben. Sie erhellten gegenüberliegende Mauern mit kleinen Öffnungen.

Diese Welt war so eintönig und grau, so langweilig und trist wie die längst vergessenen Städte der Frühzeit der Erde. Rhodan erinnerte sich daran, daß man dort im zwanzigsten Jahrhundert Gebäudekomplexe errichtet hatte, in denen Tausende von Menschen Unterkunft fanden. Eine Zeitlang hatte man diese Massenquartiere als beste Lösung der Wohnungsnot angesehen, bis sich die erschreckenden sozialen Folgen zeigten.

Pyrfyn war offenbar eine Stadt, in der die Yaanztroner noch unvergleichlich viel enger zusammenleben mußten. Zwischen den einzelnen Hochhäusern lagen nur selten Gärten, die mehr als vier oder fünf Meter durchmaßen.

Poyferto führte sie sicher durch ein Labyrinth von absolut gleich aussehenden Gängen und Gassen. Sie stießen auf Automatengeschäfte, von denen fast alle Verbrauchsgüter der gehobenen Luxusklasse anboten.

»Zu teuer für uns«, sagte Alysch gleichmütig. »Das ist nur für die Reichen da.«

Einige Male drängte Poyferto sie in einen dunklen Winkel zwischen den Häusern und befahl ihnen zu schweigen. Dann glitt in ihrer Nähe ein Roboter vorbei. Sie wurden jedoch nicht entdeckt und kontrolliert.

Immer wieder blickte Poyferto auf sein Chronometer. »Wir bleiben genau im Zeitplan«, bestätigte er Rhodan.

Dann erreichten sie eine halbkugelförmige Halle von etwa einhundert Metern Durchmesser. Zahlreiche Roboter patrouillierten vor ihr, und ein grünlich leuchtender Schutzschirm umspannte sie. Mehrere runde Scheiben waren erleuchtet. Das deutete darauf hin, daß in diesem Gebäude noch gearbeitet wurde.

»Die Klinik?« fragte Rhodan.

»Ganz recht. Machen Sie sich keine Gedanken um den Schirm. Wir können mühelos hindurch.«

Sie warteten, bis die Wachroboter weit genug von ihnen entfernt waren. Dann gab Poyferto ihnen das Zeichen. Sie rannten auf die grüne Wand zu. Der VASGA-Chef zog einen flachen Kasten aus seiner Brusttasche und verschob einige darauf angebrachte Tasten. Im Energieschirm bildete sich ein dunkles Loch. Rhodan und Alysch sprangen hindurch. Poyferto folgte ihnen. Er dirigierte sie hinter einige Büsche, die neben einem künstlerisch verzierten Portal standen. Rhodan blickte zurück. Die Lücke im Energieschirm hatte sich wieder geschlossen. Niemand war aufmerksam geworden.

Jetzt wurde Alysch aktiv. Er legte sich auf den Bauch und kroch bis zum Portal. Dort machte er sich an der Tür zu schaffen. Rhodan konnte nicht genau erkennen, was er dort hantierte, aber er konnte es sich denken. In den Türlamellen befanden sich ovale Leuchtscheiben. Sie erloschen plötzlich. Auch jetzt wurden die Wachen noch nicht aufmerksam. Die drei Männer warteten zwei volle Minuten. Als auch dann noch nichts geschah, richtete Poyferto sich auf. Er sprang zur Tür und drückte einen elektronischen Schlüssel gegen die Kontaktscheibe. Dann öffnete sich das Portal. Rhodan und Alysch eilten hinein.

Poyferto verschloß den Eingang wieder und führte sie durch die Dunkelheit bis zu einer weiteren Tür, die er ebenfalls mühelos zur Seite schob. Sie traten auf einen hell erleuchteten Gang hinaus, der mit Schränken angefüllt war. Auch hier wurde mit dem Platz gegeizt. Jeder Zentimeter wurde wirtschaftlich genutzt. Wieder ging Poyferto voran. Er führte sie zu einer Tür, die mit besonderen Schriftzeichen gekennzeichnet war. Ermahnend hob er die linke Hand und drückte sich die gespreizten Finger vor den Mund, um anzudeuten, daß sie still sein sollten. Mit der anderen Hand deutete er auf die Tür.

Er stieß die Tür entschlossen auf, zog seine Waffe aus dem Gürtel und stürmte in den Raum.

Der Wissenschaftler Tekmahlschee stand mit einer weißgekleideten Frau eng umschlungen an einem Operationstisch. Seine Augen glühten. Sein Gesicht wirkte eigentümlich schlaff und energielos. Er zitterte am ganzen Leib.

»Es gibt keine Rechtfertigung für das, was Sie getan haben, Poyferto«, sagte er keuchend. »Einen Mann zu einer solchen Stunde zu belästigen verstößt gegen alle Regeln des Anstands.«

Der VASGA-Chef lächelte. »Sie selbst haben mich gezwungen, Sie unter etwas dramatischen Umständen aufzusuchen. Tekmahlschee – Sie sind verhaftet.« Er zog ein Schreiben aus der Brusttasche, das von Heltamosch unterzeichnet war.

»Ich verstehe nicht«, sagte der Chirurg stammelnd.

Alysch drückte erst der Frau und danach dem Wissenschaftler eine Hochdruckspritze gegen den Arm. Tekmahlschee und seine Partnerin wurden völlig teilnahmslos.

Alysch führte die Frau aus dem Raum. Der VASGA-Chef beorderte den Transplantator auf einen Operationstisch.

»Tekmahlschee«, sagte er mit eindringlicher Betonung. »Ich weiß, daß Sie mich hören können. Es hat keinen Sinn, sich gegen die Droge zu wehren, die wir Ihnen injiziert haben. Sie müssen mir gehorchen. Je eher Sie das akzeptieren, desto problemloser ist die Medikamentierung für Sie. Erklären Sie uns jetzt bitte die Sicherheitseinrichtungen der Klinik. Gibt es Kommunikationseinrichtungen mit dem Geheimen Organ-Kommando, und wo befinden sie sich?«

Rhodan wartete voller Spannung. Tekmahlschee sträubte sich nicht gegen das Verhör. Ihm fehlte einfach die Kraft dafür. Mit Hilfe des Pharmakons wurde sein Wille weiter geschwächt. Unter diesen Umständen hätte vermutlich auch ein viel stärkerer Mann versagt. Mit monotoner Stimme beantwortete der Chirurg alle Fragen des VASGA-Chefs.

Rhodan sah sich mittlerweile im Operations- und Transplantationszentrum um. Nur deshalb war er mitgekommen. Er mußte wissen, ob die technischen Einrichtungen mit denen der Klinik von Doynschto dem Sanften zu vergleichen waren. Nur wenn alle Voraussetzungen gegeben waren, die auch dessen Klinik boten, konnte das parapsychische Experiment wiederholt werden, auf das es ihnen ankam.

Nach etwa einer Stunde teilte Poyferto ihm zufrieden mit, daß er und Alysch jetzt alles wußten, was für sie wichtig war. Die beiden Männer begannen damit, die Klinik Sektor für Sektor zu überprüfen und zu erobern. Mit den Informationen, die Tekmahlschee ihnen gegeben hatte konnten sie alle Widerstände überwinden.

Als der Morgen graute, war Rhodan sich ziemlich sicher, daß Doynschto hier etwa so gut arbeiten konnte wie in seiner eigenen Klinik. Poyferto und Alysch kehrten zu ihm zurück. Sie teilten ihm mit, daß sie alle Assistenten, Ärzte, Helferinnen und robotischen Einrichtungen übernommen und neu eingestellt hatten.

»Die Droge wirkt einfach phantastisch«, sagte Poyferto schwärmerisch. Er verlor in diesen Sekunden die Kontrolle über sich und ließ eine fast jugendliche Begeisterung erkennen, die nicht recht zu einem so erfahrenen und hartgesottenen Mann wie ihm passen wollte. »Es ist eine Neuentwicklung, die keiner anderen Organisation zur Verfügung steht. Niemand wird sie später nachweisen können. Das GOK wird vor einem unlösbaren Rätsel stehen. Die Klinik mit ihrem gesamten Inventar gehört uns. Die Arbeit kann weitergehen – allerdings wird Tekmahlschee nicht mehr an ihr beteiligt sein. Jetzt beginnt Phase zwei unseres Planes.«

26.

In den nächsten Stunden kam es jedoch noch nicht zu dem von Poyferto angedeuteten nächsten Schritt. Die beiden VASGA-Männer hatten zuviel damit zu tun, die Mitarbeiter Tekmahlschees zu verhören. Rhodan erfuhr, daß einige von ihnen ebenfalls zur VASGA gehörten. Sie bildeten eine wirksame Unterstützung für Poyferto und Alysch. Mit ihrer Hilfe entdeckten sie fünf Männer und zwei Laborantinnen, die dem Geheimen Organ-Kommando angehörten.

Diese Gegner bildeten die schwerste Hürde für den weiteren Fortgang ihrer Aktion. Poyferto mußte alle Sicherungen herausfinden, die das GOK eingebaut hatte. In äußerst schwierigen Verhören ergaben sich dann einige Punkte, die sich als geradezu lebenswichtig erwiesen.

Poyferto kam erschöpft zu Rhodan, der in dem großzügig eingerichteten Salon des Wissenschaftlers ein Frühstück einnahm. In einem Sessel ihm gegenüber nahm er Platz. Er blickte sich in dem für die Verhältnisse dieser Stadt verschwenderisch großen Raum von acht Quadratmetern um.

»Tekmahlschee hat sich zu einem ziemlich üblen Burschen entwickelt«, berichtete er. »Das GOK hat ihn bestochen und seine Dienste mit sehr viel Geld bezahlt. Offenbar hat man in ihm eine Schlüsselfigur gesehen. Er ist auch noch in politische Intrigen verwickelt, die wir noch nicht ganz aufgedeckt haben. Jedenfalls ist er nicht so wichtig, wie das GOK glaubt.«

»Was haben Sie herausgefunden?« fragte Rhodan zwischen zwei Bissen. Er schob dem VASGA-Chef etwas Gebäck zu. Poyferto nahm es dankend.

»Tekmahlschee mußte sich mehrmals täglich beim GOK mit einem verschlüsselten Signal melden. Natürlich weiß das GOK, daß er für uns gearbeitet hat und auch noch arbeitet. Es will ihn deshalb ständig unter Kontrolle haben. Seine Mitarbeiter haben mir mitgeteilt, was wir tun müssen, um das GOK zu beruhigen. In den nächsten Wochen ist weder eine Ablösung der GOK-Agenten noch eine Änderung des Kodes beabsichtigt. Man wird also nicht bemerken, daß sich hier etwas Entscheidendes getan hat – jedenfalls so lange nicht, wie wir es nicht wollen.«

Er lächelte zufrieden. »Wir haben uns nach allen Seiten hin abgesichert. Fraglos wird hin und wieder ein Verbindungsmann des GOK hier auftauchen und Informationen einholen wollen. Er wird Tekmahlschee nicht antreffen – aber das ist ein Problem, das wir noch lösen werden.«

Rhodan nickte.

»Wahrscheinlich werde ich nicht mehr als einige Tage hierbleiben«, erklärte Poyferto. »Das Experiment dauert höchstens Minuten; wenn wir ganz besonders viel Glück haben, vielleicht eine Stunde. Mehr ist wohl gar nicht möglich. So lange werden wir das GOK schon täuschen können.«

Rhodan trank einen Schluck Pyrfyn-Tee. »Was geschieht jetzt?«

»In einer halben Stunde kommt ein Krankengleiter. Wir setzen ihn ein, um noch einige wichtige Leute in die Klinik zu schmuggeln. Der Betrieb hier geht weiter, wenngleich er stark gedrosselt wird. Laufende Arbeiten können jedoch nicht unterbrochen werden, wenn wir keine Aufmerksamkeit erregen wollen.«

»Können die anderen Ärzte die Funktionen erfüllen?«

»Ohne weiteres.«

»Dann werden wir uns jetzt ganz auf Doynschto konzentrieren.«

Poyferto erhob sich. Er zog seine Kombination straff und überprüfte seinen Energiestrahler. »Zunächst werden wir das GOK auf eine andere Klinik im Süden von Nopaloor ansetzen«, kündigte er an. »Unsere Freunde sollen annehmen, daß sich dort etwas Wichtiges tut.«

Die Tür öffnete sich. Alysch trat ein. Er sah aufgeregt aus.

»Tekmahlschee beginnt zu toben«, sagte er keuchend. »Er scheint die Droge nicht vertragen zu haben.«

Poyferto und Rhodan sprangen auf. Die beiden Männer warfen sich einen besorgten Blick zu, als sie aus dem Salon eilten und dem Agenten folgten. Plötzlich war der gesamte Plan gefährdet.

Tekmahlschee war nur eine Randfigur. Rhodan ging es nur um die

Privatklinik und deren unersetzliche Einrichtungen. Wenn aber dem Transplantator etwas passierte, würde sich das Geheime Organ-Kommando früher oder später einschalten. Das aber konnten sie sich nicht mehr leisten. Der Tuuhrt würde sehr bald begreifen, was auf Traecther wirklich geschehen war. Er würde sich wahrscheinlich auch ausrechnen können, wohin sich sein Opfer gewandt hatte. Rhodan rechnete damit, daß der Jäger bald auf Yaanzar auftauchte und sich ihm entgegenstellte. Bis dahin mußte das Experiment beendet sein. Die Zeit drängte. Jeder Zwischenfall mußte verhängnisvolle Auswirkungen haben.

In einem Liftschacht schwebten sie nach unten. Tekmahlschee befand sich in einem Operationsraum, der einhundert Meter unter der Oberfläche lag.

Mehrere VASGA-Agenten schirmten den Bezirk ab. Sie ließen Poyferto und seine Begleiter durch. Einer von ihnen drängte zur Eile. Poyferto begann zu laufen.

Ein Arzt stand neben dem Operationstisch, auf dem Tekmahlschee lag. Er hielt eine Hochdruckspritze in der Hand. Besorgt blickte er den VASGA-Chef an.

»Was gibt es?« fragte Poyferto.

»Eine gefährliche Krise«, antwortete der Mediziner. »Der Kreislauf versagt.«

Rhodan trat an den Tisch heran und blickte auf den Transplantator hinab. Er erschrak. Tekmahlschee sah aus wie ein Toter. Seine spitzen Ohren hingen schlaff an seinem runden Schädel. Die Augen schienen erloschen zu sein. Die Lippen hatten sich über die Zähne gezogen und verliehen dem Gesicht so das Aussehen einer grinsenden Fratze.

»Das begreife ich nicht«, sagte Poyferto unruhig. Fragend blickte er den Arzt an. »Was ist mit ihm? Weshalb verträgt er die Droge nicht?«

»Er befindet sich in der Paarungszeit. Sein ganzer Metabolismus hat sich darauf eingestellt. Unter diesen Umständen mußte es zu einer solchen Reaktion kommen. Bedauerlicherweise war uns das vorher nicht klar.«

Rhodan wußte mittlerweile, daß Yaanztroner etwa alle fünf Monate eine derartige biologische Umstellung erlebten. Alle Bedürfnisse traten dann hinter dem Zwang zur Liebe zurück. Er hatte jedoch nicht geahnt, daß dieser Trieb so überwältigend war, wie er es jetzt erleben mußte. Tekmahlschee wurde davon abgehalten, das zu tun, wozu ihn sein Körper zwang. In der Folge war er zusammengebrochen.

»Es muß doch möglich sein, diese Krise zu überwinden«, sagte Rhodan ruhig. »Vielleicht sollte man in etwas ungewöhnlichen Bahnen denken. Die besonderen Umstände zwingen dazu.«

Er blickte sich um. Poyferto, Alysch und die anderen machten einen betretenen Eindruck. Sie wirkten verlegen und hilflos. »Weshalb geben Sie dem Mann nicht die Chance, das zu tun, was er offenbar tun muß?« fragte Rhodan.

»Wie soll ich das verstehen?«

»Sehr einfach, Poyferto. Bringen Sie Tekmahlschee mit einer Schönen zusammen. Alles andere wird sich dann schon ergeben.«

Die Augen des VASGA-Chefs weiteten sich. »Was halten Sie von mir?« fragte er empört.

»Nun – keine Aufregung. Moralische Erwägungen habe ich überhaupt nicht getroffen. Sie interessieren mich auch nicht. Mir geht es um das Leben dieses für uns so wichtigen Mannes.«

Poyferto streckte die Hände abwehrend aus. »Ich werde auf gar keinen Fall zulassen, daß die beiden zusammenkommen«, sagte er heftig.

»Warum nicht?«

»Weil sie dann unbewacht wären. Tekmahlschee könnte Unheil anrichten.«

»Das ist doch kein Problem. Man könnte ihn dennoch bewachen.«

»Soll ich ihn von einer Wache begleiten lassen?« fragte Poyferto entsetzt.

»Es gibt Roboter«, entgegnete Rhodan.

Poyferto wich zurück. Seine Lippen bebten. »Ich weiß nicht, wer Sie wirklich sind, Toraschtyn. Es geht mich auch nichts an. Ihre Ansichten aber erschrecken mich wirklich. Niemand kann eine Robotwache bei ... bei so etwas dulden.«

Rhodan erkannte, daß er noch viel zuwenig von der Mentalität der Yaanztroner wußte. Er sah ein, daß es wenig Sinn hatte, noch weiter zu dem Thema Stellung zu nehmen.

»Ich habe mich lediglich bemüht, eine Lösung für unser Problem zu finden«, sagte er gelassen. »Wollen Sie Tekmahlschee sterben lassen?«

»Es gibt noch eine Möglichkeit, die vertretbar ist.«

»Bitte sagen Sie sie mir.«

Poyferto schlug die Augen nieder. Seine Hände verkrampften sich. »Der Arzt soll Tekmahlschee das Präparat Talgyschyn geben«, befahl er.

Rhodan sah, daß Alysch und der Arzt zusammenzuckten. »Damit würden Sie den Paarungsdrang für mehr als ein Jahr beseitigen!« rief der Mediziner. »Das ist nur bei Seuchen und Schwerkranken erlaubt.«

»Zum Teufel!« schrie Poyferto, der sichtlich die Fassung verlor. »Führen Sie den Befehl aus. Ich kann Tekmahlschee nicht sterben lassen.«

Er stürmte aus dem Operationsraum. Alysch folgte ihm. Auch er wirkte verstört und verlegen. Rhodan lächelte. Auf ihn machten die Überlegungen der VASGA-Agenten einen seltsamen Eindruck, obwohl er wußte, daß sie nur so und nicht anders denken konnten. Schon die Tatsache, daß in dieser Galaxis eine Empfängnisverhütung verboten war, obwohl Naupaum an einer unvergleichlichen Überbevölkerung litt, hatte ihm gewisse Hinweise auf die seltsamen Moralvorstellungen gegeben.

»Tun Sie, was Poyferto befohlen hat«, sagte er zu dem Arzt.

Er wartete, bis der Mediziner die Ampulle mit dem genannten Präparat geholt und ihren Inhalt injiziert hatte. Es dauerte nicht mehr lange, bis das Gesicht Tekmahlschees sich entspannte und der Kreislauf sich wieder normalisierte.

Dafür sah der VASGA-Arzt jetzt verkrampft aus. Als Rhodan ihn fragend ansah, sagte er: »Ich weiß nicht, ob ich das so schnell verwinden werde. Mein medizinischer Eid verbietet mir, so etwas zu tun.«

»Dann wäre es nach Ihrer Ansicht besser, Tekmahlschee sterben zu lassen?«

»Das wäre es.«

Rhodan ging hinaus. Er war betroffen. Er begriff, daß er von dem Leben und Denken der naupaumschen Wesen erst sehr wenig wußte, obwohl ihm stets ein Gehirnfragment als Informationsquelle zur Verfügung stand.

Damit wurde ihm zugleich auch bewußt, wie gefährlich sein Aufenthalt in dieser Galaxis war. Er blieb ein Fremdkörper. Je länger er hierbleiben mußte, desto mehr würde er gegen Tabus verstoßen und mit fremden Mentalitäten in Konflikt geraten. Es war nur eine Frage der Zeit, bis er ungewollt und unverschuldet einen Fehler beging, den ihm niemand mehr verzeihen konnte.

Poyferto hatte sich wieder gefangen, als Rhodan zehn Minuten später in den Salon Tekmahlschees kam. Er bot das Bild eines harten Mannes, der kompromißlos zu handeln verstand.

»Poyferto«, begann Rhodan. »Tekmahlschee wird ...«

»Vergessen wir diese Frage, Toraschtyn«, sagte der VASGA-Chef kühl. »Sie gehört der Vergangenheit an.«

Alysch trat ein. Er zwirbelte die rechte Ohrspitze zwischen seinen Fingern. »Der Gleiter ist da«, berichtete er.

»Dann brechen wir jetzt auf. Sind Ihre Waffen in Ordnung, Toraschtyn?«

Rhodan griff nach seinem Kombistrahler und überprüfte ihn. Er hatte ihn von Heltamosch erhalten. Weitgehend glich er den terranischen Konstruktionen. Die Abweichungen waren nicht sehr auffallend. Das war nicht weiter verwunderlich, da die Schußwaffen hier wie dort ausschließlich zweckbestimmt geformt waren. Er nickte Poyferto zu.

Sie eilten zur Rückseite des Gebäudes, wo ein Gleiter auf sie wartete. Er stand in einer schmalen Kabine. An seinen Seiten verblieben nur wenige Zentimeter Platz. Auch hier wurde Raum eingespart, wo es nur möglich war. Das hatte auch den Vorteil, daß niemand von draußen beobachten konnte, was hinter dem Gleiter vorging. So konnten Poyferto, Rhodan und Alysch die Maschine besteigen. Sie legten sich auf Krankentragen und deckten sich mit den hellen Decken zu. In die milchigen Scheiben waren die Symbole der Klinik eingebrannt, so daß jeder diesen Gleiter als Krankentransport identifizieren konnte.

Die Maschine startete nahezu lautlos. Sanft schwebte sie aus dem Einschnitt in der Halbkugel heraus. Hinter ihr schloß sich die Hülle der Klinik sofort wieder, während der Gleiter auf eine vorgezeichnete Impulsbahn über der Stadt ging. In einer Höhe von fünf Kilometern nahm er Fahrt auf. Rhodan konnte durch einen winzigen Riß in den Scheiben ein wenig von der Außenwelt erkennen.

»Wir fliegen nach Nopaloor«, sagte Poyferto. »Dort werden wir bereits von Heltamosch erwartet. Er hat den gesamten Stadtbezirk, in dem die Klinik Doynschtos liegt, mit unseren Männern besetzt.«

Rhodan ließ sich wieder auf das Lager sinken. »Was geschieht, um das GOK abzulenken?«

»Wir überfallen eine andere Klinik in einem anderen Stadtteil. Vorbereitend haben wir unseren Kollegen einige Informationen zukommen lassen. Bevor wir uns um Doynschto kümmern, werden wir erfahren, ob das GOK sich wirklich ablenken läßt.«

»Doynschto darf auf gar keinen Fall gefährdet werden«, betonte Rhodan.

Poyferto antwortete nicht. Er kannte die Bedingungen, unter denen ihr Einsatz für Toraschtyn und den Mato Pravt interessant waren. Plötzlich öffnete sich eine kleine Klappe zu ihren Köpfen.

»Wir werden von einem Polizeigleiter verfolgt«, meldete der Pilot beunruhigt. An ihm vorbei konnte Rhodan auf die Instrumente sehen. Der Gleiter flog mit Autopilot. Der Mann vorn in der Kanzel hatte also nur eine Kontrollfunktion.

»Wir bleiben auf unserem Kurs«, entschied Poyferto.

Die Klappe schloß sich. Rhodan versuchte, durch den Riß im Seitenfenster etwas zu sehen, aber er konnte die Verfolger nicht erkennen. Sie mußten abwarten, ob die Maschine zufällig hinter ihnen war oder ob man tatsächlich argwöhnisch geworden war. Bevor die Polizisten nichts unternahmen, durften auch sie nichts tun.

Sie mußten warten.

Der Gleiter behielt Kurs und Geschwindigkeit bei. Nichts veränderte sich. Die drei Männer schwiegen. Alysch drehte seine Ohrspitzen zwischen den Fingern. Poyferto lag ruhig auf seiner Trage. Er hielt die Augen geschlossen, und sein Atem ging ganz regelmäßig. Er schien nicht besorgt zu sein.

Rhodan bemühte sich, seine innere Nervosität nicht zu zeigen. Er wußte nicht, wie zuverlässig der Mann in der Kanzel war. Was kannte er schon von den Verhältnissen auf dieser übervölkerten Welt? Das Geheime Organ-Kommando hatte wahrscheinlich nicht weniger Möglichkeiten, einen VASGA-Agenten umzukehren, als diese. So konnte Rhodan niemals vorherberechnen, was in der nächsten Minute geschehen würde. Er war von Yaanztronern abhängig, die er erst sehr kurze Zeit kannte.

Jetzt bedauerte er, daß er nicht doch darauf bestanden hatte, mit Zeno und Gayt-Coor zusammenzubleiben. Sie waren seine Freunde. Bei ihnen war kein Verrat zu befürchten.

Wieder ging die Klappe auf. »Die Polizisten kommen näher«, sagte der Mann in der Kanzel.

»Wie lange dauert es noch?« fragte Poyferto.

»Eine halbe Stunde.«

»Was tun wir, wenn sie uns kontrollieren wollen?«

Poyferto lächelte grimmig. »Das haben wir doch schon besprochen, meine Herren.« Er legte seine Hand auf seinen Energiestrahler.

Die Klappe schloß sich wieder. Wenig später fiel ein dunkler Schatten auf das Fenster neben Rhodan. Er spähte durch den Spalt. Direkt neben ihnen schwebte die Polizeimaschine. Er zog seine Waffe unter der Decke hervor und entsicherte sie.

Langsam verstrichen die Sekunden. Sie hörten die Stimmen der Ordnungshüter aus den Lautsprechern in der Kanzel kommen. Jemand lachte. Rhodan blickte zu Alysch hinüber. Der Assistent von Poyferto wirkte nervös. Er drehte seine Ohrspitzen zwischen den Fingern, als wolle er sie abquetschen.

Sie alle waren sich darüber klar, was ein Luftkampf in fünftausend Metern Höhe über der Riesenstadt Nopaloor bedeutete. Selbst wenn sie die Polizeimaschine sehr schnell abschießen konnten, würden sie sich sehr bald einer Übermacht gegenübersehen, die hart zurückschlagen würde.

Poyferto und Rhodan blickten sich an. »Es kann auch ganz harmlos sein«, wisperte der VASGA-Chef.

»Natürlich«, entgegnete der Terraner.

»Wie hoch sind wir noch?« fragte Alysch.

Rhodan sah an dem Schatten, daß die Polizeimaschine noch immer neben ihnen war. Durch den Spalt im Fenster konnte er kaum etwas erkennen, bis der unerwünschte Begleiter sich einige Meter weit von ihnen entfernte.

»Wir sind höchstens noch vierhundert Meter hoch«, rief er.

Poyferto reagierte blitzschnell. Er sprang auf und riß die Klappe zur Seite. Der Mann in der Kanzel drehte sich erschreckt um. Sein Chef zielte mit dem Energiestrahler auf ihn.

»Was ist los?« fragte Poyferto.

»Geben Sie auf«, sagte der Pilot. »Ich habe den Polizisten da drüben mitgeteilt, daß sich jemand an Bord befindet, der etwas mit einem Ceynach-Verbrechen zu tun hat.«

»Woher wissen Sie das so genau?«

»Ich habe es an meinen Fingern abgezählt!«

Er hob die Hand und gab den Männern in der anderen Maschine ein Zeichen. Poyferto schoß sofort. Ein Teil der Trennwand verflüssigte sich in sengend heißer Glut.

Alysch zerschlug die Seitenscheibe. Sie zersplitterte. Der Fahrtwind schlug eisig herein. Rhodan sah, daß die Polizisten die Waffen auf sie anlegten. Da feuerte er ohne Bedenken. Der Energiestrahl aus seiner Waffe schlug in den Bug des Gleiters. Alysch tötete einen der Polizisten.

Poyferto sprang mit einem mächtigen Satz nach vorn. Er zerschmetterte dabei, was von der Trennwand noch heil geblieben war. Schnell schaltete er auf Handsteuerung um und ließ die Maschine wie einen Stein absacken. Dadurch verfehlten die Verfolger sie. Ihre Schüsse strichen am Heck vorbei und beschädigten das Flugzeug nur geringfügig. Rhodan zielte erneut auf den Bug der anderen Maschine.

Als der Energieblitz dort einschlug. explodierte etwas. Für einen kurzen Moment hüllte sich der Polizeigleiter in eine Rauchwolke. Dann überschlug er sich und zerbarst mit ohrenbetäubendem Krachen. Die Trümmerstücke wirbelten durch die Luft und trafen den Krankentransporter, ohne ihn jedoch ernstlich zu beschädigen.

Alysch und Rhodan klammerten sich an die Haltegurte. Poyferto raste in atemberaubender Geschwindigkeit auf das Häusermeer unter ihnen zu. Der Flug glich einem Absturz. Vielleicht wollte der VASGA-Chef eventuelle Beobachter auch glauben lassen, daß der Luftkampf remis ausgegangen war.

Erst hundert Meter über dem Boden verzögerte er. Sie waren fast senkrecht an der Fassade eines grauen Gebäudes entlanggeschlingert. Alles ging so schnell, daß Rhodan und Alysch keine Einzelheiten wahrnehmen konnten.

Dann plötzlich stand der Gleiter still in der Luft. Rhodan und der

VASGA-Agent wurden nach vorn geschleudert. Sie prallten unsanft gegen die Instrumente.

Poyferto riß die Türen auf. »Raus! Schnell!« brüllte er.

Sie kletterten über den Piloten hinweg und sprangen aus der Maschine. Erst jetzt bemerkte Rhodan, daß sie sich zwischen zwei Hochhäusern befanden, die nur etwa zehn Meter auseinander standen. Die Landung Poyfertos war ein Meisterstück gewesen, zumal zu den anderen beiden Seiten hoch aufragende Bäume den Raum begrenzten.

Die drei Männer rannten über ein winziges Grasfleckchen auf eine Tür zu. Poyferto stieß sie auf und wartete. bis Rhodan an ihm vorbei war.

»Die erwischen uns nicht«, sagte er.

Er öffnete ihnen die Tür zu einer Liftkabine, ohne sich um einige junge Frauen zu kümmern, die aus einer gegenüberliegenden Tür kamen und sie fassungslos anstarrten. Während er den Lift programmierte, schoß Alysch mit dem Paralysator auf die unerwünschten Zeugen ihrer Flucht.

»Das wird uns einen ausreichenden Vorsprung geben«, sagte er zuversichtlich.

Die Türen schlossen sich. Der Liftkorb stürzte in die Tiefe. Innerhalb von zwei Minuten überwanden sie einhundertneunzig Stockwerke. Dann erst drängte Poyferto sie hinaus.

In den nächsten zwanzig Minuten wechselten sie ständig die Stockwerke. Die Liftkabinen beförderten sie auf und ab. Mit Hilfe von Rohrbahnkabinen jagten sie in horizontaler Richtung davon. Schließlich wußte Rhodan auch nicht mehr annähernd, in welche Richtung sie eigentlich flohen und in welcher Tiefe sie waren.

Poyferto grinste, als sie plötzlich durch einen Gang ins Freie kamen. »Ich setze mein Leben dafür ein, daß uns niemand verfolgen konnte«, sagte er.

Rhodan lächelte ebenfalls. »Können Sie mir sagen, wo wir sind?«

»Natürlich. Wir befinden uns am Rande des Stadtbezirks, in dem die Klinik von Doynschto dem Sanften steht. Der Mato Pravt wartet hier ganz in der Nähe auf uns.«

»Was mag den Piloten bewogen haben, uns zu verraten?« fragte Rhodan.

Poyferto breitete die Hände aus. »Das kann niemand wissen«, sagte er. »Wir werden es aber herausfinden. Vielleicht hat das GOK ihm eine Wohnung mit zwei Zimmern geboten? Das wäre ein überaus verlockendes Angebot. Ich weiß nicht, ob ihm jeder widerstehen würde.« Er blickte Alysch forschend an.

»Es gibt noch andere Dinge im Leben als eine Wohnung«, sagte der gelassen. »Ich wüßte nicht, was man mir bieten müßte, um mich umzukehren.«

»Dann wissen Sie nicht, ob Sie zu beeinflussen sind?« fragte Rhodan.

Alysch hob die Hände. »Wer kann das wissen?« Er sah verlegen aus. »Wenn man mir das ewige Leben bieten würde, dann würde ich vielleicht auch schwach werden – oder auch nicht. Ich weiß es nicht.«

Rhodan begrüßte Heltamosch, Gayt-Coor und Zeno in einem kleinen Raum, von dem aus sie auf einen ihm sehr gut bekannten Gebäudekomplex sehen konnten. Er trat an das Fenster. Zum erstenmal seit Tagen fühlte er sich nicht eingezwängt. Die Klinik von Doynschto war auffallend großzügig angelegt. Sie ließ sofort erkennen, daß ihr Besitzer ein reicher Mann war.

Geschäftiges Treiben herrschte vor dem Transplantationszentrum. Fußgänger liefen in beiden Richtungen vorbei. Gleiter flogen ein und aus.

»Das alles macht den Eindruck, als sei alles normal«, sagte Heltamosch mit ironischem Unterton. »Leider ist es das nicht. Das GOK hat ein ganzes Heer von Statisten aufgeboten, um uns zu täuschen.« Er wandte sich an Poyferto. »Der Zwischenfall mit dem Gleiter ist unangenehm. Das GOK könnte mehr erfahren haben, als uns lieb sein kann.«

»Das Risiko ist ein bißchen größer geworden«, entgegnete der VASGA-Chef. »Auf der anderen Seite habe ich alles getan, um den Verdacht noch mehr auf unsere Ablenkungsklinik zu lenken. Der Gleiter ist auf jenes Haus registriert. Aus diesem Grunde habe ich die Reste nicht zerstrahlt. Kurz vor der Landung habe ich noch eine geraffte Nachricht an die Klinik geschickt. Ich bin sicher, daß sie aufgefangen worden ist und vom GOK ausgewertet wird. Für wenig wahrscheinlich halte ich dagegen, daß die Aufmerksamkeit sich auf die Klinik von Tekmahlschee richten wird. Vielleicht führt das GOK eine kurze Prüfung durch, aber sie wird nichts ergeben, zumal man immer noch glaubt, sich auf die eigenen Leute dort verlassen zu können.«

Er schaltete ein Armfunkgerät ein. Rhodan vernahm einige wispernde Laute. Poyferto blickte auf.

»Es geht los«, sagte er. »In der anderen Klinik hat es eine kleine Explosion gegeben. Der Scheinangriff beginnt.«

»Gut, dann wird sich ja zeigen, wie gut Sie gearbeitet haben«, sagte Heltamosch. Er ging wieder zum Fenster, vor dem sich eine kleine Landeplattform befand. Auch an den Flanken der anderen Hochhäuser klebten diese dünnen Betonzungen. Auf vielen von ihnen parkten Fluggleiter. Einige landeten, einige starteten. Plötzlich aber wurde es ruhig auf dem Platz.

»Aha, jetzt haben sie's gemerkt«, sagte Zeno, der hinter Rhodan stand und über dessen Schulter hinweg in die Tiefe blickte.

Innerhalb weniger Minuten verschwanden die meisten Yaanztroner aus der Umgebung der Klinik. Nur noch wenige Männer und Frauen blieben zurück.

»Geben Sie das Zeichen, Poyferto!« befahl Heltamosch. Er zog seinen Energiestrahler unter der locker sitzenden Kombination hervor und überprüfte die Energiekammer.

»Sie werden doch hierbleiben?« fragte Rhodan.

»Natürlich nicht«, entgegnete der Mato Pravt unternehmungslustig. »Doynschto ist mir zu wichtig. Außerdem werden wir von da unten fliehen. Es ist einfacher für uns, wenn wir gleich dort sind.«

Sie verließen die Wohnung und glitten in einem Liftschacht nach unten. Als sie aus dem Haus auf den Platz hinaustraten, kamen aus nahezu allen Gebäuden in der Nähe bewaffnete Yaanztroner heraus.

»Unsere Leute«, erklärte Poyferto.

Er gab das Angriffszeichen mit erhobenem Arm. Rhodan und Heltamosch liefen neben ihm her. Gayt-Coor und Zeno schirmten sie zu den Seiten ab. Sie stürmten durch das Portal in die Klinik, ohne auf Abwehr zu stoßen. Die hier verbliebenen GOK-Agenten wurden völlig überrascht. Sie kamen nicht mehr dazu, den Energiezaun um das Transplantationszentrum einzuschalten.

Rhodan kannte sich hier aus. Er rannte sofort auf den Bereich zu, in dem er Doynschto vermutete.

Aus einem Operationsraum kamen ihm zwei Männer entgegen. Sie trugen schwere Energiestrahler in den Händen. Einer von ihnen feuerte sofort, doch der Schuß ging an Rhodan vorbei und traf eines der Fenster, das krachend zerbarst. Zeno schlug sofort zurück, und er traf. Der GOK-Agent starb im Energiefeuer. Heltamosch überwältigte den anderen mit seinem Paralysator.

Rhodan hörte, daß auch in anderen Abschnitten Schüsse fielen. Er hoffte, daß die Zahl der Opfer gering bleiben würde.

Mit dem Antigravlift schwebten er und Gayt-Coor nach oben. Sie sprangen auf einen leeren Gang und näherten sich der Tür zur Bibliothek, als Doynschto herauskam.

Der Wissenschaftler lächelte erleichtert, als er Rhodan, vielmehr Toraschtyn, sah.

»Ich habe Sie erwartet«, sagte er und streckte beide Arme aus. »Wie ich sehe, ist alles so verlaufen, wie wir es vorausberechnet hatten.«

Rhodan stellte keine Gegenfragen. Er wußte, daß der Chirurg über alles Notwendige informiert worden war.

»Ich bin bereit«, fuhr Doynschto fort. »Wir können sofort verschwinden.« Er griff nach dem Arm Rhodans und zog ihn mit. »Der Transmitter ist bereits vorprogrammiert. Wir wollen ...«

Krachende Explosionen erschütterten die Klinik. Fenster zerplatzten. Einige Männer schrien. Doynschto der Sanfte blieb betroffen stehen.

»Das verstehe ich nicht«, stammelte er.

Heltamosch, Poyferto und Zeno drängten sich aus dem Liftschacht.

»Roboter«, berichtete der Mato Pravt erregt. »Überall sind Roboter.«

Er packte den Transplantator bei den Schultern. »Ich hoffe, Sie haben keinen Fehler gemacht.«

»Ich habe damit nichts zu tun. Bitte, glauben Sie mir«, erwiderte Doynschto. »Ich war selbst völlig ahnungslos. Kommen Sie, wir müssen uns beeilen!«

Einige Meter von ihnen entfernt glühte der Boden plötzlich auf. Die Teppiche begannen zu brennen.

Doynschto blieb stehen. Jetzt wirkte er wie gelähmt. Unsicher sah er sich um. »Wir müssen dort entlang«, sagte er.

»Das geht nicht mehr«, erklärte Rhodan.

Der Boden löste sich auf und sackte nach unten weg. Durch das entstandene Loch schwebte ein Kampfroboter nach oben. Ein flimmerndes Energiefeld schützte ihn.

Rhodan, Heltamosch und Poyferto schossen nahezu gleichzeitig auf den Roboter. Die Blitze aus ihren Waffen schlugen in den Schutzschirm und ließen ihn aufflammen. Er brach jedoch nicht zusammen. Erst als auch Gayt-Coor und Zeno ihre Strahler einsetzten, erreichte die Energieflut den Automaten und vernichtete ihn. Polternd stürzten die Reste in die Tiefe.

Die Gruppe wich vor der ungeheuren Hitze zurück, die ihnen entgegenschlug. Rhodan drängte die anderen durch eine Tür in die Bibliothek. Er atmete auf. Hier war es wesentlich kühler.

»Wohin kommen wir, wenn wir die Wand zerstrahlen?« fragte Poyferto und zeigte auf eine mit Informationsspulen gefüllte Stellage.

»In einen OP-Raum. Von dort aus können wir über einen Gang ebenfalls zum Transmitter gehen.«

Der VASGA-Chef schoß sofort. Die Kassetten gingen in Flammen auf. Eine Öffnung entstand, die groß genug für sie war. Geduckt sprangen sie hindurch in einen mit blitzenden Instrumenten angefüllten Raum. Rhodan durchquerte ihn. Hier kannte er sich aus.

Als er sich der gegenüberliegenden Tür näherte, öffnete sich diese. Ein riesiger Roboter erschien vor ihm. Rhodan ließ sich auf den Boden fallen und schoß. Die Energiestrahlen aus den Waffen der anderen zischten über ihn hinweg und beseitigen den Gegner. Die glühenden Reste füllten jedoch den Durchgang aus.

Poyferto nahm einen Operationstisch und schaltete die Transportautomatik ein. Das Gerät rollte auf die Tür zu und prallte mit den Trümmern zusammen. Die Hitze strahlte auf ihn aus und entflammte auch ihn, aber der Motor arbeitete zuverlässig weiter. Er schob das Hindernis vor sich her auf den Gang hinaus.

Die Männer rannten durch die Tür an dem Wrack vorbei.

Vor ihnen glitten breite Schotte auseinander. Sie betraten den Transmitterraum, in dem bereits mehrere VASGA-Agenten auf sie warteten. Unter ihnen befand sich Alysch. Er war schwer verletzt. Ein Energieschuß hatte ihn an der Schulter getroffen. Nur noch mühsam hielt sich der Mann auf den Beinen.

»Das GOK hat den Braten gerochen«, berichtete er keuchend. »Die Klinik wird von allen Seiten angegriffen. Ich habe den Energiezaun eingeschaltet, aber er ist zusammengebrochen. Wir können uns höchstens noch fünf Minuten lang halten.«

»Das genügt uns«, sagte Poyferto.

Er ging zu dem bereits eingeschalteten Transmitter und überprüfte ihn so sorgfältig, als bestehe überhaupt keine Gefahr. Heltamosch beobachtete ihn gelassen. Er schien zu wissen, daß Poyferto genau wußte, was er tat. Endlich gab der VASGA-Chef das Zeichen.

»Alysch zuerst!« befahl er.

Der Verletzte schleppte sich zu dem Transmitter und ging hindurch. Er verschwand in dem flimmernden Transportfeld. Heltamosch und Doynschto der Sanfte folgten ihm.

Jetzt fielen ganz in der Nähe Schüsse. Durch ein Fenster konnte Rhodan sehen, daß die Klinik brannte. Eine der Wände begann zu glühen. Er hörte, daß Poyferto seinen Namen rief.

»Beeilen Sie sich, Toraschtyn! Wir haben keine Zeit mehr.« Er streckte die Hand nach ihm aus.

Rhodan nickte. Er eilte zum Transmitter und ließ sich zu dem unbekannten Ziel transportieren. Nach ihm drängten sich alle anderen Männer durch das Tor. Die letzten schossen auf die Türen, um die Kampfroboter des GOK zurückzutreiben.

Sie materialisierten in einem geheimen Stützpunkt der VASGA. Es kostete sie Stunden, um wieder an die Oberfläche zu gelangen. Schließlich hatten sie ihr Ziel erreicht.

Ein seitlich wirkendes Antigravfeld schob Rhodan schließlich sanft auf einen halbrunden Vorraum hinaus. Von ihm ging eine Tür ab. Poyferto, Heltamosch und Gayt-Coor waren bereits hindurchgegangen. Zeno winkte Rhodan zu.

»Der Güterbahnhof«, erklärte er.

Rhodan ging an ihm vorbei durch die Öffnung. Von dort aus konnte er auf mehrere Rohrbahnzüge hinabsehen, die zum Teil von Robotanlagen beladen wurden. Die Waggons lagen in langen Wannen. Sie sahen aus wie silbrig glänzende Geschosse. Jeder von ihnen erreichte eine Länge von wenigstens fünfzig Metern. Einige waren noch länger.

»Sie werden mit Antigravfeldern transportiert und in die Röhren gedrückt«, erläuterte Poyferto. »Das wird alles vollautomatisch gesteuert. Hier ist niemand außer uns.«

»Hoffentlich ist nicht auch das GOK auf den Gedanken gekommen, daß der Bahnhof sehr günstig für uns liegt«, bemerkte Rhodan.

»Das ist ziemlich unwahrscheinlich«, entgegnete der VASGA-Chef. »Wir haben alle Spuren so gelegt, daß unsere Freunde annehmen müssen, wir ziehen uns über die Wasserversorgung zurück. Da dieser Güterumschlagplatz für die Bewohner der anliegenden Bereiche außerordentlich verführerisch ist, wurde er mit umfangreichen Sicherheitseinrichtungen versehen. Normalerweise kann hier niemand ungehindert eindringen.«

Er lächelte. Rhodan erkannte in seinen Augen einen gewissen Stolz.

»Ich sagte – normalerweise. Meine Leute haben dafür gesorgt, daß wir uns hier frei bewegen können.«

Die VASGA-Agenten nahmen einige tragbare Antigravgeräte aus einem versteckten Fach neben der Tür, nachdem sie es mit einem Spezialschlüssel geöffnet hatten. Mit Hilfe dieser Geräte schwebten Poyferto, Heltamosch und Rhodan bis auf den Boden der Halle hinab. Sie ließen die Apparate wieder nach oben steigen, wo sie von den anderen in Empfang genommen wurden.

Poyferto wies auf einen Waggon in ihrer Nähe. Er trug eine Reihe von roten Ziffern.

»Dieser Wagen wird uns mitnehmen. Wir haben in der Nähe der Klinik Tekmahlschees eine Weiche eingerichtet, an der wir aussteigen können.« Er blickte auf sein Chronometer. »Die Zeit reicht noch. Der Zug geht erst in einer Stunde ab.«

Heltamosch blieb stehen, bis Rhodan bei ihm war. Er sah unruhig aus.

»Mir gefällt das nicht«, sagte er. »Alles sieht so aus, als wäre es in Ordnung, aber ich habe ein ungutes Gefühl, Rhodan.«

»Mir geht es nicht anders«, erwiderte Rhodan.

Er beobachtete Poyferto, und ihm fiel auf, das der VASGA-Chef ebenfalls angespannt aussah. Auch er fühlte sich noch nicht in Sicherheit.

Langsam näherten sie sich dem Waggon. Die VASGA-Agenten liefen an den Außenwänden der Halle entlang, um sie bei einem plötzlichen Überfall sichern zu können. Plötzlich blieb Poyferto stehen.

»Wir nehmen einen anderen Wagen«, beschloß er. »Erst unmittelbar vor der Abfahrt wechseln wir auf diesen hier über.«

»Warum?« fragte Heltamosch.

»Ich will sichergehen. Hier gibt es Aufnahmegeräte. Meine Leute sitzen zwar in der Zentrale und überwachen die Monitorschirme, aber heute ist schon so viel anders verlaufen als geplant, daß ich kein Risiko mehr eingehen will. Wenn unsere Freunde erst im letzten Moment erfahren, wohin wir wirklich wollen, können sie sich nicht mehr entsprechend vorbereiten.«

»Sie sagten, daß die Weiche sich in der Nähe der Klinik befindet«, bemerkte Rhodan. »Ist dieser Hinweis nicht doch ein wenig zu deutlich, vorausgesetzt, das GOK erfährt, wohin wir gefahren sind?«

»Durchaus nicht«, widersprach Poyferto. »So nah ist die Weiche der Klinik nun auch wieder nicht.«

Sie hatten einen Waggon erreicht. Der VASGA-Chef öffnete die Verladetür mit einem elektronischen Schlüssel, der sich selbsttätig auf das Schloß einstellte. Der Waggon war mit Kisten, Ballen und Containern bis zur Hälfte gefüllt, so blieb noch Platz genug für Rhodan, Heltamosch, Doynschto den Sanften, Poyferto und Zeno. Die anderen Agenten und Gayt-Coor blieben draußen.

»Ich sehe mich noch ein wenig um«, kündigte der Petraczer an.

Rhodan gab ihm zu verstehen, daß er einverstanden war und diesen Entschluß begrüßte. Er sah dem echsenartigen Wesen nach, als es geschmeidig durch die Halle lief und schließlich zwischen den Waggons verschwand. Der Güterumschlag erfolgte sehr leise. Nur hin und wieder polterte einmal eine Kiste unsanft zu Boden. In den meisten Fällen aber wurden die Transportgüter von Antigravfeldern bis auf ihren Platz getragen und dort sanft abgesetzt.

Träge schlich die Zeit dahin. Die Männer wechselten nur wenige Worte miteinander. Allmählich fühlten sie sich sicherer.

»Das GOK hätte längst angegriffen, wenn es herausgefunden hätte, wo wir abgeblieben sind«, sagte Poyferto zuversichtlich. »Jetzt ist alles in Ordnung.«

Heltamosch stand an der Waggontür, die sie bis auf einen kleinen Spalt geschlossen hatten. Er spähte hinaus.

»Roboter kommen«, sagte er.

Rhodan blickte auf sein Chronometer. In zwanzig Minuten sollte der Zug abfahren, den sie nehmen wollten.

»Sind sie bewaffnet?« fragte er.

»Allerdings«, entgegnete der Mato Pravt.

»Ich vermute, daß es Inspekteure sind«, sagte Poyferto. »Erlauben Sie?«

Er legte Heltamosch die Hand auf den Arm. Der Mato Pravt wich ihm aus und gab ihm den Blick auf die Roboter frei. Poyfertos Gesicht ließ nicht erkennen, was er dachte. Seine spitzen Ohren richteten sich steil auf, aber das war nur ein Zeichen gesteigerter Aufmerksamkeit.

Rhodan stieg auf eine kleine Kiste. Von diesem erhöhten Platz aus konnte er über den Kopf Poyfertos hinwegsehen. Die Roboter hatten eine annähernd humanoide Gestalt. Ihre runden Köpfe waren mit sechs faustgroßen Linsen versehen. Leichte Verfärbungen im Plastikmetall zeigten die eingeschmolzenen Antennen an. Aus der Brust ragte ein Greifarm hervor, der mit verschiedenen Werkzeugen versehen war. Er wirkte nahezu unbedeutend im Vergleich zu den beiden dicken Waffenarmen, die von den Schultern ausgingen.

»Sie haben je einen Energiestrahler und einen Paralysator«, stellte Poyferto fest.

Die Maschinen inspizierten einen Waggon, der etwa einhundert Meter von ihnen entfernt vor einer Schleuse wartete. Rote Lichter an Bug und Heck zeigten an, daß er auf das Abfahrtsignal wartete.

»Sie gehen ziemlich sorgfältig vor«, sagte Rhodan beunruhigt, als er sah, daß die Automaten die Türen des Waggons öffneten. Einer von ihnen schwebte langsam in den Waggon hinein, kam jedoch schon nach Sekunden wieder daraus hervor. Die Tür schloß sich. Die beiden Roboter zogen sich einige Meter weit zurück. Dann richteten sie je einen Waffenarm auf den Zug. Ein grünes Licht flammte auf, als sie die Waffe auslösten.

»Bei Yulocs verlorenen Söhnen!« fluchte Poyferto erregt. »Sie bestreichen den Waggon mit ihren Paralysatoren!«

Heltamosch drängte ihn zur Seite. Um ebenfalls einen Blick auf die Roboter werfen zu können. Er sagte jedoch nichts, sondern zog sich gleich wieder zurück. Poyferto blickte ihn an.

»Glauben Sie mir, Mato Pravt«, bat er. »Das ist eine völlig neue Maßnahme. Damit konnten wir nicht rechnen. Ich weiß nicht, wer so etwas angeordnet hat.«

»Entscheidend ist, daß wir auf gar keinen Fall paralysiert reisen werden«, sagte Heltamosch. »Wir müssen einen anderen Weg finden.«

Poyferto hob die Hand. »Warten Sie bitte«, sagte er hastig und schaltete sein Armbandgerät ein. Heltamosch und Rhodan traten näher an ihn heran. Sie hörten die Stimme eines Mannes, die aus dem winzigen Lautsprecher am Armgelenk Poyfertos drang.

»PSCH spricht.«

Poyferto meldete sich ebenfalls mit einer Schlüsselbezeichnung. »Roboter inspizieren die Züge«, teilte er knapp mit.

»Wir sind darüber informiert. Das wird sporadisch von der zentralen

Positronik der Rohrleitungsbahnen angeordnet, aber von uns überwacht. Wir werden dafür sorgen, daß Ihr Wagen übersehen wird.«

»Danke.«

Die Verbindung brach ab. Poyferto atmete auf. »Der Mann ist absolut zuverlässig«, erklärte er. »Wenn er sagt, daß alles in Ordnung ist, dann ist es auch so.«

Die letzten Minuten verstrichen. Die anderen Agenten und Gayt-Coor tauchten bei dem Waggon auf, mit dem sie fahren wollten. Die Roboter befanden sich jetzt außer Sichtweite in einem anderen Teil der Halle. Der Petraczer winkte Rhodan zu.

Poyferto stieg als erster aus. Er legte den halben Weg zurück und blieb dann an einer Kontrollsäule stehen. Hier wartete er, bis Rhodan, Heltamosch und Zeno zu ihm gekommen waren. Zusammen wechselten sie in den Waggon über. Jetzt stiegen auch die anderen Agenten und Gayt-Coor ein.

Die letzten Minuten verstrichen. Noch stand die Tür einen winzigen Spaltbreit offen.

»Die Roboter!« sagte Poyferto.

Rhodan stand neben ihm. Er konnte nach draußen sehen.

Wieder sprach das Armbandgerät Poyfertos an. Rhodan hörte mit: »Keine Sorge. Die Roboter werden die Paralysatoren nicht einsetzen. Ich habe sie unter meiner Kontrolle.«

Poyferto blickte sich um.

»Kann man dem Mann vertrauen?« fragte Heltamosch. »Sind Sie sicher?«

»Man kann.«

»Dann schließen Sie die Tür, bevor noch eine Panne passiert.«

Poyferto gehorchte. Leise klickend schnappte das Schloß ein.

Sie warteten. Wenn sie in eine Falle gelaufen sein sollten, dann war jetzt alles aus. Unendlich langsam verstrichen die Sekunden.

»Jetzt müßte es soweit sein«, sagte Poyferto leise.

Aber er irrte sich. Sie mußten noch fast eine Minute warten, bis der Zug sich endlich in Bewegung setzte. Sie hörten, wie die Schleusenschotte sich öffneten und schlossen.

»Festhalten!« rief Poyferto. »Die Güterwagen haben keinen Beschleunigungsausgleich!«

Rhodan lehnte sich gegen einen Container. Zeno stand neben ihm. Gayt-Coor hatte hinter ihnen eine Lücke gefunden, die ihm ausreichend Halt bot.

Plötzlich beschleunigte der Zug. Er steigerte seine Geschwindigkeit innerhalb weniger Sekunden bis auf die doppelte Schallgeschwindigkeit.

Nach einer weiteren Minute beschleunigte er abermals, bis er die dreifache Schallgeschwindigkeit erreicht hatte. Dabei bewegte sich der Wagen nahezu erschütterungsfrei durch die Röhre.

Sie hatten es geschafft.

Doynschto der Sanfte meldete sich zum erstenmal nach langer Zeit wieder zu Wort. »Ich hoffe, diese Aufregungen sind nun bald vorbei«, sagte er erschöpft. »Derart abenteuerliche Ereignisse liegen mir nicht. Ich bin wohl aus dem Alter schon heraus.«

»Ich fürchte, es wird noch länger aufregend für Sie bleiben«, meinte Rhodan.

27.

Zwei Stunden später war alle Aufregung, die durch das GOK bedingt war, tatsächlich vorbei. Geradezu mühelos hatten sie die Klinik erreicht. Poyferto hatte mit der Rohrbahnweiche seine überragenden Fähigkeiten bewiesen. Der Zug war in einer geheimen Nebenröhre zum Stehen gekommen, sie waren ausgestiegen, und die Weiche hatte den Wagen wieder ausgestoßen. Meterdicke Wände hatten sich verschoben und alle Spuren verwischt.

Mit geheimen und später mit öffentlichen Lifts waren sie bis in die Klinik gekommen, wo Doynschto seine Arbeit sofort aufgenommen hatte.

Rhodan kam nach der ersten Inspektion zu ihm. »Wie steht's?« fragte er.

»Die Klinik hat nicht das technische Niveau meiner Anstalt«, antwortete der Chirurg, »aber es läßt sich hier arbeiten. Wir werden schon schaffen, was wir uns vorgenommen haben, allerdings benötige ich noch positronisches Zusatzmaterial.«

»Wenden Sie sich an Poyferto«, riet Rhodan. »Er wird Ihnen alles besorgen.«

Doynschto blickte ihn prüfend an. Er nickte anerkennend. »Der neue Körper steht Ihnen gut, Toraschtyn«, sagte er.

Rhodan verließ ihn, wurde jedoch bald wieder zu ihm gerufen. Poyferto war bei ihm.

»Wir können nicht alles beschaffen, was Doynschto haben möchte«, sagte er schroff.

»Was spricht dagegen?«

»Das Geheime Organ-Kommando ist wachsam. Wenn wir derartige Dinge für diese Klinik einkaufen, dann wird es aufmerksam werden.«

»Bauen Sie sie aus anderen Geräten aus.«

»Wäre das möglich?« fragte Doynschto.

Der VASGA-Chef zögerte, antwortete schließlich aber: »Ja, durchaus.«

»Na also, worauf warten wir denn noch?« erkundigte sich Rhodan. Seine Stimme klang ein wenig kälter, als er hinzufügte: »Sie sollten wissen, daß die Zeit drängt, Poyferto.«

»Ich werde mir dennoch erlauben, mit dem Mato Pravt über das Problem zu sprechen. Wenn wir derart wichtige Bauteile aus anderen Geräten ausbauen, dann senken wir damit unsere Kampfkraft.«

»Ich gehe mit Ihnen zu Heltamosch«, erklärte Rhodan.

Fünf Minuten später kam er wieder zu Doynschto. »Sie werden alles erhalten, was Sie benötigen«, teilte er mit.

Doynschto atmete auf. Rhodan gewann den Eindruck, daß er seine Vorbereitungsarbeiten noch energischer und zielstrebiger durchführte als bisher, da er nicht wußte, ob sie auch zu einem vernünftigen Abschluß kommen würden.

Heltamosch und Poyferto erschienen wenig später ebenfalls.

»Eine erfreuliche Nachricht«, sagte der Mato Pravt zu Rhodan. »Das GOK konzentriert die Suche auf ganz andere Bezirke von Pyrfyn. Damit steht jetzt endgültig fest, daß wir es geschafft haben. Poyferto rechnet noch mit einer Kontrolle, aber wir werden sie ohne Schwierigkeiten überstehen. Alles ist darauf vorbereitet. In den anderen Stationen gehen die Vorbereitungen für die Transplantationen der Patienten Tekmahlschees ohne Unterbrechungen weiter.«

Er blickte sich interessiert um. »Hier hat sich einiges verändert«, sagte er.

Er ging um die Geräte herum, die in ihrer Gesamtheit eine gewisse Ähnlichkeit mit einem terranischen Nullzeitdeformator hatten. Sie wurden sonst zur Herstellung der Gleichheitskontakte im Zuge von Gehirntransplantationen nach dem PGT-Verfahren verwendet und arbeiteten mit Nullzeitenergie, die der fünfdimensionalen Energieeinheit des Hyperraums übergeordnet war.

Rhodan stellte sich auf eine runde, etwa drei Meter durchmessende Reflektorplattform und sah nach oben. Fünf Meter über ihm hing eine ebenfalls runde Scheibe. Von ihr aus würden bald rote Feldstrahlen herabschießen und sich mit den Bodenplattenprojektoren verdichten. Auf diese Weise würde eine Art von Nullzeitfeld entstehen, das aber anders justiert war als bei der Anpassung eines zu transplantierenden Gehirns. In diesem Feld würde er sich zunutze machen, daß er durch die Schockwelle aus Nullzeit-Energie während seiner körperlosen Reise zur Galaxis Naupaum in einer bis jetzt noch völlig ungeklärten hyperphysikalischen Form aufgeladen worden war.

Schon einmal hatte er mit dieser Technik eine paraexotische Nullzeitbrücke aufgebaut und damit einen direkten telepathischen Kontakt mit dem Androiden-Rhodan auf der Erde hergestellt.

»Ich hoffe, daß Sie auch diesmal Erfolg haben«, sagte Heltamosch. »Ich wünsche Ihnen Glück, Rhodan.«

Terra

Das Chronometer über dem Arbeitstisch des Großadministrators in Terrania City zeigte den 25. Oktober 3457. Es war genau zehn Uhr, als Lordadmiral Atlan das großräumige Arbeitszimmer Rhodans betrat.

Andro-Rhodan arbeitete an einem Stoß von Akten. Er sah gelassen, aber auch konzentriert aus. Große Probleme schien es für ihn nicht zu geben. Jetzt blickte er auf.

»Was gibt es?« fragte er.

»Ich möchte einige Worte mit dir reden.«

Andro-Rhodan zeigte einladend auf einen Sessel, der seinem Arbeitstisch gegenüberstand. »Ich wäre dir dankbar, wenn du dich kurz fassen würdest, Atlan.«

Der Arkonide setzte sich. Er zog einige Papiere aus seiner Brusttasche hervor.

»Ich habe hier einige Namen stehen«, begann er. »Es sind die Namen von prominenten Männern und Frauen, die Großes für das Solare Imperium geleistet haben.«

Rhodan schob die vor ihm liegenden Akten zur Seite. Eine steile Falte bildete sich über seiner Nasenwurzel. Mißbilligend musterte er den Weißhaarigen.

»Bitte keine langen Vorreden. Worum geht es?«

»Hier stehen die Namen von 87 wichtigen Persönlichkeiten aus militärischen Kreisen, aus Politik, Wirtschaft und Kultur. Sie sind alle abgezeichnet worden. Mit anderen Worten – sie sollen aus dem Verkehr gezogen werden.«

Andro-Rhodan lehnte sich überrascht in seinem Sessel zurück. Er stützte die Hände auf seine Oberschenkel.

»Ich verstehe noch immer nicht. Diese Personen sind überführt worden, an staatsfeindlichen Machenschaften teilgenommen zu haben. Sie haben in einer Weise gegen die Gesetze des Imperiums verstoßen, die ihre Verhaftung eindeutig rechtfertigt.«

Atlan schüttelte den Kopf. Er blieb noch immer sehr ruhig. »Dagegen wäre nichts zu sagen, wenn der USO oder der SolAb Beweise gegen sie vorlägen. Das ist aber nicht der Fall.«

Rhodan beugte sich vor und stützte die Ellbogen auf den Tisch. Seine Augen funkelten ironisch.

»Glaubst du wirklich, daß ich mich ausschließlich auf diese beiden Organisationen verlasse, wenn ich Entscheidungen treffe? Diese Verräter werden – hm – *verunglücken,* wie es in der dir ja gut bekannten Sprache der USO heißt.«

Atlan war schockiert. Seine Augen wurden feucht.

»Ich verstehe nicht, was mit dir los ist, Perry«, sagte er. »Du verhältst dich anders als sonst. Aus dem großen Rhodan ist ein brutaler und hinterhältiger Herrscher geworden.«

Rhodan lachte. »Du vergißt dich, Freund. Du übersiehst, daß du mir seit undenklichen Zeiten mit deinen Empfehlungen auf die Nerven gegangen bist, das Imperium mit harter Hand zu regieren. Was ich auch tat, dir war es nie recht. Immer waren dir meine Entscheidungen zu lasch und zu menschenfreundlich. Jetzt leite ich das Imperium endlich so, wie du es immer verlangt hast – aber das ist dir auch nicht recht. Weißt du eigentlich, was du willst?«

Die Stimme Andro-Rhodans war laut und schneidend geworden.

Atlan beherrschte sich mühsam. »O ja«, sagte er. »Ich will keinen Mord!«

»Ich sagte schon einmal, daß ich bereit bin, deinen Ratschlägen weitgehend zu folgen. Das darf aber nicht so weit gehen, daß es dem Solaren Imperium ebenso ergeht wie dem Imperium Arkons.«

»Was willst du damit sagen?«

»Du hast das Herrschen verlernt, mein Freund. Du bist weich und alt geworden. Du hältst nicht mehr Schritt. Was ist los mit dir? Ist dein Zellaktivator nicht mehr in Ordnung?«

Atlan erhob sich. »Ich werde nicht zulassen, daß diese Menschen getötet werden.«

»Damit hast du dich abzufinden. Wenn es dir nicht paßt, nimm dir ein Raumschiff und kehre nach Arkon zurück. Niemand hält dich.«

Auch Andro-Rhodan war aufgesprungen. Die beiden Männer starrten sich in die Augen. Atlans Augen tränten stärker. Seine Wangenmuskeln zuckten.

In diesem Augenblick geschah es. Atlans Faust kam langsam hoch. Der Arkonide kämpfte mit Worten. Der Zorn raubte ihm die Beherrschung. Dennoch schlug er nicht zu, denn in den Augen Rhodans veränderte sich etwas.

Die Pupillen weiteten sich. Das Gesicht wurde schlaff. Der Großadministrator schwankte. Mit zitternden Händen hielt er sich am Arbeitstisch fest. Sein Mund öffnete und schloß sich. Die Lippen bebten, aber nur unartikulierte Laute kamen aus seiner Kehle.

Atlan legte seine Hand auf den Signalknopf am Tisch. Sekunden später materialisierte Gucky neben ihm.

»Was ist los?« fragte er mit heller Stimme, aber dann begriff er schon. Er starrte Rhodan an und versuchte, in seinen Geist einzudringen.

Das Androidengehirn wehrte sich erbittert gegen die Übernahme.

So schien es zunächst, als würde Rhodan von ihm abprallen und in die Unendlichkeit zurückgeschleudert werden. Er ließ jedoch nicht locker und kämpfte den Androiden mit aller Kraft nieder.

Zunächst konnte er nichts erkennen, dann aber erschien aus milchig verschwommenen Nebeln und Schleiern das entsetzte Gesicht Atlans vor ihm. Er sah die rötlichen Augen, die ihn anstarrten.

Rhodan hatte nur einen Wunsch: Er wollte seinem Freund so schnell wie möglich mitteilen, was wirklich geschah. Er wollte ihm sagen, daß sein Gehirn von Anti-ES entführt, energetisch umgepolt und in eine andere Galaxis geschleudert worden war. Atlan mußte es wissen, denn nur dann konnte er verhindern, daß der Androide mit verhängnisvollen Entscheidungen das Solare Imperium in den Abgrund führte.

Verzweifelt kämpfte er mit dem Sklaven von Anti-ES. Er versuchte, die richtigen Laute zu formen und die Lippen so zu bewegen, daß Atlan ihn verstehen konnte.

Kurz darauf merkte er, daß er zu ungeduldig gewesen war. Er hatte zwei Schritte auf einmal zu machen versucht und dabei noch nicht einmal einen halben getan.

Der Körper brach unter der Belastung zusammen und wälzte sich mit krampfartigen Zuckungen auf dem Boden, während Rhodan das Androidengehirn niederrang. Er wußte, daß die Zeit drängte. Anti-ES würde seinem Werkzeug bald zu Hilfe kommen.

Der Widerstand Andro-Rhodans brach zusammen. Rhodan beherrschte seinen Körper jetzt vollständig. Sein Atem ging rasend schnell und keuchend. Der Kampf hatte ihn angestrengt. Er setzte sich in den Sessel und blickte auf Atlan, Gucky und die anderen Mutanten, die jetzt in höchster Eile in den Raum kamen.

In diesen Sekunden übernahm er das Wissen des Androidengehirns. In einem Informationsschwall, der einem Rafferverfahren glich, überflutete Andro-Rhodan ihn. So erfuhr er alles, was in den letzten Wochen und Monaten geschehen war. Er erkannte, wie geschickt und rücksichtslos der Androide die Befehle seines Meisters befolgt hatte, und er sah bereits die große

Katastrophe nahen. Zu schnell und zu mächtig überfiel ihn das Wissensgut. Er konnte es in dieser kurzen Zeit nicht auswerten und überdenken. Er erkannte lediglich, daß er blitzschnell eine Entscheidung treffen mußte.

Und er entschied sich. »Atlan – du mußt verhindern, daß diese 87 Persönlichkeiten hingerichtet werden! Das ist ein Befehl. Egal, was ich anschließend bestimme – dieses Wort gilt.«

Rhodan richtete sich hoch auf. Seine Hände krallten sich über dem Herzen in die Jackenbluse. Dann krümmte er sich zusammen. Schweiß überzog sein Gesicht.

Wieder bewegten sich die Lippen zuckend, ohne daß es ihm gelang, die Worte auszusprechen, die er herausbringen wollte. Atlan stützte ihn und versuchte, ihn zu halten, aber plötzlich erschlaffte der Körper. Rhodan rutschte dem Arkoniden aus den Armen und fiel zu Boden.

»Schnell, holt einen Arzt!« rief Atlan.

Gucky entmaterialisierte. Sekunden später teleportierte er sich zusammen mit einem Mediziner zurück. Dieser kümmerte sich sofort um den Großadministrator. Andro-Rhodan wußte, daß er sich nicht länger bewußtlos stellen konnte. Er richtete sich auf und wischte sich mit bebenden Händen den Schweiß aus dem Gesicht.

Anti-ES hätte keine Sekunde länger warten dürfen. Anti-ES hatte den echten Rhodan gerade noch rechtzeitig zurückgeschleudert.

Ächzend ließ Andro-Rhodan sich in den Sessel sinken. Er schob den Arzt unwillig zur Seite. »Sie brauchen mir keine Injektion zu geben, Doktor, es ist schon alles wieder in Ordnung. Lassen Sie uns jetzt allein.«

Seine Hand legte sich um den heftig pulsierenden Zellaktivator, der dafür sorgte, daß er sich schnell wieder erholen konnte.

»Du bist uns eine Antwort schuldig«, sagte Atlan. »Willst du uns nicht endlich erklären, was geschehen ist?«

»Ich weiß es selbst nicht genau«, antwortete Rhodan seufzend.

»Das genügt mir nicht, Perry.«

Andro-Rhodan blickte Atlan an. Das Gesicht des Arkoniden sah aus wie aus Stein gemeißelt. Diesem Mann konnte er nicht mehr länger ausweichen, das spürte das Androidengehirn.

»Es war Anti-ES«, behauptete Andro-Rhodan. »Anti-ES hat versucht, mich zu übernehmen und zu beeinflussen. Es war unheimlich.« Er war verwirrt und unsicher, als ob er unter einem Schock stünde.

»Wir lassen dich jetzt allein«, sagte Atlan. »Aber ich würde mich später gern noch einmal mit dir unterhalten.«

Rhodans Gesicht straffte sich. Die Augen wurden wieder klar und hart.

»Du hast recht«, sagte er. »Wir werden darüber reden müssen, was wir in Zukunft tun können, um derartige Zwischenfälle zu vermeiden.«

Jetzt sprach er wieder wie der Mann, den Atlan seit Jahrhunderten kannte. Und doch war da immer noch eine unsichtbare Mauer, die der Arkonide nicht überwinden konnte.

Eine halbe Stunde später fand eine Geheimkonferenz statt, an der neben Atlan die Mutanten Gucky, Ribald Corello, Ras Tschubai und Fellmer Lloyd teilnahmen.

»Die Erklärungen Perrys klangen nicht sehr überzeugend«, sagte der Mausbiber. »Das war alles wie an den Haaren herbeigezogen. Mir gefällt das nicht. Wir müssen etwas tun.«

»Das ist richtig«, stimmte Atlan zu. »Und wir werden auch etwas tun. darauf kannst du dich verlassen. Was hast du festgestellt? Du warst doch dabei, als es passierte.«

»Es war wie bei einem parapsychischen Zweikampf«, wiederholte Gukky einen früheren Bericht. »Es war genau wie damals im August, aber ich kann nicht sagen, wer der Gegner Perrys war.«

»Er sprach von Anti-ES.«

»Vielleicht ist das die Wahrheit, vielleicht aber auch nicht. Ich glaube, daß er krank ist, sehr krank«, sagte der Ilt. »Wir sollten abwarten und Perry scharf beobachten. Wir müssen darauf bestehen, daß er sich ärztlich untersuchen läßt.«

Atlan blickte sich um. Die Mutanten sahen ratlos aus. jeder von ihnen wußte, daß irgend etwas nicht in Ordnung war, aber niemand wußte, was. Niemand wußte, wie es weitergehen sollte.

In Atlan kam ein ungewisses Gefühl auf. Er spürte, daß er dem geheimnisvollen Geschehen auf der Spur war, er konnte seine Gedanken jedoch nicht fixieren. Zu sehr ging noch alles durcheinander. Atlan beschloß, sich vollkommen auf Rhodan zu konzentrieren. Er mußte das Rätsel lösen!

28.

»Sie verletzen die Regel!«

Wie ein Block aus massiver Substanz stand der Gedanke in der Leere des Weltenäthers. Aber die Antwort blieb aus. Stille erfüllte den Kosmos, der nur von zwei Wesen bevölkert wurde. Das andere Wesen fühlte sich nicht angesprochen.

»Der wiederholte Einsatz der Nullzeitbrücke verstößt gegen die Spielregel!« erneuerte der Sprecher seinen Vorwurf.

Erst jetzt hielt ihn das andere Wesen einer Antwort für würdig.

»Sie selbst hatten zu Beginn dieses Spiels die dynamische Selbstentwicklung der Regeln gefordert«, vernahm der Kläger. »Nach den Gesetzen der Metalogik fordert das erstmalige Auftreten eines Ereignisses dessen Wiederholung. Somit ist die wiederholte Anwendung der paraexotischen Nullzeitbrücke gerechtfertigt.«

Eine Zeitlang war es ruhig im Weltenäther. Dann wieder meldete sich das erste Wesen zu Wort. Seine Gedanken waren erfüllt von Hohn und Gehässigkeit.

»Dennoch haben Sie verloren. Der Jäger wetzt die Krallen. Ihr Schützling ist verloren.«

»Wir werden sehen«, erwiderte ES gelassen.

Danach trat endgültig Stille ein. Die beiden Wesen verfolgten aufmerksam den weiteren Verlauf des Spieles.

Imperium-Alpha. 25. Oktober 3457 allgemeiner Zeitrechnung.

In einem kleinen Konferenzraum im abgesicherten innersten Kern des Kontrollzentrums saßen drei Männer, in deren Händen ein Großteil der Macht über die Milchstraße vereint war: Atlan, der Arkonide, Reginald Bull und Perry Rhodan, der Großadministrator.

»Es bleibt uns keine andere Wahl«, forderte Rhodan. »Der Aufstand auf Sympheron muß niedergeschlagen werden – gleichgültig mit welchen Mitteln. Wir können uns an der Grenze zum Carsualschen Bund keine Anzeichen von Schwäche leisten, sonst geht dem Imperium zum Schluß noch das ganze Gebiet verloren.«

Reginald Bull und der Arkonide blickten einander betreten an.

»Wir sind da anderer Ansicht, Perry«, sagte nach einem kurzen Augenblick des Überlegens der Staatsmarschall. »Die Forderungen der Aufständischen sind so, wie sie bis jetzt gestellt wurden, unerfüllbar. Aber du kennst die Mentalität dieser Leute. Sie verlangen mehr, als sie zu erreichen hoffen – nach dem Motto: Wenn ich achtzig Solar haben will, verlange ich einhundert, dann kann ich mich um zwanzig herunterhandeln lassen. Die Forderung nach bedingter Eigenständigkeit von Sympheron sollte uns nicht unakzeptabel erscheinen. Über kurz oder lang wird ohnehin der ganze Sektor seine Unabhängigkeit erhalten.«

»Darum geht es ja eben!« konterte der Großadministrator. »Im Sympheron-Sektor gibt es über ein Dutzend Siedlerwelten, die die Vorgänge auf Sympheron mit scharfen Augen verfolgen. Geben wir auf Sympheron nach, dann haben wir die Forderung sämtlicher anderer Welten nach bedingter Eigenständigkeit auf dem Halse.«

»Und was wäre daran so schlimm?« erkundigte sich der Arkonide. »Wirtschaftlich sind die Planeten im Sympheron-Sektor nicht von Bedeutung.«

»Aber sie geben gute Stützpunkte ab, nicht wahr?«

»Natürlich«, gab Atlan zu. »Aber das werden sie auch nach Erlangung der bedingten Eigenständigkeit. Ein entsprechender Passus muß nur in den Vertrag eingefügt werden.«

Perry Rhodan schüttelte den Kopf. »Nein, auf dieses Risiko kann ich mich nicht einlassen.«

»Du hast keine militärische Macht, die du im Sympheron-Sektor einsetzen könntest«, meldete sich Reginald Bull erneut zu Wort. »Ein Großteil der Solaren Flotte ist an der Blues-Front gebunden. Die Leute im Sympheron-Sektor wissen das. Wenn du ihnen verweigerst, wonach sie sich sehnen, besteht die Möglichkeit, daß sie sich an den Carsualschen Bund wenden und um Aufnahme ersuchen.«

»Das sind an den Haaren herbeigezogene Gedanken«, wehrte der Großadministrator den Vorstoß ab. »Sie werden sich hüten, Ertrus um Hilfe zu ersuchen. Als Mitglieder des Bundes wären sie von der Selbständigkeit noch viel weiter entfernt als jetzt.«

Atlan übernahm die Rolle des Vermittlers. »Das ganze Problem läßt sich recht einfach lösen«, behauptete er. »Wir haben auf Luna ein Rechengehirn von phänomenalen Fähigkeiten. Es wäre uns ein leichtes ...«

Perry Rhodan erhob sich abrupt. »Es tut mir leid«, erklärte er nicht ohne Schärfe. »Ich habe meine Entscheidung getroffen. Daran kann auch NATHAN nichts ändern. Im übrigen ...«, er sah auf die Uhr, »... fühle ich mich müde und meine, daß ich mir nach diesem Tag ein paar Stunden Ruhe verdient habe. Bitte, entschuldigt mich.«

Er wandte sich ab und verließ den Raum. Reginald Bull starrte nachdenklich zu Boden und hob den Kopf erst, als er bemerkte, daß Atlans Blick auf ihm ruhte. »Nun ...?« fragte er.

Der Arkonide hob die Schultern. »Ich weiß nicht, was ich dazu sagen soll. Am besten gar nichts. Ich kann mich stets darauf berufen, daß mich die ganze Sache überhaupt nichts angeht. Ich bin der Chef der United Stars Organisation, und die USO ist – wenngleich das oft vergessen wird – nicht eine Organisation innerhalb des Solaren Imperiums.« Er wechselte plötzlich das Thema. »Wer hat heute Wache?«

»Ras Tschubai und Fellmer Lloyd«, antwortete Bull. »Sie schlafen in dem Raum, der unmittelbar an Perrys Gemächer angrenzt.«

»Gut«, sagte Atlan und stemmte sich aus dem Sessel in die Höhe.

»Fertig?«

Die Frage erhob sich in den mit Geräten angefüllten Raum und schien in der warmen, trockenen Luft einen Augenblick zitternd zu verharren. Bunte Lichter blinkten. In der Mitte des Raumes lag auf einer Bahre ein Mann: Toraschtyn, der Duynter. Er hielt die Augen geschlossen. In der Höhle seines Schädels bereitete sich das Gehirn Perry Rhodans, des Terraners, auf den bevorstehenden Kontakt mit seinem Gegenspieler vor.

»Ich bin bereit!«

Die Antwort klang dumpf, fast wie eine Drohung. Doynschto, den seine Freunde den Sanften nannten, sprach sie, ohne den Blick von der Anzeige der Instrumente zu wenden, die die Energieflüsse der Nullzeitbrücke kontrollierten.

Seitwärts stand Gayt-Coor, der Petraczer. Er hatte die Frage gestellt. Als er die Antwort hörte, neigte er befriedigt den mächtigen Schädel.

»Dann lassen Sie uns beginnen«, riet er dem Yaanztroner.

Doynschtos Finger begannen auf bunten Schaltern zu spielen. Der Körper auf der Liege war starr geworden. Das unsichtbare Feld der Nullzeitbrücke hatte sich über ihn gesenkt.

Perry Rhodans Bewußtsein stürzte durch einen finsteren, endlosen Schacht. Losgelöst von dem Körper, der ohnehin nicht der seine war, glitt es durch die formlose Dunkelheit zwischen den Universen, auf ein unendlich fernes Ziel zu, das nur die Nullzeitbrücke kannte.

Nach einer Weile tauchten einzelne Lichtpunkte vor ihm auf, andere Bewußtseine, denen sich das seine mit rasender Geschwindigkeit näherte. Eines unter ihnen war von besonderer Helligkeit. Es schien auf ihn zuzuschießen. Es hüllte ihn ein, umgab ihn von allen Seiten – es war am Ziel!

Von Schmerz gepeinigt, wich das andere Bewußtsein vor ihm zurück. Das seine war stärker. Er durchsuchte den Wust fremder Gedanken nach brauchbaren Eindrücken, ein mühseliges Bestreben, da die Furcht und der Schmerz des anderen eine Barriere errichteten, die er nur schwer zu durchdringen vermochte. Aber schließlich gelang es ihm doch. Triumph erfüllte ihn angesichts der Leichtigkeit, mit der er die Bemühungen des anderen zunichte machte. Er las in dem fremden Bewußtsein die Erinnerungen an die Ereignisse des vergangenen Tages, und schließlich fand er einen Punkt, bei dem er ansetzen konnte.

Er begann, seine Befehle zu formulieren.

Ein schmerzhafter Nervenimpuls zuckte durch Ras Tschubais Körper und schreckte ihn aus dem Schlaf: die Alarmanlage hatte angesprochen. Auf der anderen Seite des Raumes fuhr Fellmer Lloyd von seinem Lager auf.

Unterdrücktes Stöhnen drang aus einem Lautsprecher, der in der Nähe der Tür montiert war. Der Teleporter trat auf den Ausgang zu. Die Tür öffnete sich vor ihm. Auf dem Gang war das Geräusch eiliger Schritte zu hören.

»Die Ärzte«, sagte Lloyd. Er hatte die Ausstrahlung ihrer Gehirne wahrgenommen und sie identifiziert.

Die Gangbeleuchtung flammte auf. In ihrem Glanz wurde eine Gruppe von fünf hastig heranstürmenden Männern erkennbar, an ihrer Spitze eine kleine Gestalt mit einem Gesicht, das nur aus Falten zu bestehen schien: Laurel Karo, der medizinische Spezialist der Solaren Abwehr. Medizinmann Nummer eins, wie er von seiner Umgebung genannt wurde.

»Los, worauf warten wir noch?« schnappte er.

»Auf Sie, Doktor, auf Sie!« antwortete Ras Tschubai lächelnd.

Er teleportierte durch die Wand des Ganges und landete in einem Raum mit matter Beleuchtung. Die Mitte des Raumes nahm ein großes Visko-Bett ein, auf dem sich ein Mann in voller Montur unruhig hin und her wälzte: der Großadministrator. Während er sich bewegte, stieß er ein unterdrücktes Stöhnen aus, das Geräusch, das Ras Tschubai wenige Augenblicke zuvor aus dem Lautsprecher gehört hatte.

Er berührte den Schlafenden an der Schulter. Der Mann fuhr sofort auf.

»Wir erhielten Alarm, Sir«, sagte der Afrikaner respektvoll. »Die Ärzte sind bereit!«

Rhodan sah ihn verwundert an. »Alarm? Wovon reden Sie?«

»Von Ihrem Zustand, Sir. Sie hatten einen Alptraum. Nach dem letzten Vorfall dieser Art ordneten Sie an, daß eine Gruppe von Ärzten ...«

Rhodan schlug sich mit der Hand gegen die Stirn. »Natürlich! Ich erinnere mich. Lassen Sie die Leute herein!«

Ras Tschubai öffnete die Tür, die zum Gang hinausführte. Die Ärzte kamen herein, an ihrer Spitze Laurel Karo. Karo war nicht der Mann, der sich lange mit Formalitäten aufhielt. Er wollte sich sofort auf den Patienten stürzen; aber der Großadministrator wies ihn mit einer Handbewegung zur Seite.

»Die Sache hat noch ein paar Minuten Zeit«, sagte er. »Ich habe zunächst einen Entschluß zu verkünden. Sie, meine Herren, sind meine Zeugen in bezug auf den Wortlaut der Erklärung. Ras, Sie werden meinen

Entschluß unverzüglich dem Staatsmarschall und dem Lordadmiral kundtun.«

»Selbstverständlich, Sir.«

»In bezug auf die aufständischen Siedler von Sympheron«, formulierte Perry Rhodan mit fester Stimme, »ist von seiten der Solaren Flotte und der Solaren Abwehr jede Einmischung zu unterlassen. Man wird versuchen, mit den Aufständischen auf dem Verhandlungswege zu einer Einigung zu kommen!«

Er sah aus, als habe er sich durch diese Äußerung von einer drückenden Last befreit. Beinahe gut gelaunt wandte er sich an Laurel Karo und forderte ihn auf: »Walten Sie Ihres Amtes, Medizinmann!«

Naupaum

Durch die Tiefen des Raumes kehrte das Bewußtsein in das Gehirn zurück, in dem sich sein Sitz befand. Perry Rhodan öffnete die Augen. Das Summen wurde leiser und erstarb.

»Sie können sich aufrichten«, erklang Doynschtos Stimme aus dem Halbdunkel.

Perry Rhodan, in der Gestalt des Duynters Toraschtyn, schob sich von der Liege. Die Benommenheit, die jede Aktivierung der paraexotischen Nullzeitbrücke unweigerlich zur Folge hatte, wich nur zögernd.

»Diesmal war es äußerst einfach«, berichtete Rhodan. »Ich traf ihn im Schlaf!«

»Das beseitigt eine Menge Komplikationen, mit denen man sonst rechnen muß«, bestätigte Doynschto. »Im übrigen muß ich Sie warnen: Sie haben innerhalb kürzester Zeit zweimal den Weg über die Nullzeitbrücke gewagt. Jeder Gang zehrt an Ihrer seelischen Substanz und belastet Ihr Bewußtsein. Ich kenne Ihr Problem. Sie lägen am liebsten für dauernd dort auf der Bahre und steuerten die Geschicke Ihrer Welt über die Nullzeitbrücke. Sollten Sie sich in dieser Hinsicht Illusionen machen, dann seien Sie hiermit darauf hingewiesen, daß ich eine Wiederholung der bisherigen Versuche im Laufe der kommenden drei Tage auf keinen Fall zulassen werde.«

Über Toraschtyns Gesicht huschte ein schmerzliches Lächeln.

»Ich weiß«, antwortete Perry Rhodan halblaut. »Ich habe mich übrigens mit einer Frage beschäftigt.«

»Ja ...?«

»Ich suche verzweifelt nach einem Hinweis auf die intergalaktische

Position meiner Milchstraße. Bis jetzt habe ich nicht den geringsten Erfolg gehabt. Wie kommt es, daß sich diese Position nicht mit Hilfe der Nullzeitbrücke ermitteln läßt? Mein Bewußtsein findet doch mühelos den Weg ans Ziel. Warum kann man den Weg nicht bestimmen, den das Bewußtsein durchläuft, und daraus die Position meiner Galaxis errechnen?«

Doynschto antwortete nicht sofort. Erst nach einer Weile des Nachdenkens antwortete er: »Es gibt mehrere Gründe. Zunächst bewegt sich Ihr Bewußtsein nicht durch dasselbe Kontinuum, durch das sich ein materielles Objekt bewegen würde. Auch wenn das Bewußtsein in der Lage wäre, Koordinaten aufzuzeichnen und sich an seinen Kurs zu erinnern, so wären es doch Koordinaten für ein gänzlich fremdartiges Kontinuum, die für Ihre Zwecke wenig nützten. Zweitens bewegt sich Ihr Bewußtsein von hier aus nicht gezielt. Es ist nicht wie ein Projektil, das man gegen ein genau bekanntes Ziel schießt, sondern es muß sich sein Ziel selbst suchen. Daß die Kontaktaufnahme so reibungslos vor sich geht, ist überhaupt nur dem Umstand zu verdanken, daß Ihr Bewußtsein und das Ihres Doppelgängers in ihrer Struktur völlig gleich sind. Das Bewußtsein Ihres Doppelgängers wird dadurch zu einem besonders prägnanten, unverfehlbaren Ziel, das sich leicht finden läßt.«

Er hätte wohl noch weitergesprochen; aber das Summen des Interkoms unterbrach ihn. Er schaltete den Apparat ein und wechselte einige knappe Worte mit jemand, den Perry Rhodan von dort, wo er stand, nicht sehen konnte.

Doynschto kehrte schließlich zurück. Er wirkte ernst. Nachdem er zuerst Perry Rhodan, dann Gayt-Coor angesehen hatte, sagte er: »Der Jäger, der Tuuhrt, ist soeben auf dem Raumhafen von Nopaloor gelandet.«

Terra

»Sie machen sich Sorgen um nichts, meine Herren«, krähte Laurel Karo, ohne seine Zuhörer – Reginald Bull, Atlan und Perry Rhodan – eines Blickes zu würdigen. »Dem Großadministrator fehlt nichts. Er ist bei bester physischer, seelischer und nervlicher Gesundheit.«

»Wie erklären Sie sich dann den Alptraum der vergangenen Nacht und die beiden Fälle seelischer Gleichgewichtsstörung, die sich in der jüngsten Vergangenheit ereignet haben?« wollte der Staatsmarschall wissen.

Laurel Karo zuckte respektlos die Achseln.

»Ich erkläre mir sie überhaupt nicht«, antwortete er leichthin. »Si haben offenbar keine Spuren hinterlassen. Der einzige Rat, den ich dem Großadministrator geben kann, ist dieser: Schonen Sie sich, Sir! Nehmen Sie das Regieren leichter. Was Sie beunruhigt, mag der Beginn einer Neurose sein, deren Intensität vorläufig noch zu gering ist, als daß wir sie feststellen könnten. Durch Schonung wird ihrer weiteren Entwicklung vorgebeugt.«

Kurze Zeit später verabschiedete er sich. Der Großadministrator selbst ließ verlauten, daß er den Rat des Arztes sofort zu befolgen gedenke. Die vergangene Nacht war so unruhig verlaufen, daß er ein paar Stunden Schlaf nachzuholen hatte.

»Allmählich wird er mir unheimlich«, murmelte Reginald Bull, nachdem Perry Rhodan den kleinen Besprechungsraum verlassen hatte.

»Unheimlich oder nicht«, meinte Atlan, »wenigstens hat er seine Meinung über Sympheron revidiert, und das kann uns nur zum Vorteil gereichen.«

In seinem Appartement hatte der Großadministrator sich zunächst eine Kapsel mit rasch wirkendem Beruhigungsmittel einverleibt. Er streckte sich auf dem Bett aus und wartete, bis wohlige, ruhige Wärme in den Nerven aufzusteigen und ihn einzuhüllen begann. Es war ihm schwergefallen, an diesem Morgen den gelassenen Mann zu spielen, als den die Welt und besonders die Freunde ihn kannten. Zum drittenmal innerhalb kurzer Zeit war er seinem Gegenspieler unterlegen und hatte Entschlüsse rückgängig machen müssen, die einen wesentlichen Teil seines Planes bildeten.

Die Einmischung der Solaren Flotte auf Sympheron, unter den gegebenen Umständen, hätte ohne Zweifel den Widerstand des Carsualschen Bundes hervor- und dessen Flotte auf den Plan gerufen. Die militärische Konstellation im Grenzsektor war jedoch so, daß die Solare Flotte sich über kurz oder lang hätte zurückziehen müssen. Der Prestigeverlust hätte den Ruf der Unbesiegbarkeit, den die Solare Flotte noch immer genoß, schwer erschüttert.

So hatte Andro-Rhodan es gewollt; aber so war es nicht gekommen. Über ungeahnte Entfernungen hinweg hatte sein Widersacher eingegriffen und ihn gezwungen, seinen Beschluß zu widerrufen. Die Chance war verloren. Er durfte mit der Vertrauensseligkeit seiner engsten Mitarbeiter nur bis zu einer gewissen Grenze rechnen. Jetzt von neuem den Einsatz der Flotte auf Sympheron zu fordern war gleichbedeutend mit der Aufgabe des Inkognitos. Er mußte auf eine andere Gelegenheit warten.

Trotz des Beruhigungsmittels beseelte ihn immer noch eine gewisse Angst. Er hatte nun dreimal am eigenen Leibe erlebt, daß sein Gegenspieler ihn über die unendlichen Weiten, die die beiden Körper voneinander trennten, kraft seines Bewußtseins zu treffen und ihn vorübergehend unter seinen Willen zu zwingen verstand.

Er war sich bewußt, daß er seine Rolle als Großadministrator des Solaren Imperiums nicht in eigener Verantwortung und nicht aus eigenen Stücken spielte. Er war der Agent einer übergeordneten Macht, die man vage mit dem Namen Anti-ES beschrieb. Andro-Rhodan war sicher, daß die Übergriffe seines Widersachers verhindert worden wären, wenn es in der Macht von Anti-ES gelegen hätte.

Daß es Dinge gab, die sein scheinbar allmächtiger Auftraggeber nicht zu bewerkstelligen vermochte – eben das war es, was ihm Angst einflößte.

29.

Naupaum

Mit widerlichem Heulen fuhr die grelle Strahlsalve durch den Gang und riß ihn für den Bruchteil einer Sekunde aus der Finsternis. Der Jäger hatte sich in eine Nische gerettet.

»Noch eine solche Dummheit, mein Junge, und man wird dir den Hals umdrehen«, sagte er gelassen.

Aus der Tiefe des Ganges kam eine aufgeregte, helle Stimme: »Hier kommt niemand durch, der die Losung nicht kennt!«

»Ich sagte schon, ich bin bereit, auf deine Ablösung zu warten«, beharrte der Jäger. »Dann kannst du zu Leggan-Leg gehen und ihm sagen, Torytrae sei hier. Ich kenne eure Losung nicht, aber Leggan-Leg kennt mich.«

Er gebrauchte mit Absicht die vertrauliche Anrede. Dem Wächter gegenüber, den er nicht kannte und der ihn nicht kannte, war das eine halbe Beleidigung. Leggan-Leg war einer seiner wichtigsten Zuträger. Jedesmal, wenn er ihn in den Tiefen unter der Altstadt von Nopaloor aufsuchen mußte, ging es ihm fast an den Kragen, weil er nie die Losung wußte und die Wächter angewiesen waren, auf alles rücksichtslos zu schießen, was sich nicht identifizieren konnte. Ein anderer als Torytrae der Tuuhrt, hätte seinen Wagemut längst mit dem Leben bezahlt.

Er wartete etwa eine Stunde in dem finsteren Gang, dann wurden aus dem Hintergrund Schritte laut. Jemand rief: »Ablösung!«

»Da ist ein Fremder im Gang!« rief der Junge seinem Ablöser zu.

»Warum hast du ihn nicht durchgelassen?«

»Er kennt die Losung nicht!«

»Dann schieß ihn über den Haufen!«

»Er behauptet, er sei ein Freund von Leggan-Leg. Ich soll ihn melden, nachdem du mich abgelöst hast.«

»Wie heißt er?«

»Torytrae ... oder so ähnlich.«

»Torytrae, der Tuuhrt?«

»Ja, Torytrae, der Tuuhrt«, grollte der Jäger und trat aus seinem Versteck hervor. »Und wenn ihr zwei Narren noch weiter nutzlos hier herumschwatzt, anstatt mich Leggan-Leg zu melden, wird es euch schlecht ergehen.«

Nach einer Pause bestürzten Schweigens hörte er den Ablöser sagen: »Da hat er recht! Lauf, Junge, und sag Leggan-Leg Bescheid!«

Eilige Schritte entfernten sich. Torytrae hatte darauf verzichtet, sich wieder in die Nische zurückzuziehen. Der neue Wächter, der in der Dunkelheit vor ihm stand, kannte seinen Namen und wußte, in welcher Beziehung er zu Leggan-Leg stand.

Nach einigen Minuten kam schwankend der Lichtpunkt einer Laterne den Gang entlang, dazu klappernde Schritte und eine schrille Stimme: »Der Tuuhrt soll kommen!«

»Sie haben es gehört«, sagte der Wächter respektvoll. »Bitte gehen Sie!«

Torytrae schritt an ihm vorbei auf die Lampe zu. Den Mann, der sie trug, hatte er an der Stimme erkannt: Paovilak, Leggan-Legs Vertrauter.

Der Gang mündete in eine große Halle, die hell erleuchtet war. Früher, als diese unterirdischen Anlagen noch reinen Wohnzwecken und nicht der Unterwelt als Versteck dienten, mochte es hier Läden und Restaurants gegeben haben. Jetzt jedoch hatte man alle hindernden Strukturen kurzerhand herausgerissen. Die Halle war mit Tischen und Bänken erfüllt, und auf den Bänken saß ein lärmendes Volk, das aus großen Bechern Metschik trank und dicke Rollen von Sangnu paffte. Die Luft in der Halle war zum Schneiden dick. Die Gänge und Räume der alten unterirdischen Wohnstadt waren noch vorhanden, aber das Belüftungssystem funktionierte nur noch sporadisch.

Paovilak führte den Jäger an der Wand der Halle entlang bis zu einer Tür, die er mit einem elektronischen Schlüssel öffnete. Die beiden Männer gelangten in einen weiteren Gang, der vor einem breiten Portal endete. Jemand schien sie mit Hilfe einer verborgenen Kamera zu beobachten. Denn aus der Wand über dem Portal kam plötzlich eine Stimme: »Wenn das Torytrae, der Tuuhrt, ist, mag er sich durch irgend etwas identifizieren.«

Der Jäger lächelte. Leggan-Leg hatte ihn keine zwei Male in demselben Körper gesehen. An seiner äußeren Erscheinung konnte er ihn daher nicht erkennen. Aber Leggan-Leg und der Jäger hatten früher oft zusammengearbeitet. Es gab Vorfälle, Ereignisse, Überraschungen, die nur ihnen bekannt waren.

»Denken Sie an Nuranap, den Ceynach mit den zwei Köpfen«, sagte Torytrae. »Sein Fall war besonders schwer ...«

»Genug, genug!« unterbrach ihn die Stimme aus dem Lautsprecher.

Das Portal öffnete sich. Paovilak trat zurück. Torytrae blickte in ein luxuriös eingerichtetes Gemach. Auf einem mächtigen Tisch saß Leggan-Leg, der Pygmäe. Selbst wenn er sich auf der Tischplatte aufrichtete, erreichte er nicht die Größe des Jägers in dessen jetzigem Körper. Er sprang auf. Die großen Augen leuchteten aus dem faltigen Gesicht.

»Das ist ein freudiges Wiedersehen mit dem Tuuhrt!« rief er und klatschte dabei in die Hände. Dann wandte er den Kopf zur Seite und blickte schräg über die Schulter. »Meinst du nicht auch, Gniggar, du Riesenroß?«

Da war niemand. Er sprach in die Luft hinein und bekam auch keine Antwort. Trotzdem nickte er befriedigt und wandte den Blick wieder in Richtung des Jägers.

»Das meine ich aber auch, Gniggar«, sagte er. »Wir können uns für die Geschäftsverbindung mit dem Tuuhrt nicht glücklich genug preisen.«

Torytrae zeigte keine Spur von Überraschung. Er wußte seit langem, daß Leggan-Leg glaubte, einen unsichtbaren Begleiter zu haben, der ihn vor Gefahren schützte.

»Ich komme soeben vom Regierungszentrum, dem Yaanzardoscht«, eröffnete der Jäger die Unterhaltung. »Merkwürdige Dinge sind während meiner Abwesenheit geschehen, und eines davon interessiert mich im Zusammenhang mit einer Aufgabe, die ich zu erfüllen habe.«

»Nennen Sie es mir«, forderte Leggan-Leg ihn auf, »und ich werde versuchen, mehr darüber zu erfahren.« Wieder drehte er den Kopf zur Schulter. »Nicht wahr, Gniggar?«

Torytrae wartete Gniggars Antwort nicht ab. »Doynschto, der Transplantationsexperte, ist entführt worden«, sagte er. »Ich muß wissen, von wem und wohin.«

»Ah ja!« erinnerte sich der Zwerg. »Eine merkwürdige Angelegenheit. Spielte sich erst vor wenigen Tagen ab. Wir ... wunderten uns darüber.«

»Warum?«

»Doynschto war in unseren Kreisen ein nicht oft, aber ein gern gesehener Kunde. Als der Rote Anatom noch hier verkehrte, war besonders er es, der sich einer äußerst lebhaften Geschäftsverbindung mit dem Sanften rühmen konnte. Wir wußten, daß es dem Sanften gutging. Er hatte nicht den geringsten Grund, Nopaloor zu verlassen. Und dennoch ging er. Deswegen wunderten wir uns.«

»Moment mal«, brummte Torytrae. »Er ging nicht, sondern er wurde entführt. Das macht einen Unterschied, nicht wahr?«

»Macht es das, Gniggar?« fragte Leggan-Leg lächelnd und wandte sich nach seinem imaginären Gesprächspartner um. »Gniggar meint, es sei gleichgültig. Ich dachte, Sie kämen geradewegs vom Yaanzardoscht. Hat man Sie dort nicht aufgeklärt?«

Torytrae war nicht verwirrt. Er begann zu verstehen, daß an Doynschtos Entführung nicht alles so war, wie er es sich vorgestellt hatte. Aus Leggan-Legs hinhaltenden Worten ließ sich entnehmen, daß Doynschto nicht mit Gewalt und gegen seinen Willen entführt, sondern daß seine Entführung nur vorgetäuscht worden war.

»Reden Sie, Leggan-Leg!« forderte er den Pygmäen auf.

»Sie werden sich daran erinnern, daß unsere Verbindung eine rein geschäftliche ist, und ...«

»Selbstverständlich. Wieviel?«

Leggan-Leg war auf diese Frage längst vorbereitet. »Zehntausend«, antwortete er ohne Zögern.

»Einverstanden«, brummte der Jäger. Er zog eine bunte Registriermarke aus der Tasche und warf sie auf den Tisch. Leggan-Leg ergriff sie eilig, fast gierig, und schob sie in einen für derartige Marken vorgesehenen Schlitz an der Konsole seines Interkoms. Er studierte die Anzeige auf dem Bildschirm und drückte in rascher Folge eine Reihe von Tasten. Die Marke sprang aus dem Schlitz. Der Zwerg nahm sie auf und reichte sie dem Jäger zurück.

»Nun sprechen Sie!« drängte dieser ungeduldig.

»Als wir von Doynschtos Entführung hörten, waren wir sehr bestürzt«, sagte Leggan-Leg. »Denn er war, wie schon gesagt, ein Kunde, der mit dem Geld nicht gerade knauserig umging. Wir wollten ihn zurückhaben, als Kunden. Deswegen mußten wir zuerst erfahren, wer ihn entführt hatte und wo er sich seit seiner Entführung befand.

Wir drangen nachts in Doynschtos Klinik ein und sahen uns um. Die Leute vom Geheimen Organ-Kommando waren schon dagewesen, das sahen meine Spezialisten sogleich. Aber sie hatten die Spuren nicht verwischt. Wir ermittelten folgendes: Erstens, es gab keinerlei Anzeichen eines Kampfes zwischen Doynschto und seinen Entführern. Zweitens, aus Doynschtos Unterlagen fehlten sämtliche Papiere, die sich mit der Theorie der Gehirntransplantation und der Nullzeitbrücke befaßten. Das sind Dinge, von denen kaum ein Mensch etwas versteht. Jemand, der aufs Geratewohl in Doynschtos Akten gewühlt hätte, hätte bei seiner Suche nach diesen Unterlagen ein beachtliches Durcheinander angerichtet. Das war jedoch nicht der Fall. Also bleibt uns nur noch übrig anzunehmen, daß Doynschto die Unterlagen selbst an sich genommen hat.«

»Man könnte ihn dazu gezwungen haben«, warf Torytrae ein.

»Das ist denkbar. Aber, wie gesagt, es fehlte eben jegliche Spur eines Kampfes.«

»Jegliche ...?« erkundigte sich der Jäger ungläubig.

»Oh, es gab wohl Spuren«, grinste der Pygmäe. »Aber man sah ihnen an, daß sie künstlich gelegt waren. Einschüsse hoch in der Decke und im Fußboden, als wären an der Entführung Personen beteiligt gewesen, die riesengroß oder zwergenhaft klein sind. Und ähnliche Dinge. Nichts Echtes.«

Torytrae stand auf. Er hatte genug erfahren. Er wußte, wohin er sich als nächstes wenden mußte.

»Ich komme wieder auf Sie zurück«, versprach er dem Zwerg. »Gute Geschäfte, Leggan-Leg!«

»Gute Geschäfte, Tuuhrt!« Die Tür öffnete sich, und der Jäger schritt hinaus.

»Das Amt des Tuuhrt ist ein heiliges Amt«, sagte Heltamosch mit Nachdruck. »Wen der Tuuhrt verfolgt, der ist unweigerlich verloren. Sich dem Tuuhrt in den Weg zu stellen, hat bislang noch niemand gewagt – ebenso wie ihn zu verfolgen.«

Rhodans lächelte nachsichtig. »Gerade der Umstand, daß es bisher noch niemand gewagt hat, wird uns die Aufgabe erleichtern.«

Heltamosch reagierte mit Bestürzung. »Sie haben also allen Ernstes vor, den Tuuhrt verfolgen und bespitzeln zu lassen?«

»Die Antwort ist ja«, sagte Rhodan. »Aber ich möchte dazu zwei Feststellungen machen. Erstens: Ich verfolge den Tuuhrt nicht, weil mir das Verfolgen Spaß macht. Es geht mir vielmehr darum, an einem Ort meiner Wahl mit dem Jäger zusammenzutreffen. Ich sehe in ihm eine äußerst wichtige Person, die mir unter Umständen bei der Suche nach meiner Galaxis behilflich sein kann. Der Tuuhrt hat den Befehl, mich zu finden und zu töten. Ich kann ihn also nicht einfach einladen. Ich muß ihn an den Ort des Zusammentreffens dirigieren, ohne daß er es bemerkt. Zu diesem Zweck muß ich ständig wissen, wo er sich aufhält und was er unternimmt. Deswegen also die Verfolgung.

Zweitens: Ich als einzelner vermag nichts. Ich bin in diesem Unternehmen auf Ihre Hilfe angewiesen, besonders auf die Leute Ihres Informationsdienstes. Sollten Sie meinen Plan für zu gefährlich halten, dann habe ich volles Verständnis dafür, wenn Sie mir Ihre Hilfe verweigern.«

Die Blicke der Anwesenden richteten sich erwartungsvoll auf Heltamosch. Gayt-Coor hatte sich schräg zur Seite gewandt, um den Mato Pravt voll im Blickfeld seines einen Doppelauges zu haben. Im Hintergrund des Raumes stand Zeno und wartete mit Spannung auf Heltamoschs Entschluß. Dem Mato Pravt gegenüber saß Poyferto.

»Ich darf Ihnen meine Hilfe nicht verweigern«, antwortete Heltamosch schließlich. »Es wäre widersinnig, Ihnen bis hierher geholfen zu haben und jetzt auf einmal aufzugeben. Ich halte Ihren Plan für gefährlich, aber nicht für unausführbar.« Ein spöttisches Lächeln erschien plötzlich auf seinem Gesicht. »Ich finde die Vorstellung ausgesprochen faszinierend, wie überrascht der Tuuhrt sein wird, wenn er plötzlich feststellt, daß sich Unbekannte auf seine Spur geheftet haben.« Er reichte dem Mann in der Gestalt Toraschtyns spontan die Hand. »Auf weitere Zusammenarbeit. Ich kann es Poyferto am Gesicht ablesen, daß er den Mann schon bereit hat, dem er die Verfolgung des Jägers auftragen wird.«

Poyferto erhob sich grinsend. »Das ist wirklich der Fall«, antwortete er. Und zu Rhodan gewandt, fuhr er fort: »Ich gebe Ihnen Dreiauge, meinen besten Spezialisten!«

Die Unterwelt hat ihre Spezialisten ebenso wie die Welt der bürgerlichen Berufe. Der Tuuhrt, dessen Lebensaufgabe sich darin erschöpfte, nach geheimen Dingen zu forschen und die übelsten aller Verbrecher zu jagen und vom Gesicht dieser Welt zu tilgen, kannte die Unterwelt – besonders die der Hauptstadt Nopaloor. Er hatte ihre Dienste oft in Anspruch genommen. Er wußte, daß er sich an Leggan-Leg wenden mußte, wenn er Informationen brauchte, die auf der Oberwelt nicht zu erhalten waren. Und an das »Östliche Quartier«, wenn er eines Einbruchsspezialisten bedurfte.

Das Östliche Quartier war zunächst, wie der Name besagte, eine geographische Kennzeichnung. Es gab dort keine Clique, die unter der Führung eines Mannes stand wie etwa Leggan-Legs Bande von Informanten. Es gab statt dessen mehrere kleine Gruppen, von denen sich auf dem weiten Gebiet des Einbruchs jede für ein bestimmtes Untergebiet spezialisiert hatte.

Auch hier, in einem Gewirr von Gängen, Hallen, Schächten und Rampen, entging Torytrae nur durch Vorausberechnung der Handlungen der anderen mit Mühe einer Gegenüberstellung mit drei bulligen Wächtern, deren Aufgabe war, Unbefugte dem Östlichen Quartier fernzuhalten. Um ein Haar wäre er verprügelt worden, da entsann er sich noch im letzten Augenblick, wie es schien, einer Episode, die allen drei Wächtern bekannt war und die bewies, daß er schon früher Verbindungen zum Östlichen Quartier unterhalten hatte.

Daraufhin ließ man ihn durch. Er setzte zielstrebig seinen Weg fort und kam nach kurzer Zeit in eine kleine Rundhalle, die von einer altmodischen Sonnenlampe fast unerträglich grell ausgeleuchtet wurde. Das war das Vorzimmer des Mannes, den er suchte.

Er stellte sich in die Mitte der Halle und rief: »Mimiltar! Ein Kunde wünscht dich zu sprechen!«

Zunächst erfolgte keine Reaktion. Aber Torytrae wußte, daß er nun von allen Seiten studiert wurde. Mimiltar würde ihn nicht wiedererkennen. Als er das letztemal mit ihm zu tun hatte, steckte er in einem anderen Körper.

Ein paar Minuten vergingen. Dann drang aus der Decke eine dröhnende Stimme: »Wer sind Sie?«

»Ich bin Torytrae, der Tuuhrt!« rief er.

Es war ihm, als hörte er einen überraschten Laut aus dem unsichtbaren Lautsprecher. Das Amt des Tuuhrt war ein hoch angesehenes, nahezu mit dem Geruch der Heiligkeit behaftetes. Niemand würde jemals wagen, sich für einen Tuuhrt auszugeben, ohne es wirklich zu sein. Der Tod war ihm gewiß, sobald der Betrug entdeckt wurde.

Seitwärts gab es ein scharrendes Geräusch. Torytrae wandte sich um und sah, daß sich in der Wand der Halle eine Pforte geöffnet hatte.

In der Nähe des Eingangs stand ein kleiner Mann von seltsamem Wuchs. Er besaß nicht mehr als zwei Drittel normaler Mannesgröße, worauf nur ein kleiner Bruchteil auf die kurzen, stummelförmigen Beine entfiel. Die Stummelbeine trugen einen aufgeblähten Rumpf, aus dessen Schultern zwei Arme ragten, die so lang waren, daß die Hände beinahe den Boden berührten.

Das Auffallendste an Mimiltar aber war der gewaltige Schädel, der fast ein Drittel des Körpervolumens ausmachte. Unter seinem Gewicht schien der Hals im Laufe der Jahre in den Rumpf hinabgerutscht und verschwunden zu sein. Der riesige Schädel hätte Mimiltar ohne Zweifel das Aussehen eines Kretins verliehen, wäre nicht der überaus wache und intelligente Blick der Augen gewesen. Und diese Intelligenz des Blickes besaß Mimiltar in überreichem Maße, zumal er infolge einer Modifikation seiner Erbmerkmale drei Augen besaß – zwei dort, wo der normale Yaanztroner sie hatte, und ein drittes mitten auf der hohen Stirn.

»Sie sind Torytrae, der Tuuhrt?« fragte Mimiltar.

»Ganz richtig, ich bin Torytrae«, bestätigte der Jäger. »Um meine Identität zu beweisen, möchte ich Sie daran erinnern, daß Ihre Leute vor etwa drei Jahren mir aus der Halle der Tränen ein konserviertes Organ besorgten, das später dazu verwendet wurde ...«

»Ich weiß«, winkte Mimiltar ab. »Ich zweifle nicht an Ihrer Identität.« Er setzte sich auf einen der beiden Stühle und forderte den Jäger mit einer Handbewegung auf, auf dem anderen Platz zu nehmen. »Ich nehme an, es gibt da etwas, womit ich Ihnen dienen kann.«

»In der Tat«, antwortete Torytrae. »Im Zuge einer Nachforschung sehe ich mich veranlaßt, in die Klinik des Transplantationsspezialisten Doynschto eindringen zu müssen.«

Mimiltar zwinkerte mit allen drei Augen.

»Aber Doynschto ist entführt worden«, rief er, diesmal wirklich überrascht. »Die Klinik steht leer – bis auf die Wachtposten des Organ-Kommandos. Sicherlich wäre es für einen Mann mit Ihren Beziehungen wesentlich einfacher, eine offizielle Erlaubnis zur Besichtigung der Klinik zu erwerben.«

»Das gebe ich zu«, antwortete Torytrae, der diesen Vorschlag erwartet hatte. »Aus Gründen, die hier nicht zur Debatte stehen, erscheint es mir jedoch angebracht, den Besuch in Doynschtos Klinik ohne Wissen der Behörden durchzuführen.«

Mimiltar wiegte den Kopf. Er schien über etwas nachzudenken.

»Ganz wie Sie wollen«, sagte er schließlich. »Ich bin gern bereit, Ihnen den Weg in Doynschtos Klinik unauffällig zu öffnen. Sie müssen jedoch in Erwägung ziehen, daß das Gelände von dem Geheimen Organ-Kommando bewacht wird. Es handelt sich infolgedessen um ein gewagtes Unternehmen, und das ...«

»... schlägt sich im Preis nieder«, nahm Torytrae ihm das Wort vom Mund. »Ich verstehe das. Wieviel verlangen Sie?«

»Fünfzehntausend«, antwortete Mimiltar, ohne mit der Wimper zu zucken.

Torytrae bezahlte auch diesen Betrag ohne Weigerung.

Mimiltars nächste Frage lautete: »Wann möchten Sie die Klinik besichtigen?«

»So bald wie möglich. Wenn es geht, noch heute.«

Abermals legte der Mann mit den drei Augen eine nachdenkliche Pause ein. »Das läßt sich machen«, sagte er schließlich, »allerdings erst spät in der Nacht. Wo können wir Sie erreichen?«

»Ich hatte gar nicht die Absicht, mich weit zu entfernen«, bekannte Torytrae. »Ich dachte, Sie hätten womöglich hier in der Nähe ein Quartier ...«

»Selbstverständlich. Wir werden Sie unterbringen.«

Torytrae war durch den Befehl des Tschatro auf die Spur eines Ceynach-Verbrechens gesetzt worden.

Es war ihm mittlerweile klargeworden, daß die Vorwürfe des Tschatro, der von einem auf Umsturz und Staatsgefährdung bedachten Feind gesprochen hatte, unberechtigt waren. Bei dem Fremden handelte es sich nicht um einen Mann, der die staatliche Ordnung von Yaanzar oder irgendeinem anderen Planeten stören und auf Umsturz ausgehen wollte. Der Unbekannte kam aus einer fremden Galaxis. Ja, es war ein furchtbares Verbrechen geschehen. Aber der Mann, dem der Tuuhrt nachjagte, war nicht der Täter, sondern das Opfer.

Aus diesem Grund hatte Torytrae nach und nach an der Weisheit des Befehls, den der Tschatro ihm gegeben hatte, zu zweifeln begonnen. Die Art und Weise, wie der Fremde ihm immer wieder durch die Lappen gegangen war, hatte dem Jäger Achtung eingeflößt. Der Besitzer des fremden Gehirns war ein Mann, dem ein überdurchschnittlich hohes Maß an Intelligenz und Umsicht nicht abgesprochen werden konnte. Torytrae bezweifelte, daß es klug sei, diesen Mann zu töten.

Nach der Rückkehr von Traecther, wo ihm der Fremde wiederum entgangen war, hatte der Tuuhrt zunächst den Tschatro in dessen Regierungspalast aufgesucht. Dort hatte er von der Entführung Doynschtos, des Sanften, erfahren. Die Verbindung dieses Vorgangs mit dem Fall, an dem er soeben arbeitete, war ihm sofort offenbar geworden. Schon als er noch im Körper des Händlers Hactschyten steckte, hatte der Fremde mit Doynschto, dem Transplantationsexperten, in Verbindung gestanden, und die Verbindung schien eine freundliche gewesen zu sein. Jetzt, nach seiner Rückkehr nach Yaanzar, hatte der Fremde Doynschto völlig an sich gezogen.

Die Beobachtung, die Leggan-Legs Leute gemacht hatten, paßte genau in das Bild, das Torytrae sich von dem Vorgang machte: Doynschto war dem Fremden willig gefolgt. Es hatte keiner Gewalt bedurft, ihn zu entführen, und die Spuren von Gewalt, die am Tatort zu sehen waren, hatte man entweder künstlich gelegt, oder sie stammten von der Auseinandersetzung mit den Robotern des Geheimen Organ-Kommandos, die in letzter Sekunde noch in das Geschehen einzugreifen versucht hatten.

Torytrae war keinen Augenblick lang darüber im Zweifel, warum der Fremde sich die Mühe gemacht hatte, Doynschto an sich zu ziehen. Er war nach Yaanzar zurückgekehrt, obwohl der Boden dieser Welt ihm unter den Füßen brennen mußte. Das bedeutete, daß er darauf angewiesen war, in Kürze wieder den Körper zu wechseln.

Um sich nicht an eine Klinik wenden zu müssen und dort die Gefahr der Entdeckung auf sich zu nehmen, hatte der Unbekannte sich seinen eigenen Transplantator zugelegt: Doynschto. Solange er Doynschto bei sich hatte, konnte er den Körper wechseln, sooft es ihm gelegen oder notwendig erschien – vorausgesetzt, er brachte den Sanften in einer Umgebung unter, die das nötige Werkzeug, die notwendigen Geräte für solch komplizierte Operationen enthielt.

Inmitten seiner Überlegungen übermannte den Tuuhrt die Müdigkeit. Er legte sich nieder und wachte erst wieder auf, als ein Lautsprecher über ihm zu rumoren begann und lauthals verkündete, daß die Zeit des Aufbruchs gekommen sei.

Es geschah nicht selten, daß Leggan-Leg die schlecht belüftete Enge seiner unterirdischen Quartiere verließ und sich an die Oberwelt begab. Denn Leggan-Leg war trotz seines zwergenhaften Mißwuchses ein Mann, der es verstand, das Leben zu genießen.

Leggan-Leg benutzte niemals zweimal hintereinander denselben Weg hinauf zur Oberfläche. Er kannte die Gefährlichkeit seines Berufs und war ein Feind aller Routine. Nicht zuletzt diesem Umstand verdankte er es, daß er weder mit den Ordnungsbehörden noch mit Unterwelt-Konkurrenten jemals ernsthaft aneinandergeraten war. Auch dieses Mal benützte er einen Weg, den er längere Zeit gemieden hatte. Er und sein Begleiter erreichten die Oberfläche an einer Stelle, die nur wenige Schritte von einem riesigen Appartementgebäude entfernt lag, in dem Leggan-Leg eine geräumige Privatwohnung unterhielt.

Paovilak half ihm in den Aufzug hinein. Sie fuhren zum einundachtzigsten Stockwerk empor. Es hatte hier früher fünf verschiedene Appartements gegeben. Sie waren alle von Leggan-Leg gemietet und zu einer großen Wohnung zusammengeschlossen worden. Auf diese Weise war Leggan-Leg Herr über eine Wohnfläche von über einhundert Quadratmetern – ein unerhörter Luxus auf dieser Welt der Enge und Gedrängtheit. Der Aufzug hielt nur dann in der 81. Etage, wenn er einen bestimmten Kodebefehl erhielt, den nur Leggan-Leg und Paovilak kannten, oder wenn er vom 81. Stockwerk aus gerufen wurde. Auf diese Weise hatte Leggan-Leg sich gegen unerwünschte Eindringlinge gesichert.

In einem mit kleinen, aber kostbaren Möbeln ausgestatteten Gemach streckte der Zwerg sich behaglich auf einer Liege aus und trug Paovilak auf, ihm ein Getränk zu besorgen. Paovilak verschwand in einem Nebenraum. Wenige Sekunden später kam er wieder zum Vorschein, die Augen vor Schreck weit geöffnet und das Gesicht von leichenhafter Blässe überzogen. Leggan-Leg fuhr auf.

»Was ist los?« kreischte er.

Paovilak öffnete den Mund, aber vor Schreck brachte er kein Wort hervor. Er schien von hinten einen Stoß zu erhalten, denn plötzlich schoß er halbwegs in die Stube herein, und unter der Tür kam das Geschöpf zum Vorschein, das für seinen Schock verantwortlich war.

Fassungslos starrte Leggan-Leg auf eine aufrechtgehende Echse, etwa von Mannesgröße, die sich nach der gängigen Mode kleidete und deren Haut von türkisfarbenen Schuppen gebildet wurde. Die Echse hatte einen breiten, abgeflachten Schädel und an jeder Seite des Kopfes zwei Augen, die so dicht beieinanderstanden, daß sie wie an den Rändern zusammengewachsen erschienen.

»Regen Sie sich nicht auf!« sagte die Echse. »Sie brauchen sich nicht vor mir zu fürchten. Ich bin hierhergekommen, um Ihnen eine wichtige Botschaft zu überbringen.«

»Wie ... wie ... kommen Sie hier herein?« japste Leggan-Leg.

»Einfach. Einem Experten fällt es nicht schwer zu enträtseln, welchen Kode der Aufzug braucht, um zum einundachtzigsten Stockwerk zu fahren. Und die Schlösser an Ihren Türen sind, vom Standpunkt der Sicherheit aus betrachtet, ziemlich armselig. Ich warte schon seit einigen Stunden auf Sie.«

Leggan-Leg beruhigte sich allmählich. Trotz seiner Winzigkeit fehlte es ihm nicht an Mut. Paovilak allerdings stand immer noch da, als wäre er angefroren.

»Ihre Botschaft?« fragte der Zwerg.

»Lösen Sie Ihre Geschäftsverbindung mit Torytrae, dem Tuuhrt«, antwortete die Echse. »Mein Auftraggeber wünscht, daß der Jäger von Ihnen keine weiteren Informationen erhält. In Anerkennung der Tatsache, daß Sie dadurch eine finanzielle Einbuße erleiden, habe ich Ihnen dieses zu überreichen.«

Die Echse hatte plötzlich eine Geldmarke im Wert von 1000 Einheiten in der Hand und warf sie auf den Tisch. Ungläubig starrte Leggan-Leg darauf.

Die Echse fuhr indessen fort: »Mein Auftraggeber erwartet, daß Sie seiner Weisung entsprechend handeln. Sollten Sie sich weigern, wird man Sie zur Zusammenarbeit zu zwingen wissen.«

»Wer ist Ihr Auftraggeber?« erkundigte sich Leggan-Leg.

»Das tut nichts zur Sache«, erwiderte die Echse. »Sie werden ihn nur dann kennenlernen, wenn Sie seiner Weisung zuwiderhandeln – und dann nicht von der freundlichsten Seite.«

Sie wandte sich zum Ausgang. »Ich verabschiede mich. Versuchen Sie nicht, mir zu folgen!«

Mit einer geschmeidigen Bewegung schlüpfte sie durch die Türöffnung. die für die Breite des kräftigen Echsenkörpers fast zu schmal war. Man hörte, wie sich draußen der Aufzug in Bewegung setzte. Paovilak erwachte aus der Starre.

»Das ... das ... war entsetzlich!« hauchte er.

Mit einer wütenden Handbewegung fegte Leggan-Leg die Geldmarke vom Tisch.

»Mein Auftraggeber«, höhnte er. »Weisungen, Zusammenarbeit, gehorchen, befolgen! Was, glaubt der Kerl, kann er sich für einen lumpigen Tausender leisten ...?!«

Torytrae würde nie erfahren, wie Mimiltar und seine Leute es fertiggebracht hatten, die Wachen des Geheimen Organ-Kommandos zu umgehen. Daran lag ihm auch nichts. Er war zufrieden, daß man ihn ungesehen in die Klinik gebracht hatte, die bis vor wenigen Tagen Doynschtos Arbeitsbereich gewesen war.

Mimiltar und seine Männer waren draußen geblieben, um über Torytraes Sicherheit zu wachen. Er befand sich in dem Raum, in dem sich der Scheinkampf abgespielt hatte, in dessen Verlauf Doynschto angeblich entführt worden war. Da es keine Fenster gab, wagte er es, die Beleuchtung einzuschalten. Dann sah er sich um.

Es war so, wie Leggan-Leg geschildert hatte: Die Einschüsse befanden sich an Stellen, die kein vernünftiger Mensch sich als Ziel ausgesucht hätte. Die Gerätschaften waren unbeschädigt geblieben. Man hatte sich Mühe gegeben, Doynschtos Besitz zu schonen. Torytrae ließ den Blick mehrmals über jeden Quadratzentimeter Wand, Boden und Decke gleiten und formte in seinem Bewußtsein ein Bild des Raumes, auf das er sich bis ins letzte Detail verlassen konnte. Dann schloß er die Augen, um sich zu konzentrieren.

Doynschto war entführt worden, weil der Fremde einen Transplantationsspezialisten brauchte, der jederzeit zur Hand war, wenn ein neuer Körperwechsel vollzogen werden mußte. Doynschto war freiwillig mit dem Fremden gegangen; er war also von sich aus bereit, ihm zu Diensten zu sein. Der Prozeß der Paratransplantation erforderte komplizierte Geräte, solche etwa, wie sie in diesem Raum zu finden waren. Warum hatte Doynschto entführt werden müssen? Warum kam der Fremde, wenn er eines Körperwechsels bedurfte, nicht einfach hierher, um sich von Doynschto behandeln zu lassen?

Dumme Frage! Weil Doynschto dem Geheimen Organ-Kommando schon seit langem verdächtig war. Weil man seine Klinik überwachte und der Fremde sofort gefaßt worden wäre, hätte er sich hierhergewagt.

Doynschto war in der Versenkung verschwunden, um sich von der Beschattung durch das Organ-Kommando zu lösen.

Trotzdem aber blieb die Tatsache, daß er kompliziertes, teures, umfangreiches Gerät brauchte, wenn er seine Aufgabe erfüllen wollte. Paratransplantationen waren nur in einer Klinik wie dieser möglich. Doynschto befand sich jetzt also in einer ebensolchen Klinik, irgendwo anders auf Yaanzar. Aber wo?

Mehr als das Wo interessierte Torytrae, den Jäger, im Augenblick das Wie. Hatte Doynschto einen Kollegen gefunden, der ihn bei sich aufnahm, ohne ihn dem Geheimen Organ-Kommando zu verraten? Wenn der Kollege, der also ebenfalls eine Klinik besaß, so willfährig war, dann hätte man Doynschto nicht zu entführen brauchen, denn dann hätte der hypothetische Kollege an Doynschtos Stelle an dem Fremden die notwendigen Transplantationen durchführen können. Heimlich aber konnte sich Doynschto in keine Klinik eingeschlichen haben.

Also mußte Doynschto sich in einer Klinik befinden, die bis zu seiner Entführung leer gestanden hatte. Einer Klinik, deren Eigentümer auf irgendeine Weise abhanden gekommen war! Dort hatte Doynschto sich niedergelassen. Da das Verschwinden des Eigentümers der Öffentlichkeit anscheinend nicht bekanntgeworden war, hatte niemand Verdacht schöpfen können.

Torytrae, der Tuuhrt, merkte, daß er auf der richtigen Spur war. Er fühlte die Erregung der Jagd, die die Gedanken antrieb und ihnen zusätzliche Impulse verlieh. Er spürte, wie er dem Ziel immer näher kam, immer näher an den Punkt, an dem er genau sagen konnte, wo Doynschto der Sanfte sich verkrochen hatte.

Da sagte dicht vor ihm eine trockene, harte Stimme: »Sie können jetzt die Augen wieder öffnen. Wir haben Sie!«

30.

Er riß die Augen auf und sah vor sich drei Männer, Yaanztroner, nach der Färbung ihres Haarflaums zu urteilen. Sie hielten Strahlgewehre in der Armbeuge, und die Mündungen waren auf den Jäger gerichtet.

»Sie sind unser Gefangener«, sagte der mittlere der drei.

»Wissen Sie überhaupt, wer ich bin?« fragte er.

Der Sprecher machte die Geste der Bejahung. »Sie sind Torytrae, der Tuuhrt.«

Dem Jäger verschlug es fast den Atem. Dic Leute wußten, wem sie gegenüberstanden! Sie waren ausgezogen, um den Tuuhrt gefangenzunehmen! Das war unerhört. Das hatte es noch niemals gegeben.

»Sie scheinen sich über die Bedeutung meines Amtes nicht im klaren zu sein«, stieß er mühsam hervor. »Sie wissen nicht, worauf Sie sich da einlassen!«

Der mittlere machte eine wegwerfende Handbewegung.

»Sie sind ein Wesen wie andere auch«, meinte er. »Ich weiß, daß sich alle Welt vor Ihnen fürchtet, daß Sie als unantastbar gelten. Aber das ist Aberglaube. Und wir sind nicht besonders abergläubisch!«

»Was bezwecken Sie mit meiner Gefangennahme?« verlangte der Tuuhrt zu wissen.

»Das ist keine besonders intelligente Frage für einen Mann wie Sie, der die Schlauheit angeblich mit großen Löffeln gefressen hat, wie? Sie sind jemand auf der Spur. Dieser Jemand hat kein Interesse daran, weiter von Ihnen verfolgt zu werden.«

Torytrae blickte nachdenklich vor sich hin. Er hatte sich inzwischen ausgerechnet, daß seine Lage längst nicht so hoffnungslos war, wie es auf den ersten Blick erschien. Die drei Männer hatten offenbar nicht den Auftrag, ihn an Ort und Stelle zu töten. Sie mußten ihn wegbringen. Draußen irgendwo aber wartete Mimiltar mit seinen Leuten. Draußen war es dunkel, denn wegen der GOK-Posten, die die Klinik bewachten, durfte nur in fensterlosen Räumen Licht gemacht werden. Er kannte sich hier aus. Es würde nicht schwer sein, in der Finsternis unterzutauchen.

»Wohin gehen wir?« fragte er.

»Das werden Sie sehen«, wurde ihm gesagt. »Zunächst einmal dort hinaus!«

Man öffnete die Tür, durch die Torytrae hereingekommen war, nachdem man das Licht gelöscht hatte. Die drei Männer bauten sich hinter dem Jäger auf, wie er es erwartete. Es ging durch einen Korridor in eine weite Halle, die Doynschto als Forschungslabor verwendet hatte. Auch hier gab es ein Wirrwarr von Geräten aller Arten und Größen. Torytrae war bisher folgsam vor den drei Männern hergetappt. Jetzt jedoch erkannte er seine Chance.

Mit einem weiten Sprung schoß er seitwärts in die Dunkelheit hinein. Noch im Sprung stieß er einen Warnruf aus: »Mimiltar! Drei Leute ...!«

Da fauchte es über ihn hinweg, ein gleißender, glühender Energiestrahl. Er warf sich in Deckung, blieb jedoch keinen Atemzug lang am selben Ort, sondern wand sich behutsam und geräuschlos immer rascher von der Stelle fort, an der er den drei Männern entkommen war. Mimiltars Leute waren aufmerksam geworden. Von der anderen Seite des

Labors zischten ihre Strahlsalven heran. Schwere Stiefel polterten auf dem Boden. Schreie gellten. Es war ein Durcheinander, in dem niemand sich mehr auskannte. Draußen waren die Wachtposten des Geheimen Organ-Kommandos wahrscheinlich inzwischen aufmerksam geworden und würden bald hier erscheinen.

Torytrae fühlte sich plötzlich am Arm berührt. Er fuhr herum.

»Vorsichtig!« zischte es dicht neben ihm. »Wir setzen uns nach hinten hinaus ab!«

Er erkannte Mimiltars Stimme. Noch zwei oder drei Strahlsalven schossen quer durch das Labor, ohne nennenswerten Schaden anzurichten.

Dann gellte eine fremde Stimme: »Raus hier! Das Kommando kommt!«

Mimiltar führte den Jäger in einen schmalen Gang. Sie bewegten sich in höchster Eile und erreichten nach wenigen Minuten den Ausgang. Er führte unmittelbar in ein parkähnliches Gelände. Aus der Dunkelheit lösten sich drei schattenhafte Gestalten: Mimiltars Leute.

»Alles klar?« fragte der Mann mit den drei Augen.

»Alles«, erhielt er zur Antwort. »Die zwei Kommando-Posten, die hier standen, sind anscheinend zur Klinik gelaufen, als der Lärm dort losbrach.«

Sie durchquerten den Park und gelangten in einiger Entfernung von der Klinik auf die Straße. Damit befanden sie sich in Sicherheit. Torytrae fand es erstaunlich, daß Mimiltars Gruppe sich ohne Verluste, ja sogar ohne Verwundungen von dem Gegner hatte lösen können.

Mimiltar rief einen Mietwagen. Als das Fahrzeug sich mit hoher Beschleunigung in Bewegung setzte und seine Insassen tief in die Polster drückte, sagte der Dreiäugige: »Das war ziemlich knapp, wie?«

Torytrae machte das Zeichen der Zustimmung. »Unerfreulich knapp«, gestand er.

»Es könnte nicht etwa aus Versehen doch geschehen«, fragte Perry Rhodan, »daß Leggan-Leg sich an unsere Weisungen hält?«

»Auf keinen Fall!« antwortete Poyferto mit Nachdruck. »Ich kenne den Mann. Es mangelt ihm nicht an Mut. Zudem hat er eine vorzüglich funktionierende Organisation, die ihn vor Gefahren schützt. Er wird sich unverzüglich an den Jäger wenden.«

»Unsere Bestechungssumme war geschickt gewählt«, pflichtete Gayt-Coor bei. »Ich sah seine Augen, als ich die Marke auf den Tisch warf Eintausend Einheiten, gerade genug, um ernst genommen zu werden aber viel zuwenig, um Leggan-Leg seine Geschäftsverbindung mit dem Jäger abbrechen zu lassen.«

»Was hören wir Neues von Dreiauge?« erkundigte sich Heltamosch.

»Nichts«, antwortete Poyferto. »Er verhält sich ruhig. Der Besuch in Doynschtos Klinik verlief planmäßig. Der Jäger war gerade dabei, sich zu konzentrieren, als unsere drei Leute auftauchten. Er reagierte nach Fahrplan. Ließ sich zuerst gefangennehmen und entkam bei der ersten Möglichkeit in die Finsternis. Dreiauge und die drei Spezialisten lieferten einander ein wildes Scheingefecht und brachten sich in Sicherheit, bevor das Geheime Organ-Kommando auf der Szene erschien.«

»Also schön. Dann bleibt uns nichts anderes übrig, als zu warten.«

»Es wird nicht lange dauern«, versuchte Poyferto seinen höchsten Vorgesetzten zu trösten. »Torytrae ist ein schlauer Mann. Er wird bald dahinterkommen, daß Dreiauge eine Doppelrolle spielt.«

»Ist für die Sicherheit des Mannes gesorgt?« wollte Perry Rhodan wissen. »Ich meine, man könnte sich vorstellen, daß der Tuuhrt ihn in der ersten Wut über den Haufen schießen möchte.«

»Das entspräche nicht seiner Art«, hielt ihm Poyferto entgegen. »Torytrae ist nicht der Mann, der hastige Entscheidungen trifft. Er wird Dreiauge ausfragen wollen. Wahrscheinlich nimmt er ihn gefangen und sucht für den Gefangenen ein geeignetes Versteck irgendwo in der Unterwelt.«

Rhodan nickte befriedigt.

Sie waren in die Unterwelt zurückgekehrt. Torytrae hatte sich entschlossen, Mimiltars Gastfreundschaft noch einige Tage in Anspruch zu nehmen. Er brauchte Zeit zum Nachdenken. Noch ruhte das Bild des Raumes in Doynschtos Klinik sicher in seinem Bewußtsein. Vielleicht gelang es ihm, den verlorenen Faden wiederaufzunehmen und trotz der vorangegangenen Störungen zu ermitteln, wo Doynschto sich versteckt hielt. Im Zweifelsfall mußte er ein weiteres Mal in die Tasche greifen und Mimiltar erneut um einen nächtlichen Einbruch in die Klinik bitten.

Er hatte sich eben niedergelegt, als ihm über das Interkom-System ein Besucher gemeldet wurde. Er war überrascht. Wer konnte ihn hier, im Zentrum der Unterwelt, besuchen wollen? Er erhob sich und öffnete die Tür. Ein kleiner Mann schob sich hastig und mit allen Zeichen der Aufregung durch die Öffnung.

»Paovilak ...!«

Der Alte hob flehend die Arme. »Ja, Herr, ich bin es«, beteuerte er unnötigerweise. »Mein Herr, Leggan-Leg, bittet Sie, sich unverzüglich zu ihm zu begeben.«

»Was ist geschehen, Paovilak?« fragte der Tuuhrt.

»Ich ... ich ...«, stotterte der Alte und sah sich um, als wollte er die Kameras und Abhörmikrophone entdecken, die in den Wänden verborgen waren. »Ich bin sicher, das kann Leggan-Leg Ihnen weitaus besser erklären.«

Torytrae wandte sich zur Wand hin. »Mimiltar, hören Sie ...?« rief er.

Es kam keine Antwort. Aber er wußte, daß entweder Mimiltar oder einer seiner Leute jedes Wort hörte, das in diesem Raum gesprochen wurde.

»Ich entferne mich für kurze Zeit«, fuhr er fort. »Leggan-Leg bittet mich um einen Besuch. In spätestens einer Stunde bin ich wieder zurück.«

Sie machten sich auf den Weg. Kurze Zeit später stand Torytrae vor dem Zwerg. Leggan-Leg trug eine besorgte Miene zur Schau. Als der Tuuhrt eintrat, wandte er sich zur Seite und sagte anerkennend: »Er ist schon da, Gniggar. Was sagst du dazu?«

»Warum wollen Sie mich sehen?« erkundigte sich Torytrae.

»Wegen eines Vorfalls«, antwortete Leggan-Leg, »der mir sehr zu denken gegeben hat. Ein Unbekannter ist sehr daran interessiert, daß ich meine geschäftlichen Beziehungen zu Ihnen abbreche.«

Der Jäger war erstaunt. Aber er unterbrach den Zwerg nicht, als dieser ihm über den merkwürdigen Besuch der aufrecht gehenden Echse in seinem Appartement berichtete. Der Zusammenhang war ihm sofort klar. Unter den Begleitern des Fremden befand sich eine Echse, ein Petraczer. Um diesen mußte es sich bei Leggan-Legs unerwartetem Besucher gehandelt haben. Aber über etwas anderes zerbrach er sich den Kopf. Wer hatte gewußt, daß er mit Leggan-Leg Verbindung aufgenommen hatte?

»Lassen Sie uns diesen Fall sondieren«, schlug er Leggan-Leg vor. »Zwei Ihrer Wächter wußten von meinem Besuch bei Ihnen, außerdem Sie selbst und Paovilak. Ist es möglich, daß eine von diesen vier Personen zu Außenstehenden darüber sprach?«

Der Zwerg wiegte den Kopf.

»Möglich ist alles, wie Gniggar immer sagt«, meinte er. »Aber unwahrscheinlich, höchst unwahrscheinlich. Sie können sich denken, daß ich mir als Wächter nur die Burschen aussuche, deren ich mich sicher fühle. Paovilak ist über alle Zweifel erhaben, und ich selbst, nun ...«

»Nun was?«

Leggan-Leg machte große Augen. »Wie meinen Sie das? Glauben Sie, ich ginge in der Welt umher, um hinauszuposaunen, daß ich mit dem Tuuhrt Geschäfte mache?«

Lange Zeit saß Torytrae da, ohne zu sprechen. Plötzlich stand er auf.

»Ich danke für Ihr Vertrauen«, sagte er. »Ich glaube, ich durchschaue die Hintergründe. Sie haben hoffentlich nicht vor, sich von der Drohung einschüchtern zu lassen?«

Leggan-Leg grinste übers ganze Gesicht. »Kennen Sie mich so schlecht?«

Paovilak brachte den Jäger bis an die Grenze des Bereichs, über den Leggan-Leg herrschte. Von dort ging der Tuuhrt allein weiter.

Er hätte schon in der vergangenen Nacht Verdacht schöpfen sollen, sagte er sich. Mimiltar hatte mit seinen Leuten die Halle, in der er sich befand, umstellt. Wie also waren die drei Männer hineingelangt, die ihn gefangennehmen wollten? Auf dem einfachsten Wege: Mimiltar hatte sie hineingelassen. Das Feuergefecht, die heimliche Flucht aus dem Labor, das war nur Schein gewesen.

Denn Mimiltar war der einzige Außenstehende, dem der Jäger von seinem Besuch bei Leggan-Leg erzählt hatte. Er hatte es getan, um sein Interesse an der Klinik Doynschtos des Sanften plausibel zu machen. Kurze Zeit später tauchte die Echse in Leggan-Legs Appartement auf und versuchte, den Zwerg zum Abbruch der Geschäftsverbindung mit dem Tuuhrt zu zwingen. Von niemand anderem als von Mimiltar konnte die Echse erfahren haben, daß Leggan-Leg und der Jäger miteinander zu tun hatten.

Wie war Mimiltar zu der Verbindung mit dem Fremden gekommen? Das war eine müßige Frage. Fest stand, daß der seit Jahren so zuverlässige Einbruchsspezialist plötzlich auf die Seite des Gegners übergegangen war. Nicht einmal so sehr das war es, was den Tuuhrt bedrückte, als vielmehr die Erkenntnis, daß hier ein zweiter Fall von Auflehnung gegen die Autorität des Tuuhrt vorlag. Besonders die Menschen der Unterwelt hatten vor dem Jäger bislang einen nahezu abergläubischen Respekt gehabt, der sich darin äußerte, daß sie ihm in weitem Bogen aus dem Wege gingen, um erstens nicht mit ihm in Berührung zu kommen und zweitens ihm bei seiner Arbeit keine Schwierigkeiten zu machen. Zum zweitenmal war jetzt dieses ungeschriebene Gesetz gebrochen worden!

Torytrae wünschte sich, Leggan-Leg hätte einen unauffälligeren Weg gefunden, ihn zu benachrichtigen. Da es ausgerechnet Paovilak gewesen war, der ihn abgeholt hatte, hatte der Jäger zugeben müssen, daß er sich zu einem Besuch bei Leggan-Leg begebe. Mimiltar konnte sich ausrechnen, daß Leggan-Leg von der Begegnung mit der Echse gesprochen hatte, und weiter, daß dem Tuuhrt keine andere Wahl blieb, als ihn, den Dreiäugigen, zu verdächtigen. Er mußte damit rechnen, daß Torytrae ihn zur Rechenschaft zog. Hatte er Vorbereitungen dagegen getroffen?

Eines war sicher: Auf den Respekt vor seinem Amt konnte sich der Tuuhrt nicht mehr verlassen. Mimiltar hatte das Gebot der Unantastbarkeit des Tuuhrt zweimal verletzt. Es gab keinen Grund, warum er es nicht ein drittes Mal tun sollte. Er hatte nicht die Absicht, sich von Torytrae zur Rede stellen zu lassen. Vielmehr würde er versuchen, sich des Jägers zu bemächtigen.

Von dieser Voraussetzung ausgehend, schlug der Tuuhrt zunächst einen weiten Bogen. Durch unbelebte, zum Teil unbeleuchtete Gänge umrundete er das Gelände, über das Mimiltar herrschte, und näherte sich ihm sodann von der anderen Seite her. Er war sicher, daß der Dreiäugige mit einem solchen Manöver rechnete. Er erwartete gar nicht, daß der Jäger auf dem geradesten Wege zurückkehrte. Er mußte annehmen, daß der Tuuhrt sich von einer anderen Seite her anschleichen würde, um ihn zu überraschen. Gerade darauf jedoch, daß Mimiltar seine Bewegungen durchschaute, baute Torytraes Plan auf. Mimiltars Gruppe war nicht besonders stark, bestand aus kaum mehr als einem Dutzend Mitgliedern. Er hatte seine Leute ohne Zweifel auf die Gänge, die zur Rundhalle führten, verteilt. Die meisten allerdings befanden sich auf der Seite, von der Torytrae sich jetzt näherte und von woher der Dreiäugige ihn erwartete.

Der Jäger bewegte sich vorsichtig, jedoch nicht auffällig langsam. Er kam an eine Kreuzung, an der sich mehrere Gänge schnitten. Eine der Mündungen, die zur Rechten lag, war finster. Der Gang dort führte ins Nichts. Drei Kilometer weiter endete er an einer Felswand. Dort hinein würde Torytrae flüchten, wenn sein Plan Erfolg hatte, und Mimiltars Häscher würden ihm nur zu gern folgen, weil sie ihn dort sicher zu haben glaubten.

Vorerst allerdings wandte er sich nach links. Dort ging es zu Mimiltars Rundhalle. Der Gang war breit und hell erleuchtet. Torytrae hatte noch keine hundert Schritte getan, da sah er voraus zwei Männer lässig an der Wand lehnen, die Arme über der Brust verschränkt, um die Hüften breite Gürtel, aus deren Halftern großkalibrige Waffen ragten. Sie schienen nicht erstaunt, ihn hier zu sehen, obwohl sie ihn sicherlich kannten – ein Zeichen mehr, daß Mimiltar etwas gegen ihn plante. Er war sicher, daß weiter hinten im Gang weitere Posten aufgestellt waren. Die Leute hatten den Auftrag, ihn zwischen sich zu bringen, dann war er ihnen ausgeliefert.

Er bemaß seine Aktion auf den Meter und auf die Sekunde genau. Er war von den beiden ersten Posten noch etwa acht Schritte entfernt, da blieb er plötzlich stehen und tat so, als ob er weiter hinten im Gang etwas Verdächtiges sehe. Die beiden Wächter fielen auf seinen Trick herein. Sie drehten sich um und schauten ebenfalls.

Da rief er: »O nein! So einfach lasse ich mich nicht hereinlegen ...!«

Er warf sich herum und eilte mit weiten, raumgreifenden Schritten davon. Die Posten waren so verdutzt, daß sie sich eine geschlagene Sekunde lang nicht vom Fleck rührten.

Dann schrie der eine: »Los, hinterher! Er geht uns sonst durch die Lappen! Alle Mann ...!«

Der letzte Befehl überzeugte Torytrae davon, daß er recht gehabt hatte. Weiter hinten im Gang warteten noch mehr Leute. Ein Strahlschuß fauchte über ihn hinweg, fuhr jedoch unschädlich in die Decke. Er erreichte die Gangkreuzung, schoß darüber hinweg und in den finsteren Gang hinein, der drei Kilometer weiter als Sackgasse endete. Hinter ihm stieß jemand einen triumphierenden Schrei aus. Sie glaubten, er habe diesen Weg aus Unwissen gewählt.

Er kannte diesen Gang wie seine eigene Tasche. Er brauchte seine Geschwindigkeit nicht zu verringern und vergrößerte dadurch den Abstand von den Häschern, die sich vorsichtiger bewegten. Nach etwa einem halben Kilometer kam er an die Stelle, die in seinem Plan eine so wichtige Rolle spielte: eine kleine Nische in der linken Wand, gerade groß genug, um einen Menschen aufzunehmen. Er zwängte sich hinein und wartete.

Die Verfolger benutzten kein Licht – aus Angst, dem Gegner ein zu deutliches Ziel zu bieten. Sie beeilten sich, vorwärts zu kommen, er hörte das an dem Geräusch ihrer Schritte. Er preßte sich flach gegen die Rückwand der Nische. Sie waren jetzt nur noch ein paar Meter entfernt. Wenn ihnen jetzt einfiel, stehenzubleiben und zu horchen, dann war sein Plan gescheitert. Denn sie würden sich hüten, weiter vorzudringen, wenn sie seine Schritte nicht mehr hörten. Glücklicherweise kam ihnen der Gedanke jedoch nicht. Sie waren vom Jagdfieber beseelt. Er hörte sie atmen. Er fühlte den Hauch, der über die Nische hinwegstrich, als sie in der Dunkelheit an ihm vorbeieilten.

Blitzschnell war er aus der Nische heraus. Mit unhörbaren Schritten folgte er ihnen. Ein untrüglicher Sinn sagte ihm, daß er den letzten der Verfolger kaum zwei Schritte weit vor sich hatte. Die Männer keuchten von der Anstrengung des Laufens.

Einer stieß knurrend hervor: »Verdammt, warum beeilt ihr euch so? Wir haben ihn doch sicher!«

Ein anderer antwortete. Das war Torytraes Gelegenheit. Er schnellte nach vorne und bekam den letzten Verfolger zu fassen. Er legte ihm beide Hände um den Hals und schnürte ihm die Luft ab, so daß er nicht schreien konnte. Der Mann zappelte zwar, aber das Geräusch ging in den Lauten der Unterhaltung unter.

Torytrae war mit seinem Gefangenen stehengeblieben. Als die übrigen

Verfolger sich weit genug entfernt hatten, zischte er ihm zu: »Ich bin der Tuuhrt! Vergiß das nicht! Ein Laut von dir, und du bist ein toter Mann!«

Er stieß den Mann in Richtung der Gangkreuzung, von der sie gekommen waren. Dessen Furcht war so groß, daß ihm die Knie schlotterten. Torytrae mußte ihn des öfteren antreiben. Es kam jetzt vor allem auf Geschwindigkeit an. Früher oder später würden die übrigen Häscher herausfinden, daß er ihnen entkommen war. Bis dahin mußte er auch die zweite Hälfte seines Planes durchgeführt haben.

Sie überquerten die Kreuzung. Der Gefangene wandte sich scheu um und sah deutlich, daß der Jäger jetzt eine kleine Strahlwaffe in der Hand hielt. Sie eilten durch den Gang, der zur Rundhalle führte. Torytraes Berechnung war richtig gewesen: Der Gang war leer, sämtliche Posten beteiligten sich an der Verfolgung.

Kurz vor der Mündung in die Rundhalle ließ Torytrae seinen Gefangenen anhalten. Er erklärte ihm, was er zu tun hatte, und setzte ihm auseinander, daß er keine Gnade zu erwarten habe. wenn er seinen Anweisungen zuwiderhandelte.

Der Gefangene trat in die Halle hinaus und rief: »Mimiltar! Wir haben ihn!«

Aus der Decke der Halle dröhnte ein Lautsprecher: »Keine Namen nennen! Wo habt ihr ihn?«

»Im toten Gang.«

Sekunden später öffnete sich in der Wand der Halle eine bisher unsichtbare Tür. Mimiltar trat hervor. Er musterte den Mann mißtrauisch und fragte: »Du siehst aus, als seist du dem Tod über den Weg gelaufen. Was gibt es?«

»Es ... es war schrecklich ...«, stöhnte der Wächter und setzte sich, wie Torytrae es befohlen hatte, in Richtung des Ganges in Bewegung.

Mimiltar blieb nichts anderes übrig, als ihm zu folgen.

»Was war schrecklich?« wollte er wissen. »Hat der Mann sich gewehrt? Gab es Verluste?«

Sie hatten die Mündung des Ganges jetzt erreicht. Für Torytrae war der Augenblick des Handelns gekommen. Er stellte sich mitten in den Gang und richtete die Mündung der Waffe auf Mimiltar.

»Nein, es gab keine Verluste«, sagte er spöttisch. »Noch nicht, Mimiltar. Wie es weitergeht, hängt ganz von Ihnen ab!«

»Der Tuuhrt hat sich Dreiauge geschnappt!« meldete Poyferto triumphierend, während er seine untersetzte, stiernackige Gestalt durch die Tür schob. »Soeben kam die Nachricht durch.«

Perry Rhodan empfand ein Gefühl der Erleichterung. Dieses Schachspiel, auf einem fremdartigen Brett nach unbekannten Regeln gegen einen unsichtbaren Gegenspieler gespielt, zehrte an den Nerven. Die Sache mit dem Agenten Dreiauge hätte auch anders ausgehen können. Der Erfolg sprach dafür, daß es tatsächlich gelungen war, die Mentalität des Jägers weitgehend zu durchschauen und ihn dadurch zu einem Objekt zu machen, dessen Handlungen bis zu einem gewissen Grade vorausberechnet werden konnten.

»Was jetzt?« erkundigte er sich.

»Dreiauge wird planmäßig verraten, daß Doynschto sich in Tekmahlschees Klinik befindet«, antwortete Poyferto gelassen, »und danach wird man ihn befreien.«

»Das heißt, wir haben in kurzer Zeit mit dem Eintreffen des Jägers in Pyrfyn zu rechnen«, überlegte Rhodan.

»Soviel steht fest«, antwortete Heltamosch, »aber weiter auch nichts.«

»Dem Tuuhrt stehen alle behördlichen Mittel zur Verfügung«, meinte Gayt-Coor. »Ich halte es für denkbar, daß er zwei Bataillone Polizei mobilisiert und diese Klinik einfach im Sturm nimmt. Darauf müssen wir uns vorbereiten.«

»Darauf *werden* wir uns vorbereiten«, sagte Poyferto. »Obwohl ich diese Möglichkeit für höchst unwahrscheinlich halte.«

Die Feststellung erregte Aufsehen. Von allen Seiten her trafen den Chef der VASGA auf Yaanzar erstaunte Blicke.

»Wie meinen Sie das?«

»Es gibt verschiedene Dinge, Handlungen, Entwicklungen, die darauf hinweisen, daß der Tuuhrt versucht, soweit wie möglich ohne die Hilfe der Behörden auszukommen. Der weitaus bedeutsamste Fall ist sein Eindringen in Doynschtos Klinik. Es hätte nur eines Winkes bedurft, und das Geheime Organ-Kommando hätte dem Jäger die Erlaubnis erteilt, Doynschtos Klinik so lange und so ausgiebig, wie er wollte, zu inspizieren. Gab er diesen Wink? Nein. Er wandte sich an unseren geschickt plazierten Dreiauge, den sogenannten Einbrecherkönig, und verschaffte sich auf illegale Weise Zutritt zur Klinik. Dieses Vorgehen spiegelt ohne Zweifel eine gewisse Geisteshaltung seinerseits wider. Ich weiß zwar nicht, von welchen Erwägungen er dabei ausgeht, aber ich bin nahezu sicher, daß es auch hier in Pyrfyn nicht zu einem großangelegten. von der Behörde unterstützten Vorgehen kommen wird.«

Die Sicherheit, mit der Poyferto seine Hypothese vortrug, machte Eindruck.

»Ich bin sicher, daß unser Freund Poyferto recht hat«, äußerte Perry Rhodan sich zustimmend. »Mehr als das: Ich glaube, einen der Gründe zu kennen, die den Jäger veranlassen, auf die Hilfe der Behörden zu verzichten. Er hat nie viel über mich – also den Mann. den er jagen muß – gewußt. Die Jagd wurde angesetzt, weil der Tschatro guten Anlaß hatte, in dem Fall Hactschyten ein Ceynach-Verbrechen, einen todeswürdigen Gehirnraub, zu sehen. Für Torytrae war dieser Fall zunächst ein Fall wie jeder andere. Inzwischen jedoch, spätestens während seines Aufenthalts auf Traecther, muß der Jäger erfahren haben, daß es sich hier nicht um ein gewöhnliches Ceynach-Verbrechen handelt.

Erinnern Sie sich doch an die entsetzlichen Stunden, die wir im Banne der philosophisch-psychologischen Schwamm-Materie verbrachten. In dieser Materie gespeichert waren die Bewußtseine von Hunderttausenden längst gestorbener Yulocs. Für kurze Zeit gelang es uns, mit diesen Bewußtseinen in Gedankenaustausch zu treten. Sie erfuhren, in welcher Absicht wir nach Traecther gekommen waren. Sie hörten, daß Zeno und ich unter dem gleichen Schicksal litten: aus unserer Galaxis entführt worden zu sein und den Rückweg nicht zu kennen.

Kurze Zeit später kam Torytrae – im Körper eines Yaanztroners, mit dem Bewußtsein eines Yulocs. Glauben Sie nicht, daß er es viel besser als wir verstanden hat, sich mit den gespeicherten Bewußtseinen in der PPS-Materie in gedankliche Verbindung zu setzen? Schließlich sind sie ihm verwandt. Er kennt also nicht nur unser Aussehen, sondern auch unsere Probleme, Absichten und Pläne. Er muß sich ausrechnen können, daß hier, wenn überhaupt ein Ceynach-Verbrechen vorliegt, das Verbrechen zumindest nicht aus niederen Motiven begangen wurde.

Der Tuuhrt unterliegt bei seiner Aufgabe dem absoluten Tötungsbefehl. Der Ceynach-Verbrecher wird ohne Gerichtsverfahren an Ort und Stelle hingerichtet. Erhält der Tuuhrt seine Verbindung mit den Behörden, besonders mit dem Geheimen Organ-Kommando, aufrecht, dann ist das Kommando über jede Phase seines Vorgehens informiert, und es bleibt ihm nichts anderes übrig, als dem Tötungsbefehl zu gehorchen, sobald er den Verbrecher gestellt hat.

Ich nehme an, daß Torytrae an meinem raschen Tod nicht besonders viel liegt. Wenn sonst nichts anderes, so möchte er wenigstens meine Geschichte hören, bevor er mich tötet. Um den Tötungsbefehl zumindest zeitweise zu umgehen, muß er sich von der Beschattung durch das Geheime Organ-Kommando lösen. Das, meine Freunde, ist er in diesem Augenblick im Begriff zu tun. Er verläßt sich nicht auf seine Beziehungen zu den Behörden, um sein Ziel zu erreichen, sondern er bedient sich der Unterwelt. Dadurch entschwindet er aus dem Gesichtskreis des Organ-Kommandos und kann, sobald er mich fest hat, nach eigenem Gutdünken verfahren. So und nicht anders sehe ich die Lage.«

Es fiel den andern schwer, sich der Eindringlichkeit seiner Argumente zu entziehen. Manchem der Anwesenden – besonders denen, die sich längere Zeit auf Yaanzar aufgehalten hatten – fiel es schwer, in dem Tuuhrt etwas anderes als eine erbarmungslose Tötungsmaschine zu sehen. Aber es konnte sein, daß man sich da von einer Fabel beeindrucken ließ, die mit Absicht geschaffen worden war, um den Tuuhrt zu schützen und seiner Arbeit mehr Nachdruck zu verleihen. Es war durchaus denkbar, daß es sich bei dem Tuuhrt um ein Wesen wie jedes andere handelte, ein Wesen, das Emotionen ebenso besaß wie einen Verstand und das das Besondere dieses Falles längst erkannt hatte.

»Demnach ist mit einem Angriff auf die Klinik nicht zu rechnen«, zog Heltamosch die Schlußfolgerung aus dem Gesagten.

»Sicherlich nicht«, bekräftigte Rhodan. »Torytrae wird seine Falle an anderer Stelle aufbauen, und es liegt an uns, dafür zu sorgen, daß dieser andere Ort uns genehm ist.«

»Warum?« fragte Torytrae, weiter nichts.

Er hatte Mimiltar aus dem Kreis seiner Gefolgsleute heraus in eine verlassene Kammer gebracht. Er hatte Mimiltars Leuten mit dem Tode ihres Anführers gedroht, falls sie versuchten, ihm zu folgen, und er war sicher, daß er sie mit dieser Drohung nachdrücklich eingeschüchtert hatte. Sie befanden sich jetzt in einem verlassenen Teil der unterirdischen Altstadt. Torytrae hatte Zeit, seinen Gefangenen zu verhören.

»Sie brauchen nicht lange nach weltanschaulichen Beweggründen zu suchen«, antwortete der Dreiäugige halb spöttisch, halb ärgerlich. »Es war einfach so, daß die Gegenseite mehr Geld bot.«

»Wer ist die Gegenseite?« wollte der Tuuhrt wissen.

Mimiltar machte die Geste des Nichtwissens. »Ich habe nur einen davon kennengelernt. Eine Echse, einen Petraczer namens Gayt-Coor.«

Die Information war korrekt. Gayt-Coor hatte sich der Petraczer genannt, der zusammen mit dem Fremden auf Traecther gewesen war. Es war auffällig, wie oft die Echse in diesem Spiel auftauchte. Sie schien zur beherrschenden Person geworden zu sein.

»Was war das mit dem Angriff letzte Nacht?« fuhr er mit der Befragung fort. »Ich sollte festgenommen werden?«

»Ja. Gayt-Coor hatte es gefordert. Man wollte Sie haben, um Sie kaltzustellen.«

»Töten ...?«

»Soviel ich weiß, nein. Die Gegenseite braucht ein paar Wochen Ruhe, solange sollten Sie auf Eis gelegt werden. Danach hätte man Sie wahrscheinlich wieder freigelassen.«

»Und warum nahmen Sie mich nicht gefangen? Die drei Männer, die mich festnahmen, waren nicht Ihre Leute?«

»Nein«, knirschte Mimiltar. »Mit meinen Leuten hätte es eine solche Panne nicht gegeben. Das waren Leute der Gegenseite. Ich hatte den Auftrag, sie durchzulassen. Das tat ich. Aber die Burschen verstanden nichts vom Fach. Sie ließen Sie einfach vor sich hertraben, wo sich doch jeder ausrechnen konnte, daß der Tuuhrt die erste Gelegenheit zur Flucht nützen würde. Sie sprangen davon, und das erste, was den Narren einfiel, war, hinter Ihnen herzuschießen. Da wußte ich, daß die Sache fehlgeschlagen war. Denn draußen lagen die Leute des Organ-Kommandos, die den Schuß ohne Zweifel gehört hatten. Ich gab den drei Dilettanten durch ein paar schlechtgezielte Salven zu verstehen, daß sie sich so schnell wie möglich aus dem Staub machen sollten, und dann nahm ich Sie unter meine Fittiche und brachte Sie im letzten Augenblick in Sicherheit.«

Torytrae lächelte spöttisch. »Sie werden mir verzeihen, daß ich Ihnen dafür wenig Dank weiß. Nach den Gesetzen dieser Welt haben Sie Ihr Leben verwirkt, ist Ihnen das klar?«

Mimiltar sah ihn mürrisch an. »Das ist mir klar«, bekannte er. »Obwohl ich nicht ganz einsehe, welchen Nutzen Ihnen mein Tod bringen kann.«

»Das will ich Ihnen gern erklären«, erbot sich der Jäger. »Gerüchte und Neuigkeiten verbreiten sich schnell. In spätestens zwei Tagen wird ganz Yaanzar wissen, daß Mimiltar, der Dreiäugige, es gewagt hat, sich mir in den Weg zu stellen. Einen Tag später wird man erfahren, daß er dafür mit dem Tode bestraft worden ist. Darüber werden sich einige Leute den Kopf zerbrechen, die womöglich im Sinn hatten, Ihnen später einmal nachzueifern. Und sie werden hoffentlich zu dem Schluß kommen, daß es sich einfach nicht lohnt, sich mit dem Tuuhrt anzulegen.«

Mimiltar machte eine rollende Bewegung mit den Schultern, die Gleichgültigkeit ausdrücken sollte.

»Ich mache Ihnen jedoch ein anderes Angebot«, sagte der Tuuhrt.

Der Dreiäugige sah überrascht auf. »Ein anderes ...?«

»Ich bin bereit, Sie laufenzulassen, falls Sie zwei Bedingungen erfüllen. Erstens: Sie unterziehen sich einem psychophysischen Verhör, das den Wahrheitsgehalt Ihrer Aussagen bestätigt. Zweitens: Sie verraten mir gleich jetzt, wo die Gegenseite ihr Quartier hat.«

Mimiltar kniff die drei Augen halb zusammen und spähte aus schmalen Schlitzen mißtrauisch zu Torytrae hinüber. »Damit bringen Sie mich in Schwierigkeiten. Anstatt vor Ihnen muß ich mich dann vor der Gegenseite verstecken.«

»Das ist möglich«, gab der Tuuhrt zu. »Es ist außerdem Ihr Problem, nicht meines. Sie haben die Wahl.«

»Welche Garantie habe ich, daß Sie Ihr Wort halten?«

»Garantie?« lächelte der Tuuhrt. »Keine. Mein Wort genügt.«

Mimiltar dachte nach. »Wo findet das Verhör statt? Ich möchte nicht mit dem Organ-Kommando in Berührung kommen.«

»Ihre Befürchtung ist unbegründet. Ich habe meine eigenen Möglichkeiten, ein Verhör zu veranstalten. Niemand wird Sie sehen.«

Mimiltar schien mit sich zu ringen. Schließlich siegte der Selbsterhaltungstrieb. »Also schön«, brummte er. »Ich gehe darauf ein.«

Der Tuuhrt wartete. »Das Versteck«, erinnerte er seinen Gefangenen nach einer Weile.

»O ja, das«, murmelte der Dreiäugige.

Dann schwieg er eine Zeitlang. Torytrae drang nicht weiter in ihn. Nach geraumer Zeit begann er von selbst: »Kennen Sie Pyrfyn?«

»Was für eine Frage!«

»Es gibt dort eine Klinik, die einem Transplantationsspezialisten namens Tekmahlschee gehört.«

»Ja ...?«

»Tekmahlschee ist seit kurzem spurlos verschwunden. An seiner Stelle hat sich Doynschto der Sanfte in der Klinik eingenistet.«

Leggan-Leg war so gut gelaunt wie immer. »Das ist eine Aufgabe, die wir wohl gern übernehmen würden, nicht wahr, Gniggar?« erkundigte er sich bei seinem unsichtbaren Begleiter. »Gniggar ist ganz meiner Ansicht. Er ist stolz darauf, daß Sie mit diesem Anliegen zu uns gekommen sind.«

»Ich brauche eine ständige Truppe von wenigstens drei Mann«, erklärte der Jäger. »Auf unbestimmte Zeit. Wieviel kostet mich das?«

Leggan-Leg starrte nachdenklich zur Decke hinauf.

»Pyrfyn ist ziemlich weit von hier entfernt, beinahe die Hälfte der Rundung des Planeten, das muß man natürlich in Rechnung ziehen ...«, überlegte er laut. »Die Leute sind von zu Hause weg ...«

»Es besteht natürlich die Möglichkeit«, bemerkte Torytrae sarkastisch, »daß Sie sich durch eine übertriebene Forderung selbst aus dem Rennen schlagen.«

Leggan-Leg blickte beleidigt. »Glauben Sie wirklich, daß ich einen guten Bekannten wie Sie ...«

»Fragen Sie Gniggar«, unterbrach ihn der Jäger. »Er wird Ihnen sagen, daß jeder, der mehr als zwanzigtausend verlangt, gegenüber der Konkurrenz keine Chancen hat.«

Es geschah nicht oft, daß Torytrae an Leggan-Legs unsichtbaren Beschützer appellierte; aber wenn er es tat, hatte er gewöhnlich Erfolg. So auch dieses Mal.

»Ist das wahr, Gniggar?« fragte der Zwerg, indem er den Kopf zur Seite wandte.

Seine Miene war die eines aufmerksam Lauschenden. Nach einer gewissen Zeit wandte er den Blick wieder in Torytraes Richtung.

»Gniggar behauptet, es sei wahr«, erklärte er im Tonfall eines Mannes, der soeben vom Tod seines besten Freundes erfahren hatte. »Zwanzigtausend also. Nun, dafür werden es aber im Höchstfall drei Männer werden – und für nicht mehr als drei Tage.«

Torytrae war einverstanden. »Das genügt mir«, bekräftigte er. »Aber schicken Sie keine Latten. Ich brauche Leute, die etwas von ihrem Geschäft verstehen.«

»Keine Sorge«, lächelte der Zwerg. »Ich werde die besten Männer aussuchen. Um Ihre Sorgen vollends zu zerstreuen, will ich Ihnen eröffnen, daß ich selbst mit von der Partie sein werde. Paovilak kommt mit, weil ich ohne ihn nicht auskomme – als vierter Mann, ohne Extrakosten für Sie!«

Da erst war Torytrae überzeugt, daß er bei seinem Unternehmen in Pyrfyn ausreichende Unterstützung haben werde.

31.

Zeno hatte die ersten Stunden der Wache bis Mitternacht übernommen. Er saß hinter der gewaltigen Konsole, auf der sämtliche Meßgeräte vereinigt waren, die die Zugänge zu Tekmahlschees Klinik überwachten. Von Zeit zu Zeit blickte er auf, um die Anzeigen zu überfliegen. Seine Gedanken waren in der Heimat, seiner Galaxis, deren Position er ebensowenig kannte wie Perry Rhodan, der in Toraschtyns Körper steckte, die der seinen.

Da schreckte ein leises Summen ihn auf. Er fuhr in die Höhe und sah das rote Warnlicht über einem der Instrumente. Instinktiv glitt die Hand zum Schalter des Interkoms. Der Bildschirm leuchtete auf. Es dauerte eine Weile, dann materialisierte Poyfertos Gesicht auf der Mattscheibe.

»Unregelmäßigkeit im Sektor C-Ost«, meldete Zeno. »Starker Spannungsabfall am Energiegitter.«

»Schalten Sie auf Bildbetrachtung!« empfahl Poyferto.

Zeno gehorchte. Ein zweiter Bildschirm flackerte auf. Das Bild zeigte ein Stück eintönig grauer Wand. Es war der unterirdische Teil der Wand eines Klinikgebäudes. Das Meßinstrument, das die alarmierende Anzeige geliefert hatte, war im Blickfeld montiert. Die Wand bot nicht den einzigen Schutz gegen unerwünschte Eindringlinge. Durch den Plastikbeton hindurch drang ein energetisches Schirmfeld, dessen Intensität in Form einer Spannung gemessen und durch das Meßinstrument abgelesen wurde.

Jemand machte sich an dem Schirmfeld zu schaffen. Es drohte zusammenzubrechen. Zeno starrte auf die graue Wand und sagte: »Es ist nichts zu sehen.«

»Spannung ...?«

»Fällt gegen null. Das Schirmfeld geht zu Bruch!«

Poyferto überlegte eine Sekunde lang. Dann entschied er: »Bleiben Sie auf Posten! Wir gehen nachsehen!«

Die Verbindung blieb offen. Poyferto hatte sein Funkgerät an sich genommen. Der Bildschirm war eine Zeitlang dunkel. Als er wieder aufleuchtete, zeigte er Poyfertos Gesicht und im Hintergrund die Gestalten von Toraschtyn und Gayt-Coor.

»Noch nichts Neues?«

Zeno verneinte. Die Wand war immer noch so grau und eintönig wie zuvor.

»Bleiben Sie am Gerät«, sagte Poyferto. »Sobald Sie etwas sehen, verständigen Sie uns. Wir sehen uns an Ort und Stelle um!«

Der Bildschirm wurde wieder dunkel, als der VASGA-Chef den Kommunikator an den Gürtel hängte. Zeno richtete den Blick auf das zweite Bildgerät. Die Spannung, nach der die Intensität des Schirmfelds gemessen wurde, war vollends auf null gesunken. Das Schirmfeld existierte an dieser Stelle nicht mehr. Wer dort in die Klinik eindringen wollte, der brauchte nur noch ein Loch durch die Wand zu brechen.

Zeno wartete voller Spannung. Da sah er plötzlich, wie mitten in der grauen Fläche ein schwarzer Punkt erschien. Er wurde rasch größer, wuchs in die Breite, und schließlich brach ein beinahe mannsgroßes Stück Plastikbeton aus der Wand. In der finsteren Öffnung erschien die Gestalt eines Mannes. Zeno wandte sich dem Funkgerät zu.

Es war leicht gewesen, Rhodan und die Echse auf die Beine zu bringen. Es war, als hätten sie erwartet, daß in dieser Nacht etwas Entscheidendes geschehen würde.

Der Sektor C-Ost, von dem die Unregelmäßigkeit gemeldet wurde, war von der Zentralhalle der Klinik, in der die Männer schliefen, etwa einen halben Kilometer entfernt. Die Klinik lag am Rande der Riesenstadt Pyrfyn. Hinter dem Sektor C-Ost begann unbebautes Gelände. Es war klar. warum der Gegner sich von dorther anschlich.

Doynschto und Heltamosch schliefen. Poyferto hatte es nicht für nötig gehalten, sie zu wecken. Heltamosch aus Respekt und Doynschto, weil er glaubte, daß der Wissenschaftler ihm bei einem solchen Unternehmen ohnehin nichts nützen würde. Sie hatten etwa drei Viertel des Weges zurückgelegt, als Zeno sich von neuem meldete. Poyferto zog das Funkgerät aus dem Gürtel und hielt es so, daß jedermann den winzigen Bildschirm sehen konnte.

»Die Wand wurde durchbrochen«, sagte Zeno. »Eine kleine Gruppe von Leuten klettert gerade durch die Öffnung.«

»Was befindet sich diesseits der Öffnung?« erkundigte sich Perry Rhodan.

»Nur der Gang, der gegraben wurde, um das Meßgerät zu installieren«, antwortete der Accalaurie.

»Wohin führt der Gang?«

»Bis zu einer elektronisch verriegelten Service-Tür im Labor C-Ost.«

Die Verriegelung würde die Unbekannten nicht aufhalten, entschied Rhodan. Wer es verstand, ein Schirmfeld zu annullieren, den störte auch ein elektronischer Riegel nicht.

»Können Sie die Eindringlinge erkennen?« fragte er Zeno.

»Ich kann sie beschreiben«, erhielt er zur Antwort, »aber ich kenne sie nicht. Der Jäger ist nicht darunter, falls Sie das gemeint haben.«

Perry Rhodan schüttelte unmerklich den Kopf. Nein, das hatte er nicht gemeint. Der Einbruch hing mit dem Auftrag des Tuuhrt zusammen, aber der Jäger würde sich selbst an einem so gewagten Unternehmen nicht beteiligen.

Er fuhr auf, als er Zenos erstaunten Ausruf hörte: »Warten Sie ... da ist ein Zwerg, ein winziges Männchen ...!«

»Leggan-Leg!« stieß Poyferto hervor. »Los, der Kerl ist gefährlich!«

Noch rascher als bisher bewegten sie sich auf die östliche Peripherie der Klinik zu. Die Anlage bestand aus Gruppen ineinander verschachtelter Gebäude. Nirgendwo führte der Weg durchs Freie. Ein breiter Gang endete vor einer Tür aus schwerem Plastikmetall. Poyferto blieb stehen.

»Dahinter liegt der Raum, in dem sich die Service-Tür befindet.«

»Die Eindringlinge sind noch mit der Verriegelung beschäftigt«, meldete sich der Accalaurie.

»Was für eine Art Raum ist das?« wollte Rhodan wissen.

»Ein Strahlenlabor für die Erzeugung radioaktiver Präparate«, antwortete Poyferto.

»Viele Geräte?«

»Ja.«

»Dann warten wir hier draußen. Zeno, wie viele Leute insgesamt?«

»Vier. Der Zwerg und drei Männer von normaler Größe.«

»Bewaffnet?«

»Einer der Leute trägt einen kleinen Strahler, bei den anderen sehe ich nichts. Ich glaube ... Moment mal! Die Tür ist offen!«

»Bitte schalten Sie jetzt ab!« forderte Rhodan ihn auf. »Ich glaube, wir bekommen zu tun.«

Der winzige Bildschirm erlosch. Poyferto befestigte das Gerät an seinem Gürtel.

»Sie gestatten, daß ich mich aus der Schußlinie begebe?« fragte er lächelnd. »Ich gehe seit Jahren meinem Beruf nach, ohne daß die Öffentlichkeit weiß, wie ich aussehe. Ich möchte diesen unschätzbaren Vorteil ungern verlieren.«

Er entfernte sich durch den Gang und verschwand im nächsten Gebäude. Rhodan verstand seine Verhaltensweise. Poyferto durfte sich in der Nähe des Mannes, den der Tuuhrt für einen Ceynach-Verbrecher hielt, nicht sehen lassen. Wurde er mit diesem Fall in Verbindung gebracht, so entstanden ihm daraus unabsehbare Schwierigkeiten, die ihn nachdrücklich daran hindern würden, die Geheimorganisation VASGA auf Yaanzar weiterhin zu leiten.

Durch die schwere Tür drang keinerlei Geräusch. Gayt-Coor und Perry Rhodan hatten sich an gegenüberliegenden Gangseiten aufgestellt. Ihre Waffen waren schußbereit. Mehrere Minuten vergingen. Fast schon war Perry Rhodan bereit zu glauben, daß es sich die Eindringlinge anders überlegt hätten, da ging die Tür auf. Zwei Männer erschienen in der Öffnung und erstarrten zu Statuen, als sie Rhodan und die Echse erblickten.

»Keine Bewegung ...!« rief Gayt-Coor.

Und doch nahm Rhodan hinter den Gestalten der beiden Männer in der Tür eine schattenhafte, huschende Bewegung wahr. Er hatte damit gerechnet.

»Zur Seite!« schrie er die beiden Eindringlinge an.

Im nächsten Augenblick rammte er mit voller Wucht zwischen ihnen hindurch, so daß sie beiseite geschleudert wurden. Hinter ihnen stand ein dritter, ebenfalls noch im Banne des Schocks. Nur der vierte Mann. der Zwerg, hatte die Situation blitzschnell begriffen und versuchte, sich aus dem Staub zu machen.

Die eigene Vorsicht wurde ihm zum Verhängnis. Die Eindringlinge hatten die Service-Tür hinter sich geschlossen, damit niemand, der zufällig ins Labor kam, etwa Verdacht schöpfe. Für den Zwerg bedeutete das Öffnen der Tür eine nahezu unüberwindliche Schwierigkeit. Der Servo weigerte sich, auf die kleine Gestalt zu reagieren. Leggan-Leg sprang mehrmals in die Höhe, um die Aufmerksamkeit des Geräts zu erregen. Aber da stand Perry Rhodan schon hinter ihm.

»Lassen Sie den Unsinn!« fuhr er den Zwerg an.

Da wandte Leggan-Leg sich um und musterte sein Gegenüber mit einem aufmerksamen, leicht abfälligen Blick. Rhodan konnte nicht umhin, den kleinen Mann zu bewundern. Nicht ein Funke von Angst schimmerte aus den großen, klugen Augen.

»Es ist kein Unsinn, wenn man versucht, aus einer mißlichen Lage zu entkommen«, belehrte er den Gegner.

»Was haben Sie hier zu suchen?«

»Das ist meine Sache, nicht die Ihre«, fertigte der Zwerg ihn ab.

Inzwischen hatte Gayt-Coor die übrigen drei Eindringlinge in Gewahrsam genommen. Sie lagen flach auf dem Boden, mit den Gesichtern nach unten. Die Echse stand hinter ihnen und bedrohte sie mit der Waffe. Leggan-Leg war bei Gayt-Coors Anblick leicht zusammengezuckt.

»Wenn jemand unberechtigterweise in ein Gebäude eindringt, in dem ich mich aufhalte«, verbesserte Rhodan den Zwerg, »dann ist das sehr wohl meine Sache. Und wenn Sie sich weiterhin weigern, mir Auskunft zu geben, werde ich die städtischen Ordnungsbehörden bemühen müssen.«

Unverkennbarer Spott blitzte aus Leggan-Legs Augen, als er antwortete: »Das tun Sie ruhig! Ich möchte sehen, wie Sie die Polizei alarmieren!«

Er wußte also von der Rolle, die die Bewohner der Klinik spielten. Der Tuuhrt mußte ihn wenigstens zum Teil ins Vertrauen gezogen haben.

»Nun, wenn nicht die Polizei, dann eben jemand anders«, änderte Rhodan seine Drohung. »Es zeugt von beispielloser Torheit, wenn Sie meinen, Sie könnten ungestraft in fremder Leute Eigentum einbrechen. Man wird Sie zu strafen wissen ... hier und sofort!«

An dem fragenden Blick des Zwergs merkte er, daß seine Worte Eindruck zu machen begannen. »Es würde Ihnen nicht gut bekommen«, warnte er. »Hinter mir steht eine einflußreiche Organisation. Ich habe Nachricht hinterlassen, daß ich heute nacht in die Klinik einzudringen gedenke. Wenn ich bis zu einer gewissen Zeit nicht zurück bin, wird man die Polizei alarmieren und hier nachforschen lassen.«

Perry Rhodan machte eine Geste der Gleichgültigkeit.

»Mit der Benachrichtigung der Polizei muß ich auch rechnen, wenn ich Sie unbestraft freilasse. Was ist also der Unterschied?«

»O nein!« beteuerte Leggan-Leg. »Ich bin bereit, Ihnen feierlich zu versprechen, daß ich weder die Polizei noch sonst jemand darüber informieren werde, daß Sie sich hier befinden. Wenn Sie mich freilassen, heißt das.«

Perry Rhodan warf Gayt-Coor einen fragenden Blick zu. Er hatte von vornherein vorgehabt, den Zwerg freizulassen; denn die Inspektion der Klinik durch einen Vertrauten des Tuuhrt gehörte zu seinem Plan, und obendrein war er ohnehin sicher, daß weder Leggan-Leg noch Torytrae ein Interesse daran hatten, die Ordnungsbehörden in diesen Fall zu verwickeln. Aber er mußte sich den Anschein geben, als falle die Entscheidung ihm schwer.

»Was meinen Sie?« erkundigte er sich bei der Echse.

»Wir können mit den Kerlen nichts anfangen«, meinte Gayt-Coor abfällig. »Auf sein feierliches Versprechen hin wäre ich bereit, die Bande freizulassen. Und noch eine zweite Bedingung ...«

»Welche wäre das?« fragte Leggan-Leg hastig.

»Ich gab Ihnen einen Tausender dafür, daß Sie die Geschäftsverbindung mit dem Tuuhrt abbrächen. Sie sind dieser Anweisung nicht gefolgt. Also rücken Sie den Tausender wieder raus!«

»Ich habe kein Geld bei mir!« protestierte der Zwerg.

»Soll ich Ihre Taschen durchsuchen?« fragte Rhodan spöttisch.

Schließlich mochte Leggan-Leg einsehen, daß tausend Einheiten für seine Freiheit ein billiger Preis seien. Er langte in die Tasche und brachte eine Geldmarke zum Vorschein, die er wütend auf den Boden warf.

»Erinnern Sie sich an Ihr feierliches Versprechen!« mahnte Rhodan, als die Gruppe der Eindringlinge sich auf den Rückweg machte.

»Und noch etwas«, fügte Gayt-Coor hinzu. »Sie kommen diesmal glimpflich davon. Sollte ich Sie jedoch noch einmal im Dienste des Tuuhrt erwischen, geht es Ihnen an den Kragen.«

Leggan-Leg quittierte die Bemerkung mit einem zornigen Blick, dann zogen die vier Einbrecher durch die Service-Tür von dannen.

Plötzlich war Poyferto wieder da. Perry Rhodan berichtete ihm über den Hergang der Verhandlung mit Leggan-Leg.

»Vielleicht hätte man ihm ein paar Leute nachschicken sollen«, meinte der VASGA-Chef nachdenklich.

»Auf keinen Fall«, wehrte Rhodan ab. »Der Mann ist viel zu schlau, um uns zu dem Tuuhrt zu führen. Er nimmt auf jeden Fall an, daß er verfolgt wird, und bezieht irgendein Quartier, von dem aus er sich über Funk mit Torytrae in Verbindung setzt.«

»Im übrigen«, fügte Gayt-Coor hinzu, »ist es im Augenblick nicht sonderlich interessant zu wissen, wo der Tuuhrt sich versteckt hält.«

Poyferto sah erstaunt auf. »Wie? Bisher waren Sie darauf erpicht, zu jeder Sekunde genau zu wissen, wo der Jäger steckt und was er tut, und jetzt ...«

»Jetzt«, unterbrach ihn Rhodan, »ist eine neue Phase des Unternehmens angebrochen. Von jetzt an müssen wir den Tuuhrt dirigieren, so daß er sich zum vorhergesehenen Zeitpunkt am Ort unserer Wahl einfindet.«

Poyferto fuhr sich mit der flachen Hand über den bepelzten Schädel.

»Ich wollte, ich wüßte, wie Sie das anstellen wollen«, brummte er, aber weder von Perry Rhodan noch von Gayt-Coor erhielt er eine Antwort.

Sie kehrten zur Zentrale zurück. Dort hatte Zeno inzwischen veranlaßt, daß durch Reparatur-Roboter die Lücke in der Außenmauer geschlossen und die Stromzufuhr zum Schirmfeldprojektor wiederhergestellt wurde. Heltamosch und Doynschto waren geweckt worden und erfuhren von dem nächtlichen Zwischenfall. Heltamosch ließ sich nicht ganz davon überzeugen, daß Leggan-Leg es nicht wagen oder aus anderen Gründen unterlassen werde, die Polizei zu benachrichtigen. Um ihn zu beruhigen, postierte Poyferto ein halbes Dutzend seiner Leute an den Zufahrtswegen zur Klinik. Zeno wurde abgelöst. An seiner Stelle übernahm Perry Rhodan die Wache in der Schaltzentrale. Er rechnete nicht damit, daß sich im Verlauf der Nacht noch ein zweiter Zwischenfall ereignen werde; aber die Vorsicht durfte deswegen trotzdem nicht vernachlässigt werden. Man konnte sich nicht einfach auf die Hoffnung verlassen, die Gedanken des Tuuhrt erkannt und seine Pläne durchschaut zu haben.

Bevor man sich zur Ruhe begab, machte Gayt-Coor eine Bemerkung, die im Augenblick niemand außer Rhodan sonderlich auffiel und die doch auf einen Teil des Planes hinwies, dem das Bewußtsein in Toraschtyns Körper von nun an zu folgen gedachte.

»Die trockene Hitze hier macht mir außerordentlich zu schaffen. Ich bin an mehr Feuchtigkeit gewöhnt. Ich höre, daß es in dieser Stadt ein Exotarium gibt, in dem die Klimata verschiedener Fremdwelten auf künstliche Weise erzeugt werden. Wenn man mich morgen ein paar Stunden lang entbehren kann, werde ich mich dorthin begeben.«

Leggan-Leg kehrte auf dem schnellsten Wege zu dem Appartement-Hotel zurück, in dem er sich mit seinen Leuten einquartiert hatte. Er wußte nicht, ob er verfolgt wurde, aber die Klugheit gebot ihm, sich so zu verhalten, als seien ihm die Spürhunde dicht auf den Fersen. Im Falle einer Verfolgung würde der Gegner versuchen, seinen Funkkanal anzuzapfen und die Gespräche abzuhören, die er vom Hotel aus führte. Aber es würde wenigstens eine Stunde darüber vergehen, den richtigen Kanal zu finden. So lange hatte er Zeit, sich mit dem Tuuhrt in Verbindung zu setzen.

Daß er bei dem Einbruch ertappt worden war, ärgerte ihn ungemein. Er war so zornig, daß er eine geschlagene Stunde lang kein einziges Wort zu Gniggar, seinem unsichtbaren Begleiter, sprach. Er eilte sofort zum Funk und wählte Torytraes Kode.

»Ihr Auftrag ist teilweise ausgeführt«, sprudelte er hastig hervor, als Torytraes Gestalt auf dem Bildschirm erschien.

»Ihr Gesicht ist nicht das des triumphierenden Siegers«, antwortete der Tuuhrt. »Was meinen Sie mit teilweise?«

Leggan-Leg berichtete den Hergang. »Wir wissen also«, schloß er, »daß sich der Mann namens Toraschtyn und der Petraczer Gayt-Coor in der Klinik aufhalten. Es ist damit als sicher anzunehmen, daß sich auch Doynschto dort befindet.«

Torytrae machte ein zweifelndes Gesicht. »Anzunehmen, ja«, gab er zu. »Aber sicher? Leggan-Leg, Sie haben Ihre Aufgabe nicht gemäß den Vereinbarungen erfüllt.«

»Wenn Sie meinen, daß Sie mir dafür mein Honorar kürzen können«, ereiferte sich der Zwerg, »dann haben Sie sich getäuscht. Im Gegenteil, Sie müssen die vollen zwanzigtausend zahlen, denn den Tausender, den ich von der Echse erhielt, hat man mir wieder abgenommen.«

Torytrae lachte spöttisch. »Das ist Ihr Problem, nicht meines. Volle Bezahlung gibt es nur bei voller Leistung. Sie bekommen das Geld nur, wenn Sie noch einige Tage zusätzlich für mich arbeiten.«

»Unmöglich!« protestierte Leggan-Leg entsetzt. »Gayt-Coor hat mir klar zu verstehen gegeben, daß ich ...«

»Das nächstemal werden Sie sich eben weniger dämlich anstellen«, unterbrach ihn der Jäger grob. »Wenn Gayt-Coor Sie nicht erwischt, kann er Ihnen nicht unterstellen, daß Sie für mich arbeiten.«

Leggan-Leg schwieg betreten. Die Wut über den heutigen Mißerfolg war immer noch in ihm, aber allmählich verwandelte sie sich in Rachsucht. Er wollte der überheblichen Echse die Niederlage heimzahlen. Die beste Möglichkeit dazu bot sich ihm, wenn er auf Torytraes Verlangen einging.

»Also schön, was haben wir zu tun?«

»Das lasse ich Sie morgen früh wissen. Vor allen Dingen lege ich Wert darauf, daß Sie Ihr Quartier wechseln. Tun Sie es so, daß keine Spur zurückbleibt. Wenn man Sie verfolgt, schütteln Sie die Verfolger ab. Sobald Sie Ihre neue Unterkunft bezogen haben, melden Sie sich bei mir. Klar?«

»Klar«, antwortete Leggan-Leg niedergeschlagen.

»Damit Sie erkennen, wie mangelhaft Ihr Service bisher war«, fuhr der Jäger fort, »will ich Sie folgendes wissen lassen. Ich bekam vor zwei Stunden einen Anruf aus Nopaloor. Der Anruf war eigentlich für Sie bestimmt, aber da sich auf Ihrem Anschluß niemand meldete, wandte man sich direkt an mich.«

Leggan-Leg horchte auf. Was war geschehen?

»Sie erinnern sich an Mimiltar, den Dreiäugigen, den ich Ihren Leuten übergab, damit sie ihn bis zu meiner Rückkehr nach Nopaloor sorgfältig aufbewahrten?«

Leggan-Leg machte geistesabwesend die Geste der Bejahung.

»Er wurde vor wenigen Stunden mit Gewalt befreit«, eröffnete der Tuuhrt schonungslos. »Zwei Ihrer Leute wurden dabei verletzt. Sie können von Glück sagen, daß es keine Toten gegeben hat!«

Den Rest der Nacht verbrachte der Tuuhrt in tiefer Nachdenklichkeit. Er war dem Mann, den der Tschatro des Ceynach-Verbrechens beschuldigte, nicht physisch, aber doch, was die Verwirklichung seiner Pläne anging, so nah wie noch nie zuvor. Es war an der Zeit, daß er sich über einige grundlegende Dinge klar wurde.

Das Bewußtsein des Tuuhrt verfügte über drei Fähigkeiten, von denen die eine oder andere, wenn auch in verkümmertem Zustand, wohl auch in den Gehirnen anderer Wesen beobachtet wurde. In Torytraes Bewußtsein waren sie jedoch alle drei vorhanden und hatten sich im Laufe der Jahrtausende zu einer Intensität ausgebildet, die den Tuuhrt fast zu einem Wesen höherer Ordnung machte.

Der vorliegende Fall hatte dieser drei Fähigkeiten schon bisher in ungewöhnlich hohem Maße bedurft. Jetzt aber, da der Augenblick der Entscheidung nahte, sah Torytrae sich veranlaßt, sie bis zum Rande ihrer Kapazität zu belasten. Der Fremde, der sich zumindest noch auf Traecther in Toraschtyns Körper befunden hatte, hatte Doynschto den Sanften entführen lassen, um stets einen Spezialisten zur Hand zu haben, der in aller Eile eine Transplantation des fremden Gehirns in einen neuen Gastkörper vornehmen konnte. Das stand für Torytrae fest. Das war der Ausgangspunkt all seiner Überlegungen.

Die Frage war: Hatte der Fremde seit der Rückkunft von Traecther den Körper gewechselt, oder befand er sich immer noch in Toraschtyns sterblicher Hülle? Torytrae ließ die Ereignisse der vergangenen Tage noch einmal vor seinem geistigen Auge vorbeiziehen, und dabei verstärkte sich der Eindruck, den er oberflächlich und unterbewußt schon seit einiger

Zeit gewonnen hatte. Die Gruppe, die der Fremde um sich geschart hatte, weil er offensichtlich ein Wesen war, das Gleichgesinnte anzog und beeindruckte, bestand aus Gayt-Coor, dem Petraczer, und einem Geschöpf namens Zeno, das, wie der Tuuhrt seit Traecther wußte, ebenfalls aus einer fremden Galaxis stammte und den Rückweg suchte. Mehr Mitglieder kannte der Jäger nicht; aber er konnte mit Bestimmtheit annehmen, daß noch mehr Leute zu der Gruppe gehörten, seit kurzem zum Beispiel Doynschto und außerdem wenigstens ein oder zwei Mann aus der unmittelbaren Umgebung des Mato Pravt Heltamosch, wenn dieser nicht ganz und gar selbst zum Freundeskreis des Fremden gehörte.

Früher schien die Initiative der Gruppe in erster Linie von Toraschtyn ausgegangen zu sein. Toraschtyn war der Mann. der die Pläne entwickelte, die Handlungsweise bestimmte und an den verschiedenen Aktionen auch selbst tätig teilnahm. In letzter Zeit jedoch hatte sich das Gleichgewicht verschoben. Gayt-Coor war derjenige, der Leggan-Leg aufgesucht hatte, um ihm die Zusammenarbeit mit dem Tuuhrt zu untersagen. Gayt-Coor war derjenige, der Mimiltar bestochen hatte. Gayt-Coor hatte an Leggan-Legs jüngstem Mißerfolg maßgeblichen Anteil. Kein Zweifel: Die Rolle des Führers war von Toraschtyn zu Gayt-Coor hinübergewechselt.

Bedeutete das, daß der Fremde Toraschtyns Körper verlassen und im Körper der Echse Unterschlupf gefunden hatte? Torytrae beleuchtete diese Frage von allen Seiten und mit größter Sorgfalt. Yaanzar war eine Welt, auf der es von Fremden wimmelte. Die meisten intelligenten Wesen dieser Galaxis gehörten der Art der Yaanztroner an, aber es gab auch nichtyaanztronische Völker, zum Beispiel die echsenartigen Petraczer. Es mochte auf Yaanzar knapp eine Million Petraczer geben, die zumeist in den Riesenstädten lebten und einem Handel nachgingen, der ihrer Eigenart entsprach. Petraczer waren daher in den Städten ein ziemlich gewohntes, wenn auch nicht alltägliches Bild.

Würde der Fremde sich einen solchen Körper ausgesucht haben? Einen immerhin noch einigermaßen auffälligen Körper? Torytrae, der Jäger, war bereit, diese Frage zu bejahen. Gerade in dem verbleibenden Maß an Auffälligkeit lag der Schutz, den der Echsenkörper dem Fremden bot. Denn jeder, der über diesen Fall nachzudenken hatte, würde als absurd verwerfen, daß einer, der bislang nur in den Körpern von Yaanztronern, Raytanern und Duyntern gesteckt hatte, sich plötzlich die sterbliche Hülle eines Petraczers als Wirt aussuchen sollte.

Jeder – aber nicht Torytrae, der Tuuhrt!

Damit war gleichzeitig auch ein weiterer Grund für Doynschtos Entführung gefunden. Der Fremde hätte es sonst womöglich einfacher gehabt, einen bestechlichen Transplantationsexperten zu finden, der ihm gegen ein entsprechendes Entgelt beim Körperwechsel behilflich war, ohne daß die Öffentlichkeit oder die Behörden davon erfuhren. Solange er sich im Bereich der yaanztronisch-raytanischen Körperform bewegte, bedurfte es dazu nicht einmal eines überragenden Fachmannes. Anders aber war es in diesem Fall. Die Transplantation zwischen zwei unähnlichen Daseinsformen erforderte ungleich mehr Geschick und Erfahrung. In dieser Hinsicht aber war Doynschto der Sanfte nicht zu schlagen. Er galt seit Jahren unbestritten als der erste Fachmann auf dem Gebiet der exotischen Transplantation.

Torytrae war seiner Sache so sicher, wie nur ein Mann sein kann, der zur Durchleuchtung einer verwirrenden Lage die letzten Reserven seines kräftigen Geistes herangezogen und zugesehen hatte, wie bei folgerichtigem Nachdenken ein Bruchstück des gewaltigen Puzzle-Spiels nach dem andern auf den vorgesehenen Platz fiel und zur Formung eines erkennbaren und verständlichen Bildes beitrug. Er war bereit, von nun an auf der Basis seiner Schlußfolgerung zu handeln.

Der Körper eines Petraczers erforderte, ungeachtet der Herkunft seines Gehirns, von seinem Besitzer gewisse Handlungen und Lebensgewohnheiten, die sich von den Handlungen und Gewohnheiten eines Yaanztroners unterschieden. An diesen Eigenheiten mußte die Taktik des Jägers sich ausrichten. Mit Hilfe dieser Eigenheiten würde er die Falle konstruieren, in der sich der Fremde schließlich fangen mußte.

Torytrae fragte sich, wie es um Leggan-Legs Beziehungen zur petraczischen Kolonie von Pyrfyn bestellt sei.

Das Exotarium befand sich auf einem Gelände von mehr als zweihundert Quadratkilometern Umfang, unweit des Zentrums der Riesenstadt Pyrfyn gelegen. Die Stadt und der Staat hatten das Areal kostenlos zur Verfügung gestellt. Die Gestaltung der Landschaft und die Erzeugung der verschiedenen Klimata waren von der »Vereinigung der Fremden in Pyrfyn« finanziert und besorgt worden.

Auf dem etwa fünfzehn mal dreizehn Kilometer großen Gelände drängten sich unter energetischen, durchsichtigen Kuppeln die künstlichen Umwelten von knapp zwanzig Fremdplaneten. Die Kuppeln waren von unterschiedlicher Höhe, und schräg gegen die Sonne, von oben her betrachtet, machte die Anlage den Eindruck einer Lage großblasiger Seifenschaums. Kam der Beobachter näher, so sah er hier die Methan Eisberge von Szolimar in riesigen Kristallen zur Höhe streben, dich daneben die rotbraunen Phosphor-Wüsten von Eklaguq und wenige Me ter weiter die wellige rote Prärie von Maaklatesch-Zonar, deren Gras aus feinen Silikon-Nadeln bestand.

Unter einer der kleineren Kuppeln dampfte und brodelte der typische blaugrüne Dschungel des Planeten Petracz im Sheylm-System. Die Petracz-Kuppel überdachte eine Fläche von nicht ganz acht Quadratkilometern. Unter dem durchsichtigen Kuppeldach lag die Temperatur bei sechsunddreißig Grad Celsius, und die Luft war mit Feuchtigkeit gesättigt. Die Landschaft war im wesentlichen eben, nur gegen den Rand der Kuppel hin stieg ein Hügel in die Höhe, dessen Kuppe etwa fünfzig Meter über dem Normalniveau lag. Während die Ebene, durch die sich in vielerlei Windungen ein Urwaldfluß zog, in der Hauptsache mit Dschungel bedeckt war, wuchs auf dem Hügel nur das langstielige Gelbgras der petraczischen Berge. Den Dschungel durchzogen einige Wanderpfade. Als besondere Attraktion hatte man am Fuß des Hügels ein Gebäude in der typischen Kegelbauform der Petraczer errichtet. Das Haus enthielt ein Automatenrestaurant, in dem sich der Gast an kulinarischen Spezialitäten der petraczischen Küche erfreuen konnte.

Dies war Gayt-Coors dritter Besuch in der Petracz-Kuppel. Seit jener Nacht, in der Leggan-Leg in Tekmahlschees Klinik hatte eindringen wollen, waren fast zwei Tage vergangen. Wenn Rhodans Plan Erfolg haben sollte, dann mußte sich das im Laufe dieses oder des nächsten Tages zeigen. Gayt-Coor entrichtete den Obolus, der ihn zum Betreten der petraczischen Kuppel berechtigte, am Eingang der Anlage und fuhr auf einem Rollband, das sich zwischen anderen Energiekuppeln hindurchwand, ans Ziel. Er sprang vom Band und betrat eine Schleuse.

Er wanderte mit langsamen Schritten einen Dschungelpfad entlang und atmete mit Wonne die schwüle, heiße Luft. Er erreichte das Ufer des Urwaldflusses und sah eine Zeitlang den seltsam geformten Fischen zu, die das klare Wasser bevölkerten. Bei seinen beiden bisherigen Besuchen hatte er versucht, so etwas wie eine Routine zu entwickeln, ohne daß einem fremden Beobachter dieses Bemühen hätte auffällig erscheinen können. Er kam stets zuerst an den Fluß, dann ging er bis zum Ende des Dschungels und stieg den Hügel hinauf. Auf der Kuppe des Hügels setzte er sich nieder und blickte eine Zeitlang über die Waldlandschaft hinweg.

Beide Male war er in dem Automatenrestaurant eingekehrt, das erstemal vor, das zweitemal nach dem Besteigen des Hügels. Bei beiden Gelegenheiten war er, sowohl während des Spaziergangs als auch im Restaurant, anderen Petraczern begegnet, obwohl die Kuppel nicht gerade als übervölkert bezeichnet werden konnte. Man hatte sich mit der distanzierten Höflichkeit der Petraczer begrüßt und ansonsten keine weitere Notiz voneinander genommen. Wenigstens glaubte Gayt-Coor, daß es ihm glaubwürdig gelungen war, Desinteresse vorzutäuschen. In Wirklichkeit hatte er sich die Gesichter der Leute, denen er begegnete, genau eingeprägt, um festzustellen, ob ihm ein bestimmter Landsmann etwa zweimal über den Weg liefe.

Heute kehrte er wie beim erstenmal vor der Besteigung des Hügels in dem Restaurant ein. Es waren zwei weitere Petraczer anwesend, von denen er einen bereits einmal gesehen zu haben glaubte. Er bestellte sich eine heiße Suppe aus petraczischen Tintenfischen, die er langsam und genüßlich verzehrte. Dann stieg er den Hügel hinauf.

Der Anblick des blaugrünen Dschungels erweckte in der Tat so etwas wie Heimweh in ihm. Er wandte den Blick, um sich abzulenken, in Richtung der benachbarten Kuppel. Sie enthielt eine Landschaft des Planeten Poynko, auf dem kleine Leute mit grellroter Hautfarbe wohnten. Die Poynkorer waren auf Yaanzar recht zahlreich vertreten. Daher war ihre Kuppel eine der größten und mit verschwenderischer Vielfalt ausgestattet. Unter den Farben herrschten Weiß und ein fast orangefarbenes Gelb vor. Nicht weit innerhalb der Kuppelgrenzen ragte wie ein Monolith ein schneeweißer, schlanker Felsen in die Höhe. Auf der Kuppe des Felsens erblickte Gayt-Coor einen von hier aus winzig anmutenden Poynkorer, der nachdenklich in die Ferne zu starren schien.

Mit einem wissenden Lächeln wandte Gayt-Coor sich ab. Der kleine Poynkorer stand nicht von ungefähr dort oben. Er durfte ihm nicht allzuviel Aufmerksamkeit schenken. Der Petraczer wartete noch eine halbe Stunde, dann schritt er den Hügel hinab und kehrte auf einem anderen Pfad zum Eingang der Kuppel zurück. Ein unbestimmtes Gefühl schien ihm zu sagen, daß der Gegner endlich angebissen hatte.

Manchmal war Torytrae, der Jäger, seiner Sache nicht so ganz sicher. Wenn das Bewußtsein des Fremden wirklich im Körper des Petraczers Gayt-Coor steckte, wie kam es dann, daß die Echse sich jeden Tag mit schöner Regelmäßigkeit mindestens einmal ins Exotarium begab, um dort die petraczische Kuppel aufzusuchen und einen routinemäßigen Spaziergang mit Mahlzeit im Restaurant und Ruhepause auf der Kuppe des Hügels zu absolvieren? Der Fremde wußte, daß der Tuuhrt ihm auf der Spur war. Da er den Zusammenhang zwischen dem Jäger und Leggan-Legs Gruppe kannte, mußte er längst ahnen, daß Torytrae auch sein Versteck in Tekmahlschees Klinik kannte. Wollte er den Jäger durch die Regelmäßigkeit seines Gehabes herausfordern?

Jedesmal, wenn ihm solche Zweifel kamen, bewegte sich Torytrae in mühseliger Kleinarbeit noch einmal durch dieselben Gedankengänge durch die er damals zu der Überzeugung gelangt war, daß das Bewußtsein des Fremden inzwischen in den Körper der Echse übergewechselt sein müsse. Er fand auch jetzt noch keinen Fehler an seinen Überlegungen. Folglich mußte er weiterhin von der Voraussetzung ausgehen, daß der Fremde in Gayt-Coor steckte.

Es mochte sein, daß der Echsenkörper unter der Leitung eines fremden Bewußtseins die Sehnsucht nach der Berührung mit der heimatlichen Umwelt noch stärker als sonst empfand. Daß die Besuche der Kuppel einfach eine Notwendigkeit waren, der sich der Fremde nicht entziehen konnte. Überdies galt es noch eines zu bedenken: Der Fremde, wie immer auch sein Name sein mochte, glaubte zu wissen, daß er mit seinem Überwechseln in Gayt-Coors Körper jedermann, einschließlich des Tuuhrt, getäuscht habe. Von seiner Warte aus gesehen, begab er sich also nicht in Gefahr, wenn er regelmäßig die petraczische Kuppel aufsuchte – denn niemand wußte, wie er glaubte, daß im Körper der Echse sich der Geist des Fremden verbarg, den der Tuuhrt suchte.

Leggan-Leg war es gelungen, insgesamt drei Petraczer aufzutreiben, mit denen er früher geschäftlich zu tun hatte und die für ein nicht unbescheidenes Entgelt bereit waren, für ihn zu arbeiten. Leggan-Legs Leute hatten außerdem die Peripherie der Klinik Tekmahlschees unauffällig umstellt, so daß Torytrae über das Woher und Wohin der Echse jeweils bestens informiert war. Durch die drei Petraczer hatte Torytrae erst von Gayt-Coors neuer Gewohnheit erfahren. Besuche von Yaanztronern in der petraczischen Kuppel waren zwar keine Seltenheit. Die Luft war atembar, nur die hohe Luftfeuchtigkeit war für den Durchschnitts-Yaanztroner schwer zu ertragen. Dennoch hatte Torytrae das Risiko gescheut, Gayt-Coor innerhalb der Kuppel durch Leute beschatten zu lassen, die dort eigentlich nichts zu suchen hatten. Die Möglichkeit, daß Gayt-Coor die Augen offenhielt und mißtrauisch wurde, wenn ihm einer von Leggan-Legs Petraczern das zweite- oder gar drittemal über den Weg lief, hielt er für weniger gefährlich.

Schon nach Gayt-Coors ersten beiden Besuchen hatte Torytrae den Plan für die letzte Phase dieses Unternehmens entworfen. Er würde die Echse entführen – an einen Ort, wo er eine Aussprache herbeiführen und sich dann für Tod oder Lebenlassen entscheiden konnte, ohne daß das Geheime Organ-Kommando ihm dreinzureden vermochte. Jetzt, nachdem Leggan-Leg ihm über Gayt-Coors dritten Besuch in der Kuppel berichtet hatte, wußte er sogar, an welchem Ort sich die entscheidende Phase abspielen würde. Der Petraczer hatte es bisher noch keinmal versäumt, sich im Automatenrestaurant eine Leckerei seiner Heimat einzuverleiben. Das Innere des Restaurants bot seinen Agenten mehr Möglichkeiten zu ungestörterem Arbeiten als die weithin sichtbare Hügelkuppe, die ebenfalls zu Gayt-Coors ständigen Ausflugszielen gehörte.

Im Restaurant würde der Fremde verschwinden ...!

Der rothäutige Poynkorer reichte dem hochgewachsenen Duynter Toraschtyn nicht einmal bis zur Schulter. Aber er machte durch Lebhaftigkeit wett, was ihm an Körpergröße fehlte. Er hieß Sagunnin und besaß die Fähigkeit, mehr als zweihundert Worte pro Minute zu sprechen. Manchmal mußte man ihn bremsen.

»Ich bin meiner Sache völlig sicher«, sprudelte er bei dieser Besprechung hervor, an der außer Perry Rhodan in der Gestalt Toraschtyns auch Poyferto, Gayt-Coor und Heltamosch teilnahmen. »Von der Spitze des Felsens aus kann man das Restaurant vorzüglich beobachten. Einer der anwesenden Petraczer zeigte eindeutiges Interesse für Gayt-Coors Bewegungen. Wenn Gayt-Coor oben auf dem Hügel sitzt, rückt er ans Fenster des Restaurants und läßt ihn nicht aus den Augen.«

Perry Rhodan sah den Petraczer fragend an. »Sind Sie einem Ihrer Landsleute mehr als einmal begegnet?«

»Ja, heute.«

»Das kann natürlich Zufall sein, aber ...«

»... aber Sie glauben an einen solchen Zufall ebensowenig wie ich.«

Rhodan nickte. »Da haben Sie recht.« Er wandte sich an Sagunnin und fuhr fort: »Wie viele verschiedene Petraczer gibt es, die Ihnen verdächtig vorkommen?«

»Drei insgesamt«, antwortete der Poynkorer, ohne zu zögern. »Ich will Ihnen auch gleich sagen, warum ich Verdacht schöpfte. Den einen beobachtete ich dreimal dabei, wie er ...«

»Schon gut«, unterbrach ihn Perry Rhodan mit nachsichtigem Lächeln. »Wir verlassen uns auf Ihre Beobachtungsgabe.«

»Und heute nacht«, fuhr Sagunnin unbeeindruckt fort, »habe ich den Zwerg in der Kuppel gesehen. Sie wissen, wen ich meine, nicht wahr? Leggan-Leg oder wie er heißt.«

»Heh, das ist wichtig!« rief Poyferto überrascht. »Wann war das? Und was wollte er dort?«

»Er war nicht allein«, berichtete Sagunnin. »Er kam mit vier Leuten, etwa vor zwei Stunden. Die Kuppel war leer. Man hatte die Sonnenscheibe ausgeschaltet. Es war finster in der Kuppel. Aber so etwas stört mich nicht.« Er grinste selbstbewußt. »Mit meinen Nachtgläsern sehe ich selbst in der dicksten Finsternis.«

»Was tat der Zwerg?« fragte Perry Rhodan.

»Seine Leute schienen ziemlich schwer beladen. Sie schleppten Kisten. Sie verschwanden im Restaurant. Machten sich da etwa eine Stunde lang zu schaffen. Leider nicht in der Nähe der Fenster, sonst hätte ich sie beobachten können. Dann kamen sie wieder zum Vorschein. Immer noch mit den Kisten, aber die Kisten waren leer. Man sah es an der Art, wie sie sie trugen.«

Poyferto, Gayt-Coor, Perry Rhodan – sie sahen einander an.

»Eine Falle!« sagte Poyferto tonlos.

»Ein Transmitter«, fügte Rhodan hinzu.

32.

Der Tag der Entscheidung hatte begonnen. Es war wenige Minuten nach Mitternacht. Der Tuuhrt schlief nicht. Das Jagdfieber hatte ihn gepackt. In wenigen Stunden würde er seinem Opfer gegenüberstehen – weit entfernt von hier, an einem einsamen Ort, an dem ihn niemand dabei stören würde, seine Entscheidung so zu treffen, wie er es für richtig hielt.

Ein letztes Mal überdachte Torytrae seinen Plan. Er war ausgewogen. Es gab keinen Fehler. Er mußte gelingen. Ungeduldig wartete er, bis das Chronometer eine Stunde nach Mitternacht zeigte. Leggan-Leg war pünktlich. Das Funkgerät summte, sobald die Ziffern des Zeitmeßgeräts gesprungen waren. Der Jäger schaltete ein.

»Wir machen uns jetzt auf den Weg«, sagte der Zwerg ohne Einleitung.

»Gut. Melden Sie sich wieder, sobald die Arbeit abgeschlossen ist.«

Leggan-Leg zwinkerte mißtrauisch. »Und dann?«

»Dann machen Sie sich schleunigst auf den Rückweg nach Nopaloor, wie verabredet.«

»Und mein Geld?«

»Wird in dem Augenblick überwiesen, in dem Sie mir den Vollzug Ihres Auftrags melden.«

Leggan-Leg machte ein unglückliches Gesicht und sah über die Schulter. »Es wird nicht einmal unsere Unkosten decken, nicht wahr, Gniggar?«

»Reden Sie keinen Unsinn«, fuhr Torytrae gereizt dazwischen. »Ich überweise dreißigtausend. Damit machen Sie das beste Geschäft Ihres Lebens.«

Der Zwerg lächelte ihn an, ein wenig erleichtert, ein wenig spöttisch.

»Sie haben eine geringe Meinung von Ihrem Mitarbeiter«, beklagte er sich. »Das wäre das erste Mal, daß die Arbeit für eine Behörde – und sei es auch eine Ein-Mann-Behörde – einen nennenswerten Gewinn abwirft. Immerhin bedanke ich mich für das, was Sie wahrscheinlich für Großzügigkeit halten. Ich melde mich wieder, sobald die Arbeit beendet ist.«

Ehe der Tuuhrt noch Gelegenheit zu einer Erwiderung fand, hatte er abgeschaltet. Torytrae rechnete nach. Leggan-Leg hatte wahrscheinlich recht. Der Einsatz war ziemlich kompliziert und risikoreich gewesen. Der Zwerg hatte wenigstens zwanzigtausend Einheiten eigene Unkosten gehabt. Das Honorar, das er ihm angeboten hatte, war zu gering. Er beschloß, es auf fünfunddreißigtausend zu erhöhen. Wahrscheinlich würde er Leggan-Leg wieder brauchen. Es war gut, wenn man einen angenehmen Eindruck hinterließ.

Er ging in dem Wohnzimmer des kleinen Appartements, das er sich gemietet hatte, auf und ab. Das Exotarium war den ganzen Tag über geöffnet, auch während der Dunkelheit. Er versuchte sich auszumalen, wie Leggan-Leg mit seinen Helfern in der Finsternis die Kuppel betrat. Normalerweise war um diese Zeit kein anderer Gast zu erwarten. Aber der Zwerg würde klug sein und Posten ausstellen, damit man ihn nicht überraschen konnte.

Das Restaurant war eingeschossig. Die Servoautomatiken waren in den einzelnen Tischen montiert. Unter dem Restaurant gab es einen Keller, in dem die Speisen aufbewahrt und Reste verwertet wurden und in dem sich die Generatoren und Servomechanismen befanden, die die komplizierte Anlage mit Energie versorgten und steuerten. In diesem Keller baute Leggan-Leg mit seinen Leuten den Projektor für das Transmitterfeld zusammen. Die nötige Energie wurde von den Generatoren bezogen, die ohnehin dort unten standen. Im entscheidenden Augenblick würde der Ausstoß der Generatoren von den Geräten des Restaurants auf den Projektor umgeleitet werden.

Das war nicht alles. Unmittelbar neben dem Projektor stand der Generator für das psionische Mantelfeld. Er war mit einem Mentalservo ausgerüstet und ließ sich durch telepathischen Befehl aktivieren – vorausgesetzt, der Befehl entstammte einem bestimmten Gehirn, dem Gehirn des Tuuhrt. Der Transmitter würde so lange aktiv bleiben, wie Torytrae es wünschte. Kam er zu der Überzeugung, daß der Fremde den Tod verdient hatte, dann würde er das Mantelfeld abrufen und den Geist, der im Schädel der Echse wohnte, zerstören. Das psionische Mantelfeld hüllte, wie der Name sagte, sein Opfer ein und absorbierte in Bruchteilen einer Sekunde alle psionische Energie, die dem Eingehüllten innewohnte. Die Zerstörung des Geistes geschah augenblicklich, der Körper starb gewöhnlich kurze Zeit später, weil er kein Gehirn mehr besaß, das seine verschiedenen Funktionen koordinierte.

Das Transmitterfeld war kugelförmig. Es drang durch den Boden des Restaurants, der annähernd die Äquatorebene bildete. Wer sich im Innern des kugelförmigen Feldes befand, wurde von dem Transportvorgang erfaßt. Torytrae wagte zu hoffen, daß er es so einrichten könne, daß im entscheidenden Augenblick nur Gayt-Coor, im Restaurant, und er selbst, unten im Keller, sich im Einflußbereich des Feldes befanden. Er brauchte keine Zuschauer. Um seiner Sache sicher zu sein, hatte er oben im Restaurant zwei versteckte Kameras montieren lassen, deren Anzeigen er unten im Keller ablesen konnte.

In kurzer Zeit würde alles bereit sein. Dann fehlte nur noch, daß die Echse ihren jüngst entwickelten Gewohnheiten treu blieb und auch am kommenden Tag wenigstens einmal die Kuppel aufsuchte.

Es war knapp vier Stunden nach Mitternacht, als Leggan-Leg zum zweitenmal anrief. Er wirkte müde und verstimmt.

»Wir sind fertig«, meldete er kurz angebunden.

»Irgendwelche Schwierigkeiten?« wollte der Tuuhrt wissen.

»Keine.«

»Dann machen Sie sich auf den Heimweg. Ich habe Ihr Honorar auf 35.000 erhöht.«

Leggan-Leg zog die Brauen in die Höhe. Er sah nicht so aus, als mache die Ziffer großen Eindruck auf ihn.

»Phantastisch!« sagte er, und die Art, wie er es sagte, klang recht zynisch.

Er schaltete ab. Für Torytrae war es an der Zeit, sich auf den Weg zu machen.

Der Stollen begann in einer unübersichtlichen Felswildnis der Poynko-Kuppel. Eine Gruppe von sechs Poynkorern, die für die VASGA arbeiteten, hatte ihn im Verlauf von zwei Nächten angelegt, wobei modernste Hilfsmittel zur Verwendung kamen. Der Stollen führte zunächst steil in die Tiefe. Fünfzig Meter unter der Erde überquerte er den Rand der Poynko-Kuppel, und wenige Meter weiter drang er ins Innere der petraczischen Kuppel ein. Die Energiehüllen reichten nur bis zu einer Bodentiefe von dreißig bis vierzig Metern, je nach dem Druckunterschied zwischen der Außenwelt und dem Innern der Kuppel. In fünfzig Metern Tiefe lief daher der Stollen keinerlei Gefahr, das energetische Feld zu berühren.

Es war eine stattliche Gruppe, die anderthalb Stunden nach Mitternacht auf diesem ungewöhnlichen Wege in die petraczische Kuppel eindrang. Vor zwanzig Minuten hatte der Späher im Poynko-Sektor gemeldet, daß Leggan-Leg und seine Leute wieder an der Arbeit seien. Perry Rhodan nahm an, daß sie in dieser Nacht letzte Hand an ihr Werk legen wollten. Das war der geeignete Augenblick zum Zuschlagen. Er selbst war der Anführer der Gruppe. Poyferto, der einen Anspruch auf das Amt des Anführers gehabt hätte, hatte sich ihm willig untergeordnet. Gayt-Coor hatte sich ebenfalls angeschlossen, und Poyferto hatte zwanzig Spezialisten der VASGA mitgebracht.

Der Stollen mündete hinter dem Hügel, auf dem Gayt-Coor so manche Stunde verbracht hatte. Es gab einen schmalen Streifen Dschungel, der sich bis an diese Stelle vorschob. Die Bäume mit ihrem dichten Laubwerk boten den Eindringlingen vorzügliche Deckung. Es war mit Sicherheit anzunehmen, daß Leggan-Leg Wachtposten aufgestellt hatte. Der Ausguck in der Poynko-Kuppel hatte nicht erkennen können, an welchen Stellen sie postiert waren. Die erste Aufgabe dieses Unternehmens mußte sein, die Wächter unschädlich zu machen, bevor sie Alarm schlagen konnten.

Zu Poyfertos Ausrüstung gehörte ein Personen-Spürgerät, ein Instrument, das die langwelligen elektromagnetischen Ausstrahlungen eines Gehirns noch auf weite Entfernung hin wahrnahm und den Ort definierte, an dem sich das Gehirn befand. Es vermochte, zwischen intelligenten und unintelligenten Gehirnen aufgrund der verschiedenen Frequenzen zu unterscheiden. Mit dem Spürgerät ermittelte Poyferto im Handumdrehen die Position von vier Wächtern, die sich in weitem Kreis um das Restaurant postiert hatten. Die VASGA-Leute schlichen sich davon. In zwanzig Minuten waren die vier Posten unschädlich gemacht. Man hatte sie betäubt. Vor Ablauf von ein oder zwei Stunden würden sie nicht wieder zu sich kommen. Inzwischen hatte Poyferto eine weitere Gruppe von Wächtern ausgemacht, die sich in der Nähe der Eingangsschleuse aufhielten und dort nach dem Rechten sahen. Ihre Aufmerksamkeit war nach draußen gerichtet. Sie erwarteten keinen Angriff aus dem Innern der Kuppel. Das machte sie für Poyfertos Männer zu leichten Opfern. Sie brachen in den Strahlen der Narkosewaffen zusammen und wurden bewußtlos an den Ort geschleppt, an dem man ihre vier ebenfalls betäubten Kameraden zusammengetragen hatte.

Danach zeigte Poyfertos Meßgerät nur noch die Strahlung, die aus dem Restaurant kam. Dort mußten fünf Leute am Werk sein, und zwar im Keller des Gebäudes, denn der Winkel, den das Spürgerät anzeigte, wies schräg in die Erde hinein. Die Zeit zum Zuschlagen war gekommen.

Leggan-Leg beteiligte sich nicht selbst an der Arbeit. Er saß in einer Ecke und sah den Männern zu, wie sie die komplizierte Maschinerie installierten. Es war ein ziemlich unbequemes Unterfangen, denn der Keller war ohnehin schon ziemlich voll mit anderem Gerät, das der Unterhaltung des Restaurants diente. Das alles mußte so belassen werden, wie es war, denn der Restaurantbetrieb durfte auf keinen Fall gestört werden.

Leggan-Leg verstand einiges von den Dingen, die seine Leute da zusammenbauten. Der Tuuhrt hatte ihn zum Teil ins Vertrauen ziehen müssen, damit er die Arbeit überwachen konnte. Er wußte, daß es eigentlich zwei Geräte gab: einen Transmitter und eine psionische Tötungsmaschine, von deren Wirkungsweise er allerdings keine Ahnung hatte.

Der Zwerg befand sich nicht in der angenehmsten Stimmung. Selbst eine längere Unterhaltung mit Gniggar, dem Unsichtbaren, konnte ihn nicht von einem nagenden Gefühl des Unbehagens befreien. Er sah oft auf die Uhr und sehnte den Augenblick herbei, da die Männer die Werkzeuge zusammenpackten. Er würde Torytrae anrufen und ihm mitteilen, daß die Arbeit beendet sei, und dann auf dem schnellsten Wege nach Nopaloor zurückkehren. Solche Dinge waren nichts für ihn. Er war in erster Linie Informant. Er verstand es, Informationen zu stehlen, zu erpressen, zu kaufen oder sonstwie zu beschaffen. Als elektronischer Installateur betätigte er sich heute zum ersten Male, und die Art der Tätigkeit gefiel ihm nicht. Er hatte sich mit dem Tuuhrt eingelassen, weil es immer gut war, Beziehungen zu derart hochgestellten Personen zu haben. Ob er es ein weiteres Mal tun würde, das wußte er nicht. Er verdiente nicht viel an diesem Unternehmen. Er brauchte ein paar Stunden Ruhe, um entspannt und bequem darüber nachdenken zu können, ob die Beziehung zu dem Tuuhrt die Mühe und Nervenanspannung, deren er sich hier unterzog, wert war.

Als er ein weiteres Mal auf das Chronometer blickte, stutzte er. Die zweite Stunde nach Mitternacht war längst vorbei. Er hatte mit den Posten draußen vereinbart, daß sie zu jeder vollen Stunde eine Meldung machten – gleichgültig, ob draußen etwas vorgefallen war oder nicht. Warum kam niemand?

»Heh, Paovilak!«

Der schmächtige Alte, der soeben dabei war, eine Deckplatte auf ein kleines Aggregat zu montieren, schreckte auf. »Was gibt es?«

»Sieh nach, was mit den Posten los ist! Sie hätten sich vor zwanzig Minuten melden sollen.«

»Sofort«, sagte Paovilak.

Er legte das Werkzeug beiseite, wischte sich die Hände an seinem Umhang ab und stieg die schmale Treppe hinauf, die im Hintergrund des

Raumes nach oben führte. Er hatte die oberste Stufe noch nicht erreicht, da sah er, wie sich die Tür des Restaurants langsam öffnete. Innerhalb der Gaststätte war es völlig finster. Draußen aber schienen die Sterne. Ein mattgraues Viereck zeichnete sich ab, das sich langsam vergrößerte. Die Tür! Jemand kam!

Paovilak erschrak zuerst. Dann sagte er sich, daß es einer der Posten sein müsse, der endlich kam, um Leggan-Leg Bericht zu erstatten. Er sah eine gedrungene, stiernackige Gestalt sich gegen die matte Helligkeit der Sterne abzeichnen. Im nächsten Augenblick flammte eine grelle Lampe auf und erfaßte den Alten mit ihrem Lichtkegel. Da wußte er, daß es sich nicht um einen Posten handelte, denn Leggan-Leg hatte streng befohlen, im Innern des Restaurants kein Licht zu machen. Paovilak wollte schreien, aber ein herrisches Kommando nahm ihm dazu den Mut.

»Arme zur Seite und Mund zu!« herrschte der Stiernackige ihn an.

Von unten kam Leggan-Legs fragende Stimme: »Was ist da oben los? Welcher Narr hat Licht gemacht?«

Paovilak hielt die Augen geschlossen, da das Licht ihn blendete. Er hörte das Geräusch vieler Schritte und spürte die Anwesenheit von Menschen. Jemand zischte: »Nach unten – bevor sie mißtrauisch werden!«

Da wußte er, daß das Schicksal seine Hand von Leggan-Leg gezogen hatte.

Poyferto drang zuerst in das Restaurant ein. Um ein Haar hätte ihnen einer von Leggan-Legs Leuten einen Strich durch die Rechnung gemacht, ein kleiner, alter Mann, der gerade in dem Augenblick die Treppe heraufkam, als Poyferto die Tür öffnete. Glücklicherweise hatte der Alte so viel Angst, daß er nicht zu schreien wagte. Poyferto reagierte blitzschnell. Er glitt auf die Treppe zu und huschte, mit Rhodan und dem Petraczer im Gefolge, die Stufen hinunter.

Der grelle Lichtkegel der Lampe erfaßte eine eigenartige Szene. Zur Seite, auf der Verkleidung eines Generators, saß eine pygmäenhafte Gestalt: Leggan-Leg, der Informant. Er sah den Eindringlingen mit schreckgeweiteten Augen entgegen. Soweit man sehen konnte, war er unbewaffnet; aber Poyferto hielt ihm trotzdem die Mündung seines Narkosestrahlers entgegen. Weiter vorne waren drei Männer damit beschäftigt, Geräte undefinierbarer Funktion zu installieren. Sie kletterten dabei zwischen den Restaurant-Aggregaten herum, und einer war so sehr mit seiner Aufgabe beschäftigt, daß er zunächst gar nicht merkte, was vorgefallen war. Poyferto mußte ihn anrufen, bevor er die Werkzeuge zur Seite legte.

Inzwischen hatten Perry Rhodan und Gayt-Coor sich des Alten bemächtigt und postierten ihn neben Leggan-Leg. Die drei Männer, die mit den Installationen beschäftigt gewesen waren, traten unter Waffendrohung ebenfalls an die Seite ihres Chefs. Poyferto hielt die Lampe stets so gerichtet, daß sie die Gefangenen blendete. Auf diese Weise blieb er im Dunkeln und brauchte nicht zu befürchten, daß ihn einer der Leute später wiedererkennen würde.

Gayt-Coor trat jetzt nach vorne, so daß die Lampe ihn von der Seite her beleuchtete. Leggan-Leg erschrak.

»Ich habe Ihnen gesagt, daß es Ihnen an den Kragen ginge, wenn ich Sie noch einmal dabei erwischte, daß Sie für den Tuuhrt arbeiten«, sagte er mit harter, kalter Stimme. »Es ist soweit. Was haben Sie hier unten zu suchen?«

Leggan-Leg mochte erschrocken sein; aber er war nicht der Mann, der seine Fassung längere Zeit verlor. Er wandte den Kopf zur Seite und fragte: »Was, meinst du, will der Mann, Gniggar? Warum schreit er hier herum?«

Verblüfft suchte Gayt-Coor nach dem Empfänger dieser Frage. Sie war an keinen von Leggan-Legs Leuten gerichtet gewesen, soviel stand fest.

»Heh, mit wem reden Sie da?« erkundigte er sich mißtrauisch.

»Mit Gniggar«, lächelte Leggan-Leg gönnerhaft. »Kennen Sie meinen Freund nicht?«

»Lassen Sie den Unsinn! Erklären Sie mir, was Sie hier unten zu suchen haben! Was sind das für Geräte, die Ihre Leute hier installieren?«

Mit demselben süffisanten Lächeln wandte Leggan-Leg sich abermals zur Seite.

»Unverschämt, der Kerl, nicht wahr? Was sollen wir ihm antworten, Gniggar? Er soll sich zum Teufel scheren? Richtig, das ist gut! Zwar etwas grob, aber zutreffend.«

Er strahlte Gayt-Coor an. »Gniggar sagt, Sie sollen sich zum Teufel scheren.«

Es war dem Petraczer anzumerken, daß er sich in dieser Lage nicht zurechtfand. Da sprang Perry Rhodan ein. Er trat gerade so weit nach vorne, daß der kleine Strahler, den er in der Hand hielt, im Lichtkreis der Lampe sichtbar wurde. Leggan-Leg duckte sich unwillkürlich.

»Deine Sprache gefällt mir nicht, Gniggar!« sagte er laut und zielte mit dem Lauf der Waffe in die Richtung, in die Leggan-Leg zuletzt gesprochen hatte. »Ich finde, du solltest deinem Herrn und Freund einen besseren Rat geben. Los, wird's bald!«

Er kannte eine Reihe von Fällen, in denen Leute meinten, ein unsichtbarer Begleiter befinde sich stets in ihrer Nähe. Meistens handelte es sich um Menschen, die infolge nervöser Fehlfunktionen zu Selbstgesprächen neigten und sich wegen dieser Gewohnheit vor der Umwelt zu rechtfertigen suchten, indem sie den Begleiter erfanden, mit dem sie sich zu unterhalten vorgaben. Recht oft verwandelte sich für die Betroffenen die Fiktion im Laufe der Zeit in Wirklichkeit: Sie glaubten wirklich daran, einen Begleiter zu haben. Wenn Leggan-Leg zu diesen Fällen gehörte, konnte man vielleicht etwas erreichen, indem man Gniggar unter Druck setzte.

»Du bist bereit, dich zu entschuldigen?« wiederholte Rhodan die Antwort, die er angeblich von Gniggar erhalten hatte.

Er sah, wie Leggan-Leg entsetzt zuerst ihn und dann seinen fiktiven Begleiter anstarrte. Die Methode schien zu wirken.

»Und was hast du deinem Herrn zu empfehlen?« fragte Rhodan. »Daß er auspacken soll, nicht wahr? Daß er uns sagen soll, was hier vor sich geht. Das ist eine vernünftige Einstellung, Gniggar.«

Der Zwerg stieß einen ergebenen Seufzer aus. »Wenn Gniggar dafür ist«, sagte er niedergeschlagen und rollte die Schultern, »was bleibt mir dann übrig ...?«

Leggan-Legs Geschichte war rasch erzählt. In diesem Keller wurden zwei Geräte installiert: ein anderthalbpoliger Transmitter und eine psionische Waffe, über deren Funktion Leggan-Leg keine Einzelheiten wußte. Der Transmitter erzeugte ein kugelförmiges Feld, das sowohl hier im Keller als auch oben im Restaurant wirksam sein würde. Als Nebensächlichkeit gab es noch ein kleines Bildgerät, das von mehreren verborgenen Kameras oben in der Gaststätte gespeist wurde. Soweit der Zwerg wußte, hatte der Tuuhrt die Absicht, sich hier unten im Keller zu verbergen, bis sein Opfer, wie es täglich wenigstens einmal zu tun pflegte, im Restaurant erschien, und dann im geeigneten Augenblick den Transmitter zu aktivieren. Der Transmitter und die psionische Waffe wurden von den Generatoren des Restaurants gespeist.

Der Tuuhrt hatte vor, die Transmitterstrecke eine Zeitlang offenzuhalten. Damit über der Versorgung des Transmitters die Automaten des Restaurants nicht versagten, war eine pulsierende Schaltung eingebaut worden, die es erlaubte, im Millisekundenrhythmus die Geräte des Restaurants und den Transmitter abwechselnd mit Energie zu versorgen.

Der Transmitter selbst glich den Fiktivtransmittern tefrodischer Bauart. Er war anderthalbpolig, konnte also von hier nach dem unbekannten Ziel des Tuuhrt ebenso transportieren wie in umgekehrter Richtung, ohne daß am Ziel ein zweites Transmittergerät vonnöten gewesen wäre. Eine

Transmitterstrecke, die an beiden Enden ein Gerät benötigte, um den Verkehr in beiden Richtungen aufrechterhalten zu können, wurde zweipolig genannt. Einpolige Transmitter waren primitive Abarten des tefrodischen Fiktivtransmitters und vermochten zwar, ein Objekt vom Standort des Transmitters an ein vorausbestimmtes Ziel, nicht aber wieder zurückzubefördern.

Perry Rhodan untersuchte das Gerät, das die psionische Waffe enthielt. Über ihre Wirkungsweise konnte auch er nichts herausfinden. Aber es gelang ihm festzustellen, daß die Waffe durch einen telepathischen Impuls aktiviert wurde. Der Impuls wurde durch den offenen Transmitterkanal übertragen. An die Waffe angeschlossen war ein telepathischer Verstärker, der die Intensität des Befehls um ein Mehrhundertfaches vergrößerte, so daß er in der Lage war, die elektronischen Servomechanismen zu beeinflussen.

Nachdem Perry Rhodan Leggan-Legs Geschichte zu Ende gehört und seine Untersuchung abgeschlossen hatte, wandte er sich an Poyferto, der noch immer den Lichtkegel seiner Lampe auf die Gefangenen gerichtet hielt und darauf achtete, daß er stets in der Dunkelheit blieb.

»Es wird Zeit, daß wir Ihre zweite Mannschaft herbeirufen«, sagte er halblaut, so daß keiner von Leggan-Legs Leuten ihn hören konnte.

»Wird sofort geschehen«, versicherte Poyferto. »Sie glauben nicht, daß Sie sich auch ohne Beeinflussung auf die Leute verlassen können? Ich meine, Ihr Appell an Gniggar oder wie der Kerl heißt, hat doch ziemlichen Eindruck hervorgerufen.«

»Ich möchte lieber sicher sein«, antwortete Rhodan. »Leggan-Leg und seinen Leuten, einschließlich der Wachtposten, die wir draußen überwältigt haben, muß die Erinnerung an die Vorfälle dieser Nacht genommen werden. Sie dürfen sich nur daran erinnern, daß alles planmäßig verlief und daß sie die Installation des Geräts erfolgreich abschlossen.«

»Ich bin ganz Ihrer Meinung«, erklärte Poyferto. »Man soll nichts dem Zufall überlassen.«

»Nicht in unserer Lage«, sagte Rhodan lächelnd.

Die Gefangenen wurden nach oben gebracht. Oben waren inzwischen die sieben Wachtposten, die man zuvor gefangengenommen hatte, wieder zu sich gekommen und wurden von den VASGA-Leuten unter Waffendrohung dazu veranlaßt, Ruhe zu bewahren. Insgesamt waren, die Leute im Keller des Restaurants eingerechnet, zwölf Gefangene gemacht worden.

Durch einen Funkruf hatte Poyferto die außerhalb des Exotariums bereitstehende Gruppe herbeigeholt, die Perry Rhodan als seine »zweite

Mannschaft« bezeichnet hatte. Sie war mit hypnotischen Geräten ausgerüstet, mit deren Hilfe den Gefangenen die Erinnerung an die unplanmäßigen Ereignisse dieser Nacht genommen werden sollte.

Nachdem Perry Rhodan sich davon überzeugt hatte, daß an der Oberfläche alles wie verabredet verlief, kehrte er mit Gayt-Coor in den Keller des Restaurants zurück. Leggan-Legs Leute hatten, bevor sie nach oben gebracht wurden, die Installation abgeschlossen. Jetzt war es an Rhodan, die zusätzlichen Schaltungen vorzunehmen, die die Anlage aus einer Falle für ihn in eine Falle für den Tuuhrt verwandeln würden.

Mit dem psionischen Geschütz brauchte er sich nicht zu befassen. Es konnte nur wirksam werden, solange der Transmitterkanal offenblieb. Wenn dafür gesorgt wurde, daß der Transmitter sich abschaltete, sobald der Transportprozeß abgeschlossen war, bedeutete das Geschütz keine Gefahr mehr.

Perry Rhodan untersuchte die Schaltung des Transmitters. Gayt-Coor, der von der Elektronik der Galaxis Naupaum eine Menge verstand, obwohl sein eigentliches Fachgebiet die Galaktologie war, unterstützte ihn dabei. Gemeinsam fanden sie die Schaltung, die veranlaßte, daß der Transmitterkanal bis auf unbestimmte Zeit nach der Aktivierung des Geräts offenblieb. Sie veränderten sie so, daß der Kanal wenige Sekunden nach der Aktivierung wieder geschlossen wurde.

Das ließ dem Tuuhrt ebenso viele Sekunden Zeit, die psionische Kanone durch den noch offenen Kanal hindurch zu betätigen. Perry Rhodan hoffte jedoch, daß es ihm gelingen würde, den Jäger beim Eintreffen am Zielort für einige Zeit so zu verwirren, daß er an eine Aktivierung des Psi-Geschützes nicht denken konnte.

»Man muß in Erwägung ziehen«, sagte Gayt-Coor plötzlich, »daß der Tuuhrt Sie an einen Ort verschleppt, von dem es außer mit Hilfe dieses Transmitters keine Rückkehr gibt. Eine Höhlung tief unter der Erde zum Beispiel oder etwas Ähnliches.«

»Ich habe daran gedacht«, gestand Rhodan. »Dem ist am besten dadurch zu begegnen, daß dieser Transmitter zu einer bestimmten Zeit für eine kurze Zeitdauer wieder eingeschaltet wird.«

Der Petraczer machte das Zeichen der Zustimmung.

»Da ich derjenige bin, der am wenigsten auffällt, wenn er diese Kuppel betritt, werde ich die Aufgabe übernehmen. Welche Zeit schlagen Sie vor?«

»Mitternacht«, antwortete Rhodan ohne Zögern. Er hatte sich die Frage bereits durch den Kopf gehen lassen. Er brauchte Zeit, um sich mit Torytrae auseinanderzusetzen. »Und, falls ich beim ersten Versuch nicht zurückkehre, jeweils wieder um Mitternacht an den darauffolgenden Tagen.«

»Einverstanden. Es bleibt uns also nur noch, die Schaltung so zu verändern, daß Sie in den Einfluß des Transmitterfeldes gelangen und nicht ich.«

»Das«, sagte Perry Rhodan mit einem leisen Lächeln, »läßt sich am besten und am einfachsten durch eine Verzögerungsschaltung bewirken. Was meinen Sie? Werden fünf Sekunden ausreichen?«

»Fünf Sekunden«, bemerkte der Petraczer tiefsinnig, »sind eine lange Zeit.«

Noch vor Sonnenaufgang begab der Tuuhrt sich zum Exotarium und betrat die petraczische Kuppel. Die Lichtverhältnisse innerhalb der Kuppeln standen mit der Tag-Nacht-Folge des Planeten Yaanzar in Einklang. Hinter dem Hügel am Rande der petraczischen Landschaft zeigte sich der typische hellblaue Schimmer, der dem Aufgang der Sonne Sheylm vorauszugehen pflegte.

Ohne sich aufzuhalten, betrat Torytrae das Restaurant und stieg die enge Treppe in den Keller hinab. Er vergewisserte sich sorgfältig, daß Leggan-Leg und seine Leute die Installation der Geräte nach Plan ausgeführt hatten. Er führte eine Reihe von Funktionstests durch, die zufriedenstellend verliefen. Dann aktivierte er die Kameras, die oben in der Gaststätte versteckt waren, und schaltete das Bildgerät ein, auf dem er nun den Innenraum des Restaurants bis fast in den hintersten Winkel überblicken konnte.

Er war aus zwei Gründen frühzeitig gekommen. Erstens wollte er nicht von anderen Besuchern der Kuppel gesehen werden, und zweitens hatte er an den Geräten noch einige kleine Manipulationen vorzunehmen, mit denen er Leggan-Leg nicht hatte betrauen wollen. Er hätte ihm dazu zuviel von seinen Absichten verraten müssen.

Das Transmitterfeld bestand aus zwei Halbkugeln identischer Größe. Die Äquatorebene wurde von einer feldfreien Schicht gebildet, die die Kellerdecke und den Fußboden des Restaurants in sich barg. Auf diese Weise wurde vermieden, daß bei dem Transportvorgang etwa auch Decke und Boden mitgerissen wurden. Die Verbindung des Projektors mit den Generatoren war so geschaltet, daß das Transmitterfeld nur im Augenblick des Transportvorgangs mit voller Intensität entstand. Unmittelbar danach sank die Feldstärke auf ein Zehntel des Höchstwerts. Außerdem wurde das Feld nur in oszillierender Weise aufrechterhalten: Es wurde in raschem Rhythmus ein- und ausgeschaltet, so daß die Generatoren Zeit hatten, die Geräte des Restaurants mit Strom zu versorgen.

Diese Schaltung würde bewirken, daß das Transmitterfeld für materielle Objekte unwirksam wurde. Auf diese Weise wurde verhindert, daß unbeteiligte Gäste des Restaurants plötzlich von dem Feld ergriffen und an den Zielort versetzt wurden. Für nichtmaterielle Transportobjekte blieb das Feld nach wie vor wirksam – zum Beispiel für telepathische Befehle, die sich auch durch den pulsierenden Transmitterkanal mühelos fortpflanzen konnten.

Was dem Tuuhrt jetzt noch zu tun blieb, war die Montage eines Mentalservos, auch am Projektor des Transmitterfeldes. Mit diesem zweiten Servo – der erste befand sich am Auslöser des psionischen Geschützes – vermochte er, die Intensität des Transmitterfeldes vom Zielort aus zu regulieren und das Pulsieren zu unterbinden, so daß es auch für materielle Objekte wieder transportfähig wurde.

Diese Arbeit nahm nur wenige Minuten in Anspruch. Der Servo war schon fertig. Torytrae hatte ihn mitgebracht und brauchte ihn nur einzubauen. Dabei bot sich ihm die Gelegenheit, die von Leggan-Legs Leuten gefertigten Schaltungen im Innern des Projektors noch einmal zu inspizieren. Er tat das mit großer Sorgfalt.

Die Veränderungen, die Perry Rhodan und Gayt-Coor vorgenommen hatten, entgingen ihm dabei. Das lag daran, daß Rhodan und die Echse bei ihren Manipulationen so gut wie keine Spuren hinterlassen hatten, aber auch daran, daß Torytrae nicht im Ernst erwartete, etwas Außergewöhnliches zu finden. Er hatte die Funktionstests schon durchgeführt, und sie waren ohne Ausnahme positiv verlaufen.

Schließlich machte er es sich vor der Kamera bequem und richtete sich darauf ein, einige Stunden zu warten. Mit der Geduld des erfolgreichen Jägers betrachtete er die Bildscheibe und sah, wie sich das Innere des Restaurants allmählich zu erhellen begann. Draußen ging die Sonne auf, ein künstliches Gebilde, das den bläulichen Glanz der Sonne Sheylm vorzüglich imitierte. Zwei Stunden nach Sonnenaufgang erschienen die ersten Gäste.

Torytrae hatte die vergangenen Tage dazu genutzt, sich auf das Identifizieren von Petraczern zu trainieren. Ihm, der einem anderen Volk entstammte, war es zunächst schwergefallen, mehrere Petraczer voneinander zu unterscheiden: Sie schienen alle gleich auszusehen. Bei seiner Aufgabe kam es jedoch darauf an, daß er Gayt-Coor innerhalb von Sekundenbruchteilen zu identifizieren vermochte. Das hatte er geübt, und er war sicher, daß ihm im entscheidenden Augenblick kein Fehler unterlaufen würde.

Die Stunden zogen träge dahin. Gegen Mittag wurde der Verkehr im Restaurant stärker. Etwa die Hälfte aller verfügbaren Tische war bereits besetzt, als das Wesen eintrat, auf das Torytrae gewartet hatte: Gayt-Coor.

Der Tuuhrt erhob sich und trat von dem Bildgerät hinweg in jenen Teil des Kellers, den das Transmitterfeld umfassen würde. Dabei ließ er den Blick jedoch nicht von der Bildfläche.

Alarmiert stellte er fest, daß Gayt-Coor nicht allein gekommen war. Er befand sich in Begleitung eines Mannes, der eigentlich gar nicht hierhergehörte. Es war ein Duynter, und bis vor kurzem hatte sein Körper dem Bewußtsein, das Torytrae jagte, noch als Herberge gedient. Er fragte sich beunruhigt, was Toraschtyn dazu bewegt haben könne, die Echse zu begleiten.

Es blieb ihm jedoch keine Zeit zum Nachdenken. Gayt-Coor und Toraschtyn waren in der Nähe der Tür stehengeblieben, um sich nach einem freien Platz umzusehen. Jetzt hatten sie ihre Entscheidung getroffen und schritten durch den freien Innenraum auf einen leeren Tisch zu, der in der Nähe eines Fensters stand. Dabei passierte der Petraczer die Fläche, über der die obere Halbkugel des Transmitterfeldes entstehen würde.

Torytrae gab den telepathischen Befehl. Der Projektor schaltete sich ein. Der Augenblick der Entscheidung war gekommen.

Gayt-Coor sah sich aufmerksam um, aber in keinem der Petraczer, denen sie begegneten, erkannte er einen von den Leuten wieder, die ihm in den vergangenen Tagen aufgefallen waren.

»Das ist nicht verwunderlich«, meinte Perry Rhodan dazu. »Seit vergangener Nacht ist der Tuuhrt allein. Er hat seine Helfer entlohnt und entlassen. Wozu soll er Ihnen noch nachspionieren?«

Die Tische des Restaurants waren zur Hälfte besetzt. Gayt-Coor und sein Begleiter nahmen sich Zeit, sich umzusehen, bevor sie sich für einen Sitzplatz entschieden. Eine unheimliche Spannung hatte sich des Terraners bemächtigt. Immer wieder kehrte sein Blick zu dem hypothetischen, unsichtbaren Kreis auf dem Fußboden zurück, der die Grenze des Transmitterfeldes markierte. Wann würde der Tuuhrt den Projektor einschalten? Reichte eine Verzögerung von fünf Sekunden aus, um den Plan des Jägers zu vereiteln und statt dessen die eigene Absicht zu verwirklichen?

»Dort, den Tisch«, sagte Gayt-Coor in beiläufigem Tonfall und wies auf zwei Sitzplätze in der Nähe eines Fensters. »Was halten Sie davon?«

»Ein schöner Platz«, antwortete Perry Rhodan geistesabwesend. »Setzen wir uns!«

Gayt-Coor setzte sich als erster in Bewegung. Perry Rhodan, als habe er angestrengt über etwas nachzudenken, zögerte zunächst und folgte ihm im Abstand von zwei Schritten. Er hatte die rechte Hand in einer Tasche seines Gewands. Sie umklammerte den Kolben des Strahlers, der zum Feuern bereit sein würde, wenn er am anderen Ende der Transmitterverbindung rematerialisierte.

Jetzt erreichte der Petraczer den Rand des Kreises, über dem das Feld entstehen würde. Er durchquerte ihn, ohne daß etwas Außergewöhnliches geschah. Das war der Augenblick, in dem der Tuuhrt erkennen mußte, daß sein Plan fehlgeschlagen war. Wie würde er darauf reagieren? Perry Rhodan überschritt die unsichtbare Grenze erst, als Gayt-Coor den Einflußbereich des Feldes bereits verlassen hatte. Er spürte nichts, obwohl er sich mit gespannten Muskeln auf den Schock der Entmaterialisierung vorbereitet hatte. Wie lange waren fünf Sekunden?

Er durfte jetzt nicht weitergehen. Er mußte stehenbleiben, bis das Feld sich bildete. Er fuhr mit der freien Hand zur Stirn, als sei ihm soeben etwas Wichtiges eingefallen, und starrte zu Boden.

Da geschah es! Von einer Millisekunde zur andern befiel ihn wirres Schwindelgefühl. Er sah die Umrisse der Umgebung sich verzerren, zerfließen und verschwinden. Es wurde finster ringsum. Er empfand das widerwärtige Gefühl des freien Falls. Das Transmitterfeld hatte ihn erfaßt.

Panik hatte den Tuuhrt gepackt und verwirrte ihm die Sinne. Was war geschehen? Der Petraczer hatte den Kreis durchquert, über dem das Transmitterfeld unmittelbar nach der Ausgabe des telepathischen Befehls hätte entstehen sollen. Aber Gayt-Coor hatte den Kreis wieder verlassen, ohne daß das Feld wirksam geworden wäre. Und auch er selbst, Torytrae, befand sich noch hier.

Der Transmitter hat versagt! Das war der erste Gedanke, der dem Tuuhrt durch den Kopf schoß. Der Projektor mußte einen Defekt haben. Dann jedoch sah er, wie wenige Schritte nach dem Petraczer auch Toraschtyn den Kreis betrat. In der Mitte des Kreises blieb er stehen, fuhr sich mit der linken Hand zur Stirn und sah zu Boden. Was war ihm plötzlich eingefallen? Oder war ihm überhaupt etwas eingefallen? War die Geste nur eine Finte, die dem Zuschauer das plötzliche Stehenbleiben plausibel machen sollte?

Torytraes geschulter Verstand arbeitete auf Hochtouren. Er erkannte, daß er getäuscht worden war. Er hatte dem Fremden eine Falle stellen wollen; aber der Fremde hatte ihn durchschaut und seine Vorbereitungen benutzt, um den Spieß umzukehren und den Jäger in seiner eigenen Falle zu fangen. Der Tuuhrt sah mit einemmal die Zusammenhänge. Er sah auch, wo er von falschen Voraussetzungen ausgegangen war, als er zu dem Schluß gelangte, das fremde Bewußtsein müsse sich im Körper der Echse befinden. Dabei hatte es Toraschtyns Körper niemals verlassen. Die plötzliche Aktivität des Petraczers, der plötzliche Wechsel der leitenden Rolle von Toraschtyn zu Gayt-Coor, das war eine Finte gewesen, die ihn, den Jäger, hatte irreführen sollen.

Und tatsächlich auch irregeführt hatte! Torytrae erkannte mit Bitterkeit, daß es zum erstenmal in seiner langen Laufbahn einem seiner Opfer gelungen war, ihn zu überlisten. Mitten in diesem Gedanken überraschte ihn der Entmaterialisierungsschock. Die Umwelt verging. Durch einen finsteren Tunnel wurde er von den fremdartigen Kräften des Transmitterfeldes in Bruchteilen von Sekunden an den Ort transportiert, der dem Fremden hatte zur Falle werden sollen.

Er spürte festen Boden unter den Füßen. Es wurde hell. Er sah sich um. Er befand sich auf einem weiten Platz, in einer riesigen Halle, über der sich eine hohe Kuppel wölbte. Wenige Schritte hinter ihm stand ein leuchtender, bunter Bogen, ein materiefreies Gebilde, der diesseitige Eingang des Transmitterfeldes, durch eine Besonderheit der Projektion sichtbar gemacht. damit der, der sich seiner bedienen wollte, nicht erst mühsam nach dem Feldeintritt zu suchen brauchte.

Noch während der Blick des Tuuhrt den schimmernden Bogen fixierte, brach das Feld plötzlich zusammen. Von einer Sekunde zur andern wurde das Leuchten des energetischen Gebildes schwächer und erlosch schließlich ganz. Vergebens wartete Torytrae darauf, daß der Schimmer wieder aufflammte – schwächer zwar als bisher, denn das Feld hatte jetzt nur noch ein Zehntel der früheren Intensität, aber doch deutlich sichtbar. So wenigstens hatte er es geplant. Aber sein Plan war auch in dieser Phase mißlungen. Der Bogen erschien nicht mehr. Der Transmitter war abgeschaltet.

Da sagte hinter ihm eine Stimme: »Wenn Sie sich von Ihrem Schrecken erholt haben, könnten wir uns jetzt über einige Dinge unterhalten, die uns beide angehen!«

33.

Der Tuuhrt wandte sich um. Vor ihm stand Toraschtyn, der Duynter. Zum erstenmal seit dem Beginn der Jagd stand der Jäger seinem Opfer von Angesicht zu Angesicht gegenüber. Nur waren inzwischen die Rollen getauscht worden. Aus dem Jäger war das Opfer geworden, und das Opfer hatte sich in den Jäger verwandelt.

Toraschtyn trug einen schußbereiten Strahler in der rechten Hand. Die

Mündung war auf Torytraes Brust gerichtet. Torytrae selbst besaß ebenfalls eine Waffe; aber sie befand sich in den Falten seines Gewandes. Er war nicht darauf vorbereitet gewesen, daß er hier einer Waffe bedurfte. Und er war sicher, daß Toraschtyn bei der geringsten verdächtigen Bewegung seinen Strahler einsetzen würde.

Torytrae hatte wenig Illusionen über den weiteren Verlauf seines Schicksals. Der Mann, dem er gegenüberstand, wußte, daß der Tuuhrt ihn erbarmungslos getötet hätte, wäre sein Plan programmgemäß verlaufen. Wenigstens mußte er das glauben; denn es war schon immer so gewesen, daß der Tuuhrt den Tod brachte.

Torytrae hielt es für unter seiner Würde, sich dem Duynter gegenüber zu verteidigen. Er hätte anführen können, daß er in diesem Falle auf die unbedingte Tötungsabsicht verzichtet und sich vorgenommen hatte, den Fremden seine Lage zuerst erklären zu lassen, bevor er entschied, ob er sterben solle oder nicht. Aber jetzt, in dieser Lage, hätte seine Verteidigung flach und wenig überzeugend geklungen. Er wollte nicht, daß Toraschtyn ihn für einen Feigling hielt, auch wenn ihn dieser Stolz das Leben kostete.

»Ich bin sicher, daß Sie eine Menge Fragen haben«, sagte der Duynter. Er lächelte dazu, und es kam dem Tuuhrt so vor, als sei es ein freundliches Lächeln, frei von Spott, Hohn oder Verachtung. »Zuerst aber möchte ich einige Dinge wissen. Zum Beispiel: Wo sind wir hier?«

»Taatre-Nosch«, antwortete der Jäger niedergeschlagen. »Eine alte Stadt unter dem Meeresboden, aus dem Urgestein des Planeten herausgesprengt. Sie sollte dazu beitragen, den Bevölkerungsdruck auf der Oberfläche zu mindern. Man sah sich vor etwa dreißig Jahren jedoch gezwungen, die Stadt aufzugeben und die Bewohner zu evakuieren ...«

Er wurde unterbrochen. Aus den straßenähnlichen Gängen, die von allen Seiten auf den leeren Platz mündeten, drang ein dumpfes, gefährliches Grollen. Toraschtyn spürte, wie der Boden zitterte.

»Das Geräusch beantwortet meine nächste Frage«, sagte er. »Die Stadt wurde vom Vulkanismus bedroht?«

»So ist es. Es gab des öfteren Magmaeinbrüche. Die Wissenschaft bemühte sich, Methoden zu entwickeln, mit denen sich die Vorgänge im Innern des Planeten voraussagen ließen, so daß man jeweils rechtzeitig Abwehrmaßnahmen gegen die Einbrüche glutflüssigen Gesteins treffen konnte. Aber die Bemühungen waren vergebens. Immer wieder brach die Wand der Stadt auf, wenn man am wenigsten damit rechnete, und das Magma füllte die Straßen, drang in die Wohnungen ein und tötete die Bewohner.«

»Jetzt ist die Stadt völlig leer?« erkundigte sich Toraschtyn.

»Unglücklicherweise nicht. Es gibt Leute, die das Licht der Oberwelt so sehr zu scheuen haben, daß sie sich lieber der tödlichen Gefahr des Vulkanismus aussetzen, als sich oben blicken zu lassen. Die Bosse der großen Organräuberbanden quartieren mit Vorliebe ihre Leute in solchen Städten ein. Taatre-Nosch wurde für zwei Millionen Bewohner gebaut. Das Geheime Organ-Kommando nimmt an, daß sich im Durchschnitt etwa dreißig- bis fünfzigtausend Verbrecher hier unten aufhalten.«

»Die Stadt ist demnach kein sicherer Platz«, folgerte Toraschtyn.

»Da gebe ich Ihnen recht.«

»Und wir stehen mitten auf einem großen Platz, für jedermann zu sehen? Halten Sie es nicht für klüger, daß wir uns an einen besser geschützten Ort begeben? Einen kleinen Raum zum Beispiel, mit Ausblick nach allen Seiten?«

Der Tuuhrt sah sein Gegenüber erstaunt an. »Warum? Macht es Ihnen etwas aus, wenn die Verbrecher zuschauen, wie Sie mich töten? Wenn Sie ihnen klarmachen können, daß ich der Tuuhrt bin, haben Sie von den Leuten nichts mehr zu befürchten.«

Da lächelte der Fremde abermals. Es war ein hartes, unpersönliches Lächeln ohne jegliche Spur von Wärme.

»Ich verstehe, warum Sie so denken müssen. Der Tuuhrt bringt den Tod. Deshalb kann er auch von seinem Opfer, wenn er ihm in die Hände fällt, nichts als den Tod erwarten. Das ist Ihre Denkweise, und ebenso denken die Wesen dieser Welt, dieser Galaxis. Ich aber bin ein Fremder. Ich denke nicht wie Sie. Ich habe nicht die Absicht, Sie zu töten.«

Und wie um seine Worte zu bekräftigen, ließ er den Lauf des Strahlers sinken und schob die Waffe wieder in die Tasche.

Das Bewußtsein des Tuuhrt war jahrtausendealt. Er hatte sich daran gewöhnt, mit fremden Gastkörpern umzugehen. Es machte ihm keine Mühe, das Mienenspiel eines fremden Gesichts so zu beherrschen, daß seine Emotionen nicht nach außen hin sichtbar wurden. Auch jetzt huschte nur für den Bruchteil einer Sekunde der Ausdruck der Überraschung über sein Gesicht. Dann war die Miene wieder so ernst und gefaßt wie zuvor.

»Es fällt mir schwer, Ihnen zu glauben«, versicherte Torytrae. »Aber ich gehe auf Ihren Vorschlag ein. Lassen Sie uns einen sichereren Ort finden.«

»Sie kennen sich hier aus?« erkundigte sich Toraschtyn.

»Einigermaßen.«

»Es dreht sich darum, daß wir diesen Platz wiederfinden«, erläuterte der Duynter den Zweck seiner Frage.

»Warum?«

»Zu einem Zeitpunkt, den ich mit meinen Freunden vereinbart habe, wird das Transmitterfeld wieder entstehen.«

Der Tuuhrt begriff. »Das ist vorteilhaft«, bemerkte er. »Aber es gibt andere Auswege aus der Stadt.«

Sie drangen in eine der Straßen ein, die radial von dem großen Platz ausgingen. Zum erstenmal konnte Perry Rhodan sich Zeit nehmen, die Architektur dieser Stadt unter dem Meeresboden zu studieren. Hier war Erstaunliches geleistet worden. Der Untergrund des Ozeans bestand aus natürlich gewachsenem Fels. Aus dem Fels hatte man eine Halbkugel herausgeschnitten, deren Radius wenigstens zehn Kilometer betrug. Auf dem Boden der Halbkugel, die somit einen Durchmesser von zwanzig Kilometern besaß, waren wuchtige Felsklötze übriggelassen worden, deren Inneres man ausgehöhlt hatte, um Wohn- und Arbeitsräume zu schaffen. Die Häuser von Taatre-Nosch bestanden aus Urgestein. Hoch oben, im Zenit der Kuppel, glühte eine Sonnenlampe, deren Strahlung dasselbe Spektrum besaß wie die des Gestirns, das über der Oberfläche des Planeten Yaanzar leuchtete.

Bei der Planung der Stadt war man großzügig vorgegangen. Es gab, was die Fläche anbelangte, Raum genug, um sechs oder auch sieben Millionen Menschen hier anzusiedeln. Aber die Hälfte der Stadt bestand aus weiten Grünflächen, die den unterseeischen Bewohnern den Eindruck der Abgeschnittenheit, das Gefühl des Begrabenseins hatten mildern sollen. Jetzt waren sie hoffnungslos verwildert, verfilzte Dschungelgebiete, deren Gewächse unter dem warmen, künstlich mit Feuchtigkeit angereicherten Klima vorzüglich gediehen und auch auf die bebauten Flächen der Stadt überzugreifen drohten.

Torytrae betrat das Erdgeschoß eines fünfstöckigen Gebäudes, das früher ein Appartementhaus gewesen sein mußte. Der Aufzug funktionierte nicht mehr. Die beiden Männer betraten eine Wohnung, von deren Fenstern aus sie die Straße überblicken konnten. Hier gab es noch Überreste von altem Mobiliar. Ein Tisch zerbrach in seine Bestandteile, als Perry Rhodan aus Versehen daran stieß; aber zwei Stühle erwiesen sich noch als funktionsfähig. Die beiden Männer setzten sich, in unmittelbarer Nähe eines Fensters, einander gegenüber. Der Tuuhrt musterte den Duynter mit auffordernden Blicken.

»Ich will Sie nicht lange warten lassen«, begann Perry Rhodan. »Fassen Sie sich in Geduld und hören Sie die lange Geschichte eines Heimatlosen.«

Er sprach lange. Er ging ins Detail, wo es notwendig war, und vergaß nicht, seine Beweggründe in diesem oder jenem Fall ausführlich darzustellen. Stunden vergingen, ohne daß Torytrae ihn ein einziges Mal unterbrach. Perry Rhodan hatte erkannt, daß es nur eine Möglichkeit gab, mit diesem Mann zu sprechen: indem er die reine Wahrheit sagte.

Als er geendet hatte, herrschte lange Zeit Schweigen. Der Tuuhrt starrte vor sich hin zu Boden.

»Ich wußte nicht, daß es in unserer Galaxis Fälle wie den Ihren gibt«, sagte er plötzlich. »Ich kenne die Technik nicht, die es vermag, lebende Gehirne über derart unendliche Entfernungen zu transportieren. Es scheint in Ihrer Heimat – und in der des Wesens Zeno – Geschöpfe zu geben, die wissen, was in unserer Galaxis vorgeht. Woher sie das wissen, ist mir unbekannt.«

Perry Rhodan sah ihn aufmerksam an.

»Sie machen mir nicht viel Hoffnung«, sagte er. »Aus Ihren Worten scheint hervorzugehen, daß auch Sie nicht wissen, in welcher Richtung ich meine Galaxis zu suchen habe.«

Torytrae machte die Geste der Verneinung.

»Sie haben recht. Ich weiß es nicht.« Er schien den Ausdruck der Enttäuschung zu bemerken, der sich auf Toraschtyns Gesicht ausbreitete. »Aber verzagen Sie nicht zu früh. Es ist möglich, daß ich Sie an andere verweisen kann, die mehr wissen als ich.«

Perry Rhodan beugte sich nach vorne. »Und wer ist das?« fragte er.

»Lassen Sie mich ein wenig ausholen«, wies der Tuuhrt die Frage vorerst zurück. »Ich bediene mich des Körpers eines Yaanztroners, bin aber ebensowenig ein Yaanztroner, wie Sie ein Duynter sind.«

»Ich vermutete das«, unterbrach ihn Rhodan. »Ich halte Sie für einen Yuloc!«

Diesmal ging die Überraschung mit Torytrae durch. Es dauerte eine Weile, bis er seine Miene wieder unter Kontrolle bekam. »Woher wissen Sie das?« stieß er hervor.

»Ich wußte es nicht, ich nahm es an. Wer sonst hätte es gewagt, aus eigenem Antrieb den Planeten Traecther zu betreten?«

Der Tuuhrt lächelte plötzlich. »Allmählich wird mir klar, junger Freund, warum ich Ihnen gegenüber meine Absichten nicht verwirklichen konnte«, gestand er. »Sie sind mir ganz einfach über.«

»Das kann man so ohne weiteres nicht sagen«, wies Perry Rhodan das Lob zurück. »Bitte, fahren Sie fort.«

»Die Yulocs«, kam Torytrae der Aufforderung nach, »sind ein uraltes Volk, das längst untergegangen ist. In diesen Tagen existieren nur noch zwei Yuloc-Gehirne: meines und das eines anderen Überlebenden. Schon in den Tagen meines Volkes aber, vor Tausenden von Jahren, gab es ein anderes Volk, das damals schon als uralt betrachtet wurde. Wir lebten mit ihm in ständiger Feindschaft. Sie waren begeisterte Raumfahrer, während die Yulocs die Raumfahrt nur betrieben, weil sie deren Notwendigkeit erkannt hatten. Sie nannten sich die Pehrtus. Wir besiegten sie. Das Volk der Pehrtus wurde vernichtet, bis auf einzelne Exemplare selbstverständlich, die sich aus jeder Katastrophe retten können. Von den Pehrtus könnten Sie womöglich erfahren, wo Ihre Heimat liegt.«

»Gibt es denn überhaupt noch Überlebende des Pehrtu-Volkes?« fragte Perry Rhodan zweifelnd.

»Ich weiß es nicht«, lautete die Antwort des Tuuhrt. »Die Suche nach ihnen wird schwierig sein, denn in dieser Galaxis kennt man heutzutage nicht einmal mehr den Namen dieses alten Volkes. Aber ...«

Er wurde unterbrochen. Ein gleißender Energiestrahl schoß fauchend durch die leere Fensteröffnung und fraß sich hinter den beiden Männern in die Wand. Sie reagierten instinktiv. Sie glitten von den Stühlen herab und warfen sich zu Boden. Draußen auf der Straße war das Getrappel vieler Füße zu hören.

Stimmen gellten auf. Jemand schrie: »Es sind zwei! Sie sehen so aus, als wäre bei ihnen was zu holen!«

»Wir hätten besser aufpassen sollen«, murmelte Torytrae.

Perry Rhodan kroch zur Türöffnung. Die Eingangshalle war noch leer.

»Gibt es einen Hinterausgang?« fragte er halblaut.

»Wahrscheinlich.«

»Am besten verschwinden wir von hier, bevor man die Falle schließt«, schlug Rhodan vor.

Sie durchquerten die Halle.

»Dort ...!« schrie jemand.

Strahlschüsse fauchten durch die weite Halle. Rhodan und Torytrae verschwanden in einem finsteren Gang. Nach kurzer Zeit gelangten sie an eine Tür. Sie ließ sich nur mit Mühe öffnen, da der automatische Öffnungsmechanismus versagte. Draußen lag ein mit Steintrümmern übersäter, kleiner Platz. Aus der Höhe leuchtete nach wie vor die Kunstsonne. Auch der Tag-Nacht-Rhythmus funktionierte nicht mehr in dieser verlassenen Stadt.

»Wie lange noch, bis der Transmitter wieder eingeschaltet wird?« erkundigte sich der Jäger.

Perry Rhodan sah auf die Uhr. Über seinem Bericht waren der Nachmittag und der Abend verstrichen. Es fehlten nur noch fünfzig Minuten bis Mitternacht.

»Fünfzig Minuten«, antwortete er.

»Gut. Ich werde die Leute ablenken. Ich kenne mich hier aus. Sie können mir nichts anhaben. Es gibt hier noch alte Transmitter, die die Stadt mit mehreren Punkten der Oberfläche verbinden. Aber es gibt keinen Kanal nach Pyrfyn. Deshalb müssen Sie meinen Transmitter benützen.«

»Das kommt gar nicht in Frage«, wehrte der Terraner ab. »Ich werde mich nicht auf Ihre Kosten …«

»Reden Sie keinen Unsinn!« schnitt Torytrae ihm das Wort ab. »Es gibt hier unten rivalisierende Gruppen. Wenn ich mich zu einer anderen Gruppe durchschlagen und die Leute überzeugen kann, daß ich der Tuuhrt bin, werden sie mich in Schutz nehmen. Ich gehe also keinerlei Risiko ein. Verschwinden Sie, bevor die Kerle sich bis hierher wagen und unsere Finte durchschauen können!«

»Haben Sie eine Waffe?« fragte er Torytrae.

»Ja, ich bin bewaffnet«, lautete die ungeduldige Antwort. »Gehen Sie schon!«

»Sehe ich Sie wieder?«

»Das weiß ich nicht. Wenn Sie noch lange hier herumstehen, dann allerdings möchte ich die Frage verneinen.«

»Ich danke Ihnen«, sagte Rhodan einfach. »Sie haben mir einen kleinen Funken Hoffnung gegeben.«

»Es liegt an Ihnen, etwas daraus zu machen«, entgegnete der Tuuhrt. »Und jetzt verschwinden Sie endlich!«

Rhodan wandte sich zum Gehen. Auf der anderen Seite des kleinen Platzes gab es eine Reihe halbzerfallener Häuser. Die Trümmerstücke eigneten sich vorzüglich als Deckung.

Perry Rhodan nistete sich in einem zerfallenen Haus am Rande des großen Platzes ein. Es waren noch zwanzig Minuten bis Mitternacht. Bisher hatte ihn niemand bemerkt; aber es lag plötzlich eine merkwürdige Unruhe über der Stadt, und er war keineswegs sicher, daß er bis zum entscheidenden Augenblick unbemerkt bleiben würde. Entweder war Torytraes List nicht gelungen, oder es beteiligten sich mehrere Gruppen an diesem Überfall. Von Zeit zu Zeit zogen kleine Spähtrupps über den Platz, und aus den Straßen der Stadt war nahezu unaufhörlich das Fauchen der Strahlwaffen zu hören.

Von Rhodans Versteck bis dorthin, wo der leuchtende Bogen des Transmitters entstehen würde, waren es etwa achtzig Meter. Er zweifelte nicht daran, daß die Leute auf dem Platz und die, die sich in den Ruinen verborgen hatten, das Feuer auf ihn eröffnen würden, sobald er sich sehen ließ. Er war zu offensichtlich ein Fremder in dieser Stadt. Um die achtzig Meter zurückzulegen, würde er etwa zehn Sekunden brauchen, vielleicht ein oder zwei mehr, wenn er gezwungen wurde, Haken zu schlagen.

Zwei Minuten vor Mitternacht betrat eine weitere Patrouille von der Seite her den Platz. Sie bestand aus drei schwerbewaffneten Yaanztronern. Sie schickten sich an, den Platz an der Längsseite zu überqueren. Sie kamen bis an ein Gebäude, das im Vergleich zu den andern noch gut erhalten war, da drang aus einem der Fenster plötzlich ein greller Energiestrahl. Einer der drei wurde getroffen und ging zu Boden. Die beiden anderen brachten sich hinter Trümmerstücken vorläufig in Sicherheit. Aus der Deckung hervor erwiderten sie das Feuer. Auf diese Weise entstand eine Ablenkung, die Perry Rhodan sich zunutze zu machen gedachte. Was ihn störte, war der Umstand, daß das Feuergefecht die Aufmerksamkeit weiterer Gruppen zu erregen schien.

Noch dreißig Sekunden ... noch zwanzig ... noch zehn ...

Er stand auf. Mit einem weiten Satz ließ er das Trümmerfeld hinter sich und hetzte über den freien Platz auf den Ort zu, an dem das Torbogenfeld entstehen würde. Zehn Meter, zwanzig Meter! Noch schien ihn niemand bemerkt zu haben.

Da gellte ein Schrei auf: »Der zweite Fremde!«

Ein grelles Strahlenbündel schoß seitwärts an ihm vorbei. Er fühlte den Schwall heißer Luft. Dreißig Meter, vierzig Meter! Noch existierte das Transmitterfeld nicht, noch zeigte sich nirgendwo der bunte, schimmernde Halbkreis der Torbogenöffnung. Wenn Gayt-Coor nicht rechtzeitig schaltete, war Perry Rhodan verloren! Aus den Augenwinkeln nahm er eine schattenhafte Bewegung wahr. Von der Seite her stürmte eine Gruppe von Gangstern heran. Sie schwangen ihre Waffen und stießen Schreie aus. Einer blieb stehen, legte an, zielte ...

Perry Rhodan warf sich zur Seite. Um Haaresbreite entging er der tödlichen Salve. Die Luft war so heiß, daß sie den Flaum auf seinem Schädel versengte. Im nächsten Augenblick jedoch feuerte auch er. Er hielt tief; denn er hatte nicht die Absicht, die Leute zu töten. Seine Salve brachte vier Mann zu Fall. Die übrigen warfen sich zu Boden und krochen seitwärts davon. Der Fremde hatte ihnen Respekt eingeflößt.

Rhodan lief weiter. Noch zwanzig Meter, noch zehn. Mitternacht war vorbei. Wo blieb der Torbogen? Schüsse fauchten hinter ihm her, aber sie waren schlecht gezielt und verletzten ihn nicht. Er hatte den Ort erreicht, an dem nach seiner Ansicht das Torbogenfeld entstehen mußte; aber vorläufig war noch keine Spur davon zu sehen. Die Gangster ringsum schienen seine Hilflosigkeit zu bemerken. Zuerst zögernd, dann immer rascher kamen sie auf ihn zu. Eine Salve fauchte heran und fraß sich dicht vor ihm in den Boden. Er sprang zur Seite.

Da sah er es plötzlich neben sich aufflackern, bunt und glitzernd, ein hoher Halbkreis. Mit einem Schrei der Erleichterung glitt er darauf zu. Ein weiter Sprung noch ... dann traf ihn der Schock der Entmaterialisierung.

Er landete auf dem Kellerboden unter dem petraczischen Restaurant. Gayt-Coor stand neben dem Projektor und hatte das Gesicht zu einer Grimasse verzogen, die unter seinesgleichen als freundliches Lächeln galt.

»Alles gutgegangen?« erkundigte er sich.

Perry Rhodan fuhr sich mit der Hand über den Schädel. Der versengte Pelzbewuchs knisterte unter den Fingern.

»Wie man's nimmt«, brummte er. Er blickte auf die Projektor-Kontrolle und sah mit Erleichterung, daß der Petraczer das Gerät wieder abgeschaltet hatte.

Er sah ihn an. »Ich muß Sie etwas Wichtiges fragen«, sagte er.

»Fragen Sie immerzu!« forderte Gayt-Coor ihn auf.

»Haben Sie schon mal etwas von den Pehrtus gehört?« wollte der Terraner wissen.

Gayt-Coor dachte eine Zeitlang nach. Dann bekannte er: »Noch nie.«

Perry Rhodan sah niedergeschlagen vor sich hin. »Das dachte ich mir«, murmelte er.

Epilog

Torytrae berichtete dem Tschatro, was er im Zusammenhang mit dem Ceynach erfahren hatte und daß dieser kein Verbrecher sei. Gleichzeitig lehnte er den Vollzug des Hinrichtungsbefehls ab. Dies verstärkte den bisher unausgesprochenen Verdacht des Herrschers, daß der Yuloc der Drahtzieher der Mucton-Yul war, eines Geheimbundes, der nach der Herrschaft über Yanzar strebte. Der Tschatro aktivierte daher Noc, das zweite Yuloc-Gehirn in der Tschatrobank, ließ es in den Körper des Yaanztroners Vaalban verpflanzen und erteilte ihm den Auftrag, das Ceynach-Gehirn zu vernichten.

Während Noc nach Rhodans Verbleib fahndete, wurde Torytraes Gehirn in den Körper des Raumnomaden Pantalok transplantiert. Die Übertragung verlief anormal, und Torytrae gewann die Fähigkeit, Geister toter Yulocs an sich zu ziehen. Auf seine Bitte hin schützte der vor mehr als tausend Jahren verstorbene Tuksut Rhodan und seine Gefährten durch Materialisation pulsierender Gallertsäulen und des an einen kleinen Teufel erinnernden Bruno vor den Nachstellungen Nocs.

Als Noc, der in Wirklichkeit die Mucton-Yul lenkte und die Herrschaft der Yulocs über Naupaum wiederherstellen wollte, die Kämpfer seines Geheimbundes zum Sturm auf Tekmahlschees Transplantationsklinik einsetzte, griffen Torytrae und Tuksut erneut ein. Noc verlor sein Leben, und der Aufstand wurde niedergeschlagen.

Torytrae hatte sich mittlerweile die Positionsdaten einer Welt der Pehrtus verschafft, die er Rhodan nach seiner Rehabilitierung übergab.

ENDE

Perry Rhodan-Buch Nr. 72

KONTAKTE MIT DER EWIGKEIT

erscheint im September 2000

Technische Daten:

1. Sichtschutz aus Panzerplastik
2. Monitoren zu Fern- und Bodenbeobachtungen
3. Haltegriffe zur Sicherheit beim Bremsen und Beschleunigen
4. Instrumentenbrett zur Führung und Bedienung des Gleiters, ausgestattet mit Computer, Funk- und Sendeanlage, Andruckabsorber und Energiekontrollen
5. Pneumatische Liegefläche
6. Hauptstrahltriebwerk
7. Seitliches Zusatz- und Steuertriebwerk zur Kurskorrektur (zwei Stück)
8. Schubdüse des Hauptstrahltriebwerkes

9. Seitliche Positionsleuchte (zwei Stück)
10. Höhen- und Tiefenrud
(zwei Stück)
11. Seitliche Stabilisierung
flosse (zwei Stück)
12. Gleitkufen zum Aufset
zen (drei Stück)